Im Licht der Korallenblüte

Di Morrissey

Im Licht der Korallenblüte

Ein Australienroman

Aus dem australischen Englisch von
Sonja Schuhmacher, Gerlinde Schermer-Rauwolf und
Robert A. Weiß, Kollektiv Druck-Reif

Weltbild

Die australische Originalausgabe erschien 2013 unter dem Titel *The Winter Sea*
bei Pan Macmillan Australia Pty Limited, Sydney.

Genehmigte Lizenzausgabe für Weltbild GmbH & Co. KG,
Steinerne Furt, 86167 Augsburg

Ein Imprint der Verlagsgruppe Droemer Knaur GmbH & Co. KG, München
Übersetzung: Sonja Schuhmacher, Gerlinde Schermer-Rauwolf und Robert A. Weiß,
Kollektiv Druck-Reif
Umschlaggestaltung: Atelier Seidel – Verlagsgrafik, Teising
Umschlagmotiv: Thinkstockphoto © / Abi28I; Givaga
Gesamtherstellung: CPI Moravia Books s.r.o., Pohorelice
Printed in the EU
ISBN 978-3-95569-831-7

2018 2017 2016 2015
Die letzte Jahreszahl gibt die aktuelle Lizenzausgabe an.

Für GianCarlo Manara

Erst deine Freundschaft und deine Filme haben mir die Augen für den Zauber Italiens geöffnet!

1

Die Äolischen Inseln vor der Küste Italiens, 1906

Eine Woge baute sich auf, und der Junge beugte sich über den Bootsrand, um im glatten Tal der Welle kurz vor ihrem Überschlag einen Blick auf sein Spiegelbild zu erhaschen. Eine Sekunde lang glaubte Giuseppe d'Aquino, ihm starre ein alter Mann entgegen. Das Gesicht mit den hervortretenden hellblauen Augen, den aufgedunsenen Lippen und den feisten Wangen wirkte seltsam vertraut; sein fragender Ausdruck zeigte zugleich einen Anflug von Enttäuschung.

Plötzlich wuchs die schaumgekrönte Welle zu doppelter Größe an, prallte gegen die hölzerne *barca* und schob das kleine Fischerboot ein Stück seitwärts. Das Gesicht verschwand im Spritzwasser, rasch packte eine Hand den Jungen hinten am Hemd.

»Giuseppe! Du musst aufpassen!« In dem aufkommenden Wind hörte der Junge nur Fetzen von der Ermahnung seines Vaters, der ihn unter die kleine Abdeckung am Bug schob. Die überdachte Fläche bot gerade genug Platz für ein paar Essens- und Wasservorräte sowie eine Laterne.

»Leg dich hin. Es wird regnen, aber das ist gleich wieder vorbei.«

Obwohl die See immer unruhiger wurde und es wie aus Kübeln schüttete, so dass man hinter der grauen Regenwand den Himmel nicht mehr sah, pflügte das kleine Boot durchs Wasser. Kurz ritt es auf einem Wellenkamm, bevor es krachend ins Wellental hinuntersank, um gleich wieder von einer sich auftürmenden Woge emporgehoben zu werden.

Der Junge rollte sich zusammen und vergrub das Gesicht in den Armen, dabei atmete er den ihm so vertrauten salzig-fischigen Geruch ein. Er stellte sich vor, er könne durch den Boden der Barke sehen, hinunter in das aufgewühlte Meer bis zum Boden, wo die Geschöpfe der Tiefsee lebten. Über viele Fische, die unter ihnen schwammen, wusste er dank seines Vaters Bescheid. Da gab es welche, deren Leiber knapp unter der Wasseroberfläche schnell hin und her zuckten, und andere, die auf halber Höhe zwischen Meeresboden und Wasseroberfläche ihre Runden zogen und gierig die auf und ab hüpfenden Köder beäugten; sowie jene, die am Meeresgrund auf der Lauer lagen – versteckt in Spalten, im Sand vergraben und von Korallen verdeckt.

Er hörte seinen Vater fluchen, als ihr Boot nach einem kurzen Flug durch die Luft in eine Welle krachte, so dass der hölzerne Rumpf erzitterte. Giuseppe fiel der Tag ein, an dem die Männer brüllend und mit Verwünschungen auf den Lippen in den Hafen zurückgekehrt waren. Angstvoll hatten die Dorfbewohner am Ufer gewartet, denn die Nachricht von einem Unfall auf der stürmischen See, einem über Bord gegangenen Mann, hatte die Runde gemacht. Onkel Salvatore war so rasch über Bord gespült worden, dass jede Rettung zu spät kam.

Das Meer war seine Gegenwart und seine Zukunft, das war Giuseppe klar, trotz der Gefahren der See und obwohl er wusste, wie viele Männer aus dem Dorf schon darin umgekommen waren. So war es auch schon für seinen Vater, seinen Großvater und seinen Urgroßvater gewesen. Die Inselbewohner lebten mit dem Meer, für das Meer und von ihm. Keiner verlangte oder erwartete mehr als das, was immer schon gewesen oder geschehen war.

Während Giuseppe reglos auf dem Boden des Fischerbootes ausharrte und darauf wartete, dass der Himmel hinter den dahinjagenden Regenwolken aufklaren und sich die See beruhigen würde, fühlte er sich erwachsen. Er war zehn Jahre alt, und endlich hatte ihn sein Vater zur Jagd auf den Roten Thun mitgenommen. Dann ließ der Sturm tatsächlich nach, die Wolken zogen weiter, und an einem dämmrig-grauen Himmel blinkten die ersten Sterne. Sein Vater nickte ihm zu, und Giuseppe setzte sich still hin, während die anderen Fischer – seine beiden älteren Brüder und sein Onkel Rocco – unbeirrt weiter aufs Mittelmeer hinausruderten. In der einbrechenden Dunkelheit war ihre Heimatinsel, eine der vor Sizilien verstreuten Äolischen Inseln, bald nicht mehr zu sehen.

Auch die anderen Boote, die mit ihnen zusammen hinausgefahren waren, konnte Giuseppe nicht mehr ausmachen, aber er hörte die Männer dort an Bord, die sich übers Wasser etwas zuriefen. Eifer und Aufregung schwangen in ihren Stimmen mit. Ganz gleich, wie oft sie sich schon aufgemacht hatten, um einen der großen Könige des Meeres zu fangen, der Kitzel dieser Jagd ließ nie nach, ebenso wenig wie die Gefahr.

»Jetzt müssen wir die Köder angeln, sonst können wir keinen *tonno* anlocken«, erklärte sein Vater.

Giuseppe wusste, dass sein Vater damit die kleinen silbrigen Fische meinte. Sie wurden von dem Lichtschein angelockt, den die Laternen der Fischer auf die Meeresoberfläche warfen. Er hatte keine Ahnung, woher sein Vater wusste, dass es hier welche gab. Rasch wurden seitwärts die Netze ausgebracht, um die winzigen Fische zu fangen.

»Vorsicht, Vorsicht«, rief sein Vater, als die Männer die Netze zurück an Bord hievten. Doch alle Fischer wussten, dass man bedachtsam vorgehen musste, um zu verhindern, dass die zierlichen Fische in Panik durchs Netz zu schlüpfen versuchten und in einem glänzenden Schuppenregen verendeten. Und so legten die Männer die kleinen Fische vorsichtig in eigens dafür gefertigte Körbe, die direkt unter der Wasseroberfläche seitlich am Boot befestigt waren.

Sobald die Fische verstaut waren, rollten sich die Männer auf dem Boden des Bootes zusammen, um ein paar Stunden zu schlafen. Wenn sie am nächsten Morgen auf der Suche nach dem mächtigen Roten Thun weiter gen Westen ruderten, würden sie all ihre Kräfte brauchen. Trotz der unbequemen Lage schliefen sie gut und träumten von dem bevorstehenden Kampf.

Noch vor Tagesanbruch wurden sie von Giuseppes Vater geweckt und teilten ein bescheidenes Frühstück aus Brot und Käse. Als dann ein erster Lichtstreifen den Horizont rosa färbte, ruderten sie los.

»Halt die Augen offen, mein Sohn«, sagte Giuseppes Vater. »Beobachte die Seevögel. Morgens treibt der große *tonno* gern direkt unter der Wasseroberfläche, um sich nach der nächtlichen Fischjagd aufzuwärmen. Die Seevögel sehen seine Flosse und fliegen hin, um sich die Sache näher anzuschauen. Wenn wir also die Vögel sehen, fahren wir ebenfalls hin.«

Giuseppe suchte den Horizont ab, bis seine Augen

schmerzten, aber er konnte nichts entdecken. Plötzlich rief einer seiner Brüder »Schaut, dort« und deutete in Richtung Norden.

Giuseppe sah immer noch nichts. Die Ruderer legten sich mächtig in die Riemen und steuerten in die von seinem Bruder angezeigte Richtung, und da sah schließlich auch Giuseppe mehrere Seevögel ins Wasser tauchen.

»Ich kann die Vögel sehen!«, rief er aufgeregt.

»Still«, zischte sein Vater. »Wenn hier *tonno* ist, wollen wir ihn nicht aufschrecken.«

Ihr kleines Boot näherte sich den tauchenden Seevögeln, und die Männer sahen, dass dort tatsächlich eine Schule Thunfische schwamm. Da jedes Boot nur einen der Fische attackieren konnte, die immerhin bis zu fünfhundert Kilo wogen, mussten die Fischer einen passenden Fang auswählen und ihn unauffällig von seiner Schule trennen. Dabei galt es, die übrigen Thunfische nicht zu erschrecken, weil ansonsten alle in unerreichbare Tiefen abtauchen würden.

Während die Männer mit dem schweren Holzboot auf einen riesigen Fisch zuhielten, wartete einer von Giuseppes Brüdern neben einem der Körbe mit Fischködern. Alles hing nun von seinem Augenmaß und seiner Präzision ab. Seine Aufgabe war es, den Thunfisch zum Boot zu locken, indem er ein paar kleine Fische ins Wasser warf. Es war eine Fähigkeit für sich, abzuschätzen, wie viel Fisch genau notwendig war, damit der Thunfisch nah genug ans Boot kam und der Harpunier ihn erwischte. Man hatte nur eine Chance.

Die kleinen silbrigen Fische glitzerten im sonnenbeschienenen Wasser. Der Thunfisch sah sie in die Freiheit schwimmen, schoss auf sie zu und schnappte nach ihnen.

Noch mehr Fische wurden dem Thunfisch vorgeworfen, damit er näher zum Boot schwamm. Dann nahm Giuseppes Bruder einen der Köderfische aus dem Korb und quetschte ihm die Augen aus, bevor er ihn ins Meer warf. Orientierungslos schwamm der nun blinde kleine Fisch nicht vom Boot weg, sondern zog daneben ein paar Kreise. Lautlos holten die Ruderer ihre Riemen ins Boot. Ohne Verdacht zu schöpfen, ließ sich der Thunfisch von dem Köder locken. Mit einem Satz schnellte er darauf zu, fast hätte er in seiner Gier das Boot gerammt. Vor Aufregung atemlos, begriff Giuseppe, dass dies der entscheidende Augenblick war: Jetzt konnten sie den *tonno* fangen.

Er beobachtete seinen ältesten Bruder, der mit einer Harpune, einer *traffena*, am Bug stand. Eine furchteinflößende Waffe, die einer Heugabel ähnelte, nur dass sie sieben Zinken hatte, jede mit einem Widerhaken an der Spitze. Mit all dem Selbstvertrauen, das sich der junge Fischer im Lauf der Jahre erworben hatte, stellte er sich breitbeinig hin und schleuderte die Harpune auf den Thunfisch. Er hatte auf die verwundbare Stelle am Hinterkopf gezielt, wo das Rückenmark ins Hirn überging. Denn nur an dieser Stelle war der Fisch verwundbar, wie Giuseppe von seinem Bruder wusste. Er war stolz auf seine Geschicklichkeit als Harpunier; der Vater war ein guter Lehrer gewesen.

Der Thun war getroffen. Es fiel Giuseppe schwer, einen Schrei zu unterdrücken. Obwohl alle anderen ebenfalls innerlich jubelten, blieben sie angespannt und wachsam, denn noch war der Fisch nicht an Land gebracht.

In dem verzweifelten Versuch, den Angreifern zu entkommen, tauchte der verletzte Thunfisch tief hinunter, so dass die Harpunenleine durchs Wasser zischte. Doch da die

Fischer wussten, wie tief ein Thun abtauchen konnte, war die Leine an der *traffena* aus bestem italienischen Hanf und dreihundert Meter lang. Aber dieser Thunfisch tauchte höchstens halb so weit. Giuseppes Bruder legte die Hand auf die Leine, um festzustellen, wie viel Gewicht notwendig war, damit er den Fisch an die Oberfläche holen konnte. Ganz allmählich begann er ihn in Richtung Boot zu ziehen. Dabei ging er sehr langsam vor, um herauszufinden, wie viel Widerstandskraft der große Fisch noch besaß. Manchmal trickste ein Thunfisch den Mann mit der Leine aus und schwamm langsam nach oben, um dann mit einer Drehung wieder hinunterzustoßen. Sie alle wussten, dass Eile nichts brachte. Die Zeit war ihre Verbündete.

Nach einer Weile sagte Giuseppes Bruder zum Vater: »Er wird müde. Es dauert nicht mehr lang.«

Doch der große Fisch war noch nicht bereit aufzugeben und machte einen letzten verzweifelten Satz auf das Fischerboot zu, so dass Giuseppe die Pein in seinen aufblitzenden Augen sah.

»Es ist bald vorbei«, sagte sein Bruder. »Er wird schwach.«

Inzwischen stand die Sonne hoch am Himmel, und als Giuseppe über den Bootsrand spähte, sah er die silberblau glänzende Haut des *tonno*. Seine kleinen Brustflossen an den Seiten schimmerten golden.

Während sie den Riesenfisch näher zum Boot zogen, versetzte Onkel Carlo ihm den tödlichen Streich, indem er den Fisch mit einer zweiten *traffena* durchbohrte. Als sie feststellten, dass der kraftvolle Kämpfer wirklich tot war, wurde der Thun vorsichtig ans Boot herangezogen und längsseits vertäut.

Nun endlich konnten sie den Fang feiern. Mit lauten Rufen teilte Giuseppes Vater den Fischern auf einem anderen Boot in der Ferne mit, dass sie Glück gehabt hatten. Jemand rief zurück, dass auch ihnen das Glück gelacht hatte.

Als sie mit dem Thun ins Dorf zurückkehrten, wurde das Können der Fischer gepriesen. Giuseppe war stolz, dass er dabei gewesen war. Und er sehnte den Tag herbei, an dem er es sein würde, der mit gezückter *traffena* darauf wartete, seine Fertigkeit gegen die mächtigen, wendigen Könige des Meeres auszuspielen.

Giuseppe war ein schüchterner Teenager, braun gebrannt, barfuß, mit lachenden Augen und einem verschmitzten Lächeln, bei dem seine hübschen weißen Zähne blitzten. Am Markttag flirteten die Dorfmädchen, die sich um die Stände scharten, hinter den Rücken ihrer Mütter mit ihm. Er war stark und sah älter aus als ein Fünfzehnjähriger. Die größeren Mädchen neckten ihn und sahen zu ihm herüber, wenn er auf dem Boot seines Vaters die Netze flickte oder den Kai entlangspurtete, wo Fische und Meeresfrüchte auf nassen Holztischen und in Weidenkörben zum Verkauf angeboten wurden. Allerdings hatte der Vater ein wachsames Auge auf ihn, er warnte Giuseppe davor, sich in den Durchgängen und schmalen Gassen zwischen den kleinen Steinhäusern herumzutreiben, wo junge Frauen ihm aus offenen Fenstern und Haustüren freche Bemerkungen zuriefen. Manche drohten gar, ihre Nachttöpfe auf die Gasse auszuleeren.

Giuseppe war sehr stolz gewesen, dass er nun regelmäßig auf dem Boot seines Vaters hinausfahren durfte. Nicht nur, dass er nun die Arbeit eines Mannes verrichtete, er trug damit zum Lebensunterhalt seiner Familie bei. In einer bitterarmen Gegend Italiens zählte ihre Insel zu den ärmsten, auch wenn sich Giuseppe dessen nicht bewusst war. Immerhin hatte die Familie ein bescheidenes Dach über dem Kopf, und Mutter und Großmutter brachten stets ein Essen auf den Tisch, selbst wenn es manchmal sehr einfache Kost war. Doch jeder musste seinen Beitrag leisten.

Ihre Insel war trocken und steinig. Sie lag zwischen mehreren anderen mit aktiven Vulkanen, darunter auch Stromboli. Ohne Süßwasser aus sprudelnden Quellen war der Anbau von Feldfrüchten nur sehr eingeschränkt möglich, und so waren die Dorfbewohner auf die Schätze des Meeres angewiesen. Zwar sammelten sie Regenwasser von ihren Dächern und speicherten es in Zisternen, doch das reichte nicht aus, um in nennenswertem Maß Acker- oder Gemüseanbau zu betreiben. Tomaten und Auberginen wurden in Töpfen gezogen und von Hand bewässert. In den Hügeln behaupteten sich Feigen- und Olivenbäume. Weizen musste in unregelmäßigen Abständen vom Festland importiert werden; das Brot, das nur einmal im Monat gebacken wurde, war gegen Ende der vier Wochen stets hart und trocken. Oft hörte man Giuseppes Großmutter murmeln: »Kein Wasser, aber jede Menge Erdbeben. Was hat sich Gott nur dabei gedacht, als er diese Insel schuf?«

Wie die anderen Jungen auf der Insel hatte auch Giuseppe nur wenig Schulunterricht genossen. Die Nonnen hatten ihm das Alphabet und die Zahlen beigebracht, aber seit er mitarbeiten musste, hatte er für solchen Luxus keine Zeit mehr. Trotzdem war er froh über seine zumindest rudimentäre Bildung. Bei seinen Schwestern hatten sich seine

Eltern gar nicht erst die Mühe gemacht, sie zur Schule zu schicken. Es schien ihnen sinnvoller, dass sie zu Hause blieben und der Mutter halfen, um dann so bald wie möglich zu heiraten und eigene Familien zu gründen. Giuseppe hatte nur zwei Schwestern, die er beide mochte. Manchmal dachte er an seine anderen drei Schwestern und den einen Bruder, die schon als Kinder gestorben waren. Alle Familien, die er kannte, hatten den Tod kleiner Kinder zu beklagen, die an Krankheiten oder Unterernährung gestorben waren. Giuseppe erschien das ganz normal.

Eines Morgens half Giuseppe seinem Vater beim Pökeln der Fische und verschloss dabei die Ohren vor den neckischen Bemerkungen der Dorfmädchen. Da sah er, wie Alfonso, der Schäfer, der in den Bergen lebte, mit seinem Eselskarren auf den Kai fuhr. Auf dem Karren saß seine Tochter, die Augen abgewandt und das Gesicht hinter einem Lockenvorhang verborgen.

Er war überrascht, dass der Schäfer mit seinem Vater sprach.

»Sohn, lade den gepökelten Fisch auf Alfonsos Karren«, wies ihn der Vater an. »Ich muss etwas Geschäftliches mit ihm besprechen.«

Giuseppe ließ sich Zeit und versuchte einen Blick auf das Gesicht des Mädchens zu erhaschen, während er langsam den Fisch hinten auf den Karren lud. Doch weder sprach das Mädchen mit ihm, noch sah sie ihn an. Er schlenderte vor zum Esel und kraulte ihn hinter den Ohren, während die beiden Männer eine ernste Unterredung führten. Schließlich ging sein Vater zum Boot und nahm einen alten Anker heraus, den er neben den Fisch auf Alfonsos Karren legte.

»Ich bin sicher, dass sich bei dem Anker etwas machen

lässt«, sagte Alfonso. »Jedenfalls ist mir klar, was du dir vorstellst.« Dann schob er seine Wollkappe in den Nacken und sprach mit dem Mädchen. Sie hob einen Stoffsack hoch, der zu ihren Füßen lag, und hielt ihn Giuseppe hin. Einen Moment lang spürte er ihre Fingerspitzen und sah ganz kurz in ihre Augen, die ihn an das blauschwarze Meer vor einem Sturm erinnerten. Als er den weichen Sack entgegennahm, stieg ihm der Lanolingeruch frisch geschorener Wolle in die Nase, und er überlegte, was er zu ihr sagen könnte. Doch noch bevor ihm auch nur eine Silbe über die Lippen gekommen war, saß Alfonso schon wieder neben seiner Tochter, und der Karren polterte über die Pflastersteine davon. Während der Esel vorwärtszuckelte, beobachtete Giuseppe, wie eine Brise die langen, dunklen Locken erfasste, die über den Schal fielen, den das Mädchen um die Schultern geschlungen hatte.

»Bring die Wolle zu deiner Mutter«, hieß ihn der Vater. »Sie wartet darauf.«

Es dauerte viele Monate, bis Giuseppe das Mädchen wiedersah. Es war bereits Winter, und Eiskristalle glitzerten auf dem steinigen Hang, als Giuseppe und sein Vater langsam den holprigen Pfad zu Alfonsos kleinem Hof hinaufstiegen. Da eine von Giuseppes Schwestern heiratete, wollte sein Vater ein Zicklein für die Hochzeitsfeier kaufen. Die Dorfbewohner konnten sich nur selten Fleisch leisten, und so war es ein besonderes Ereignis, eine Ziege zum Verzehr zu kaufen.

Giuseppe war dankbar für den dicken Pullover, den er trug. Seine Mutter hatte ihn aus der Wolle gestrickt, die aus der im Frühsommer von Alfonso eingetauschten Schur stammte. Als Vater und Sohn zu der Kate des Schäfers kamen, begrüßte sie Alfonso, der neben einer niedrigen Steinmauer stand. Zu dritt gingen sie auf eine Weide, wo die Ziegen und Schafe auf den Winterstoppeln grasten.

Alfonso wandte sich der Kate zu und rief: »Angelica, bring mir ein Seil.«

Und schon kam das junge Mädchen, das Giuseppe mit seinen Locken so betört hatte, aus dem kleinen Haus gelaufen. In den Händen hielt sie ein kurzes Seil, das sie ihrem Vater reichte. Er wählte eine der Ziegen aus und band ihr das Seil um den Hals.

Der Anblick des Mädchens überwältigte Giuseppe, und er hätte gern etwas gesagt, aber ihm fiel nichts Gescheites ein. Und so fragte er nur: »Bist du traurig, dass die Ziege geschlachtet wird?«

Sie zuckte die Achseln. »Mein Vater hat sie für euch ausgesucht. Hast du Mitleid mit den Fischen, die du fängst und tötest?«

»Manchmal ja«, erwiderte Giuseppe. »Die großen Fische sind sehr schön. Und starke Kämpfer. Warst du schon einmal auf einem Boot?«

Sie schüttelte den Kopf. »Nein. Ich mag die Berge. Und Schafe sind mir lieber als Fische.« Nach einer kurzen Pause fuhr sie fort: »Die Wolle sieht gut aus. Deine Mutter ist sehr geschickt.« Dann eilte sie mit wehenden Locken davon, ihre Füße flogen über den Boden.

Bevor Giuseppe und sein Vater aufbrachen, gingen die beiden Männer noch hinter Alfonsos Kate. Giuseppe folgte ihnen und sah überrascht, dass Alfonso dort eine einfache Schmiede eingerichtet hatte. Der Schäfer verschwand hinter dem Bau und kehrte mit einem kleinen Anker zurück, den er Giuseppes Vater zeigte.

»Er ist noch nicht fertig. Ich muss ihn noch genau ausrichten«, erklärte Alfonso. »Aber der Schwenkkopf funktioniert und gibt den Anker frei, wenn er sich verhakt hat.« Auf seinem normalerweise verdrießlichen Gesicht breitete sich ein Lächeln aus. »Ich habe mich an deine Anweisungen gehalten.«

Nachdem der Vater den Anker untersucht hatte, nahm ihn Giuseppe in Augenschein. Der Löseriegel verhinderte, dass der Anker, wenn er sich auf dem Meeresboden oder in einem Riff verfing, zurückgelassen werden musste. Giuseppe war stolz darauf, dass seinem Vater immer wieder etwas einfiel, um seine Ausrüstung zu verbessern.

»Das ist eine großartige Erfindung. Du musst auf unser Boot kommen und dir anschauen, wie sie funktioniert«, schlug der Vater vor.

»Wir fühlen uns auf dem Meer nicht so zu Hause«, erwiderte der Schäfer.

Giuseppe betrachtete die kahlen, karstigen Steilhänge. Wie trostlos diese windgepeitschte Landschaft doch aussieht, dachte er. Nun, wahrscheinlich würden sich Angelica und ihr Vater auf dem Meer so unwohl fühlen wie er sich hier.

Mit der Ziege am Seil machten sich Giuseppe und sein Vater auf den Heimweg. Von der Anhöhe über dem Dorf blickte Giuseppe auf den kleinen, ihm so vertrauten Hafenort hinunter – die engen Gassen und steilen Treppen, wo die mit Wäscheständern verzierten Häuser so dicht beieinander standen, dass man sich beinahe hinauslehnen und ans gegenüberliegende Fenster klopfen konnte. Er entdeckte ihr eigenes kleines Haus, in dem seine Familie in zwei Zimmern lebte und wo stets Fischernetze an der Decke hingen. Eine breitere, gepflasterte Straße führte ums Dorf herum und den Hafen entlang, wo Krabbenkäfige aufeinandergestapelt waren und Männer Netze flickten und tratschten. Kleine Fischerboote waren an den Eisenpollern auf dem steinernen Wellenbrecher festgemacht. An einem Ende saßen angelnde Jungen auf Stufen, die Fischerfüße im Lauf von Jahrhunderten ausgetreten hatten. Von diesen Stufen aus segnete der Pfarrer auch jedes Jahr die Fangflotte. Hinter dem Wellenbrecher lag ein Kiesstrand, wo über der Hochwassermarke umgedrehte Dingis und kleine Holzboote angebunden waren. Nicht weit entfernt führte eine Fahrrinne aus der Bucht hinaus aufs offene Meer. Dieses Dörfchen war seine Heimat, und als er mit seinem Vater zu ihrem Haus hinunterging, war er mit seiner kleinen Welt glücklich und zufrieden.

Die Hochzeit von Giuseppes Schwester bot Anlass für ein rauschendes Fest. Das junge Mädchen heiratete einen Burschen aus dem Dorf, den sie schon ihr Leben lang kannte. Die Inselfamilien heirateten immer untereinander. Das wurde so erwartet. Die Insel war ihre Welt, wohin sonst sollten sie gehen? Giuseppes Vater war erfreut über diese Verbindung, denn der Zukünftige seiner Tochter stammte ebenfalls aus einer angesehenen Fischerfamilie. Auf der Insel war man überzeugt, dass nur die Familie Schutz vor Armut bot, und so hatte er dafür gesorgt, dass seine Tochter in eine arbeitsame, respektable Familie einheiratete.

Im Sonntagsstaat ging das Paar zur Kirche, wo der Priester inmitten von Weihrauchschwaden und Statuen ihre Ehe segnete. Danach gab es ein großes Fest. Die Ziege war geschlachtet worden und drehte sich über glühenden Kohlen an einem Spieß, wobei sie häufig mit Olivenöl begossen wurde, auch an Rosmarin wurde nicht gespart. Alle Gäste warteten begierig darauf, dass der Braten fertig wurde.

Giuseppes Mutter Emilia und ihre Töchter hatten Tage damit verbracht, das Essen vorzubereiten, das angesichts der bescheidenen Auswahl an erhältlichen Zutaten erstaunlich vielseitig geraten war. Es gab Sardinen-Pasta mit Rosinen und Pinienkernen, Pasta mit Auberginen, Couscous und Pasta mit Schwertfisch, was besonders hoch geschätzt wurde. Denn obwohl die Fischer gelegentlich Schwertfisch fingen, war er doch viel zu wertvoll, als dass die Familien der Insel ihn selbst gegessen hätten, er wurde fast immer verkauft. Das Festmahl endete mit Cannoli, frittierten Teigröllchen, die mit Ricottakäse und in Honig eingelegten Feigen gefüllt waren. Außerdem hatte Giuseppes Vater ein großes Fass Wein vom Festland kommen lassen, denn auf der Insel reiften zu wenige Trauben, um in nennenswerten Mengen Wein herzustellen. Nach Dorfmaßstäben handelte es sich damit um eine extravagante Hochzeit, doch es war seit jeher Brauch, dass der Vater der Braut ein solches Fest ausrichtete, das ja nicht nur die Stellung der Familie in dem kleinen Fischerdorf zeigte, sondern auch das Ansehen ihres Oberhaupts unterstrich. Und Giuseppes Vater war entschlossen zu zeigen, dass er ein wichtiger Mann war.

Eines Sonntags, mehrere Monate nach der Hochzeit, bat die Mutter Giuseppe, gesalzenen Fisch zu Alfonso in die Hügel hinaufzubringen und dafür Wolle und Ziegenkäse einzutauschen.

Giuseppe war ein bisschen befangen, als er sich dem Hof näherte, auf dem Alfonso mit seiner Tochter lebte. Doch als Alfonso ihn bergauf steigen sah, begrüßte er ihn fröhlich, bat ihn in die Küche und rief seiner Tochter zu, sie möge ihm etwas Wasser holen.

Die steinerne Kate war klein, dunkel und kühl. In einer Ecke stand ein großer Ofen, der im Winter für Wärme sorgte. Draußen hatte Giuseppe einen aus Lehmziegeln gemauerten Ofen gesehen, auf dem Alfonso im Sommer kochte. Ein Holztisch und Stühle nahmen die Mitte des Raumes ein, in einer Ecke stand ein Spinnrad. Doch was Giuseppes Aufmerksamkeit wirklich fesselte, war ein Regalbrett an der Wand voller Bücher. Es waren bestimmt zwanzig, und er starrte sie staunend an.

Alfonso sah seinen Gesichtsausdruck und nahm eins der Bücher herunter, die auf den Einband geklebte Illustration zeigte einen Piraten. »Kannst du lesen, Junge?«

Giuseppe nickte. »Ich kenne das Alphabet und die Zahlen.«

»Das ist nicht lesen. Hast du jemals ein Buch gelesen?«

»Nein«, sagte Giuseppe leise.

»Möchtest du es gern tun?«, fragte Alfonso.

Giuseppe wusste es nicht. Seine Eltern achteten die wenigen Inselbewohner, die fließend lesen und schreiben konnten. Allerdings fanden die d'Aquinos, dass ihre Familie sich diese Fähigkeiten nicht unbedingt aneignen musste. Was hatten denn Fischer für einen Nutzen davon?

Langsam nickte Giuseppe.

Angelica, die mit dem Wasser hereingekommen war, machte eine aufmunternde Kopfbewegung. »Mein Vater findet, jeder sollte Bücher lesen«, sagte sie.

»Du kannst all diese Bücher lesen?«, fragte Giuseppe, und in seiner Stimme klang leiser Zweifel mit.

»Natürlich. Ich habe sie schon alle gelesen«, sagte Angelica.

Giuseppe war sprachlos, doch Alfonso lachte.

»Das stimmt nicht ganz, Angelica. Aber wenn du möchtest, Giuseppe, kannst du herkommen und jedes meiner Bücher lesen. Ich helfe dir dabei.«

Und so wanderte Giuseppe künftig einmal in der Woche, immer sonntags nach dem Kirchgang, den Hügel hinauf, um zusammen mit Alfonso zu lesen.

»Wozu lernst du denn Bücher lesen? Wir haben keine, und du wirst dir nie welche leisten können«, gab einer seiner Brüder zu bedenken.

Giuseppe zuckte die Achseln. »Vielleicht ist es eines Tages mal ganz nützlich.«

»Du willst ja nur Zeit mit der Tochter verbringen«, meinte ein anderer Bruder.

Giuseppe funkelte ihn wütend an und stapfte davon. Doch es war etwas Wahres daran.

Angelica bezauberte ihn. Giuseppe wusste, dass sie mit den Schafen und Ziegen herumstreifte und ebenso ein Geschöpf der Berge war wie diese. Hin und wieder traf er sie, wenn sie auf einer alten Steinmauer saß und die Tiere beobachtete. Dann wurde er verlegen und traute sich nicht, mit ihr zu sprechen, denn er fürchtete, dies könnte ihrem Vater missfallen. Doch sie, die so schüchtern wirkte, als er sie damals am Hafen zum ersten Mal gesehen hatte, plauderte jetzt ganz ungezwungen mit ihm über sein Leben auf dem Fischerboot und im Dorf. Giuseppe fiel auf, dass sie so viel mehr über die meisten Dinge – außer das Fischen – wusste, dass sie viel älter wirkte als er, obwohl sie fast gleichaltrig waren. Auch hätte seine Mutter nie mit einem solchen

Selbstvertrauen und solcher Gelassenheit mit seinem Vater geredet wie Angelica mit ihm.

Eines Tages fragte er sie schließlich: »Wie kommt es, dass du so reden kannst? Du weißt so viel.«

Angelica lachte auf. »Ich lebe hier ja vielleicht ruhig und abgeschieden, aber ich lese Bücher und unterhalte mich mit meinem Vater. Er ist ein kluger Mann und erzählt mir viele Geschichten.«

Giuseppe konnte sich nicht vorstellen, mit seinem Vater lange Gespräche zu führen. Dieser tat etwas kund, und die Familienmitglieder stimmten ihm zu. »Mein Vater hat mir beigebracht zu fischen. Es dauert viele Jahre, bis man das kann«, verteidigte Giuseppe ihn. »Dazu muss man keine Bücher lesen können, aber den Wind und die Wolken. Man muss wissen, was die Farbe des Meeres bedeutet, und die Vögel beobachten, damit man sieht, in welche Richtung sich ein Fischschwarm bewegt. Oder die Zeichen entschlüsseln können, wo die großen Fische jagen.«

Angelica hüpfte von der Mauer. »Das mag stimmen, aber mein Vater kann dir viele andere Dinge beibringen. Ich komme demnächst mal, wenn du liest, und höre zu.«

Und so tauchte Angelica hin und wieder an der Tür der Kate auf und lauschte Giuseppe, wenn er las und sich anstrengte, sich nicht dabei zu verhaspeln.

Nach einem Jahr konnte Giuseppe leidlich lesen, und Alfonso entschied, dass es für ihn an der Zeit war, sich Bücher auszuborgen, statt sie weiter laut vorzulesen. Dadurch kam Giuseppe nicht mehr so regelmäßig zum Hof des Schäfers, doch er fand immer wieder die Zeit, sich auf den Weg zu machen, um mit Alfonso zu reden. Der Schäfer hatte nicht immer auf der Insel gelebt. Er war gereist und gebildeter als die meisten Einwohner hier. Warum Alfonso als junger Mann fortgegangen war, wusste Giuseppe nicht, aber er war nach dem Tod von Angelicas Mutter auf die Insel zurückgekehrt. Nur zu gern lauschte Giuseppe den Geschichten aus jenen Tagen, die der Schäfer in Norditalien verbracht hatte. Alfonso sprach über Italiens Geschichte und Politik und die Zukunft des Landes, und Giuseppe hörte dem Schäfer aufmerksam zu.

Er versuchte sich die städtischen Straßen vorzustellen, wo es von Menschen wimmelte und Geschäfte voller Kleidung oder Läden mit allen möglichen exotischen Lebensmitteln oder nagelneuen, noch glänzenden Möbeln gab. Begeistert sprach Alfonso auch von Theatern, Konzertsälen, Opernhäusern und Kinos, die Stummfilme zeigten. Er versuchte sogar, Giuseppe die Automobile zu erklären, die dort herumfuhren, doch das überstieg die Vorstellungskraft des Jungen. Ihm schien diese Welt ohnehin völlig unwirklich, so sehr unterschied sie sich von dem einfachen Dorf, in dem er seit seiner Geburt lebte. Inzwischen bezweifelte Giuseppe sogar die Autorität des betagten Pfarrers, der als der klügste und gebildetste Mann auf der Insel galt. Im Vergleich zu Alfonsos wirkten sein Horizont und seine Erfahrung reichlich beschränkt. Nicht dass Giuseppe solche Gedanken je laut geäußert hätte. Doch mit jedem Gespräch, das er mit Alfonso führte, wuchs seine Neugier auf das Leben außerhalb der Grenzen seines Dorfes. Und wenn er schon nicht zu den Orten reisen konnte, an denen Alfonso gewesen war, so konnte er doch zumindest über sie lesen und von ihnen träumen.

»Giuseppe«, sagte Alfonso eines Tages, als sie beide am Tisch des Schäfers saßen, »weißt du eigentlich, dass Italien ein ziemlich junges Land ist? Es ist gerade mal fünfzig Jahre alt.« Alfonso brachte das Gespräch gern auf Dinge, von denen er annahm, dass Giuseppe nur wenig darüber wusste. Und der Junge lauschte ihm gern und lernte dazu.

»Das kann nicht sein«, entgegnete Giuseppe. »Ich weiß, dass es alt sein muss, denn auf unserer Insel gibt es viele Ruinen. Davon sind bestimmt einige älter als fünfzig Jahre.«

Alfonso lächelte. »O ja. Im Lauf der Jahrhunderte haben viele verschiedene Menschen auf dieser Insel gelebt – Griechen, Römer, Mauren und Christen, und alle haben sie mit ihren Bauten etwas aus ihrer Epoche hinterlassen. Nein, ich meine etwas anderes. Erst 1861 wurde Italien aus einer Menge unabhängiger Staaten gebildet, da vereinten sich Sizilien, Piemont, Neapel, Kalabrien und so weiter unter König Viktor Emanuel II. zu einem Land.«

»Aber Vater, du hast mir doch erzählt, dass das Land nicht geeint ist«, warf Angelica ein und setzte sich zu ihnen an den Tisch. »Du hast gesagt, die Menschen fühlen sich überhaupt nicht als Italiener.«

»Da hast du recht. Als ich durchs Land gereist bin, habe ich festgestellt, dass überall Trennlinien verlaufen. In erster Linie fühlen sich die Menschen ihrem Dorf verbunden, dann ihrer Region, und erst zum Schluss, falls sie überhaupt so weit denken, kommt Italien.«

»Vater hat auch erzählt, dass die Leute in Norditalien ihn kaum verstanden haben.«

»Wie das?«, staunte Giuseppe, der es für völlig unmöglich hielt, dass jemand den sehr deutlich sprechenden Alfonso nicht verstehen konnte. »Ich hatte noch nie Schwierigkeiten zu verstehen, was du sagst.«

»Danke, Giuseppe. Angelica meint, dass unser Dialekt hier im Süden ganz anders klingt als das, was die Menschen im Norden sprechen. Es ist buchstäblich eine andere Sprache.«

»Der Norden unterscheidet sich also sehr von hier?«

»In Städten wie Turin haben sie ganz moderne Ideen. Dort gibt es sogar eine Fabrik, die Autos herstellt. Fiat. Manche im Norden schauen auf die Leute aus dem Süden herab und halten sie alle für ungebildete Bauern.«

Giuseppe wurde verlegen, weil er wusste, dass dies auf seine Familie zutraf.

»Kopf hoch, mein Junge. Nicht alle Menschen im Norden sind so fortschrittlich wie die in Turin. Ich habe eine Weile in Venedig gearbeitet. Das ist ein wichtiger Hafen, aber die Stadt hat auch ihre Schwierigkeiten mit der Moderne, genau wie wir im Süden. In den Glasbläsereien dort arbeiten Zehnjährige so viele Stunden am Tag, dass sie an den Öfen einschlafen. Auch ist es eine sehr ungesunde Stadt, und viele Menschen dort sterben an Tuberkulose und Malaria.«

»Aber zu den Menschen im Norden ist die Natur nicht so grausam wie zu uns«, sagte Angelica. »Erzähl uns von dem Erdbeben in Messina«, bat sie.

»Ich habe dir diese Geschichte schon so oft erzählt – nun, warum nicht noch einmal. Doch nur in aller Kürze. Wir haben noch zu arbeiten, und Giuseppe muss vor Einbruch der Dunkelheit nach Hause kommen«, sagte Alfonso und lehnte sich auf dem Stuhl zurück.

»Ich war nicht in Messina, als die Erde bebte, Giuseppe, doch als ich wenige Wochen später dorthin kam, sah ich die schrecklichen Verwüstungen. Vor dem Erdbeben war Messina eine blühende Hafenstadt, doch eines Morgens im Dezember 1908 schlug das Schicksal zu. In nur dreißig Sekunden kamen hunderttausend Menschen ums Leben, und alle Gebäude der Stadt wurden zerstört. Zuerst begriff die Regierung gar nicht recht, was geschehen war, und unternahm kaum etwas, um zu helfen, obwohl der König den Ort der Katastrophe aufsuchte. Inzwischen widmet sich die Regierung angeblich dem Wiederaufbau der Stadt, aber jeder weiß, dass so etwas für manche Leute vor allem eine günstige Gelegenheit ist, sich mit Mauscheleien, Betrug und Unterschlagungen die eigenen Taschen zu füllen.«

»Wie schrecklich«, rief Giuseppe. »Warum unternehmen die Menschen dort nichts dagegen?«

»Als Sizilien ein Teil Italiens wurde, waren die Sizilianer begeistert. Sie glaubten, dass die Regierung ihnen helfen würde, sich aus der Armut zu befreien. Doch stattdessen wurden sie mit hohen Steuern belastet und zur Armee eingezogen. Weil die Berge unwegsam sind und die Regierung kein großes Interesse hatte, war es schwer, in Sizilien für Recht und Ordnung zu sorgen, und so bildeten sich gewalttätige Banden.«

»Mafiosi«, sagte Giuseppe, denn jeder wusste, dass diese Räuber und Erpresser Sizilien und auch die nahen Inseln in ihrem Würgegriff hielten und dort das Sagen hatten.

»Die meisten Sizilianer nehmen die Naturkatastrophen in ihrer Heimat stoisch hin. Sie glauben, man könne nichts dagegen tun. Aber sie sind völlig desillusioniert, was die Regierung in Rom angeht, und wollen die skrupellose Gewalt in ihrer Heimat nicht mehr ertragen. Deshalb wandern viele junge Leute aus.«

»Sie gehen nach Amerika, Vater, nicht wahr?«

»Ja. Jedes Jahr verlassen Tausende Sizilianer das Land, weil sie wissen, dass sie sich woanders ein besseres Leben aufbauen können.«

»Ein Cousin meines Schwagers ist ausgewandert und hat uns geschrieben, dass er jetzt zwei Anzüge besitzt«, erzählte Giuseppe und blickte an seiner schlecht sitzenden Hose herunter, die vor ihm schon zwei seiner Brüder getragen hatten. »Aber wahrscheinlich lügt er, denn wie soll das gehen?«

»Es könnte schon sein«, meinte Angelica. »Ich würde gern losziehen und es selbst herausfinden.« Sie sah Giuseppe an. »Und du?«

»Ich?« Er schüttelte den Kopf. »Die Chance werde ich wohl nie haben.«

»Sei dir da nicht so sicher, Giuseppe«, sagte Alfonso. »Das Leben ist voller Überraschungen.«

Die italienische Front, 1917

Die kleinen Armeezelte waren kaum auszumachen, so dicht schmiegten sie sich an die Felsen, die nur wenig Schutz vor dem Graupelschauer boten. In ihren elend kalten Unterständen und tropfnassen Höhlen unter den Zeltplanen kauerten die Männer mit feuchten Zigaretten, sprachen über die umlaufenden Gerüchte und ergingen sich in Mutmaßungen über die Lage an der Front.

Italien hatte sich den Alliierten angeschlossen und war im Mai 1915 in den Ersten Weltkrieg eingetreten. In elf blutigen Schlachten gegen die Österreicher hatten die Italiener bislang nur geringe Geländegewinne erzielt.

Über den Julischen Alpen, wo der Isonzo durch sein steiles, felsiges Tal strömt, zog es zu. Als der Regenschauer in einen Wolkenbruch überging, hüllte sich Giuseppe d'Aquino enger in seinen abgetragenen Umhang. Der kalte Wind verriet ihm, dass auf den Gipfeln Schnee fiel. Obwohl er erst einundzwanzig Jahre alt war, fühlte er sich nach den monatelangen Kämpfen wie ein erfahrener Veteran. Um ihn herum waren Soldaten aller Altersgruppen, die man aus den ländlichen Gebieten eingezogen hatte, Hände und Gesichter wettergegerbt von der Feldarbeit. Ursprünglich hatte sie der Kampf gegen die Österreicher geeint, doch jetzt wuchs die Unzufriedenheit. In ihrem alpinen Dreckloch nahe dem Städtchen Caporetto fühlten sich die Männer alleingelassen und wie Schachfiguren in einem Spiel, dessen Sinn sie nicht mehr verstanden. Der Wille, für ihr Land zu kämpfen, war kaum noch vorhanden.

Zum vielleicht hundertsten Mal hörte sich Giuseppe schweigend die endlosen Klagen der anderen Soldaten an.

»Was weiß dieser Marschall Cadorna denn schon?«, fragte ein Unteroffizier. »Andauernd entlässt er seine Generäle.«

»Jeder weiß, dass sie unverzüglich gefeuert werden, wenn sie sich in der Schlacht nicht sofort bewähren. In den letzten paar Monaten hatten wir fünf verschiedene Bataillonskommandeure. Nicht dass die letzten drei was getaugt hätten«, fiel sein Freund ein.

»Tja«, meinte der Unteroffizier. »Aber würdest du gern Männer in die Schlacht führen, wenn du weißt, dass ein Misserfolg deine Entlassung bedeutet? Da ist man doch lieber übervorsichtig.«

»Wenn man nicht entschlossen kämpft, kann man auch nicht siegen.«

Diesen Wortwechsel hörte Giuseppe nicht zum ersten Mal. Anfangs hatten ihn diese Worte schockiert. Er hatte angenommen, die erfahrenen Offiziere wüssten schon, was sie taten, doch jetzt, da sich die Kämpfe hinzogen, wurde klar, dass dies keineswegs der Fall war. Ich habe mich verändert, dachte er bei sich. Früher hätte ich nie an einem Mann gezweifelt, der so eindeutig über mir steht, aber inzwischen glaube ich einfach nicht mehr, dass solche Leute alles wissen.

»Natürlich ist General Capello ganz anders«, fuhr der Unteroffizier fort. Alle nickten, denn sie hatten ausnahmslos großes Vertrauen in ihren Oberbefehlshaber, der stets ein offensives Vorgehen befürwortete. »Aber ich habe Gerüchte gehört, er sei krank und man habe ihn zur Erholung nach Padua geschickt.«

Die anderen Soldaten schienen geradezu entsetzt angesichts dieser Nachricht. Sie sollten am nächsten Tag in die Schlacht ziehen.

»Vielleicht stimmt es ja gar nicht«, räumte der Unteroffizier ein. »Doch selbst wenn er gesund ist, wie soll er denn mit dieser Ausrüstung eine Schlacht gewinnen? Das ist doch alles Ramsch.«

Dagegen erhob sich kein Widerspruch. Italien hatte schlicht nicht die industrielle Kapazität, schnell auf Kriegsproduktion umzustellen, und so waren die Waffen der Soldaten völlig unzulänglich.

»Das ist die Schuld dieser Sozialisten in Turin! Ich habe von meinem Bruder gehört, dass sie Sabotage in den Fabriken betreiben, weil sie gegen diesen Krieg sind. Doch was ist mit uns? Wir stecken mittendrin und haben nie genug Munition«, meinte ein anderer Soldat, seiner Aussprache nach eindeutig ein Norditaliener.

»Und nicht genug Artillerie«, ergänzte der Freund des Unteroffiziers.

»Ich habe auch gehört, dass man diese Sozialisten inzwischen hierherschickt, um uns im Kampf zu unterstützen«, sagte der Unteroffizier, der über nie versiegende Gerüchtequellen zu verfügen schien.

Sofort wurde Entrüstung laut.

»Was sollen die uns denn nützen?«

»Will man damit sie oder uns bestrafen?«

»Diesen Sozialisten kann man nicht trauen. Die würden nicht kämpfen.«

Obwohl all diese Klagen völlig berechtigt waren, wusste Giuseppe, dass sich die Soldaten vor allem deshalb so ungerecht behandelt fühlten, weil die Heeresleitung sie total vernachlässigte. Keinem lag etwas an ihrem Wohlergehen oder ihrer Kampfmoral. Zwischen den Schlachten gab es nicht den leisesten Versuch, die Männer mit Freizeitaktivitäten abzulenken, geschweige denn ihnen Heimaturlaub zu bewilligen. Und so hatten sie keine Beschäftigung außer dem Kartenspiel und der Sorge um ihre Familien. Wer würde ihre Lieben beschützen und sich darum kümmern, dass sie genug zu essen hatten?

Die Klagen waren noch nicht verstummt, als der Feldwebel sich erhob. Er war ein kleiner, drahtiger Mann, der von seinen Männern geachtet wurde.

»Am besten, ihr legt euch jetzt hin und schlaft. Wir greifen morgen früh an.«

»Ja, Feldwebel Tommasi«, erwiderten die Männer und

zogen sich in ihre kalten, klammen Unterstände zurück. Giuseppe hatte sich in der Nähe des Feldwebels immer sicher gefühlt, denn er war in der Schlacht ein guter Anführer und trug Sorge, dass seine Männer nicht getötet wurden.

Der feindliche Beschuss setzte am frühen Morgen ein und dauerte zwei Stunden. Da die Italiener an feindliches Feuer gewöhnt waren, blieben sie in ihren Schützengräben in Deckung. Doch dann änderte sich alles. Der Beschuss wurde heftiger als alles, was sie bisher erlebt hatten, blitzschnell waren ihre dürftigen Unterstände zerstört. Und plötzlich bekam Giuseppe keine Luft mehr. Er fasste sich an die Kehle.

»Giftgas«, rief Feldwebel Tommasi seinen Männern zu und zog sich seine Gasmaske vors Gesicht.

Giuseppe war wie gelähmt, doch der Feldwebel drückte ihm eine Gasmaske in die Hand und danach noch vielen anderen Männern. Für einige war es jedoch zu spät, sie sanken zu Boden und wanden sich in Todesqualen, während das Giftgas ihre Lungen zersetzte. Giuseppe ergriff sein Gewehr und folgte Tommasi. Ganz offensichtlich war ihre Verteidigungslinie zusammengebrochen; das feindliche Heer strömte zu ihnen hinunter, doch sie waren bereit, es mit den Gegnern aufzunehmen. Da plötzlich wurde den Italienern klar, dass diese Männer, die da auf sie zustürmten, keine Österreicher waren. Sie trugen deutsche Uniformen!

Rasch rückten die feindlichen Soldaten ins Tal vor und brachen die italienische Verteidigungslinie auf. Die Moral der Italiener sackte ins Bodenlose. Bis zum Einbruch der Dunkelheit hatten sich Tausende ergeben und gefangen nehmen lassen. Für sie war der Krieg vorbei.

Doch Tommasi und seine Einheit kämpften auch noch am nächsten Tag mit aller Entschlossenheit. Dennoch war unverkennbar, dass sie den taktisch und waffenmäßig überlegenen Feinden nicht gewachsen waren.

Als es dunkel wurde, sprach der Feldwebel schließlich aus, was alle dachten.

»Wollt ihr den Rest des Krieges als Gefangene verbringen oder nach Hause?«, fragte Tommasi die Männer, die von seiner Einheit noch übrig waren. Viele waren verwundet und alle erschöpft und demoralisiert.

»Nach Hause«, flüsterte Giuseppe. Die anderen nickten zustimmend.

»Gut«, sagte Tommasi. »Dann also nach Hause.«

Angeführt von Feldwebel Tommasi, bewegten sich Giuseppe und der Rest der Einheit vorsichtig einen schmalen Pfad entlang. Giuseppe konnte nur mit Mühe Schritt halten, denn inzwischen hatten sich die Sohlen von seinen Stiefeln gelöst, und scharfe Steine schnitten ihm in die Fußsohlen. Mit einem Schmerzensschrei blieb er stehen und stützte sich auf sein Gewehr. Die anderen Männer ließen sich neben dem Pfad im Schutz hoher Bäume nieder und sahen zu, wie Tommasi Giuseppe die Stiefel auszog und seine blutigen Füße untersuchte. Mit einem Lumpen, trockenem Gras und einer zerlöcherten Socke behob Tommasi den Schaden, so gut er konnte, ehe er alle aufforderte weiterzugehen.

Plötzlich packte der Feldwebel Giuseppes Gewehr und warf es in die Büsche, bevor er seine eigene Waffe hinterherschleuderte.

»Pfft!« Er spitzte die Lippen. »Die brauchen wir nicht mehr.«

Und er wies die anderen Männern an, seinem Beispiel zu folgen. Nach anfänglicher Überraschung gehorchten sie.

Giuseppe ignorierte seine schmerzenden Füße und humpelte an einem Stock die Talstraße entlang.

Zivilisten, die mit ihren Besitztümern auf Leiterwagen und Schubkarren vor dem Feind flüchteten, machten den abrückenden Soldaten den Platz auf der Straße streitig. Italienische Verstärkung, entsandt, um die Lage zu retten, kam einfach nicht durch. Dennoch vollzog sich der Rückzug weiterhin geordnet und ohne Hast, als hätten die Soldaten alle Zeit der Welt, um heil und gesund an ihren heimischen Ofen zurückzukehren. In den verlassenen Dörfern auf ihrer Strecke organisierten sie Essen und Getränke. Und wenn sie an einem Offizier vorbeikamen, befahl Feldwebel Tommasi den Männern zu salutieren. Als ein Militär-Dienstwagen auf sie zukam, wichen sie an den Straßenrand aus, um ihn durchzulassen. Auf dem Rücksitz erkannten sie den verhassten General Cadorna, und unaufgefordert standen sie stramm und salutierten, bis der Wagen vorbeigefahren war.

Tommasi erklärte mit Nachdruck, es sei keine Schande, was sie taten. Wie viel besser war es schließlich für ihre Familien, wenn sie heimkehrten, anstatt Gefangene der Deutschen zu sein?

»Immerhin wurden die einfachen Soldaten von der Heeresleitung im Stich gelassen und nicht umgekehrt«, meinte Feldwebel Tommasi.

Und es ist dieselbe Regierung, die schon die Einwohner von Messina im Stich gelassen hat, dachte Giuseppe bei sich. Sie scherte sich nicht im Geringsten um die einfachen Leute. Doch was würde jetzt aus ihnen werden? Da fiel ihm ein, was Alfonso über Amerika erzählt hatte. Vielleicht sollte auch er dorthin gehen, weit fort von diesem Land, das so wenig zu bieten hatte. Vielleicht konnte er Angelica überreden, mitzugehen. Der Gedanke verlieh ihm einen federnden Schritt. Er konnte es kaum erwarten, auf seine Insel zurückzukehren, um mit den beiden zu sprechen.

Doch als Giuseppe schließlich auf seine Insel heimkehrte, erwarteten ihn schreckliche Neuigkeiten. Angelica war gestorben, während Giuseppe fort war.

»Wie das? Was ist passiert?«, fragte er verzweifelt.

Sein Vater schüttelte den Kopf. »Es ging ganz schnell. Man konnte nichts tun. Es war Gottes Wille. Gehst du Alfonso besuchen?«

Giuseppe nahm den vertrauten Pfad durch die Hügel. Ein scharfer, heulender Wind, Widerhall der Schreie in seinem Innern, bremste seinen Schritt. Die steinerne Kate schien sich vor dem Wind zu ducken, und zum ersten Mal hatte er es nicht eilig, sie zu erreichen.

Alfonso stand vor der Tür – eine einsame, dunkel umrissene Gestalt vor schiefergrauem Himmel.

Reglos wartete Angelicas Vater, bis Giuseppe bei ihm angekommen war, dann hob er die Schultern, eine Geste der Hilflosigkeit und der Bestürzung. Erschüttert sah der junge Mann, wie tief sich der Schmerz in Alfonsos Züge gegraben hatte. Er umarmte ihn.

»Meine Tochter ist nicht mehr. Sie war das Licht meines Lebens«, sagte Alfonso mit vor Gram erstickter Stimme.

Stumm nickte Giuseppe, er brachte keinen Ton heraus.

»Angelica, mein Engel …« Tränen stiegen Alfonso in die Augen. »Sie war ein wilder, freier Vogel. Nur wenige hätten sie zähmen können.« Er hielt inne. »Sie hat deinen Namen gerufen … am Ende.« Dann versagte ihm die Stimme, und er wandte sich ab.

Zusammen gingen sie in die Kate, die Zufluchtsstätte, an die Giuseppe in den kalten, harten und gefährlichen Tagen an der Front oft gedacht hatte. Wie hatte er sich nach der Gesellschaft des klugen Alfonso gesehnt, nach der Freude, anhand der Seiten eines Buches eine ganze Welt zu entdecken, und immer auch nach Angelica. Dabei hatte er davon geträumt, dass er eines Tages ein neues, anderes Leben in Amerika mit ihr führen würde.

Giuseppe und Alfonso nahmen ihre üblichen Plätze ein. Dabei wurde Giuseppes Blick unvermeidlich von dem kleinen Fenster angezogen, hinter dem er so oft Angelica erspäht hatte, die mit wehenden Locken die Ziegen und Schafe von der oberen Weide zur Kate hinuntertrieb, damit sie Zeit mit ihm verbringen konnte.

Aus Alfonso schien alle Energie und Begeisterungsfähigkeit gewichen zu sein. Es war, als hätte sich alles, was sein Wesen ausmachte, verflüchtigt. Angelica hatte sich eine Schnittwunde am Bein zugezogen, die sich entzündet hatte. Niemand wusste, wie man die Infektion in den Griff bekommen konnte, und schließlich war sie daran gestorben.

Keiner konnte Alfonso seine Tochter mit ihrem scharfen Verstand und ihrem kecken Humor ersetzen, das war Giuseppe klar. Trotzdem bot er an, ihn künftig regelmäßig zu besuchen. Doch zu seiner Überraschung lehnte Alfonso ab.

»Nein! Du musst dir ein neues Leben aufbauen. Und ich habe dir nichts mehr zu bieten.« Mit diesen Worten drehte sich der Schäfer um und ging hinaus.

Auch nach Kriegsende wurde das Leben auf der Insel nicht leichter. Einige der Fischer, die gedient hatten, fuhren wieder aufs Meer hinaus. Andere lagen auf irgendeinem Schlachtfeld begraben. Die Armut war schlimmer als zuvor, denn für den Krieg waren einige Boote requiriert und nie zurückgegeben worden. Die Inselbewohner fragten sich, wozu das ganze Gemetzel gut gewesen sein sollte. Sie jedenfalls hatten nichts davon gehabt.

Doch die Unzufriedenheit beschränkte sich nicht auf die Insel, sie breitete sich im ganzen Land aus. Trotz des nachfolgenden, lärmend gefeierten Sieges bei Vittorio Veneto trieb die Niederlage von Caporetto den Männern, die dort gekämpft hatten, immer noch die Schamröte ins Gesicht. Man empörte sich darüber, dass Italien im Vertrag von Saint-Germain weniger Gebiete als erwartet zugestanden wurden. Mehr als eine halbe Million Italiener hatten ihr Leben gelassen, die Wirtschaft lag am Boden, es herrschten hohe Arbeitslosigkeit und Inflation. Schlimmer noch, die zunehmende Ernüchterung über die schwache Regierung führte überall im Land zu immer heftigeren Unruhen mit Streiks und Zusammenstößen zwischen den unterschiedlichen politischen Gruppierungen. Politisch motivierte Straßenkämpfe, sogar Morde, waren in den Städten gang und gäbe.

Die Entwicklung beunruhigte Giuseppe, und er wünschte sich, Angelica wäre da und würde mit ihm darüber reden. Auch Alfonso fehlte ihm als Gesprächspartner, denn seit Angelicas Tod hatte sich der Schäfer völlig zurückgezogen und weigerte sich, mit irgendwem zu sprechen; er trank Grappa und verschwand zu langen, einsamen Wanderungen in den Bergen.

Eines Abends am Küchentisch – seine Mutter und Großmutter hatten Kartoffeln aufgetischt, die mit Knoblauch und Oliven in Tomatenpassata aus den wenigen Tomaten, die sie angepflanzt hatten, gegart waren – legte Giuseppe die Gabel hin und sagte leise: »Hier habe ich keine Zukunft. Ich möchte fort. Jenseits dieser Insel liegt die weite Welt, in der ich mein Glück probieren möchte. Daran denke ich nun schon eine ganze Weile.«

»Du hast dich zu viel mit Alfonso abgegeben«, erwiderte sein Vater.

»Hier kommt keiner auf einen grünen Zweig«, beharrte Giuseppe.

»Unser Urgroßvater, unser Großvater und unser Vater kamen auf dieser Insel zurecht«, entgegnete sein ältester Bruder. »Unsere Familie ist stark. Wir werden überleben.« Die anderen Männer am Tisch nickten heftig.

Doch da ergriff zu aller Überraschung Giuseppes Großmutter Celestina Partei für ihren Enkel. »Den Leuten, die von hier fortgegangen sind, geht es besser als uns«, erklärte sie. »Der Boden auf dieser Insel ist so trocken, dass wir kaum genug Gemüse für uns anbauen können. Bald werden wir Steine essen. Und wenn unsere Zisternen leer sind, kaufen wir Wasser. Stellt euch das mal vor! Was für ein Leben! Wir haben nichts. Als ich einmal den Metzger nach ein paar alten Knochen für eine Suppe gefragt habe, hat er mich ausgelacht und auf den Friedhof geschickt, dort lägen welche.« Sie schüttelte den Kopf. »Und dieser verschrumpelte Miesepeter von einem Milchmann!« Celestina machte eine obszöne Geste, und Giuseppe hatte Mühe, nicht laut herauszulachen. Sein Vater und seine Brüder hielten die Köpfe gesenkt, doch seine Mutter pflichtete der alten Frau bei und machte ebenfalls ihrem Herzen Luft.

»Ja, er verdünnt die Ziegenmilch mit Wasser!«, stimmte sie zu. »Manchmal glaube ich, es wird hier nie besser werden.«

»Willst du nach Amerika?«, fragte Großmutter Celestina. Sie spitzte die Lippen. »Dort gehen alle hin.«

»Aber was willst du in Amerika tun? Außer fischen kannst du doch nichts«, meinte einer seiner Brüder.

»Die Verwandten deines Schwagers arbeiten dort in Fabriken und verdienen gut. Wie würde es seiner Familie ergehen ohne all das Geld, das sie nach Hause schicken?«, fragte Celestina und setzte unverblümt hinzu: »So etwas könnten wir auch gut brauchen.«

»Aber können wir es uns denn leisten, Giuseppe nach Amerika zu schicken?«, wollte sein Vater wissen.

»Du hast nicht einmal ein Paar Schuhe«, höhnte einer seiner Brüder.

»Er hat seine alten Armeestiefel«, sagte seine Mutter. »Die kann man reparieren.«

Wieder ergriff Großmutter Celestina das Wort. »Wir müssen für seine Fahrkarte alles zusammenlegen, was wir unter unseren Matratzen horten. Giuseppe hat breite Schultern. Er wird nach Amerika gehen, hart arbeiten und gutes Geld verdienen. Er wird uns Geld schicken, um es uns zurückzuzahlen, und dann kommt er wieder und sucht sich eine Frau.« Dabei legte sie die letzte Kartoffel auf Giuseppes Teller.

Alle blickten Giuseppes Vater an, der bedächtig nickte. Damit war die Sache entschieden.

2

Es dauerte Monate, bis die d'Aquinos genug Geld zusammengekratzt hatten, um Giuseppes Überfahrt nach Amerika zu bezahlen, aber während dieser Zeit stand er im Mittelpunkt der Aufmerksamkeit, wann immer er ins Dorf ging. Man beneidete und ermutigte ihn, und manchmal hatte er das Gefühl, die anderen Familien des kleinen Fischerdorfes hofften, er würde mit seinem Vorhaben zugleich auch ihre Träume und Ziele verwirklichen.

Ihm kam es vor, als hätten auf die eine oder andere Weise alle Dorfbewohner dazu beigetragen, seine Reise zu ermöglichen, sei es durch einen kleinen Betrag, Kleidung oder praktische Gegenstände, die sie ihm schenkten, oder durch die Adressen von Verwandten – Beweise, wie lebhaft jeder Anteil an seiner Reise nahm. Und alle rechneten damit, dass es nicht lange dauern würde, bis Giuseppe in Amerika Fuß fasste und anfing, Geld an seine Familie zu schicken – das dann auf verschiedenen Wegen seinen Weg ins Dorf finden würde.

Großmutter Celestina war stolz auf Giuseppe und prahlte, er würde in Amerika großen Erfolg haben. Doch sie klagte auch, sie werde es nicht mehr erleben, dass er auf die Insel zurückkehrte und sich eine Frau aussuchte.

Prompt neckten ihre Freundinnen sie: »Er könnte sich eine amerikanische Ehefrau nehmen.« Daraufhin gab Celestina naserümpfend zurück, er würde auf jeden Fall eine Einheimische heiraten, weil sie viel besser kochen könnten als die Amerikanerinnen.

Wie die meisten Dorfbewohner hatten Giuseppe und seine Familie nur eine verschwommene Vorstellung von Amerika. Sein Schwager erzählte ihm von den Briefen seines Cousins. Darin war von Gebäuden die Rede, die so hoch wie ein Berg seien, von Straßen, so breit wie vier *barcas,* und von Geschäften und Lokalen, wo es alles Mögliche in Hülle und Fülle zu essen gab, sogar sizilianische Gerichte und neapolitanische Pizzen. Zudem schilderte der Cousin das rege Treiben in der Fabrik, in der er arbeitete. Giuseppe war beeindruckt, hoffte allerdings, Arbeit als Fischer zu finden, zumal er eigentlich nicht wusste, was eine Fabrik überhaupt war.

Als seine Abfahrt näher rückte, lastete der bevorstehende Abschied schwer auf seinen Schultern. Er musste seine Sache gut machen, das stand fest, nicht nur sich selbst zuliebe, sondern für die ganze Familie und seine Freunde auf der Insel, die ihm von ihren kümmerlichen Ersparnissen gegeben hatten, was sie entbehren konnten, um seine Überfahrt zu bezahlen.

Eines Tages überraschte ihn sein Vater mit einem gut erhaltenen Koffer aus zweiter Hand.

»Wo kommt der her?«, fragte Giuseppe.

»Alfonso«, erwiderte sein Vater. »Gestern Nachmittag ist er ganz unauffällig ins Dorf geschlichen und meinte, er hätte gehört, dass du nach Amerika gehen willst. Er sagt, dass er den Koffer nicht mehr braucht, und da ist er also.«

Giuseppe war dankbar, dass er seine Kleider nicht als

Bündel mit sich herumschleppen musste. Als er später den Koffer öffnete, entdeckte er in einem Umschlag etwas Geld und Glückwünsche für sein neues Leben. Endlich hatte er genug beisammen, um ein Ticket dritter Klasse nach Amerika zu kaufen. Es wurde ausgemacht, dass jemand aus New Jersey, der mit seinem Schwager verwandt war, ihn in New York abholen sollte.

»Du wohnst bei seiner Familie«, bestimmte die Mutter. »Bis du genug Geld verdient hast und wieder heimkommst und dir eine Frau suchst.«

Als der Tag seiner Abreise heranrückte, prägte Giuseppe sich die Landschaft der Insel ein, um ihr Bild in seinem Kopf und seinem Herzen zu bewahren. Seine alten Kleider waren geflickt, gewaschen und zusammengefaltet, aber bevor er sie in seinen Koffer packte, sagte sein Vater, er habe noch etwas für ihn.

»Ich habe dir diese *traffena* gemacht«, sagte er. »Ich hoffe, du hast in Amerika die Möglichkeit, einen großen Fisch zu erlegen.«

Giuseppe betrachtete die vertraute, furchteinflößende Waffe mit den sieben Zacken und seufzte. »Danke, Vater, die ist wundervoll.«

Auch Großmutter Celestina hatte ein Geschenk für ihn. Sie nahm ihn beiseite und drückte ihm einen vergilbten Umschlag in die Hand. »Wenn es sein muss, verkauf das – aber lass dich nicht übers Ohr hauen.«

Giuseppe war entgeistert, als er einen goldenen Ring mit rotem Stein auswickelte. »Den kann ich nicht annehmen!« Das letzte Mal hatte er den Ring an der Hand seiner Großmutter gesehen, als sie in ihrem besten schwarzen Kleid mit dem feinen Spitzenkragen ihren Hochzeitstag feierte. Seit

Großvater Bruno gestorben war, hatte sie ihn nie wieder getragen.

»Dieser Ring gehörte meiner Großmutter, er ist also sehr alt. Ich habe gehofft, ihn eines Tages deiner Frau schenken zu können, aber jetzt, da du ein neues Leben in Amerika anfängst, ist er für dich wichtiger. Verkauf ihn, wenn du Geld brauchst«, beharrte sie.

»Nonna, ich weiß nicht, was ich sagen soll. Ich hoffe, dass ich ihn nie verkaufen muss, und ich werde ihn wieder mitbringen, damit du ihn an meinem Hochzeitstag tragen kannst«, erwiderte Giuseppe.

»Auf diesen Tag warte ich«, sagte sie mit einem wehmütigen Lächeln.

Als sich die Nachricht verbreitete, dass Giuseppe mit der Fähre, die zwischen den Inseln verkehrte, abreisen würde, gingen die Wogen der Erregung hoch. Es gab Freunde, die ihn neckten. Andere beklagten mit ihm, wie sehr er seine Heimat und seine Familie vermissen würde. Wieder andere meinten, sie wünschten diese Chance auch für sich. Alle waren sich einig, dass die Reise ein großer, vielleicht unwiderruflicher Schritt in seinem Leben war.

Auf dem Weg zum Hafen weinte seine Mutter ununterbrochen. Alle Dorfbewohner hatten sich an der Kaimauer aufgereiht, um mit anzusehen, wie er das Boot bestieg, das ihn nach Messina bringen sollte. Von dort würde er die Fähre zum Festland nehmen, um dann mit dem Zug nach Neapel zu fahren. Für viele Insulaner war allein schon die Vorstellung einer Reise aufs Festland und von dort zum großen Hafen von Neapel ein Abenteuer für sich. Geschweige denn, dort einen Hochseedampfer nach Amerika zu besteigen.

Das schwarze Haar mit Pomade zurückgekämmt, fühlte sich Giuseppe unbehaglich in seiner dunklen Sergehose und dem Hemd mit Krawatte. Ebenso wie sein etwas zu großes Jackett waren die Sachen aus Schachteln und Schränken geräumt worden, wo sie auf besondere Anlässe gewartet hatten. Und zum ersten Mal trug er Schuhe statt der reparierten Armeestiefel, die sich in seinem Koffer befanden. Die Schuhe hatten dem Bruder des Bäckers gehört, der im Krieg gefallen war. Dem Bäcker waren sie zu klein, aber Giuseppe passten sie – jetzt auf Hochglanz poliert und mit neuen Schnürsenkeln versehen – ganz gut.

Als sein Koffer, auf dem in weißen Buchstaben »G. d'Aquino« stand, in das Boot eingeladen wurde, wünschten ihm seine Freunde alles Gute und viel Glück in Amerika. Giuseppe nahm Abschied von seiner Familie und den Insulanern und sinnierte, wie lange es dauern würde, bis er sie wiedersah.

»Wenn du hart arbeitest«, sagte der Vater, als er seinen Sohn mit einer Träne im Augenwinkel umarmte, »ist Gott mit dir.«

Das kleine Holzboot tuckerte aus der Bucht, und Giuseppe beobachtete, wie die vertraute Gestalt seiner felsigen Inselheimat in der Ferne verschwamm. Er hoffte, dass oben auf einem Hügel Alfonso stand und zusah, wie er in ein neues Abenteuer aufbrach. Alfonso und Angelica war er etwas schuldig, denn sie hatten ihn überhaupt erst auf die Idee gebracht, in einer anderen Welt, wo der Horizont nicht durch Armut verbaut war, ein neues Leben anzufangen.

Stunden später traf er in Messina ein, von wo ihn am nächsten Tag eine Fähre aufs Festland bringen würde.

Die Überfahrt auf der überfüllten Fähre dauerte nicht

lange, und er fand mühelos den Weg zum Bahnhof. Dort stellte er allerdings fest, dass erst am folgenden Morgen ein Zug nach Neapel ging. Also machte er es sich auf dem Bahnsteig gemütlich, aß ein paar Eier, etwas Käse und hartes Brot, das ihm seine Mutter eingepackt hatte, und legte sich schlafen.

Gegen sechs Uhr morgens fuhr der Zug in den Bahnhof ein, und Giuseppe bemerkte, dass er noch keine Fahrkarte gekauft hatte. Er rannte zum Schalter, wo sich bereits eine lange Schlange gebildet hatte.

Ich hätte die Fahrkarte gestern Abend kaufen sollen, haderte er mit sich. Jetzt könnte ich den Zug verpassen.

Das wäre auch fast passiert, denn die Schlange bewegte sich nur schleppend, doch schließlich hielt er seine Fahrkarte in der Hand und rannte zurück zum Bahnsteig. Kaum hatte er in dem vollen Zug Platz für sich und sein Gepäck gefunden, setzte sich die Lokomotive, schwarzen Rauch ausstoßend, in Bewegung.

Die italienische Eisenbahn war nach dem Krieg in einem beklagenswerten Zustand, und Giuseppe musste sich damit abfinden, dass der Waggon der dritten Klasse schmutzig und überfüllt war. Er konnte sich gerade noch auf die Ecke einer Sitzbank quetschen, um dann durch verschmierte Fenster zu beobachten, wie der Zug gemächlich durch ländliche Gebiete, kleine Städte und Dörfer zuckelte.

Als die Nacht anbrach, aß er nur ein wenig von den Vorräten seiner Mutter; den Rest wollte er aufsparen, weil die Reise länger dauern würde, als er vermutet hatte. Eine Weile döste er vor sich hin, aber als die keuchende Lok auf ein Nebengleis fuhr, wachte er vom Klappern und Kreischen der Stahlräder schlagartig auf. Dann gingen die Lichter aus.

Die Passagiere ignorierten diesen ungeplanten Zwischenhalt zunächst, aber nach etwa einer Stunde stiegen einige aus und gingen die Gleise entlang zum Waggon des Schaffners, um zu erfahren, was passiert war. Schließlich leuchteten die trüben Lichter wieder auf. Durchs Fenster sah Giuseppe, wie der Schaffner und der Lokführer Laternen schwenkend am Zug entlangliefen und Fragen der ungehaltenen Passagiere beantworteten.

Die Wasserbehälter im Waggon waren schnell leer, und die Leute teilten, was sie noch an Lebensmitteln hatten, oder verspeisten sie heimlich im Dunkeln. Giuseppe teilte seine letzten Vorräte mit einer älteren Frau. Dann stiegen die Leute, die an den Gleisen entlanggegangen waren, wieder ein, während man sich zuraunte, es seien Überfälle von Banditen zu befürchten, die hier in der Gegend ihr Unwesen trieben.

Der Morgen war schon angebrochen, als der Zug ruckartig und mit knirschenden Rädern, einer Dampfwolke und einem jämmerlichen Tuten wieder anrollte. Als er auf das Hauptgleis zurückkehrte, beschleunigte sich das Klickklack seiner Räder, wie um die verlorene Zeit wieder aufzuholen.

Dennoch sorgte sich Giuseppe, dass er sein Schiff nicht erreichen würde. Er hatte auf dieser Reise schon zu viel Zeit verloren.

Sobald er in Neapel ankam, erkundigte er sich nach dem Weg zum Hafen. Zweimal verlief er sich und musste erneut fragen. Als er schließlich am Kai stand, stellte er fest, dass die *SS Providence* bereits am frühen Morgen nach New York aufgebrochen war. Fassungslos stand er da und starrte auf den verwaisten Pier. Er konnte nicht glauben, dass der Dampfer, der ihn zu seinem neuen Leben nach Amerika hätte bringen sollen, ohne ihn abgelegt hatte.

»Nein, nein, nein!«, rief er.

Er rannte von einem Ende des Hafens zum anderen, verzweifelt hoffend, dass ein Irrtum vorlag, dass das Schiff irgendwo anders vertäut war und auf ihn wartete. Aber der Kai lag verlassen da.

Giuseppe ließ sich auf eine Kiste sinken und schlug die Hände vors Gesicht. Wie sollte er seiner Familie erklären, was passiert war? Er war so ein Narr! Ich hätte für die Fahrt nach Neapel mehr Zeit einplanen sollen, sagte er sich. All die Verzögerungen hatte er nicht vorhergesehen.

Dann wurde seine Scham von Angst verdrängt. Was sollte er jetzt tun? Wie lange würde er auf das nächste Schiff warten müssen? Wie viel würde es kosten, unterdessen in Neapel zu bleiben? Einst war er vielleicht ein tapferer Soldat gewesen, doch jetzt fühlte er sich wie ein kleiner Junge. Hätte er doch nur Alfonso oder seinen Vater herbeizaubern und um Rat fragen können! Er dachte an Angelica und fragte sich, ob sie Mitleid mit ihm hätte oder ihn einfach auslachen würde, wie er so niedergeschlagen auf dem leeren Kai hockte. Dieser Gedanke ließ Giuseppe handeln. Er stand auf und ging zum Büro des Schifffahrtsamts, das er am Eingang zum Hafen gesehen hatte.

Dort angekommen, erzählte er überstürzt seine Geschichte einem Beamten, doch der bekundete schulterzuckend sein Desinteresse an dem naiven jungen Mann, offenbar ein Landei. Aber eine ältere Frau, die das Gespräch mit anhörte, zeigte Mitgefühl für Giuseppe und ging lächelnd auf ihn zu. Giuseppe war dankbar für ihre Anteilnahme und erzählte ihr seine Geschichte von Anfang an. Als sie ihm aber sagte, es gehe in den nächsten zwei Wochen kein Schiff mehr nach New York, machte Giuseppe ein langes Gesicht. Er erklärte, er habe nicht genug Geld, um so lange in Neapel zu bleiben und dann noch eine Fahrkarte für den Dampfer zu kaufen.

Sie verstand sein Dilemma. »Sie können ein Ticket für die *Ricconigi* kaufen. Das ist ein Frachter, der einige Passagiere mitnimmt und morgen Nachmittag ablegt.«

»Nach Amerika?«, fragte Giuseppe. In seinen Augen leuchtete Hoffnung.

»Nein. Nach Australien. Etwas anderes kann ich Ihnen nicht bieten. Da es ein Frachter ist, kostet Sie die Überfahrt nicht mehr als nach Amerika.«

»Australien?« Giuseppe starrte sie an. Er rief sich in Erinnerung, was er über das Land gehört hatte. »Das ist so weit weg, am anderen Ende der Welt! Ich glaube nicht, dass ich jemanden kenne, der nach Australien gegangen ist.«

Die Frau lachte. »Viele junge Männer aus Süditalien sind dort, Sizilianer, Kalabresen. Soviel ich weiß, arbeiten sie auf Zuckerrohrplantagen. Harte Arbeit, aber sie verdienen gutes Geld.«

»Ich bin Fischer«, sagte Giuseppe stolz.

»Dann können Sie in Australien vielleicht fischen«, meinte die Frau. »Das müssen natürlich Sie entscheiden.«

Giuseppe überlegte kurz, aber ihm schien, dass ihm sonst nur wenige Möglichkeiten blieben. Und er durfte seine Familie keinesfalls enttäuschen, indem er wieder heimfuhr. Vielleicht würde er in Australien genug verdienen, um nach Amerika weiterzureisen.

»Das mache ich«, erklärte er.

Er zahlte für die Überfahrt und ließ sein Gepäck bei der netten Frau im Schifffahrtsamt.

Bis zur Abfahrt seines Schiffes blieben ihm noch vierundzwanzig Stunden. Also machte sich Giuseppe auf, um die historische Altstadt Neapels zu erkunden.

Staunend betrachtete er die prächtigen Gebäude, Brunnen, Statuen und antiken Ruinen. Zum ersten Mal wurde ihm das reiche kulturelle Erbe seines Landes vor Augen geführt. Ihm ging auf, wie wenig Ahnung er von Geschichte hatte, abgesehen von dem, was ihm Alfonso beigebracht hatte. Später setzte er sich in ein Straßenlokal an der Piazza Dante und nippte an einem kalten Getränk. Die Preise für das Essen in dem Café schockierten ihn so, dass er beschloss, erst auf dem Schiff wieder etwas zu essen.

Er beobachtete die Menschen, die über den Platz hasteten, und überlegte, was sie machten und warum sie es so eilig hatten. Hier war alles in Bewegung. Selbst die Gäste, die an den Tischen saßen, wirkten nervös. Es war ganz anders als daheim, wo die Männer den Tag vertrödelten, in Ruhe ein Schwätzchen hielten und rauchten, während sie Netze flickten oder das Wetter und den Fischfang erörterten. Hier in der Stadt herrschte hektisches Treiben, und überall hörte man Musik.

Mit Tränen in den Augen lauschte Giuseppe einem Tenor, der auf der anderen Seite des Platzes hingebungsvoll sang, während Passanten Münzen in den Hut zu seinen Füßen warfen. Aber noch bevor er seine Arie beendet hatte, stürmten Jugendliche in schwarzen Hemden Parolen rufend um die Ecke, rempelten ihn um und stahlen sein Geld.

Der Kellner, der Giuseppes entsetzte Miene sah, erklärte: »Das sind Mussolinis Schläger, die gegen Sozialisten und Kommunisten sind. Die Behörden lassen ihnen zu viel durchgehen, sogar Mord! Diese Faschisten pöbeln jeden an, der nicht ihrer Meinung ist. Dafür haben wir nicht gekämpft, finde ich.«

Giuseppe nickte, obwohl er keine Ahnung von Politik hatte.

»Diese politischen Unruhen sind eine Krankheit«, fügte der Kellner hinzu. »Und wir Italiener haben darunter zu leiden.«

»Ich gehe weg aus Italien«, platzte Giuseppe heraus. »Ich fahre nach Australien.«

Der Kellner wischte Giuseppes Tisch mit einem feuchten Lappen ab. »Wen kennst du in Australien?«, wollte er wissen.

»Niemanden. Eigentlich wollte ich nach Amerika, aber ich habe den Dampfer verpasst. Mein Zug hatte Verspätung.«

Der Kellner zuckte die Achseln. »Vielleicht ist es Schicksal, dass du jetzt nach Australien gehst. Viel Glück, he! Ciao.«

»Das hoffe ich«, murmelte Giuseppe, als er aufstand und über den Platz lief, wobei er den Jugendlichen auswich, die vor einem kleinen Laden die Fäuste schüttelten und Sprechchöre anstimmten. Der Inhaber war geflohen, ohne sein Obst gegen die Bande zu verteidigen.

Am Abend kehrte Giuseppe zum Hafen zurück, um dort die Nacht zu verbringen. Als er den Kai überquerte, sah er einen anderen jungen Mann und fragte ihn, ob er auch nach Australien fahre.

»Ja, genau. Ich bin früh hergekommen, denn wenn man mit dem Frachter reist, muss man zeitig an Bord gehen, um die beste Koje zu ergattern. Mit sechs und mehr Leuten in einer Kajüte kann's recht gemütlich werden.«

»Bist du schon mal gereist?«, fragte Giuseppe.

Der andere schüttelte den Kopf. »Mein Bruder ist letztes Jahr mit dem Frachter nach Australien gefahren, und der hat mich gewarnt. Er sagt auch, dass man bei den Mahlzeiten früh dran sein muss.« Er zwinkerte Giuseppe zu. »Halte dich an mich, ich kenne mich auf einem Schiff aus, obwohl ich noch nie zur See gefahren bin!« Lachend streckte er ihm die Hand hin. »Antonio.«

»Giuseppe. Giuseppe d'Aquino.«

»Du kommst aus Sizilien?«, fragte Antonio, der Giuseppes Akzent erkannte. »Wo willst du hin?«

»Ich wollte nach Amerika, habe aber den Dampfer verpasst. Jetzt habe ich beschlossen, nach Australien zu gehen. Was ich dort machen werde, weiß ich noch nicht. Ich bin Fischer.«

»Ich gehe nach Queensland zu meinem Bruder auf die Zuckerrohrplantagen. Aber dort will ich nicht bleiben«, erklärte Antonio. »Ich habe gehört, dass man viele Möglichkeiten hat. Man kann sogar Gold suchen!«

»Ich kenne mich nur mit der Fischerei aus.«

Antonio zuckte die Achseln. »Tja, du bist dort ja auf dich gestellt.« Er zündete sich eine Zigarette an. »Wie wär's mit einer Pizza? Ich weiß ein billiges Lokal«, fügte er hinzu.

Giuseppe war hungrig, und offensichtlich kannte sich Antonio in Neapel aus. »Gut. Aber ich habe nicht viel Geld. Bist du schon lange in Neapel?«

»Seit ein paar Wochen. Ich habe bei einem Freund aus meinem Dorf gewohnt. Er hat mir alles gezeigt.« Antonio sah Giuseppe ernst an. »Wo ich dich hinbringe, brauchst du nicht viel Geld, aber pass auf das auf, was du hast. Die Taschendiebe hier verstehen ihr Geschäft.«

Giuseppe wollte schon sagen, dass er sein Geld im Schuh aufbewahrte, doch es kam ihm albern vor. Also klopfte er auf sein Jackett und sagte: »Meine Großmutter hat es mir in die Tasche eingenäht.«

»Ah ja. Die Ganoven sehen uns an, dass wir vom Land kommen – für die sind wir leichte Beute. Wo bist du denn daheim?«

Unterwegs erzählte Giuseppe Antonio von der Insel, dem Fischfang mit seinem Vater und seinen Brüdern, und wie hart der Kampf ums Überleben war.

Antonio nickte. »Ja, vielen Leuten geht es so. Kein Wunder, dass die Italiener zu Tausenden auswandern. In meinem Dorf auf Sardinien leben nur noch alte Leute. Die meisten meiner Freunde sind nach Amerika gegangen.«

Die Pizzeria sah genauso aus, wie Antonio sie beschrieben hatte: ein winziges Lokal mit einem Holzofen, einem kleinen Rollwagen mit den Zutaten und ein paar Holztischen. Der Pizzabäcker walkte und wendete die Teigkugeln geschickt und zog sie kreisrund aus, bestrich sie mit Tomatensauce, streute eine Handvoll Käse, ein paar Zwiebeln und Oliven darauf und schob sie dann mit seinem Holzschieber in den Ofen vor die brennenden Holzscheite. Nach kürzester Zeit waren die Pizzen fertig und wurden, mit ein paar Basilikumblättern garniert, den Gästen aufgetischt.

Giuseppe bezahlte mit ein paar Münzen und biss in den dünnen, knusprigen Boden. Verzückt schloss er die Augen. »Du hast recht. Die ist richtig gut.«

Antonio grinste. »Wenn du magst, kann ich dir noch mehr von Neapel zeigen.«

Nach dem Essen führte ihn Antonio in eine Straße, wo vollbusige Mädchen in gewagter Kleidung an Hauseingängen lehnten und die beiden gutaussehenden jungen Männer ansprachen. Als sie vorübergingen, wurden sie mit spöttischen Bemerkungen bedacht.

»Die verlangen zu viel. Die Seeleute haben sie verdorben«, murmelte Antonio, bemüht, wie ein Mann von Welt zu klingen. »Hattest du schon ein Mädchen?«

Giuseppe schüttelte den Kopf. Er wusste, was Antonio meinte, sagte aber: »Ich spare mein Geld lieber. Vielleicht sind die Mädchen in Australien ja darauf erpicht, mit einem netten sizilianischen Jungen zu gehen?«

Antonio grinste ihn an. »Vielleicht magst du ja mit mir nach Queensland kommen? Wir könnten uns zusammentun.«

»Vielleicht«, erwiderte Giuseppe, froh darüber, dass er einen Freund gefunden hatte.

Antonio kicherte. »Und auf See lassen wir es uns gutgehen, he? Während die Landratten seekrank in ihren Kojen liegen!«

Sie kehrten zum Kai zurück und suchten sich einen Schlafplatz. Irgendwann in den frühen Morgenstunden legte die *Ricconigi* am Kai an. Giuseppe rannte schnell zum Schifffahrtsamt, um seinen Koffer zu holen. Sobald sie durften, gingen er und Antonio an Bord, um ihre Kajüten zu suchen, die in einem engen, düsteren Gang nah beieinanderlagen.

»Nimm die obere Koje neben dem Bullauge und verstau deine Sachen unter der unteren Koje. Und trau den Leuten in deiner Kajüte nicht über den Weg. Behalt dein Geld immer bei dir«, riet ihm Antonio.

Aber selbst der gutgelaunte Antonio verstummte, als sie die engen, schmutzigen Kabinen sahen, in denen sie untergebracht waren. Es roch muffig, und das graue Bettzeug auf den dünnen Kokosfasermatratzen sah aus, als sei es seit vielen Überfahrten nicht mehr gewaschen worden. Die Toilette und die Waschgelegenheit waren sehr primitiv. Später erfuhren sie, dass sie das Wasser zum Wäschewaschen mit einem Eimer aus dem Meer schöpfen mussten.

Als sie sich etwas zu essen holten, erwartete sie die nächste Enttäuschung. Als Speisesaal diente ein Gang neben der Kombüse, in der die Mahlzeiten zubereitet wurden. Die Passagiere bedienten sich selbst aus den Töpfen und setzten sich mit ihrem Teller entweder auf einen der wenigen Stühle, die an der Wand standen, oder suchten sich einen anderen Platz irgendwo auf dem Schiff. Die üblen Gerüche aus der schmierigen Kombüse veranlassten viele, ihr Essen mit an Deck zu nehmen, obwohl es an der frischen Luft schneller kalt wurde.

Der Speiseplan war eintönig. Zum Frühstück gab es Schiffszwieback und wässrigen Kaffee mit Zucker, aber ohne Milch. Bei den anderen Mahlzeiten wurde Pasta, meist Makkaroni, serviert, dazu Bohnen und Fleisch. Dass es regelmäßig Fleisch gab, erschien den meisten Passagieren anfangs als Luxus, aber bald verlor die graue zähe Masse, die fast nur aus Sehnen bestand, ihren Reiz.

»Kein Wunder, dass das Ticket so billig war«, murrte Antonio.

Der erste Tag verging wie hinter einem Nebelschleier. Giuseppe und Antonio erkundeten das Schiff, während die

Ricconigi die Bucht von Neapel und den gewaltigen Vesuv mit einer Wolkenhaube hinter sich ließ. Die beiden erkannten, dass die Reise auf diesem Frachter der Gesundheit nicht zuträglich sein würde, denn die menschliche Fracht war offenbar weniger wert als die kommerzielle Ladung im Schiffsbauch.

Die rund sechzig Passagiere traten in zwei Schichten zum Essen an. Frauen und Kinder, die größere Gruppe, waren zuerst an der Reihe. Viele der Mütter mit Nachwuchs folgten ihren Ehemännern, die teilweise schon vor Jahren nach Australien gegangen waren. Dunkel und schlicht gekleidet, fanden sie sich unter Deck in Grüppchen zusammen, strickten und häkelten, plauderten und beaufsichtigten ihre Kinder, die mit allem Möglichen spielten, was sie finden konnten.

Giuseppe stellte fest, dass auch einige wenige Malteser an Bord waren. Italiener und Malteser verbrüderten sich selten. Die Malteser meinten, sie seien etwas Besseres, blieben unter sich und beschwerten sich bei der Besatzung über die Zustände auf dem Schiff.

Die Italiener bildeten eine laute, fröhliche Gruppe. Alle hatten eine ähnliche Geschichte, waren voller Pläne und hofften auf den Erfolg in Australien. Offenbar hatten alle Verwandte in Australien oder kannten dort jemanden, und sie erzählten einander gern, was sie von diesem neuen Land gehört hatten. Giuseppe lauschte den Erzählungen aufmerksam und sammelte Hinweise, wo er sich am besten nach Arbeit umsehen sollte. Nach allem, was er hörte, war Australien mit gefährlichen Tieren bevölkert, Spinnen, Schlangen und vor allem Haien.

»*Squali*, ja, die haben wir auch in Sizilien – manchmal

schwimmen sie mit dem Thunfisch, aber sie sind harmlos«, meinte Giuseppe.

»Ich würde es nicht drauf anlegen, einen zu fangen«, warf Antonio ein.

Andere Männer berichteten von Menschen, die in der Wüste einem Angriff wilder Hunde oder wütender Wildschweine zum Opfer gefallen seien, und Giuseppe wurde klar, wie wenig er über Australien wusste. Das Land erschien ihm nicht gerade einladend, aber wenigstens gab es dort, soweit er hörte, keine Erdbeben.

»Und in den Städten? Ist es dort ungefährlich? Ich würde mich gern in einem Küstenort niederlassen, damit ich fischen kann.«

»Giuseppe, der Fischer!«, lachten die anderen. »Du wirst als Handlanger an Deck anfangen müssen. Vielleicht solltest du in Fremantle aussteigen. Da gibt es Fischerboote.«

Giuseppe fand das den besten Vorschlag, seit er an Bord war.

»Vielleicht mache ich das«, sagte er.

Nach ein paar Tagen auf See fiel Giuseppe ein, dass er seinen Eltern schreiben sollte, die nichts von seinen geänderten Plänen wussten; er wollte ihnen erklären, warum er jetzt nicht nach Amerika, sondern nach Australien unterwegs war. Also bat er den Zahlmeister um Papier und ging damit zu dem kleinen Aufenthaltsraum. Abends traf man hier einige ältere Männer an, die lärmend rauchten und Briscola spielten. Am Vormittag blieb er aber normalerweise ungenutzt, weil es heiß und stickig darin war und sich die Passagiere lieber an Deck aufhielten.

Als Giuseppe eintrat, war er daher überrascht, eine junge Frau vorzufinden, die ein Bücherregal durchsah. Er blieb im Eingang stehen und schnappte nach Luft. Sie hatte ihm den Rücken zugekehrt, doch was Giuseppe in den Bann schlug, war der Anblick der langen rotbraunen Locken, die ihr auf den Rücken fielen. Auch wenn die Haare eine andere Farbe hatten, erinnerte ihn die üppige Pracht an Angelica.

Er hüstelte höflich, sie fuhr zusammen und ließ ein Buch fallen.

Giuseppe eilte zu ihr und hob es auf.

»Tut mir leid, ich wollte Sie nicht erschrecken …« Er reichte ihr das Buch und suchte beim Anblick ihrer hellen Haut, der Sommersprossen und der leuchtend blauen Augen, die ihn an das Meer an einem Sommermorgen erinnerten, vergebens nach Worten. Mit einem Lächeln nahm sie das Buch entgegen und sagte etwas auf Englisch.

»Ich spreche nicht *Inglese*«, erwiderte er unglücklich. »Sprechen Sie Italienisch?«

Sie schüttelte den Kopf, lächelte ihn aber an.

Giuseppe las den Titel ihres Buches, der englisch war. Rasch musterte er die anderen Bücher im Regal, die meisten in italienischer Sprache, wählte eines aus und hielt es in die Höhe. »Ich lese das da.«

Sie nickte und wirkte erfreut, vielleicht auch beeindruckt. Dann deutete sie auf eine Weltkarte an der Wand. »Fremantle, Melbourne, Sydney?« Sie sprach langsam und deutete dabei nacheinander auf die drei Häfen, die die *Ricconigi* in Australien anlaufen würde. Ihre Stimme hatte einen entzückenden singenden Tonfall.

Giuseppe konnte den Blick nicht von ihr wenden. Noch nie hatte er ein Mädchen gesehen, das so schön war. Sie ähnelte den Madonnen, die er in Alfonsos Kunstbüchern gesehen hatte. Und sie war anders als alle jungen Frauen, die er je zu Gesicht bekommen hatte. Sie schien von innen heraus zu leuchten. Vergleichen konnte er sie nur mit Angelica, aber Angelica war wie die Erde, ein wilder freier Geist der Berge, und sie hatte bei ihm nie solche Empfindungen ausgelöst wie dieses Mädchen – beschleunigter Atem, Gänsehaut am ganzen Körper, rasender Puls. Dieses Mädchen war der Himmel, das Meer und die sanfte Brise, und sie wühlte ihn auf, wie er es noch nie erlebt hatte.

Neugierig legte sie den Kopf schief, und wieder verzogen sich ihre Mundwinkel zu einem Lächeln.

Giuseppe wandte seine Aufmerksamkeit erneut der Karte zu. Er deutete auf das Mädchen und dann wieder auf Australien. »Wo steigen Sie aus?«, fragte er auf Italienisch.

Sie verstand. »Sydney«, erwiderte sie klar und deutlich. »Sydney.« Sie zeigte auf die Karte.

Giuseppe hatte die Idee, in Fremantle von Bord zu gehen, bereits verworfen.

Ihr Lächeln erwidernd, sagte er: »Ja. Ich steige auch in Sydney aus.« Er tippte sich auf die Brust. »Ich bin Giuseppe.«

»Bridget«, sagte sie. Dann fügte sie hinzu: »Bridie. Bridie.«

»Bridie«, wiederholte er und ließ das Wort auf der Zunge zergehen.

Wieder wies sie auf die Karte und zeigte ihm eine Insel im Atlantik. Dann tippte sie sich auf die Brust und zeigte noch einmal auf Irland. Giuseppe begriff und war froh, dass Alfonso ihn auch seinen Atlas hatte studieren lassen. Er deutete auf den stecknadelkopfgroßen Punkt seiner Insel vor der italienischen Küste. »Da bin ich daheim.«

Sie sah genau hin und deutete mit zwei Fingern an, dass die Insel winzig sei.

Giuseppe nickte lachend. »Ja, klein.« Er hob die Arme wie ein Gewichtheber. »Aber es ist eine großartige Insel.« Er küsste seine Fingerspitzen. »Und eine gute Insel.«

Bridie sagte noch mehr, aber er verstand es nicht, und ihr Gespräch kam zum Erliegen. Dann deutete Bridie auf den Briefbogen in Giuseppes Hand und tat so, als würde sie schreiben.

Er schaute auf das Papier und den Füllfederhalter. »Ich schreibe an meine Mutter. *Mia mamma.*«

»Ah, Mamma.« Wieder nickte und lächelte sie. Giuseppe versuchte das Gespräch in Gang zu halten, was ihm wegen der Verständigungsprobleme nicht recht gelang. Nach ein paar Minuten nickte Bridie ihm zum Abschied zu und verließ mit ihrem Buch die kleine Bibliothek.

»Arrivederci«, rief Giuseppe.

Er schrieb seinen Brief, den seine Familie wahrscheinlich zum Pfarrer bringen würde, der ihn vorlesen sollte. Giuseppe versprach, wieder zu schreiben, wenn er in Australien angekommen war, und bat seine Eltern, sich keine Sorgen zu machen.

Als er dem Zahlmeister, der Englisch konnte, den Füller zurückbrachte, fragte er ihn höflich, ob er etwas über Bridget, das irische Mädchen, wisse.

»Sie reist allein. Einige Malteserinnen, die Englisch sprechen, leisten ihr Gesellschaft, und sie spielt auch manchmal mit den Kindern.«

Giuseppe war schockiert. »Um allein zu reisen, ist sie noch ziemlich jung. Italienerinnen würden das nie tun. Schade, dass wir nicht miteinander reden können.« Da kam ihm eine Idee. »Sie könnten uns doch Unterricht geben, damit wir Englisch lernen? Bridget könnte helfen.«

Zunächst schüttelte der Zahlmeister den Kopf, doch als Giuseppe hartnäckig blieb, meinte er schließlich: »Ich habe ein paar englische Sprachführer und ein Englischwörterbuch. Mal sehen, was ich tun kann.«

Giuseppe konnte sonst niemanden dafür interessieren, Englisch zu lernen. Dennoch setzte er sich mit den Büchern, die ihm der Zahlmeister geliehen hatte, in den Aufenthaltsraum und wartete, bis Bridie erschien. Er begrüßte sie und zeigte ihr seine Bücher. Ihre Augen leuchteten, und sie ahmte pantomimisch Lesen und Schreiben nach.

Giuseppe nickte begeistert.

Mit Hilfe einiger Gesten und einer Wanduhr vereinbarten sie, dass sie sich jeden Morgen und nach dem Abendessen in dem kleinen Aufenthaltsraum treffen würden. Aber die Idee ließ sich schwer umsetzen, weil Bridie in der ersten Schicht mit den anderen Frauen aß und die Männer nach der zweiten Schicht in dem Raum trinken und Karten spielen wollten.

»Dann esse ich auch früher!«, entschied Giuseppe.

Zunächst erntete Giuseppe skeptische Blicke, als er sich beim Essen zu den Frauen gesellte. In den ersten Tagen wurden Giuseppe und Bridie mit unverhohlener Neugier beäugt. Doch als der Zahlmeister dazukam, mit ihnen plauderte und zwischen Italienisch und Englisch hin- und herübersetzte, ihnen auch eine Grammatik gab, die er gefunden hatte, erhielt ihre Freundschaft das Siegel öffentlicher Billigung.

Giuseppe ertappte sich dabei, dass er sein Haar kämmte, sein Hemd glatt strich, sich Gesicht und Hände wusch und die groben Scherze seiner Kameraden ignorierte, ehe er sich mit Bridie bei den Mahlzeiten traf. Sie war immer ordentlich gekleidet und hatte ihr Haar mit einer Schleife im Nacken zusammengebunden.

Nach einer Weile achtete niemand mehr auf sie, nicht einmal als Giuseppe Bridie vorschlug, ihre Mahlzeiten draußen an Deck einzunehmen.

Das Wörterbuch wurde ihr bester Freund. Während es hin- und herwanderte, schlugen Bridie und Giuseppe nicht nur Wörter nach, sondern stellten einander auch Fragen und beantworteten sie. Manchmal gesellte sich der Zahlmeister zu ihnen und half. Bald fanden sich auch einige Malteser ein, weil man Spaß mit dem jungen Paar hatte. Wenn einer einen Fehler machte, lachten sie beide, und Giuseppe konnte nur staunen, wie entspannt er sich fühlte. Bridie war stets höflich und beherrscht, aber Giuseppe ging bald auf, dass auch sie aus einem kleinen Dorf stammte.

Auf dem Weg zum Suezkanal fuhr die *Ricconigi* keinen Hafen mehr an; die Tage auf See schienen endlos. Den Kindern wurde langweilig, und oft zogen sich die Frauen, die sich krank, unglücklich oder einsam fühlten, in ihre Kojen zurück. Noch schlimmer wurde es, als ihr Schiff im Kanal mit einem Turbinenschaden hängenblieb und sie tagelang vor Anker lagen, bis die Fahrt weiterging.

Die Männer wurden nervös, und manchmal gab es Streit.

Aber Giuseppe störte das alles nicht. Für ihn begann jeder Tag in der freudigen Erwartung, dass er ihn wieder mit Bridie verbringen konnte. Denn jetzt stellten sie ungeachtet der Sprachschwierigkeiten fest, wie gern sie zusammen waren. Auf das eselsohrige Wörterbuch zurückgreifend, erzählten sie einander Stück für Stück ihre Kindheitsgeschichte.

Um körperlich nicht abzubauen, wanderten sie unablässig auf dem Deck herum, und dabei mussten sie sich gar nicht ständig unterhalten. Als einmal ein kalter Wind aufkam und Bridie in ihrer dünnen Musselinbluse zitterte, zog Giuseppe sein Jackett aus, legte es ihr um die Schultern und umfasste sie sachte mit dem Arm, ehe er ihn wieder zurückzog.

Als endlich der Suezkanal hinter ihnen lag, wurde es stürmisch. Das ausladende Schiff rollte und schlingerte. Viele Passagiere wurden seekrank, und dem Sanitäter an Bord gingen bald die Ideen und die Medikamente aus.

Bridie und Giuseppe hingegen freuten sich an der steifen Brise und den hohen Wellen. Sie schoben ihre Deckstühle an eine windgeschützte Stelle, um dort auszuharren, denn Sturm an Deck war ihnen lieber als die übelriechenden Kajüten unten. Es war nass und windig, aber seltsam warm.

Im Vorbeigehen grinste ein Seemann Giuseppe zu, deutete aber zum Horizont. »Der Sturm könnte stärker werden. Haltet eure Rettungswesten bereit.«

»Kannst du schwimmen?«, fragte Giuseppe Bridie und machte Schwimmbewegungen mit den Armen.

Sorgenvoll schüttelte sie den Kopf.

Giuseppe nahm ihre Hand, lächelte beruhigend und deutete auf ein an Deck befestigtes Rettungsboot. Er tat, als würde er rudern, beschirmte mit der Hand die Augen, als würde er aufs Meer hinausblicken, dann salutierte er und hielt den Daumen hoch.

Bridie lachte. In diesem Augenblick brach ein Platzregen los, so dass das Deck patschnass wurde. Zugleich wären beide fast von einem Windstoß umgerissen worden. Bridie glitt aus, und Giuseppe griff nach ihrem Arm. Aber sie schien es zu genießen, dass der Wind sie umtoste. Sekunden später flatterte ihr Haarband im Wind, sie griff danach, damit es nicht wegflog, und löste dabei ihr Haar. Als Giuseppe sah, wie ihr die nassen Locken um das lachende Gesicht wehten, verschlug es ihm den Atem, und er küsste sie auf die Wange. Entsetzt über seine impulsive Reaktion machte er einen Schritt rückwärts und hoffte, dass er nicht ihren Zorn auf sich gezogen hatte.

Bridie berührte ihre Wange dort, wo er sie geküsst hatte, lächelte schüchtern und schüttelte den Kopf.

»Es tut mir leid, Giuseppe, aber du weißt das nicht. Ich bin sehr gern deine Freundin, aber mehr kann ich nicht sein. Weißt du, ich fahre nach Australien, um einen Mann zu heiraten, den ich von Kindheit an kenne.« Während Giuseppe ihre Worte zu begreifen versuchte, zog sie eine Kette mit einem Medaillon hervor, die sie um den Hals trug. Sie öffnete das Medaillon, zeigte Giuseppe das Bild des jungen Mannes darin und tat dann so, als würde sie sich einen Ring an den Finger stecken.

»Ach. Ich verstehe«, sagte er leise, würdigte das Bild kaum eines Blickes und sah stattdessen Bridie tief in die Augen.

Dann fügte er in gebrochenem Englisch hinzu: »Du reist allein zu ihm. Sehr tapfer.«

»Ich dachte, es wäre ein Abenteuer! Ronan hat Arbeit in Sydney. Er hat mir geschrieben und mich gebeten, ihn zu heiraten. Also habe ich eine Stellung als Kindermädchen bei einer englischen Familie angetreten, die nach Italien fuhr. Als wir in Neapel angekommen waren, habe ich gekündigt und mir ein Ticket für die *Ricconigi* gekauft. Aber ich habe mich so einsam gefühlt, bis ich einen wunderbaren Freund gefunden habe.« Sie lächelte ihn an.

Giuseppe, der nicht alles verstanden hatte, begriff immerhin, dass sie verlobt war. Doch er meinte: »Wir können aber Freunde sein, *si?*« Mit einem warmherzigen Lächeln nahm er ihre Hand.

Bridie schien sich zu freuen und nickte. Gemeinsam traten sie wieder auf das windgepeitschte Deck hinaus und setzten ihren Spaziergang fort.

Giuseppe versuchte weiterhin, entspannt mit ihr umzugehen, und nahm eine eher brüderliche Beschützerrolle ein, um ihre Freundschaft zu erhalten. Wenn er aber im Dunkeln allein in seiner Koje lag und hörte, wie die anderen Männer in seiner Kajüte schnarchten und husteten, sehnte er sich schmerzlich nach Bridie. Neben dem körperlichen Verlangen, das er empfand, machte ihn auch der Gedanke traurig, dass sie einen anderen heiraten würde.

Antonio spöttelte, als Giuseppe ihm von Bridies Verlobung erzählte.

»Warum willst du sie überhaupt heiraten, wo es doch in Australien so viele brave italienische Mädchen gibt, die nur auf dich warten? Du kennst dich in der Welt nicht genug aus, vor allem nicht mit Frauen, um jetzt schon die richtige Wahl zu treffen.« Dann wechselte er das Thema: »Hast du dich schon entschieden, wo du in Australien von Bord gehst?«

»In Sydney, aber danach fahre ich vielleicht mit dir zum Zuckerrohrschneiden nach Queensland.«

»Gute Idee. Es ist harte Arbeit, aber du verdienst Geld, das du deinen Eltern schicken kannst.«

Obwohl er wusste, dass sie einen anderen heiraten würde, war Giuseppe völlig vernarrt in Bridie. Wenn er sie aus der Ferne sah, verschlug es ihm den Atem, sein Herz raste und er strahlte unwillkürlich. Er genoss die Zeit, die sie auf dem Schiff verbrachten, eine Zeit zwischen den Entscheidungen, eine Zeit, die nur ihnen gehörte und in die sich niemand drängen konnte. Wenn sie nebeneinander an der Reling standen und auf den Ozean hinausblickten, während gelegentlich ein Vogel über ihnen kreiste und das Schiff eine weiß schäumende Spur in die Wogen zeichnete, wünschte er, diese Reise würde niemals enden.

Als die *Ricconigi* schließlich in Bombay anlegte, freuten sich alle auf den Landgang. Giuseppe gefielen die großen schwarzen Raben nicht, die sich rund ums Schiff und auf dem Kai herumtrieben; er fand, sie sahen böse aus. Antonio wollte sofort von Bord gehen, um die Stadt zu erkunden, und Giuseppe fragte Bridie, ob sie mitkommen wollte.

Indien, und vor allem die Bettler, schockierten sie alle drei.

»Bei uns in Italien gibt es auch Armut«, sagte Antonio. »Aber das kann man gar nicht vergleichen.«

»Wenn ich diese Bettler sehe, habe ich das Gefühl, dass ich alles habe, was ich brauche«, stellte Giuseppe fest.

Sie besaßen keine Rupien, die sie den Leuten hätten geben können, die sie umkreisten, die Hände ausstreckten und *»Bakschisch, baba«* riefen. Aber ihnen wurde rasch klar, dass sie, selbst wenn sie noch so viel gegeben hätten, niemals alle Bedürftigen hätten zufriedenstellen können.

»Kommt«, meinte Antonio. »Lasst uns mal schauen, ob wir etwas Genießbares zu essen finden.«

»Ich zahle, falls wir jemanden finden, der mein englisches Geld nimmt«, bot Bridie an. »Ihr beiden könnt es mir ja später zurückgeben, wenn ihr möchtet.«

Sie fanden ein billiges Restaurant und beschlossen, sich versuchshalber ein Currygericht zu teilen. Den beiden Männern machte die Schärfe nicht so viel aus, aber sie lachten über Bridies tapfere Versuche, etwas davon herunterzubringen. Der Wirt begriff das Problem und servierte ihr ein weiteres Gericht, bestehend aus Reis und Gemüse.

»Das war köstlich«, meinte sie, als sie fertig war. »Nach dem Fraß, den wir an Bord kriegen, hatte ich schon vergessen, wie richtiges Essen schmeckt.«

Den Rest des Tages wanderten sie in der belebten Stadt umher und schwelgten in den Eindrücken, Düften und Klängen, die auf sie einstürmten. Giuseppe konnte es gar nicht fassen, dass er sich in so einem exotischen Land befand. Jedenfalls würde er Mühe haben, seiner Familie in seinem nächsten Brief zu beschreiben, wie es in Indien war.

Alle drei bedauerten, dass sie am Spätnachmittag wieder an Bord sein mussten, denn sie würden in den frühen Morgenstunden nach Colombo weiterreisen.

»Dieses eine Mal, wo man sich einen Maschinenschaden wünscht, funktioniert auf diesem Schiff alles tadellos. Ich hatte gehofft, wir würden ein bisschen länger bleiben«, meinte Antonio. »Vermutlich müssen wir die Zeit reinholen, die wir im Suezkanal verloren haben.«

Aber Colombo erwies sich als angenehme Stadt, nicht so überwältigend wie Bombay, wenn auch sehr viel wärmer. Nach einem Spaziergang auf der Strandpromenade machten sie einen Abstecher auf den Markt. Staunend betrachteten sie die Waren, die hier feilgeboten wurden: Seide, Gewürze, Goldschmuck und Schnitzereien aller Art. Giuseppe wollte ein Souvenir für Bridie erstehen. An einem Stand entdeckte er Holzelefanten, die ihm gefielen, doch er hatte keine Rupien und konnte schlecht Bridie bitten, ihm etwas zu leihen. Während Antonio und Bridie vorausgingen, betrachtete er die verschiedenen Elefanten. Sie reichten von beinahe lebensgroß bis zu kleinen Statuen aus Elfenbein oder Holz. Da entdeckte er den Zahlmeister, der auf ihn zukam. Rasch erklärte er ihm sein Problem, worauf der Zahlmeister nickte und ihm ein paar Münzen gab.

»Zahl es mir in Lire zurück, wenn wir wieder auf dem Schiff sind«, sagte er.

Auf Englisch, Italienisch und mit Händen und Füßen verständigte sich Giuseppe mit dem Händler, der ihm erklärte, sein Geld reiche nur für einen ganz kleinen Elefanten. Er nahm einen aus Holz in die Hand.

»Sandelholz, Sandelholz«, versicherte ihm der Händler.

Giuseppe zahlte den geforderten Preis und lief los, um Bridie und Antonio einzuholen.

»Für dich«, sagte er und reichte Bridie den kleinen Elefanten.

»Vielen Dank, Giuseppe. Ich werde ihn in Ehren halten. Und jedes Mal wenn ich ihn ansehe, werde ich an diesen Tag zurückdenken.«

Giuseppe war nicht sicher, was Bridie gesagt hatte, aber dass sie sich über sein Geschenk freute, sah er ihr an.

Während das Schiff Kurs auf Australien nahm, lernte Giuseppe noch eifriger Englisch als zuvor. Manchmal las ihm Bridie aus einem Buch vor, und er konnte bereits erfassen, worum es ging. Außerdem liebte er den Klang ihrer Stimme.

Der Zahlmeister verkündete, bei der Überquerung des

Äquators sei eine Zeremonie vorgesehen. Bisher waren die Passagiere von der Mannschaft ignoriert worden, die ihre zahlenden Gäste eher als Hindernis anzusehen schien. Also war man begeistert, dass an diesem großen Ereignis alle teilnehmen sollten.

König Neptun, mit grünem Bart und verblichener goldener Robe kaum als Zahlmeister zu erkennen, begrüßte sie alle. Nachdem die Männer mit einer puddingartigen Substanz eingerieben worden waren, wurden sie in ein flaches Becken geworfen, das auf dem Deck aufgebaut war. Die Kinder kreischten vor Vergnügen angesichts der Erwachsenen, die mit einem energischen »hau ruck!« vom Meereskönig in das Becken befördert wurden. Die stets in Schwarz gekleideten italienischen Frauen sahen amüsiert zu. Auch der Kapitän in seiner weißen Uniform schmunzelte verhalten. Auf der Reise hatte er sich bisher kaum blicken lassen, und die Passagiere musterten ihn voll Ehrfurcht.

Als Giuseppe an der Reihe war, sein Bad zu nehmen, jubelten alle. Er war beliebt. Die Frauen bewunderten seinen kräftigen braungebrannten Oberkörper, seine muskulösen Arme und Beine und sein offenes Gesicht, in dem sich sein großes Herz zu spiegeln schien. Auch die Männer mochten ihn, weil er stets gut gelaunt und freundlich war.

Danach lief Giuseppe zu Bridie und hielt ihr ein Blatt Papier hin. »Schau, von König Neptun!«, verkündete er lachend.

Seine ansteckende Fröhlichkeit entlockte ihr ein Lächeln. Auf der Urkunde, die mit goldenen Schnörkeln eingefasst war, prangte ein Aquarell, das König Neptun mit Algenbart und Krone darstellte; sein Dreizack erinnerte

Giuseppe an seine *traffena.* Das Papier war vergilbt, als wäre es schon seit einiger Zeit gelagert worden. Darauf stand zu lesen, er habe erfolgreich »die Linie überquert« und sei bei König Neptun und seinem Hofstaat in den Meeren südlich des Äquators willkommen.

In diesem Moment kam Signor Armellini, einer der maltesischen Passagiere, mit einer Kamera auf Bridie und Giuseppe zu. »Miss O'Grady, darf ich Sie und Ihren Freund fotografieren?«

»Aber ja, vielen Dank«, erwiderte Bridie höflich.

Giuseppe war begeistert, dass er mit Bridie fotografiert werden sollte. Er griff nach seinem Hemd und zog es über, während Bridie aufstand und sich neben ihn stellte. Durch sein feuchtes Hemd spürte Giuseppe Bridies dünne Bluse an seinem kühlen Arm. Sie waren ein ungleiches Paar, wie sie so in die Kamera lächelten: Bridie wie aus dem Ei gepellt und Giuseppe mit nassen, zerzausten Haaren, verknittertem Hemd und nackten braunen Beinen, in der Hand die Urkunde. Beide strahlten und wirkten völlig ungezwungen.

»Ich hätte gern einen Abzug von dem Foto, Signor Armellini«, bat Giuseppe.

»Das lässt sich machen.«

Einige Tage später erhielten beide einen Abzug, und das Bild wurde Giuseppes kostbarster Besitz.

Später am Abend zog sich König Neptun in die Tiefe des Meeres zurück, und nun wurde aufgespielt und getanzt. Einige der Italiener holten ihre Ziehharmonikas und Mandolinen hervor, und alle stimmten in die alten Lieblingslieder mit ein. Giuseppe erkannte einige Melodien, die er auf den Straßen von Neapel gehört hatte. Als Paare zu tanzen begannen, forderte der Zahlmeister, jetzt wieder in seiner gewohnten Uniform, Bridie auf. Nach dem Tanz erschien es ganz natürlich, dass nun Giuseppe sie auf die Tanzfläche führte. In diesen allzu kurzen Augenblicken, als er Bridie in den Armen hielt, war sie für ihn die schönste Frau der Welt.

An Bord der *Ricconigi* herrschte große Aufregung, als sie sich der Westküste Australiens näherten. Einige Passagiere stiegen schon in Fremantle aus, dem ersten Hafen, den sie anliefen. Das Schiff ging in einiger Entfernung von der Küste vor Anker, und eine Motorbarkasse brachte Beamte der Einwanderungsbehörde an Bord. Alle Passagiere wurden aufs Hauptdeck gerufen, um die Einwanderungsformalitäten zu erledigen. Da hörte Giuseppe, wie einige Passagiere über eine berüchtigte Diktatprüfung tuschelten.

»Was bedeutet das?«, fragte Giuseppe Antonio.

»Es hat vielleicht damit zu tun, ob man Englisch spricht«, meinte sein Freund achselzuckend.

Signor Armellini, der neben ihnen stand, schüttelte den Kopf. »Mit dieser Methode weist die australische Regierung Einwanderer ab, die sie für ungeeignet hält.«

»Aber mein Englisch ist noch nicht so gut«, protestierte Giuseppe. »Womöglich falle ich durch.«

»Es kann sein, dass die Prüfung nicht einmal auf Englisch ist.«

»Sie meinen, sie ist italienisch?« Antonio atmete auf.

»Sie könnte in irgendeiner Sprache sein«, erklärte Signor Armellini. »Wenn sie euch nicht wollen, dann sorgen sie dafür, dass ihr nicht besteht.«

»Aber das ist unfair!«, ereiferte sich Giuseppe.

»Hoffen wir, dass ihnen unsere Nase gefällt«, meinte

Antonio. Doch die Befürchtungen erwiesen sich als unbegründet: Keiner der Einwanderungswilligen an Bord der *Ricconigi* musste eine Prüfung ablegen.

Als Giuseppe an der Reihe war, begrüßte er den Beamten mit einem Lächeln, das jedoch nicht erwidert wurde.

»Aus welchem Teil von Italien kommen Sie?«, fragte der Beamte schroff.

»Aus Sizilien, Signore. Sir«, antwortete er höflich.

Dafür erntete er einen bösen Blick des Beamten, der sich seinen Unterlagen zuwandte und murrte: »Wieder ein Spaghettifresser, der guten australischen Arbeitern den Job wegnimmt. Wahrscheinlich seid ihr nicht viel besser als die Abos.«

Aus dieser Bemerkung wurde Giuseppe nicht recht schlau, doch ihm war klar, dass er nicht willkommen geheißen wurde. Er konnte nur hoffen, dass die übrigen Australier anders waren. Mit dem Dokument, das ihm der Beamte gereicht hatte, gesellte er sich zu Antonio und Bridie.

»Kommst du mit uns an Land, um unsere neue Heimat zu erkunden, Bridie? Ich habe meine Einreiseerlaubnis«, schlug Giuseppe vergnügt vor.

»Ja, bitte. Mit zwei Begleitern fühlte ich mich gleich sicherer«, meinte sie lachend.

Sie fanden die Straßen rund um den Hafen ziemlich eintönig, aber es gab durchaus einige imposante, solide Gebäude. Anschließend stiegen die drei in die Straßenbahn und fuhren die High Street hinauf. Den Rückweg zum Hafen legten sie zu Fuß zurück und verbanden ihn mit einem Schaufensterbummel.

Die Preise der ausgestellten Waren fand Giuseppe schockierend hoch, und es beunruhigte ihn, dass er so wenig

Geld hatte. Anders als Bridie und Antonio hatte er keine Verwandten oder Freunde, die auf ihn warteten, ihm eine Unterkunft besorgen und bei der Arbeitssuche helfen konnten, wie es in New York der Fall gewesen wäre. Wovon sollte er leben? Im Hafen sah er Fischerboote liegen, und wieder überlegte er, ob er in Fremantle bleiben und sich hier um Arbeit als Fischer bemühen sollte. Doch er verwarf diesen Gedanken, da er Bridie nicht eine Sekunde früher als nötig verlassen wollte.

Nach drei Tagen erreichte das Schiff Melbourne, wo die meisten Italiener ausstiegen. Während der Fahrt hatte Giuseppe die ganze Zeit darüber nachgedacht, wie er überleben sollte, bis er Arbeit fand. Schließlich traf er eine Entscheidung.

Bei ihrem gewohnten Morgenspaziergang an Deck vor dem Frühstück wandte sich Giuseppe an Bridie.

»Bridie, darf ich dich um Hilfe bitten, wenn wir in Melbourne an Land gehen?«

Bridie, die seine ernste Miene sah, nickte. »Natürlich, Giuseppe.«

Er griff in die Tasche, zog den Ring seiner Großmutter aus dem kleinen gelben Umschlag und zeigte ihn Bridie. Er habe seiner Nonna gehört, erklärte er Bridie. Ursprünglich habe sie ihn behalten wollen, bis ihr Enkel auf die Insel zurückkehrte, um eine Braut zu finden, aber dann habe sie beschlossen, dass der Ring Giuseppe mehr nützen würde, wenn sie ihn ihm gleich schenkte.

»Ich habe sehr wenig Geld und möchte den Ring eigentlich nicht verkaufen, weil er alles ist, was mir meine Nonna geben konnte. Doch ich habe keine Wahl. Könntest du mir dabei helfen, Bridie?« Giuseppe hatte die Wörter nachgeschlagen, die er brauchte, um seine Bitte an Bridie zu richten.

Bridie nahm den Ring, betrachtete den matten Goldreif und den kleinen roten Stein.

»Es ist so traurig, dass du etwas verkaufen musst, das dir deine Großmutter geschenkt hat. Bist du sicher, dass du das wirklich willst?«

»Mir bleibt nichts anderes übrig. Ich habe Antonio gefragt, aber er meint, ich solle lieber dich fragen, weil er kein Englisch spricht, und du bekommst sicher einen besseren Preis.«

Als das Schiff in Melbourne angelegt hatte, machten sich beide gleich auf den Weg, um einen Pfandleiher zu suchen. Rund um den Hafen gab es einige, doch keiner hielt den Ring für besonders wertvoll.

»Der Reif ist ziemlich abgegriffen, und dieser Stein ist nur ein Granat. Er bringt nicht mehr als sein Gewicht in Gold«, meinte einer der Pfandleiher.

»Wie viel?«, fragte Bridie.

»Zwei Pfund.«

Bridie erklärte Giuseppe, zwei Pfund seien nicht viel Geld, aber er würde sich eine Weile damit über Wasser halten können, wenn er sparsam lebte.

»Dann muss ich es tun.« Beim Gedanken, den Ring zu verkaufen, der seiner Nonna so kostbar gewesen war, traten ihm Tränen in die Augen. »Es ist alles, was sie mir geben konnte«, sagte er, als er ihn über die Theke schob.

Langsam gingen sie zum Schiff zurück. Sie sprachen wenig, beobachteten aber staunend das rege Treiben in der Stadt. Auf den Straßen lärmten nicht nur ratternde Trambahnen, sondern auch zahlreiche Autos. In den Geschäften drängten sich die Menschen, und es gab eine Menge aufregende Dinge zu kaufen.

»Sieht aus, als wäre Australien ein reiches Land«, sagte Giuseppe, als sie den Landungssteg betraten. »Wir werden hier beide unser Glück machen.«

»Da hast du wahrscheinlich recht. Giuseppe, würdest du mich entschuldigen, ich muss mich ein bisschen hinlegen und ausruhen«, sagte Bridie. »Ich bin müde vom Herumlaufen.«

Giuseppe sah ihr nach, wie sie zu ihrer Kajüte ging.

Bald werde ich sie verlieren, dachte er traurig. Sie wird mir fehlen.

Im Morgengrauen erreichten sie Sydney. Die beiden dunklen Arme der nördlichen und südlichen Halbinsel des Hafens zeichneten sich im Dämmerlicht ab. Giuseppe stand allein an der Reling und überlegte, was wohl jenseits der Klippen liegen mochte, wo sich die Wogen in einer Linie weißer Schaumkronen an den Felsen brachen.

Als sie zwischen den prächtigen Landspitzen hindurchfuhren, schnappte er nach Luft. Der Hafen war nicht nur atemberaubend schön, er entdeckte auch Meeresarme und Buchten und felsige Landzungen, wo sich, wie er wusste, Krebse und Barsche verbargen.

Giuseppe kehrte in die muffige Kajüte zurück, in der er so viele Wochen zu Hause gewesen war, holte seinen Koffer und ging wieder an Deck. Die Durchgänge waren voller Menschen, doch bald hatte er Antonio gefunden.

»Wir bleiben in Verbindung«, versprach Antonio. »Wenn es Zeit ist für die Zuckerrohrernte, sage ich dir Bescheid.«

»Das klingt gut«, erwiderte Giuseppe.

Auf dem Weg aufs Oberdeck stießen sie auf empörte Malteser, die den Zahlmeister bedrängten und den Kapitän sprechen wollten.

»Offenbar beschweren sie sich, weil sie sich schlecht behandelt fühlten. Eher wie Fracht als wie zahlende Passagiere«, flüsterte Antonio. »Sie verlangen eine Entschädigung, doch die werden sie kaum bekommen. Vielleicht sollten sie sich mit ihrer Geschichte an die Zeitungen wenden. Komm, wir sehen beim Anlegen zu.«

Schon standen die Leute dicht nebeneinander an der Reling, um das Manöver des Dampfers vor den weitläufigen Werftanlagen von Woolloomooloo zu beobachten. Die *Ricconigi* ging längsseits zu dem langen Kai. An Land drängten sich die Menschen, und Giuseppe sah Autos, Laster und sogar eine Eisenbahn.

Jemand tippte ihm auf die Schulter. Er drehte sich um und sah Bridie in einem hellblauen Kleid und mit einem Hütchen, das schräg auf ihren rotbraunen Locken saß. Ihre Wangen waren vor Aufregung gerötet. Giuseppe machte für sie Platz an der Reling.

Das Nebelhorn gab einen langgezogenen Ton von sich, und die Ankerkette rasselte, während dicke Leinen auf den Kai geworfen wurden, um das Schiff zu vertäuen. Die Wartenden an Land erkannten nun ihre Freunde und Angehörigen an Bord, man winkte und rief, und manche Träne floss. Um sich bei dem Lärm verständlich zu machen, sprach Giuseppe Bridie fast ins Ohr.

»Siehst du Ronan? Deinen Verlobten?«

Sie schüttelte den Kopf. »Noch nicht, aber ich bin mir sicher, dass er mich findet. Schau, der Landungssteg wird heruntergelassen.«

Bridie wandte sich ab und bahnte sich einen Weg durch die Menge. Giuseppe folgte ihr. Schließlich blieb sie stehen, drehte sich zu ihm um und winkte.

»Ich komme!«, rief er. Immer mehr Menschen drängten zum Landungssteg, um von Bord zu gehen. Giuseppe versuchte, eine Frau und ihre Kinder mit Gepäck zu umrunden, aber die Frau schob sich vor ihn und blockierte mit ihren aufgeregten Kindern den Weg.

Als Giuseppe endlich den Landungssteg erreichte, entdeckte er Bridies blauen Hut in der Menge unten am Kai. Er sah, wie ein Mann ihr zuwinkte, und im nächsten Moment umarmten sie sich. Dann war sie verschwunden.

Giuseppe drängelte sich den Landungssteg hinunter, vorbei an Menschen, die sich umarmten, weinten, lachten, vorbei an denen, die immer noch verzweifelt nach ihren Angehörigen suchten, aber Bridie war nirgends zu sehen.

Er konnte nicht glauben, dass sie sich einfach in Luft aufgelöst hatte, aus seinem Leben verschwunden war, ohne wenigstens Abschied zu nehmen. Niedergeschlagen ging er auf den großen Schuppen zu, wo er Antonio mit einem anderen Italiener sprechen sah.

»Ich dachte schon, du hättest dich verlaufen. Hast du dich von Bridie verabschiedet?«, fragte Antonio.

Giuseppe zuckte die Schultern. »Nein, das habe ich verpasst. Nun ist sie fort, und ich weiß nicht einmal, wohin.«

Voller Mitgefühl legte Antonio seinem Freund die Hand auf den Arm. »Es ist am besten so. Sie führt ihr eigenes Leben und du deines. Aber sie hat mich gebeten, dir das zu geben.« Er reichte Giuseppe einen kleinen Umschlag.

Giuseppe erkannte ihn sofort und öffnete ihn hastig. Darin befand sich Celestinas Ring.

»Und sie hat mir auch diesen Brief gegeben«, fügte Antonio hinzu.

Giuseppe las:

Ich habe gesehen, wie traurig Du warst, als Du Dich von diesem Ring trennen musstest, und als ich Dir sagte, ich müsste mich ausruhen, bin ich noch einmal zu dem Pfandleiher gegangen und habe ihn für Dich zurückgekauft. Es ist ein Dankeschön für Deine Freundlichkeit auf dieser Reise. Ohne Deine vergnügliche Gesellschaft hätte ich mich sehr einsam gefühlt. Ich hoffe, dass Du diesen Ring eines Tages dem Mädchen wirst anstecken können, das Du heiraten möchtest. Sie ist ein Glückspilz, davon bin ich überzeugt. Alles Gute für Dein neues Leben,
Bridie

Giuseppe verstand nicht alles, was Bridie schrieb, aber immerhin genug, um Antonio zu erklären, was sie getan hatte.

»Wie lieb von ihr. Ich schätze mal, sie wird eine großartige Ehefrau abgeben. Aber sei nicht traurig. Das ist Vincenzo, ein Cousin von mir.«

Giuseppe schüttelte dem jungen Mann die Hand.

»Willkommen in Australien«, sagte Vincenzo.

»Vincenzo nimmt uns mit zu seinem Onkel, der italienischen Wein importiert. Nicht weit von hier hat er ein Büro in seinem Lagerhaus. Er lädt uns ein, auf unsere Ankunft anzustoßen! Komm, du kannst nicht wissen, wen du in unserem neuen Land noch kennenlernst!«

Antonio hakte sich bei Giuseppe ein, und die drei jungen Männer schlenderten das Ufer entlang.

3

Mit den Koffern in der Hand und im Sonntagsstaat gingen Giuseppe und Antonio hinter Vincenzo den Kai entlang zum Lagerhaus seines Onkels. Zwar war Giuseppe bedrückt über den misslungenen Abschied von Bridie, doch die Begeisterung der anderen wirkte ansteckend. Außerdem fühlte er sich hier auf seltsame Weise daheim. Der Salzgeruch in der Luft, die strahlende Sonne am blauen Himmel und das Treiben rund um den Hafen stimmten ihn zuversichtlich, dass er hier irgendwo Arbeit finden konnte. Am Kai hatte er Männer gesehen, die Frachtgüter ein- und ausluden – eine echte Knochenarbeit. Und auf dem Hügel hinter dem Kai entdeckte er eng beieinanderstehende Häuser, die ihn an sein Fischerdorf erinnerten, auch wenn massive mehrstöckige Gebäude anstelle rauher Hügellandschaft den Hintergrund bildeten. Doch weit mehr als die Stadt interessierte Giuseppe das Hafenviertel.

Kaum hatten Giuseppe und Antonio den dunklen Lagerschuppen von Vincenzos Onkel betreten, seufzten sie auf. Sie hörten Mandolinenklänge, und das satte Tomatenaroma von Pasta asciutta stieg ihnen in die Nase, so dass ihnen nach dem grässlichen Fraß auf der *Ricconigi* das Wasser im Mund zusammenlief.

Sie betraten ein geräumiges Hinterzimmer mit Kisten, großen Holzfässern und gut gefüllten Weinregalen an den

Wänden. Auf einem langen Tisch in der Mitte standen Schüsseln mit Essen und leere Chianti-Flaschen, in denen Kerzen steckten. Heißes Wachs war an den mit Bast umwickelten Flaschen heruntergelaufen und dabei zu dicken, glänzenden Tropfennasen erkaltet. Ein älterer Mann spielte auf einer Mandoline eine sentimentale Weise, die ihnen zu Herzen ging. Eine Menge Leute saßen am Tisch und aßen und tranken. Ein pummeliger, fröhlich wirkender Mann winkte ihnen, Platz zu nehmen und sich nach Herzenslust zu bedienen. Vincenzo zog Giuseppe und Antonio mit sich, um sie mit dem Gastgeber bekannt zu machen.

»Das ist mein Onkel Giovanni Bruscioli«, sagte er. »Onkel, die beiden sind Giuseppe und Antonio, die erst heute in Australien angekommen sind.«

»Willkommen, willkommen«, begrüßte sie Onkel Giovanni. »Nehmt euch, was ihr wollt. Und stellt euch meinen Freunden vor. Malteser, Italiener, sie alle kennen einander, und ihr werdet sie auch bald kennen.«

Giuseppe ließ sich das nicht zwei Mal sagen. Die Pasta war köstlich. Was für ein Glück wäre es, wenn er in Australien jeden Tag so etwas essen könnte. Während er eine Nudel aufspießte, fragte er: »Wer hat die Makkaroni gemacht? Es schmeckt so gut wie bei meiner Großmutter.«

»Signor Rizzi, ein Freund vom Onkel«, antwortete Vincenzo. »Er hat nicht weit von hier in der Stanley Street eine Nudelfabrik errichtet, die sehr gut läuft. Und wenn man Glück hat, zaubert unser Freund Sando hier eine köstliche Sauce dazu – und spielt zum Essen noch ein Ständchen!«

Sando, der Mandolinenspieler, freute sich über das Lob.

»Was für eine wundervolle Willkommensparty«, sagte Giuseppe. »Du kannst dich glücklich schätzen, hier Familie zu haben, Vincenzo.«

»Ich habe meinen Onkel erst in Australien kennen und seine Großzügigkeit schätzen gelernt. Er verschenkt sein Geld und findet Arbeit für Leute, die Hilfe brauchen. Jeden Freitag gibt er hier in der Lagerhalle ein Fest. Ihr seid immer willkommen«, erklärte Vincenzo.

Antonio versetzte Giuseppe einen Rippenstoß. »Du könntest wegen Arbeit fragen.«

Giuseppe sah zu Vincenzos Onkel hinüber, der aus einer dunkelgrünen Flasche mit langem, schmalem Hals Rotwein ausschenkte. Es war ihm unangenehm, Giovanni nach Arbeit zu fragen, während er sein Gast war.

»Ich warte lieber noch ein bisschen.«

»Nein, lass uns gleich mit ihm reden«, meinte Antonio.

Und so schlenderten Giuseppe und Antonio zu Giovannis Platz. Er begrüßte sie so überschwenglich, als hätte er sie seit ewigen Zeiten nicht gesehen.

»Setzt euch. Esst, esst – sonst ist Sando beleidigt. Erzählt mir, wie es euch nach Australien verschlagen hat. Was habt ihr vor? Wohin wollt ihr? Habt ihr Familie hier?«

»Mein Onkel und mein Cousin leben im Norden von Queensland, in Innisfail«, antwortete Antonio. »Sie schneiden Zuckerrohr.«

»Ah, Zuckerrohr. Saisonarbeit, echte Plackerei«, sagte Giovanni. »Aber man kriegt ordentlich Muskeln davon. Ich kenne ein paar gute Boxer, die Zuckerrohr geschlagen haben. Und du willst auch Zuckerrohrschnitter werden?«

Antonio zuckte mit den Schultern. »Es ist ein Anfang. Vielleicht suche ich mir dann etwas anderes.«

»Und was hast du in Australien vor, Giuseppe? Was hast du in deiner Heimat getan?«

»Ich bin Fischer.«

Giovanni nickte. »Dann wird dir Sydney gefallen. Der Hafen ist voll von Meeresfrüchten. Die gibt es so reichlich, dass du die Austern direkt von den Felsen und Kaipfosten pflücken kannst. Sando kocht ständig Marinarasauce.«

»Zu Hause habe ich die großen Fische gejagt. Den *tonno*.«

»Hast du Familie in Australien?«

Giuseppe schüttelte den Kopf. »Nein, ich bin allein. Können Sie mir sagen, wo man am besten hingeht, wenn man fischen will?«

»Da bist du hier genau richtig!«, dröhnte Giovanni. »Du brauchst nur ein Boot.«

»Ein Boot kann ich mir nicht leisten. Aber ich könnte für jemanden arbeiten.«

Giovanni wurde wieder ernster. »Bist du ein guter Fischer?«

Giuseppe nickte entschieden. »Ein sehr guter. Ich kenne zwar die hiesigen Gewässer nicht, aber ich lerne schnell. Mir liegt das Meer im Blut«, versicherte er.

Giovanni lehnte sich auf seinem Stuhl zurück. »Trink noch etwas Wein, Giuseppe. Ich höre mich mal um. Komm in ein paar Tagen wieder, okay? Wo werdet ihr beiden wohnen?«

Giuseppe sah Giovanni an, und ihm wurde plötzlich klar, dass er gerade mit nur ein paar Pfund in der Tasche in ein fremdes Land gekommen war.

»Wir haben noch nichts gefunden.« Hoffnungsvoll schaute er Antonio an.

Giovanni trank einen Schluck Rotwein. »Ich schlage vor, ihr geht zu Signora Pagano. Sie führt eine Pension in The Rocks. Von hier aus könnt ihr leicht zu Fuß hingehen. Sagt ihr, dass ich euch schicke. Wir sehen uns dann in ein paar Tagen wieder, Giuseppe, außer du hast bis dahin schon selbst Arbeit gefunden.« Er lächelte die beiden jungen Männer an.

»Sie sind sehr freundlich. Vielen Dank«, sagte Giuseppe.

»Hör mal, Giuseppe, und du auch, Antonio, ich muss euch warnen. Es ist gar nicht so leicht, in einem fremden Land ein neues Leben anzufangen. In Australien werden die Dinge ganz anders angepackt als in Italien. Also passt auf, dass ihr nicht in Schwierigkeiten geratet. Na, ihr werdet es schon lernen.«

»Ich werde das herzliche Willkommen in Australien nie vergessen, Signor Bruscioli«, sagte Giuseppe und dachte, was für ein Glückspilz er doch war, gleich einen so gutherzigen Mann kennenzulernen. Und er hoffte, dass Signor Bruscioli zu seinem Wort stand und ihm half, Arbeit zu finden.

Giuseppe und Antonio ließen Vincenzo bei seinem Onkel zurück und brachen auf, um Signora Paganos Pension in The Rocks zu finden. Die Straßen waren gewundene Gässchen, gesäumt von schmalen Häusern, in denen manchmal Geschäfte und auch ein paar Hotels waren.

»Jetzt verstehe ich, warum das Viertel The Rocks heißt«, sagte Antonio und schaute an der Sandsteinklippe hoch, die direkt hinter einer Reihe schmaler Häuser aus Ziegeln und Sandstein aufragte. Bei einem der Häuser klopften sie an die Tür.

Die Frau, die öffnete, war klein und stämmig, graue Strähnen durchzogen den dunklen Haarknoten. Sie hob die Arme und schüttelte den Kopf. »Ich habe kein Zimmer mehr. Wahrscheinlich seid ihr heute mit der *Ricconigi* angekommen und wollt hier nach einem Bett fragen? Hat euch jemand geschickt?«

»Ja, Signor Buscioli. Das ist mein Freund Antonio. Er wird bald in den Norden weiterreisen. Vielleicht fahre ich mit ihm. Ich bin Giuseppe.« Er lächelte sie so freundlich an, wie er nur konnte. »Wir bräuchten für kurze Zeit ein Zimmer, bitte.«

»Tja, wenn das so ist, dann kommt rein. Ihr müsst euch allerdings ein Zimmer teilen«, sagte sie, als sie die beiden in das winzige zweistöckige Reihenhäuschen einließ. »Du bist Sizilianer, was?«, fragte sie Giuseppe.

»Ja. Ich bin ein Fischer. Aber ich nehme jede Arbeit an«, erwiderte Giuseppe rasch.

Das Haus war klein und dunkel, aber sauber. Giuseppe sah, dass der lange Korridor in einen winzigen Hof führte, wo Wäsche an einer Leine hing, die in der Gabel eines hohen, jungen Baums befestigt war. Aus der Küche drangen appetitliche Gerüche. In ihrem engen Zimmer standen zwei schmale Betten mit Nachttischen und einem Schrankkoffer am Fußende, dazu ein kleiner Kleiderschrank.

Signora Pagano drückte jedem ein Blatt Papier in die Hand, auf dem die Kosten der wöchentlichen Miete sowie einiger Extras wie Mahlzeiten, Waschen und Bügeln vermerkt waren. »Wenn ihr das Zimmer nehmt, bekomme ich eine Wochenmiete im Voraus«, teilte sie ihnen mit.

Nachdem Giuseppe und Antonio ihr das Geld gegeben hatten, wurde Signora Pagano sehr viel herzlicher.

»Ich hole Luciano. Vielleicht kann er euch nützlich sein und beim Einleben helfen. Er kommt aus Neapel«, bot sie an.

»Wir waren beide schon in Neapel!«, rief Giuseppe aus.

»Dann habt ihr ja ein Gesprächsthema.«

Sie ging zu der schmalen Treppe und rief nach oben. Luciano, ein kräftig gebauter Mann in ihrem Alter, kam die Treppe herunter und begrüßte Giuseppe und Antonio wie Cousins.

»Hallo! Seid ihr gerade erst angekommen? Ihr habt das beste Zuhause fern von daheim gefunden. Die Signora ist wie eine Mutter. Und ein Vater und die Großmutter. Sie ist der Big Boss.« Er lachte. »Habt ihr irgendwelche Pläne?«

»Antonio will zu seinen Verwandten nach Queensland, in die Zuckerrohrfelder. Vielleicht begleite ich ihn, wenn ich in Sydney keine Arbeit finde.«

»Nach was für einer Arbeit suchst du?«, fragte Luciano.

»Auf einem Fischkutter. Kennst du da jemanden?«, fragte Giuseppe.

»Vielleicht. Die Fischerboote hier sind in der Hand der Griechen.« Luciano hielt kurz inne. »Habt ihr Lust, mit mir auf ein Bier zu gehen, da könnten wir uns weiter unterhalten?«

Giuseppe dachte an seine knappen Mittel, entschied dann aber, dass sich die Investition von ein paar Pennys lohnte, wenn Luciano ihm bei der Arbeitssuche helfen konnte. Also zogen die drei los zum nächstgelegenen Hotel.

»Wo sind diese griechischen Fischer?«, fragte Giuseppe unterwegs.

»Rund um den Hafen und drüben in Manly. Draußen am Bondi verkaufen sie ihren Fang am Strand, direkt vor den Geschäften, es scheint keinen zu stören. Bondi ist ein guter Platz. Du kannst mit der Tram bis zum Strand fahren. In Ben Buckler gibt's ein paar Bootshäuser. Die Griechen nehmen die Fische aus und verkaufen sie direkt an die Hausfrauen. Signora Pagano schickt mich fast jeden Freitag zum Bondi, um Fisch zu kaufen.«

»Vielleicht kann ich meine Miete ja in Fisch bezahlen«, lachte Giuseppe. »Ich bin ein guter Fischer!«

»Die Griechen geben dir vielleicht eine Chance. Die Australier eher nicht. Die behandeln die Italiener wie Dreck, weil sie glauben, wir würden ihnen hier ihre Arbeit wegnehmen.«

Giuseppe erinnerte sich an den Immigrationsbeamten in Fremantle und war enttäuscht, dass dessen Verhalten offenbar keine Ausnahme gewesen war.

»Nicht alle Australier sind so«, tröstete ihn Luciano, als er Giuseppes Miene sah. »Manche haben ein gutes Herz. Man muss sie nur finden.«

In dem Hotel an der Ecke war es düster und ruhig. Mehrere Männer in legerer Kleidung, mit Hosenträgern und hochgekrempelten Ärmeln, standen an der Bar. Doch neben allen schienen griffbereit ein Hut und eine Jacke für den Heimweg zu liegen. Zwei ältere Männer an einem Ecktisch, auf dem große Gläser mit dunklem Bier standen, rollten sich Zigaretten.

Überrascht sah Giuseppe, dass hinter der Bar eine Frau stand. Sie war älter als seine Schwestern, trug das Haar kurz und hatte die Lippen hellrot geschminkt. Als sie die drei erblickte, hörte sie auf, mit dem feuchten Lumpen den Tresen abzuwischen, und lächelte Luciano zu.

»Hi, Lucky, wieder mal hier? Hast zwei Kumpel mitgebracht. Was gibt's für euch, Jungs?«

Antonio und Giuseppe tauschten einen befremdeten Blick, während Luciano sich auf den Tresen stützte. »Gib Ihnen dein bestes Bier vom Fass, Myrtle. Das sind Giuseppe aus Sizilien und Antonio aus Sardinien.«

»Itaker, hab's mir fast gedacht. Kriegt ihr hübschen Kerle auch 'n Ton raus?«

Giuseppe machte ein ratloses Gesicht. Er hatte kein Wort von dem australischen Slang verstanden und war immer noch fassungslos, dass eine Frau hinter dem Tresen stand.

»Sie fragt, ob ihr ein Bier wollt«, erklärte Luciano.

»Ja, danke sehr, ich möchte bitte ein Bier«, reihte Giuseppe die Wörter sorgfältig aneinander, was Myrtle zum Kichern brachte.

»Was steht bei dir auf 'm Plan?«, fragte sie Antonio.

Da Antonio so gut wie kein Englisch konnte, war er auf Lucianos Übersetzung angewiesen. »Bitte sag ihr, dass ich nach Norden gehe, nach Queensland.«

Als die Barfrau seine Antwort hörte, meinte sie zu Luciano: »Für mich sieht er nicht gerade nach 'nem Zuckerrohrschnitter aus.« Sie warf einen Blick auf Giuseppe. »Und was machst du?«, rief sie, während sie drei Gläser mit fester heller Schaumkrone über den Tresen schob. Offenbar glaubte sie, er würde sie leichter verstehen, wenn sie lauter sprach. »Wer zahlt?«

Luciano legte ein paar Münzen auf den Tresen. »Ich. Es ist ein Willkommenstrunk.«

»Sie wohnen bei der Signora? Muss allmählich ganz schön eng sein da unten.«

Myrtle wrang den Bierlumpen über dem Kübel unter dem Tresen aus und musterte Giuseppe dabei. Er lächelte sie an und zwinkerte ihr frech zu.

Sie lachte. »Der wird seinen Weg machen. Was für 'ne Arbeit suchst du denn?«

Giuseppe brauchte einen Moment, bis er verstanden hatte, dass es um seine Arbeit ging. »Ich bin Fischer. Und möchte auf einem Fischerboot arbeiten.«

»Schwimmt 'ne Menge Fisch hier im Wasser«, erwiderte Myrtle und rief quer durch die Bar zu einem der alten Männer am Ecktisch hinüber: »He, Wally, der junge Kerl will auf 'nem Kutter arbeiten. Kennst du da wen?«

Der alte Mann zog lange an seiner Zigarette. »Vielleicht. Wenn er sich anstrengt. Und seine Muskeln bewegt, nicht nur das Mundwerk.«

Giuseppe stellte sein Bier hin, ging hinüber und streckte ihm die Hand hin. »Ich bin Giuseppe d'Aquino. Ich habe mit meinem Vater gefischt, wir haben Roten Thun gefangen.«

Wally wirkte ein bisschen verblüfft bei dieser Behauptung. »Du willst auf einem Boot arbeiten? Schwere Maloche, Kumpel.«

»Maloche? Was ist das?«, fragte Giuseppe.

»Verdammt harte Arbeit«, lautete die Antwort.

»Ich arbeite hart«, erwiderte Giuseppe.

Wallys Begleiter zuckte die Achseln. »Wir könnten ihn zu Con schicken. Der jammert ständig über seine Bummel-Crew.«

Wally gab Luciano ein Zeichen. »He, Lucky, dein Kumpel soll's mal bei Con in Balmain versuchen. Der hat mehrere Boote. Da könnte was gehen.«

Giuseppe verstand nicht alles, nickte aber begeistert und wandte sich an Luciano. »Wo muss ich hin?«

»Ich zeichne dir eine Karte, Süßer«, rief Myrtle. »In der Ecke kenn ich mich aus.«

Giuseppe wollte sich bei den Männern bedanken, aber die hatten sich bereits wieder ihrem Bier zugewandt. Er nahm einen Schluck aus seinem Glas und schnappte nach Luft. »Das *birra*, es ist stark, eh?«, meinte er zu Myrtle. »Habt ihr Wein?«

»Wein? Das ist ein Pub, Schätzchen. Nur Säufer kippen so 'n Zeug, normalerweise aus 'ner braunen Papiertüte«, gab Myrtle zurück.

Nachdem Luciano ihm erklärt hatte, was sie gesagt hatte, schaute Giuseppe sich in der leeren Bar um und meinte: »Kein Wunder, dass hier kaum jemand ist.«

»Warte nur bis um fünf«, grinste Luciano. »Dann hat Myrtle alle Hände voll zu tun.«

Sie verzog das Gesicht. »Die verdammte Sechs-Uhr-Schwemme hält mich ganz schön auf Trab. Der Laden ist dann ein richtiger Saustall. Schaff deine Kumpels vorher raus«, riet sie.

»Was heißt Sechs-Uhr-Schwemme?«, fragte Giuseppe.

»Die Pubs schließen um sechs«, erklärte Luciano. »Das ist gesetzlich vorgeschrieben. Also strömen alle nach der Arbeit rein, reihen so viele Biere wie möglich vor sich auf und trinken sie, so schnell sie können.«

»Das ist doch verrückt«, sagte Giuseppe.

»Da hast du recht«, nickte Myrtle. »Ganz nach dem Motto: Kipp's dir möglichst schnell hinter die Binde und geh besoffen heim. Dann mach deiner Familie die Hölle heiß. Hier. Das ist die Adresse und eine Wegbeschreibung nach Balmain.« Sie reichte Giuseppe ein schmutziges Blatt Papier. »Und könntest du das bitte Signora Pagano geben?«, bat sie Luciano.

Zur Bestürzung der beiden jungen Männer griff sie in ihren Ausschnitt, zog einen Umschlag heraus und reichte ihn ihm.

»Das ist ihr Gewinn vom letzten Samstag. Verlier ihn nicht!«

Verwirrt, verlegen und ohne die geringste Ahnung, wovon Myrtle gesprochen hatte, verließen Antonio und Giuseppe die Bar.

»Ihr Boss ist der hiesige Buchmacher für die Pferderennen«, sagte Luciano und erklärte, dass Wetten nur auf der Rennbahn erlaubt war. Also setzte der Wirt im Auftrag seiner Gäste, wenn sie nicht hingehen konnten.

»Natürlich ist das illegal«, räumte er ein. »Aber eine Menge Leute tun das, in Pubs, beim Friseur, beim Tabakhändler. Die Polizei schaut meistens nicht so genau hin.«

»Myrtle ist eine reizende Dame«, sagte Giuseppe.

»Barfrauen sind keine Damen«, sagte Luciano. »Es würde uns nicht gefallen, wenn unsere Mütter oder Schwestern hinter einem Tresen stünden.«

»Gibt's denn in einer Bar keine wirklichen Damen?«, wollte Antonio wissen.

»Im Grunde nicht«, antwortete Luciano leichthin. »Wenn Frauen in ein Pub gehen, setzen sie sich zum Trinken in einen anderen Raum.«

»Na, ich finde Myrtle jedenfalls nett«, sagte Giuseppe. »Aber vielleicht probiere ich es trotzdem zuerst am Bondi. Falls sich dort nichts ergibt, kann ich ja später immer noch zu Con. Kommst du mit, Antonio?«

»Nein, ich glaube, ich schau mal bei Vincenzo vorbei. Wir sehen uns dann heute Abend beim Essen.«

Luciano erklärte Giuseppe, wo die Tram nach Bondi abfuhr und wie viel er bezahlen musste. So sollte Giuseppe eigentlich keine Probleme haben, Bondi Beach zu finden.

Als die Tram auf der Bondi Road um die Ecke bog, verschlug ihm der Anblick den Atem. Er hatte in seiner Heimat schon etliche schöne Buchten und Strände gesehen, aber diese riesige goldene, von felsigen Landspitzen flankierte sandige Weite war überwältigend.

Kein Wunder, dass es hier vor Menschen wimmelte, die sich vergnügten. Den ganzen Strand entlang parkten Autos, Menschen schlenderten die Promenade hinunter, Kinder bauten Sandburgen. Es gab Restaurants und Imbissbuden, Teesalons und Hotels und eine Vielzahl von Geschäften. Dabei waren die Farben so fröhlich, und Ferienstimmung lag über allem, obwohl die Stadt ganz nah war.

Giuseppe entdeckte einen Teesalon, der Ravesi hieß. Er ging hin und fragte den italienischen Kellner, wo er frischen Fisch kaufen könne.

»Ein Stück die Straße runter gibt es einen griechischen Fischladen, aber du kannst unten am Strand auch direkt bei den Fischern kaufen oder drüben an den Felsen. Dort verkaufen sie gleich vom Boot weg. Sie müssten eigentlich noch da sein«, antwortete er.

Giuseppe fand einen kleinen Bootsschuppen und am Strand neben etlichen Booten ein Durcheinander aus Netzen, Leinen und stapelweise Körben und Kisten. Männer saßen herum, redeten und rauchten, während sie nach dem nächtlichen Fang und dem Fischverkauf am Morgen sauber machten. Alle schienen Griechen zu sein.

Giuseppe kauerte sich hin und stocherte in der letzten Kiste mit Fisch, den die Kunden übrig gelassen hatten. »Köder?«, fragte er.

»Bedien dich«, sagte ein großer Mann. »Willst du fischen? Oder was zu essen?«

»Beides«, sagte Giuseppe und bemühte sich um ein deutliches Englisch. »Ich suche Arbeit.«

»Du bist Italiener? Gerade angekommen, was?«

»*Si*. Giuseppe d'Aquino. Aus Sizilien. Mein Vater ist Fischer.«

Zu Giuseppes Überraschung antwortete ihm der große Grieche auf Italienisch. »Ich bin Kostas. Ich habe in Australien schon mit Italienern gearbeitet. Sie haben uns alle Tricks und die guten Plätze gezeigt. Warst du auf einem Trawler?«

»Nein. Mein Vater und mein Bruder haben eine *barca* ..., aber wir haben auch große Thunfische gefangen. Ich war der Capo«, erklärte Giuseppe stolz. »Ich arbeite hart. Was fischst du hier?«

»Du wirst überrascht sein, was da draußen alles herumschwimmt. Der Hafen ist ein gutes Revier, an den Felsen gibt's haufenweise Schalentiere. Und Rotbarsch. Außerhalb des Hafens, nicht weit weg von der Küste, jagen wir die großen Schwärme, wenn sie vorbeikommen. Mein Cousin hat einen Trawler. Ein phantastisches Boot. Aber das Meer da draußen«, er machte eine Kinnbewegung in Richtung Wasser, »kann grausam sein.«

Giuseppe hörte aufmerksam zu und nickte. Er wusste, dass in diesen fremden Gewässern viele Fischarten lebten, die er nicht kannte, zweifelte aber nicht daran, dass er mit ihnen genauso zurechtkommen würde wie jeder andere hier.

»Ich will unbedingt arbeiten, lernen. Ich bin glücklich auf dem Wasser.«

Kostas lachte, drehte sich zu den anderen Männern um und sprach mit ihnen auf Griechisch. Dann fragte er Giuseppe: »Warum soll ich dich anheuern, einen Grünschnabel, der nichts über diese Gewässer weiß? Ich kenne Dutzende Jungs, Verwandte und Freunde von Freunden, die ich einstellen könnte.«

»Sie lieben das Meer nicht so wie ich! Ich lerne schnell und arbeite hart. Ich bin stark. Und ich kann viele Dinge tun: Fisch ausnehmen, das Boot sauber machen, Netze und Leinen flicken. Das Deck schrubben … was du willst.«

Kostas hob die Hand. »Wenn du den Fisch ausgenommen hast, kannst du ihn dann auch verkaufen? Den Hausfrauen sagen, wie sie ihn zubereiten sollen?« Er hob die dunklen, buschigen Augenbrauen.

Giuseppe wusste nicht, ob er scherzte oder ob das tatsächlich zum Job gehörte. »Ich fange sie lieber und esse sie, nachdem sie von einer schönen Frau zubereitet wurden.«

Kostas brüllte vor Lachen. »Ich glaube, du wirst keine Probleme haben, Fisch oder irgendwas anderes zu verkaufen. Aber ich will sehen, wie du sie fängst. Komm heute Abend her, fertig zum Rausfahren. Wir gehen auf Snapper und Plattköpfe.« Er streckte ihm die Hand hin. »Fahr auf Probe mit. Dann sehen wir ja, wie du dich anstellst.«

»Danke, danke.« Giuseppe beäugte den kläglichen Rest in der Fischkiste. »Wie viel willst du für ein paar davon? Das wäre ein gutes Abendessen für mich.«

Kostas nahm eine Handvoll kleiner Fische und wickelte sie in Zeitungspapier. »Hier, nimm.«

Giuseppe dankte ihm und rannte zurück zur Tram.

In der Pension überreichte er Signora Pagano den Fisch. »Fürs Abendessen. Und wenn ich einen Job bei Kostas bekomme, werden wir viel, viel Fisch essen!«, verkündete er stolz.

»Ich mach uns heute Abend Fischsuppe daraus.« Sie lächelte Giuseppe an. »Ich hoffe, du kriegst die Arbeit bei den Griechen.«

Es war eine stille Nacht, und wie sich zeigte, sollte sie Glück bringen. Die Fischer legten in Ben Buckler ab und fuhren dann bis auf die Höhe der Landspitze raus. Kostas benutzte lebende Fischköder aus einem Zinnkübel und zeigte Giuseppe, wie er sie und die Gewichte am besten einsetzte.

»Lass den Köder einfach schwimmen, so dass das Grundblei über den Meeresboden schleift. Ruck immer mal wieder daran, damit der Plattkopf darauf aufmerksam wird. Er wird vielleicht ein paar Runden drehen, ehe er den Köder nimmt, doch sobald er angebissen hat, lässt er sich leicht raufholen. Zieh aber nicht seinen Kopf aus dem Wasser, wenn du ihn neben dem Boot hast, sonst kriegt er Panik und beißt die Leine durch. Wart ab und hol ihn mit dem Netz. Verstanden?«, erklärte Kostas.

Es dauerte nicht lang, und Giuseppe hatte seinen ersten Plattkopf gefangen.

»Er ist nicht besonders groß«, sagte er enttäuscht.

»Der ist in Ordnung. Tellergröße schmeckt am besten. Pass auf den Stachel hier am Kopf auf«, riet Kostas und durchbohrte rasch den flachen Schädel des dunkel getüpfelten Fischs.

Die Nacht verging wie im Flug. Giuseppe war selig, dass er wieder auf See war und Fische fing. Sie fuhren zu ein paar Lieblingsplätzen und zogen etliche rosa-silbrige Snapper mit beuligem Kopf und Flundern heraus. Er war entzückt über die Vielfalt der Arten, die sie fingen, und ihm fiel auf, dass der Meeresboden mal felsig, dann wieder sandig und bewachsen oder von tiefen Rinnen durchzogen war. Dabei stellte er Kostas viele Fragen und lernte schnell. Die anderen drei Crewmitglieder blieben für sich, waren aber nicht unfreundlich. In den frühen Morgenstunden hielt Kostas wieder auf die Küste zu.

Giuseppe betrachtete die Wellen, die sich an den Felsen um die Landspitze brachen. »Ist das ein guter Platz für Schalentiere?«

Kostas nickte. »Aber gefährlich. Man wird leicht fortgespült. Du musst dich mit den Gezeiten auskennen und vor den Brechern hüten.«

Giuseppe nickte und kam zu dem Schluss, dass er die Küste genau studieren und so viel wie möglich darüber lernen musste. Wenn Kostas ihn anheuerte, konnte er etwas Geld sparen und sich eine eigene Ausrüstung zum Fischen anschaffen.

Sobald sie ihren Fang an Land gebracht hatten, zeigte Kostas ihm, wie er den Fisch ausnehmen musste. Die Männer arbeiteten so rasch, dass bei Sonnenaufgang alles für die ersten Käufer bereitlag. Sie kamen hauptsächlich aus den hiesigen Restaurants und den Fischgeschäften in den östlichen Vororten, aber auch aus der Stadt. Um den Verkauf kümmerte sich Kostas.

Nachdem der ganze Fang Käufer gefunden hatte, drückte ihm Kostas etwas Geld in die Hand.

»Du hast dich gut gehalten. Ich hab einen kleinen Snapper für dich aufgehoben, damit du weißt, wie er schmeckt. Wenn du willst, kannst du heute Abend wiederkommen.«

Giuseppe strahlte übers ganze Gesicht. »Ich hab also einen Job bei dir?«

»Jedenfalls fürs Erste«, antwortete Kostas.

Nach einer Woche gehörte Giuseppe zu Kostas ständiger Crew.

Am nächsten Freitagnachmittag entschloss sich Giuseppe, Giovanni Bruscioli zu besuchen und ihm die gute Nachricht zu überbringen, dass er Arbeit als Fischer gefunden hatte.

Noch weit von Giovannis Lagerschuppen entfernt hörte er bereits Musik, und köstliche Düfte stiegen ihm in die Nase. Giovanni begrüßte ihn wie einen lang vermissten Verwandten, goss ihm ein Glas Wein ein und hieß ihn, sich zu setzen und zu erzählen, was er getrieben hatte.

Giuseppe dankte Giovanni für die Empfehlung bei Signora Pagano, übergab ihm ein Paket mit frischem Fisch und erzählte ihm von seinem Job bei Kostas.

»Die Griechen sind gute Fischer. Aber die Italiener auch. Irgendwann solltest du mal in den Süden fahren, wo sie sich in Wollongong und weiter die Küste hinunter einen Namen gemacht haben.«

»Ist das weit weg? Ich habe nämlich kein Geld für Reisen. Und wahrscheinlich mache ich hier in diesem riesigen Hafen auch leichter meinen Weg. Da gibt's Wasserstraßen, die scheinbar bis zum Mond gehen!«, rief Giuseppe. »Kostas hat sie mir auf seiner Karte gezeigt.«

»Ja, aber nicht nur der Hafen von Sydney ist großartig! Es gibt auch den Hawkesbury River, Pittwater und dann die Strände im Norden – sie alle sind unglaublich. Stefano«, rief er quer über den Tisch. »Wo liegt das Boot deines Bruders? Lass uns mit Giuseppe einen kleinen Törn machen!«

Am nächsten Sonntag fanden sich Giuseppe, Antonio und Luciano auf dem Pier an der Rose Bay ein und fragten sich, ob sie hier richtig waren. Sie hatten geglaubt, sie würden zusammen mit anderen eingewanderten Fischern auf einem stinkenden Fischerboot hinausfahren, mit knofeligem Picknick und ohne Schutz vor Sonne und Regen. Doch das hier war eine andere Welt. Am Steg lagen lauter elegante Jachten und schicke Motorboote.

An Bord des Bootes, das Stefanos Bruder gehörte, staunten sie nicht schlecht. Es handelte sich um eine umgebaute Fähre, die mit Teakholz und Messingbeschlägen aufgehübscht worden war. An Deck gab es bequeme Tische und Stühle und unter Deck Kabinen. Essen und Getränke standen bereits auf dem Tisch, und obwohl es nicht sein Boot war, spielte Giovanni den Gastgeber. Er rief Giuseppe und Antonio zu sich und stellte sie Leuten vor, die die gutaussehenden Neuankömmlinge mit einem Lächeln begrüßten. Alle unterhielten sich in fließendem Italienisch.

Eine Frau mit dunklen Augen in weißem Seidenkleid mit breitem Spitzensaum, modischem Hut und chinesischem Sonnenschirm rauchte lässig eine Zigarette. Sie musterte Giuseppe.

»Wer bist du?«, fragte sie.

Zögernd schüttelte er ihr die Hand. »Ich heiße Giuseppe.«

Sie wandte sich an Giovanni. »Wo hattest du denn diesen reizenden Burschen versteckt?«

Mit einer entschuldigenden Handbewegung erwiderte Giovanni: »Er ist gerade erst aus Sizilien gekommen und noch dabei, sich einzuleben. Verschreck ihn nicht, Sophia. Er ist ein Fischer.«

Sie schaute Giuseppe aus ihren großen, dunkel umrandeten Augen an. »Ich liebe frischen Fisch. Wo verkaufst du deinen Fang, Giuseppe?« Dabei zog sie seinen Namen in die Länge, und eine andere Frau in Faltenrock lachte kehlig.

»Ich arbeite für Kostas, den Griechen. Er verkauft Fisch und Meeresfrüchte am Bondi Beach.«

»Du brauchst ein eigenes Boot, Giuseppe. Giovanni, er muss sein eigenes Unternehmen haben. Warum hilfst du ihm nicht?«

»Oh, nein! Es wird noch lange dauern, bis ich ein eigenes Boot habe«, rief Giuseppe aus. »Ich lerne ja erst, wo hier die Fische sind.«

»Ich wette, du lernst schnell.« Sophia schmunzelte, und wieder lachte ihre Freundin. Doch Giuseppe fühlte sich unwohl und entschuldigte sich. Er war ziemlich schockiert darüber, wie sich diese Frauen kleideten, sie zeigten ihre nackten Arme und trugen leuchtend roten Lippenstift. Verglichen damit waren die Männer konservativ angezogen, aber selbst Giuseppe sah, dass ihre Kleidung teuer war, dazu trugen die meisten goldene Uhren.

Langsam fuhr das Boot die Zuläufe und Buchten des Hafens entlang, und Giuseppe verlor das Interesse an den anderen Gästen. Lieber achtete er darauf, wohin sie fuhren, und prägte sich die Meeresarme und Buchten ein.

»Ich wünschte, ich hätte ein Boot. Wetten, dass man an solchen Plätzen hervorragend fischen kann«, sagte er zu Antonio.

»Schau dir nur diese Häuser an, wie groß sie sind! Manche haben sogar einen eigenen Steg«, staunte Antonio.

»Vielleicht wohnen dort ja die Leute von diesem Boot«, meinte Giuseppe.

»Das würde mich nicht überraschen. Ich habe gehört, wie sie sich über Pferderennen und Wetten unterhalten haben. Einer von ihnen ist offenbar Buchmacher. Wie der Wirt in Myrtles Hotel«, sagte Antonio.

»Egal, was sie machen, jedenfalls scheffeln sie Geld«, seufzte Giuseppe. »Kostas ist ja nett, aber ich würde gern mehr verdienen. Ich brauche einen zweiten Job.«

»Wann willst du den denn erledigen?«, fragte Luciano. »Du bist doch fast jede Nacht mit den Griechen draußen beim Fischen.«

»Wenn ich mein eigenes Boot hätte, nur ein ganz kleines, könnte ich an solchen Plätzen wie hier herumrudern und selbst Fisch fangen und ihn verkaufen, bevor ich abends zu Kostas gehe.«

»Wo würdest du ihn denn verkaufen?«, fragte Giovanni, der unversehens hinter ihnen stand.

»Ich würde die Fische zu diesen großen Häusern dort bringen und fangfrisch an der Tür verkaufen«, antwortete Giuseppe mit plötzlicher Begeisterung in der Stimme.

Giovanni lächelte. »Das könnte klappen. Ich bin sicher, du hättest Erfolg.«

Als sie später am Abend wieder anlegten, war aus dem

ausgedehnten Mittagsimbiss ein üppiges Abendessen geworden. Die Frauen baten Giuseppe und Antonio, noch zu bleiben, doch beide wollten lieber zurück zu Signora Pagano, wo ihr Abendessen wartete.

Als sich Giuseppe von Sophia verabschiedete, hielt sie lange seine Hand fest. »Ich weiß, dass wir uns wiedersehen werden. Komm mich doch besuchen, bestimmt kann ich dir helfen, was dieses Boot angeht.« Sie lächelte. »Ciao, Baby.«

Beim Abendessen unterhielt Antonio die Signora und die anderen Pensionsgäste mit Anekdoten von ihrem Ausflug auf dem Boot des reichen Mannes und erzählte allen, welch starken Eindruck Giuseppe insbesondere auf eine bestimmte Frau gemacht hatte.

Die Pensionsgäste kicherten amüsiert, doch Signora Pagano schnaubte nur.

»Das klingt mir nicht nach einer Frau, die deine arme Mama gern an deiner Seite sehen würde«, sagte sie streng.

Giuseppe aß seinen Fisch und schwieg.

Zwar lachte er mit, wenn die anderen Pensionsgäste ihn neckten, doch vor allem überlegte er, wie er selbst Fisch fangen und ihn verkaufen konnte.

Wann immer er Zeit für sich hatte, erkundete er die Küste rund um den Hafen. Sobald er die Ostseite gut genug kannte, überredete er Antonio und Luciano, mit ihm die Fähre nach Manly auf der anderen Seite des Sydney Harbour zu nehmen.

Als sie vom Kai in die Sydney Road einbogen, kamen sie am Lichtspieltheater Britannia De Luxe vorbei, und Luciano fragte: »Warum gehen wir nicht rein? *Die Maske des Zorro* soll ein großartiger Film sein, das sagen alle. Sollen wir es nicht wagen?«

Giuseppe, der vor seinen Freunden nicht zugeben wollte, dass er noch nie einen Kinofilm gesehen hatte, stimmte zu. Er konnte seine Aufregung kaum zügeln, als sie sich an der Kasse anstellten, um Eintrittskarten zu kaufen. Drinnen starrte er ehrfürchtig auf die Stuckdecke und den kunstvollen roten Vorhang. Er lachte dröhnend bei den Possen der bekloppten Keystone Cops, doch als *Die Maske des Zorro* anfing, konnte er kaum glauben, was er sah. Die Leinwand war so groß, dass es schien, als wären die Schauspieler bei ihnen im Kinosaal anwesend. Verblüfft beobachtete er, wie Douglas Fairbanks als Zorro einer Falle nach der anderen entwischte und mit seiner erstaunlichen Fechtkunst alle Gefahren meisterte. Wie gern wäre er gewesen wie er, so mutig und verwegen! Während der ganzen packenden Handlung spielte ein großes Symphonieorchester, was die Dramatik des Stummfilms noch steigerte. Die auf der Leinwand aufscheinenden englischen Zwischentitel waren so kurz, dass Giuseppe sie verstand. Noch nie in seinem Leben hatte ihn etwas so begeistert.

Danach mischten sich die drei Burschen unter die Menge und schlenderten den Corso entlang. Der wunderschön geschwungene Strand am Ende war bei Schwimmern beliebt, und auf dem Gras unter den Pinien picknickten Familien. Während die jungen Männer den steinigen Uferstreifen zum Shelley Beach weiterspazierten, merkte sich Giuseppe im Geiste all die Plätze, die sich gut zum Fischen eigneten. Sein Traum, in den Bodden und Buchten des Hafens zu fischen, ließ ihn nicht mehr los. Und je mehr er darüber nachdachte, desto klarer wurde ihm, dass ihm nur ein Mann helfen konnte, sein Ziel zu erreichen: Giovanni.

Als Giuseppe sich an Vincenzos Onkel wandte, meinte der: »Zeig mir genau, was dir vorschwebt.«

Begeistert zog Giuseppe eine Karte hervor, die er sich von Kostas geliehen hatte. »Das sind die Plätze, wo ich fischen will. Plattköpfe und Snapper, vielleicht auch Flundern und, wo es Sandbänke gibt, Merlan. Ich habe mir Balmain und Birchgrove und andere Hafenorte angesehen, wo viele Häuser stehen, und glaube, dass ich meinen Fang dort entweder am Kai oder entlang der Küste und im Werftgebiet direkt an der Haustür verkaufen kann. Vielleicht frage ich noch ein oder zwei Ladenbesitzer, ob sie meine Fische haben wollen.«

»Und was ist mit der Ausrüstung? Wenn du Kostas Konkurrenz machst, wird er dir kaum seine Krebsreusen, Netze und Angelleinen leihen?«

»Doch«, erwiderte Giuseppe. »Ich habe ihm erklärt, was ich vorhabe. Er sagt, solange ich weiterhin für ihn arbeite, stört es ihn nicht, und er wird mir ein paar Sachen geben.«

»Ich will mal sehen, was ich tun kann.«

Ein paar Tage später traf in der Pension eine Nachricht von Giovanni ein, Giuseppe solle zu seinem Lagerschuppen kommen. Dort zeigte er Giuseppe ein altes, hölzernes Ruderboot, das am Kai festgemacht war.

»Zeig mir, wie du ruderst«, forderte Giovanni ihn auf.

Der Anblick des alten Bootes elektrisierte Giuseppe. Rasch kletterte er die Stufen des Kais hinunter und in das kleine Boot, wo er die Riemen in die Dollen schob. Dann ruderte er ins Hafenbecken hinaus.

»Gut, gut«, rief Giovanni. »Du kannst zurückkommen.«

Giuseppe nahm die Vorleine und wollte das Boot festmachen, als Giovanni bereits nach der Festmacherleine griff und sie Giuseppe zuwarf.

»Nimm es. Bleib damit in der Gegend von Balmain und bring es in einem der Bootsschuppen unter. Ich leihe es dir, bis du dir dein eigenes Boot kaufen kannst. Also fahr nicht bei schlechtem Wetter damit raus und nicht weiter als bis zu den Landspitzen.«

Giovannis Großzügigkeit überwältigte Giuseppe, und er stammelte: »Wie kann ich dir danken, Giovanni? Ich werde dir jede Woche Fisch bringen, versprochen.«

»Du bist ein heller Kopf und ein netter Junge, Giuseppe. Ich mag dich. Ich möchte gern sehen, wie du vorwärtskommst, aber es ist nicht leicht, in diesem Land Geld zu machen. Nur harte Arbeit führt zum Ziel.«

»Verstehe«, antwortete Giuseppe. »Hart arbeiten werde ich.«

Ein paar Vormittage später ließ Kostas Giuseppe am Strand zurück, um den restlichen Fang an Nachzügler zu verkaufen. Der Grieche wollte sich einen Trawler ansehen, der zum Verkauf stand, damit er mit Schleppnetz auf Garnelenfang gehen konnte.

Die meisten Ladenbesitzer, Restaurantköche und Hausfrauen hatten sich längst eingedeckt. Doch es war angenehm, in der Sonne zu sitzen und die Möwen zu beobachten, wie sie sich um Fischreste rauften oder nach den winzigen Krebsen schnappten, die bei Einsetzen der Ebbe auf dem nassen Sand zurückgeblieben waren.

Kostas griechische Fischermütze über die Augen gezogen, döste er vor sich hin.

»Giuseppe? Ja, das ist Giuseppe. Oh, entschuldige, störe ich?«

Die Stimme, die ihm bekannt vorkam, klang amüsiert. Giuseppe schrak aus dem Halbschlaf hoch und nahm die Baumwollmütze ab. »Sophia! Was für eine Überraschung!«

Sie trug ein leichtes Crêpe-de-Chine-Kleid, das sich in der Brise um ihre Beine schmiegte, dazu einen Sonnenhut, der ihr eine lässige Note verlieh. Ihre Fingernägel und ihre Lippen leuchteten knallrot. Etwas älter als Giuseppe, unterschied sie sich grundlegend von sämtlichen Frauen und Mädchen, die er zu Hause gekannt hatte. Sie wirkte so unabhängig und direkt. Giuseppe fand ihre Gegenwart aufregend.

»Na, wie läuft der Fischverkauf heute?«

»Du hättest eher kommen müssen. Es ist nichts mehr übrig«, antwortete Giuseppe, doch sie schüttelte den Kopf.

»Schon in Ordnung. Mir ist heute gar nicht nach Fisch. Ich wollte einen Spaziergang am Meer machen und habe überlegt, vielleicht bei Ravesi etwas Kühles zu trinken. Kommst du mit?«

»Sophia, ich bin nicht richtig angezogen, um dich zu begleiten«, erwiderte Giuseppe und schämte sich seiner alten Klamotten. »Ich habe gearbeitet und stinke nach Fisch.«

»Pfft. Dann spring ins Meer!«, lachte sie. »Mach schon. Ich behalt dich im Auge. Kannst du schwimmen?«

»Natürlich. Ich schwimme, seit ich auf der Welt bin.«

Da er sich von ihr herausgefordert fühlte, riss er sich das Hemd vom Leib und rannte quer über den Strand ins Wasser, wo er in eine Welle tauchte, dann wieder an die Oberfläche kam und schwamm, wie er es als Junge in den tiefen, ruhigen Gewässern vor seiner Insel gelernt hatte. Erfrischt und zufrieden mit sich, schüttelte er sich das Wasser aus dem dunklen Schopf und lief zu Sophia zurück. Doch noch bevor er sie erreicht hatte, stellte sich ihm ein großer Mann im Anzug in den Weg.

»Das ist nicht erlaubt«, sagte der Mann.

Verwirrt sah Giuseppe sich um. Er hatte keine Ahnung, was der Mann meinte. Vielleicht, weil er noch nicht genug Englisch verstand? *»Scusi?«*

»Es ist verboten, so unschicklich gekleidet herumzulaufen«, dröhnte der Mann. »Am Strand musst du ordentlich angezogen sein. Dafür musst du Strafe zahlen.«

Giuseppe wusste immer noch nicht, wovon der Mann redete, aber noch bevor er nachfragen konnte, hatte sich Sophia zu ihnen gesellt. Sie sagte rasch etwas zu dem Mann und schenkte ihm ihr zauberhaftestes Lächeln. Doch der Mann blieb unnachgiebig.

»Was ist los, Sophia? Was habe ich getan, dass dieser Mann böse auf mich ist?«

»Er ist Strandaufseher. Wenn man am Bondi schwimmt, muss man ein Oberteil tragen. Das hast du nicht getan, daher fürchte ich, dass du Strafe zahlen musst.«

»Aber ich habe kein Geld. Wie kann er eine Strafe von mir verlangen? Ich kann nicht bezahlen.«

»Sagen Sie Ihrem Freund, wenn er die Strafe nicht bezahlt, muss er ins Gefängnis«, erklärte der Aufseher.

Giuseppe verstand genug von diesem Satz, um völlig entsetzt zu sein. »Sophia, das einzige Geld, das ich habe, gehört Kostas. Das kann ich nicht nehmen. Und wenn ich ins Gefängnis muss, verliere ich meine Arbeit bei ihm und kann Giovanni das Boot nicht abkaufen. Das wäre eine Katastrophe!«

Sophia lächelte den Aufseher an. »Bitte, Sir, verstehen Sie doch. Mein Freund ist gerade erst in Australien angekommen und wusste nicht, wie er sich am Bondi Beach zu verhalten hat. Könnten Sie ihn nicht dieses eine Mal davonkommen lassen? Ich möchte seiner alten Mutter nicht schreiben müssen, dass ihr Junge im Gefängnis gelandet ist. Es würde ihr das Herz brechen.«

Der Strandaufseher blickte in Sophias flehentliches Gesicht. »Unwissen schützt vor Strafe nicht, Miss. Doch ich denke, ich kann es bei einer ernsten Verwarnung belassen, insbesondere weil nicht viele Leute hier sind.« Damit wandte er sich an Giuseppe und sagte sehr langsam: »Wenn man nach Australien kommt, muss man die australischen Gesetze beachten. Falls ich dich je wieder in einer so anstößigen Aufmachung erwische, blechst du, was das Zeug hält.«

Giuseppe wusste zwar nicht, von welchem Blech er sprach, fragte aber lieber nicht nach. Da der Strandaufseher nun weiterging, war zumindest klar, dass Sophia sein Herz erweicht hatte und Giuseppe nicht ins Gefängnis musste.

»Wie kann ich dir danken, Sophia? Ich dachte schon, ich würde für etwas bestraft, was ich zu Hause immer gemacht habe. Manchmal begreife ich dieses Land einfach nicht.«

»So was kommt vor, zerbrich dir nicht den Kopf deswegen«, meinte sie leichthin. »Wie wär's, wenn wir jetzt etwas trinken gehen?«

»Warum nicht? Ich habe Kostas Fische alle verkauft. Allerdings bin ich noch ziemlich nass.«

»Joe, bis wir bei Ravesi sind, bist du trocken.« Sie stand auf, während er mit den Fingern durch sein Haar fuhr, bevor er sich die Mütze aufsetzte.

»Joe? Was heißt das? Wieso nennst du mich Joe?«

»So heißt du in Australien. In Italien bist du Giuseppe, hier Joe. Es ist ein guter Name. Komm.«

Sie ging neben ihm her, als sei es das Normalste auf der Welt. Doch plötzlich blieb Giovanni stehen.

»Ich habe ja gar kein Geld! Nur das von Kostas für die Fische.«

Sophia strich ihm über den Arm. »Ich habe dich eingeladen. Also zahle ich. So ist das heutzutage.«

Sie schien keine Eile zu sein zu haben und bestellte zu den Getränken noch ein paar Happen. Giuseppe erfuhr etwas mehr über sie. Sie erzählte, dass sie keine Kinder hatte, und er fragte, ob sie einmal verheiratet gewesen war. Vielleicht war sie ja eine geschiedene Frau? Noch nie hatte Giuseppe eine Geschiedene kennengelernt.

»Nein, ich hatte nie das Bedürfnis zu heiraten, mich anzupassen und eine gute Ehefrau zu sein. Das würde deine Mutter bestimmt schockieren, Joe.«

Damit hatte sie recht. Seine Mutter würde eine Frau wie Sophia nicht gutheißen. Er aber glaubte, dass sie ein großes Herz hatte und ihn gut leiden mochte, was ihm schmeichelte. Trotzdem fragte er sich, warum sie zugelassen hatte, dass er sich am Bondi Beach das Hemd abstreifte, obwohl das gegen die Vorschriften verstieß.

»Erzähl mir, Joe, wie sehen deine Pläne aus?«

Eifrig schilderte er ihr, dass Giovanni ihm ein kleines Boot geliehen hatte, so dass er auf eigene Rechnung fischen konnte, wenn er nicht für Kostas arbeitete.

Sophia nickte. »Das ist gut. Aber du musst zum Fischen Plätze kennen, wo du immer einen guten Fang machen kannst.«

»Ja, ich bin schon am Suchen. Jeden Tag, wenn ich nicht für Kostas arbeite, mache ich gute Stellen ausfindig. Manchmal tauche ich vom Boot aus ins Wasser, um festzustellen, wo Riffe, Felsvorsprünge und Sandbänke sind.«

»Das ist gefährlich, Joe. Hier kann man vor der Küste Haien begegnen! Und wo verkaufst du deine Fische, wenn du sie gefangen hast?« Sie beugte sich über den Tisch und blickte ihm in die Augen.

»Ich werde sie am Kai verkaufen oder damit von Haus zu Haus gehen.«

»Was für eine glänzende Idee. Das Wasser ist der Schlüssel zu deinem Erfolg! Ich denke an all die vielen Häuser in der Stadt, von denen es nicht weit zu einem öffentlichen oder privaten Kai ist. Und wie frisch der Fisch sein wird, wenn du ihn direkt aus dem Meer zu den Leuten bringst!« Sie tätschelte ihm die Hand. »Und ich werde deine erste Kundin sein.«

An diesem Abend wurden seine Pläne in der Küche von Signora Paganos Pension am Esstisch diskutiert.

»Du musst eine Tour ausarbeiten und die Leute wissen lassen, wann du am Kai bist. Es ist wichtig, dass du regelmäßig und verlässlich dort stehst«, sagte Signora Pagano.

»Wie wirst du den Fisch kühl und frisch halten?«, fragte Luciano. »Willst du ihn in einem Sack im Wasser hinter dir herziehen?«

»Dann folgen dir die Haie, und du hast bald nur noch einen Sack voller Löcher«, meinte Signora Pagano.

»Ich mache es wie Kostas. Er legt sie in Kisten mit zerstoßenem Eis und Rupfensäcken darüber. Ich werde mit dem Eismann sprechen, der immer hierherkommt, und ihm Fisch anbieten, damit er mir einen Rabatt einräumt.«

»Das ist eine gute Idee, Giuseppe«, meinte Antonio.

»Meine australischen Freunde nennen mich Joe«, verkündete Giuseppe.

»Ja, und mich nennen sie Lucky«, erkläre Luciano.

»Dann will ich Tony sein«, sagte Antonio, und die drei Männer hoben die Gläser auf ihre neuen Namen.

Giuseppe verbrachte Tage damit, sich mit dem kleinen Boot und den Bedingungen rund um Balmain vertraut zu machen. An der Küste standen viele prachtvolle Häuser, aber auch bescheidenere, in denen die Arbeiter von der Mort's-Werft wohnten.

Sophia nahm lebhaften Anteil an Giuseppes Plänen und kam oft bei Kostas am Strand vorbei, um ihm Tipps zu geben, wie er auftreten und was er sagen solle. Schließlich lud sie ihn in ihr nah am Ufer gelegenes Haus in Balmain ein, um ihn ihren Nachbarinnen vorzustellen.

Giuseppe ruderte zu Sophias Anleger und ging die mit Steinplatten belegten Stufen zu ihrer Villa empor, von der aus sich ein beeindruckender Blick über den Hafen bot. Barfuß und ohne den üblichen knallroten Lippenstift kam ihm Sophia entgegen. Mit dem von der Brise verwuschelten Haar sah sie überraschend jung aus.

»Hallo, Joe! Möchtest du etwas trinken?«

Sie brachte ein Tablett mit Keksen und einem beschlagenen Krug heraus und stellte es auf einen Tisch.

»Dir ist beim Rudern heiß geworden, das sieht man. Vielleicht solltest du deine Fischverkäufer-Kluft anziehen.« Giuseppe schaute verdutzt, und Sophia lächelte. »Ich habe ein kleines Geschenk für dich, für einen guten Geschäftsstart.«

Kurz verschwand sie im Haus und kam mit ein paar zusammengefalteten Kleidungsstücken zurück. »Probier das mal an.« Dabei hielt sie eine schwere Baumwollschürze hoch, auf die »Frischer Fisch von Joe. Direkt aus dem Meer« gedruckt war. »Und das hier«, sagte sie und zeigte ihm ein gestärktes weißes Hemd.

»Wenn du die Sachen hierlässt, kann ich sie jede Woche mit in meine Wäsche geben. Dann siehst du nicht aus, als wärst du gerade meilenweit gerudert. Denn wenn es um Lebensmittel geht, mögen die Frauen gern blitzsaubere Verkäufer. Heiß und verschwitzt gehört ins Schlafzimmer.« Sie lachte.

Der völlig verwirrte Giuseppe wusste nicht, was er sagen sollte. »Sophia, das ist zu viel. Du bist so freundlich …«

Sie warf ihm eine Kusshand zu. »Geh und zieh dich um. Dann machen wir einen Rundgang durch die Nachbarschaft. Ich werde dich ein paar Leuten vorstellen, die ich gut kenne. Danach bist du auf dich selbst gestellt.«

Offenbar freuten sich die Nachbarn, Giuseppe kennenzulernen, auch wenn manche anzügliche Bemerkungen über Sophias gutaussehenden Freund machten. Anschließend schickte sie ihn allein los.

»Das kriegst du auch ohne mich hin«, versicherte sie ihm. »Komm nachher wieder her und erzähl mir, wie es gelaufen ist.«

Giuseppe war in Hochstimmung, als er in Sophias Haus zurückkam, wo er Hemd und Schürze auszog, sorgfältig zusammenfaltete und ihr wieder zurückgab.

»Behalte die Schürze, Joe, aber das Hemd bleibt hier. Ich wasche es für dich. Also musst du immer bei mir vorbeikommen«, sagte sie.

»Dann bringe ich dir jedes Mal meine besten Snapper-Filets mit«, erwiderte er.

»Danke, Joe. Ich hoffe, dass alles in deinem Sinne läuft. Hast du Kostas von deinen Plänen erzählt?«

»Ja. Solange ich weiter auf seinem Boot arbeite, hat er kein Problem damit, wenn ich allein mit Handleine fische. Aber die Schürze zeig ich ihm lieber nicht«, sagte Giuseppe. »Außerdem will ich auch Hummer fangen. Eine Frau aus so einem vornehmen Haus hat gemeint, daran wäre sie interessiert.«

»Wusste ich doch, dass ein kluger Kopf auf deinen Schultern sitzt«, rief sie aus. »Du wirst dich wacker schlagen.«

»Tausend Dank, Sophia«, setzte Giuseppe an. »Ich weiß gar nicht, wie ich das gutmachen kann. Du, Giovanni, Signora Pagano, Kostas – so viele Menschen sind freundlich zu mir.«

Sie tätschelte seinen Arm. »Du bist ein netter Bursche. Die Menschen mögen dich. Aber sei vorsichtig. Du darfst nicht jedem trauen.«

»Ja, ich weiß«, antwortete Giuseppe. »Und ich lerne ja noch. Bis ich zeigen kann, was ich tauge.«

Giuseppe verbrachte zwei Wochen damit, eine Tour durch die direkt an sein Fanggebiet grenzenden Vororte Balmain und Birchgrove und durch das etwas entferntere Woolwich, Greenwich und Hunter's Hill auszutüfteln. Zwar arbeitete er weiterhin für Kostas, fischte aber auch ein paar Stunden auf eigene Faust, wenn er nachmittags frei hatte. Langsam lernte er den Hafen kennen, fand heraus, wo er sich treiben lassen sollte, wo er am besten in die kleinen, stillen Buchten einfuhr, wo er ankern und wo er am felsigen Schelf fischen konnte. Dort wuchsen auch die schönsten Korallenblüten. Manchmal legte er mehrere Leinen gleichzeitig aus, und hin und wieder fuhr er zu den flachen Sandbänken, um mit dem Netz Merlan und Meeräschen zu fangen. Manchmal erwischte er auch einen fetten Tintenfisch, den er dann zu Signora Pagano brachte, die ihn in Stücke schnitt und mit Knoblauch briet. Australier aßen keinen Tintenfisch, das hatte ihm Kostas bereits gesagt.

Wenn er reichlich mittelgroße Snapper gefangen hatte, begann er seine Tour. In seinem sauberen weißen Hemd und mit Schürze hatte er keine Probleme, die Snapper-Filets, den köstlichen Merlan und die Plattköpfe an die Frau zu bringen. Nur die Feilenfische brachte er kaum los, obwohl sie massenhaft bissen – ja, manchmal bildeten sie fast Schwärme um seine Leinen. Doch die Leute mochten die harte Haut nicht, obwohl Giuseppe ihnen erklärte, dass man sie abziehen konnte und das Fleisch darunter zart und schmackhaft war.

Da Giuseppe seinen Fisch immer zu annehmbaren Preisen verkaufte, dauerte es nicht lange, bis die Frauen von Balmain anfingen, sich bei diesem gutaussehenden jungen Fischhändler einzudecken. Und der war auch noch so entgegenkommend, die Fische auszunehmen und zu filetieren, wenn sie es wünschten.

Nachdem er seine Tour beendet hatte, prostete Giuseppe Sophia unter ihrer Pergola mit einem Glas Wein zu.

»Auf dich, Sophia. Danke für all deine Hilfe. Du warst unheimlich nett.«

»Joe, du arbeitest hart. Du verdienst es, Erfolg zu haben.« Sie beugte sich vor und fuhr ihm übers Haar.

Bei dieser zärtlichen Geste wurde es Giuseppe ein bisschen schwindelig. Er schloss die Augen und berührte Sophias Hand. Sacht zog sie seinen Kopf zu sich und küsste ihn zart auf den Mund. Giuseppe schoss das Blut in den Kopf, und, benommen vom Wein, dem Blumenduft und Sophias lieblicher Nähe, erwiderte er den Kuss. Dann nahm er seinen ganzen Mut zusammen, schlang die Arme um sie und zog sie an sich. Doch es war Sophia, die die Führung übernahm und ihn in ihr kühles, weißes Schlafzimmer zog.

Zuerst blieb Giuseppe zurückhaltend, doch dann konnte er die Leidenschaft, die Sophia in ihm entfachte, nicht mehr zügeln. Zärtlich leitete sie ihn an und lächelte angesichts seiner Ungeduld, bis sie nicht länger widerstehen konnte. Unter leisen Seufzern erlaubte sie Giuseppe, zum ersten Mal die Freuden eines Frauenkörpers zu erkunden.

Als sie danach nackt nebeneinanderlagen, fühlte sich Giuseppe wahrlich als Mann. Seine Schüchternheit war wie weggeblasen, er hatte keine Hemmungen mehr, Sophias wohlgeformten Körper zu berühren und zu erforschen, und küsste ihre weiße, samtweiche Haut. Die Gewissheit, dass er einer Frau sinnliches Vergnügen bereiten und Verlangen in ihr wecken konnte, berauschte ihn.

Doch schon bald setzte sich Sophia auf und schubste ihn vom Bett.

»Es wird Zeit, dass du nach Hause fährst. Du schaffst das doch, so spät noch heimzurudern?«

Giuseppe hob die Arme. »Ich berste vor Kraft! Jetzt, da der Mond aufgegangen ist, werde ich beim Heimrudern lauthals Liebeslieder schmettern!«

»Nein, das wirst du nicht tun. Was sollen denn die Nachbarn denken?«, ermahnte sie ihn lächelnd. »Mach keinen

Lärm. Es muss ja nicht alle Welt wissen, dass du noch so spät hier gewesen bist. Glaub mir, so ist es am besten«, sagte sie bestimmt.

»Ja, Sophia«, erwiderte er kleinlaut. »Darf ich denn wiederkommen?«

Kokett legte sie den Kopf schief. »Vielleicht.«

»Ich habe dir meine besten Snapper-Filets in die Küche gelegt. Hoffentlich schmecken sie dir.«

An den Tagen, an denen er nicht für Kostas arbeitete, brachte Giuseppe seinen leckersten Fisch zu Sophia, und sie ging mit ihm ins Bett, wo sie sich liebten.

Als er eines Abends in die Pension zurückkam, fragte ihn Antonio, wo er gewesen sei. Giuseppe erzählte seinem Freund von Sophia, auch um ihn wissen zu lassen, dass er nach Bridie sehr viel weitergehende Erfahrungen gesammelt hatte.

»Ich hoffe, du weißt, was du tust«, sagte Antonio. »Sie ist nicht verheiratet, oder?«

»Nein, natürlich nicht.«

»Und sie wohnt in einer großen Villa. Wie kann sie sich das leisten?«, fragte Antonio. »Wie alt ist sie?«

Seine direkten Fragen waren Giuseppe unangenehm. »Sie wirkt ziemlich jung. Wahrscheinlich ist sie ein bisschen älter als ich«, räumte er ein.

»Ich habe Sophia gesehen. Eine attraktive Frau wie sie hat Beziehungen zu reichen Männern«, sagte Antonio. »Du könntest in Schwierigkeiten geraten, falls einer ihrer Freunde herausfindet, was zwischen euch läuft. Vielleicht solltest du lieber aufhören, sie zu besuchen, aber das willst du natürlich nicht, stimmt's? Sei einfach vorsichtig, Joe, okay?«

Doch die ersten Drohungen gegen Giuseppe kamen von einer ganz anderen Seite. Als Kostas und seine Crew sich eines Morgens fertig zur Ausfahrt machten, zog der Grieche Giuseppe beiseite.

»Mein Freund Con hat mich aufgesucht. Er verkauft seit langem Fisch in Balmain und weiß, dass du dort deine Runden drehst, an Türen klopfst und in seinem Revier Fisch verkaufst. Ich soll dir ausrichten, dass du dich von seinem Gebiet fernhalten sollst.«

»Wie meinst du das?«, fragte Giuseppe. »Wenn die Frauen den Fisch von mir kaufen wollen, ist das doch ihre Entscheidung und nicht seine.«

»Ich habe ihm gesagt, dass ich mit dir rede. Und ich glaube, du solltest besser seinem Rat folgen. Con hat ein paar Freunde, die dir gefährlich werden könnten, wenn du dich weiterhin in seinem Revier herumtreibst. Ich habe ihm versprochen, dass du keinen Fisch mehr in Balmain verkaufen wirst. Es ist besser so, Joe«, sagte Kostas.

Giuseppe begriff, dass dies eine freundschaftliche Warnung war. Aber wie sollte er jetzt Geld verdienen, um sich das Boot zu kaufen?

Obwohl er keinen Fisch in Balmain mehr verkaufte, besuchte Giuseppe weiterhin Sophia und ging mit ihr ins Bett. Eines Abends fragte Giuseppe sie, warum sie nicht auch mal etwas anderes unternahmen.

»Wir könnten doch mal ausgehen, einfach nur einen Spaziergang machen oder zusammen am Meer sitzen«, schlug er vor.

Sie fuhr ihm durchs Haar. »Gefällt es dir denn hier nicht mit mir? Warum sollten wir woanders hin?«

»Ich habe überlegt, dass ich etwas Geld sparen und dich zum Abendessen einladen möchte.«

»Vergeude nicht dein Geld mit mir. Ich bin gern hier.«

»Du willst nicht, dass uns Leute zusammen sehen«, platzte er heraus. »Du schämst dich für diesen armen italienischen Jungen!«

»Sei nicht albern.« Sie umarmte ihn. »Ich will dich einfach mit niemandem teilen.«

Dabei zog sie seinen Kopf zu sich und fing an, ihn leidenschaftlich zu küssen, als wollte sie ihre Worte beweisen. Doch plötzlich zuckte sie zurück und sprang aus dem Bett. »Hörst du das? Da draußen ist ein Wagen. Da ist doch gerade eine Autotür zugefallen? Schnell, zieh dich an, du musst gehen.«

»Kannst du sie nicht fortschicken?«, fragte Giuseppe.

»Nein, nein. Schnell. Geh hinten raus zu deinem Boot. Aber ganz leise. Warte ein paar Minuten, ehe du zu rudern anfängst.« Sie zog sich einen seidenen Kimono über und schob den nackten Giuseppe durch die Tür hinaus auf die Terrasse, dann warf sie ihm seine Kleider hinterher. Da er von der Eingangshalle her gedämpfte Stimmen hörte, huschte er in den Garten und zog sich im Laufen die Hosen an. Dann rannte er die Steintreppe hinunter zu seinem Boot. Er wollte schon einsteigen, als er merkte, dass er keine Schuhe anhatte. Da er nur ein einziges Paar besaß, wollte er es nicht zurücklassen. Er beschloss also zu warten, bis die Besucher wieder gegangen waren.

Es konnte kaum mehr als eine halbe Stunde vergangen sein, als er das Auto wegfahren hörte, und so schlich sich Giuseppe auf Zehenspitzen zurück zum Haus, das im Dunkeln lag. Leise rief er Sophias Namen. Sie antwortete nicht, so dass Giuseppe annahm, sie sei zusammen mit ihren Besuchern fortgefahren.

Er versuchte ins Haus zu kommen, um sich seine Schuhe zu holen, doch alle Türen waren verschlossen. Ein Geräusch ließ ihn herumfahren, und im Mondschein sah er Sophias geliebte fette Katze beim Fressen. Er wollte schon gehen, als er sah, was in ihrem Napf lag. Sie fraß Snapper-Filet.

Wütend schob er die Katze beiseite und schnappte sich den restlichen Fisch.

»Sie füttert das Katzenvieh mit dem Edelfisch, den ich ihr bringe!«, rief er. Blitzartig wurde ihm klar, dass Sophia nie etwas von seinem Fisch gegessen hatte. Sie hatte ihre verwöhnte Katze damit gefüttert.

Als Giuseppe zwei Tage später am Bondi Beach Kostas Fisch verkaufte, tauchte Sophia auf.

»Joe, tut mir leid wegen neulich. Du hast das hier vergessen.« Sie hielt ihm eine braune Papiertüte mit seinen Schuhen hin. »Als einer meiner Bekannten die entdeckte, gab es ganz schön Ärger. Mein Fehler, klar, aber mein Bekannter war nicht begeistert darüber, dass ich noch jemand treffe. Am sichersten wäre es, wenn du eine Weile nicht kommst.«

»Bist du mit ihm zusammen?«, fragte Giuseppe.

»Er ist nur einer meiner Freunde, aber sie alle glauben, dass ich ihnen gehöre. Was natürlich nicht stimmt, aber wenn sie herausfinden, wer du bist, kriegst du Ärger. Es sind gefährliche Männer.«

»Warum sind sie dann deine Freunde, wenn sie so gefährlich sind? Ich verstehe das nicht. Und wie konntest du deine Katze mit meinem Fisch füttern?«, rief er gekränkt.

»Armer Joe. Eigentlich mag ich gar keinen Fisch, aber ich wollte ihn nicht einfach wegwerfen, nachdem du dir immer solche Mühe gemacht hast, ihn mir zu bringen.«

»Diese Männer. Ich könnte dich beschützen«, sagte Giuseppe.

»Nein, das könntest du nicht. Sie sind skrupellos. Es tut mir leid, dass ich dich in Gefahr gebracht habe, aber ich kann dir nur raten, dich von mir fernzuhalten. Vielleicht wäre es gut, eine Weile aus Sydney zu verschwinden. Wirklich jammerschade, Giuseppe, aber so ist es nun einmal.« Mit einem schiefen Lächeln legte Sophia einen Finger an ihre Lippen und dann auf Giuseppes Mund. Anschließend drehte sie sich um und ging den Strand entlang.

Während er ihr nachschaute, kam Kostas zu ihm und musterte ihn durchdringend. »Hattest du Streit mit deiner schicken Freundin?«

»Sie ist nicht mehr meine Freundin. Ich darf sie nicht wiedersehen. Ihre Freunde mögen mich nicht.«

Kostas zuckte die Achseln. »Frauen wie sie haben reiche, hässliche Freunde. Halt dich da lieber raus.«

»Sie hat mir geraten, aus Sydney wegzugehen, weil es gefährlich für mich werden könnte. Aber ihre Freunde wissen ja nicht, wer ich bin.«

»Sie kennen garantiert Mittel und Wege, das herauszufinden. Ich wette, die Nachbarn haben dich und dein Boot öfter dort gesehen.«

Das hörte sich alles nicht gut an, fand Giuseppe. Und so beschloss er, Giovanni um Rat zu fragen.

Giovanni lauschte Giuseppes Geschichte mit Sophia und nickte.

»Ich habe gesehen, dass sie damals auf dem Boot ein Auge auf dich geworfen hat. Du warst Wachs in ihrer Hand.« Er lächelte. »Ich kann dir keinen Vorwurf daraus machen, dass sie dir gefällt, sie ist eine hinreißende Frau. Aber sie umgibt sich mit üblen Typen. Wenn die herausfinden, wer du bist, bekommst du womöglich Probleme. Es ist sicher besser, wenn du für ein paar Monate aus Sydney verschwindest.«

»Aber wo soll ich hin? Ich kann doch nur fischen.«

»Erinnerst du dich an die italienischen Fischer, von denen ich dir erzählt habe? In Wollongong, südlich von hier? Es sind Freunde von mir, die dir weiterhelfen werden.«

»Das klingt gut. Und wenn ich eine Weile dort war, kann ich ja vielleicht nach Queensland gehen und Zuckerrohr schneiden.«

»In Wollongong leben die Rivieras, eine Familie, die sich um dich kümmern wird. Ich sage ihnen Bescheid, dass du kommst.«

»Du kennst überall Leute«, staunte Giuseppe. »Wie kann ich dir nur dafür danken, dass du mir das Boot geliehen hast?«

»Wir Italiener müssen zusammenhalten. Mach in Wollongong einen Neuanfang, und dann komm hierher zurück oder geh nach Queensland, aber sorge dafür, dass du Geld in der Tasche hast.«

»Warum mache ich immer alles falsch? Jetzt muss ich sogar weglaufen. Nein, ich werde davongejagt«, seufzte Giuseppe.

»Du bist in einem fremden Land mit anderen Sitten. Aber du wirst sehen, dass es ein gutes Land ist, mit großen Möglichkeiten, wenn man hart arbeitet.«

Es tat Giuseppe weh, Signora Paganos Pension und seine Freunde dort zu verlassen. Am nächsten Morgen begleiteten ihn Antonio und Luciano zur Central Railway Station, einem Sandsteinbau mit prächtigem Eingang und einem großen Uhrenturm. Sie kamen mit auf den Bahnsteig und warteten, bis es Zeit war einzusteigen.

Die drei Freunde umarmten sich.

»Viel Glück, Tony, mein Freund. Ich hoffe, Queensland lohnt sich für dich, so dass du nicht allzu lang Zuckerrohr schneiden musst!«

»Sobald die Ernte vorbei ist, komme ich zu dir ans Meer, dann können wir zusammen fischen«, lachte Antonio.

»Viel Glück, Joe«, sagte Luciano. »Und nimm dich vor den Damen in Acht!«

Im Zug verstaute Giuseppe seinen Koffer und öffnete dann das Fenster, um seinen beiden Freunden zuzuwinken, während die Dampflok Fahrt aufnahm und den Bahnhof hinter sich ließ.

Die Reise ging flott voran. Giuseppe genoss den Blick auf die grandiose Landschaft, während der Zug gewundenen Gleisen folgte, die steil nach unten und durch Tunnel führten.

Wollongong lag in einem geschützten Küstenabschnitt, im Schatten der riesigen Illawarra-Sandsteinklippen, vor denen sich der blaue Pazifik erstreckte.

Giovannis Anweisungen folgend, fand Giuseppe das gesuchte Haus am Brighton Beach direkt am Hafen. Da er hinter dem Gebäude Stimmen hörte, ging er außen herum und traf im Garten auf eine Gruppe Italiener. Schüchtern erkundigte er sich bei den Männern, wer von ihnen Franco Riviera sei.

Ein Italiener mit wettergegerbtem Gesicht erhob sich und begrüßte ihn.

»Du bist also Joe? Mein Freund Giovanni hat dich hergeschickt, damit du hier wohnst und arbeitest?«

»Ja, Signor Riviera.«

»Nenn mich Franco. Giovanni hat gesagt, dass du ein guter Fischer bist. Erzähl mir von dir.«

Nachdem er Giuseppes Geschichte gehört hatte, gluckste er. »Ja, ich kann mir vorstellen, dass es den Frauen gefallen hat, von dir direkt beliefert zu werden. Und dass das der Konkurrenz ein Dorn im Auge war. Fischst du gern? Bist du gern auf dem Wasser? Oder machst du das nur, um deinen Lebensunterhalt zu verdienen?« Franco sprach in beiläufigem Ton, behielt dabei aber Giuseppe scharf im Auge.

»Wie könnte das Fischen nur Broterwerb für mich sein?«, rief Giuseppe. »Wenn ich auf dem Wasser bin, im Einklang mit dem Boot, den Fisch jage und es zwischen dem Fisch und mir zum Wettstreit kommt – dann fühle ich mich lebendig!«

Franco nickte. »Im Gegensatz zu mir kommst du aus einer Fischerfamilie. Ich stamme aus dem Piemont und habe mir selbst das Fischen beigebracht, als ich nach Australien kam. Dir ist das Wissen von deinem Vater weitergegeben worden und von deinem Großvater, nicht wahr?«

»Ja, natürlich. Meine Brüder fischen auch. Aber für mich … ist es noch mal anders.« Er hielt inne, weil er nicht wusste, wie er es ausdrücken sollte. »Manchmal habe ich das Gefühl, ich denke wie die Fische. Ich kenne ihre Gewohnheiten und weiß, wo sie hinziehen und wann sie fressen und was sie am liebsten mögen. Wenn ich dann einen Fisch aufstöbere, kommt es zu einem Kampf, einem Duell zwischen dem Geschöpf des Meeres und mir. Und wenn der Fisch gut und klug kämpft, dann lasse ich von ihm ab, damit er noch an anderen Tagen kämpfen kann, auch wenn mein Vater sagt, das ist schlecht fürs Geschäft.« Giuseppe zuckte mit den Schultern. »Ich arbeite lieber mit Ruten und Leinen als mit Netzen und jage einen Fisch nach dem anderen. Aber ich werde es so machen, wie du es mir sagst.«

Franco versetzte ihm einen munteren Schlag auf den Rücken. »Du bist wahrhaft ein Fischer. Giovanni hat gut daran getan, dich zu mir zu schicken. Komm, ich stell dich den anderen vor.«

Die Italiener scharten sich um Giuseppe. Zwischen viel Gelächter und Seemannsgarn priesen sie das Leben in Wollongong.

»Es ist so ein großartiger Ort. Leute aus Sydney kommen hierher, um Urlaub zu machen«, sagte einer begeistert.

»Das Fischen ist wirklich prima hier«, meinte ein anderer. »Man muss nur abwarten und schauen.«

»Willkommen im Club. Willkommen in Wollongong!«, riefen dann alle.

Giuseppe war überwältigt von diesem Empfang. Da trat eine Frau aus der Küche und verkündete, dass das Essen fertig sei. Mehrere Stunden lang ließen sie es sich bei Wein und gefüllten Schüsseln gutgehen, ein Gericht folgte aufs andere, und bei jedem Gang wurde viel geredet und gelacht. Die Frauen hielten sich im Hintergrund, freuten sich aber zu sehen, welchen Anklang ihr Essen fand. Schließlich gesellten sie sich zu den Männern an den Tisch und aßen beim Nachtisch und der Obstplatte mit. Als dann Espresso serviert wurde, holte einer ein Akkordeon heraus, und sie sangen alte Weisen aus der Heimat.

Es wurde Abend, und Giuseppe fragte sich allmählich, wo er die Nacht verbringen sollte. Es war schon reichlich spät, um sich nach einem Zimmer umzusehen. Vielleicht konnte er am Strand schlafen?

Doch als hätte er seine Gedanken gelesen, stand Franco auf und sagte: »Joe, du hattest einen langen Tag und wirst müde sein. Komm mit, ich bringe dich zu einer Pension, wo auch andere Männer wohnen, die für mich arbeiten. Ich glaube, du wirst es ganz behaglich finden.«

Giuseppe nahm seinen Koffer, wünschte allen eine gute Nacht und folgte seinem neuen Arbeitgeber durch den Garten. Er machte sich auf einen längeren Spaziergang gefasst, doch Franco öffnete die Tür eines Autos, das vor dem Haus geparkt war.

»Spring rein, ich fahre dich hin.«

Giuseppe konnte kaum fassen, dass Franco sogar ein eigenes Auto besaß. Und dass er Giuseppe zu einer Fahrt einlud. Es war das erste Mal, dass er in einem Privatwagen saß.

»Was für ein Auto ist das?«, fragte er, als sie losfuhren.

»Ein Ford T-Modell. Der meistgefahrene Wagen weit und breit. Eines Tages habe ich hoffentlich genug Geld, um mir ein besseres Auto zuzulegen.«

»Das scheint mir doch ein sehr guter Wagen zu sein«, meinte Giuseppe und versuchte zu klingen, als ob er häufig in Automobilen mitfuhr.

Doch Franco ließ sich nicht hinters Licht führen. »Du sitzt das erste Mal in einem Wagen, stimmt's? Aber du hast recht, meine Tin-Lizzy ist ein braves Mädchen. Lässt sich leicht steuern und ist nicht schwer zu reparieren, wenn mal was kaputtgeht. Vielleicht hast du eines Tages ja auch mal eine, wenn du hart arbeitest und dein Geld sparst.«

Eine solche Zukunft konnte sich Giuseppe nicht vorstellen.

Sie brauchten nur ein paar Minuten bis zu der Pension, wo Franco ihn Signora Casalegno vorstellte. Giuseppe dankte ihm für seine Freundlichkeit und versprach, am frühen Morgen frisch und munter am Hafen zu sein, um seine Arbeitsstelle anzutreten.

Die Signora zeigte ihm ein hübsches Zimmer, wo er sich nach dem vielen guten Essen und reichlichem Grappa etwas beduselt schlafen legte. Gern hätte er Antonio und Luciano erzählt, wie es ihm ergangen war. Er sah hoffnungsvoll in die Zukunft, doch diesmal wollte er vorsichtiger sein. Nach dem Abend bei den großzügigen Rivieras mit der Wärme und Heimeligkeit vertrauter Sitten und Gebräuche fühlte er sich jedoch geborgen. Es war, als sei die Entfernung zu seiner Heimat geschrumpft und er dort angelangt, wo er hingehörte.

Franco und seine Crew machten ihren Fang mit Langleinenfischerei, und Giuseppe arbeitete tüchtig mit. Als Franco dann überzeugt war, dass Giuseppe das Meer gut genug kannte, ließ er ihn mit nur einem anderen Fischer zusammen hinausfahren.

In der Pension wohnten drei weitere Italiener, die alle für Franco arbeiteten. Sie schlossen rasch Freundschaft. Die Pension gehörte dem Ehepaar Casalegno, aber es war die Signora, die dort den Ton angab. Sie war geschäftstüchtig und nahm keinen persönlichen Anteil an ihren Gästen, wie

Signora Pagano es getan hatte. Signor Casalegno besaß eine kleine Bäckerei; er war schon um zwei Uhr morgens bei der Arbeit und schlief nachmittags, wenn die Bäckerei geschlossen hatte. Da Signora Casalegno ein Riesentheater machte, wenn einer der Pensionsgäste ihren Mann störte, war es einfacher, erst am Abend dort aufzutauchen. Die drei Italiener zeigten Giuseppe die schönsten Plätze in und rund um Wollongong und gingen mit ihm an den Strand oder ins Kino. Was das Fischen anging, konnten sie ihm allerdings wenig beibringen. Schon nach ein paar Tagen auf Francos Boot war für jeden offensichtlich, dass Giuseppe der geborene Fischer war. Sein Vater hatte ihn bestens ausgebildet, und er hatte gut zugehört, wenn Kostas ihm etwas über das Fischen in Australien erklärte.

Giuseppe liebte seine Arbeit, und ihm gefiel es in Wollongong. Aus den Wochen wurden Monate, und er dachte immer seltener an eine Rückkehr nach Sydney.

Franco war sehr gesellig und lud alle seine Arbeiter zu den Partys ein, die er gewöhnlich einmal im Monat an einem Sonntag gab. Als er im Lauf der Zeit Giuseppe besser kennenlernte, bat er ihn immer häufiger auch an den anderen Sonntagen zu sich nach Hause, um mit ihm über das Fischen zu sprechen. Herausgeputzt in seinem besten Hemd und mit Jackett aß Giuseppe dann mit der Familie zu Mittag, nachdem sie vorher zusammen in der Kirche gewesen waren. Ihm gefiel es, wieder zu einer Familie zu gehören, und bei diesen Sonntagsessen erfuhr er dann auch alles über seinen Boss und dessen erfolgreiches Fischereiunternehmen.

Franco war aus dem Piemont nach Australien gekommen, und obwohl seine Heimat die Alpenhänge bei Turin waren, hatte sich aus seiner Liebe zum Meer und zu Speisefischen eine wahre Leidenschaft entwickelt. Er war entschlossen, in einer sehr fremden Welt ein neues Leben anzufangen – als Fischer. Nach seiner Ankunft in Melbourne nahm ihn ein alter italienischer Fischer unter seine Fittiche, führte ihn ins Geschäft ein und brachte ihm alles bei, was er wusste. Als der alte Mann dann ohne irgendwelche Angehörigen starb, erbte Franco sein Fischerboot und einen baufälligen Bootsschuppen.

»Allerdings gab es in Melbourne eine Menge Konkurrenz, und ich hatte gehört, dass man hier an dieser Küste gut fischen kann. Also habe ich mein Boot nach Wollongong gebracht.« Franco lächelte. »Es war der richtige Zeitpunkt. Ich war der Erste. Jetzt kommen auch andere, um hier mit dem Fischen anzufangen, aber ich will ihnen auch weiterhin eine Nasenlänge voraus sein. Dazu brauche ich gute Leute wie dich. Wenn du bei mir bleibst, wird es dein Schaden nicht sein.«

»Ich bin sehr dankbar für die Chance, die du mir gegeben hast«, sagte Giuseppe aufrichtig.

»Mein Sohn Silvio ist anders als du. Er mag das Fischen nicht. Aber er ist ein guter Händler und erzielt immer Höchstpreise für meinen Fisch.«

Giuseppe wusste, dass Franco auch zwei Töchter hatte – Maria, die noch zur Schule ging, und die neunzehnjährige Evalina, die seit ihrem Schulabschluss der Mutter im Haushalt half.

Evalina war ein schüchternes, reizendes Mädchen, das gut Englisch sprach und die Einkäufe für die Mutter erledigte. Jeden Samstag holte sie Brot aus Signor Casalegnos Bäckerei, die ganz in der Nähe der Pension lag. Wenn Giuseppe nicht arbeitete, sah er sie häufig dort und begleitete sie auf ihrem Rückweg nach Hause.

Als Giuseppe an einem Samstagnachmittag wieder einmal Evalina nach Hause begleitet und ihr die Einkäufe getragen hatte, rief ihn Franco zu sich in den Garten.

»Ich räume gerade den Schuppen auf«, erklärte er, als sie durch den großen Garten gingen, wo etliche Netze, Kisten und Fischereizubehör lagen. Dann wies er auf eine umgedrehte Kiste, und nachdem Giuseppe darauf Platz genommen hatte, zauberte er eine Flasche Grappa und zwei Gläser hervor. Sie stießen an. »*Salute*. Danke, Joe, dass du mir und meiner Familie eine so große Hilfe bist.«

»Es macht mir Freude. Du und deine Familie, ihr seid so gute Menschen«, erwiderte Giuseppe.

»Ich habe nachgedacht«, sagte Franco. »Als ich in Wollongong mit der Fischerei anfing, war ich allen anderen voraus. Jetzt glaube ich, dass es weiter die Küste abwärts auch große Möglichkeiten gibt. Deshalb habe ich ein zweites Boot gekauft.«

»Du willst von hier wegziehen?«, fragte Giuseppe überrascht.

Franco schüttelte den Kopf. »Nein, nicht ich. Es geht um dich. Was hältst du davon, nach Whitby Point zu ziehen? Es liegt nur wenige Stunden von hier entfernt, und man kann dort glänzend fischen. Zwar ist es dann noch weiter bis zu den Märkten in Sydney, aber Silvio ist überzeugt, dass wir trotzdem erfolgreich konkurrieren können.«

»Ich verstehe nicht ganz … Natürlich werde ich nach Whitby Point gehen, wenn ich dort für dich arbeiten kann. Aber ich habe keine Ahnung, wie man ein Geschäft aufbaut.«

»Natürlich nicht. Ich werde dir dabei helfen, so wie mir hier geholfen wurde. Wenn du einschlägst, könnten wir hinfahren und uns umschauen, wo du dich am besten niederlässt.«

»Ich weiß nicht, was ich sagen soll. Ein Traum wird wahr«, setzte Giuseppe an. »Doch was hält Silvio davon, dass du einem Fremden einen Teil deines Geschäfts überträgst?«

Franco machte eine wegwerfende Handbewegung. »Ich habe noch einen Vorschlag: Ich möchte, dass du zur Familie gehörst. Was hältst du davon, Evalina zu heiraten? Sie mag dich und wäre einverstanden.«

Giuseppe starrte Franco an und suchte nach Worten. »Sie ist ein sehr liebes Mädchen. Und hinreißend. Ich bewundere sie sehr.«

»Dann ist das also abgemacht. Sie wird dir eine perfekte Ehefrau sein. Das macht mich – uns alle, die ganze Familie – sehr glücklich.«

»Du hast mich in deinem Haus willkommen geheißen, mir gute Arbeit gegeben und bietest mir jetzt an, einen Teil des Geschäfts zu übernehmen und deine Tochter zu heiraten! Sie ist genau das Mädchen, das sich meine Eltern immer für mich gewünscht haben – eine brave Italienerin. Sie werden sich unheimlich freuen.«

»Evalina will dich sehr gern heiraten und dir dabei helfen, mein Unternehmen dort unten in Gang zu bringen. Ich werde euch unter die Arme greifen, sowohl was euer Heim als auch was das Geschäft angeht. Besser kannst du es nicht treffen, Giuseppe.«

Giuseppe wusste nicht, ob Franco vom Geschäft oder von der Hand seiner Tochter oder von beidem sprach, aber er nickte zustimmend. »Dein Angebot ehrt mich. Ich habe schon immer davon geträumt, mein eigenes – na ja – selbst verantwortlich für einen Fischereibetrieb zu sein. Natürlich möchte ich vorher gern mit Evalina sprechen.«

»Aber sicher doch. Es besteht kein Grund zur Eile, du musst ihr ordentlich den Hof machen.«

Giuseppe fragte sich, was Antonio in Queensland davon halten würde. Aber im Grunde kannte er die Antwort seines Freundes: Selbst wenn das Mädchen hässlich wie die Nacht wäre, dürfte man sich ein solches Angebot nicht entgehen lassen.

Und Evalina war alles andere als hässlich. Mit ihrem hellbraunen Haar, den dunklen Augen, der kurvenreichen Figur, dem hübschen Gesicht und dem reizenden Lächeln erinnerte sie ihn an die schönsten Mädchen auf seiner Heimatinsel. Außerdem war sie eine hervorragende Köchin und wusste, wie man einen Haushalt führt. Sie würde eine gute Ehefrau sein. Auch wenn sie nicht aus seinem Dorf stammte, war er sicher, dass sogar Nonna Celestina seine Wahl billigen würde.

Es war also beschlossene Sache.

4

Südküste, New South Wales, 2011

Es war nicht der Tag, um sich in Whitby Point zu verlieben.

Die Wellen schlugen wütend gegen den verwaisten Strand, krachten gegen die Klippen und nagten an den Dünen, die eine kleine Lagune hinter dem Strand schützten. Seevögel kauerten am Rand der Lagune, wo sie vor dem heulenden Winterwind Zuflucht suchten.

Eine einsame Gestalt ging, gegen den Wind gestemmt, die Fäuste tief in den Jackentaschen vergraben, den Pfad entlang, der um den verlassenen Campingplatz herumführte. Eine Bö riss ihr die Kapuze herunter, und ihre Locken lösten sich aus der Spange, die sie gehalten hatte.

Gischt sprühte ihr ins Gesicht und brannte auf der Haut, und die Frau gab ihr Vorhaben auf, an den Klippen entlang zu dem kleinen Ort mit Hafen zu wandern. Sie machte kehrt und ging zurück zur Pelican Cove, wo etwas versteckt drei Ferienhütten lagen. Um diese Jahreszeit hatte sie freie Auswahl gehabt, sich aber wegen der Abgeschiedenheit für eine dieser älteren Hütten entschieden.

Die Hütten links und rechts von ihr standen leer, auf ihren kleinen Veranden lag eine Schicht verrottender Pflanzenreste – fedrige Nadeln und Laub von den Bäumen. Mit ihren geschlossenen Rollläden wirkten sie abweisend, man hätte kaum vermutet, dass hier im Sommer Feriengäste die

Sonne genossen. Cassandra Holloway war vor ein paar Tagen in Whitby Point eingetroffen, und obwohl sie sich vorstellen konnte, wie es hier im Hochsommer aussah, passte die winterliche Atmosphäre gut zu ihrer düsteren Stimmung.

Als sie sich den Hütten näherte, sah sie einen Wagen, der an der unbefestigten Straße neben ihrer Hütte parkte. Ein Mann stieg aus. Er mochte an die sechzig sein, trug einen Overall, war gut gebaut und wirkte fit.

»Mrs. Holloway? Ich bin Geoff Spring, der Handwerker. Das Immobilienbüro schickt mich. Es gibt wohl ein Problem in der Küche?«

»Ja, der Herd funktioniert nicht. Ich dachte, die Gasflasche wäre leer, aber das ist nicht der Fall. Keine Ahnung, was kaputt ist.«

»Diese Hütten gammeln vor sich hin. Außer einem neuen Anstrich ist hier seit den Achtzigern, als sie gebaut wurden, nichts mehr gemacht worden.« Der Mann griff nach seinem Werkzeugkasten und folgte ihr ins Haus.

»Wenn das Wetter besser wäre, würde ich den Grill benutzen. Aber immerhin funktioniert der Wasserkocher. Tee oder Kaffee?«

»Das ist doch nicht nötig. Aber wenn Sie ohnehin Tee kochen … Wo ist die Gasflasche? Die prüfe ich zuerst.«

Er stellte fest, dass sie tatsächlich voll war, und wandte sich dann dem Herd zu, drehte an den Knöpfen, spähte ins Backrohr, ruckelte an der hinten befestigten Gasleitung. Als der Herd fünfzehn Minuten später repariert war, saßen beide am Küchentisch, und Cassie schenkte Tee ein.

»Schöner Blick über die Lagune, und zwischen den Dünen sieht man auch den Ozean. Im Sommer ist es hier rappelvoll. Viele Familien kommen seit einer Ewigkeit immer wieder. Buchen Jahr für Jahr denselben Platz im Caravan-Park. Liegt ein bisschen ab vom Schuss, aber für Eingeweihte ist es das Paradies. Nur um diese Jahreszeit verirrt sich kaum jemand hierher.« Geoff warf Cassie einen neugierigen Blick zu.

»Ich brauche eine Pause, und hier ist es ruhig und friedlich. Das gefällt mir.«

»Wahrscheinlich bleiben Sie ja nicht lange, aber wenn noch etwas kaputtgeht, sagen Sie einfach im Büro Bescheid, und ich komme sofort.«

»Vielen Dank, aber ich hoffe nicht, dass noch andere Geräte den Geist aufgeben.«

»Schön. Wenn Sie irgendetwas wissen möchten, wenden Sie sich an das Büro oder Sie rufen mich an. Ich bin nun schon eine ganze Weile hier und kenne mich aus.«

»Wie lange leben Sie denn schon in Whitby Point?«, fragte Cassie.

»Rund zwanzig Jahre. Das Übliche – meine Frau und ich haben hier unseren Urlaub verbracht und uns in die Gegend verliebt. Also hab ich meinen langweiligen Job in Newcastle an den Nagel gehängt und mich als Gärtner und Mädchen für alles selbständig gemacht. Ich arbeite gerne an der frischen Luft. Unser Haus hab ich selbst gebaut, davor haben wir in einem Wohnwagen gelebt. Sie sollten wieder herkommen, wenn es wärmer ist.«

»Ich weiß nicht recht. Im Moment habe ich nur ein paar Tage Zeit, aber das kühle Wetter und die Einsamkeit tun mir gut.«

»Haben Sie es hier warm genug? Haben Sie genug Holz für den Ofen und den Grill? Das Büro kann Ihnen Holz liefern, aber das taugt nichts. Von mir kriegen Sie besseres. Bei mir lagern ein großer Stapel trockenes Brennholz und ein Bündel alter Zaunlatten.«

»Das ist sehr nett von Ihnen. Holz könnte ich gut gebrauchen. Würden Sie es bis heute Abend vorbeibringen, damit ich den Ofen anheizen kann?«, bat Cassie.

Geoff trank aus. »Keine Sorge. Sind Sie sicher, dass Sie hier zurechtkommen, so ohne Telefon und Fernseher? Wenn Sie möchten, können Sie einen Fernseher mieten, letztes Jahr wurde eine Leitung verlegt. Aber Mobilfunkempfang dürfte hier schwierig werden.«

»Ja, das hab ich auch schon gemerkt. Aber es gibt eine Stelle am Rand der Lagune, wo es klappt. Und einen Fernseher brauche ich nicht. Im Moment finde ich es schön, das Radio wiederzuentdecken und ein gutes Buch zu lesen. Aber danke für das Angebot.«

Geoff nickte, trug seine Tasse zur Spüle, wusch sie ab und zog eine Visitenkarte aus der Tasche, die er auf die Anrichte legte. Dann verabschiedete er sich.

Cassie beobachtete, wie er in sein Auto einstieg. Wie nett, dass er sich sorgte, weil sie ganz allein hier hauste. Bisher hatte sie sich unter den wispernden Kängurubäumen weder einsam noch unbehaglich gefühlt. Zurzeit hatte sie lieber keine Menschen um sich. Und mit einem prasselnden Feuer im gusseisernen Ofen würde es in der Hütte richtig gemütlich werden.

Wie anders hier alles im Vergleich zu der Wohnung war, die sie in Sydney zurückgelassen hatte. Das schicke, hochmoderne Gebäude, nur ein paar Gehminuten von der Anwaltskanzlei entfernt, in der sie und ihr Mann gearbeitet hatten, schien sich auf einem anderen Planeten zu befinden.

In den letzten Tagen hatte sie versucht, nicht zu viel über das Fiasko ihrer Ehe nachzudenken. Doch jetzt hatte sie eine Tür geöffnet, die sich nicht mehr schließen ließ, und ehe sie sichs versah, wurde aus den hereintröpfelnden Erinnerungen und Emotionen ein wahrer Sturzbach. Sie atmete tief durch, legte sich ihren Paschminaschal um die Schultern und ging auf die Veranda hinaus. Dort ließ sie sich in den maroden Korbstuhl sinken und blickte auf die Lagune, wo der Wind das Wasser zu kleinen, schäumenden Wellen aufpeitschte.

Jetzt erkannte sie, wie viel die Wohnung mit ihrer Beziehung zu Hal zu tun hatte. Immer war es um ihn gegangen und darum, was er wollte. Sie hatte nicht mitten in der Stadt wohnen wollen, sondern lieber etwas außerhalb, zum Beispiel in Manly, wo sie in einem weitläufigen Haus auf der Klippe mit Meerblick aufgewachsen war.

»Ich mag die Stadt nicht. Häuserschluchten und Bürogebäude wie Bienenstöcke mit getönten Fenstern, hinter denen Arbeitsbienen schuften.«

Hal Holloway hatte nur gelacht. »Das sind wir, Babe: Arbeitsbienen. Wenn du in einer Kanzlei vorankommen willst, musst du Überstunden machen. Da will man am Ende des Tages nicht auch noch ewig pendeln.«

Damit hatte er recht. Und ihr Büro in der Phillip Street konnten sie zu Fuß erreichen. Aber Cassie hätte gern einen Garten gehabt, so wie die kleine Wildnis, die ihre Mutter in beharrlichem Kampf gegen die salzige Meeresluft kultivierte. Allerdings hatten sie es, wie Hal betonte, nicht weit zum Hyde Park, einer der schönsten Grünanlagen Sydneys, auch wenn sie ihn mit Hunderten Besuchern teilen mussten.

»Wenn du so versessen auf einen Garten bist, warum ziehst du dann keine Kräuter im Topf?«, meinte er.

Und Cassie, die gern kochte, nahm sich also vor, auf ihrem Balkon Kräuter und sogar Salatgemüse und Tomaten zu ziehen, doch irgendwie fand sie nie die Zeit dazu. Beide waren ständig so beschäftigt, dass sie häufig in einem der Restaurants auf ihrem Heimweg von der Arbeit aßen.

Selbst an den Wochenenden entspannten sie sich nicht zu Hause. Am Freitagabend trafen sie sich meist mit Kollegen in einer Bar. Doch manchmal, wenn Cassie das Machogerede, das Fachsimpeln und die Egozentrik der Männer aus der Kanzlei auf die Nerven gingen, verabredete sie sich lieber mit ihren Freundinnen. Samstags arbeitete Hal immer, und oft nutzte auch sie das Wochenende, um mit ihren Aktenbergen zu Rande zu kommen. Der Sonntagvormittag war für ein Frühstück mit Freunden reserviert, meist ebenfalls Kollegen aus der Kanzlei. Danach ging Hal normalerweise in sein Büro, um die Arbeit der kommenden Woche vorzubereiten.

»Hal, könnten wir uns nicht mehr mit Leuten treffen, mit denen wir nicht zusammenarbeiten? Die meisten Kollegen machen mich wahnsinnig, sie sind so aggressiv.«

»Cassie, du weißt doch, dass Juristen, vor allem Männer, immer im Kampfmodus sind. Andere Anwälte haben Frauen, die nicht vom Fach sind und das nicht verstehen. Deshalb bin ich so froh, dass du zu meiner Welt gehörst.«

Als Cassie Hal kennenlernte, glaubte sie, sie seien füreinander bestimmt und teilten dieselben Ziele und Träume. Cassie war eine sehr gute Schülerin gewesen, und da man von klugen Mädchen erwartete, dass sie entweder Medizin oder Jura studierten, entschied sie sich für die Rechtswissenschaft. An der Uni hatte sie Hal praktisch in der ersten Woche kennengelernt, weil sie im selben Semester waren und sich bei Vorlesungen und Seminaren ständig über den Weg liefen. Hal war ja auch kaum zu übersehen – ausgesprochen gutaussehend, sportlich, beredt und ehrgeizig. Er entstammte einer wohlhabenden Familie aus dem grünen, teuren Vorort St. Ives, sein Vater leitete ein Finanzunternehmen. Anfangs hatte Hal vermutet, das Lokal von Cassies Familie sei nicht viel mehr als eine Fish-'n'-Chips-Bude, aber als er von anderen Studenten hörte, dass es sich um das bekannte Seven-Seas-Restaurant in Manly handelte, kam er mit ein paar Freunden vorbei und überraschte sie, als sie an einem Sonntag dort arbeitete. Bald wurde er Stammgast, und auch an der Uni bemühte er sich um sie. Schließlich wurden sie ein Paar, ein Jahr später zogen sie zusammen und heirateten.

Cassie fand Hals Pläne beeindruckend. Das Recht sei die Grundlage der bürgerlichen Gesellschaft, erklärte er ihr. Zwar strebe er zunächst eine leitende Stellung in einer großen Kanzlei an, aber eigentlich wolle er Richter werden. Als Richter, so versicherte er ihr, könne er für Gerechtigkeit sorgen.

Nach der Uni fanden beide eine Anstellung in derselben Kanzlei. Cassie war begeistert gewesen, weil sie dachte, sie würde mit Hal zusammenarbeiten, aber es kam anders. Er machte sich als Strafverteidiger einen Namen und stieg in der Kanzlei auf, während sie in der Zivilprozessabteilung hängen blieb. Zudem machte er mehr und mehr Überstunden und verbrachte eine Menge Zeit mit seinem Team. Manchmal, wenn er einen besonders anstrengenden Fall hatte, kam er angetrunken nach Hause, nachdem er sich mit seinen Kollegen mehrere Absacker genehmigt hatte. Anfangs beschwerte sie sich darüber, doch er gab zurück, sie müsse doch wissen, unter welch gewaltigem Druck er stehe. Allmählich wurde ihr klar, dass sie sich in unterschiedliche Richtungen bewegten.

Als Cassie ihn daran erinnerte, dass er doch Richter werden wollte, winkte Hal ab.

»Sei nicht albern, Cassie. Ein Richter arbeitet ziemlich allein vor sich hin und verdient nicht besonders gut. Als Partner in einer Spitzenkanzlei mach ich viel mehr Geld.«

Und wenn Cassie jetzt von Wahrheit und Gerechtigkeit anfing, von Menschenrechten, Rechtshilfe für Bedürftige, Minderheiten und sozialen Probleme – Themen, die sie früher leidenschaftlich diskutiert hatten –, reagierte Hal bissig.

»Damit können wir weder unsere Rechnungen bezahlen noch unseren Lebensstil beibehalten«, höhnte er.

Dann bekam Cassie in der Kanzlei Probleme eigener Art.

Ms. Bronwyn, eine der wenigen weiblichen Führungskräfte und ihre unmittelbare Vorgesetzte, rief sie in ihr Büro und verlangte zu Cassies Verblüffung eine Nackenmassage, bevor sie ihr ihren letzten Bericht zurückgebe. Zunächst hielt Cassie das für einen Witz, aber dann merkte sie, dass es der Frau ernst war. Zunächst ließ Cassie sich darauf ein, aber dann entschuldigte sie sich, da es ihr nicht korrekt erschien, den Nacken ihrer Vorgesetzten zu massieren. Seither war das Verhältnis zwischen Cassie und Ms. Bronwyn äußerst gespannt. Als Cassie ihren Mann fragte, ob sie mit dem Personalleiter darüber sprechen sollte, spöttelte er: »Wen werden sie wohl unterstützen? Eine Führungskraft oder die kleine Cassie? Wach auf, Cassie.«

Andere Vorfälle in der Kanzlei ärgerten Cassie noch mehr, weil mit zweierlei Maß gemessen wurde. Wenn eine Anwältin einen Fall mit ihrem Chef besprechen wollte, hielt man sie für kokett und unterwürfig, während männliche Kollegen, die dasselbe taten, als ehrgeizig galten.

Hal lachte über diese Beobachtung und meinte, sie sei überempfindlich. So gehe es nun mal in allen großen Kanzleien zu. Frauen müssten sich damit abfinden oder aussteigen.

»Das ist doch lächerlich«, gab Cassie zurück. »Warum sollten sich Frauen damit abfinden? Warum halten große Kanzleien an einem überholten und, offen gesagt, empörenden System fest, in dem nur die männliche Sichtweise gefragt ist? Wenn eine Frau eine Alternative vorschlägt, wird sie nicht ernst genommen. Warum wird von uns erwartet, dass wir traditionelle Methoden akzeptieren, wenn diese Methoden ineffizient und sexistisch sind?«

»Wenn du die Hitze nicht aushältst …«, begann Hal.

»Hal, Frauen haben die Küche längst verlassen«, erwiderte Cassie. »Sie machen sich selbständig oder arbeiten in kleineren Kanzleien, wo sie zufriedener und erfolgreicher sind.«

»Deine Entscheidung, Babe. Niemand hält dich auf. Aber es könnte schwieriger sein, als du denkst. Willst du wirklich bis in die Puppen arbeiten und dabei weniger verdienen, nur um recht zu behalten?«

Cassie konnte Hal nicht von ihrem Standpunkt überzeugen, aber sie fand in der Kanzlei eine verständnisvolle Zuhörerin: Marjorie Oldham, die seit Jahren Chefsekretärin eines Seniorpartners war. Sie hörte sich Cassies Kritik an und stimmte ihr zu, die Kanzleien der alten Schule hätten

Schwierigkeiten, sich dem veränderten Zeitgeist in der Arbeitswelt anzupassen, und müssten im Umgang mit den Mitarbeitern flexibler werden. Doch dann meinte sie freundlich: »Die meisten Frauen, die in großen Kanzleien arbeiten, sind extrem ehrgeizig, genau wie die Männer. Das Letzte, was sie wollen, ist ein Schild auf ihrem Rücken mit der Aufschrift ›Ich bin eine berufstätige Mutter.‹ Also arbeiten sie härter, machen mehr Überstunden, geben sich mit weniger Geld zufrieden, nur um zu beweisen, dass sie genauso gut sind wie ihre männlichen Kollegen. Wenn du nicht bereit bist, alles aufzugeben, um aufzusteigen, dann lautet mein Rat: Such dir was anderes.«

»Leichter gesagt als getan«, erwiderte Cassie. »Wie Hal mir schon mehrmals erklärt hat: Wo sonst würde ich so viel verdienen? Eine Stelle, die so gut bezahlt ist, findet man nicht an jeder Straßenecke.«

»Hast du keine Rücklagen? Welche Zukunftspläne habt ihr, Hal und du? Manchmal läuft einem die Zeit davon.«

»Das stimmt. Wir reden vage darüber, eine Familie zu gründen. Ich hätte gern Kinder. Aber richtig geplant ist es noch nicht«, erklärte Cassie.

»Wie lange seid ihr schon verheiratet?«, fragte Marjorie.

»Fünf Jahre«, gestand Cassie. »Ich war siebenundzwanzig, als ich Hal geheiratet habe.«

»Dann musst du die Initiative ergreifen … er tut es bestimmt nicht. Mehr kann ich nicht raten.«

Cassie bedankte sich bei Marjorie und machte sich Gedanken über ihr Leben mit Hal. Zum einen mussten sie ihrer Meinung nach ein bisschen sparsamer mit ihrem Geld umgehen. Sie verdienten beide sehr gut, aber sie gaben auch, ohne nachzudenken, Geld aus. So gingen sie fast jeden Abend essen, weil es bequemer war. Hal kaufte immer nur das Beste, sei es ein Auto oder eine Kaffeemaschine. Sie reisten. Lange Wochenenden verbrachten sie in Luxushotels am Great Barrier Reef oder in den Skigebieten Südaustraliens. Alle zwei Jahre flogen sie für zwei, drei Wochen nach Europa und stiegen nur in den besten Hotels ab. Hal trug maßgeschneiderte Hemden und Anzüge, und für trendige Freizeitkleidung gab er ein kleines Vermögen aus. Zu Weihnachten und zum Geburtstag schenkte er Cassie teuren Schmuck. Jeder hatte sein eigenes Konto, und keiner fragte den anderen, was er ausgab. Aber so wie ihr Konto aussah, nahm Cassie an, dass er sein Gehalt wohl ebenso gründlich verjubelte wie sie.

Wenn sie jetzt auf ihre Beziehung zurückblickte, fragte sich Cassie, wann wohl genau Hal das Interesse an ihr verloren hatte. Wenn sie ehrlich war, musste sie zugeben, dass Sex in ihrer Ehe nicht nur selten, sondern einfallslos geworden war. Wenn sie zu Bett gingen, waren sie immer todmüde.

In letzter Zeit verbrachte Hal noch mehr Zeit mit seinen Kollegen; fast jeden Abend und auch an den Wochenenden traf er sich mit ihnen. Für seine Abwesenheit hatte er immer eine Ausrede. Vielleicht hat Marjorie recht, überlegte Cassie. Sie versuchte, sich Hal als Vater vorzustellen. Was für ein Beispiel würde er seinen Kindern geben? Würde er die Überstunden am Abend und am Wochenende seiner Familie zuliebe aufgeben? Sie hatte da ihre Zweifel.

Je eingehender sie über ihre Zukunft nachdachte, desto mehr zog sie sich zurück. Sie erledigte ihre Arbeit, musste aber erkennen, dass ihre Leidenschaft für die Juristerei allmählich erlosch. Hal lebte nur noch für seine Fälle, vertiefte sich in Details, die er nicht mehr mit ihr besprach. Inzwischen beschränkten sich ihre Unterhaltungen auf die Banalitäten des Alltags.

Dann zeigte sich Hal plötzlich wieder von seiner netten Seite. Es waren nur kleine Gesten, aber da Cassie Komplimente nicht mehr gewohnt war, nahm sie an, dass er sich ebenfalls Gedanken über die Zukunft machte. Vielleicht war jetzt der richtige Zeitpunkt, um über ein Baby zu sprechen.

Wie naiv sie gewesen war!

Irgendwann merkte Cassie, dass Kollegen in der Kanzlei sie mieden oder schief ansahen. Ihr fiel auf, dass die anderen feixten oder das Gespräch verstummte, wenn sie dazukam. Als sie eines Morgens ins Büro kam, fand sie einen gelben Klebezettel an ihrem Computer, auf den eine Botschaft gekritzelt war: »Pass auf deinen Mann und eine gewisse Frau auf.«

Plötzlich fiel es ihr wie Schuppen von den Augen. Eine Reihe von Bildern zogen vor ihrem geistigen Auge vorbei. Sie wusste sofort, wer die Frau war: die elegante, smarte Kellie Leslie, die von einer konkurrierenden Kanzlei herübergewechselt war. Sie war so unverblümt ehrgeizig, dass Cassie Hal darauf angesprochen hatte. Aber Hal sah die Dinge anders. »Na ja, sie hat's eben drauf. Man muss ihr hoch anrechnen, dass sie so direkt ist. Außerdem ist sie ein heller Kopf und sehr amüsant. Wahrscheinlich wurde sie ihr Leben lang von neidischen Frauen aufs Korn genommen.«

Cassie hatte nur die Augen verdreht.

An einem Freitagabend, als sie nach der Arbeit etwas trinken gingen, hatte Cassie mit Abscheu beobachtet, wie Kellie mit ihren männlichen Kollegen anzügliche Witze riss und über vertrauliche Angelegenheiten tratschte. Als sie Hal erklärte, Kellies Benehmen sei unprofessionell, erwiderte er zu ihrem Erstaunen, sie solle nicht so spießig sein. Er fand Kellies Art sehr erfrischend.

Nachdem Cassie den gelben Klebezettel gefunden hatte, stellte sie Hal zur Rede. Natürlich leugnete er, dass er eine Affäre hatte.

Aber als sie Marjorie Oldham von ihrem Verdacht erzählte, meinte diese: »Überlass das mir, ich ziehe ein paar Erkundigungen ein.«

»Das ist ja wie in einer Seifenoper. Ich kann es nicht fassen«, rief Cassie verstört.

Von diesem Augenblick an geriet alles aus den Fugen.

Als Marjorie das Gerücht bestätigte, stellte Cassie Hal erneut zur Rede. Zögernd räumte er den Seitensprung ein und beteuerte, die Affäre sei vorbei. Er war sogar bereit, zur Eheberatung zu gehen. Aber Cassie fragte sich, ob sie ihre Ehe überhaupt fortführen wollte. Auch an ihrer Stelle in der Kanzlei lag ihr nicht mehr viel. Nach allem, was passiert war, wäre es zu demütigend gewesen, weiter dort zu arbeiten.

Da Cassie nicht mehr aus noch ein wusste, rief sie ihre Mutter an.

»Natürlich kannst du bei mir wohnen und so lange bleiben, wie du willst. Ich freue mich über deine Gesellschaft«, versicherte ihr Jenny, als Cassie ihr eröffnete, dass sie kündigen und aus der Wohnung ausziehen wolle. »Aber bist du sicher, dass du deinen Job aufgeben möchtest? Schließlich hast du dir nichts vorzuwerfen. Sollte nicht eher Hal gehen?«

»Wie das, Mum? Hal ist der Liebling seiner Chefs. Allmählich begreife ich, dass er nicht der Mensch ist, für den ich ihn gehalten habe. Es geht auch nicht nur um diese Affäre. Wir haben uns auseinandergelebt. Wahrscheinlich sollte ich um meine Ehe kämpfen, aber im Augenblick kann ich das nicht. Ich brauche Freiraum und Zeit ohne ihn.«

»Aber, Cassie, wenn du so denkst, warum bleibst du nicht wenigstens in der Wohnung und Hal zieht aus?«

»Das wäre wohl möglich, aber ehrlich gesagt habe ich mich in der Wohnung nie recht wohl gefühlt. Für mich war es immer wie in einem Hotelzimmer. Bei dir fühle ich mich mehr zu Hause.«

Also zog Cassie nach Manly und nahm nur ein paar Dinge mit.

»Warum so wenig?«, wollte ihre Mutter wissen.

»Wahrscheinlich hätte ich mehr einpacken können. Hal hätte wohl nicht groß protestiert. Doch als ich mich umgesehen habe, ist mir klargeworden, dass die meisten Sachen von Hal ausgesucht wurden und mir eigentlich nicht besonders gefallen. Hal hat gern Sachen gekauft, um sie dann den Gästen vorzuführen. Mir sind eher sentimentale Dinge wichtig, Fotos, alte Bücher, hübsche Vasen. Du kennst ja meinen Geschmack.«

»Das stimmt«, erwiderte ihre Mutter. »Dein Geschmack steht in Kisten verpackt in der Garage.«

»Ja, ich weiß. Hal hat meine Sachen verabscheut. Er meinte, sie passen nicht zum Ambiente unserer Wohnung. Na ja, wenn ich dann etwas Eigenes habe, werde ich sie auspacken und mich an ihnen erfreuen.«

»Hast du schon Pläne in dieser Richtung?«

»Mum, wenn ich dich nicht störe, würde ich gern ein

bisschen bei dir bleiben, bis ich mich an den Gedanken gewöhnt habe, wieder solo zu sein.«

Cassie zog bei ihrer Mutter ein und ging zur Eheberatung, bis sie ganz sicher war, dass die Beziehung zu ihrem Mann vorbei war. Hal schien das nichts auszumachen. Aber Cassie wusste nicht, wie es weitergehen sollte. Jura fand sie nicht mehr besonders attraktiv, aber was sie sonst anfangen sollte, war ihr schleierhaft. Ihre Mutter schlug einen gemeinsamen Urlaub vor. Cassie hatte zwar Lust auf eine Auszeit, stellte aber fest, dass sie lieber allein in aller Ruhe über ihre Zukunft nachdenken wollte.

»Wo willst du denn hinfahren?«, fragte ihre Mutter. »In ein Skigebiet?«

»Ach, Mum, nach Après-Ski ist mir gar nicht zumute. Keine Ahnung. Am besten nicht zu weit weg, nur ruhig sollte es sein. Menschen ertrage ich gerade nicht.«

»Dein Vater hat immer gesagt, die Südküste sei um diese Jahreszeit sehr schön. Ein bisschen wildromantisch. Als Junge war er mal in Whitby Point, und er hat immer versprochen, mal mit mir hinzufahren, aber irgendwie haben wir nie die Zeit dafür gefunden. Der Restaurantbetrieb lief stets auf Hochtouren. Jedenfalls könntest du es mal ausprobieren. Man fährt nur ein paar Stunden, und in der Nebensaison ist die Unterkunft bestimmt nicht teuer. Wenn du wieder hier bist, hast du vielleicht eine klarere Vorstellung von dem, was du tun möchtest.«

Als die Wintersonne durch die Wolken brach, erhob sich Cassie von dem alten Stuhl und schüttelte den Kopf, um in die Gegenwart zurückzukehren. Genug, sagte sie sich. Lass los. Es ist vorbei.

Das Wetter schien jetzt stabil genug für ihren Spaziergang in den Ort. Sie nahm einen leichten Rucksack mit, so dass sie Milch, eine Zeitung und ein paar frische Lebensmittel einkaufen konnte.

Whitby Point bestand aus einer Hauptstraße und ein paar Nebenstraßen. Einige führten bergauf zu kleinen Anlagen mit Ferienwohnungen, altmodischen Ferienhäusern und neueren Cottages, die allesamt auf die Sommergäste zu warten schienen. Ein paar kleine Geschäfte und Cafés waren den Winter über geschlossen.

Bei ihrem Stadtbummel fühlte sich Cassie wie zu Hause. Wie schön, dass sie sich Zeit lassen konnte und keine Verpflichtungen hatte! Beim Zeitungshändler sah sie sich in Ruhe um und kaufte eine Tageszeitung und eine Zeitschrift.

»Könnten Sie mir bitte jeden Tag eine Zeitung zurücklegen?«, bat sie den Inhaber.

»Selbstverständlich. Ihr Name, bitte?«

»Cassie Holloway.«

»Wie lange möchten Sie die Zeitung beziehen, Cassie?«

»Das weiß ich noch nicht. Sagen wir, erst einmal zwei Wochen.«

»Sie verbringen hier Ihre Ferien? Tut mir leid, dass das Wetter nicht so gut ist.«

»Das macht nichts. Mir gefällt es.«

»In der Stadt tragen wir die Zeitung aus. Wo wohnen Sie?«

»Draußen an der Pelican Cove. Und falls das zu weit ist: Ein Spaziergang in den Ort tut mir gut.«

»Sind Sie allein hier?« Der Zeitungshändler machte ein besorgtes Gesicht, und Cassie hoffte, dass in der Gegend nicht etwa ein Krimineller sein Unwesen trieb.

»Nein, ich habe genug Gesellschaft«, erwiderte sie lachend und dachte an ihre Bücher, Zeitschriften und ihre Musik.

»Schön. Dann bis morgen.«

Cassie schlug den Weg zum Hafen ein und sah neben einem Café eine kleine Bücherei. Da sie noch keinen Buchladen entdeckt hatte, freute sie sich, dass sie sich hier etwas zum Lesen ausleihen konnte. In der Straße an der Strandpromenade gab es schöne alte Häuser. Wie es aussah, war der Hafen unlängst – wohl den Touristen zuliebe – modernisiert worden. Das Fischgeschäft der Kooperative am Pier befand sich in einem schicken Gebäude mit Geschenkeladen und einem Restaurant, bei dem rundum die Kunststoffjalousien heruntergelassen waren. Sie betrat das Fischgeschäft und warf einen Blick auf die Schalen mit geraspeltem Eis, in denen der Fang des heutigen Tages präsentiert wurde.

Eine freundliche Frau begrüßte sie mit strahlendem Lächeln. »Was darf's sein, meine Liebe?«

»Was ist denn frisch und von hier?«, erkundigte sich Cassie.

»Hm. Nicht viel. Das Wetter war so schlecht. Feilenfisch, ein paar kleine Brassen, Tintenfisch. Die Garnelen kommen tiefgefroren aus Thailand.«

»Importierten Fisch kaufe ich nicht so gerne«, erwiderte Cassie rasch.

»Wir bieten auch lieber australische Meeresfrüchte an, doch wir können die Nachfrage nicht immer befriedigen, vor allem nicht im Sommer. Aber unser Chef hat eine Garnelenfarm in Thailand ausfindig gemacht, die sehr, sehr sauber und ökologisch nachhaltig ist. Er ist rübergefahren und hat sich alles angesehen, bevor wir den Vertrag abgeschlossen haben.«

»Verstehe«, erwiderte Cassie. »Nun, ich nehme den Tintenfisch. Leicht und schnell zuzubereiten.« Cassie reichte das Geld über die Theke und verstaute das Päckchen mit dem Tintenfisch in ihrem Rucksack.

»Guten Appetit.«

»Danke.«

Sie ging den Kai entlang, kam an einem kleinen Park vorbei und an einem alten Bootshaus, wo der Hauptpier in einen Jachthafen überging. Neben Segelbooten lagen hier auch einige Trawler.

Zwischen dem Park und einem schmalen Streifen Sandstrand gab es einen Kinderspielplatz. Am anderen Ende des Hafens sah sie vor der steil aufragenden Klippe einen altmodischen Felspool, der in die flachen Felsen gehauen war; an einer Seite wurde er von Holzbänken und einer kleinen Umkleide begrenzt. Die Flut überspülte den Pool, und jenseits der Halbinsel hörte sie das Donnern des Ozeans. Sie machte kehrt und schlug den Weg zurück zu ihrer Hütte ein.

Warm eingepackt in ihre Jacke, wanderte sie gern eine Stunde oder länger die stürmische Küste entlang. Dass sie dabei keine Gesellschaft hatte, störte sie nicht. Ansonsten hörte sie Musik bei einem Glas Wein, las, döste oder machte es sich auf dem betagten, breiten Sofa bequem. Einfache Vergnügungen, berichtete sie ihrer Mutter, als sie Handyempfang hatte.

»Fühlst du dich nicht einsam?«, fragte Jenny. »Wie lange willst du noch da unten bleiben? Du kannst dich ja nicht ewig verkriechen.«

»Im Moment mache ich mir da noch keine Gedanken, Mum. Schließlich suche ich nur Ruhe und Erholung.«

»Ist klar. Ich freue mich, dass es dir gefällt. Hast du nette Leute kennengelernt?«, wollte Jenny wissen.

»Einen freundlichen Mann, Geoff Spring. Er ist in den Sechzigern und hier so eine Art Mädchen für alles. Geoff versorgt mich mit Brennholz.«

»Ach so, verstehe. Nicht gerade aufregend hier, was?«

»Bestimmt treffen sich die Einheimischen am Freitagabend im Pub, aber ich habe nicht vor, das nachzuprüfen. Mir geht's gut, Mum, ehrlich.«

»Schön. Ich habe nämlich beschlossen, falls es dir gutgeht, den Kinabalu in Borneo zu besteigen«, berichtete Jenny.

»Das ist ja ein Urlaub! Und um mich machst du dir Sorgen?«, erwiderte Cassie lachend. »Mit wem fährst du denn?«

»Mit der Wandergruppe, mit der ich schon öfter verreist bin. Ich bleibe nicht lange weg«, versprach Jenny.

»Pass gut auf dich auf, viel Spaß und ruf mich an, wenn du kannst. Hab dich lieb, Mum.«

Am Spätnachmittag war Geoff mit dem Holz vorbeigekommen, das er seitlich auf der kleinen Veranda verstaute. Außerdem hatte er Cassie einen mit Alufolie abgedeckten Plastikteller überreicht. Cassie schlug die Folie zurück und lächelte.

»Weißfisch! Und so viel dran. Vielen Dank. Haben Sie die selbst gefangen?«

»Aber sicher. Vom Strand aus. Weil ich sowieso mit dem Holz unterwegs war, habe ich auch gleich die Angel eingepackt, zumal das Wetter besser wurde.« Er blickte zum Himmel. »Aber es wird nicht halten, also machen Sie die Schotten dicht. Ich habe die Fische nur ausgenommen, soll ich sie noch filetieren?«

»Das mache ich selbst, danke, Geoff. Wie oft gehen Sie denn angeln?«, fragte Cassie.

»Immer, solange keine Touristen da sind. Auch wenn's kalt ist, die Fische beißen gut. Waren Sie schon mal angeln?«

»Na klar, Geoff. Mit Fisch kenne ich mich aus. Ich bin praktisch auf den Fischmärkten von Sydney groß geworden. Da bin ich immer gern mit meinem Vater hingefahren.« Sie lächelte. »Meine Eltern hatten ein Fischlokal. Dad hat mit einer kleinen Fish-'n'-Chips-Bude angefangen, und daraus ist dann ein richtiges Restaurant geworden. Es war sehr beliebt.«

»Wo in Sydney war denn das Lokal Ihrer Eltern? Vielleicht war ich ja schon mal dort.«

»In Manly. Direkt am Corso. Es hieß Seven Seas.«

Geoff staunte. »Das kenne ich! Das kennt jeder, der schon mal in Manly war. Ein schönes Restaurant. Tolles Essen! Sieh mal einer an.« Er wirkte beeindruckt. »Bestimmt können Sie mir ein paar Geheimtipps zur Fischzubereitung geben.«

»Eher nicht. Im Lokal habe ich nur als Kellnerin mitgearbeitet. Und nachdem Dad schon vor einigen Jahren gestorben ist, hat Mum das Seaven Seas schließlich verkauft. Aber Whitby Point scheint mir ideal für Fischfang zu sein.«

»Darauf können Sie wetten. Whitby Point war mal ein wirklich wichtiger Teil der Fischereiwirtschaft. Angefangen damit haben hier die Italiener. Manche leben immer noch hier, aber der Ort ist nicht mehr wie früher, nein. In seiner Blütezeit war Whitby Point ein florierendes Fischerstädtchen. Ich weiß noch, dass ein großer Blauflossen-Thunfisch einmal sechzigtausend Dollar gebracht hat. Der ging natürlich nach Japan.«

»Was ist denn aus der Fischerei geworden?«, erkundigte sich Cassie.

»Da ist eine Menge passiert. Überfischung, zu viele Billigimporte, die veränderte Meerestemperatur, staatliche Vorschriften, alles Mögliche. Aber es hat den Einheimischen sehr geschadet, deshalb setzen wir jetzt so auf den Tourismus.«

»Was für ein Jammer«, meinte Cassie. »Geoff, möchten Sie etwas trinken? Ich habe Weißwein und Roten da.«

»Tja, ein Gläschen Rotwein kann nie schaden.« Geoff setzte sich auf die oberste Treppenstufe der Veranda, während Cassie hineinging und mit zwei Gläsern Wein wiederkam.

»Cheers. Haben Sie sich schon eingelebt?«

»Mir kommt es vor, als wäre ich schon seit einer Ewigkeit hier. Aber zum Schwimmen ist es ein bisschen kalt.«

»Hier an der Südküste ist das Wasser immer etwas kälter, aber ich mag es, wenn der Ozean an einem heißen Tag erfrischend ist. Und es gibt ein paar ältere Leute, die rund ums Jahr im Felspool schwimmen.«

Cassie lachte. »Wer's mag. Sagen Sie, woher kommt eigentlich der Name Whitby Point? Wer war Mr. Whitby?«

»Wer das ursprünglich war, weiß ich nicht, aber Captain Cook hat diesen Ort getauft, als er die Ostküste hochgesegelt ist. Dieser kleine Meeresarm muss ihn an das Fischerstädtchen Whitby in Yorkshire erinnert haben, wo er zum Seemann ausgebildet wurde.«

»Interessant. Wahrscheinlich vergisst man niemals den Ort, aus dem man stammt«, überlegte Cassie. »Und Sie, Geoff? Wo kommen Sie ursprünglich her?«

»Aus Stanwell Park, nicht weit von hier, auf der anderen Seite von Wollongong. Schöner Ort, aber meine Familie zog nach Newcastle, als ich noch klein war, nur im Urlaub sind wir immer zum Zelten hergekommen. Und Sie stammen wohl aus Sydney? In den Sommerferien haben wir viele Gäste aus der Stadt. Zurzeit weniger. Darf ich fragen, warum Sie sich die Jahreszeit ausgesucht haben? Nicht dass daran was auszusetzen wäre.«

Plötzlich hatte Cassie das Bedürfnis, jemandem von ihren Problemen zu erzählen, und Geoff machte so einen freundlichen Eindruck. »Ich versuche, mit meiner Ehe klarzukommen. Das heißt, eigentlich bin ich schon drüber weg. Es geht eher darum, was ich nach der Scheidung mit meinem Leben anfangen will. Außerdem habe ich gerade bei meiner Firma gekündigt, also überlege ich jetzt auch, wie es beruflich weitergehen soll. Ich habe immer gedacht, ich wüsste, welche Laufbahn ich einschlagen will, und jetzt stelle ich fest, dass mein Beruf nicht das Richtige für mich war. Deshalb bin ich allein hierhergefahren. Um mal in Ruhe nachzudenken.«

Geoff nickte. »Diese Kunst gerät langsam in Vergessenheit – einfach nachdenken und es langsam angehen lassen. Ich glaube, die Leute haben vor allem Möglichen Angst und meinen, dass in dem Augenblick, wo sie eingefahrene Gleise verlassen, ihr Leben nicht mehr sinnvoll, produktiv und erfüllend ist. Dabei ist es eine große Herausforderung, sich Zeit zu lassen.« Er deutete auf Cassies Armbanduhr. »Welche Termine haben Sie hier unten?«

Cassie überlegte kurz, nahm dann die Uhr ab und schob sie in die Tasche. »Stimmt«, meinte sie lachend.

»Genießen Sie Ihren Aufenthalt hier, hetzen Sie nicht. Angeln kann die Zeit zum Stillstand bringen.«

»Das ist wahr. Hatte ich vergessen.«

»Übrigens, wie bereiten Sie den Fisch zu? In Backteig mit Pommes?«

»Kommt nicht in Frage«, erwiderte Cassie lachend. »Ich wende die Filets nur kurz in Mehl und brate sie vorsichtig in Butter an, zum Schluss ein bisschen frische Petersilie drauf und ein Spritzer Zitronensaft. Dazu gibt es grünen Salat.«

»Mir läuft das Wasser im Mund zusammen. Dann geh ich mal und helfe meiner Frau beim Kochen.«

»Klingt gut, Geoff«, erwiderte Cassie. »Und ich werde Ihren Rat beherzigen. Sie haben gesagt, in Whitby Point leben Italiener – gibt es ein gutes italienisches Restaurant? Könnte sein, dass ich zur Abwechslung mal essen gehe.«

»Inzwischen nicht mehr, aber der Inder ist wirklich gut. Den kann ich empfehlen.« Wieder schaute er zum Himmel empor. »Cassie, machen Sie die Hütte heute Abend wetterfest, ich könnte mir vorstellen, dass der Südwind auffrischt.« Er deutete auf eine dünne Wolkendecke, die sich über dem Berg zusammenzog. »Danke für den Wein.«

Als er ging, rief Cassie ihm nach: »Das kommt ein bisschen unvermittelt, aber ich wollte fragen: Wenn Sie das nächste Mal angeln gehen, könnte ich da mitkommen? Ich würde sehr gern mal wieder angeln. Ich könnte mir ja in der Stadt eine Angelrute besorgen.«

Er strahlte. »Ein Mädel, das angeln möchte! Ist mir ein Vergnügen! Angelruten hab ich genug. Ich sage Bescheid, wenn das Wetter passt.«

Nach der Plauderei mit dem netten Geoff fühlte sich Cassie besser. Er hatte ihr zugehört, keine Forderungen an sie gestellt und ihr ein paar gute Ratschläge gegeben. Ihre Zeit gehörte nun wirklich ihr.

So schlicht ihre Mahlzeit war, Cassie hatte Spaß dabei, sie zuzubereiten. Sorgfältig deckte sie den Tisch. Während die Dämmerung hereinbrach, suchte sie im Gebüsch hinter der Hütte nach immergrünen Zweigen und Akazienblüten, die sie in einem Glas arrangierte. Dann heizte sie den Ofen an, goss sich noch ein Glas Rotwein ein, und als der Tag zu Ende ging, schaltete sie weder das Radio noch ihren iPod ein, sondern genoss in aller Ruhe ihr Essen. Den Tintenfisch hatte sie für morgen im Kühlschrank deponiert; stattdessen briet sie Geoffs Fisch und stellte erfreut fest, dass sie nicht mehr so hervorragend gegessen hatte, seit ihre Mutter das Restaurant verkauft hatte. Schmeckte es so gut, weil der Fisch so frisch war?

Oder weil er ein Geschenk von Geoff war, der so viel Freundlichkeit ausstrahlte? Oder weil sie ihn mit Freude und Sorgfalt zubereitet hatte? Vielleicht spielten ja auch alle drei Faktoren eine Rolle. Wie auch immer, zum ersten Mal seit langem war Cassie mit sich und der Welt zufrieden. Sie spürte, dass sie an einem Wendepunkt angelangt war.

Geoff behielt recht. Am Abend kam ein Wintersturm auf, der den Regen gegen die Fenster peitschte und das Dach der Hütte abzudecken drohte. Jedenfalls kam es Cassie so vor, als der Strom ausfiel und sie bei Kerzenlicht zu Bett ging.

Sie erwachte von einem Krachen und Rumsen – offenbar war ein Ast von einem Baum neben der Hütte abgebrochen. Da hörte sie einen Aufprall auf der Veranda, das Fenster erzitterte, und in der Ferne zuckte ein Blitz. Atemlos lauschte Cassie, denn der Lärm auf der Veranda ließ nicht nach. Vor ihrem geistigen Auge sah sie seltsame Gestalten, die draußen ihr Unwesen trieben. Sie zog sich die Bettdecke über den Kopf, und zum ersten Mal überwältigte sie Angst.

Trotzdem schlief sie irgendwann ein, und als sie die Augen wieder aufschlug, blickte sie in das graue Licht der Dämmerung. Regen und Wind hatten sich verzogen, aber es war kalt. Sie stocherte in der Glut herum, legte ein paar Zweige darauf und sah zufrieden, wie sie Feuer fingen.

Dann kochte sie sich eine Tasse Tee und öffnete die Tür, um zu sehen, welchen Schaden das Unwetter angerichtet hatte.

Die Veranda war nass und mit Laub und Zweigen übersät. Als Cassie einen Schritt hinaus machte, fiel krachend der alte Korbstuhl um, und sie fuhr vor Schreck zusammen. Am anderen Ende der kleinen Veranda stand zitternd ein abgemagerter Hund. Cassie näherte sich vorsichtig, er duckte sich erschrocken, legte sich ab, den Kopf auf die Pfoten gebettet. Langsam ging sie auf ihn zu und streckte ihm die Hände entgegen. Auf dem Bauch rutschend kroch der Hund ihr entgegen, um an ihren Händen zu schnuppern und sie zu lecken.

»Ach, du armes, bemitleidenswertes Geschöpf«, murmelte sie, streichelte seinen Kopf und ließ die Hand über seine Flanken gleiten. Unter dem verfilzten Fell traten deutlich die Rippen hervor. Der Hund schien noch jung zu sein, offenbar ein Mix aus einem Kelpie und etwas Langhaarigem. Er hatte das Gesicht und die klugen Augen eines Kelpie und auch dessen Gestalt, aber das Fell war dichter, mit schwarzer Zeichnung auf dem Braun. Als Cassie aufstand, zuckte das Tier erneut zurück.

Es dauerte eine Weile, bis sie den Hund ins Haus gelockt hatte, aber mit freundlichen Worten und ein wenig Toast ließ er sich ködern. Cassie stellte ihm eine Schüssel Wasser hin und suchte nach etwas Nahrhaftem für ihn. In kürzester Zeit verschlang er eine Portion Haferflocken mit Milch.

Während Cassie sich anzog, die Hütte aufräumte und die Veranda kehrte, schlief der Hund erschöpft vor dem Ofen. Er trug kein Halsband und war in so schlechter Verfassung, dass er wohl ein Streuner sein musste. Cassie überlegte, ob er von einem Pick-up oder einem Laster gefallen oder absichtlich ausgesetzt worden war.

Als die Sonne herauskam, beschloss Cassie, in die Stadt zu gehen und die Zeitung zu holen. Da der Hund nach wie vor schlief, erwog sie, ihn im Haus zu lassen. Doch dann richtete sie ihm mit einem alten Strandtuch ein gemütliches Plätzchen draußen auf dem Korbstuhl her und ließ ihn dort, Anzac-Kekse knabbernd, zurück.

Auf der Landstraße kam ihr die Frau aus dem Fischgeschäft mit dem Auto entgegen und winkte fröhlich. Als Nächster folgte der Junge von der Tankstelle, wo sie getankt hatte; er grinste und reckte den Daumen nach oben. Cassie war beeindruckt von der Freundlichkeit der Einheimischen.

Als ein Wagen sie überholte und der Fahrer auf etwas in

ihrem Rücken deutete, drehte sie sich um. Hinter ihr trottete der Hund die Straße entlang. Als sie innehielt, blieb auch er stehen.

»O nein! Du solltest doch daheim bleiben!«

Der Hund legte den Kopf schief und wedelte verhalten mit dem Schwanz. Dann setzte er sich und wartete.

Cassie wandte sich ab und beschleunigte ihren Schritt. Mit einem Blick über die Schulter sah sie, dass der Hund ihr folgte, aber stets einen gewissen Abstand wahrte. Sie blieb stehen; er blieb stehen. Schließlich sagte sie: »Hör mal, wenn du mitkommen willst, musst du nicht zehn Meter hinter mir laufen. Komm her, bei Fuß.«

Sie schnippte die Finger, und der Hund sprang eifrig auf sie zu. Als sie sich wieder in Bewegung setzte, folgte er ihr auf den Fersen. »Du kannst also schon einiges. Ich frage mich, wo deine Besitzer stecken. Was soll ich mit dir nur anfangen?«, sagte sie mit Blick auf den Hund, der sie glücklich anhimmelte.

Vor dem Zeitungsladen sagte sie »Sitz« zu dem Hund, und tatsächlich folgte er und rührte sich nicht von der Stelle, beobachtete aber wachsam jede ihrer Bewegungen, als sie an der Theke ihre Zeitung abholte.

»Sie haben jetzt einen Hund, Cassie?«, bemerkte der Inhaber und spähte durch die Glastür hinaus. »Der ist wohl auf Diät? Ein magerer kleiner Kerl.«

»Bei dem Sturm gestern Nacht hat er sich auf meine Veranda geflüchtet. Sie haben recht, er ist wirklich mager. Und hat kein Halsband. Wem er wohl gehören mag? Was meinen Sie? Was soll ich mit ihm machen?«

»Sieht aus wie ein Streuner. Den hab ich in der Gegend noch nie gesehen. Vielleicht ist er gechipt. Sie könnten mit ihm zum Tierarzt gehen. Eventuell hat er eine Liste mit vermissten Hunden.«

»Puh, super Training heute Morgen.« Schwer atmend erreichte Cassie eine Hügelkuppe und suchte die Adresse der Tierarztpraxis, die ihr der Zeitungshändler gegeben hatte. Der Hund wedelte. Er wirkte nicht im Geringsten erschöpft.

Die Praxis lag in einem altmodischen, weitläufigen Bungalow, den eine Veranda umgab, von der man eine phantastische Aussicht hatte. Unten lagen der Hafen, der Hauptpier mit dem Fischgeschäft und das Bootshaus, an einem der Liegeplätze war ein alter Trawler vertäut. Am Ende des Wellenbrechers ging es hinaus auf den Ozean. Unterhalb der Landzunge lag der Felspool. In der anderen Richtung erstreckte sich hügeliges Weideland. Wenn man ums Haus herumging, konnte man wahrscheinlich kilometerweit unberührten Strand sehen.

Cassie ging auf die Tür zu, an der »Anmeldung« stand, und der Hund folgte ihr brav. Drinnen klemmte er jedoch den Schwanz ein und musterte nervös die übrigen Leute im Wartezimmer: eine Frau mit einer fauchenden Katze in einem Transportbehälter und eine ältere Dame mit einem winzigen Terrier auf dem Schoß.

Die junge Frau am Empfang notierte Cassies Angaben und nickte, als sie erklärte, der Hund gehöre ihr nicht, aber vielleicht habe er ja einen implantierten Mikrochip, durch den sich der Besitzer ausfindig machen ließ.

Während sie warteten, saß der Hund neben ihr, drückte sich an ihr Bein und beobachtete aufmerksam das Treiben in der Praxis.

»Dr. Phillips hat jetzt Zeit für Sie.« Lächelnd deutete die Arzthelferin auf den Untersuchungsraum. Der Hund folgte Cassie auf dem Fuß.

Dr. Phillips musste Ende dreißig sein, hatte strubbeliges braunes Haar, freundliche Augen, eine ungezwungene Art und einen Dreitagebart. Sein Kittel entlockte Cassie ein Schmunzeln. Denn er hatte wenig Ähnlichkeit mit den schlichten Baumwolljacken, die Zahnärzte, Krankenpfleger und Tierärzte sonst über dem Hemd trugen. Vielmehr leuchtete er in fröhlichem Blau und war mit tänzelnden rosafarbenen Flamingos bedruckt.

»Hi, ich bin Michael Phillips.«

»Cassie Holloway. Ihr Kittel gefällt mir.« Die Bemerkung konnte sie sich nicht verkneifen.

»Ah, ja. Ein Geschenk von einer Schülerin aus dem Ort, die hier ein Praktikum gemacht hat. Und wen haben wir denn da?« Er ging in die Hocke, um auf Augenhöhe mit dem Hund zu sein, der sich schüchtern an Cassie drückte.

»Das ist das Problem, ich habe keine Ahnung. Er ist mir bei dem Sturm letzte Nacht zugelaufen.«

Behutsam streckte der Tierarzt die Hand aus und ließ den Hund schnuppern. Dann streichelte er ihn und fuhr ihm über Kopf und Nacken. »Kein Halsband und schwer unterernährt. Komm, Kleiner, lass dich mal anschauen.« Ehe der Hund sichs versah, hatte der Arzt ihn schon hochgehoben und auf den Untersuchungstisch gesetzt. Nun betastete er mit geübten Griffen seinen Rumpf und die Beine.

Der Hund ließ Cassie nicht aus den Augen, als wolle er sich vergewissern, dass alles in Ordnung war.

Cassie tätschelte seinen Kopf. »Ist schon gut, alter Junge. Dr. Phillips ist ein Freund.«

»Er hat beschlossen, dass Sie eine Freundin sind, so viel steht fest«, meinte der Tierarzt. »Er ist halbwegs gesund, abgesehen davon, dass er so mager ist, und er hat eine Beule an der Hüfte. Sieht aus, als wäre er irgendwo runtergefallen oder hätte einen Schlag abgekriegt. Ist aber wohl nichts Ernstes, da lohnt die teure Röntgenaufnahme nicht. Sehen wir mal, ob er einen Chip hat. Nein, da lässt sich nichts ertasten.«

»Schade. Schreckliche Vorstellung, dass er von jemandem vermisst wird. Womöglich ist er ja von einem Pick-up gefallen und versucht jetzt zu seinen Leuten nach Melbourne oder Gott weiß wohin zu wandern«, sagte Cassie.

Der Tierarzt kicherte. »Das glaube ich kaum. Seine Pfoten sehen nicht so aus, als wäre er schon weite Strecken gelaufen. Aber ich kenne ihn nicht. Jung ist er, zwei Jahre vielleicht. Kelpie-Mix, guter Arbeitshund. Kein Mikrochip.«

»Er kann auch einiges. Oder er ist einfach klug«, bemerkte Cassie. »Ich könnte mich eine Weile um ihn kümmern. Aber …«

»Ist klar. Sie wollen nicht ihr Herz an ihn verlieren und ihn dann wieder hergeben müssen, wenn der Besitzer auftaucht«, erwiderte der Arzt. »Ich könnte ihn hierbehalten, aber das wäre für ihn auch nicht gerade ein Vergnügen.« Er kraulte den Hund hinter den Ohren, bis er sich entspannte.

»Ich wohne in einer Hütte an der Lagune. Keine Ahnung, ob da Hunde erlaubt sind, aber ich bin ja der einzige Gast. Also könnte ich mich schon um ihn kümmern …«

»Ah, Pelican Cove. Wie lange bleiben Sie?«

Cassie überlegte. »Ich weiß es noch nicht. Im Moment nehme ich eine Auszeit.«

Michael Phillips streichelte den Hund. »Da haben Sie sich einen guten Platz ausgesucht, und eine gute Jahreszeit. Der Winter hier ist ein echter Geheimtipp.«

Cassie nickte. »Es gefällt mir gut. Also ist er so weit gesund?«

»Ich gebe Ihnen ein Entwurmungsmittel mit. Kaufen Sie Futter, und bürsten Sie ihm gründlich das Fell. Wenn Sie dann noch Strandspaziergänge mit ihm machen, wird er begeistert sein. Vielleicht könnten Sie ja eine Anzeige ins Lokalblatt setzen und so den Besitzer ausfindig machen. Rufen Sie mich an, wenn es Probleme gibt. Improvisieren Sie einfach ein bisschen.«

»Genau meine Devise zurzeit«, erwiderte Cassie fröhlich.

»Das ist völlig in Ordnung. Und hier ist der richtige Ort dafür.« Der Arzt setzte den Hund wieder auf den Boden, öffnete die Tür und begleitete Cassie zur Empfangstheke.

»Sie haben einen wunderbaren Blick von hier oben«, bemerkte Cassie.

»Stimmt. Als Kind habe ich immer gern beobachtet, wie nachts die Fischerboote rausgefahren sind. Heute gibt es kaum noch welche.«

»Sie sind also Einheimischer?«

»Das Haus hat meinem Großvater gehört. Okay, heute berechnen wir nichts«, erklärte er der Helferin. »Lassen Sie Ihre Nummer bei meiner Assistentin, und wenn jemand hier auftaucht, der so einen Hund sucht, rufen wir Sie an«, sagte er zu Cassie.

»Danke.«

»Er sollte sich lieber bei Ihnen bedanken«, meinte Michael Phillips und tätschelte den Hund. Mit einem freundlichen Nicken verabschiedete er sich und griff nach der Akte des nächsten Patienten.

»Na, ich würde sagen, du hast den Test bestanden«, versicherte Cassie dem Hund, der ihr, den Schwanz stolz in die Luft gereckt, nach draußen folgte.

Cassie setzte eine Anzeige in die Zeitung und erwog, im Städtchen Zettel aufzuhängen, falls sich niemand meldete. Obwohl in so einem kleinen Ort jeder, der einen Hund vermisste, wohl sowieso in die Zeitung schauen oder den Tierarzt anrufen würde. Sie hatte keine Ahnung, was sie mit einem Hund anfangen sollte, also beschloss sie, Distanz zu wahren.

Mit Nachdruck erklärte sie ihm: »Solange du hier bist, kümmere ich mich um dich. Aber ich werde mich nicht in dich verlieben, und dann tauchen plötzlich irgendwann deine Besitzer auf, um dich abzuholen. Obwohl das ja ziemlich schludrige Leute gewesen sein müssen, dass sie dich überhaupt verloren haben. Oder bist du etwa weggelaufen? Bist du getürmt, mein Junge? Was hast du für einen Unfug angestellt?« Sie freute sich, ihre Stimme in der kleinen Hütte zu hören, als sie mit dem Hund sprach.

Er lauschte aufmerksam, den Kopf schief gelegt, und wedelte ab und zu aufmunternd mit dem Schwanz. Bei »Unfug angestellt« legte er sich mit zerknirschter Miene hin.

Cassie lachte unwillkürlich. »Du bist mir ja ein Schauspieler!«

Sie hatte ihm Futter gegeben, darunter einen Knochen, den er auf der Veranda abnagte. Dieser Tätigkeit widmete er sich mit einer Hingabe, als müsste er eine Prüfung in dem Fach ablegen. In der Abenddämmerung gingen sie zur

Lagune, und sie warf Stöckchen für ihn. Dann machten sie noch einen flotten Spaziergang den Strand entlang, bevor es dunkel wurde. Sein Abendessen servierte sie ihm auf der Veranda neben seiner Wasserschüssel, heizte dann den Ofen an und bereitete ihr eigenes Essen zu. Es war schön, für jemanden sorgen zu können und den Abend nicht allein zu verbringen.

»Jetzt wird nicht mehr gefaulenzt und den ganzen Tag gelesen. Ich vermute, du stehst früh auf und willst dann erst mal was erleben«, sagte sie fröhlich, als der gesättigte Hund seine Pfoten sauber leckte und es sich dann vor dem Ofen gemütlich machte, wobei er aus dem alten Strandtuch eine Art Nest machte.

»Du glaubst vermutlich, das ist dein Platz«, stellte Cassie fest.

Nach dem Essen las sie ein wenig, gönnte sich noch ein Glas Wein und machte vor dem Zubettgehen noch einen kurzen Spaziergang mit dem Hund.

Dann putzte sie sich die Zähne und legte noch ein Scheit auf die Glut. Der Hund auf dem Strandtuch schien keine Notiz davon zu nehmen.

Zufrieden wie lange nicht mehr kuschelte sich Cassie ins Bett. Die Anspannung war von ihr abgefallen, die sorgenvollen Nächte des letzten Jahres waren überstanden. Die Entscheidung, sich von ihrem Mann zu trennen, zu kündigen und ihr Leben zu ändern, war richtig gewesen, das wusste sie jetzt. Zwar tat die Erinnerung an die dunklen Nächte, in denen sie sich in den Schlaf geweint hatte, noch immer weh, aber sie konnte damit abschließen. Zum ersten Mal seit langer Zeit hatte sie keinerlei Verpflichtungen außer diesem Hund gegenüber.

Ohne sich von dem stürmischen Wind und den Regenschauern stören zu lassen, schlief Cassie tief und fest. Nur vage bekam sie mit, dass der Hund nachts aufs Bett hüpfte und sich neben sie schlängelte. Im Halbschlaf tätschelte sie seinen Kopf. Wie tröstlich zu wissen, dass der Hund hier war. Sie hatte jetzt einen Beschützer und fühlte sich nicht mehr allein. Mit einem Seufzer rollte sich der Hund auf der Bettdecke ein und schlief weiter.

Noch schläfrig, streichelte sie am Morgen den Vierbeiner, der mit der Schnauze ihre Hand anstupste. Cassie sprang aus dem Bett und ließ den Hund hinaus.

»Raus mit dir, Mr. Dog. Erledige dein Geschäft.«

Während der Hund im feuchten Gras herumschnüffelte, betrachtete Cassie den atemberaubenden Sonnenaufgang und fühlte sich neu belebt.

»Ich bin so froh, dass ich hier bin. Wenn ich doch nur bleiben könnte! Ich habe noch ein ganzes Leben vor mir. Aber was soll ich damit anfangen?«

Der Hund beachtete ihre Frage nicht, also machte sie sich erst einmal eine Kanne Tee und Toast. So vieles ging ihr durch den Kopf. Das Gefühl, in einer Sackgasse zu stecken, hatte sich verflüchtigt, als hätte jemand einen Schalter umgelegt. Sie fühlte sich voller Tatkraft und Begeisterung. So glücklich war sie schon lange nicht mehr gewesen. Sie fühlte sich startklar, brauchte ein Projekt.

Der Hund kratzte an der Fliegengittertür.

Da lachte sie und machte ihm auf. »Anscheinend bist du im Moment mein Projekt. Komm rein, du Kluger.«

Er machte brav Sitz, die Pfoten nebeneinander, den Schwanz eingerollt, und beobachtete jeden Bissen, den sie in den Mund schob.

Cassie wandte sich von ihm ab, damit sie seine flehenden Augen nicht sah.

Es konnte zwar noch Monate dauern, bis ihre Scheidung durch, die Wohnung verkauft und das Geld aufgeteilt war, aber Cassie wusste, dass sie jetzt in einer besseren Position war als zuvor. Sie bedauerte manches, wusste aber, dass die Jahre mit Hal und die Arbeit in der Kanzlei nicht ganz vergeblich gewesen waren.

Als sie ihren Teller zur Spüle trug, folgte ihr der Hund mit den Blicken. Sie nahm das letzte Stückchen Toast und stellte sich vor ihn. Er rührte sich nicht, aber seine Nase zuckte.

»Na los. Mach Männchen.«

Er legte den Kopf schräg, wirkte ein bisschen ratlos, verstand aber rasch, was sie wollte. Auf den Hinterläufen sitzend, hob er die Vorderpfoten. Cassie hielt ihm den Toast vor die Nase.

»Nimm es behutsam, Mister. Langsam, wie ein Gentleman.«

Vorsichtig nahm ihr der Hund das Brot aus der Hand.

Cassie klatschte Beifall. »Super. Gut gemacht.«

Ausgelassen hüpfte der Hund umher, freute sich, dass er ihr eine Freude gemacht hatte, und hielt Ausschau nach weiteren Belohnungen.

»Es gibt nichts mehr. Ich ziehe mich jetzt an, und dann setzen wir uns ins Auto und sehen uns mal die Gegend an. Das wird heute ein schöner Tag, glaube ich.«

Schwanzwedelnd bekundete der Hund seine Zustimmung zu Cassies Plänen, wie immer die aussehen mochten.

5

Der Hund wollte nicht ins Auto. Erst als Cassie sich auf die Rückbank setzte, ihm gut zuredete und das alte Strandlaken neben sich ausbreitete, sprang er hinein. Doch als sie ausstieg, war er mit einem Satz wieder draußen bei ihr.

»Hör mal, Kumpel. Mit Autos kennst du dich offensichtlich nicht aus. Auto fahren macht Spaß. Da fährt man irgendwohin, wo es schön ist. Also benimm dich, und du darfst mit. Bist du vielleicht mehr an eine Pick-up-Ladefläche gewöhnt oder hast du nie Ausflüge gemacht?«, fragte Cassie das verdutzt dreinschauende Tier.

Schließlich hatte sie den Hund, wo sie ihn haben wollte, doch kaum saß sie am Steuer, zwängte er sich nach vorn auf den Beifahrersitz. Sie schob ihn zurück und hielt warnend einen Finger hoch. »Platz. Platz und bleib.«

Diesmal gehorchte der Hund. Mit betrübt gesenktem Kopf beobachtete er jede ihrer Bewegungen. Als der Wagen nach einer Weile auf die Hauptstraße einbog, blickte er auf und schnupperte, denn durch das leicht geöffnete Fenster wehte eine Brise herein. Cassie schaltete das Radio ein und sang einen alten David-Bowie-Song mit.

Das Meer im Rücken, fuhr sie auf die grünen Hügel des Hinterlands zu. Der Weg führte sie an üppigen Weiden mit wohlgenährtem Vieh vorbei. Inmitten von weitläufigen

Gärten mit Laubbäumen standen englisch aussehende Cottages, aus deren gemauerten Kaminen Rauch emporkräuselte. Hin und wieder umgaben sogar moosbewachsene Bruchsteinmauern anstelle von Zäunen die Grundstücke. Nach nur wenigen Kilometern fühlte sich Cassie bereits in ein anderes Land versetzt.

Als sie an diesem Morgen nach Whitby Point spaziert war, hatte ihr Ron, der Zeitungshändler, von dem historischen Anwesen Coolangatta erzählt. Es war die erste europäische Niederlassung hier in der Gegend gewesen. Laut Ron hatten Alexander Berry und sein Partner Edward Wollstonecraft in den zwanziger Jahren des 19. Jahrhunderts mehr als viertausend Hektar an der Südküste urbar gemacht und eine florierende Wirtschaft aufgebaut.

»Berry war der erste australische Millionär, der Begründer der Milchindustrie. Das von ihm gebaute Dorf ist restauriert worden und unbedingt einen Besuch wert«, versicherte ihr Ron. »Nicht nur Touristen, auch Feinschmecker fahren gern dorthin. Es gibt ein Restaurant, Konferenzräume und Säle für Hochzeitsgesellschaften. Manchmal fahren wir sonntags zum Essen hin, meine Frau ist ganz begeistert davon. Sie sind das ganze Jahr über ausgebucht.«

»Vielleicht mache ich mal einen Ausflug dorthin und schau es mir an.«

»Falls es Ihnen zu weit ist, könnten Sie immer noch nach Berry fahren. Eine wunderschöne kleine Stadt, und kaum mehr als eine Stunde entfernt«, meinte Ron.

Also fuhr Cassie auf den Highway und quälte sich durch den Verkehr von Nowra. Angesichts des geschäftigen Treibens in dieser Stadt nahe dem Marinestützpunkt wurde ihr klar, wie beschaulich Whitby Point doch war, zumindest um diese Jahreszeit. Sie sah die Abzweigung nach Coolangatta, entschloss sich aber, weiter Richtung Berry zu fahren. Kurz bevor sie die Kleinstadt erreichte, entdeckte sie ein kunstvoll gestaltetes Schild, das auf eine Weinkellerei hinwies, und entschied sich spontan zu einer Besichtigung.

Den Weg zu dem Weingut säumten zurückgeschnittene Rosenbüsche, die auf den Frühling warteten. Ein Touristenbus parkte vor der Tür der Kellerei, und so stellte Cassie den Wagen am anderen Ende des Parkplatzes ab. Der Hund schien heilfroh, endlich aus dem Auto zu dürfen.

»Wir müssen die Leine einweihen, die ich heute Morgen für dich gekauft habe. Jetzt bleib brav bei Fuß, und wir machen einen kleinen Rundgang durch den Garten da hinten. Verhalte dich unauffällig, vielleicht sind Hunde hier nicht erlaubt«, mahnte Cassie.

Das Weingut lag in einer hübschen Umgebung am Fuß einer Bergkette. Gebäude und Gärten vermittelten den Eindruck, dass es sich um ein neueres Anwesen handelte. Da die Touristengruppe aus dem Reisebus den Verkostungsraum verlassen hatte und jetzt im Restaurant saß, band Cassie den Hund an einen dafür vorgesehenen Pfosten vor der Kellereitür und ging hinein. Sie nahm sich einen Flyer und die Weinliste von der Theke, wo ein junger Mann gerade die benutzten Probiergläser wegräumte.

»Möchten Sie etwas Bestimmtes probieren?«, fragte er.

»Ich muss noch fahren, also bitte nur einen kleinen Schluck. Ich mag Sauvignon Blanc. Was ist Ihre Spezialität?«

»Frischer, sortenreiner Weißwein. Wir bauen zwar auch Trauben für Roten an, verschneiden sie aber nicht hier, sondern liefern sie zu einem größeren Gut. Doch bei den Weißen haben wir eine exzellente Bandbreite, die wir selbst keltern und abfüllen: Pinot Grigio, Verdejo und Sauvignon Blanc.« Er nahm eine Flasche aus dem Kühlschrank und goss Cassie einen Schluck zum Probieren ein. »Schöne, helle Farbe, leicht grüne Note, angenehm würziges Aroma. Frisch und trocken. Wir haben aber auch einen Verschnitt von Sémillon und Sauvignon Blanc.«

»Köstlich«, sagte Cassie nach dem ersten kleinen Schluck. »Könnte ich auch etwas von dem Verdejo probieren?«

Er goss ihn ein, und sie nippte. »Der ist auch sehr gut. Ich nehme zwei Flaschen von jedem.«

Cassie wollte den Hund nicht zu lange allein lassen. Bereits im Gehen erblickte sie eine Werbebroschüre für das Coolangatta-Anwesen. »Ich habe die Hinweisschilder gesehen. Das ist ja riesig!«, rief sie aus, als sie die Broschüre aufschlug. Die Karte darin zeigte mehrere Hotels und Appartmenthäuser, Gesellschaftsräume, ein Restaurant, Rasenflächen für Gartenfeste, Krocket- und Tennisplätze, einen Pool und einen Golfplatz um die ehrwürdigen Gebäude herum. »Das ist ja eine richtige kleine Stadt!«

»Ja, und schon Anfang des 19. Jahrhunderts gab es dort eine Mühle, Werkstätten, Schmieden und jede Menge Sträflingsarbeiter. Man machte lukrative Geschäfte mit dem Export von Vollblutpferden nach Indien, rotem Zedernholz nach Europa und dem Verkauf von Vieh, Tabak, Käse und Weizen nach Sydney. War ein richtiges Vorzeigeunternehmen. Dann ging es wirtschaftlich bergab, und in den vierziger Jahren wurde das Anwesen aufgegeben und verfiel.«

»Wer hat es dann restauriert? Das muss ja eine gewaltige Aufgabe gewesen sein«, meinte Cassie.

»Na ja, die Milchkühe von einem der Farmer sind immer über das verwahrloste Gelände gelaufen, und da kam ihm die Idee, das alles herzurichten. Er fing Anfang der Siebziger damit an. Hat all die alten Sträflingsbauten gerettet und das Anwesen renoviert. Jetzt ist es ein beliebtes Ausflugsziel. Hier ist die Speisekarte des Restaurants, falls Sie überlegen, dort einzukehren. Die Leute fahren oft zum Essen hin oder übernachten auch gleich dort. Viele der Gäste schauen auch bei uns herein.«

Cassie überflog die Speisekarte. »Klingt sehr ambitioniert. Ich bin überrascht, dass ein Restaurant an der Südküste mit einem solchen Speisenangebot gut läuft.«

»Das ist der springende Punkt. Für gutes Essen, guten Wein und eine schöne Landschaft nehmen die Leute gern auch eine längere Anfahrt in Kauf. Wir bieten hier an manchen Abenden Verkostungsmenüs an, und man glaubt kaum, wie schnell die immer ausgebucht sind.«

»Interessant«, meinte Cassie nachdenklich. »Ich muss mal mit meiner Mutter herkommen.« Sie bezahlte den Wein, kaufte noch eine Flasche Wasser für den Hund, band ihn los und ging zurück zum Wagen. Dort goss sie das Wasser in eine Schüssel, die sie aus ihrer Hütte mitgenommen hatte, und sah dem Hund beim Trinken zu. Dann scheuchte sie ihn wieder auf die Rückbank und fuhr weiter.

»Es ist nachher wohl ein bisschen zu spät, um mit dir noch am Strand entlangzurennen«, erklärte Cassie dem Hund. Also fuhr sie bei der nächsten Möglichkeit vom Highway herunter, um Nowra herum und dann über hübsche, kurvige Sträßchen zurück zur Küste nach Whitby

Point. Als sie unterwegs an unbebautem Land vorbeikamen, parkte sie am Straßenrand und ließ den Hund herumtollen, während sie auf einem Felsbrocken saß und die Berge betrachtete. Ob sie wohl auf einen hinaufsteigen konnte? Keiner wirkte so beeindruckend wie der ungewöhnlich geformte Pigeon House Mountain hinter Whitby Point. Laut Ron, dem Zeitungshändler, verdankte der Berg seinen Namen Captain Cook, weil er ihn an einen Taubenschlag erinnert hatte. »Vielleicht folge ich mal dem Ruf des Pigeon House Mountain«, erzählte sie dem hechelnden Hund, der nun zu ihren Füßen lag.

Als sie am Spätnachmittag Whitby Point erreichte, ging sie mit dem Hund doch noch zum Strand und ließ ihn an einer Stelle mit ruhigerem, seichtem Wasser in der Brandung herumtollen und Stöckchen apportieren. Reichlich erschöpft trotteten die beiden dann über die Dünen und durch ein Wäldchen aus Kängurubäumen zurück in den Ort.

Erfreut stellte Cassie fest, dass der kleine Supermarkt noch offen war, denn sie brauchte Hundefutter. Für sich kaufte sie ein kleines Hähnchen, das sie sich braten wollte; aus den Knochen und Innereien würde sie eine Brühe für die nächsten Tage kochen. Als sie vor dem Tierfutterregal stand, hörte sie eine Stimme hinter sich.

»Hi, Cassie. Planen Sie gerade das Dinner für Ihren Gefährten?«

Hinter ihr stand Michael Phillips, einen Einkaufskorb in der Hand. »Ja. Aber ich kenne mich mit diesem Dosenhundefutter nicht aus. Das sieht mir alles nicht sehr gesund aus. Was meinen Sie dazu?«

»Ich bin sicher, der junge Kerl frisst alles, was Sie ihm

hinstellen. Aber da Sie offensichtlich eine Feinschmeckerin sind, der man nichts vormachen kann, empfehle ich frisches Fleisch und Rinderknochen. Ich weiß ja nicht, wie Sie zu Kängurufleisch stehen, aber es ist mager und gut für Hunde. Das können Sie ihm roh geben oder gekocht. In der Praxis habe ich übrigens hervorragendes Trockenfutter. Nicht ganz billig, aber seinen Preis wert. Und weil ich ein Hähnchen in Ihrem Korb sehe, rohe Hühnerhälse sind auch gut. Sie wissen aber, dass Sie einem Hund nie gekochte Knochen geben dürfen? Die könnten splittern und ihn innerlich verletzen. Nicht schön.«

»Ja, das weiß ich. Trotzdem danke für den Rat. Wegen dem Trockenfutter komme ich demnächst mal bei Ihnen vorbei«, sagte Cassie.

Michael zögerte, als wolle er noch etwas sagen, lächelte dann aber nur und ging Richtung Feinkostabteilung.

Am nächsten Tag unternahm Cassie nicht viel, außer dass sie für den Hund kochte und mit ihm einen langen Spaziergang am Strand südlich von Whitby Point machte, den sie für sich allein hatten. Später am Nachmittag saß sie dann auf der vorderen Veranda und las ein Buch. Plötzlich richtete sich der Hund auf und knurrte. Sie hörte, wie eine Wagentür zuschlug und jemand an der Hütte entlangging. Der Hund sprang die Stufen hinunter und bellte mit gesträubten Nackenhaaren. Doch unvermittelt verstummte er und wedelte mit dem Schwanz, als Michael Phillips mit einer Plastiktüte um die Ecke bog.

»Er hat seine Meinung über Sie geändert«, lächelte Cassie, überrascht über den Besuch des Tierarztes. »Vielleicht lag es am Flamingo-Kittel?«

»Hunde wissen, dass der Geruch einer Tierarztpraxis nichts Gutes verheißt«, erwiderte er fröhlich. »Wie kommen Sie mit Ihrem neuen Kumpel klar?«

»Recht gut. Wir hatten eine Menge Spaß, stimmt's, mein Junge?«

Der Hund sah sie an und legte den Kopf schief.

»Seinetwegen bin ich hier«, sagte Michael. »Ich weiß jetzt Näheres über seinen Besitzer.«

»Ja?« Cassie war wie vom Donner gerührt und erschrak selbst darüber, wie tief sie diese Worte trafen.

»Ja. Ich erzähle Ihnen die Geschichte.«

Cassie holte einen Bugholzstuhl für Michael aus der Hütte und setzte sich wieder in den Korbsessel. Michael stellte die Plastiktüte neben sich und sah den Hund an, der gemütlich ausgestreckt auf der Treppe lag.

»Es ist Tom Woodwards Hund. Tom hat sein ganzes Leben auf einem Hof außerhalb der Stadt gelebt, wo er ein paar Rinder und Milchkühe hielt. In den letzten Jahren hatte er sich darauf verlegt, Rosen zu züchten. Er brachte sie zu der Blumenhändlerin im Ort, bis sie geheiratet hat und weggezogen ist. Jedenfalls hatte man Tom eine ganze Weile nicht gesehen, also ist sein Neffe rausgefahren, um nach ihm zu schauen. Es stellte sich heraus, dass der gute alte Tom im Schlaf gestorben ist. Ein schöner Tod, nehme ich an. Sein Vieh war allerdings in keinem guten Zustand. Und der Hund war verschwunden.« Er lächelte dem braun-schwarzen, dösenden Hund zu. »Tom hatte immer kluge Hunde und hat sie gut erzogen. Der Neffe vermutet, dass der Hund auf Futtersuche gegangen ist. Er kam bei mir vorbei und fragte, ob jemand einen Streuner zu mir gebracht hat. Da war mir sofort klar, dass Sie Toms Hund haben. Also habe ich dem Neffen gesagt, dass Sie sich vorübergehend um den Hund kümmern, was ihn sehr gefreut hat.«

»Wann holt er ihn ab?«, fragte Cassie.

»Na ja, er sagt, er hat bereits genug Hunde und braucht nicht noch einen. Und er lässt fragen, ob Sie ihn vielleicht behalten wollen?«

Cassie beugte sich vor und schnippte mit den Fingern. Sofort war der Hund wach und kam zu ihr.

»Können Sie in Sydney einen Hund halten? Und was sagt Ihr Mann dazu?«, fragte der Tierarzt mit Blick auf Cassies Ehering.

»Ehrlich gesagt, ist es mir egal, was er davon hält. Aber er hasst Hunde und Katzen. Außerdem haben wir ein makelloses, hochmodernes Apartment mitten in der City, auch nicht gerade tierfreundlich.« Cassie atmete tief durch und lachte. »Doch die gute Nachricht ist, dass wir uns gerade scheiden lassen und ich zurzeit im Haus meiner Mutter mit einem großen Garten wohne.«

Michael grinste. »Ja, das ist wirklich eine gute Nachricht. Ich meine, für den Hund. Tut mir leid wegen der Trennung und alldem. Kenne ich, hab ich auch schon hinter mir«, setzte er mit einem Achselzucken hinzu.

»Oh, verstehe. Möchten Sie einen Kaffee?« Ein wenig aufgewühlt hastete Cassie in die Hütte. Sie war überrascht, wie sehr sie an dem Hund hing. Aber als Michael gesagt hatte, dass er den Besitzer ausfindig gemacht hatte, war ihr klargeworden, dass ihr der Kelpie-Mischling ans Herz gewachsen war. Dabei hatte Cassie sich solche Mühe gegeben, Distanz zu wahren.

Sie kam mit Kaffee und Milch zurück und stellte alles auf den Tisch.

»Hier ist das Trockenfutter, wie versprochen«, sagte Michael und wies auf die Plastiktüte neben sich.

»Herzlichen Dank! Was bekommen Sie dafür?«

»Es sind Probepackungen, die gibt es umsonst. Ich freue mich, dass er ein so gutes Zuhause gefunden hat. Der alte Tom konnte gut mit Tieren umgehen, und er hat auch angefangen, diesen Burschen zu erziehen. Von so neumodischem Kram wie Mikrochips hat er allerdings nichts gehalten – von Tierärzten übrigens auch nicht. Wenn Sie einen Mikrochip wollen, müssen Sie mit ihm in die Praxis kommen. Und vielleicht überlegen Sie auch, ihn kastrieren zu lassen.«

»Hm, mal sehen. Was steht normalerweise auf so einem Mikrochip?«

Michael goss sich Milch in den Kaffee. »Der Name des Hundes, der Name des Besitzers, die Adresse, die Handynummer. Oder auch nur ein Teil davon.«

»Tja, ich habe keine Adresse und der Hund keinen Namen.«

»Keine Adresse? Aber Sie haben doch gesagt, Sie leben bei Ihrer Mutter.«

»Ja, aber bloß vorübergehend. Nur bis die Wohnung verkauft ist. Und danach werde ich mir wohl eine Bleibe suchen müssen, in der Hunde erlaubt sind, und auch einen Job, um die Miete zu bezahlen.«

»Was sind Sie von Beruf?«

»Rechtsanwältin. Aber genauso wie bei meiner Ehe steckte ich da plötzlich in etwas fest, das ich so nicht gewollt hatte. Wahrscheinlich kann man mit einer einmal getroffenen schlechten Entscheidung so lange leben, bis einen etwas aus der Bahn wirft. In meinem Fall hatte mein Mann eine Affäre mit einer Kollegin. Wir haben in derselben Kanzlei gearbeitet. Mich hat nicht nur schockiert, dass er mich betrogen hat, es war auch sehr demütigend, dass alle in der Arbeit Bescheid wussten.« Cassie konnte kaum glauben, dass sie das alles so freimütig erzählte, doch unversehens erkannte sie, dass es ihr egal war, was andere darüber dachten. Es war ihr weder peinlich, noch fürchtete sie, bemitleidet zu werden. Ein gutes Gefühl. »Und bei Ihnen?«

»Ach, die gleiche Geschichte. Aber es war mehr als nur eine Affäre. Meine Frau ist mit meinem besten Freund durchgebrannt. Es hat ein bisschen gedauert, bis ich mich damit abgefunden hatte, dass mich gleich beide Menschen, die mir am nächsten standen, hintergangen haben. Darunter haben meine sozialen Kontakte ziemlich gelitten«, fügte Michael mit leisem Lächeln hinzu. »Es war mir höchst unangenehm zuzugeben, was passiert war, aber inzwischen bin ich weiter.«

»Verdammt, das muss wirklich hart gewesen sein. Bei mir hatte es immerhin eine gute Seite, denn es hat mir die Kraft gegeben, meinen Job zu kündigen. Keine Ahnung, was ich künftig machen werde. Die größte Aufgabe, vor die mich das Leben augenblicklich stellt, ist, diesem Hund einen Namen zu geben!«

Cassie breitete die Arme aus. Nun konnte sie dem Kelpie-Mischling ohne Bedenken ihre Zuneigung zeigen. Der Hund legte die Vorderpfoten auf ihren Schoß und leckte ihr die Hände. Unwillkürlich lächelte sie den Tierarzt an.

»Haben Sie eine Idee, Michael?«

»Toms Neffe glaubt, dass er Will oder Bill heißt. So genau konnte er sich nicht erinnern.«

»Bill. Er heißt Bill.« Cassie klang entschlossen. »Das ist also geklärt. Hörst du das? Du bist Bill. Okay, Bill?«

Michael lachte in sich hinein, als der Hund die Ohren spitzte. »Er erkennt den Namen, keine Frage. Na gut, dann bringen Sie ihn in die Praxis, wenn Sie so weit sind.«

»Sobald ich es in meinem vollen Terminkalender unterbringen kann«, lachte Cassie. »Geoff Spring geht mit mir zum Angeln, und ich überlege mir, den Gipfel des Pigeon House Mountain zu besteigen. Außerdem fahre ich demnächst runter zur Batemans Bay, ganz zu schweigen davon, dass ich hier herumhängen und ein dickes Buch lesen muss.«

»Hervorragend. Vielleicht könnten Sie aber trotzdem ein bisschen Zeit erübrigen, damit ich Sie am Sonntag zum Mittagessen in ein mir wohlbekanntes Pub einladen kann? Das Pub hat schon bessere Tage gesehen, aber das Essen ist erstaunlich gut. Bill darf gern mitkommen.«

»Danke, sehr gern. Hier in der Gegend gibt es tatsächlich interessante Orte. Gestern war ich in einer Weinkellerei, die wirklich gut zu sein schien. Ich habe ein paar Flaschen zum Probieren mitgenommen. Hätten Sie vielleicht Lust auf ein Glas Sauvignon Blanc?«

»Ich glaube, ich könnte mich überreden lassen, das Glas auf Bills offizielle Ankunft in Ihrem Leben zu erheben«, erwiderte Michael. Der Abend schritt voran, und es wurde kühler, während sie gemütlich auf der Veranda saßen und bei einem Glas Weißwein miteinander plauderten. Cassie fühlte sich in Michaels Gegenwart wohl. Sie freute sich, dass sie und Bill ihn kennengelernt hatten.

Am nächsten Morgen fuhr Cassie los, um ein paar andere Orte in der Nähe zu besichtigen. Kaum war sie in Milton angekommen, verliebte sie sich auch schon in das Künstlerflair dieses Städtchens und kaufte Bill ein Bandana, das sie ihm keck um den Hals band. Stolz trabte er neben ihr her, den Schwanz gereckt und offensichtlich höchst zufrieden mit sich. Als sie später am Lake Conjola haltmachten, verrieten ihr die vielen Hütten und Wohnwagen, dass dies im Sommer ein beliebter Urlaubsort sein musste. Weiter im Norden, nahe Sussex Inlet, hielt sie am Straßenrand an, um das riesige St. Georges Basin zu bestaunen.

»Was für eine Menge Wasser«, sagte sie zu Bill. »Ich frage mich, ob man hier Wasserski fahren kann! So, für heute waren wir lang genug unterwegs, oder was meinst du? Wie wär's, wenn wir Richtung Heimat fahren?«

Für den Rückweg brauchten sie weniger lange als erwartet, und so beschloss Cassie spontan, noch ein Stück weiter nach Süden zu fahren. Knapp zehn Kilometer hinter Whitby Point sah sie einen Wegweiser zu einem Ort mit dem entzückenden Namen Blue Crane Lake. Auch wenn es vermutlich keine blauen Kraniche dort gab, wurde sie neugierig und folgte dem Schild.

Eine hübsche Holzbrücke führte über den See, der sich zu einem Fluss verjüngte und in Richtung Meer floss. Am Ufer sah Cassie etliche alte Feriencottages, mehrere Bootsschuppen, einen Bootsverleih und ein kleines Einkaufszentrum mit Gemischtwarenladen, Tankstelle, Postagentur, einem Imbiss und einem Laden für Anglerbedarf. Da auch ein kleiner Park lockte, kaufte sich Cassie im Imbiss einen Kaffee und setzte sich damit ans Wasser.

Bill war fasziniert von den in der Nähe landenden Möwen und tat dies mit wilden Sprüngen und kurzem, eifrigem Bellen kund. Unterdessen saß Cassie auf einer Bank am Seeufer in der Sonne, trank ihren Kaffee und beobachtete, wie zwei Pelikane auf dem Wasser landeten, was reichlich unbeholfen wirkte.

Auf der grasbewachsenen Uferböschung lagen ein paar kleine Kähne. Nicht weit davon entfernt waren einige größere Boote und auch mehrere Hausboote an einem Steg festgemacht. Auf der anderen Uferseite sah Cassie nichts außer dichtem Wald und der unverkennbaren Silhouette des Pigeon House Mountain. Diese Ferienhäuschen hier am Seeufer mussten eine herrliche Aussicht haben! Auf der Brücke versuchte ein einzelner Angler sein Glück. Und am Ende des Sees befand sich ein Landschaftsgarten, der ein langgestrecktes zweistöckiges Gebäude umgab. Wahrscheinlich handelte es sich um eine Ferienanlage. Inzwischen hatte Bill einen Schwarm winziger silbriger Fische entdeckt, die im seichten Wasser hin und her flitzten. Hüpfend und schnappend jagte er hinter ihnen her, erwischte dabei aber immer nur ein Maul voller Seewasser.

Die friedliche Umgebung bezauberte Cassie. Abseits von Küste und Highway gelegen, schien Blue Crane Lake ein verstecktes Refugium zu sein. Zwar war man hier noch weiter ab vom Schuss als in Whitby Point, aber Cassie sah, dass man einiges Geld in diese Häuschen gesteckt hatte. Diese Gegend konnte einmal höchst exklusiv werden, wenn man sie behutsam entwickelte. Ihr waren ein paar sehr interessante Häuser aufgefallen, die vermutlich von begabten Architekten entworfen worden waren, denn sie fügten sich bestens in die ursprüngliche Landschaft ein.

Als sie und Bill ein Stückchen weiter den See entlanggingen, fiel ihr Blick auf ein Bootshaus mit einer übers Wasser ragenden Terrasse. Offenbar hatte es jemand zu einer Wohnung ausgebaut. »Eine nette Idee«, sagte sie zu Bill. »Hier kann man sich von seiner eigenen Terrasse das Abendessen angeln.«

Bei näherer Betrachtung stellte sie fest, dass die Topfpflanzen vertrocknet und die Fenster schmutzig waren. Ist wohl nur für den Sommerurlaub gedacht, dachte sie. Doch als sie um das Häuschen herum zur Straße ging, erblickte sie neben der Eingangstür ein Schild, das verkündete, dass das Bootshaus zu vermieten oder zu verkaufen war.

Cassie blieb stehen und betrachtete das alte blaue Bootshaus mit seiner verblichenen, abblätternden Fassade. So wie Tür und Fenster gestaltet waren, erinnerte die Vorderseite an ein Gesicht, allerdings an das eines Schlafenden. Das Obergeschoss wirkte ziemlich geräumig.

»Zu schade, dass wir kein Boot haben«, sagte sie zu Bill, als sie zum Auto zurückgingen.

Die nächsten Tage plätscherten angenehm dahin. Da ihre Mutter noch nicht von ihrer Bergtour auf den Kinabalu zurückgekehrt war, hatte sie ihr die Neuigkeiten über Bill noch nicht erzählen können.

Am Sonntag holte Michael sie in seinem schon etwas klapprigen Allradwagen zum Mittagessen ab. Vormittags war Cassie bei dem Gedanken, mit ihm auszugehen, ziemlich nervös geworden und hatte schon überlegt abzusagen. Er war der erste Mann, mit dem sie eine Verabredung hatte, seit ihre Ehe gescheitert war, und sie wusste nicht, ob sie schon so weit war. Doch kaum blickte sie in sein freundliches Gesicht, war sie froh, dass sie die Einladung angenommen hatte. Während er Bill auf die Rückbank verfrachtete, entschuldigte er sich für den Zustand seines Wagens.

»Tut mir leid wegen der alten Klapperkiste. Sie ist mein Arbeitspferd und muss alles Mögliche transportieren, mich zu Berghöfen bringen, über Koppeln und durch Bäche fahren. Der Wagen hat's nicht leicht mit mir.«

»Kein Problem. Bill fühlt sich hier wie zu Hause.«

Ein glücklicher Hund saß auf der Rückbank, die Frage: »Wohin fahren wir heute?« stand ihm deutlich in sein kluges Gesicht geschrieben.

Plötzlich sah Cassie Hal und seinen hunderttausend Dollar teuren Sportwagen vor sich und hätte beinahe laut herausgelacht, als sie sich einen schwanzwedelnden Bill darin vorstellte.

Eigentlich hatte sie vorgehabt, Michael viele Fragen über die hiesige Gegend zu stellen und ihm von ihren Ausflügen in die Umgebung zu erzählen. Doch dann unterhielten sie sich so lebhaft über andere Dinge, dass die einstündige Fahrt bis zum Pub wie im Flug verging. Michael bog von der Hauptstraße auf ein kleineres Sträßchen ab und fuhr zur Landspitze, wo ein sonderbares altes Gebäude am Rand der Klippen klebte.

»Das sieht etwas gefährlich aus«, meinte Cassie, als sie ausgestiegen war und den bröckelnden Steilhang betrachtete. Dass die Erosion den Untergrund abrutschen ließ, war nicht zu übersehen. Und nicht nur das – das ganze Hotel wirkte abbruchreif. Sie nahm Bill an die Leine. »Hier ist also das Essen die Attraktion?«

Michael schmunzelte. »Lass dich nicht vom Äußeren täuschen – auch wenn's schwerfällt. Ich hab dir ein hervorragendes Essen versprochen. Wenn wir uns draußen hinsetzen, kann Bill bei uns bleiben. Keine Sorge, es ist hier völlig sicher.«

Michael ging voran, und Cassie folgte ihm, Bill dicht auf ihren Fersen.

Cassie war immer noch skeptisch, als sie auf dem Weg zum Biergarten an der alten Rezeption vorbeigingen. Überall stapelten sich Kartons, der Teppich war verschlissen, der Treppenaufgang düster. Ein handgeschriebenes Schild in der mit dunklem Holz getäfelten Eingangshalle wies in Richtung Bar, Restaurant und Toiletten. Im Eingangsbereich war weit und breit niemand zu sehen, doch man hörte das Klappern von Geschirr und Stimmen, die laute Musik zu übertönen versuchten.

Im Biergarten fiel Cassie als Erstes die grandiose Aussicht auf. Offensichtlich war im Lauf der Jahre ein Teil des Rasens weggebrochen, die verbliebene grasbewachsene Fläche umgab wucherndes Gestrüpp. Dahinter befand sich ein Maschendrahtzaun, um zu verhindern, dass sich die Leute zu nah an die Bruchkante wagten.

Am Fuß der Klippe erspähte sie einen Strand, und sie hörte, wie die Wellen unten gegen die Felsen schlugen. Ein Blick durch die großen Fenster des Restaurants verriet ihr, dass die Einrichtung aus den siebziger Jahren stammte. Außerdem sah sie Spielautomaten und eine Reihe Fernseher, die, von einer Gruppe eifriger Zocker umlagert, Pferderennen zeigten. Draußen standen eine ganze Menge Tische und Stühle, einige unter Sonnenschirmen und die meisten von ihnen besetzt. Michael wählte einen windgeschützten Tisch für sie, und Bill streckte sich darunter aus.

»Ich hole uns was zu trinken und für Bill einen Napf Wasser und bringe die Speisekarte mit. Es gibt keine große

Auswahl, der Koch beschränkt sich auf ein paar Gerichte, aber die sind immer gut.«

Was für ein verkommener Laden, wunderte sich Cassie. So schäbig, wie das Hotel aussah, konnte man sich kaum vorstellen, dass es jemals elegant oder anspruchsvoll gewesen war. Trotzdem schien das Pub sonntagmittags recht gefragt zu sein.

Als Michael mit einem Napf Wasser für den Hund zurückkam, begleitete ihn eine lächelnde Kellnerin, die ihnen zwei hohe Gläser mit einer blassen Flüssigkeit und einer Garnitur aus etwas Selleriekraut und einem Ananasschnitz servierte.

»Der Haus-Cocktail. Grüner Apfelsaft, ein Schuss Wodka und noch ein bisschen von diesem und jenem. Aber es wirft einen nicht gleich um.«

Cassie trank einen Schluck. Es schmeckte scharf und zugleich leicht fruchtig. »Herrlich. Aber der Wodka steigt einem vermutlich zu Kopf.«

»Sie haben hier einen hervorragenden Weißwein. Ich dachte, wir trinken zum Essen ein Glas«, schlug Michael vor. »Mal sehen, ob er mit dem tollen Wein mithalten kann, den du neulich gekauft hast.«

»Es wundert mich, dass so viele Leute hier sind, wo es doch ziemlich abgelegen ist. Und ganz bestimmt sind sie nicht wegen der geschmackvollen Einrichtung oder der heimeligen Atmosphäre gekommen. Auch wenn die Aussicht umwerfend ist.«

»Hier, wirf da mal einen Blick hinein – vielleicht verstehst du dann, warum so viele Leute hier sind«, sagte Michael und reichte ihr die Speisekarte.

Cassie schlug die Plastikmappe auf. Nach ein paar Vorspeisen waren ein paar reizvolle Hauptgerichte aufgeführt, je nach Wunsch mit Salat, Gemüse oder Herzoginnenkartoffeln. Die Desserts klangen schlicht: frischer Obstsalat, Pannacotta, hausgemachte Eiscreme und Mandarinensirup-Tarte. »Klingt interessant«, meinte sie überrascht.

»Möchtest du eine Vorspeise? Ich liebäugle mit einem ausgiebigen Mittagsmahl, dann brauch ich nicht mehr viel zum Abendessen«, sagte Michael. »Die Lammstelzen sind köstlich, das weiß ich. Aber ich steh auf Fisch, also werde ich mich wohl für die Snapper-Filets entscheiden.«

»Passend zum Winter nehme ich die Fischpastete mit Kartoffeln und gedämpftes asiatisches Blattgemüse.«

Nachdem Michael auch den Wein für sie bestellt hatte, fragte Cassie: »Als Tierarzt hast du wohl mit einer ganzen Menge Tiere zu tun, oder? Ich habe unterwegs viele Milchkühe gesehen. Offenbar gibt es hier in der Gegend noch häufig traditionellen Ackerbau und Viehzucht?«

»Wir haben auch etliche Hobbybauern – Führungskräfte, die aus der Tretmühle ihrer Unternehmen ausgestiegen sind, um stattdessen eine Farm oder ein kleines Weingut zu betreiben oder etwas ganz Spezielles anzubauen. Hobby ist das richtige Wort, ich bezweifle, dass sie davon leben könnten. Es ist die Entscheidung für einen bestimmten Lebensstil, bis sie die Nase voll davon haben und jemanden einstellen, der ihnen die Maloche abnimmt«, erzählte Michael.

»Ja, ich kannte ein paar Anwälte in Sydney, die am Wochenende immer auf ihre Hobbyfarmen rausgefahren sind. Ursprünglich hielten sie es für ein prima Ruhestandsprojekt. Aber meistens ist die Begeisterung schnell abgeflaut, und sie haben sich wieder auf ihre Häuser am Hafen, ihre Jachten und den Golfclub besonnen.«

»Die alten Farmerfamilien hingegen halten durch, obwohl die Zeiten unberechenbar sind und sie nicht unbedingt darauf bauen können, dass ihre Kinder die Höfe übernehmen werden«, sagte Michael.

»Hier ist es anders als bei den großen Viehfarmen im Outback, stimmt's?«, meinte Cassie. »Wo die Pioniere gesiedelt und die Familien ihren Besitz über Generationen hinweg bewahrt und vergrößert haben.«

»Na ja, du würdest staunen, wie viele Familien hier seit Generationen Ackerbau betreiben oder in ähnlichen Branchen wie der Fischerei arbeiten. Meine Familie fischt in diesen Gewässern, seit mein Urgroßvater in den zwanziger Jahren hergekommen ist. Doch heutzutage sehen sich Farmer und Fischer mit zu vielen Schwierigkeiten konfrontiert. So sind eine Menge Farmen aufgeteilt worden, und die Bauern müssen sich nach zusätzlichen Einnahmequellen umsehen. Daher all die Hofläden, die Zimmervermietungen und der Tourismus. Am schwersten hat es die Fischerei getroffen. In Whitby Point gab es einst über hundert Fischerboote, zeitweilig war sogar eine Fischfabrik im Gespräch, so bedeutend war die Fischindustrie hier. Vor allem mit Thunfisch wurde ein riesiges Geschäft gemacht. Teils hat man ihn direkt nach Japan exportiert, teils die Fischmärkte in Sydney damit beliefert.«

»Deine Familie war also im Fischereigeschäft? Geoff hat mir von dem Niedergang erzählt.«

Ihr Gespräch wurde unterbrochen, weil die Vorspeisen serviert wurden.

»Das sieht ja himmlisch aus!«, rief Cassie.

»Steves französische Zwiebelsuppe ist einfach spitze. Ich esse sie oft«, sagte Michael.

»Steve ist der Koch?«

»Ja. Ein netter Kerl.«

»Die Speisekarte und die Präsentation der Speisen lassen auf eine Menge Erfahrung schließen. Wo hat er gelernt?«, fragte Cassie. »Und wie hat es ihn hierher verschlagen?«

»Er kommt aus Sydney. Ich glaube, er hatte die Nase voll von dem Stress in der Stadt, außerdem ist er Surfer. Steve ist ein bisschen jünger als ich, er lebt gern an der Küste und nah an einem Strand, und hier in der Gegend ist das Leben noch erschwinglich.«

»Hat er Ambitionen weiterzukommen?«, fragte Cassie. »Ich weiß, was du mit dem Stress meinst, als Koch hat man es nicht leicht. Meine Eltern hatten jahrelang ein Restaurant, deshalb kenne ich mich da aus. Wir hatten einen jungen Koch in unserem Familienbetrieb, der recht gut war, aber er hat den Druck in der Küche nicht ausgehalten und angefangen zu trinken. Und nach der Arbeit Partydrogen eingeschmissen. Wenn er gut drauf war, hat er himmlisch gekocht, aber an manchen Tagen war er völlig neben der Spur. Am Ende musste meine Mutter ihn feuern.«

»Du bist also mit der Gastronomie vertraut?«

»So kann man es wohl nennen. Ich bin zwar keine Köchin, weiß aber, wie man ein Restaurant führt und was alles dazugehört. Ich habe Mum und Dad immer gern geholfen. Aber dann ist Dad gestorben, und Mum hat alles verkauft und angefangen zu reisen. Zurzeit besteigt sie den Kinabalu.«

Michael lachte. »Toll. Meine Eltern sind aus Whitby Point weggezogen, als sie in Rente gingen, und haben sich in den Blue Mountains niedergelassen, was mich etwas überrascht hat. Sie bräuchten einen Klimawechsel, haben sie gesagt. Tja, den haben sie zweifellos gekriegt, und es gefällt ihnen in den Bergen – obwohl das Leben dort ganz anders ist als am Meer.«

»Lebst du gern hier?«, fragte Cassie.

»O ja, ich liebe diese Gegend. Hier sind meine Schwestern und ich aufgewachsen. Es ist etwas Besonderes und relativ unverfälscht. Ich bin ein bisschen herumgekommen, habe eine Zeitlang als Tierarzt in Moree gearbeitet und mich an der Seite meiner Karrierefrau in der Großstadt-Schickeria herumgetrieben. Und für ein halbes Jahr habe ich eine Vertretung im schönen, aber regenreichen Wales übernommen. Das Klima dort war schwer zu ertragen, ich war heilfroh, wieder nach Hause zu kommen. Nach meiner Scheidung bin ich nach Whitby Point zurückgekehrt, um meine Wunden zu lecken. Und als dann das alte Haus meines Großvaters zum Verkauf stand, sah ich darin einen Wink des Schicksals, habe es erworben und meine Praxis darin eingerichtet.«

»Hmm, das kann ich verstehen«, sagte Cassie nachdenklich. »Ich liebe mein Elternhaus, habe aber nicht vor, dort auf Dauer zu wohnen. Obwohl es eine Superlage hat und ich mich gut mit meiner Mutter verstehe, werde ich woanders hinziehen.«

»Aber du bist gern dort?«

»In gewisser Weise, ja. Mums Haus liegt in Strandnähe, was ich großartig finde, aber Manly ist immer so überlaufen. Ganz anders als diese Gegend. Ich frage mich, ob mir der Lebensstil hier an der Südküste nicht eher liegt.«

Nachdem die Kellnerin den Hauptgang aufgetragen hatte, schüttelte Cassie den Kopf und sah Michael an. »Wirklich erstaunlich! Ich hätte nie damit gerechnet, in einem so heruntergekommenen Pub ein solches Essen zu bekommen.«

»Ich wusste, dass es dir schmecken würde«, meinte Michael erfreut. »Und schau, sogar Bill ist beeindruckt.«

Der Hund war unter dem Tisch hervorgekrochen und saß erwartungsvoll neben Cassies Knie, die Nase schnuppernd in Richtung der verlockenden Gerüche gereckt.

»Später, Kumpel. Wir machen noch einen langen Spaziergang mit dir, bevor wir heimfahren, okay?«, sagte Michael.

»Eigentlich will ich standhaft bleiben und ihm nichts abgeben, wenn ich esse«, sagte Cassie. »Was mir nicht leichtfällt, denn er schaut dann immer so flehentlich drein. Und da wir nur zu zweit sind, behandle ich ihn ja sonst wie meinen besten Freund. Ich bin so froh, dass du herausgefunden hast, wo er herkommt, damit ich ihn offiziell adoptieren und für ihn sorgen kann. In guten wie in schlechten Tagen.«

»Er wird dir immer treu ergeben sein«, sagte Michael. »Du hast einen neuen besten Freund gefunden.« Er hob das Glas. »Auf euch beide.«

Nach dem Hauptgericht schlug Michael vor, sich ein Dessert zu teilen.

»Jetzt brauche ich genauso dringend einen Strandspaziergang wie Bill«, stöhnte Cassie danach. »Danke, vielen herzlichen Dank, Michael. Dieses Essen war eine unerwartete Offenbarung.«

»Ich fahre eine andere Strecke zurück. Da gibt es eine Stelle, wo sich Bill ohne Leine nach Herzenslust austoben kann.«

Kurz vor Whitby Point parkte Michael in der Nähe einiger Bäume auf einem breiten Grünstreifen neben der Straße. Von dort aus konnte Bill über die nicht eingezäunten, üppigen Wiesen einer einstigen Milchfarm tollen. In der Ferne schimmerte ein Blechdach im Sonnenlicht. Die Schnauze am Boden, folgte Bill der Witterung von Kaninchen und flitzte voraus. Cassie und Michael spazierten die abschüssige Wiese hinunter bis zu einem unbefestigten Wirtschaftsweg.

»Der Weg macht da vorn eine Kehre und führt wieder den Hang hinauf, so dass wir einen Rundgang zurück zum Wagen machen können«, erklärte Michael.

»Du kennst wohl jeden Weg und Steg hier draußen, weil du überall Tiere behandelst?«

»Ja, hin und wieder komme ich her«, nickte Michael. »Zwar gibt es ein Stück weiter südlich von Whitby Point noch eine kleine Tierarztpraxis, aber die arbeiten nur Teilzeit. Die nächste große Praxis ist näher bei Bateman's Bay, da helfe ich auch aus, wenn ich gebraucht werde.«

An der Kurve rief Cassie Bill, der aber erst reagierte, als Michael durchdringend pfiff. Aufgeregt hechelnd, sprintete der Hund an ihre Seite.

»Jetzt aber brav bei Fuß«, lachte Cassie und gab ihm einen Klaps.

»Er ist klug«, sagte Michael, als Bill folgsam neben Cassie hertrottete.

Dann wies Michael nach vorn: »Schau, am Fuß der Senke liegt eine kleine Farm, von dort führt der Weg in ein paar Kehren zurück zu unserem Parkplatz.«

»Ich glaube, das Mittagessen habe ich jetzt verdaut, aber aufs Abendessen kann ich heute verzichten«, sagte Cassie. Sie hatte ein handgeschriebenes Schild erspäht, das an den

Holzzaun einer Farm genagelt war. »Strauchtomaten. Die sind bestimmt gut. Können wir mal kurz bei dem Farmer reinschauen?«

»Klar doch«, sagte Michael, und sie bogen in die zerfurchte Zufahrt ein.

»Das sieht alles sehr sauber und gepflegt aus«, meinte Cassie, als sie die Scheune, den Traktor und mehrere große Gewächshäuser betrachtete. »Wahrscheinlich werden die Tomaten in den Gewächshäusern gezogen. Ob sie wohl noch andere Sachen anbauen?«

»Lass uns mal in der Scheune nachschauen. Ich wette, dort werden die Tomaten gelagert.«

Ein Dachshund mit grauer Schnauze trippelte zum Scheuneneingang und bellte kurz, woraufhin Bill leise knurrte, aber gleich wieder verstummte, als Cassie sagte: »Ist gut, Bill. Das ist sein Revier.«

In der Scheune befand sich verschiedenes landwirtschaftliches Gerät, außerdem waren mehrere Tische aufgebaut. Auf einem standen Tüten und Körbe mit Tomaten verschiedenen Reifegrads. An einem anderen saßen zwei Männer, die Rotwein tranken und Karten spielten. Der eine der beiden, in T-Shirt und mit marineblauen Shorts, erhob sich und begrüßte sie. Er war rundlich, fast kahl und sprach mit breitem Akzent.

»Nur herein. Die Hunde tun sich nichts. Meiner hier ist schon sehr alt.«

Bill und der Dachshund umkreisten einander und beschnüffelten ihre Hinterteile.

»Hallo. Ich habe das Schild wegen der Tomaten gesehen«, sagte Cassie.

»Bedienen Sie sich. Die grünen da sind hervorragend für

Chutney, die fast reifen hier sollte man bald essen; und die überreifen dort taugen für Passata – Tomatensauce.«

»Da quanto tempo sei stato qui?«, fragte Michael. *»Siete una famiglia locale?«*

Überrascht blickte Cassie Michael an, während der Farmer ebenfalls auf Italienisch antwortete.

Michael wandte sich lächelnd Cassie zu. »Er sagt, seine Familie wollte eigentlich ein Weingut gründen. Da das nicht geklappt hat, bauen sie jetzt Gemüse an.«

»Du sprichst ja fließend Italienisch. Jedenfalls klingt es so«, sagte Cassie bewundernd.

»Danke. Tatsächlich habe ich es erst vor kurzem gelernt. Um so vielleicht meinen italienischen Wurzeln näherzukommen.«

Cassie schnupperte an den reifen Tomaten. »Wow, die riechen richtig vollmundig und aromatisch. Zwei Dollar pro Tüte? Dann nehme ich drei, bitte. Mir wird schon etwas damit einfallen.«

Michael schlenderte zu dem Tisch, wo der Farmer und sein Freund Karten gespielt hatten. Auf einem Teller lag ein zerteiltes Brot, daneben stand ein Schälchen Olivenöl. Michael nahm die dunkelgrüne Flasche, schraubte sie auf und sog den Geruch ein. »Das riecht wirklich gut.«

»Stimmt«, sagte der Freund des Farmers mit starkem australischen Akzent. »Hätte nie gedacht, dass ich mich mal für Brot und Olivenöl begeistern könnte. Doch mein Kumpel hat mich richtig süchtig danach gemacht. Er kocht aber auch ein verdammt gutes Risotto. So als unser Sonntagsessen, wissen Sie.«

»Charlie bringt was von seinem Lamm mit, und ich mache den Eintopf«, erklärte der Farmer.

»Sie sollten ein Restaurant eröffnen«, meinte Michael. »Wo kommt dieses Öl her? Es riecht köstlich.« Er warf einen Blick auf das Etikett.

»Ein Freund in Victoria presst es und bringt es mir. Ich verkaufe es dann an meine Freunde weiter. Wie die Tomaten.«

»Darf ich etwas von dem Öl probieren?«, fragte Cassie.

»Aber sicher doch, nehmen Sie sich Brot zum Tunken.«

Cassie und Michael nahmen sich kleine Brotstückchen und stippten sie in das grüne Olivenöl.

Erstaunt zog Cassie die Augenbrauen hoch. »Das schmeckt ja toll!«

»Ich hab noch eine ganze Menge davon. Wollen Sie welches? Fünfzehn Dollar die Flasche.«

»Ich nehme eine. Einundzwanzig Dollar für das Öl und die Tomaten – was für ein Schnäppchen. Das ist heute ein richtiger Feinschmeckertag!«, meinte sie lächelnd zu Michael.

»Hier würde es dir gefallen. Es gibt eine Menge Biofarmen, und die Küste rauf und runter werden alle möglichen Feinschmecker-Unternehmen gegründet. Eine meiner Kundinnen zum Beispiel hat angefangen, Trüffel zu züchten, und ihr Schwein darauf dressiert, sie zu finden.«

Sie bedankten sich bei dem Bauern und gingen mit Cassies Einkäufen den Hang hinauf zum Wagen.

Am späten Nachmittag setzte Michael Cassie dann an ihrer Hütte ab. Sie bot ihm noch etwas zu trinken an, aber er schüttelte den Kopf.

»Nein danke. Ich muss noch nach ein paar Tieren sehen, und morgen geht es früh los. Aber ich wünsche dir eine schöne Woche.«

»Ich weiß gar nicht, wie ich dir danken soll. Ich heb dir etwas von der Tomatensauce auf.«

Es war ein langer Tag gewesen. Cassie und Bill machten es sich auf der Veranda bequem, um zwischen den Bäumen hindurch den Sonnenuntergang zu betrachten. Je tiefer die Sonne sank, desto kühler wurde es. Schade, dass ich jetzt nicht mit meiner Mutter sprechen kann, dachte Cassie. Sie hätte ihr gern von ihrem Tag erzählt, wie reizend Michael war und wie heruntergekommen das alte Pub, in dem sie zu Mittag gegessen hatten. Je länger sie über das Essen nachsann, desto beeindruckender fand sie es. Sie musste unbedingt noch mal dort einkehren, am besten wenn ihre Mutter auf Besuch kam. Plötzlich wurde ihr klar, wie gern sie ihre Mutter hier hätte, damit sie ihr alles zeigen konnte.

Bill streckte sich, kam zu ihr und setzte sich vor sie.

»Was? Was?«, neckte ihn Cassie.

Der Hund legte den Kopf schief und legte dann vorsichtig eine Pfote auf ihren Schoß.

Sie lachte. »Okay. Bloß weil ich immer noch pappsatt bin, heißt das ja nicht, dass auch für dich das Abendessen ausfällt. Du warst heute sehr brav. Mal sehen, was wir für dich finden.«

Sie fütterte Bill und ging dann zum Auto, um sich zu vergewissern, dass es abgesperrt war. Unter dem Scheibenwischer klemmte eine Notiz.

Trixi und ich gehen morgen gegen sieben Uhr angeln, direkt vor der Flut. Falls du dazukommen willst, wir sind am Strand gegenüber von der Lagune. Ich habe Angelzeug für dich dabei. Gruß, Geoff.

»Klingt so, als hätten wir morgen etwas vor, Bill.«

Zwar verbarg sich die Sonne hinter ein paar Wolken, doch es war windstill, und sie hatten den Strand ganz für sich allein. Geoffs Frau Trixie war ein kleines Energiebündel, Cassie schloss sie sofort ins Herz. Sie hatte einen stinkenden Köder in einen Strumpf gebunden und damit einen Kübel voll Sandwürmer gesammelt.

Geoff ging mit einer langen Brandungsrute den Strand entlang und ließ die Leine schleifen, denn noch war die Brandung sehr schwach. Doch die Flut war im Kommen, und Cassie fand, dass sie ergiebig aussah.

»Wirf deine Leine in die Rinne, wo es tiefer ist. Du erkennst sie an der Farbe des Wassers«, riet ihr Trixie. »Oder will hier das Ei klüger sein als die Henne? Du scheinst dich ziemlich gut auszukennen.«

Cassie griff in den Ködereimer, zog einen Sandwurm heraus und machte ihn am Haken fest. Sie hatte ein zusätzliches Blei an der Leine befestigt, damit ihr Köder in einem Loch, einer Senke oder der Rinne bis zum Boden sank. »Ein Plattkopf oder Judenfisch wäre eine tolle Sache«, sagte sie.

»Ich geh auf Blaubarsche. Die Katze liebt sie, und sie sind prima Köder für größere Fische. Wenn man sie sofort ausnimmt, kann man sie auch essen. Frisst dein Hund Fisch?«, fragte Geoff.

»Hab's noch nicht ausprobiert. Ich müsste ihn entgräten, und das scheint mir doch sehr mühselig.« Sie warf einen Blick auf Bill. »Weg vom Eimer«, ermahnte sie den Hund, der fortsprang, um Seemöwen zu jagen.

Obwohl sich die drei bei der Suche nach den besten Stellen über den ganzen Strand verteilt hatten, teilten sie die Freude, durch die Brandung zu waten, ihre Leinen auszuwerfen oder sie hinter sich herzuziehen, sie einzuholen und einen Fisch anzulanden.

Nach drei Stunden kam schließlich die Sonne hinter den Wolken hervor. Jeder von ihnen hatte etliche Fische gefangen, ein paar verloren. Alle drei waren nass und zufrieden mit dem Ergebnis ihrer morgendlichen Bemühungen.

»Habt ihr schon gefrühstückt?«, fragte Cassie.

»Eine Tasse Tee oder Kaffee wäre jetzt nicht verkehrt«, antwortete Geoff. »Dafür mach ich dir den Plattkopf sauber.«

»Abgemacht«, sagte Cassie. »Es ist erst halb elf. Was für ein toller Einstieg in den Tag!«

Nachdem sie die Fische gesäubert und sich selbst das Salzwasser und den Sand abgewaschen hatten, trug Cassie Kaffeebecher auf die Veranda hinaus. Trixie holte eine Tortenplatte mit Haube aus ihrem Wagen.

»Wie wär's mit selbstgebackenem Käsekuchen?«

»Wow, der sieht ja toll aus! Wie nett von dir.«

»Trixie ist hier in der Gegend die Dessertkönigin«, verkündete Geoff stolz.

Während Trixie den traumhaft aussehenden Kuchen aufschnitt, erzählte Cassie von ihrem Ausflug zum Blue Crane Lake. »Dort ist es wirklich wunderschön. Kann man da auch gut angeln?«

»Man braucht ein Boot, um zu den ergiebigen Stellen im See zu kommen«, erwiderte Geoff. »Aber im Sommer sind eine Menge Leute dort. Hast du diese schicke Wohnanlage gesehen, den Neubau?«

»Die hat irgendein berühmter Architekt geplant«, setzte Trixie hinzu. »Sie fügt sich tatsächlich großartig in die Landschaft ein.«

»Mir gefällt das alte Bootshaus. Ich werde noch mal hinfahren und mich genauer umschauen.«

»Bald kennst du die Gegend hier so gut wie deine Westentasche«, prophezeite Geoff.

»Ob der wohl so gut schmeckt, wie er aussieht?«, meinte Cassie, als Trixie ihr ein Stück Käsekuchen reichte. Nach dem ersten Bissen strahlte sie.

»Der ist ja traumhaft! Danke, Trixie. Ich kann gar nicht fassen, wie gut das Essen hier überall ist. Gestern war ich zum Mittagessen in dem alten Cliff-Top-Pub. Das Gebäude ist ja grausig, aber die Aussicht und das Essen!«

»Ach, du meinst Steve Baxter?«, sagte Trixie. »Ja, der hat sich zu einem sehr ordentlichen Koch gemausert. Eine Weile hat er Catering gemacht, aber immer nach einer Vollzeitbeschäftigung gesucht. Ich freue mich, dass er hier etwas Passendes gefunden hat.«

»Ist er von hier?«, fragte Cassie.

»Ich weiß nicht viel über ihn, außer dass er in Sydney gelebt hat und gern surft«, antwortete Geoff.

»Er hat das Kochen von der Pike auf gelernt«, wusste Trixie.

»Nach dem, was ich probiert habe, könnte er in jedem großen Haus kochen«, sagte Cassie. »Und dein Käsekuchen, Trixie, würde jedem Sternerestaurant alle Ehre machen.«

»Danke, Cassie. Ich backe für mein Leben gern. Aber jetzt müssen wir los. Es war ein schöner Vormittag. Lass dir deinen Plattkopf schmecken.« Sie nahm die leere Tortenplatte und die Haube.

»Wir müssen mal zusammen grillen«, sagte Geoff.

»Gerne. Das war ein wunderbarer Start in den Tag. Ganz anders als in meinem früheren Leben!«

»Warum bleibst du nicht in der Gegend?«

»Sei nicht albern, Geoff«, warf Trixie ein. »Cassie ist Anwältin. Und sie ist noch jung, im Gegensatz zu uns.«

»Na und? Hier wohnen auch junge Leute. Wenn du mich fragst, lebt und arbeitet man hier angenehmer als in der Stadt. Wobei ich natürlich voreingenommen bin«, meinte Geoff.

»Ich möchte gar nicht mehr als Anwältin arbeiten. Jedenfalls will ich nicht zurück in eine Kanzlei. Whitby Point hat es mir angetan. Ich habe hier wirklich eine wunderschöne Zeit.«

»Das hast du dir verdient, würde ich meinen. Wenn du wieder mal angeln willst oder Lust auf eine Tasse Kaffee und auf Trixies Kreationen hast, melde dich«, verabschiedete sich Geoff freundlich.

»Danke, das mach ich.« Cassie war gerührt.

»Bis bald. Genieß den Fisch und den Rest vom Käsekuchen«, sagte Trixie.

»Sie kommen spät«, sagte Ron mit Blick auf die Uhr, als Cassie sich die Morgenzeitung holte.

»Ich war heute Morgen mit Geoff und Trixie Spring beim Angeln.«

»Aha. Was haben Sie sonst noch so gemacht?« Er tippte den Betrag für die Zeitung in die Kasse.

»Ich bin ein bisschen in der Gegend rumgefahren. Blue Crane Lake hat mir sehr gefallen.«

»Unsere heimliche Perle. Allerdings nicht billig. Eine Menge Leute aus Canberra und Sydney haben dort ein Haus. Haben Sie vor, sich was zuzulegen?«

Diese Frage traf Cassie unvorbereitet, und sie antwortete

ganz spontan: »Eigentlich schon, aber nichts Exklusives. Es gibt da ein Bootshaus zu mieten, das gemütlich aussieht. Ich könnte es ja mal besichtigen. Wäre vielleicht ein schönes Wochenendhaus.« Sie dachte laut vor sich hin. »Ist nur so eine Idee. Ich werde es mir heute noch mal genauer ansehen.«

Mit Bill bei Fuß ging sie zurück zur Hütte und murmelte: »Was um Himmels willen habe ich da für Flausen im Kopf?«

Doch kaum war sie wieder am Blue Crane Lake, spürte sie abermals, dass dieser Ort etwas ganz Besonderes war.

»Es kann ja nicht schaden, es mir mal anzusehen«, sagte sie zu Bill. »Vielleicht kommt es ja überhaupt nicht in Frage.« Und so ging sie zu dem Immobilienbüro und fragte, ob sie das blaue Bootshaus besichtigen könne.

Karen, die Maklerin, war freundlich, aber sehr beschäftigt. »Hier ist der Schlüssel«, sagte sie. »Schauen Sie sich dort ruhig schon mal um. Ich komme dann in zwanzig Minuten nach, falls Ihnen das recht ist. Erst muss ich hier noch wegen einer Vertragsunterzeichnung auf jemanden warten, aber dann bin ich gleich bei Ihnen.«

Cassie vermutete, dass der breite Fußweg vor dem Bootshaus einmal ein Abstellplatz für ein Boot gewesen war. Die Doppeltüren des Gebäudes waren zu großen Fenstern umgestaltet worden, und dazwischen hatte man eine knallrote Tür mit Messingklinke eingebaut. Eine Schiffsglocke daneben diente als Türklingel. Kaum hatte sie aufgesperrt, rannte Bill schon vor ihr hinein.

Das Haus war größer, als sie gedacht hatte. Eine schmale Holzstiege führte zum Dachboden hinauf. Zu ihrer Überraschung war der Wohnbereich unten, der auf zwei Doppelfalttüren zulief, mit stapelweise Tischen und Stühlen ausgestattet. Als sie die Türen öffnete, strömten Licht und frische Luft herein. Begeistert sprang Bill auf die Terrasse hinaus, schob sich dann unter das Geländer und ließ die Pfoten hinunterhängen, während er ein paar kleine Meeräschen beobachtete, die im Wasser hin und her schossen. Es gab eine alte Bootsrampe, aber das Beste war Cassies Meinung nach der schmale Holzsteg, der allerdings ziemlich renovierungsbedürftig aussah. An seinem Ende befanden sich zwei dicke Stützpfosten, auf denen jeweils ein nachdenklicher Reiher saß.

Bill bemerkte die Vögel im selben Moment wie sie.

»Untersteh dich«, warnte Cassie den Hund. »Komm, gehen wir das Dachgeschoss anschauen.«

Es war überraschend geräumig, mit einem Bett am Fenster, einem gemütlichen Sessel und einem winzigen Badezimmer, in dem sich auch eine Toilette befand. Bill sprang aufs Bett und lugte zum Fenster hinaus.

»Schöner Seeblick, was?«, meinte Cassie und stellte sich vor, wie sie hier nachts lag, die Gerüche des Sees in der Nase, seine Geräusche und das ferne Tosen des Meeres im Ohr. »Aber jetzt runter vom Bett, Bill. Wir sind hier nicht zu Hause.«

»Hallo, wo sind Sie?«, hörte sie die Stimme der Maklerin.

»Ein schnuckeliges Häuschen«, sagte Cassie, als sie die Treppe herunterkam. »Bleiben die Möbel drin?«

»Wenn Sie wollen. Wir haben jede Menge davon.«

»Ja, woher kommen eigentlich all diese Tische und Stühle hier?«

»Der Bursche, der vorher hier gewohnt hat, hat ein Café

eröffnet. Es war so eine Art Treff für seine Freunde, und er hat auch nur Freundschaftspreise für seine Hamburger genommen. Deshalb ist er pleitegegangen und ausgezogen, als er die Miete nicht mehr bezahlen konnte.«

»Gibt es hier eine Waschküche?«, fragte Cassie.

»Ja, sie ist klein, erfüllt aber ihren Zweck. Wollen Sie sie sehen?«

»Mir gefällt die Küche«, sagte Cassie mit Blick auf die Kochecke, die nur durch eine Theke vom Wohnbereich abgetrennt war.

»Draußen steht irgendwo auch noch ein Grill. Der wurde manchmal auf der Terrasse aufgebaut. Und diese Markise da lässt sich darüber ausfahren. Spendet nicht nur Schatten, sondern hält auch den Regen ab. Das Haus steht schon einige Zeit leer. Und auf dem Steg müssen Sie aufpassen, da sind ein paar Bretter morsch. Haben Sie ein Boot?«

»Nein«, erwiderte Cassie. »Aber so eine Blechwanne könnte mir schon Spaß machen.«

»Ich glaube, es gab hier mal ein kleines Boot, aber anscheinend ist es nicht mehr da.«

»Wie lange läuft der Vertrag? Und ist ein Hund erlaubt?«, fragte Cassie.

»Sechs Monate oder ein Jahr, mit Verlängerungsoption. Der Hund ist kein Problem.« Karen musterte Cassie und Bill. »Im Sommer herrscht hier ganz schöner Trubel, kein Vergleich mit der Ruhe zurzeit.«

»Ich mag es ruhig und friedlich«, sagte Cassie. »Wie laut wird es denn?«

»Jetski sind zum Glück nicht mehr erlaubt, aber es sind jetzt viel mehr Leute da. Allerdings ist es anders als in Whitby Point. Die Urlauber kommen zum Angeln hierher und wollen den Park und den See genießen. Familien sind seltener da, es geht mehr um entspannte Erholung.«

»Wie hoch ist die Miete?«, fragte Cassie.

Karen sagte es ihr.

»Ich finde es hier einfach wunderbar. Wie schnell erfahre ich, ob ich das Haus bekomme?« Cassie konnte selbst kaum glauben, was sie da sagte. Vom praktischen Standpunkt aus betrachtet war es töricht, sich die Miete für das Bootshaus aufzuhalsen. Andererseits konnte sie sich eine so günstige Gelegenheit einfach nicht durch die Lappen gehen lassen. Dieser Ort war schlicht hinreißend. Sie konnte sich sechs Monate Miete leisten und fand, dass sie sich ein bisschen Ruhe und Frieden und ein Plätzchen zum Entspannen gönnen durfte, bis sie sich über ihr weiteres Leben im Klaren war.

»Ich werde mit den Besitzern sprechen, aber sie sind sehr darauf erpicht, das Haus endlich wieder zu vermieten. Die Formulare habe ich dabei. Wenn Sie mir die Bewerbung heute noch vorbeibringen, bekommen Sie wohl schon bald eine Zusage. Wann wollen Sie einziehen?«, fragte Karen.

»So schnell wie möglich«, antwortete Cassie. »Ich kann es kaum erwarten.«

6

Cassie genoss die entspannte Atmosphäre am Morgen: das Rauschen des Meeres, den salzigen Geruch in der Luft, das Rascheln des Windes in den Kängurubäumen. Und natürlich Bills liebenswertes Gähnen und Sich-Strecken, ehe er ihr die Hand leckte, um sie aus dem Bett zu treiben. Stets begrüßten sie lächelnde Gesichter auf ihrem Spaziergang zum Zeitungsladen, wo Bill zu einer kleinen Berühmtheit geworden war.

»Das ist eine schöne neue Welt«, murmelte sie dem Hund zu, während sie den Toast butterte, den sie mit ihm teilte. Das hektische Tempo, der Stress des Stadtlebens und der ständige Druck der Arbeit in einer Kanzlei waren in weite Ferne gerückt, ganz zu schweigen von ihrer unbefriedigenden Ehe mit Hal. Erst jetzt, da sie sich ruhig und gelöst fühlte, ging ihr auf, unter welcher Anspannung sie tagtäglich gelebt hatte, ehe sie in ihr Refugium an der Südküste geflohen war. Als sie an diesem Morgen in den Ort ging, hatte sie das Bedürfnis, jemandem die Neuigkeit mit dem Bootshaus zu erzählen. Da ihre Mutter immer noch nicht erreichbar war, lief sie den Hügel zu dem hübschen alten Haus hinauf, in dem Michael seine Tierarztpraxis hatte.

Tara, seine Assistentin, lächelte Cassie und Bill an. »Wie schön, dass Sie sich entschlossen haben, Tom Woodwards Hund zu adoptieren.«

»Hallo, Cassie. Hi, Bill.« Michael kam aus dem Untersuchungszimmer und begrüßte die beiden gut gelaunt.

Bill, der brav Sitz gemacht hatte, sprang beim Anblick eines Freundes fröhlich auf.

»Ich wollte gerade einen Termin zum Chippen vereinbaren.«

»Vor dem nächsten Patienten hab ich noch ein bisschen Zeit. Kommt rein.«

Michael hob Bill auf den Untersuchungstisch, und Cassie hielt ihn fest. Der Chip war so rasch gesetzt, dass Bill gar nicht mitbekam, wie ihm geschah.

»Du willst nur deine Handynummer angeben? Keine Adresse?«, fragte Michael.

»Ich habe eine Adresse, die könnte aber nur vorübergehend sein.«

»Ach so? Du ziehst wieder nach Sydney? Wir können deine Angaben jederzeit ändern.«

Cassie schüttelte den Kopf. »Nein, ich gehe nicht zurück. Du bist der Erste, der es erfährt. Ich habe einen Mietvertrag für ein Bootshaus am Blue Crane Lake unterschrieben ... Bin ich bekloppt?«, fragte sie mit einem Lächeln.

Michael lachte. »Klingt super. Der See ist wunderschön. Ist das Bootshaus bewohnbar?«

»Absolut, obwohl man schon ein bisschen renovieren könnte. Der frühere Pächter hatte im vorderen Teil ein kleines Café, aber das schadet ja nichts. Die Lage ist großartig. Der Vertrag läuft über sechs Monate. Ich würde es dir gerne zeigen.«

»Das lässt sich einrichten. Heute Nachmittag habe ich keine Termine, da können wir zusammen rüberfahren.«

Er lungert oft in der Praxis herum. Bill, das ist Toledo, der Tiger.«

Cassie beobachtete, wie Bill den Schwanz hängen ließ, die Ohren anlegte und an dem Kater vorbeihuschte, der ihn ignorierte. Doch als Bill sich schon in Sicherheit wähnte, drehte Toledo sich um und ließ die Tatze auf Bills Schwanz herunterfahren. Der Hund ergriff die Flucht, während der Kater gleichgültig davonspazierte.

Cassie kicherte. »Katzen! Sie regieren die Welt.«

»Du siehst sehr hübsch aus«, bemerkte Michael, als er sie den Flur entlangführte.

»Danke. Ich habe eine Flasche Wein mitgebracht. Hoffentlich deine Geschmacksrichtung«, fügte sie rasch hinzu, um die Freude über das Kompliment zu verbergen.

»Das wäre nicht nötig gewesen, aber danke. Ich habe einen schönen Champagner kalt gestellt. Möchtest du zuerst ein Glas davon?«

Cassie nickte und schaute sich neugierig in Michaels Wohnzimmer um, das mit einer bunten Mischung an Möbeln, Gemälden, Büchern und alten Teppichen eingerichtet war. Durch die Panoramafenster sah sie hinaus in die pechschwarze Nacht.

»Tagsüber hast du hier sicher einen phantastischen Blick auf die Bucht«, sagte sie.

»Das stimmt, obwohl es auf der Veranda manchmal ein bisschen frisch wird. Aber es entspannt. Deine neue Bude hingegen bietet einen schönen Blick über den See. Und du musst nur einen Angelhaken hineinwerfen und kannst dir dein Abendessen fangen.«

»Gehst du gern angeln?«

»Habe ich schon eine ganze Weile nicht mehr gemacht.

In meiner Jugend habe ich wohl zu viele Jahre auf den Fischkuttern von Onkel Riccardo geschuftet. Fisch ausnehmen für ein Taschengeld reizt mich nicht mehr.«

»Du hast ja erwähnt, dass deine Eltern in die Blue Mountains gezogen sind. Leben denn andere Verwandte noch hier? Und fischen sie noch?«

»O ja«, erwiderte Michael. »In unserer Familie wird erwartet, dass du in die Fußstapfen deines Vaters und Großvaters trittst. Achte die Alten und warte, bis du an der Reihe bist, das ist die italienische Art. Mein Großonkel Riccardo ist fast neunzig, aber er leitet immer noch die Fischereiflotte der Familie, auch wenn sie inzwischen viel kleiner ist als früher. Sein Sohn und sein Enkel fahren zum Fischen raus, und mein Cousin Frank kümmert sich um den Verkauf.«

»Die Familientradition zu wahren ist eine gute Sache«, meinte Cassie. »Du sagst, deine Familie kommt aus Italien. Aber Phillips klingt nicht gerade italienisch.«

»Meine Mutter stammt aus einer italienischen Familie, sie ist eine Aquino. Vater war hier am Ort Steuerberater, er hat für meinen Großvater gearbeitet und schließlich meine Mutter geheiratet. Whitby Point ist sehr überschaubar.«

Michael griff nach dem Eiskübel mit dem Champagner. »Macht es dir was aus, mit in die Küche zu kommen, während ich letzte Hand an das Essen anlege? Nimm dein Glas mit.«

Cassie setzte sich auf einen Hocker an der langen Küchentheke. »Kann ich helfen?«

»Nein danke. Alles unter Kontrolle.«

»Es riecht phantastisch. Was essen wir?«

Michael hob den Deckel einer großen Kasserolle auf

dem Herd hoch. »Sizilianische Fischsuppe. Nach einem alten Familienrezept von meiner Urgroßmutter, eine der Nonnas.«

»Es muss toll sein, zu einer richtigen Großfamilie zu gehören. Von meiner Familie sind nur noch Mum und ich übrig, nachdem Hal und sein Anhang jetzt Geschichte sind. Bestimmt ist es schön, wenn man eine Familie mit Tradition hat.«

Michael lachte. »Wahrscheinlich schon. Die alten Bräuche sind nicht totzukriegen, aber inzwischen halten sich alle für waschechte Australier. Wenn du die Petersilie dazugibst, sind wir so weit.«

Michael füllte die Teller in der Küche und trug sie zum Esstisch hinaus.

»Kochst du gern?«, fragte er Cassie, als sie sich gesetzt hatten.

»Ja, sehr. Aber in Sydney bin ich nicht oft dazu gekommen. Zu viel Arbeit. In meiner Familie war mein Vater der Chefkoch. Michael, diese Suppe ist köstlich.«

»Erzählst du deiner Mutter von dem Bootshaus, oder bleibt es dein Geheimversteck?«, wollte er wissen.

»Sie kehrt demnächst von ihrer Reise zurück, und ich kann es gar nicht erwarten, dass sie herkommt und das Bootshaus besichtigt. Wie ich meine Mutter kenne, wird sie begeistert sein.«

»Und was ist mit deinen Freundinnen? Ich wette, die rennen dir die Bude ein, um ein Wochenende an der Südküste zu verbringen.«

»Das glaube ich kaum. Entweder haben sie Babys oder sie malochen wie die Verrückten oder beides. Außerdem habe ich in den letzten Jahren auch so wahnsinnig viel gearbeitet, dass ich sie kaum gesehen habe. Irgendwie haben wir keinen richtigen Kontakt mehr.«

»Ich finde, auch wenn du wieder nach Sydney ziehst, solltest du das Bootshaus als Ferienidyll behalten.«

»Ja, so sehe ich das auch«, stimmte Cassie zu. »Ich kann es gar nicht erwarten einzuziehen.«

Viel später, als sie eingekuschelt neben Bill in ihrem Bett in der Hütte lag, ließ sich Cassie den Abend noch einmal durch den Kopf gehen. Sie hatte etwas erlebt, was ihr lange gefehlt hatte: das unbeschwerte Zusammensein mit einem interessanten Mann. Michael und sie hatten über alles Mögliche geredet, von Musik und Kunst bis zu Essen, Reisen, Freunden und Büchern. Sie hatte sich dabei ertappt, wie sie entspannt lachte. Das war so ein gutes Gefühl. Bill hatte neben ihr auf dem Boden geschlafen, war hin und wieder aufgewacht und hatte einen argwöhnischen Blick auf Toledo geworfen, der es sich auf einem Sessel bequem gemacht hatte. Als sie ging, hatte Michael ihr die Wagentür aufgehalten und war in der Einfahrt stehen geblieben, bis sie gewendet hatte und die Straße hinunterfuhr. Es war ein schöner Abend gewesen, und sie hoffte, dass es nicht dabei blieb.

Am folgenden Morgen verließ Cassie gerade den Zeitungsladen, als ihr Handy klingelte.

»Hey, Mum! Du bist wieder da. Wie war's?«

»Atemberaubend. Ein harter Aufstieg, zwei Tage lang, aber ich hab's bis zum Gipfel geschafft. Jetzt will ich bald wieder hinfahren und mehr von Borneo sehen. So eine schöne Insel. Und wie geht's dir? Du bist immer noch an der Südküste? Anscheinend gefällt es dir da.«

»Ich bin hingerissen. Und Mum, ich möchte, dass du

kommst. Das musst du gesehen haben. Wann kannst du da sein?«

»Wirklich? So schön ist es? Dein Vater hat ja immer davon geschwärmt«, sagte Jenny. »Cassie, ich bin erst seit einem Tag wieder zu Hause. Auf diesem Handy bist du schwer zu erreichen. Anscheinend gibt es da unten eine Menge Funklöcher. Kommst du bald heim?«

»Ich habe es nicht eilig, Mum. Und ich möchte wirklich, dass du mich hier besuchst und sagst, ob es nur an mir liegt oder ob dir diese Gegend genauso gut gefällt wie mir. Du kannst auch nur über Nacht bleiben, wenn du zu viel zu tun hast«, bat Cassie.

»Ich muss mich um einiges kümmern. Aber du machst mich neugierig. Morgen bin ich mit Donna und Dave zum Essen verabredet, weil ich ihnen von der Bergtour erzählen will. Aber ich könnte mich jetzt gleich ins Auto setzen und morgen wieder zurückfahren«, schlug Jenny vor.

»Das wäre großartig, Mum. Ich beschreibe dir den Weg zu meiner Ferienhütte hier an der Pelican Cove. Die ist leicht zu finden.«

Jenny und Bill verstanden sich auf Anhieb.

Bill bellte zwar, als der fremde Wagen hielt, und stellte sich schützend neben Cassie, aber als sie auf ihre Mutter zulief und sie umarmte, folgte er ihr schwanzwedelnd und bemühte sich um Streicheleinheiten.

»Mum, das ist Bill.«

»Na, du bist aber ein schöner Kerl«, sagte Jenny und kraulte ihn hinter den Ohren. »Gehört er zur Hütte?«

»Inzwischen schon. Er ist mein Hund. Ich habe ihn adoptiert.«

Jenny zog die Brauen hoch. »Du bringst ihn also mit, wenn du zurück nach Sydney kommst?«

»Das weiß ich noch nicht. Es ist eine längere Geschichte. Komm doch rein und stell deine Sachen ab. Dann machen wir eine kleine Rundfahrt, und ich erzähle dir alles.«

Cassie zeigte ihrer Mutter Whitby Point und hielt an einem Laden, um Käse und Oliven zu kaufen. Bei einem Kaffee in dem einzigen Café, das offen hatte, eröffnete sie ihr, dass sie für sechs Monate ein Bootshaus gemietet hatte.

Ihre Mutter war überrascht. »Cassie, das ist eine hübsche Gegend, aber es ist ein Urlaubsort. Kannst du dir wirklich vorstellen, auf Dauer hier zu leben? Was fängst du mit deiner Zeit an? Du kannst dich doch nicht hier vergraben. Früher hattest du einen Vierzehnstundentag! Womit willst du dich in einem verschlafenen Nest wie Whitby Point beschäftigen?«

»Es mag seltsam klingen«, erwiderte Cassie leichthin, »aber zum ersten Mal in meinem Leben gönne ich mir eine Atempause. Nach der Schule habe ich sofort studiert, dann gearbeitet und geheiratet. Nie habe ich irgendetwas für mich allein gemacht, es gab nur ein Leben auf der Überholspur.«

Jenny nickte. »Das verstehe ich. Vielleicht solltest du reisen. Ich leihe dir das Geld, bis die Wohnung verkauft ist.«

»Danke, Mum. Das mit dem Reisen überlege ich mir noch, aber im Moment brauche ich kein Geld. Ich habe noch wochenlang Urlaub abzufeiern, ich komme schon zurecht. Jetzt möchte ich dir aber das Bootshaus zeigen. Von hier sind es mit dem Auto nur zehn Minuten. Es ist nicht teuer, und ich miete es ja nur. Mum, ich möchte ein eigenes Dach über dem Kopf, wo ich mich zu Hause fühle.«

»Wenn ich mein Haus in Sydney habe und du ein Refugium hier unten, wäre das ein Arrangement, mit dem ich mich auch anfreunden könnte«, meinte Jenny. »Also fahren wir und sehen uns die Sache an.«

Als sie die kleine Siedlung am Blue Crane Lake erreichten, war Cassies Mutter sofort begeistert.

»Das ist phantastisch! Was für eine schöne Gegend. Ganz anders als Pelican Cove. Vielleicht ein bisschen exklusiver, dabei aber dezent. Die Häuser da drüben wirken teilweise richtig nobel. Aber eine Wohnlage direkt am Wasser ist natürlich nicht zu überbieten. Wo ist dein Haus?«

Cassie parkte vor dem blauen Bootshaus, Bill sprang aus dem Wagen, rannte zum Steg und warnte die Reiher mit einem kräftigen Bellen.

»Was meinst du?«, fragte Cassie, als ihre Mutter nachdenklich vor dem Eingang stehen blieb.

»Wie soll ich das sagen können, wenn du nicht aufsperrst?«

Cassie schloss die Tür auf. »Einiges muss renoviert werden, aber Geoff – den lernst du noch kennen – kann das erledigen, und …«

»Cassie, lass mich erst mal reinkommen und ein bisschen herumschlendern!«

Bill sauste sofort auf die Terrassentüren zu und wollte hinausgelassen werden. Zu seiner Freude war der Wasserstand heute so hoch, dass er die kleinen Fische neben dem Steg beobachten konnte.

»Die Terrasse ist super, und man kann sie mit der Markise überdachen. Ich würde hier draußen mein Quartier aufschlagen. Vielleicht nicht gerade im Winter, aber wenn es wärmer wird, muss das wunderschön sein. Was für ein Blick! Wo ist dein Schlafzimmer?«, wollte Jenny wissen.

»Oben, Mum. Im Dachgeschoss.«

Während ihre Mutter das Haus erkundete, setzte sich Cassie auf die Terrasse. Wie schön zu wissen, dass sie das nun jederzeit tun konnte, und sie hatte deshalb noch nicht einmal ein schlechtes Gewissen.

»Das ist ein Leben, was, Bill?« Doch Bill, dessen Kopf über den Rand der Terrasse hinunterhing, hatte nur Augen für die umherschießenden Fische und beachtete Cassie nicht. Sie schloss die Augen und genoss die Wintersonne.

»Tja, Cassandra, dein Bootshaus haut mich um.« Ihre Mutter ließ sich in einem Deckchair nieder, dessen Canvasbezug schon recht verblichen war.

»Meinst du das positiv?«, fragte Cassie.

Ihre Mutter breitete die Arme. »Cass, schau dich um! Die Aussicht, die Lage, die Umgebung! Die ganze Gegend ist wunderschön. Da frage ich mich schon, warum dein Vater nie mit uns hergefahren ist.«

»Ja, da hast du recht. Es ist ziemlich gut, stimmt's? Ich habe sogar meine eigenen Reiher auf den Stützpfosten dort. Der Name Blue Crane Lake ist nicht ganz zutreffend, meint Michael, Bills Tierarzt. Die Vögel sind keine Kraniche, sondern Reiher.«

»Ach ja? Aber, Cassie, dieses Haus ist wirklich ein Geschenk. Ich wüsste schon, was ich damit anfangen würde, wenn es meines wäre.«

Cassie sah ihre Mutter neugierig an. »Was geht dir durch den Kopf? Auch wenn ich hier wohne und nicht du, bist du natürlich jederzeit willkommen.«

»Cassie, wenn man sich ein bisschen Mühe gibt und etwas mehr Kreativität als die früheren Pächter aufwendet, kann das hier eine Goldgrube werden! Das ist die perfekte Lage für ein Lokal.«

»Mum! Ich will hier wohnen! Einfach nur hier sein, mich entspannen und es genießen!«

»Ja, Schatz, aber du müsstest ja kein großes Restaurant führen, du bräuchtest nicht einmal lange Öffnungszeiten. Man könnte daraus ein wunderbares kleines Lokal machen, das bei Touristen beliebt ist. Und wohnen kannst du hier auch noch. Einfach perfekt.«

»Mum, du hast damit Erfahrung, doch ich war noch nie selbständig. Du hast jahrelang ein Restaurant geleitet, aber ich bin kein Küchenchef wie Dad«, protestierte Cassie.

»Das war ich auch nicht. Aber du weißt, wie man ein Lokal führt. Ich habe dich oft beobachtet und weiß, dass du ein Gespür dafür hast. Wenn du eingesprungen bist, war ich immer dankbar. Über den Restaurantbetrieb hast du mehr gelernt als jeder Fachschulabsolvent. Stell einen Koch ein, den Rest kannst du selbst machen. Im Sommer ist diese Gegend bestimmt sehr beliebt. Ich denke ja nicht an ein Restaurant wie das Seven Seas mit über hundert Plätzen. Nein, ein Lokal wie dieses sollte intim und exklusiv sein. Und denk nur an die Meeresfrüchte, die du praktisch vor der Haustür hast!«

»Nicht nur Meeresfrüchte. Mum, du kannst dir nicht vorstellen, was es hier in der Gegend alles an lokalen Erzeugnissen gibt. Und so frisch, in einer super Qualität«, platzte Cassie heraus. »Allein die Milchprodukte, wart ab, bis du den Käse probiert hast, den ich eben gekauft habe, und dann das biologische Gemüse! Außerdem gibt es hier auch italienische Einflüsse …« Sie hielt inne. »Tja, ich bin da einfach zufällig über ein paar Sachen gestolpert …«

»Siehst du, unbewusst hast du dich schon kundig gemacht! Du siehst nur den Wald vor lauter Bäumen nicht! Was willst du denn sonst hier unten anfangen? Eine Atempause ist schön und gut, aber du kannst nicht ewig untätig bleiben. Da würdest du im Lauf der Zeit durchdrehen.« Jenny ließ den Blick über den See schweifen. »Was für eine Aussicht! Du könntest ein paar Tische auf die Terrasse stellen. Perfekt.«

»Du glaubst wirklich, das würde klappen? Wie viel müsste ich investieren? Nur mal angenommen, ich würde deine verrückte Idee aufgreifen«, sagte Cassie.

»Das grobe Gerüst ist vorhanden. Die Tische und Stühle sind in Ordnung, aber die Küche und die Toiletten müssen unbedingt renoviert werden. Ein Kühlraum wäre sinnvoll, wenn du dir das leisten kannst.«

»Mum, weißt du, was hier draußen gut wäre? Statt ein paar kleiner Tischen könnte ich auch eine oder zwei lange Tafeln aufstellen. So könnten sich Leute kennenlernen, vor allem wenn sie die Ferien hier verbringen«, meinte Cassie.

»Super Idee! Du entwickelst schon deinen eigenen Stil. Das Wichtigste ist natürlich das Essen. Fisch und Meeresfrüchte … Was noch?«

»Darüber kann ich mir noch keine Gedanken machen! Ich muss mich erst einmal an die Idee gewöhnen.«

»Das klingt, als hättest du schon ein paar Dinge vor Augen, ohne es selbst zu wissen. Aber zuerst brauchst du einen Koch.«

»Wenn ich auf deinen verrückten Einfall einsteigen sollte, weiß ich zumindest schon, wie das Restaurant heißen soll. Blue Boatshed!«

»Wunderbar! Jetzt rechnen wir das Ganze mal grob durch.«

»Ich weiß nicht, Mum. Ich habe mir ausgerechnet, dass ich problemlos die Miete zahlen kann, aber wenn ich hier ein Geschäft aufziehe, ist das etwas anderes!«

Ihre Mutter lachte. »Einen Versuch ist es wert, Cassie. Das Haus muss nur ein bisschen auf Vordermann gebracht werden, dazu kluge Planung, gutes Essen und geschicktes Marketing – die Hälfte von allem, was du brauchst, ist ja schon vorhanden. Und ich würde dir finanziell unter die Arme greifen. Vergiss nicht, die Grundregel lautet: Einfach und echt soll es sein. Halt die Augen offen, fang klein an, beherzige die Regel, und die Großen werden dich bald nachahmen. Dein Dad fing mit einem Fish-'n-'Chips-Imbiss an und hat sich so gut geschlagen, dass das Seven Seas daraus wurde. Das haben dann zwar viele kopiert, aber sie waren nicht so erfolgreich wie dein Vater, weil sie die Grundregel missachtet haben.«

Cassie lächelte. »Dass mich jemand kopiert, kann ich mir nicht vorstellen, und ich weiß auch nicht, ob das meine Berufung ist. Aber nach meinem höllischen Leben als Anwältin wäre ein Restaurant eine willkommene Abwechslung. Es könnte funktionieren.«

»Natürlich wird es das. Cass, du weißt, dass so etwas ein hartes Brot ist, der Umgang mit Lieferanten, Mitarbeitern, Behörden, nörgelnden Gästen und all den praktischen Fragen, die ein Restaurant mit sich bringt, aber es ist nichts, was du nicht bewältigen würdest«, ermunterte Jenny ihre Tochter.

»Wenn ich ein Restaurant eröffne, dann kein großes wie das Seven Seas. Die Küste aufwärts, in Coolangatta, gibt es einen großen Restaurantkomplex, doch so etwas stelle ich mir bestimmt nicht vor«, sagte Cassie. »Für mich ist es eher so, als würde ich mein Haus für Freunde öffnen, die zufällig reinschauen.«

»Liebes, so wird es auch tatsächlich sein. Denn du empfängst deine Gäste ja bei dir zu Hause«, erwiderte ihre Mutter mit einem Lächeln.

Cassie hatte Michael, Geoff und Trixie für den Abend eingeladen, damit sie ihre Mutter kennenlernten. Sie stellte den Käse und die Oliven auf den Tisch, die sie heute gekauft hatte, dazu Wasser, Kekse und italienisches Knabbergebäck. Insgeheim vermutete sie, dass Trixie mit einer kleinen Köstlichkeit auftauchen würde, und sie täuschte sich nicht. Als Trixie mit Geoff eintrat, begrüßte sie Jenny und überreichte ihr eine Platte.

Als Cassies Mutter das Tuch von der Platte nahm, kam eine noch warme, duftende Tarte zum Vorschein. »Das riecht wunderbar. Tarte Tatin mit Tomaten?«

»Schöne, am Strauch gereifte, kurz angebratene Tomaten plus karamellisierte Zwiebeln. Etwas zum Naschen.«

»Trixie, wieder ein Meisterwerk, danke«, sagte Cassie. »Was möchtet ihr trinken?«

»Ich nehme ein Bier, wenn du welches dahast«, erwiderte Geoff. »Und du, Trixie?«

»Gerne einen Weißwein«, sagte seine Frau und wandte sich an Jenny. »Ihre Tochter ist hinreißend. Wir freuen uns sehr, dass sie hier ist.«

»Und sie ist eine gute Anglerin«, ergänzte Geoff.

»Ja, sie und ihr Dad waren oft beim Angeln und Surfen. Sie war sein Ein und Alles, vielleicht weil sie ein Einzelkind ist«, bemerkte Jenny.

»Cassie hat mir erzählt, dass Ihr Mann verstorben ist. Wie traurig. Er muss noch sehr jung gewesen sein«, sagte Trixie.

»Pat ist schon vor einigen Jahren gestorben. Er war sehr viel älter als ich. Achtzehn Jahre.«

»Dann haben Sie ja als halbes Kind geheiratet«, meinte Trixie.

»Nicht ganz«, erwiderte Jenny. »Er hatte ein Restaurant eröffnet, und ich habe dort als Kellnerin gejobbt, um mein Studium zu finanzieren, und hab mich in ihn verliebt. Pat war so ein lieber, freundlicher Mensch. Der Altersunterschied hat gar keine Rolle gespielt. Ich habe nie bereut, dass ich ihn geheiratet habe.« Mit einem Lächeln wechselte sie das Thema. »Ich kann es gar nicht abwarten, die Tarte zu probieren. Cassie hat schon von Ihren Kochkünsten geschwärmt. Du musst Trixie anwerben, Cass«, sagte Jenny, als ihre Tochter Teller und Gabeln austeilte.

»Pscht, Mum. Lass mich Geoff und Trixie erst mal meine Neuigkeiten berichten«, begann Cassie, doch in diesem Moment traf Michael ein, und Bill sprintete auf ihn zu, um ihn zu begrüßen.

Michael schüttelte Jenny die Hand und stellte sich vor.

»Ich hoffe, Sie haben Ihr Bergabenteuer gut überstanden.«

»Sie sind also der Tierarzt, von dem mir Cassie erzählt hat«, meinte Jenny mit einem vielsagenden Lächeln in Richtung ihrer Tochter.

Cassie überging diese Bemerkung. »Was möchtest du

trinken?«, fragte sie Michael und reichte ihm einen Teller mit einem Stück Tarte.

»Ein Bier wäre nicht schlecht.«

»Aber gern«, erwiderte Cassie. »Nachdem ihr nun alle hier seid und meine Mum kennengelernt habt, will ich etwas eröffnen. Ich war mit Mum am Blue Crane Lake und habe ihr das Bootshaus gezeigt, das ich gemietet habe. Sie ist davon hellauf begeistert.«

»Großartig, Cassie«, rief Geoff. »Ich glaube, ich kenne das Haus. Wusste ich doch, dass du eine von uns wirst!«

»Warte, es kommt noch mehr«, lachte Cassie. »Da das Bootshaus doch mal ein Café war, fand meine Mutter, dass ich diese Tradition fortführen sollte.«

»Es ist jetzt schon eine ganze Weile geschlossen«, bemerkte Geoff. »Willst du es wiedereröffnen? Und dort wohnen?«

»Es liegt jedenfalls sehr hübsch«, sagte Trixie. »Ich finde, dass die früheren Pächter nicht viel daraus gemacht haben.«

»Es braucht ein bisschen liebevolle Pflege, nicht wahr? Ich helfe dir gern bei allen Arbeiten«, erbot sich Geoff.

Michael blickte Cassie unverwandt an. »Was für eine Überraschung, dass du in die Gastronomie wechselst.«

»Das ist ja nun nicht gerade Neuland für mich, aber ich bin offen für Ideen und Vorschläge.«

»Du musst meinen Cousin Frank Aquino kennenlernen«, meinte Michael, »ich habe dir von ihm erzählt. Wenn du Fisch auf die Speisekarte setzen willst, ist er dein Mann.«

»Fisch? Du willst also richtiges Essen servieren, nicht nur Kaffee und Kuchen?«, hakte Geoff nach.

»Wir dachten, dass Cassie ihren hoffentlich anspruchsvollen Gästen kleine, aber interessante Menüs anbieten könnte«, erklärte Jenny.

»Fabelhaft. Das würde zum Blue Crane Lake passen«, rief Trixie. »Ich helfe gern mit.«

»Trixie, ich glaube, Mum hat recht. Ich sollte dich für die Nachspeisen anwerben«, sagte Cassie, als sie in den knusprigen Blätterteig biss.

»Kein Problem, das kann ich gut zu Hause machen. Aber ich würde auch in der Küche helfen. Und wenn du jemanden für langweilige Tätigkeiten wie Putzen brauchst, ruf mich an«, erbot sich Trixie.

»Als Erstes muss Cassie mit der Immobilienmaklerin klären, ob die Besitzer damit einverstanden sind, dass sie in dem Bootshaus wieder ein Lokal eröffnet und ein paar kleine Umbauten vornehmen lässt. Dann muss sie sich bei der Baubehörde erkundigen, ob die Änderungen genehmigt werden«, erklärte Jenny. »Ich würde gern mithelfen, aber leider muss ich morgen zurück.«

»Mum, das ist in Ordnung, du kommst ja wieder. Du brennst ja darauf zu wissen, wie es hier weitergeht!«, rief Cassie.

»Schatz, vergiss nicht, dass ich in ein paar Tagen in einem Konvoi mit Freunden nach Broome fahre. Ich werde mehrere Wochen unterwegs sein. Es ist eine lange Fahrt. Aber wir bleiben in Kontakt, und ich werde dir mit meinem Rat zur Seite stehen. Doch genug von Essen und Restaurants. Michael, Cassie hat mir erzählt, dass Ihre Familie schon recht lange hier lebt.«

»Seit vier Generationen. In ein paar Tagen feiert mein Großonkel Riccardo seinen neunzigsten Geburtstag. Cassie, möchtest du nicht kommen? Das wird lustig. Geoff und Trixie sind auch dabei, nicht wahr?«

»Natürlich«, sagte Geoff. »Der alte Herr hat mir einen meiner ersten Jobs hier gegeben. Er hat eine Menge Geschichten zu erzählen, das steht fest.«

»Stimmt, wenn er gut aufgelegt ist und einen leiden kann«, meinte Michael.

Als Trixie und Geoff gegangen waren, beschloss Cassie, noch einmal mit Bill vor die Tür zu gehen.

»Wer möchte mit Bill und mir spazieren gehen? Kommst du mit, Mum?«

»Mir ist es draußen ein bisschen zu kalt, Cass, ich bewege mich lieber nicht weit von deinem gusseisernen Ofen weg. Dafür werde ich in der Küche schon mal klar Schiff machen.«

»Ich komme mit, wenn es dir recht ist«, bot Michael an.

»Wie findest du die Idee mit dem Restaurant?«, fragte Cassie, als sie den Weg zur Lagune einschlugen.

»Klingt gut, wenn es das ist, was du wirklich willst«, erwiderte Michael vorsichtig.

»Es war Mums Idee, aber ich habe ein gutes Gefühl dabei.«

»Dann mach's. Wenn es funktioniert, verdienst du genug und hast einen schönen Lebensstil, auch wenn du nicht reich dabei wirst. Führst du dann auch in der Küche das Regiment?«, fragte Michael.

»Nein. Ich habe gewisse Vorstellungen, was für Gerichte ich auf die Speisekarte setzen möchte, aber ich bin keine Köchin. Weißt du, mit wem ich gerne sprechen würde? Mit Steve, dem Koch im Cliff Top, wo wir kürzlich zum Mittagessen waren.«

»Genau. Der würde Gäste anlocken. Du willst ihn also abwerben?«

»Ködern. Ich hoffe, dass er sich etwas Eleganteres wünscht als dieses schrecklich heruntergekommene Pub.«

»Wäre super, wenn du ihn kriegst. Aber du müsstest ihm ein bisschen freie Hand lassen. Küchenchefs sind bekanntermaßen kapriziös«, meinte Michael.

»Kann sein, obwohl mein Vater nie so war. In der Küche hat er immer Ruhe bewahrt, selbst wenn die Hölle los war. Ja, ich lasse mir noch mal alles gründlich durch den Kopf gehen, bevor ich ihn frage. Aber mit dem Renovieren fangen wir gleich an.«

»Ich sage Frank Bescheid, dass du Fisch und Meeresfrüchte von ihm beziehen möchtest. Du wirst ihn mögen, jeder mag ihn.«

»Danke. Komm, Bill, gehen wir heim. Man sieht ja kaum die Hand vor Augen, so finster ist es hier draußen«, sagte Cassie. »Michael, ich bin froh, dass du die Idee mit dem Restaurant nicht völlig verrückt findest. Denn im Grunde weiß ich, dass ich es schaffen kann.«

»Ich finde die Idee großartig.« Michael nahm ihre Hand, als sie zurück zur Hütte gingen. »Vor allem, weil du dann in Whitby Point bleibst.«

Cassie nahm Kontakt zu Frank auf, der von ihren Plänen sehr angetan war. Das sei genau das, was hier in der Gegend fehle, rief er begeistert ins Telefon. Der Zeitpunkt sei ideal gewählt und das Bootshaus ein klasse Konzept. Sie solle den Schwerpunkt unbedingt auf Fischspezialitäten legen.

»Natürlich Fisch und Meeresfrüchte! Wollen Sie Spitzenküche bieten, Traditionelles, italienisch oder Hausmannskost?«, fragte er. »Ich kenne jemanden, der eine Aalzucht aufgezogen hat. Sein Räucheraal ist sensationell.«

»Ich möchte die Gäste nicht verschrecken. Finden Sie es langweilig, wenn ich mich für einen Mittelweg entscheide?«, fragte Cassie.

»Mal sehen. Wann können wir uns im Fischgeschäft treffen? Ich lade Sie zu einem Lunch als Kostprobe ein.«

»Großartig. Wann passt es Ihnen?«

»Wie wär's Montagmittag? Bis dann. Laut Michael sind Sie ein reizender Rotschopf, ich freue mich also, Sie kennenzulernen.«

Cassie überlegte angestrengt, wie sie am besten an Steve Baxter herantreten sollte. Da sie ihn nicht während der Arbeit ansprechen wollte, lud sie eines Abends erst einmal Michael zu einem Glas Wein ein, um sich mit ihm zu beraten.

»Ja, das wird schwierig. Du kannst ihm ja schlecht im Cliff Top den Mund wässrig machen«, meinte Michael. »Aber ich weiß, wo er samstags immer ist.«

»Das ist ja schon morgen. Wo denn?«

»Am Samstag hat Steve tagsüber frei und surft am Littlemans Beach. Wenn ich die Praxis mittags zumache und an den Strand gehe, treffe ich ihn da meistens an – vor allem, wenn die Wellen was taugen. Wenn du runterkommst, stelle ich euch vor. Er hat ein klassisches Simon-Anderson-Brett, ein Energy Single Fin.«

»Das werde ich wohl kaum erkennen. Es ist schon eine Weile her, seit ich zuletzt gesurft bin.«

Michael lachte. »Du surfst? Dann treffen wir uns dort zum Wellenreiten. Ist wahrscheinlich sowieso die einzige

Möglichkeit, Steve irgendwo abzupassen. Er ist immer stundenlang da draußen.«

»Ich war schon seit Jahren nicht mehr surfen. Mein Dad hat mich immer mitgenommen.«

»Hat er es dir beigebracht?«, fragte Michael. »Du musst ja einen tollen Vater gehabt haben. Meinen kann ich mir auf einem Surfbrett nicht einmal vorstellen.«

»Ja, er war ein ganz besonderer Mensch. Und wenn wir auf gute Wellen warteten, haben wir über alles Mögliche geredet. Ich fand ihn sehr klug. Vielleicht weil er um einiges älter war als die Väter meiner Freundinnen.«

»Stammte dein Vater aus Manly?«, fragte Michael.

»Ich weiß es nicht genau. Wenn er über sein Leben redete, dann ging es meistens um das Restaurant und wie wunderbar Mum und ich wären. Über die Vergangenheit hat er nie geredet, nur über die Gegenwart und die Zukunft. Er hat mir immer geraten, in die Zukunft zu schauen, nicht zurückzublicken und nichts zu bereuen. Das war ein sehr brauchbarer Rat.«

»Ich hab das Surfen hier an der Küste von meinen Freunden gelernt«, sagte Michael. »Ich dachte, ich könnte mein Leben mit Surfen verbringen, aber dann bin ich auf dem Boden der Realität gelandet und hab beschlossen, dass ich lieber mit Tieren arbeiten möchte.«

»Als Teenager war ich nie so wild aufs Surfen wie meine Freunde, aber ich war stolz, dass ich einigermaßen sicher mit dem Brett umgehen und anständig eine Welle reiten konnte, ohne mich zu blamieren.«

»Und dein Mann?«, wollte Michael wissen.

Cassie lachte. »Ich hab versucht, Hal ans Meer zu locken, aber er meinte, er würde lieber sterben, als mit einem

Surfbrett unterm Arm gesehen zu werden. Ihm war das vermutlich nicht elegant genug. Das Sportbecken im Fitnesscenter hat ihm besser gefallen.«

»Es gibt doch nichts Langweiligeres als Schwimmbäder«, meinte Michael. »Probierst du es noch mal mit dem Surfen?«

»Ich bin aus der Übung, und weil Winter ist, habe ich keinen Badeanzug dabei, geschweige denn einen Neoprenanzug. Ein Brett habe ich auch nicht, außerdem sind die Luft und das Wasser eisig«, erwiderte Cassie.

»Ist das alles? Kein Problem. Ich rufe mal bei meinen Cousinen durch, die können dir bestimmt einen Badeanzug leihen. Und einen Neoprenanzug, der dir passt, treibe ich auch auf. Ich habe ein paar vorrätig, falls Freunde zu Besuch kommen. Ein Brett kannst du von mir kriegen. Oder ich nehme dich auf meinem Longboard mit.«

Cassie lachte. »Mich hat mal ein Junge auf seinem Fahrrad mitgenommen, und natürlich ist er aus Angeberei einen Hügel hinuntergerast und wir haben eine Bruchlandung hingelegt. Die Narben am Knie habe ich heute noch. Mitnehmen lasse ich mich also nicht, vielen Dank.«

»Na schön. Aber ich leihe dir ein Brett und einen Neoprenanzug. Die Badeanzüge deponiere ich in der Praxis, damit du sie anprobieren und dir einen aussuchen kannst. Also, keine Ausreden mehr. Wir treffen uns morgen um eins am Littlemans Beach.«

»Warum nicht? Okay, das machen wir.«

Cassie war nervös, als sie Michael am nächsten Tag zwischen zwei Brettern hocken sah. Die Arme um die Knie geschlungen, beobachtete er vom Strand aus die Wellen. Sie fragte sich, ob sie es schaffen würde, hinauszupaddeln, die richtige Welle zu wählen und auf dem Brett aufzustehen. Aber wahrscheinlich war es wie beim Radfahren, das man nie verlernte: Sobald sie den Anfang gemacht hatte, würde es ganz von selbst gehen.

»Wenigstens sind die Wellen nicht so riesig«, sagte sie sich.

Michael sprang auf, als sie näher kam. »Da unten rechts ist die Brandung nicht übel. Was meinst du?«

Sie warf ihr Strandtuch und die Sonnenbrille in den Sand und nahm das Brett, das Michael ihr reichte. Er trug verwaschene Boardshorts, und als er seinen Pullover auszog, kam ein schlanker, gut gebauter Oberkörper zum Vorschein. Sie zwängten sich in die Neoprenanzüge.

»Kein Bill heute?«, fragte Michael.

»Nein, ich wollte nicht, dass er sieht, wie blöd ich mich anstelle. Also hab ich ihm zum Zeitvertreib einen großen Knochen und eine Schüssel Wasser gegeben und ihn in der Hütte gelassen. Geh du voran. Ist Steve da draußen?«, wollte Cassie wissen.

»Ziemlich weit draußen. Wir paddeln zu ihm raus, wenn du so weit bist. Okay?«

Cassie paddelte kraftvoll, obwohl ihr bald die Arme weh taten. Da kam alles wieder: die Herausforderung, eins mit dem Ozean zu werden; die Zeit, in der man sich treiben ließ und auf die richtige Welle wartete. Sie schaute in das klare Wasser hinunter. Ihr hatte das Surfen immer gefallen, das Geschick, das es forderte, und die endlosen Herausforderungen, vor die es einen stellte. Man brauchte keine Geräte, keinen technischen Schnickschnack, es machte keinen Lärm, man musste sich nicht auf andere einstellen, es ging nur um sie, Cassie, und die Wellen.

Die ersten paar Wellen verpatzte sie, aber dann erwischte sie eine schöne. Ein Hochgefühl packte sie, als sie auf dem Brett stehend über den Wellenhang sauste. Unter ihren Füßen spürte sie die drängende Kraft, an der sich so viele Empfindungen entzündeten. Ein triumphierender Schrei drang aus ihrer Kehle. Als sie kehrtmachte und wieder aufs Meer hinauspaddelte, schoss Michael auf einer Welle an ihr vorbei und reckte den Daumen in die Luft.

»Phantastisch!«, rief er.

Hinter dem Wellenberg legte sich Cassie auf ihr Brett, um Atem zu schöpfen.

Michael paddelte auf sie zu. »Wie geht's dir, nachdem du wieder im Sattel sitzt?«

»Unglaublich. Ich könnte das jeden Tag machen!«

»Wollen wir jetzt mit Steve reden?«

»Okay.«

Es war ein weiter Weg, bis sie dort waren, wo sich die größeren, weniger häufigen Wellen brachen. Hier hatte man Zeit, auf dem Brett zu sitzen und zu warten, während man den Horizont nach den dunklen Linien absuchte, die dem Surfer verrieten, dass passende Wellen hereinkamen. Michael paddelte ein kleines Stück voraus und sprach den stämmigen Mann an, der auf seinem Surfbrett saß und aufmerksam die nächsten Wellen studierte.

»Hey, Steve. Alles okay?«

»Hi, Mick. Kann nicht klagen. Wie läuft's bei dir?«

»Gut. Hab eine Freundin mitgebracht. Das ist Cassie. Sie ist neu hier in der Gegend.«

»Hi. Wie hat's dich hierher verschlagen? Gute Wahl jedenfalls.«

»Hi, Steve. Stadtflüchtling.«

»Auf Urlaub oder bleibst du?«

»Hoffentlich kann ich bleiben, aber das hängt womöglich von dir ab. Ich habe Michael gebeten, uns bekannt zu machen.«

Steve sah sie verdutzt an, dann beschirmte er mit der Hand die Augen und hielt am Horizont erneut Ausschau nach Wellen.

»Tatsächlich?« Er wandte sich wieder Cassie zu.

»Ja. Vor einer Woche hab ich im Cliff Top gegessen. Sehr beeindruckend, das Essen meine ich.«

Steve kicherte. »Ja, das Lokal ist ziemlich heruntergekommen. Worüber willst du mit mir reden? Gibst du eine Party?«

»Nein, keine Feier. Etwas anderes.«

»Sag bloß nicht Hochzeit. Da lass ich die Finger von.«

»Nein. Ehrlich gesagt, überlege ich, am Blue Crane Lake ein kleines Restaurant aufzumachen. Ich würde dich gern als Küchenchef engagieren. Du könntest die Speisekarte entwerfen, mit mir zusammenarbeiten, die Küche aufmöbeln und so viel selbst bestimmen, wie du willst.«

»Was du nicht sagst. Moment mal. Los geht's!« Steve duckte sich, beugte sich vor und paddelte wie wild, Michael tat es ihm nach.

»Hol sie dir, Cassie«, rief Michael.

Hinter ihnen baute sich eine Welle zu gewaltiger Größe auf. Cassie zog den Kopf ein, tauchte mit den Armen tief ins Wasser und beschleunigte, was das Zeug hielt. Da spürte sie, wie sie hochgehoben wurde, suchte mit den Zehen Halt auf dem Brett und sprang auf – die Knie gebeugt, die Arme um der Balance willen ausgebreitet. Sie wagte nicht, sich zu der Wasserwand hinter ihr umzudrehen, sondern richtete den Blick auf die Spitze des Bretts und verlagerte ihr Gewicht. So wurde sie von der Welle davongetragen, statt mit dem Brett unter Wasser gezogen zu werden.

Die Gleitfahrt schien eine Ewigkeit zu dauern, sie hörte lediglich das Rauschen der Welle und sah nichts außer dem Strand, der auf sie zuflog. Sie schoss an einem Paddler und einem Surfer, der auf seinem Brett saß, vorbei – und plötzlich brach die Welle zusammen. Cassie rollte vom Brett und spürte den rauhen Sand unter ihren Füßen. Mit zitternden Knien strebte sie zum Strand.

»Wow. Das war ein Ritt! Hast du genug? Ein tolles Finale«, lachte Michael.

»Hey, Mick, geht ihr raus?«, rief Steve. Michael nickte, und Steve paddelte ins Flache, stand auf und ging zu Cassie, die im Sand saß.

»Ich bin erledigt. Ist schon Jahre her, seit ich das letzte Mal gesurft habe. So einen Ritt hatte ich schon ewig nicht mehr«, keuchte sie.

»Du hast jedenfalls nichts verlernt.« Steve legte sein Brett in den Sand, ließ sich neben ihr nieder und strich sich das nasse Haar aus dem Gesicht.

»Cassie, ich vermute, du bist ab heute jeden Tag hier anzutreffen«, sagte Michael.

»Und nebenher führt sie ein Restaurant, was? Wo ist es denn?«, wollte Steve wissen.

»Im alten Bootshaus, dem blauen. Früher konnte man dort Kaffee trinken und Hamburger essen. Es ist klein, aber mir schweben eher anspruchsvolle Gäste vor. Tische drinnen und auf der Terrasse. Hauptsächlich lokale Erzeugnisse. Vor allem Fisch …«

»Kennst du Frank Aquino?«

»Noch nicht, aber wir treffen uns demnächst. Hast du Interesse?«

Steve blickte eine Weile auf den Ozean hinaus. »Möglich. Ich wohne näher bei Whitby Point als am Cliff Top, hätte also mehr Zeit zum Surfen.« Er dachte noch ein bisschen nach. »Kann ich mir das Haus mal ansehen?«

»Wir sind noch nicht eingerichtet. Ich muss erst noch einiges umgestalten, aber es wäre schön, wenn du Ideen beisteuern könntest. Wann könnten wir uns dort treffen?«, fragte Cassie.

»Wie wär's mit heute Nachmittag?«

Cassie überlegte rasch. Sie konnte die Schlüssel von der Immobilienmaklerin holen. »Gut. Gegen vier?«

»Okay. Bis dann. Man sieht sich, Mick. Ich geh wieder rein.«

Sie schauten ihm nach, wie er zum Wasser ging, das Brett unter den Arm geklemmt, als wäre es Teil seines Körpers.

»Was denkst du?«, fragte Cassie.

»Interessiert ist er. Der nächste Schritt hängt von dir ab und vom ... wie nennst du es?«

»Blue Boatshed.«

»Guter Name«, meinte Michael. »Und denk dran: Wenn du Hilfe brauchst, sag Bescheid.«

»Danke, Michael. Du warst bereits eine große Hilfe. Super, dass du mir Steve vorgestellt hast. Die Überrumpelungstaktik war zwar ein bisschen unorthodox, aber er hat wenigstens nicht gleich nein gesagt.«

Später am Nachmittag sah sich Steve, in Jeans und einem T-Shirt mit Surfing-Logo, gemächlich in der kleinen Küche um. Dann ging er auf die Terrasse hinaus.

»Ich erinnere mich an das Lokal. Das Essen war scheußlich, aber es hat Potenzial.« Neugierig von Bill beäugt, stand er auf der Terrasse. »Schön hier draußen. Toller Blick.«

»Ich hab mir überlegt, dass hier lange Tafeln stehen könnten, und für drinnen stelle ich mir ein etwas eleganteres Ambiente vor.«

»Du könntest auch auf den Platz vor dem Haus drei oder vier kleine Tische stellen, und die Theke mit den Barhockern kann man auch nutzen. Die Küche muss auf Vordermann gebracht werden, und man wird verlangen, dass du eine zweite Toilette einbaust. Aber ich denke, das Lokal könnte ganz lustig werden, wenn du es richtig anpackst.«

»Ich halte nichts von Trends und Moden, In-Kneipen und Bars. Ich möchte, dass die Leute wegen des Essens hierherkommen. Deine Kochkünste kombiniert mit den sagenhaften regionalen Produkten. Die gute Lage ist dann das i-Tüpfelchen.«

Steve rieb sich das Kinn. »Kennst du die lokalen Produzenten? Käsehersteller? Gemüsebauern? Weißt du, dass die Highschool eine Farm betreibt und ihre Produkte verkauft? Die Sachen sind gut. Teilweise exotisches Gemüse. Fisch und Meeresfrüchte sind abgedeckt. Und das heimische Schwein ist klasse. Aber Brot und Süßes mache ich höchstens im Notfall.«

»Das habe ich schon geklärt. Weiter die Küste abwärts soll es einen phantastischen italienischen Bäcker geben. Allerdings habe ich ihn noch nicht ausprobiert. Und Trixie Spring sorgt für die Nachspeisen.«

»Geoff Springs bessere Hälfte? Hab schon gehört, dass sie gut sein soll. Pass auf, ich bin interessiert, aber wir müssen noch übers Geld reden, und offen gestanden bin ich gern flexibel. Bares zum Investieren kann ich nicht bieten. Erst dachte ich, du wärst vielleicht nur eine Städterin mit mehr Geld als Verstand, aber allmählich kriege ich den Eindruck, du hast mehr Verstand als Geld. Stimmt's?«

»Mehr oder weniger. Was meinst du mit flexibel?«

»Du hast gemeint, ich könnte mich einbringen, könnte mitreden. An Ideen fehlt es mir nicht. Ich bin ein guter Koch, auch wenn das Eigenlob ist, aber die Arbeit im Cliff Top – du kannst es dir nicht vorstellen. Eine Änderung auf der Speisekarte durchzusetzen ist wie Zähneziehen. Wenn ein Gericht beliebt ist, bleibt es bis in alle Ewigkeit auf der Karte. Kein Entwicklungsspielraum. Es macht mich fertig, wenn es plötzlich Granatäpfel oder sonst was Saisonales gibt, und du kannst es nicht verwenden, weil es nicht auf der Speisekarte steht.«

Cassie verstand seine kreative Frustration. »Hört sich an wie die Kanzlei, in der ich gearbeitet habe. Kein Millimeter Freiraum. Aber hier bin ich auf Zusammenarbeit aus. Die Lebensmittel, die es hier in der Gegend gibt, finde ich super. Auch der italienische Einfluss gefällt mir, aber ich will kein italienisches Bistro eröffnen. Fischgerichte sind wunderbar, aber daneben gibt es hier noch eine Menge anderer Produkte. Wir können mit Trixie reden, damit sie ihre Desserts auf deine Gerichte abstimmt.«

»Internationale Küche hab ich abgehakt. Die Leute, die wir hier bewirten wollen, schätzen gesunde, frisch zubereitete lokale Kost, die gut schmeckt, aber auch Stil hat. Weißt du, was ich meine?«

»Klar. Essen mit Herz. Hast du bestimmte Spezialitäten?«

»Spezialitäten des Hauses? Nein. Ich will mich nicht

festlegen und dann gezwungen sein, die Spezialität ständig auf der Karte zu haben. Ich koche gern, was an dem Tag frisch zu haben ist. Wenn ich aber eine Lieblingsküche habe, dann ist es wohl die italienische.«

»Steve, deine Ideen sind spannend. Erzähl mir ein bisschen was über dich. Leider kann ich dir nichts zu trinken anbieten, weil ich erst nächste Woche offiziell hier einziehe.«

»Ist schon okay.« Er setzte sich auf die Terrasse, und Bill rückte näher. Steve kraulte ihn hinter den Ohren. »Ein netter Hund.«

»Ja. Bill hat mich gefunden, und dadurch habe ich Michael kennengelernt.«

»Hat er dich schon seiner Familie vorgestellt? Die gehören hier in der Gegend zum Inventar. Frank wird dir gefallen und du ihm. Er ist ein Frauenheld, aber schwer in Ordnung.«

»Michael hat mich zum neunzigsten Geburtstag seines Großonkels Riccardo eingeladen. Vermutlich werde ich dort die Familie kennenlernen.«

»Zweifellos«, meinte Steve. »Ich habe auch eine Einladung, aber ich muss arbeiten. Nichts als Arbeit. Welche Öffnungszeiten stellst du dir vor? Und denkst du an eine Küchenhilfe?«

»Ja, Trixie. Sie ist toll, richtig tüchtig, kann anpacken. Aber ich bräuchte noch eine Aushilfe. Ihre Gerichte bereitet Trixie daheim zu, und wir können hier letzte Hand anlegen. Aber eine Küchenhilfe und Bedienungen finden wir doch bestimmt.«

»Sollte nicht allzu schwierig sein. Hier gibt es viele Frauen, die Teilzeitarbeit suchen.«

Cassie gefiel die Richtung, die das Gespräch nahm, es war, als würde Steve schon zum Team gehören. Sie kamen aufs Essen zu sprechen und auf die Öffnungszeiten. Sie erzählte ihm, dass ihre Eltern ein Restaurant geführt hatten, und als er aufstand, um zu gehen, wurde ihr klar, dass er rein gar nichts über sich erzählt hatte.

»Ich sag dir nächste Woche Bescheid, wenn das okay ist. Gibst du mir deine Nummer?«

»Wir haben noch nicht über Geld geredet.«

»Für mich sind andere Dinge wichtiger. Das hier könnte mir besser passen als das Cliff Top. Muss nur vorher mit jemandem reden. Ich kenne einen, der meine Stelle im Pub übernehmen könnte, dann müsste ich die nicht hängen lassen.«

Franco – »Nennen Sie mich Frank« – ließ seinen Charme spielen wie schon zuvor am Telefon. Er sah viel italienischer aus als Michael. Cassie fand sogar, Frank hätte das Zeug zu einem Filmstar und Herzensbrecher, denn er war braun gebrannt und hatte perfekte weiße Zähne. Frank war nicht besonders groß, präsentierte seinen muskulösen Körper aber in einem engen T-Shirt unter der offenen Lederjacke.

Lärmend begrüßte er die Männer in den langen Plastikschürzen, die im Fischgeschäft den Fang des Tages sortierten.

»Der Betrieb ist nicht mehr so groß wie früher«, erklärte er Cassie. »Die meisten Jungs hier sind Mannschaft, aber manche haben auch ein eigenes Boot. Ich bin selbständig und habe eigene Kutter. Mit der Kooperative hab ich also nicht so viel zu tun, aber von Zeit zu Zeit schaue ich gern rein, um zu sehen, wie es läuft.«

»Liefern Sie auch Fisch nach Sydney?«

»Den Großteil. Es gibt ein paar Küchenchefs der Spitzenklasse, die mich anrufen, wenn sie etwas brauchen. Ganz besondere Sachen liefere ich an Tetsuya. Er ist ein genialer Koch.«

»Was ist denn immer im Angebot? Snapper? Plattköpfe? Weißfisch? Was gibt es frisch? Das werden wir nämlich auf unsere Speisekarte setzen.«

»Aha, keine Tiefkühlware? Sie wollen also arbeiten wie die mediterranen Restaurants – zubereiten, was an dem Tag frisch zu haben ist?«

»Das ist der Plan«, bestätigte Cassie. »Ich möchte so viele regionale Produkte wie möglich anbieten.«

»Sie kennen sich also aus.«

»Ich bin in einem Fischlokal aufgewachsen. Meine Eltern hatten ein großes Restaurant in Sydney.«

»Dann haben wir viel gemeinsam. In unserer Familie sind alle Fischer, seit mein Urgroßvater vor fast hundert Jahren hergekommen ist. Natürlich ist Michael als Tierarzt das schwarze Schaf. Aber wir beide, Sie und ich, geben auf jeden Fall ein tolles Team ab!«

Als sie die Fische und Meeresfrüchte begutachteten, die in Plastikwannen auf zerstoßenem Eis lagen, wurde Frank ernst. Behutsam nahm er ein paar Krabben heraus und zeigte sie Cassie. Dann betrachtete er einen Fisch, den er vorsichtig mit beiden Händen hochhob.

»Spitzenqualität. Fisch unterscheidet sich von Fleisch. Er ist zarter und hat wegen des anderen Umfelds nicht die Muskelfasern wie Fleisch, muss also bei der richtigen Temperatur gelagert werden. Der beste Koch kann die Qualität von Fisch nicht retten, der grob behandelt wurde, bevor er in seine Küche gelangt ist.«

»Ich bin beeindruckt. Mein Vater hätte Ihnen auf alle Fälle zugestimmt. Er sagte immer, dass man Fisch respektieren muss. Wird der Fang auf den Booten denn genauso umsichtig behandelt?«

»Wir tun, was wir können. Die Fischerei ist ein hartes Geschäft. Wir arbeiten noch traditionell mit Netzen und Ruten. Keine Schleppnetze und elektronische Ortung wie die verdammten Supertrawler. Unser Unternehmen ist klein, gewieft und nachhaltig. Mein Vater sagte immer, sein Großvater hätte mit den Fischen gesprochen. Er konnte denken wie die Fische, und so fand er sie mit Hilfe seines Instinkts.«

»Wirklich? Das ist erstaunlich«, bemerkte Cassie. »Übrigens hat mich Michael zu Großonkel Riccardos neunzigstem Geburtstag eingeladen. Ich freue mich schon darauf.«

»Na, da ist Michael mir zuvorgekommen, ich wollte Sie auch fragen. Er ist das Familienoberhaupt, Sie werden also alle Aquinos kennenlernen! Das wird ein rauschendes Fest. Reservieren Sie einen Tanz für mich?«

»Tanz? Haben Sie denn eine Band?«

»Selbstverständlich. Das ist eine italienische Familienfeier, also wird gegessen, getrunken, gesungen, es werden Geschichten erzählt und Kinder geküsst, und dann wird noch mehr aufgetischt.«

»Wow. Ich komme aus einer ganz kleinen Familie, Einzelkind.«

»Das ist schade. Mit wem haben Sie denn als Kind gespielt und gestritten?«, wollte Frank wissen. »Wünschen Sie sich viele Kinder?« Er rückte etwas näher und strahlte sie an.

Cassie wechselte das Thema. »Ich muss für das Restaurant noch eine Menge organisieren. Den richtigen Küchenchef habe ich, glaube ich, schon gefunden, aber ich brauche auch regelmäßig Lieferungen von erstklassigem Fisch.«

»Natürlich. Ich kümmere mich darum. Wir brauchen ein gutes Restaurant hier in der Gegend. Werden Sie italienisch kochen?«

»Nein. Jedenfalls nicht ausschließlich, der Schwerpunkt liegt auf regionaler Küche. Aber unser Koch liebt italienisches Essen, es wird also hin und wieder Pasta auf der Speisekarte stehen.«

»Klingt gut. Wissen Sie was, gehen wir zum Kai. Ich habe einen Lunch für uns vorbereiten lassen, ein altes Lieblingsrezept der Familie, damit Sie meinen Fisch direkt vor Ort kosten können.«

»Das wäre doch nicht nötig gewesen, aber vielen Dank.« Cassie hatte Hunger, und Frank, der Charmeur, war unterhaltsam.

In ihrem Leben ging es eindeutig aufwärts.

7

Plötzlich gab es jede Menge zu tun. Manchmal fühlte sich Cassie wie beim Surfen, sie sauste einen Wellenhang entlang und wusste nicht, ob es sie vom Brett hebeln oder bis ins seichte Wasser zu einer weichen Landung am Strand tragen würde. Trotz aller Risiken fühlte sie sich beschwingt durch das abenteuerliche Vorhaben, ein eigenes Restaurant zu eröffnen. Jeden Morgen, wenn sie die Augen aufschlug, sprang sie glücklich aus dem Bett und fing an, den Tag zu planen. Was für ein völlig anderes Gefühl als zu den Zeiten, als sie sich erschöpft und deprimiert dazu zwingen musste, einem weiteren Tag in der Kanzlei entgegenzusehen.

Sie blickte aus dem Fenster im Obergeschoss des Bootshauses über den stillen See, wo noch Morgendunst auf dem Wasser lag. Obwohl sie erst vor wenigen Tagen eingezogen war, fühlte sie sich hier bereits zu Hause.

»Bill«, wandte sie sich an den Hund, »wer hätte gedacht, dass wir es einmal so gut haben würden?«

Dann rief Cassie ihre Mutter an, um ihr von den Treffen mit Steve und Frank zu erzählen. Sie war Jenny nicht nur dankbar für Ratschläge zu Finanzierung, Buchhaltung und anderen Fragen der Betriebsführung, sondern freute sich auch über ihre Ideen zur Küchengestaltung.

»Eigentlich hatte ich damit gerechnet, dass die Renovierung teurer würde, aber Geoff scheint sich bestens auszukennen und hat ein paar günstige Möglichkeiten aufgetan. Und seit Steve eingewilligt hat, unser Koch zu werden, engagiert er sich leidenschaftlich bei der Küchenrenovierung. Der neue Grundriss ist viel praktischer, Steve hat dafür gesorgt, dass er mehr Platz zum Arbeiten hat. Und Michael hat mir von einer Haushaltsauflösung auf einem großen Anwesen erzählt, ich fahr also hin und schau mal, ob wir etwas davon gebrauchen können. Offenbar haben sie dort jahrzehntelang riesige Mengen von Besteck, Geschirr und Vasen in Schränken und Schubladen gehortet. Familienerbstücke, die dann niemand wollte«, erzählte Cassie.

»Und du willst sie auch nicht. Man kann dieses alte Porzellan nicht in eine professionelle Restaurant-Spülmaschine stecken!«, rief ihre Mutter.

»Genau das habe ich Michael auch gesagt, aber da die Sachen angeblich sehr günstig angeboten werden, schadet es ja nicht, mal einen Blick zu riskieren. Zumindest könnten ein paar anständige große Vasen dabei rausspringen, die ich gut gebrauchen kann. Außerdem meint Michael, die Fahrt würde sich schon allein deshalb lohnen, weil das alte Anwesen so schön ist. Und wir dürfen uns als Erste umschauen, noch bevor die ganzen Händler darauf losgelassen werden.«

»Klingt nach einem netten Ausflug. Mit Michael scheinst du ja gut klarzukommen«, meinte Jenny.

»Ja, er ist reizend«, antwortete Cassie. »Aber bevor du jetzt weiter spekulierst, ich gehe es langsam an. Jedenfalls ist es schön zu wissen, dass er in der Nähe ist.«

»Wie du meinst, Liebes«, sagte Jenny. »Ich hab Gewissensbisse, dass ich dir nicht vor Ort helfen kann, aber morgen brechen wir nach Broome auf. Diese Fahrt ist schon so lange geplant, dass ich jetzt keinen Rückzieher mehr machen kann.«

»Ich komm schon zurecht, Mum.«

Am Samstagnachmittag war es klar und ziemlich frisch. Michael fuhr durch ein hohes Tor, von dem eine mit alten Zypressen gesäumte kiesbestreute Auffahrt über das Anwesen führte. Der französische Garten um das Haus war ebenso verwildert wie die Koppeln weiter hinten. Efeu überwucherte die Steinmauern des Herrenhauses, Glyzinien hingen schwer über dem Portikus. Auf den Treppenstufen aus Sandstein lag Laub, die Fenster waren staubig und verriegelt.

»Weißt du, wie lange das Haus schon leer steht, Michael? Es sieht zwar sehr vernachlässigt aus, muss in seiner Blütezeit aber atemberaubend gewesen sein«, überlegte Cassie. »Alles sehr englisch, bis hin zu den vier Schmuckkaminen.«

»Die alte Dame, der das Haus gehörte, lebte zuletzt viele Jahre in einem Pflegeheim. Ich glaube, ein Verwalter hat sich um das Anwesen gekümmert. Aber die Erben, ihre Neffen, leben in Großbritannien und haben kein Interesse daran, hier zu wohnen. Ich parke hinter dem Haus bei den Ställen. Die Anwaltsgehilfin erwartet uns mit den Schlüsseln zum Hintereingang.«

Eine junge Frau begrüßte sie. »Hi, ich bin Laurie aus der Kanzlei von Mr. Walker«, stellte sie sich Cassie vor. »Hi, Michael, wie steht's? Alle freuen sich schon riesig auf den Geburtstag von deinem Onkel. Das wird ja das Fest des Jahres.«

Sie führte die beiden durch die große Hintertür in einen

mit Gummistiefeln vollgestellten Vorraum voller Spinnweben. An Haken hingen alte Regenmäntel, Hüte und Jacken.

»Es ist ziemlich dunkel da drin. Ich zieh die Vorhänge auf, damit wir überhaupt etwas sehen, denn es gibt keinen Strom. Das ganze Porzellan ist im Esszimmer ausgelegt. Ich kann immer noch nicht fassen, wie viel es ist«, sagte Laurie.

»Wie viele Schlafzimmer gibt es denn im Haus?«, fragte Cassie mit Blick auf die breite Treppe nach oben.

»Ich glaube, sechs. Und ein Kinderspielzimmer dazu. Es steht wirklich unheimlich viel zum Verkauf. Schade, nicht wahr?«

»Dürfen wir uns nachher mal umsehen?«, fragte Cassie. Doch dann schnappte sie nach Luft, denn Laurie hatte die schweren Vorhänge im Esszimmer aufgezogen, und Licht flutete herein. Porzellangedecke und Kristall sowie Servierschüsseln und -platten stapelten sich auf dem langen Esstisch, auf den Anrichten und sogar am Boden. »Damit kann man ja drei Restaurants ausstatten!«, rief sie.

»Sieht nicht so aus, als ob das jemals benutzt wurde.« Michael hob eine Schüssel hoch und drehte sie um. »Die Serie heißt Blue Daze und scheint ziemlich robust zu sein.«

Cassie nahm einen weißen Teller in die Hand, auf dem ein blauer Zierstreifen in einem Knoten endete.

»Das wirkt recht maritim. Wie viel gibt es denn davon?«

Laurie hob ein samtenes Tischtuch hoch. »Da unten stehen etliche Kisten damit.«

»Hier gibt's noch ein anderes Gedeck mit dem gleichen Muster – kleinere Teller, Schalen und Schüsseln. Warum hatten sie so viel davon?«

»Ich glaube, es gab vor Jahren mal Pläne, das Haus zu

einem Boutique-Hotel umzugestalten, aber da ist nie etwas draus geworden. Unbenutzte Tischwäsche wäre auch massenhaft da«, antwortete Laurie.

»Sie wollten wohl Hochzeiten und andere große Feiern ausrichten. Jedenfalls gefällt es mir. Es ist gutes, unempfindliches Porzellan. Geradezu perfekt für meine Zwecke. Schau, dort ist ein Gedeck in Blau. Ich könnte es mit dem weißen Geschirr kombinieren«, überlegte Cassie.

»Warum sehen Sie sich nicht auch noch die Tisch- und Bettwäsche an? Sie liegt oben in einem der Schlafzimmer. Ich führe Sie hin«, bot Laurie an.

»Nur gut, dass wir mit deinem großen Allradwagen da sind«, sagte Cassie, als Michael den letzten Karton mit Porzellan, Kristall und Besteckkästen im Kofferraum verstaute, während Cassie die Damasttischdecken und dunkelblauen Servietten auf dem Rücksitz zwischen gläsernen Vasen und Servierplatten stapelte. »Dafür hätte ich sonst das Zehnfache bezahlt. Es ist phantastisch. Laurie, bitte richten Sie Mr. Walker meinen herzlichsten Dank aus«, sagte Cassie.

»Er ist heilfroh, wenn das Zeug weniger wird. Zwar schaut sich ein Galerist demnächst noch die Kunstwerke an, aber dann gibt es ja auch noch all die landwirtschaftlichen Geräte und das Werkzeug und die übrige Einrichtung. Allerdings haben etliche Händler aus Sydney Interesse signalisiert und wollen sich ansehen, was so im Angebot ist.«

»Danke, dass Sie hier rausgefahren sind und mich als Erste haben auswählen lassen«, sagte Cassie.

»Wann eröffnen Sie Ihr Restaurant? Es klingt, als wäre es einen Besuch wert«, meinte Laurie.

»Ich schicke Ihnen und Mr. Walker eine Einladung für den Schnupperabend vor der offiziellen Eröffnung, dann können Sie sich selbst ein Bild machen«, versprach Cassie.

»Am besten lagere ich das alles erst mal bei mir ein, bis die Renovierungsarbeiten abgeschlossen sind?«, bot Michael an.

Cassie nickte dankbar, obwohl sie ein paar Sachen sofort in Gebrauch nehmen wollte. Als sie ins Bootshaus gezogen war, hatte sie billige Laken gekauft. Doch jetzt wollte sie stattdessen die Bettwäsche benutzen, die sie im Herrenhaus erstanden hatte. Den Kopf auf spitzenbesetzte Kissen gebettet, würde sie sich in ihre mit besticktem weißem Damast bezogene Gänsedaunendecke kuscheln.

An diesem Abend legte sie Bills Strandlaken aufs Bett. »Das ist dein Platz, okay? Keine dreckigen Pfoten auf dieser wunderbaren Wäsche, Kumpel!«

Nebeneinander lagen sie wach, schauten hinaus auf die Sterne und lauschten, wie das Wasser gegen den Steg schwappte, bis sie einschlummerten.

Einige Tage später schrubbte Cassie die Stellen auf ihrem Küchenboden, wo lange Zeit der alte Herd und die Schränke gestanden hatten, bis Geoff sie abbaute und zur Mülldeponie brachte. Sie trug alte Klamotten, ein Kopftuch und hatte ein dreckverschmiertes Gesicht, weil sie sich mit der schmutzigen Hand den Schweiß von der Stirn gewischt hatte. Da begann Bill plötzlich warnend zu knurren und raste zur Eingangstür. Cassie stand auf und folgte ihm, um nachzusehen, was los war.

Der Hund schnüffelte an der geschlossenen Tür, als jemand klopfte.

»Tut mir leid, wir haben wegen Renovierung geschlossen.«

»He, Cassie, mach auf. Ich bin's.«

Cassie erstarrte, und Bill, der ihre Bestürzung spürte, fing wie wild zu bellen an. »Hal? Was machst du denn hier?«

»Lass mich verflixt noch mal rein, und ich sage es dir. Ich habe gute Nachrichten.«

Cassie hielt Bill am Halsband fest. »Bleib. Es ist alles in Ordnung. Glaube ich.«

Sie öffnete die Tür. Hinter Hal stand sein Porsche. Mit breitem Grinsen hob er die Augenbraue. »Komme ich etwa ungelegen?«

Cassie fühlte sich überrumpelt. Dass er aus heiterem Himmel hier hereinplatzte, ärgerte sie genauso wie die Tatsache, dass sie schon mal besser ausgesehen hatte. »Was willst du hier? Wie hast du mich überhaupt ausfindig gemacht?«

»Mir war nicht klar, dass du dich versteckst. Darf ich reinkommen? Oder fällt mich der Köter an?«

Cassie tätschelte Bill und redete beruhigend auf ihn ein. »Alles in Ordnung, Bill.« Was den Hund aber nicht überzeugte, er knurrte noch einmal. Cassie drehte sich um und ging hinein. »Geh durch zur Terrasse. Wie du siehst, bin ich beim Renovieren.«

»Grundgütiger Himmel, was ist denn das hier? Du wohnst doch nicht etwa in dieser Bruchbude? Deine Freundin Sarah ist mir über den Weg gelaufen und hat mir erzählt, dass du hierhergezogen bist. Also wollte ich mal vorbeischauen.«

»Was kümmert es dich, Hal?« Cassie setzte sich auf der

Terrasse auf einen Stuhl und bot ihm mit einer knappen Geste einen anderen an. Aber sie hätte sich eher die Zunge abgebissen, als ihm etwas zu trinken anzubieten.

»Sei doch nicht so, Cass. Natürlich kümmert es mich. Trotz allem. Ich weiß, dass ich einen Fehler gemacht habe, aber das bedeutet doch nicht, dass mir egal ist, was aus dir wird. Ich kann es nicht fassen, dass du in einem solchen Dreckloch haust. Na, jedenfalls wird es dich freuen zu hören, dass die Wohnung verkauft ist. Du kannst dir also was Besseres leisten als das hier. Was machst du hier überhaupt?«

»Ich eröffne ein Restaurant.«

Er warf den Kopf zurück und lachte. »Du liebe Güte. Du wirst deiner Mutter immer ähnlicher. Hör mal, wir haben für die Wohnung zwanzigtausend mehr gekriegt als erwartet, also brauchst du dich nicht länger in einem Schuppen am Arsch der Welt zu verkriechen. Komm zurück nach Sydney. Mach was aus deinem Leben! Du kannst doch hier nicht bleiben, immerhin hast du ein Juraexamen in der Tasche.«

Cassie merkte, wie sich alles in ihr zu sträuben begann. Hal hatte die Gabe, alles, was sie tat, in den Schmutz zu ziehen. »Wir lassen uns scheiden, also kann ich tun und lassen, was ich will. Und weißt du was? Ich bin heilfroh, dass ich mit Sydney und all diesem Anwaltskram abgeschlossen habe. Ich genieße mein Leben. Ich surfe. Ich habe einen Hund. Ich habe Freunde. Und ich werde Geschäftsfrau.«

Hal schüttelte den Kopf. »Du vergeudest dein Leben, Cass. Komm wieder nach Sydney. Und können wir nicht Freunde sein?« Er beugte sich vor, lächelte sie schief an und sprach in diesem schmeichelnden Tonfall, mit dem er sie noch immer herumgekriegt hatte: »Du hast in einer der größten und renommiertesten Kanzleien des Landes gearbeitet. Ein Restaurant zu führen ist so ein Abstieg. Ich bin sicher, dass ich dir deine alte Stelle wiederbeschaffen kann.«

Bevor Cassie antworten konnte, hörte sie einen Ruf an der Tür. Bill sprang hin und fing wieder an zu bellen. Ohne sich an dem Hund zu stören, kam Frank mit einer Kiste herein.

»Cassie, schau mal, was gerade eingetroffen ist.« Er grinste sie an. »Du siehst niedlich aus. Wohl gerade beim Putzen, was? Wo steckt denn Geoff? Sollte er dir nicht helfen? Oh, Entschuldigung, ich wusste nicht, dass du Besuch hast.«

Cassie stand auf. »Frank, das ist Hal. Ein Freund aus Sydney, der mal kurz vorbeischauen wollte.«

Hal stand auf und schüttelte Frank die Hand, musterte den gutaussehenden Fischer kurz und sagte dann, an Cassie gewandt, mit amüsierter Miene: »Du hast dich gut eingelebt.«

»Was hast du denn mitgebracht, Frank?«, fragte Cassie.

»Falls du und dein Freund Hal zusammen mittagessen wollt, schau dir mal diese Prachtkerlchen an.«

»Hal kann nicht zum Essen bleiben«, sagte Cassie rasch, während sie einen Blick auf die Kiste warf.

Frank zog ein Stück nasses Sackleinen weg. »Direkt vom Boot. Frischer Hummer. Eine Schande, ihn nicht gleich zu essen. Aber du kannst ihn natürlich einfrieren, wenn du willst.«

Hal pfiff durch die Zähne. »Einer von denen auf dem Teller macht sechzig Dollar!«

»Nicht in meinem Restaurant. Frank, würdest du mir bitte einen großen Gefallen tun und sie bei Michael abgeben? Ich habe hier noch keinen Herd. Sag ihm, ich ruf ihn an, vielleicht können wir sie ja nachher zusammen essen.«

»Klingt gut. So was brauchen wir für die Eröffnung von deinem Laden, stimmt's? War nett, Sie kennenzulernen, Hal.« Frank zwinkerte Cassie zu und ging.

»Frank, Geoff, Michael? Hummeressen? Hast du dich mit ein paar gutaussehenden Italo-Casanovas eingelassen? Ich dachte, Muskeln und kein Hirn wäre nicht dein Stil?«

»Oh, es ist eine ganz nette Abwechslung«, meinte Cassie leichthin. »Und, Hal, es stimmt wirklich alles, was man so über Latin Lover hört.«

Hals Miene verfinsterte sich, und er zog seinen goldenen Porsche-Schlüsselbund heraus. »Nun, ich dachte, ich überbringe dir die gute Nachricht wegen der Wohnung persönlich. Es wäre nett gewesen, künftig eine Art zivilisierten Umgang miteinander zu pflegen. Aber wenn du lieber hier draußen mit einer Bande fischender Strolche in primitiven Verhältnissen haust, bitte sehr.«

»Genau das habe ich vor«, sagte Cassie, der schlagartig klarwurde, was Hal mit seinem Besuch eigentlich bezweckt hatte. »Kellie hat dich abserviert, stimmt's? Sie hat durchschaut, wie du wirklich bist, und dich verlassen. Faul und arrogant, wie du bist, denkst du, du könntest bei mir wieder dort anknüpfen, wo sich unsere Wege getrennt haben. Keine Chance, Hal, also ciao. Grüß deine Eltern von mir. Ich putze jetzt lieber weiter.«

Hal drehte sich um und ging, wobei er die Tür hinter sich mit einem Knall ins Schloss fallen ließ. Bill schaute ihm nach, und als er dann den Porsche aufröhren hörte, sah er

Cassie an und wedelte mit dem Schwanz. Sie streichelte ihm über den Kopf. »Ja, Bill, alter Junge. Jetzt bist du der Mann in meinem Leben.«

Der neunzigste Geburtstag von Michaels Großonkel Riccardo wurde im Gemeindesaal gefeiert. Auf so einem Fest war Cassie noch nie gewesen. Man hatte den Saal mit Fischernetzen und Fotos von Riccardos Meisterleistungen als Fischer dekoriert, außerdem hingen farbenfrohe Plakate von den Äolischen Inseln an der Wand, denn von dort stammte die Familie ursprünglich. Auf zwei Grills draußen brutzelten Fisch und Fleisch, außerdem war dort eine Bar aufgebaut. Im Saal selbst standen lange Tafeln, die sich vor Speisen bogen. Eine kleine Band spielte alte italienische Schlager. Überall wuselten Kinder herum, und alle waren im Sonntagsstaat erschienen. Der Bürgermeister stand parat, um eine Rede zu halten. Michael stellte Cassie seine Angehörigen vor, die so zahlreich waren, dass sie den Überblick verlor. Doch alle waren herzlich und hatten offensichtlich viel Spaß. Und selbst der offizielle Teil zu Beginn war nicht zu förmlich, weil ständig neue Gäste eintrafen und auf Italienisch und Englisch Bemerkungen durch den Saal gerufen wurden.

Eine Gruppe älterer Frauen saß an der Wand und schwatzte italienisch, Männer an der Bar und vor den Grillrosten diskutierten über Fußball, kleine Kinder rannten herum, und Teenager tanzten unter den wachsamen Blicken der Erwachsenen und kicherten.

Riccardo saß auf einem Stuhl vor der Bar, bis man ihn an den Kopf der Tafel führte. Cassie betrachtete die imposante Gestalt des älteren Herrn mit dem weißen Schopf, den leuchtenden Augen und den ebenmäßigen Zähnen. Wie gut diese Aquinos doch alle aussahen! Plötzlich ging ein aufgeregtes Raunen durch den Saal.

»Was ist los?«, fragte Cassie.

Michael lächelte. »Ein Überraschungsgast. Onkel Pietro, Riccardos Bruder, ist zur Geburtstagsfeier aus den USA angereist. Und Onkel Riccardo weiß von nichts.«

»Da hat er aber eine große Anstrengung auf sich genommen. Er ist doch bestimmt auch schon ziemlich alt?«

»O ja, wenn auch jünger als Onkel Riccardo. Und außerdem ist Onkel Pietro eine kleine Hollywood-Berühmtheit.«

»Ach was. Ein Schauspieler?« Cassie überlegte, ob sie den Namen schon einmal gehört hatte, konnte sich aber nicht erinnern.

»Nein, kein Schauspieler. Er ist Filmausstatter. Pietro d'Aquino hat bei vielen großen Filmen in Hollywood und auch bei ein paar europäischen mitgearbeitet und dafür zweimal einen Oscar bekommen.«

»Wow. Dass du ein solches Talent in deiner Familie hast!«

»Ich hab ihn eine ganze Weile nicht gesehen. Vor etwa fünfzehn Jahren war er mal hier, und danach habe ich ihn auf der Durchreise besucht. Das ist jetzt auch schon zehn Jahre her. Er wohnt in einer dieser großen alten Villen in den Hollywood Hills.«

»Da hat er ja einen ganz anderen Weg eingeschlagen als der Rest der Familie«, meinte Cassie.

Michael nickte. »Von diesem Wiedersehen muss ich ein paar Fotos machen. Onkel Riccardo wird völlig von den Socken sein. Er hat noch zur Familie gesagt, wir sollten wegen seines Geburtstags nicht so viel Aufhebens machen und lieber seinen hundertsten groß feiern. Aber da hat natürlich niemand drauf gehört. So, ich drängele mich mal vor mit meiner Kamera. Bin in ein paar Minuten wieder da.«

Cassie beobachtete den Auflauf an der Tür. Ein großes Hallo ertönte, dann teilte sich die Menge und gab dem Stargast den Weg frei. Jemand tippte Riccardo auf die Schulter und zeigte ihm, wer da kam.

Mit breitem Lächeln schwenkte Pietro zur Begrüßung seinen weißen Hut und trat zu seinem großen Bruder. Die Gäste applaudierten und riefen: »Bravo, Pietro!«

Kaum hatte Riccardo seinen Bruder erblickt, stiegen ihm Tränen in die Augen, und er breitete die Arme aus. Sie umarmten sich, küssten sich auf die Wangen und redeten beide gleichzeitig, während sich alle im Saal über die gelungene Überraschung freuten.

Cassie rührte der Anblick der beiden Brüder, die sich in den Armen lagen. Schließlich setzte sich Riccardo wieder, man fand auch einen Stuhl für Pietro, und nun kam die ganze Familie, um ihn zu begrüßen. Der Kontrast zwischen Pietro, der in seiner roséfarbenen Leinenhose und dem marineblauen Blazer alle Blicke auf sich zog, und dem wettergegerbten Riccardo in seinem unauffälligen dunklen Anzug mit konservativer blauer Krawatte faszinierte Cassie.

»Das ist eine Überraschung, was? Einfach herrlich, nicht wahr?«, sagte Frank und legte ihr den Arm um die Schulter.

»Hallo, Frank. Ja, es war sehr bewegend. Du hast eine tolle Familie.«

»Ja, und es gehört einiges dazu, sie an einem Fleck zu versammeln. All die Verwandten aus Wollongong sind genauso hier wie die aus Sydney und aus anderen Bundesstaaten. Aber ich geh jetzt mal lieber und erinnere den Bürgermeister an seine Aufgabe. Kümmert sich jemand um dich?«

»Ja, danke, Frank.« Cassie sah, dass Michael sich ihnen wieder näherte.

»Sag mal, hast du Howard und Marie schon kennengelernt?« Frank winkte einem Paar auf der anderen Saalseite zu und bedeutete ihnen herzukommen. »Sie machen den besten Käse an der Südküste. Ach was, von ganz Australien! Das hier sind Cassie und mein Cousin Michael.«

»Wir kennen Michael.« Howard lächelte. »Er kümmert sich um unser bestes Milchvieh.«

»Howard und Marie haben eine Herde Jerseykühe und machen Käse aus der Milch. Sie haben schon Preise bei der Royal Easter Show damit gewonnen. Du musst unbedingt welchen für das Bootshaus ordern, Cassie«, riet Michael. »Im Grunde solltest du ihre Farm besichtigen, Sublime Pastures. Bill musst du allerdings zu Hause lassen, Hunde sind nicht erlaubt. Dort ist alles biodynamisch.«

»Wir sehen uns nachher, wenn die Torte angeschnitten wird«, meinte Frank und entfernte sich.

»Ihre Farm würde mich sehr interessieren, Howard. Ich suche nach guten regionalen Produkten für das Restaurant, das ich eröffnen will«, erklärte Cassie.

»Wir beliefern ein paar Lokale in Sydney und den Supermarkt hier in Whitby. Unsere Gourmet-Käsespezialitäten könnten interessant für Sie sein.« Howard reichte ihr seine Visitenkarte.

»Sie machen auch phantastischen italienischen Käse. Ihr Burrata ist noch mein Untergang«, sagte Michael.

»Ich melde mich mal, dann machen wir was aus«, erklärte Cassie und verstaute die Visitenkarte in ihrer Handtasche. »Wie kommen Sie darauf, italienischen Käse zu machen? Sind Sie auch mit der Familie Aquino verwandt?«

»Aber natürlich!«, rief Marie. »Ich bin die Nichte von Riccardos Schwägerin.«

»Was für eine Familie!«, lachte Cassie. »Hast du gute Fotos von dem Überraschungsauftritt machen können, Michael?«

»Ja. Gott sei Dank ist die Überraschung gelungen, und jetzt folgen weitere Attraktionen. Das Anschneiden der Torte steht noch aus, danach wird getanzt und natürlich noch mehr Essen aufgetischt. Ich hoffe, du langweilst dich nicht – wenn du gehen willst, sag mir einfach Bescheid.«

»Aber nein, das ist ein großes Vergnügen für mich. Alle sind absolut hinreißend, ganz zu schweigen von dem wundervollen Essen!«

»Dem wollen wir uns jetzt wieder widmen. Wir freuen uns auf Ihren Besuch, Cassie.« Howard und Marie winkten ihr noch kurz zu, ehe sie in Richtung der immer noch unter den vielen Speisen ächzenden Tische verschwanden.

»Und wie ist das Leben im Bootshaus?«, fragte Michael.

»Bill und ich sind hellauf begeistert. Allerdings gibt es noch keine funktionsfähige Küche. Nicht ganz einfach, alles in der Mikrowelle zu kochen, aber ich suche gerade zusammen mit Steve Kücheneinrichtung, Herd und Warmhalteplatten aus. Es geht also voran. Am schönsten ist es, wenn der Tag sich neigt und alle gegangen sind. Dann sitzen Bill und ich allein auf der Terrasse und bewundern die herrliche Aussicht auf den See. Das ist etwas ganz Besonderes.«

»Dein Lebensstil hat sich ganz schön verändert. Oh, das ist Ray, Riccardos Sohn, der einen Toast ausbringen will. Raimondo ist Franks Vater.«

Raimondo hielt eine schlichte, aber anrührende Rede, in der er davon sprach, wie stolz die Familie darauf war, dass Riccardo es geschafft hatte, neunzig zu werden, und seine Erfolge sowohl in der Fischereibranche als auch im Gemeindeleben von Whitby Point pries.

Anschließend sprach der Bürgermeister und zollte sowohl Riccardo als auch seiner bemerkenswerten Familie Tribut.

»Die Familie Aquino gehört zur Geschichte unserer Südküste in New South Wales – von Wollongong über Whitby Point bis hin zu anderen entlegenen Orten haben sie zusammen mit der lokalen Fischerzunft einen bedeutenden Wirtschaftszweig aufgebaut. Inzwischen exportieren sie bis nach Japan und in andere internationale Märkte. Dank ihres italienischen Erbes gelang es ihnen, beste Mittelmeertradition mit hervorragenden australischen Methoden zu verbinden. Sie nutzten eine Kombination von Fähigkeiten und Kenntnissen aus der Alten Welt zu einer nachhaltigen, umweltverträglichen Fischereipraxis. Indem die Familie Aquino das Beste aus ihrer Alten Heimat bewahrte und es mit dem australischen Lebensstil verknüpfte, gibt sie ein gelungenes Beispiel dafür, was der Begriff multikulturell wirklich bedeutet. Wie Riccardos Vater Joe hier als junger Mann eintraf und es zu etwas brachte, sollte jeden australischen Immigranten mit Stolz erfüllen. Riccardo ist in seine Fußstapfen getreten. Er ist nicht nur ein begnadeter Fischer, sondern auch ein Bürger, dessen Engagement in seiner Gemeinde immer höchsten ethischen Ansprüchen genügte und uns allen ein leuchtendes Beispiel ist. Jetzt habe ich die Ehre, ihn anlässlich seines neunzigsten Geburtstags hochleben zu lassen – *buon compleanno!* Auf Riccardo!«

Alle hoben die Gläser, dann wurde gewunken, geklatscht und »Happy Birthday« gesungen.

Schließlich wurde auch die Torte aufgeschnitten. Dann nahm die Band erneut ihren Platz auf der Bühne ein und spielte.

»Das ist köstlich – eine Art italienisch-australische Biskuitkombination«, rief Cassie. »Mit Sahne überzogen und Erdbeeren drauf wie bei einer Pawlowa!«

»Die Creme in der Mitte ist etwas Besonderes, da ist hausgemachter Limoncello drin. Aber jetzt will ich dich Onkel Pietro vorstellen. Onkel Riccardo ist gerade so umlagert, dass wir nicht zu ihm durchkommen.«

Als sie auf Pietro zutraten, stand der alte Mann auf, nahm Cassies Hand und küsste sie. »Ich bin entzückt. Michael hat mir erzählt, dass Sie neu hier sind. Was für eine wundervolle Bereicherung für so ein verschlafenes Nest.« Sein amerikanischer Akzent und das Zusammenspiel seines europäischen Charmes mit amerikanischer Freundlichkeit waren hinreißend. Cassie fühlte sich geschmeichelt.

»Danke. So furchtbar verschlafen ist es hier gar nicht. Auch wenn man sicher diesen Eindruck gewinnen kann, wenn man in Hollywood lebt. Arbeiten Sie im Moment an einem Film?«

»Inzwischen führe ich ein beschaulicheres Leben und bin sehr wählerisch, was meine Projekte angeht. Allerdings habe ich eingewilligt, beim Remake von *Don Quixote* mit Johnny Depp beratend am Set mitzuwirken.«

»Johnny Depp, wow!« Cassie war beeindruckt. »Reisen Sie zu den verschiedenen Drehorten, wenn Sie an einem Film mitarbeiten?«

»Nicht mehr. Reisen strengt mich an. Hierher bin ich erster Klasse geflogen, das hilft ein bisschen.«

»Es muss Ihrem Bruder viel bedeuten, dass Sie gekommen sind«, sagte Cassie. »Er hat eine tolle Familie.«

»Ich kann sie gar nicht mehr alle ständig im Auge behalten.«

»Von der Fischerei nach Hollywood ist es ein ganz schöner Sprung«, meinte Cassie.

»Ich war einfach nicht für die Fischerei geschaffen. Ich werde seekrank!«, lachte Pietro. »Dafür war ich künstlerisch begabt, also habe ich diesen großen Schritt gewagt.«

»Sie sind zweifellos ein Künstler«, sagte Cassie. »Gern würde ich noch mehr über Ihre Arbeit erfahren, aber es gibt so viele Verwandte, die noch mit Ihnen plaudern möchten.«

»Wir können uns nachher weiter unterhalten, Onkel Pietro«, sagte Michael und zog Cassie fort. Leise sagte er zu ihr: »Sobald das Fest hier offiziell zu Ende ist, treffen sich ein paar Leute aus unserer Familie noch zu einem gemütlichen Umtrunk bei Onkel Riccardo. Möchtest du mitkommen? Und das Tanzen und Trinken hier den anderen überlassen?«

»Liebend gern, wenn du meinst, dass ich bei einem solchen Familientreffen nicht störe. Aber sag mal, Michael, ist d'Aquino der Künstlername von Onkel Pietro?«

»Nein, das ist unser ursprünglicher Familienname. Als sein Vater nach Australien kam, wollte er sich anpassen, und so ließ er das d' bei d'Aquino weg und bestand darauf,

Joe genannt zu werden anstatt Giuseppe. Es heißt, dass er auch seinen Söhnen australische Namen geben wollte, aber da meine Urgroßmutter Evalina damit nicht einverstanden war, haben alle italienische Namen bekommen. Inzwischen gibt es in der Familie natürlich eine bunte Mischung aus australischen und italienischen Namen.«

»Wie interessant! Ich freue mich darauf, noch mehr Familienmitglieder kennenzulernen.«

Als sich die Party aufzulösen begann, gingen Michael und Cassie zu einem großen Backsteinhaus, das in den Siebzigern über dem Kai gebaut worden war. Innen sah es allerdings mehr nach den fünfziger Jahren aus. In den meisten Zimmern stieß man auf Familienandenken.

»Es ist ein bisschen wie ein Museum. Onkel Riccardo kann einfach nichts wegwerfen, was mit der Familie zu tun hat.«

»Ich finde das schön«, sagte Cassie, die vor dem offenen Kamin stehen geblieben war. Auf dem Sims lag in einer Kiste mit Glasdeckel ein langer Speer mit Zinken. »Was ist das?«

»Eine *traffena*. Damit hat man in der alten Heimat die großen Thunfische erlegt. Sie hat meinem Urgroßvater Joe gehört. Er hatte sie im Gepäck, als er seine italienische Insel verließ und nach Australien fuhr.«

»Ein echtes Familienerbstück«, sagte Cassie.

»Ja. Unsere Familie hat meinem Vater viel zu verdanken«, sagte Riccardo, der sich hinter sie gestellt hatte.

»Onkel, das ist Cassie, die gerade hierhergezogen ist. Sie will am Blue Crane Lake ein Restaurant eröffnen.«

»Wunderbar, wunderbar. Du hast sie doch schon Frank vorgestellt?«

»Ja, danke, das hat er«, antwortete Cassie. »Und ich würde meinen Fisch nirgendwo anders kaufen. Gestern hat er mir ein paar riesige Hummer vorbeigebracht! Ich wusste gar nicht, dass es so große gibt.«

Riccardo schmunzelte. »Als ich noch ein Junge war, sind meine Brüder und ich danach getaucht. Pietro allerdings hat sich dabei nicht mit Ruhm bekleckert.« Er lächelte seinen Bruder an, der sich gerade zu ihnen gesellte. »Der liebte es mehr, in der Sonne zu liegen oder ins Kino zu gehen.«

Pietro lachte. »Jedes Mal, wenn ich einen Hummerschwanz esse, muss ich an dich denken, Riccardo.«

»Unsinn. Du bist doch viel zu beschäftigt mit deinen Filmstars, als dass du auch nur einen Gedanken an uns verschwenden würdest. Aber ich freue mich, dass du da bist.«

»Kommt mal alle her, wir müssen noch einmal das Glas auf meinen betagten Bruder erheben«, rief Pietro und hielt sein Glas in die Höhe.

»So viel jünger bist du auch nicht«, brummte Riccardo zärtlich.

Es kamen noch ein paar Verwandte herüber, um Riccardo zu gratulieren. Michael und Cassie zogen sich zurück. »Die beiden sind sehr verschieden«, sagte Michael. »Aber sie stehen sich sehr nahe. Ich bin so froh, dass Onkel Pietro gekommen ist.«

»Ja. Riccardo hat von weiteren Brüdern gesprochen. Wo sind sie?«

»Er meinte meinen Großvater Carlo, der schon vor langer Zeit gestorben ist.«

»Oh, wie traurig. Hast du ihn gekannt?«

»Nein, das war Jahre vor meiner Geburt.«

»Jedenfalls sind eure Familienbande sehr eng«, stellte Cassie fest.

»Allerdings«, bestätigte Michael. »Auch wenn wir alle dazu neigen, unserer eigenen Wege zu gehen, und ich es geraume Zeit gut aushalte, keinen von ihnen zu sehen. Auf diese Weise ist es immer etwas Besonderes, wenn wir uns treffen. Und wir alle wissen, dass wir füreinander da sind, falls einer Hilfe braucht. Blut ist eben dicker als Wasser.«

»Auf Riccardos Vater sind offenbar alle sehr stolz.«

»Über ihn sind eine Menge Geschichten in Umlauf. Er war eine starke Persönlichkeit und hatte viel Erfolg. Nachdem er mit nichts als einem schäbigen Koffer ins Land gekommen ist, hat er es mit harter Arbeit geschafft, ein florierendes Fischereiunternehmen aufzubauen, das bis zum heutigen Tag existiert. Cassie, das sind meine Eltern. Ich möchte dich ihnen vorstellen.«

Michaels Eltern Bob und Greta schüttelten Cassie die Hand, und sie fragte die beiden, wie ihnen das Leben in den Blue Mountains gefalle. Dann gesellten sich Michaels Schwestern Rosemary aus Melbourne und Linda aus Sydney zu ihnen. Während sie miteinander plauderten, war Cassie angenehm berührt von ihrer Freundlichkeit und ihrem Interesse an ihrem Restaurantprojekt. Eine dunkelhaarige Frau mit unverkennbar italienischen Zügen trat ebenfalls in ihren kleinen Kreis.

»Cassie, hast du Angela schon kennengelernt? Sie ist Franks Frau«, stellte Michael sie vor.

»Angenehm«, sagte Cassie und verbarg ihre Überraschung darüber, dass Frank verheiratet war.

»Freut mich ebenfalls. Wie steht's denn bei dir, Michael?«, fragte Angela.

»Immer dasselbe. Nein, tatsächlich ist gerade alles richtig gut. War diese Feier nicht ein großer Erfolg? Ich glaube, Riccardo hat sich wirklich gefreut über die vielen Glückwünsche, auch wenn er behauptet, dass er keinen Trubel wollte.«

»Ich hatte ein bisschen Sorge, dass er sich überanstrengt, doch es ist ja alles gutgegangen. Aber jetzt gehe ich lieber wieder in die Küche. Es gibt noch was zu essen, falls Sie Appetit haben«, wandte sie sich an Cassie.

»Ich kann nicht mehr! Ich habe das Gefühl, als hätte ich den ganzen Tag nichts anderes getan als zu essen. Alles war so köstlich. Aber kann ich Ihnen helfen?«

Angela schüttelte den Kopf. »Nein, wir haben alles im Griff. Aber danke schön.«

Als sie gegangen war, flüsterte Cassie Michael zu: »Ich hatte keine Ahnung, dass Frank verheiratet ist. Haben sie auch Kinder?«

»Drei Jungs und ein Mädchen. Da Frank gern flirtet, erwähnt er attraktiven jungen Frauen gegenüber seine Familie nicht«, sagte Michael. »Aber er benimmt sich nicht daneben und geht nie zu weit. Er weiß, dass Angela ihm andernfalls den Kopf abreißen würde.«

Cassie lachte. »Na, jedenfalls war ich heilfroh, dass Frank im richtigen Moment mit den Hummern vorbeikam. Mein zukünftiger Ex-Gatte ist überraschend aufgetaucht, und ich habe ihm den Eindruck vermittelt, dass ich hier von ein paar gutaussehenden italienischen Herzensbrechern umschwärmt werde.«

Michael grinste. »Hier hast du eine ganze Sippe zur Auswahl! Lass es uns wissen, wenn dein Ex dich wieder besucht.«

»Ich glaube, den habe ich endgültig in die Flucht geschlagen.«

»Gut«, lächelte Michael. »Hast du genug vom Familienplausch? Mir steht morgen noch ein Familienessen bevor, ich brauche jetzt also eine Pause.«

»So spät ist es noch nicht. Warum bringst du mich nicht heim und setzt dich noch auf ein Glas mit mir auf die Terrasse? Bill wird sich freuen, dich zu sehen, und wartet sehnlichst auf sein Abendessen.«

»Ja, gern. Ich sag nur rasch Bescheid, dass wir gehen.«

»Ich verabschiede mich von deinen Onkeln. Die beiden sind ja vielleicht ein Gespann«, meinte Cassie kopfschüttelnd.

Träge saß Michael auf der Terrasse, er hatte überhaupt keine Lust, sich von seinem Stuhl zu erheben. Bill lag ausgestreckt zwischen ihnen. Leuchtende Sterne spiegelten sich auf der glatten Wasseroberfläche. Hin und wieder sprang ein Fisch, und jedes Mal, wenn es platschte, hob der Hund den Kopf.

»Wahrscheinlich eine Meeräsche. Lohnt sich nicht, Bill, schlaf weiter. Möchtest du noch etwas trinken, Michael?«, fragte Cassie.

»Danke, ich hatte genug und sollte jetzt besser heimfahren. Es war ein ereignisreicher Tag, ach was, eine ereignisreiche Woche. Aber ich bin froh, dass alle Riccardo zuliebe gekommen sind und auch Pietro die lange Reise auf sich genommen hat.«

Sie plauderten noch ein bisschen über die Party, und Cassie sagte Michael, wie nett sie seine Eltern und seine Schwestern fand.

»Ja, sie sind nicht übel. Wahrscheinlich warten sie inzwischen schon bei mir zu Hause auf mich. Schätze, für dich war es kein so schöner Tag, Bill? Nicht einmal einen Abendspaziergang hat's gegeben.« Er tätschelte den Hund.

»Ich mach's morgen früh wett. Gute Nacht, Michael. Danke für diesen großartigen Tag.«

Er lächelte. »Mir ist aufgefallen, dass du deinen Ehering nicht mehr trägst.« Bei diesen Worten zog er sie an sich und schloss sie in die Arme. Statt sich ihm zu entziehen, hob Cassie das Gesicht, und er küsste sie. Es war ein zärtlicher Kuss, der versprach, dass es nicht dabei bleiben würde. Schließlich lösten sie sich voneinander, beide ein bisschen atemlos.

»Ich geh jetzt besser sofort. Sonst kann ich mich nicht mehr losreißen«, sagte er leise.

Cassie war hin- und hergerissen. Einerseits wollte sie ihn nicht gehen lassen, andererseits wusste sie, dass es für ihn kein guter Zeitpunkt war, um zu bleiben. Also sagte sie nichts, sondern sah ihm nur nach, wie er sich umwandte und in die Nacht verschwand.

Die nächsten Tage vergingen in hektischer Betriebsamkeit, denn Geoff und sein Partner, ein energischer junger Schreiner, stürzten sich in die Renovierungsarbeiten. Weitere Handwerker – ein Elektriker und ein Klempner – kamen und gingen. Geoff besprach jede Entscheidung, groß oder klein, mit Cassie. Und obwohl sie keinerlei Fachwissen hatte, konnte sie sich erstaunlich gut vorstellen, worum es jeweils ging.

»Geoff, ich weiß nicht, wie sich das praktisch machen lässt. Aber ich denke, dass wir ein bisschen Platz gewinnen und einen zusätzlichen Schrank in die Ecke quetschen könnten, wenn wir den Durchgang dort machen und die Tür in die andere Richtung aufgeht.« Dabei gestikulierte sie, zeigte hierhin und dorthin. Zu ihrer Überraschung nickte Geoff und wusste stets genau, was sie meinte.

Cassie war körperlich und geistig erschöpft von dem chaotischen Leben inmitten der Umbau- und Renovierungsarbeiten. Und so vieles lag noch vor ihr. Hausrat, Speisekarten, Angestellte, Werbung und Öffentlichkeitsarbeit, Vorräte, frische Produkte und Lieferbedingungen – um tausend Dinge galt es sich zu kümmern. Wann immer sie Gelegenheit hatte, telefonierte sie mit ihrer Mutter und war dankbar, dass Jenny ihre Nöte verstand und praktische Tipps geben konnte.

»Wichtig ist eine angenehme Beleuchtung, Cassie. Licht spielt eine ungeheure Rolle für die Atmosphäre eines Raumes. Und ich bin froh, dass du nicht mehr vorhast, jeden Tag Stofftischdecken aufzulegen, das würde dich in der Wäscherei ein Vermögen kosten. Heb sie für festliche Anlässe wie Familienfeiern auf«, riet sie ihrer Tochter. »Wie weit bist du mit den Bedienungen? Hast du schon jemanden eingestellt? Und es ist eine wirklich gute Idee, dass du dich auf frische und biologisch erzeugte Produkte spezialisieren willst und möglichst nur auf die Karte kommt, was gerade Saison hat und vor Ort erhältlich ist. Aber natürlich ist es mehr Aufwand, als bei einem normalen Großhändler einzukaufen.«

»Ich weiß, Mum. Aber dass ich so viele lokale Zutaten wie nur möglich verwenden will, ist mein Alleinstellungsmerkmal und das Konzept des Lokals. Frisch, gesund, biologisch und ungewöhnlich. Kreative Kochkunst. Ich möchte ein Restaurant, in das man einfach einkehrt und isst, was es gerade gibt. Mit einer kleinen Karte, dafür aber alles frisch und richtig gut.«

»Vielleicht solltest du täglich auch ein Überraschungsmenü servieren. Mit dem, was es gerade im Überfluss oder zum Sonderpreis gibt«, schlug Jenny vor. »Natürlich wird deine größte Sorge sein, dass du nicht genug Nachschub an lokalen Erzeugnissen kriegst. Bei Biobauern gibt es nun mal keine Massenproduktion, und die Ernten sind vielleicht nicht sehr zuverlässig.«

»Stimmt. Aber ich habe mir ausgerechnet, dass es vor allem im Winter knapp werden könnte, und dann sind nicht so viele Gäste da. Vielleicht schließe ich dann sogar«, erwiderte Cassie.

Sie stand jetzt jeden Morgen früh auf und hatte es sich zur Gewohnheit gemacht, kräftig zu frühstücken, ehe Geoff und die anderen kamen. Denn tagsüber war sie ständig auf den Beinen und kam kaum mehr zum Essen. Bill wartete geduldig, bis er sein Frühstück bekommen hatte, und dann machten die beiden rasch einen Spaziergang. Wenn sie zurückkamen, hörten sie Geoff meist schon hämmern, oder er maß gerade etwas aus.

Mit Steve ging sie stundenlang Speisepläne durch und erörterte Alternativen, falls die benötigten Zutaten nicht erhältlich sein sollten. Zusammen besuchten sie auch Sublime Pastures und probierten die verschiedenen Käse durch.

»Dieser Tomatenbauer, der auch Olivenöl von seinem Kumpel liefern kann, hat inzwischen eingewilligt. Die Biogemüsefarm wird unser Hauptlieferant, das Angebot ergänzen wir dann durch saisonale Produkte, wo immer wir sie herkriegen können. Ich habe ein Auge auf den alten Feigenbaum in Michaels Garten geworfen, den noch seine Großmutter gepflanzt hat. Und der Bauer mit den Biorindern hat ganz wunderbares Fleisch. Außerdem hat mir Franks Frau Angela von einem alten Mann erzählt, der selbst Salami und Wurst macht und Schinken selber räuchert. Auf Anfrage räuchert er sogar Fisch«, erzählte Cassie ihm.

»Anscheinend macht er eine ganze Menge. Hoffentlich ist er nicht zu alt für eine so anstrengende Arbeit«, meinte Steve.

»Er hat wohl einen Enkel, der lernen will, wie das alles geht. Sieht ganz so aus, als würden heutzutage eine Menge junger Leute ihre Berufung in der Lebensmittelbranche sehen.«

»Das könnte an all den Koch-Shows im Fernsehen liegen. Jugendliche wollen Köche werden, ahnen aber nicht, was für eine Schinderei die Arbeit in einer Küche ist. Vor allem, wenn man als Lehrling in der Hierarchie ganz unten steht«, meinte Steve. »Ich habe bei einem Starkoch gelernt, aber bei dem hatte ich nichts zu lachen.«

»Ich hoffe, mit den anderen Mitarbeitern läuft es gut«, setzte Cassie hinzu. »Sonia und Amy sind ja offenbar voller Begeisterung dabei. Und als junge Mütter wollen sie sich die Stelle der Bedienung nur zu gern teilen.«

»Hier in der Gegend sind Jobs rar, sie werden sich also bestimmt Mühe geben. Wichtiger aber ist, dass ich noch einen Souschef brauche. Jemanden, der nicht nur bereit ist, die Routinearbeiten in der Küche für mich zu erledigen, sondern auch selbst mal schnell eine Beilage machen kann.«

»Ja, ich weiß. Ich bin dran. Wie stehst du zu jemandem, der deutlich älter ist als du?«

»Kein Problem, solange er oder sie beim Tempo mithalten kann. An wen denkst du?«

»Mollie. Sie ist eine Freundin von Trixie und sucht Arbeit. Gerade überlegt sie, einen Rasenmähservice aufzuziehen.«

»Das klingt energiegeladen genug. Ich treffe mich mal mit ihr zu einem Plausch. Gemüse putzen, die Spülmaschine bestücken, sauber machen und Saucen rühren ist nicht jedermanns Sache.«

Wenn die Handwerker und Steve abends gegangen waren, kam meist Michael vorbei und brachte etwas für sie beide zum Abendessen mit. Cassie war jedes Mal enttäuscht, wenn er durch einen Notfall verhindert war.

»Sieht ganz so aus, als stündest du kurz vor der Eröffnung«, sagte er, als sich die Renovierung dem Abschluss näherte.

»Ja, allmählich denke ich darüber nach, wie die Eröffnungsfeier ablaufen soll.«

»Ich bin hoffentlich eingeladen.«

»Sei nicht albern. Natürlich. Ohne dich hätte ich das doch gar nicht hingekriegt.«

»Das stimmt zwar nicht ganz. Aber ich habe sehr gern bei der Weinauswahl mitgeholfen, in dieser Weinkellerei, die du gleich zu Anfang entdeckt hast«, lächelte er. »Was schwebt dir denn für die Eröffnung vor?«

»Ich möchte, dass möglichst viele Leute kommen, also kann es nur eine sehr einfache Karte geben. Und ich muss etwas für das Essen berechnen, sonst bin ich schon nach dem ersten Abend pleite.«

»Stimmt. Du musst vernünftig sein. Warum lässt du einen Teil der Einnahmen nicht einer lokalen Wohltätigkeitseinrichtung zukommen und teilst das den Leuten vorher mit?«

»Was für eine großartige Idee. Dazu sind die Leute bestimmt gern bereit. Hast du einen Vorschlag?«

»Ich bin seit ewigen Zeiten Mitglied der Lebensrettungsgesellschaft – warum nicht die?«

Cassie lachte. »Damit ist Steve bestimmt auch einverstanden.«

»Wie steht's mit Presse?«, fragte Michael.

»Ich werde die Lokalzeitung einladen, und das Lokalradio will jemanden schicken, falls es zeitlich passt.«

»Sobald du eröffnet hast und alles einwandfrei läuft, könntest du dich auch um Berichterstattung in den überregionalen Medien bemühen.«

»Eins nach dem anderen, Michael. Lieber nicht zu hohe Ziele stecken. Erst einmal reicht es mir, wenn ich die Rechnungen bezahlen kann.«

»Das kannst du bestimmt! Wart's nur ab. Für Leute, die die Südküste erkunden, hat das Blue Boatshed die ideale Lage. Außerdem wird dir Steves biologische und regionale Küche jede Menge Stammgäste bescheren. Wissen die Handelskammer und die Touristeninformation Bescheid?«

»Sie stehen auf der Einladungsliste.«

»Gute Arbeit. Du hast an alles gedacht. Ich kann es kaum erwarten.«

Cassie lächelte in sich hinein. Michael war ihr bei allem eine große Hilfe gewesen, und sie war dankbar für sein Interesse – nicht nur, weil er so erfrischend anders war als Hal. Inzwischen empfand sie sehr viel für ihn.

Schneller, als sie erwartet hatte, sah das Blue Boatshed ziemlich schick aus. Nicht wie ein großstädtisches In-Lokal, es strahlte mehr die beiläufige Eleganz eines Hauses an einer Strandpromenade aus. Eine fröhlich gestreifte Markise spendete den Tischen am Eingang Schatten; in Töpfen neben der Tür blühten leuchtend rote Geranien; auf der schattig-kühlen Terrasse über dem See stand der lange Gemeinschaftstisch, den sich Cassie von Anfang an vorgestellt hatte. Tische und Stühle hatte sie weiß lackiert, und auf jedem Tisch stand neben den blau-weißen Gedecken eine kleine Vase mit weißen Blumen, die sie von einem großen Busch in Michaels Vorgarten gezupft hatte. Es sah geschmackvoll und ein bisschen europäisch aus, denn sie hatte auch noch einen Ballen rot-weiß karierten Stoff gekauft, aus dem Trixie Dutzende von Servietten genäht hatte. Die sauberen, frisch lackierten Oberflächen; die luftige lange Tafel; der gastliche Sitzbereich, der als Bar und zum Kaffeetrinken diente; und die kompakte und zweckdienliche Küche – alles machte einen professionellen und einladenden Eindruck.

Auch hätte Cassie kein besseres Wetter für den Eröffnungsabend bestellen können. Still glänzten Meer und See, die Sterne funkelten, und obwohl es immer noch ziemlich kühl war, regte sich zumindest kein Lüftchen. An beiden Enden der Terrasse verbreiteten hohe Heizpilze Wärme, während drinnen Kerzen und gedämpftes Licht für eine behagliche Atmosphäre sorgten. Alle Punkte der Aufgabenliste waren abgehakt, Bedienungen und Küchenpersonal standen ein bisschen aufgeregt bereit. Obwohl Steve etwas gestresst war, behielt er den Überblick. Trixie hatte die Desserts gebracht und half jetzt Mollie in der Küche.

Im Lauf des Tages war Jenny mit einem riesigen Blumengesteck eingetroffen.

»Hab's gerade noch rechtzeitig zur großen Eröffnung von Broome hierher geschafft«, strahlte sie.

Cassie stand am Eingang des Bootshauses und hieß die Gäste willkommen. Bill durfte sich ausschließlich am Hauseingang aufhalten, wo er die Ankommenden offiziell begrüßte. Doch bei all dem Geplauder und Gelächter hörte man sein knappes Bellen kaum.

»Die Häppchen waren köstlich. Kein Wunder, dass die Bedienungen regelrecht umlagert wurden! Und der Wein fließt in Strömen, die Leute tauen auf und amüsieren sich. Alle haben ihren Spaß«, sagte Jenny leise zu Michael.

»Du musst unheimlich stolz auf Cassie sein«, meinte Michael.

»Ich freue mich, sie so glücklich zu sehen. Dieser Ort hat ihr neuen Auftrieb gegeben. Mir war gar nicht klar, in was für eine Tretmühle sie geraten war und wie unglücklich ihre Ehe und die Arbeit in dieser Kanzlei sie machte. Aber hier sieht man wieder einmal, wie aus Bösem Gutes entstehen kann. Und du warst ihr eine unglaubliche Stütze, wofür ich dir ausdrücklich danken möchte, Michael«, fügte Jenny hinzu. »Wie auch deine Familie. Es scheinen ja eine ganze Menge Aquinos da zu sein!«

»Ja. Onkel Riccardos neunzigster Geburtstag ist ja noch nicht so lange her, und jetzt dieses Ereignis – ich glaube, so viele Verwandte habe ich seit Jahrzehnten nicht unter einem Dach versammelt gesehen.«

»Ist dein Onkel hier? Cassie hat mir erzählt, dass er für sein Alter ausgesprochen rüstig ist.«

»Nicht mehr so rüstig, dass er abends noch ausgeht.

Aber da wir gerade von Verwandten sprechen, Jenny: Das ist mein Cousin Frank. Kennt ihr euch schon? Er ist verantwortlich für die Fisch- und Meeresfrüchte-Auswahl heute Abend.«

Jenny begrüßte Frank, der in einem gestreiften Pullover über lavendelfarbenem Seidenhemd blendend aussah.

»Sie sind also Cassies Mutter? Da sieht man gleich, wo sie ihre Schönheit herhat.« Frank lächelte Jenny schelmisch an. »Dieses Lokal ist eine sehr willkommene Bereicherung für unsere Gegend, wie Cassie auch. Und Sie werden hoffentlich ein regelmäßiger Gast?«

»Ja, das habe ich vor. Zwischen meinen Reisen«, erwiderte Jenny, die das Geplänkel genoss. »Ich freue mich schon auf das maritime Festmahl. Was empfehlen Sie?«

»Die Garnelen sind von hier und einfach perfekt. Außerdem war ich daran beteiligt, diese herrlichen Snapper zu fangen, die auch auf der Karte stehen und noch vor wenigen Stunden im Meer geschwommen sind.«

Die für diesen Abend engagierte offizielle Fotografin blieb vor ihnen stehen und bat um ein Bild. Frank legte Jenny den Arm um die Schulter und lächelte strahlend in die Kamera.

Schließlich saßen alle Gäste auf ihrem Platz, und die beiden Bedienungen fingen an, das Essen aufzutragen. Jetzt galt die ganze Aufmerksamkeit dem Essen, ernsthaft wurde über die einzelnen Gerichte debattiert. Als der Abend dann weiter voranschritt und die Gäste sich einig über die außergewöhnliche Qualität des Essens waren, lockerte sich die Stimmung, und Cassie ging von Tisch zu Tisch. Bei dieser Runde heimste sie überall Komplimente ein – der Eröffnungsabend war ein Riesenerfolg. Schließlich gelang es,

Steve aus der Küche zu lotsen, alle klatschten, und er verbeugte sich.

Mit einer kurzen Rede dankte Cassie allen, dass sie gekommen waren und damit das Blue Boatshed und die Lebensrettungsgesellschaft unterstützten.

Anschließend setzte sie sich hierhin und dorthin, um persönlich mit den Gästen zu sprechen.

»So einen Abend sollte es öfter geben«, erklärte Ron, der Zeitungshändler.

»Nun, genau das haben wir vor! Nur noch besser«, erwiderte Cassie.

Als die letzten Gäste gingen, machten sich auch Trixie und Mollie auf den Heimweg, wobei sie eine blitzblanke Küche hinterließen. Steve leerte ein Glas Rotwein.

»Gratuliere, Cassie. Das war ein prima Anfang.«

»Falls es in der Küche irgendwelche Schwierigkeiten gab, sag jetzt nichts. Morgen besprechen wir alles ausführlich.«

»Was für ein glanzvoller Abend«, meinte Michael. »Wart's nur ab. Die Mundpropaganda sorgt dafür, dass es hier in Kürze rappelvoll ist. Und da so viele Leute gekommen sind, hast du für die Lebensrettungsgesellschaft sicher ein hübsches Sümmchen eingenommen. Apropos: Hast du demnächst mal Zeit, ein bisschen zu surfen?«

»Im Augenblick muss ich wohl passen. Jetzt hat mein Arbeitsleben begonnen, und ab morgen haben wir mittags geöffnet.«

»Es war wirklich schön, dich wiederzusehen, Jenny. Gratuliere zu dieser umwerfenden Tochter«, sagte Michael mit Blick in Cassies Richtung.

»Ja, sie ist tatsächlich ein kluges Mädchen. Natürlich hat

sie viel von ihrem Vater und mir gelernt, aber sie hat diesem Lokal doch deutlich ihren eigenen Stempel aufgedrückt. Ich werde ein paar Freunde aus Sydney hierherschicken! Und natürlich komme ich selbst auch bald wieder.«

Cassie brachte Michael zur Tür.

»Wo ist Bill?«

»Er hat sich oben schlafen gelegt. Wahrscheinlich haben ihn die vielen Leute etwas verwirrt.«

»Da sollte er sich lieber schnell dran gewöhnen. Es war toll! Und ich weiß ja, wie du dafür geschuftet hast.«

»Und morgen wieder dasselbe.« Cassie unterdrückte ein Gähnen.

Michael küsste sie. »Pass auf dich auf. Bis bald.«

»Gute Nacht, Michael. Und noch einmal danke.«

Als auch Steve gegangen war, nahm Jenny ihre Tochter in die Arme und drückte sie. »Gut gemacht. Ein Restaurant macht viel Arbeit, ist aber auch sehr befriedigend, wenn es gut läuft. Aber jetzt gute Nacht. Bist du wirklich sicher, dass du mir dein Bett abtreten willst?«

»Unbedingt. Zwar ist Bill oben, aber sobald ich mich hier aufs Sofa gelegt habe, kommt er zu mir runter. Danke für alles, Mum.«

»Aber gerne doch.«

»Und schlaf gut, Mum.«

Cassie saß am Ende ihres Stegs und holte langsam die Leine ein. Sie fing nicht immer etwas, wenn sie bei Sonnenuntergang und Hochwasser angelte, aber wenn sie abends nicht geöffnet hatten, fand sie es entspannend, den Tag so zu beenden. Das Restaurant war mittags sechs Tage in der Woche geöffnet, Abendessen gab es aber nur freitags und samstags. Anfangs war es abends recht schleppend gelaufen, aber jetzt, da es wärmer wurde und die Werbekampagne Wirkung zeigte, kamen immer mehr Leute. Besonders beliebt war die Terrasse, wo oft Menschen aßen, die allein gekommen waren. An der langen Tafel waren schon einige Freundschaften entstanden. Es gab ein paar Anfangsschwierigkeiten beim Betrieb, aber die waren nicht allzu gravierend; der Ablauf würde sich einspielen, sobald Routine eingekehrt war. Die Angestellten kamen jedenfalls gut miteinander klar.

Cassie spürte, wie die Planken des Stegs erzitterten, drehte sich aber nicht um. Bill wusste, wer da kam, und wedelte. Michael setzte sich neben sie und ließ die Beine über dem Wasser baumeln. Dann beugte er sich vor und starrte ins Wasser, wo ein kleiner Fisch dem Schwimmer nachjagte, den Cassie auf der Oberfläche dümpeln ließ. Bill gab Michael einen Stups, damit er ihm die Ohren kraulte.

»Pscht«, warnte Cassie Michael, denn sie konzentrierte sich auf die Spitze ihrer Rute, die sich leicht nach unten bog. »Mach schon, schnapp's dir und dann los, du blöder Fisch«, murmelte sie. Plötzlich gab es einen Ruck, und die Leine spulte sich ab. Sie ließ die Rute nach oben schnellen und kurbelte.

»Könnte eine anständige Brasse sein«, sagte sie, als sie den grünlich glitzernden Fisch aus dem Wasser holte. Sie schnappte ihn, nahm ihn vom Haken und warf ihn in den Eimer hinter sich.

Erstaunlicherweise nahm Bill keine Notiz von dieser Aktion, sondern drückte sich nur noch fester an Michael.

Cassie warf dem Tierarzt einen Blick zu. »Warum so still?«

»Ich wollte dich nicht ablenken.« Er lehnte den Kopf gegen Bill und schloss die Augen.

»Michael? Ist alles in Ordnung?«

Er biss sich auf die Lippen und richtete sich auf. »Onkel Riccardo ist gestorben.«

»O nein! Michael, es tut mir ja so leid.« Sie legte ihm die Hand auf die Schulter. »Was ist passiert?«

»Na ja, er war neunzig. Sein Herz war ziemlich schwach. Vor einiger Zeit hatte er eine Bypass-Operation, man musste wohl täglich damit rechnen. Eigentlich sind wir überrascht, dass er so alt geworden ist.«

»Sein neunzigster Geburtstag war so schön. Gut, dass dein Onkel Pietro dabei war. Ach, es ist so traurig. Kann ich irgendetwas für dich tun? Wie geht's der Familie?«

»Alle sind sehr bestürzt. Frank hat erzählt, er sei friedlich eingeschlafen. Zuerst hat Onkel Riccardo noch ein bisschen geklagt, dass er sich nicht wohl fühle, und sich nach dem Mittagessen hingelegt. Er ist einfach nicht mehr aufgewacht.«

Cassie holte ihre Leine endgültig ein. »Lass uns was trinken. Im Gedenken an Onkel Riccardo. Und dann verwöhne ich dich mit einem Abendessen, wenn du willst.«

»Danke. Aber ich möchte bald zu seinem Haus gehen, denn dort hat sich die Familie versammelt. Doch ein Schluck Wein wäre nicht verkehrt.«

Schweigend goss Cassie zwei Gläser Wein ein, während Michael seinen Erinnerungen an Riccardo nachhing: »Er hat für seinen Erfolg so hart gearbeitet, genau wie sein Vater. Jetzt lebt nur noch Pietro aus dieser Generation. Es ist sehr traurig.«

»Dein Onkel Riccardo hätte seine Lebenserinnerungen

aufschreiben müssen. Damit die jüngere Generation ihre Familiengeschichte erfährt«, meinte Cassie.

»Wie wahr. Ich frage mich, wie viele Familien überlegen, die Erinnerungen ihrer Großväter und Großmütter aufzuschreiben. Und dann ist es plötzlich zu spät.«

Cassie nahm seine Hand. Schweigend saßen sie nebeneinander, Bill zu ihren Füßen sah sie abwechselnd an.

»Er weiß, dass du traurig bist«, sagte Cassie.

Michael nickte, leerte sein Glas und stand auf. »Ich geh jetzt besser. Danke, dass ich hier ein bisschen zur Ruhe kommen durfte.«

»Dafür bin ich doch da. Sag mir Bescheid, falls ich irgendwas tun kann.«

Cassie brachte ihn zum Wagen, und als er sich verabschiedete, umarmte er sie fest.

»Ich bin in Gedanken bei dir und deiner Familie«, sagte sie leise.

»Danke«, erwiderte Michael, stieg in den Wagen und fuhr los, um mit seinen Angehörigen um Riccardo Aquino zu trauern.

Die Beerdigung war ein großes Ereignis. Man hatte den Eindruck, als wären alle Bewohner des Bezirks gekommen. Der Bürgermeister, der hiesige Parlamentsabgeordnete und sogar das Lokalfernsehen waren anwesend. Bei der Totenmesse saß Cassie mit Geoff und Trixie in einer hinteren Kirchenbank.

»Dass so viele Leute hier sind«, flüsterte Cassie. »Noch viel mehr als bei seinem Geburtstag. Es stehen sogar welche draußen und hören über Lautsprecher zu. So eine große Beerdigung habe ich noch nie erlebt.«

»Jeder will ihm die letzte Ehre erweisen«, flüsterte Geoff. »Wie der Bürgermeister an seinem Geburtstag sagte, war Riccardo an der Südküste ein wichtiger und hoch angesehener Mann. Mit seinem Tod geht eine Epoche zu Ende.«

Cassie sah nach vorne, wo die Aquinos saßen.

So eine große Familie, dachte sie. Es muss wunderbar sein, wenn man sich in solch trauriger Zeit gegenseitig trösten kann.

Nach der Beerdigung gab es eine große Zusammenkunft in Riccardos Haus. Cassie hatte sich bei Michael entschuldigt, dass sie und Trixie nicht mitkommen konnten, weil sie das Restaurant öffnen mussten. Michael nickte und sagte, er käme später vorbei. Während des Mittagsmenü-Trubels kreisten Cassies Gedanken um Michael und seine Familie. Zwar kannte sie die Aquinos noch gar nicht lang. Doch der Kummer dieser wunderbaren, warmherzigen Menschen, die ihr beim Einleben in Whitby Point geholfen hatten, machte ihr das Herz schwer.

Ein paar Wochen später – das Blue Boatshed lief inzwischen prächtig – überlegte Cassie, ihre Mutter in Sydney zu besuchen.

»Fahr nur, Cassie. Mach mal eine Pause«, riet ihr Steve. »Wenn du am Sonntag nach dem Mittagessen fährst und Dienstagvormittag zurückkommst, fällt es nicht einmal auf, dass du nicht da bist.«

Es war nun schon einige Zeit her, dass sie an die Südküste gezogen war, und wieder in Sydney merkte Cassie, dass ihr die Großstadt überhaupt nicht gefehlt hatte. Zwar genoss sie es, in Jennys Garten zu sitzen und sich tags darauf mit ein paar Freundinnen zu treffen, die höflich bekundeten, wie interessant sie ihr »süßes kleines Restaurant« fanden. Doch bereits diese wenigen Tage machten Cassie klar, wie fremd ihr Sydney geworden war. Der Verkehr war schrecklich, man fand keine Parkplätze, und beides war nur die Spitze des Eisbergs.

Wie habe ich das nur ausgehalten, dachte sie. Das Leben in Whitby Point und am Blue Crane Lake ist so viel einfacher.

Das Beste an ihrem Kurzurlaub war die Fahrt an der Küste entlang zurück zum Blue Crane Lake. Cassie hörte Regina Spektor und sang mit, während sie überlegte, was sie mit Steve wegen des Restaurants besprechen musste. *Ihres* Restaurants. Es war schwer zu glauben, dass sie vor noch gar nicht so langer Zeit zutiefst unglücklich gewesen war. Und jetzt war sie eine selbständige Geschäftsfrau. Wie toll war das denn?

Und die ganze Zeit über dachte sie an Michael. Sie konnte es kaum erwarten, ihn wiederzusehen und ihm zu erzählen, was sie inzwischen von Sydney hielt ... Ein angenehmer Schauder der Vorfreude erfüllte sie, und sie musste sich eingestehen, dass sie sich in ihn verliebt hatte. Je häufiger sie Michael sah, desto mehr wunderbare Eigenschaften fielen ihr an ihm auf: seine Freundlichkeit und Zurückhaltung, seine ausgeglichene Weltsicht, sein feiner Humor und seine nachdenkliche Klugheit.

An diesem Abend kam Michael bei ihr vorbei. Er erklärte, wie froh er sei, dass sie heil zurückgekommen war, und meinte, dass sie hoffentlich eine angenehme Zeit in der von Abgasen vernebelten Großstadt verbracht habe.

»Ich bin nicht wild darauf, so schnell wieder hinzufahren«, versicherte sie ihm.

»Während du fort warst, habe ich eine kleine Anschaffung getätigt, die ich gern mit dir teilen möchte.«

»Gib mir einen Tipp! Ich bin neugierig.«

»Du brauchst einen Badeanzug und einen Picknickkorb. Und Bill eine Rettungsweste.«

»Du hast dir ein Boot zugelegt?«, fragte Cassie.

»Eine Cavalier. Hier gibt es etliche hervorragende Segelreviere.«

»Phantastisch. Was für eine tolle Idee. Ich sorge fürs Picknick.«

»Wie wär's am Sonntagnachmittag, sobald ihr geschlossen habt?«

»Perfekt. Ich kann's kaum erwarten.«

»Gut.« Michael kraulte Bills Ohren.

»Ich geh jetzt wohl besser«, sagte er zögernd und sah sie an. »Du hast mir gefehlt, als du in Sydney warst.«

»Ja?« Cassie lächelte ihn an. »Du musst nicht unbedingt gehen, oder?«

»Nein. Wenn du mich gern noch dahaben willst«, meinte Michael und trat einen Schritt auf sie zu.

Cassie hob die Hände. »Ja.«

Ohne weitere Worte nahm Michael sie in die Arme und hielt sie fest, während sie sich küssten. Mehr musste nicht gesagt werden.

Es war später Nachmittag. Die Mittagszeit im Restaurant war vorbei, alles war aufgeräumt, und die Angestellten waren eben gegangen. Cassie saß am Computer und brachte die Bestelllisten auf den neuesten Stand, als Bill kurz bellte, sein Zeichen, dass jemand hereinkam, den er kannte. Als Cassie aufblickte, stürmte Frank herein, Bill mit angelegten

Ohren und gesenktem Schwanz auf den Fersen. Keiner der beiden sah erfreut aus.

»Hi, Frank, was ist los?« Cassie stand auf.

Franks Gesicht war knallrot vor Wut. »Wie konntest du nur? Ich bin fassungslos, dass du so hinterhältig, so heuchlerisch bist. Du hast ihn betrogen! Einen alten Mann! Du Schlampe!«

»Entschuldige, Frank, aber willst du dich nicht erst mal beruhigen und mir dann erklären, wovon du sprichst? Worum geht es?«

Aber Frank war so außer sich, dass er fast durchdrehte.

Doch Cassie ließ sich nicht einschüchtern. Ohne Frank aus den Augen zu lassen, stellte sich Bill neben sie.

»Du weißt verdammt genau, wie du dir das Geld von Onkel Riccardo erschlichen hast. Er war ein alter Mann, der nicht mehr wusste, was er tat!«, brüllte Frank.

»Frank, setz dich! Ich weiß nicht, wovon du redest!«

»Warum lügst du? Ich habe es schwarz auf weiß. Wie, glaubst du, fühlt sich die Familie nach dem, was du getan hast? Und nach dem, was die Familie für dich getan hat?«

Cassie war den Tränen nahe. »Ich rufe Michael an. Ich verstehe rein gar nichts. Sag mir, was ich getan haben soll!« Ihre Stimme zitterte. Bill knurrte.

Franks Augen verengten sich zu Schlitzen, während er zischte: »Das Testament meines Großvaters. Man hat uns gerade gesagt, was drinsteht. Nun, warum sollte er dir eine Viertelmillion Dollar hinterlassen? Ausgerechnet dir! Mit deiner Familie, mit diesem Vater! Bist du nur hergekommen, um dem alten Mann in den Ohren zu liegen? Sag uns zumindest das.«

Cassie starrte ihn an. »Ich habe keine Ahnung, wovon

du sprichst. Riccardos Testament? Er hat mir Geld hinterlassen? Das kann nicht sein. Er muss jemand anderen gemeint haben.«

Jetzt senkte Frank die Stimme zu einem bedrohlichen Flüstern. »Und das nach dem, was dein Vater getan hat. Glaub bloß nicht, dass wir das nicht anfechten werden. Du hast uns alle hintergangen, aber damit kommst du nicht durch.« Nach einer kurzen Pause fügte er entschlossen hinzu: »Und ich werde dafür sorgen, dass niemand mehr dieses Lokal beliefert und du nie wieder Gäste hier hast. Da kannst du Gift drauf nehmen.«

»Was wirfst du meinem Vater vor? Was hat er getan?« Cassies Magen verkrampfte sich, und Tränen stiegen ihr in die Augen. »Was hat denn mein Vater damit zu tun? Ich weiß nicht, wovon du sprichst.«

»Nein? Nun, das nehme ich dir nicht ab. Du bist ganz schön unverfroren, hier nach Whitby Point zu kommen und all den Schmerz und die schlimmen Erinnerungen wieder wachzurufen.«

»Was ist passiert? Erzähl es mir! Rede!« Mindestens einer von uns beiden muss verrückt sein, dachte sie.

»Du bist Cassandra Sullivan, stimmt's?«

»Ja, so hieß ich, bevor ich geheiratet habe.«

»Und dein Vater war Patrick Sullivan?«

»Ja, Pat Sullivan. Warum willst du das so genau wissen?«

»Wenn jemand meiner Familie eine Viertelmillion stiehlt, möchte ich schon wissen, um wen genau es sich handelt, damit mein Anwalt Nachforschungen anstellen kann.«

»Aber ich begreife immer noch nicht …«

»Jeder weiß, dass dein Vater Michaels Großvater Carlo umgebracht hat. Erzähl mir bloß nicht, du hättest davon noch nie gehört. Und nun hinterlässt dir mein Großvater testamentarisch ein Vermögen. Wie hast du das zustande gebracht?«

»Habe ich nicht! Niemals«, rief Cassie und schüttelte ungläubig den Kopf. »Wie kannst du behaupten, dass mein Vater jemanden umgebracht hätte?«

»Ein Gericht ist zu diesem Urteil gekommen. Und er ist dafür ins Gefängnis gewandert. Man hätte ihn nie wieder freilassen dürfen. Und jetzt hast du die Stirn hierherzukommen und schleichst dich bei uns unter fremdem Namen ein. Wie tief kann deine Familie eigentlich noch sinken?«

»Ich verstehe einfach nicht, was du da sagst. Ich wäre nie auf die Idee gekommen, von deinem Großvater Geld zu erbetteln. Und überhaupt habe ich nur fünf Minuten mit ihm gesprochen, und da war Michael die ganze Zeit dabei«, schluchzte sie, und Tränen rannen ihr über die Wangen.

»Behaupte doch, was du willst. Hier glaubt dir keiner mehr. Vor allem nicht Michael, wenn er erfährt, dass du Patrick Sullivans Tochter bist. Und du wirst die Viertelmillion nicht in die Finger kriegen. Niemals. Dieses Geld gehört meiner Familie.«

Schwungvoll machte er kehrt und stürmte hinaus. Laut knallte die Tür hinter ihm ins Schloss.

Cassie starrte ihm hinterher und versuchte die Fakten seiner Tirade zu erfassen. Ihr geliebter Vater, der kluge und liebenswürdige Patrick, hatte Michaels Großvater umgebracht? Und war dafür im Gefängnis gewesen? Unmöglich. Und jetzt hatte Riccardo ihr eine Viertelmillion Dollar hinterlassen. Warum um Himmels willen sollte er das tun? Das war doch alles verrückt.

Zitternd nahm Cassie das Telefon zur Hand, um ihre Mutter anzurufen, die ihr hoffentlich ein paar Antworten geben konnte. Doch da setzte kurz ihr Herz aus und klopfte ihr dann bis zum Hals. Was, wenn ihre Mutter von nichts wusste? Vielleicht hatte ihr Vater alles geheim gehalten? War es möglich, dass er die Vergangenheit hinter sich gelassen hatte, als hätte es sie nie gegeben, um niemals wieder an ein entsetzliches Ereignis erinnert zu werden? Oder ihre Mutter wusste alles und hatte sie nie eingeweiht. Aber würde ihre Mutter so etwas tun? Cassie war verwirrt und fühlte sich betrogen. Sie legte das Telefon wieder hin. Erst einmal musste sie nachdenken. Das Ganze war womöglich ein schrecklicher Irrtum. Bestimmt gab es eine ganz einfache Erklärung. Aber für eine Viertelmillion Dollar von einem Mann, mit dem sie gerade einmal fünf Minuten gesprochen hatte, reichte eine einfache Erklärung nicht.

Dann dachte sie an Michael. Wenn er von dem Geld erfuhr, würde er sie ebenfalls hassen.

Cassie hockte sich auf den Boden und schlang die Arme um Bill. Das Gesicht in seinem Fell vergraben, begann sie haltlos zu schluchzen.

8

Whitby Point, 1933

Joe trat einen Schritt zurück und wischte sich die Hände an dem Tuch ab, mit dem er das Auto poliert hatte. Er wollte seinen Schwiegervater in Wollongong besuchen und dann nach Sydney weiterfahren. Auf seinen eigenen Wagen war er sehr stolz, und ihm lag daran, dass das Fahrzeug so gut aussah wie an dem Tag, an dem er es gekauft hatte. Er ließ die Hand auf dem geschwungenen weinroten Kotflügel ruhen und dachte an seine erste Autofahrt zurück, als ihn sein Schwiegervater Franco Riviera in einem Ford Modell T zu einer Pension in Wollongong gebracht hatte. Von diesem Tag an hatte Joe davon geträumt, selbst ein Auto zu besitzen. Und jetzt hatte er es geschafft, er war ein erfolgreicher Fischer mit einer eigenen jungen Mannschaft, leitete einen Teil eines weitgespannten Fischereiunternehmens, das Franco gehörte, und war überdies ein angesehener Bürger der kleinen Küstenstadt. Australien war für Joe Aquino wirklich das Land der unbegrenzten Möglichkeiten geworden.

»Giuseppe!«

Joe lächelte in sich hinein. Alle Welt nannte ihn Joc, nur seine Mutter nicht.

»Ja, Mamma. Bitte hol die Kinder. Ich möchte mich von ihnen verabschieden«, sagte er auf Italienisch, denn seine Mutter weigerte sich hartnäckig, Englisch zu lernen.

Die Jungs rannten auf ihn zu; ihr dunkelbraunes Haar glänzte in der Sonne. Riccardo, mit seinen elf Jahren der Älteste, war als Erster bei ihm, gefolgt von Pietro, und zuletzt kam der fünfjährige Carlo, der Kleinste, der die Beine seines Vaters umschlang.

»Ich bleibe nicht lange weg. Übermorgen bin ich wieder da«, versprach Joe. »Und ihr seid brav zur Nonna. Versprochen?«

»Ja, Papà«, sagte Pietro.

»Wir sind immer brav«, versicherte Riccardo spitzbübisch.

»Du wirst mir fehlen«, meinte der kleine Carlo.

»Ich bin im Handumdrehen wieder da.«

»Nonna spricht nicht Englisch«, klagte Riccardo.

»Schön, dann lernt ihr zwei Sprachen. Ihr habt ein Riesenglück, dass Nonna euch so lieb hat und sich um euch kümmert«, erwiderte Joe unbeirrt. »Wenn ich heimkomme, unternehmen wir etwas Besonderes.«

»Können wir auf deinem großen Schiff rausfahren? Der *Sea Queen?«*, fragte Riccardo.

»Du bist noch zu klein für den Trawler.«

»Dann gehen wir ins Kino«, schlug Pietro vor.

»Vielleicht gehen wir unten am Strand angeln, wenn ich wieder da bin. Aber nur, wenn ihr euch alle anständig benehmt.«

»Das werden sie schon«, meinte Emilia, Giuseppes Mutter, und zog die Kinder an ihre Seite.

»*Grazie*, Mamma.« Joe küsste seine Mutter, wie immer dankbar dafür, dass sie nach Evalinas plötzlichem Tod nach Australien gekommen war, um ihm bei der Erziehung seiner Söhne zu helfen. Als seine Frau bei Carlos Geburt starb, war sein Leben völlig aus dem Lot geraten. Sie hatte sich ganz dem Haushalt und den Kindern gewidmet und interessierte sich wenig für die Fischerei, außer dass sie klagte, wenn Joe tagelang auf See war. Sie fühlte sich erst glücklicher, als das Geschäft florierte, Joe mehr Zeit an Land verbrachte und nur noch gelegentlich mit einem der kleineren Kutter hinausfuhr. Der Trawler, der immer eine ganze Woche lang draußen blieb, musste ohne ihn in See stechen.

Joe hatte seine Frau sehr gemocht, und er war sehr erschüttert, als er sie verlor. Nach ihrem Tod hatte er nacheinander verschiedene Frauen eingestellt, die sich um die Jungs kümmern sollten, aber er fand, dass keine von ihnen die hohen Maßstäbe an Fürsorge und Zuneigung erfüllte, die ihre Mutter gesetzt hatte. Ihm fiel nur eine Lösung ein, also schickte er eine Nachricht an seine Mutter in Italien und bat sie, zu kommen und zu helfen.

Emilia d'Aquino wusste, was sie zu tun hatte. Obwohl ihr Mann und ihre Mutter verstorben waren, fühlte sie sich nicht einsam. Ihre vielen Kinder besuchten sie täglich, ebenso ihre alten Freundinnen aus dem Dorf. Aber da Giuseppe sie nun brauchte, beschloss sie, die Reise nach Australien anzutreten, um ihre Enkel großzuziehen.

Manchmal sorgte sich Joe, dass seine Söhne ihre Mutter vergessen würden. Daher achtete er darauf, dass sie häufig ihr Grab besuchten. Er hielt auch engen Kontakt zu Franco, Evalinas Vater, und zu seinem Schwager Silvio, denn beide waren für ihn nicht nur Geschäftspartner, sondern auch gute Freunde. Wenn er nach Wollongong fuhr, besuchte er sie jedes Mal.

Als Joes Chevrolet in die Einfahrt bog, kam sein Schwiegervater heraus, um ihn zu begrüßen.

»Willkommen, willkommen!«, rief Franco, als er Joe umarmte. Die Jahre hatten Franco wenig anhaben können, nur etwas runder war er geworden. Er war immer noch der freundliche, gesellige Mensch, der er gewesen war, als Joe ihn vor über zehn Jahren kennenlernte. »Willst du mit dem Auto bis nach Sydney fahren oder es hier stehen lassen und den Zug nehmen?«

»Ich lasse es hier und sehe zu, dass ich den Frühzug erreiche. Den Verkehr in den Straßen von Sydney will ich mir nicht antun.«

»Sehr gut. Komm rein, wir können bei einem Kaffee über die Besprechung morgen bei der Bank reden.«

In Wollongong gab es zwar auch eine Zweigstelle ihrer Bank, aber Franco hatte es sich zur Gewohnheit gemacht, Geschäftliches stets mit dem Direktor persönlich zu bereden.

»Wir brauchen ein Darlehen, damit wir einen Teil meiner Ausrüstung reparieren oder ersetzen können, vor allem die Motoren der kleinen Boote«, sagte Joe, als sein Schwiegervater ihm eine Tasse reichte. »Und, Franco, ich möchte auch die Sache mit der Konservenfabrik ansprechen. Wenn man Gemüse und Fleisch in Dosen haltbar machen kann, dann geht das sicher auch mit Fisch. In das Geschäft sollten wir einsteigen.«

»Wahrscheinlich hast du recht. Es gibt immer nützliche Neuerungen. Heute gelangt unser Fisch noch am Fangtag, in Eis gepackt, mit dem Lastwagen auf die Märkte von Sydney. Vor zehn Jahren wäre das noch nicht möglich gewesen. Damals wurde der Fisch, den wir in Wollongong fingen, auch dort verkauft. Jetzt haben wir einen viel größeren Markt. Aber, Joe, seit wir diese Wirtschaftskrise haben, sind die Banken mit Krediten viel vorsichtiger. Sie wollen kein Risiko eingehen, ich bezweifle also, dass sie für deine Konservenfabrik auch nur einen Penny rausrücken. Aber fragen kostet ja nichts. Wichtig ist, dass du das Darlehen für deine Motoren bekommst.«

»Ist klar.«

»Es ist gut, dass du immer überlegst, wie man in dem Geschäft etwas verbessern könnte. Du probierst gern etwas Neues aus. Viele Fischer in Australien sind da nicht so offen, sie halten sich ans Bewährte. Deshalb tun sie sich in den harten Zeiten, die jetzt angebrochen sind, schwerer als wir«, sagte Franco.

»Weißt du noch, wie ich in der ersten Zeit bei dir Angst hatte, mein Fanggerät zu verlieren, weil ich den Meeresboden nicht kannte? Damals habe ich mir eine Spezialleine gebastelt, um ihn zu erforschen«, erzählte Joe.

»Ich glaube, die Geschichte kenne ich noch nicht«, meinte Silvio, Joes Schwager, der sich zu ihnen gesellte.

»Schenk dir Kaffee ein«, sagte Franco zu seinem Sohn. »Es wundert mich, dass du das nicht weißt, es war jedenfalls schlau. Nur zu, Joe, erzähl's ihm.«

Franco erinnerte sich stets mit großem Vergnügen an die pfiffigen Ideen seines Sohns und seines Schwiegersohns.

»Eigentlich war es ganz einfach, Silvio«, begann Joe. »Ich habe etwas Senkblei eingeschmolzen und in eine leere Dose gekippt, dann habe ich eine Drahtöse hineingesteckt, damit ich eine Angelschnur daran befestigen konnte. Danach habe ich dem Blei eine konkave Form gegeben und es abkühlen lassen.«

»Und damit konntest du feststellen, wie der Boden aussieht?«, fragte Silvio.

Bevor Joe es ihm erklären konnte, schaltete sich Franco ein. »Das war der kluge Schachzug dabei«, berichtete er begeistert. »Er gab in die mit Blei ausgegossene Dose Hammelfett und zog sie langsam über den Meeresboden. Wenn er sie wieder herausholte, sah er an den Spuren im Fett, ob es unten Sand oder Algen gab oder ob der Untergrund felsig war. So fand er heraus, wo die besten Plätze zum Fischen waren. Clever.«

»Das kann man wohl sagen«, bemerkte Silvio.

»Und ich lernte den Meeresboden so gut kennen, dass ich beschloss, wie daheim in Italien mit der Langleine zu fischen«, erklärte Joe.

»Ich glaubte damals nicht, dass die Langleine funktionieren würde«, sagte Franco. »Im Grunde habe ich gar nicht verstanden, wie es funktioniert, bis ich sie im Einsatz erlebt habe. Man konnte damit eine Menge Fische fangen.«

»Aber nur, wenn die Wetterbedingungen stimmten«, rief ihm Joe in Erinnerung.

Die Leine, die Joe damals benutzte, war zweihundert Meter lang und hatte ungefähr fünfzig Nebenleinen, die mit je einem Angelhaken versehen waren. Ein Ende der Leine war an einer mit Gewichten beschwerten Boje befestigt, und während sich das Boot davon wegbewegte, wurden die Nebenleinen nach rechts und links über Bord geworfen, bis die letzte Nebenleine, ebenfalls an eine Boje gebunden, zu Wasser gelassen wurde.

»Ich weiß noch, dass ich mit dir rausgefahren bin, als du sie zum ersten Mal benutzt hast. Als du die letzte Nebenleine rausgeworfen hattest, war es Zeit, zur ersten zurückzukehren und sie herauszuholen. Ein Fisch nach dem anderen tauchte auf, und die meisten waren große Snapper. An allen Leinen war es dasselbe«, berichtete Franco vergnügt.

»Das stimmt«, bestätigte Silvio. »Joe hat sehr viele Fische gefangen. Wir haben sie an die Kohlekumpel verkauft und an die Eisenbahnarbeiter und die Mannschaften der Kohledampfer. Ich hatte mit dem Verkauf alle Hände voll zu tun, so dass ich gar nicht mehr rausgefahren bin, und wir konnten Joe sein eigenes Boot kaufen.«

»Das Boot habe ich geliebt«, erinnerte sich Joe lächelnd. »Es hatte ein Segel, also musste ich nicht dauernd rudern.« Er seufzte. »Neue Methoden sind schön und gut, aber die alten sind teilweise auch nicht schlecht. Ich stamme ja aus einer alten Fischerfamilie, und da will ich ihre Ideen nicht ganz über Bord werfen.«

»Deine Leute verstanden zweifellos etwas vom Fischen, und sie haben dir eine Menge beigebracht«, stellte Silvio fest.

»Allerdings«, bestätigte Franco. »Mit deinen Fähigkeiten, Joe, ist es kein Wunder, dass das Geschäft gut läuft, selbst in diesen schwierigen Zeiten. Fünf Dampfschiffe in Whitby Point und noch dazu der Trawler. Vielleicht kannst du die Bank ja davon überzeugen, dass einige der Motoren auf Diesel umgestellt werden sollten. Aber genug vom Geschäft. Die Zeit vergeht so schnell. Weißt du, was ich zum Abendessen geordert habe, Joe?«

»Steak«, erwiderten Joe und Silvio wie aus einem Munde. Es war ein Familienwitz, dass Joe, der Fischer, nichts lieber aß als ein gutes Steak.

»Du glaubst wohl, ich hätte es nie mitbekommen, wenn

du dich mit einem Snapper in die Metzgerei geschlichen hast, um ihn gegen ein Steak zu tauschen?«, lachte Franco. »Aber ich wusste Bescheid, und du hattest es verdient.«

»Steak werde ich wohl nie überbekommen. Was für ein Land, in dem es solches Fleisch gibt – Lamm, Hammel. Als ich ein Kind war, ist kaum einmal Fleisch auf den Tisch gekommen. Jetzt kann ich nicht genug davon kriegen.« Joe erinnerte sich, dass seine Mutter ihnen zwar immer ein Essen vorsetzen konnte, doch ein Stückchen sehniges Ziegenfleisch war immer etwas ganz Besonderes gewesen.

»Ja, dein Lieblingsessen wird gerade zubereitet: Steak, Eier und Bratkartoffeln.«

»Danke, Franco. Meine Mutter staunt immer noch, wie viel Fleisch ich bei einer Mahlzeit esse. Sie meint, dass in Sizilien eine große Familie von dem satt würde, was ich so verdrücke.«

Joe war gern mit Franco und Silvio zusammen. Sie waren immer so optimistisch, und offensichtlich mochten sie ihn und betrachteten ihn als Familienmitglied und nicht nur als Geschäftspartner. Franco regte sogar von Zeit zu Zeit an, Joe solle wieder heiraten, damit seine Enkel eine Mutter hätten. Joe zuckte dann nur die Schultern und meinte, ja vielleicht, irgendwann einmal.

Am nächsten Tag im Zug legte Joe seinen Hut auf die Ablage, setzte sich und überlegte, was er dem Bankdirektor erzählen wollte. Franco hatte recht. Sie sollten die Motoren der kleinen Kutter auf Diesel umstellen. Das war wirtschaftlicher und würde die Fixkosten senken, weil auf den Kuttern dann weniger Leute gebraucht würden. Außerdem waren sie dann nicht auf ein zentrales Kohledepot angewiesen. Wenn er es recht bedachte, war jetzt nicht der richtige Zeitpunkt für die Idee mit der Konservenfabrik, erst musste sich die wirtschaftliche Lage wieder erholen.

An der Central Station bahnte sich Joe seinen Weg durch die Menge zum Ausgang. Er hatte vorgehabt, mit der Tram bis zum Martin Place im Herzen der Stadt zu fahren, wo sich der Hauptsitz der Bank befand, aber weil er früh dran war, beschloss er, zu Fuß zu gehen.

Es war ein freundlicher Frühlingstag, die Platanen im Park trieben aus, aber die Gegend um den Bahnhof war schäbig und heruntergekommen. Joe war erschüttert von dem, was er sah. Die Auswirkungen der Weltwirtschaftskrise waren in diesem Teil der Stadt viel deutlicher spürbar als in Whitby Point.

Verwahrloste Männer mit schmalen, sorgenvollen Gesichtern standen in Gruppen herum, manche teilten eine Zigarette. Einige sahen aus wie Farmarbeiter, die in der Stadt Arbeit suchten. Joe dachte an die Städter, die in Whitby Point aufgetaucht waren und nach Jobs fragten. Aber es gab nirgends welche. Nicht weiter erstaunlich bei einer Arbeitslosenquote von 25 Prozent, dachte er.

Verhärmte Frauen mit Kindern im Arm bettelten um Geld für Lebensmittel. Als Joe weiterging, sah er eine lange Schlange, offensichtlich standen die Leute vor einer Suppenküche an. Ihm war klar, dass die Leute in der Schlange ihn für einen reichen Mann halten mussten, und sein Herz zog sich vor Mitgefühl zusammen. Vor gar nicht langer Zeit war er selbst arm gewesen. Aber trotz des kärglichen Lebens auf seiner Insel war immer etwas zu essen auf den Tisch gekommen, und wenn es nur eine Brühe aus Kräutern und Nesseln gewesen war, die sie auf dem Hügel gesammelt hatten.

Mit gesenktem Kopf ging Joe weiter und wich den Blicken der Passanten aus. Er kam an einem Abbruchgebäude vorbei, offensichtlich eine Zuflucht für Menschen, die keine andere Unterkunft hatten.

Als er die Straße überquerte, sah er aus dem Augenwinkel eine Frau, die den Bürgersteig entlangeilte. Mit gesenktem Kopf duckte sie sich in ihren Mantel, der schon bessere Tage gesehen hatte. Auf ihrem Haar saß ein gestricktes Barett. Sie unterschied sich kaum von den anderen, die er in der Gegend gesehen hatte, aber etwas an ihr veranlasste Joe, noch einmal genauer hinzuschauen.

Er schnappte nach Luft, blieb wie angewurzelt stehen, dann wirbelte er herum und lief ihr nach. Er wusste, wer sie war. Niemand sonst hatte solche roten Locken. Kaum brachte er den Namen, der ihm so teuer gewesen war, über die Lippen.

»Bridie?«

Sie zuckte zusammen, als hätte jemand sie geschlagen, warf einen Blick über die Schulter und lief rasch weiter.

Mit zwei Schritten war er neben ihr und drehte sie um, so dass sie ihn ansehen musste.

»Bridie, ich bin's, Joe, Giuseppe. Bist du das wirklich?«

»Giuseppe, du? Du siehst sehr gut aus.« In Bridies Stimme lag wenig Freundlichkeit. Sie sprach, als wäre er nur ein flüchtiger Bekannter.

Na gut, dachte Joe, nach der langen Zeit bin ich wohl nichts anderes.

»Bridie, ich lade dich zu einer Tasse Tee ein«, schlug er vor. »Ich will mit dir reden, will hören, wie es dir ergangen ist.« Als er ihren Arm nahm, spürte er durch den abgetragenen Stoff ihres Mantels, wie mager sie war.

Sie entzog ihm ihren Arm. »Tut mir leid, aber ich habe keine Zeit.«

»Bridie, eine Tasse Tee um der alten Zeiten willen, das geht bestimmt. Und dann kannst du mir deine ganze Geschichte erzählen.«

Plötzlich füllten sich Bridies Augen mit Tränen.

»Ach, Giuseppe, du warst immer so nett zu mir, aber nach deinem Äußeren zu urteilen haben wir ganz unterschiedliche Wege eingeschlagen. Du siehst sehr, na ja, wohlhabend aus.«

»Ich habe großes Glück gehabt, aber du vielleicht nicht.«

Plötzlich setzte Bridie eine trotzige Miene auf. »Nein, hatte ich nicht, und du verstehst das bestimmt nicht. Also ist es am besten, wenn wir diese Begegnung vergessen.«

Joe starrte sie an. »Dich vergessen? Seit du mich verlassen hast, habe ich jeden Tag meines Lebens an dich gedacht, und ich werde nicht zulassen, dass du noch einmal verschwindest. Du musst mir erzählen, was dir zugestoßen ist. Und interessierst du dich denn nicht dafür, was ich erlebt habe?«, fügte er hinzu, weil er hoffte, dass Bridies Neugier den Sieg davontragen würde.

»Das wäre wohl ziemlich unhöflich von mir?« Sie lächelte ein wenig.

Sie fanden eine kleine Teestube, und Joe bestellte eine Kanne für zwei, obwohl er normalerweise keinen Tee trank. Dazu einen Teller mit Scones, die er nicht mochte, die Bridie aber vielleicht schmecken würden.

Sie wurden rasch bedient, und als Bridie den Tee einschenkte, fragte Joe: »Du hast also Ronan geheiratet?«

Bridie zuckte zusammen und begann zu schluchzen.

Joe reichte ihr sein Taschentuch, und Bridie wischte sich über die Augen. »Du solltest etwas essen«, schlug er vor. »Und wenn du kannst, erzähl mir, was passiert ist.«

Bridie schniefte und biss in ein Scone. »Die sind köstlich. Ich habe gar nicht gemerkt, wie hungrig ich bin. Ja, ich habe ihn geheiratet. Er war ein guter Mann, aber nicht sehr stark. Er hat viele Jobs ausprobiert, aber nirgends haben sie ihn behalten. Als Patrick zur Welt kam, hat sich Ronan noch mehr angestrengt, aber die Arbeit hat ihn körperlich überfordert. Er ging immer zur Werft hinunter und stellte sich bei den Tagelöhnern an, aber die Vorarbeiter wussten, dass die harte Arbeit nichts für ihn war, also heuerten sie ihn nicht an. Nach und nach haben wir alles verloren. Wir zogen ständig um und blieben oft die Miete schuldig. Ach, Giuseppe, ich habe mich gefühlt wie eine Kriminelle. Aber was hätten wir sonst tun sollen, als Patrick da war?«

»Meine arme Bridie. Wenn ich es nur gewusst hätte, dann hätte ich euch geholfen.«

»Giuseppe, ich hatte keine Ahnung, was aus dir geworden war und wo du steckst, also konnte ich dich um nichts bitten.«

Joe warf einen Blick auf ihren abgetragenen Mantel. »Hat Ronan zurzeit Arbeit?«, fragte er leise.

»Er ist vor zwei Jahren gestorben. Nach einer Lungenentzündung. Obwohl sie sich im Krankenhaus sehr um ihn bemüht haben, konnten sie ihn nicht retten.«

»Du bist jetzt also noch schlechter dran?«

»Seltsamerweise nicht. Ich bekomme eine Witwenrente, das ist zwar nicht viel, aber mehr, als Ronan und ich manchmal hatten, und zusammen mit dem Kindergeld komme ich über die Runden. In einem Haus in Surry Hills habe ich ein Zimmer mit einem Bett und einem Gaskocher, ich kann also unser Essen selbst kochen. Patrick ist gerade in die Schule gekommen. Wir überleben.«

»Und deine Familie, Bridie? Hast du ihnen geschrieben?«

Sie nickte. »Ich habe ihnen mitgeteilt, was passiert ist, aber in Irland haben die Leute auch nicht mehr Geld als in Australien, also können sie mir nicht helfen. Ich schlage mich eben durch, so gut es geht.«

Joe sah sie an. »Wie tapfer du bist. Das warst du schon immer.«

»Mir blieb nichts anderes übrig.« Bridies Stimme klang verbittert. »Was hast du getrieben, seit wir uns zuletzt gesehen haben, Giuseppe?«

Joe erzählte ihr von Franco und ihrem florierenden Fischereibetrieb südlich von Sydney. »Ich habe jetzt sogar ein eigenes Auto«, berichtete er stolz.

»Ich wusste schon immer, dass du es schaffen würdest. Bist du verheiratet?«

»Ich war es. Evalina war eine wunderbare Frau, die perfekte Ehefrau und Mutter. Sie hat gut für die Jungs und mich gesorgt. Ich habe keinen Grund zur Klage über sie – außer dass sie mich verlassen hat. Sie ist bei der Geburt von Carlo, unserem jüngsten Sohn, gestorben. Er ist auch gerade in die Schule gekommen, müsste also ungefähr so alt sein wie dein Patrick. Außerdem habe ich noch zwei Söhne, Riccardo und Pietro.«

»Giuseppe, das ist so traurig, noch dazu, wo ihr glücklich miteinander wart. Wer sorgt für deine Kinder, wenn du in Sydney bist?«

»Meine Mutter ist aus Italien gekommen und kümmert sich um uns alle.«

Joe sah auf die Uhr. »Ich muss bald los. Ich habe einen Termin bei meiner Bank am Martin Place.«

Bridie stand auf. »Bitte verschwende keine Zeit mehr mit mir. Es ist mir so, so … peinlich, dass du mich so gesehen hast.«

»Dass du schlimme Zeiten durchgemacht hast, tut mir leid. Aber jetzt wird alles anders. Komm, wir müssen gehen. Ich darf mich nicht verspäten.«

»Danke. Ich will dich nicht aufhalten.«

»Wann kommt dein Junge aus der Schule?«

»Um drei.«

»Da haben wir ja genug Zeit«, meinte Joe. »Du kommst mit. Ich lasse dich nicht mehr aus den Augen.«

Er zahlte, nahm Bridies Arm, und sie gingen gemeinsam zum Martin Place. Doch als sie das imposante Bankgebäude erreichten, schrak Bridie zurück.

»Da kann ich nicht reingehen. Ich bin nicht gut genug angezogen, um an deiner Seite gesehen zu werden. Was würden die Leute denken? Ich warte hier draußen.«

»Unsinn, natürlich kommst du mit rein«, entgegnete Joe resolut. Er spürte ihr Unbehagen, war aber entschlossen, sie kein zweites Mal gehen zu lassen.

»Bitte komm mit rein und warte auf mich. Ich brauche nicht lange.«

Joe führte Bridie zu einem Stuhl im Empfangsbereich vor dem Büro des Direktors und ignorierte den unterkühlten Blick der Sekretärin.

»Mr. Aquino«, wisperte sie. »Hat Ihre, ähm, Begleiterin auch einen Termin bei Mr. Braxton?«

»Mrs. Sullivan gehört zu mir. Sie ist eine alte Freundin. Bitte kümmern Sie sich um sie. Sollte sie nicht mehr hier sein, wenn ich aus Mr. Braxtons Büro komme, ziehe ich Sie persönlich zur Verantwortung«, erwiderte Joe streng.

Die Sekretärin wurde rot. »Ja, Mr. Aquino.«

Als Joe das Büro des Direktors betrat, hörte er sie sagen: »Mrs. Sullivan, darf ich Ihnen eine Tasse Tee anbieten?«

Bridie schüttelte den Kopf. »Nein danke. Aber gibt es hier eine Damentoilette?«

Ungefähr eine halbe Stunde später kam Joe aus Mr. Braxtons Büro. Er verabschiedete sich von dem Direktor, der Bridie stirnrunzelnd musterte.

Joe blickte Bridie liebevoll an und sagte: »Mr. Braxton, das ist Mrs. Sullivan. Eine alte Freundin.« Mit einem Lächeln setzte Joe seinen Hut auf, bot Bridie den Arm und verließ das Büro.

»Ich spüre, wie mir ihre Blicke ein Loch in den Rücken brennen«, bemerkte Bridie, die dennoch den Kopf hochhielt. »Ich glaube, du hast der Sekretärin Angst gemacht. Kaum dass ich ein paar Minuten auf der Toilette war, kam sie schon angerannt und hat mich gesucht. Was dachte sie, das ich tun würde? Aus dem winzigen Fenster klettern?« Joe hätte beinahe einen Freudenschrei ausgestoßen, als er Bridie lachen hörte. Das war die Bridie, die er kannte, die Frau, die furchtlos allein um die halbe Welt reiste, um in einem fremden Land ein neues Leben anzufangen. Joe hatte ihr das Gefühl gegeben, wieder diese hübsche, selbstbewusste Frau zu sein.

»Bridie, du hast gesagt, dein Sohn kommt um drei nach Hause? Wir haben also genügend Zeit, um eine Überraschung für ihn vorzubereiten. Komm mit.«

»Wovon redest du da, Giuseppe?«

»Joe, so heiße ich jetzt. Nur meine Mutter nennt mich noch Giuseppe, und meine Mutter bist du ganz sicher nicht. Wir gehen jetzt in Farmers Department Store. Dort kaufst du für dich und auch für Patrick neue Kleider. Wenn du möchtest, kannst du dort auch zum Friseur gehen. Dann holen wir Patrick ab und nehmen den Zug nach Wollongong, wo mein Auto steht. Von dort fahren wir nach Whitby Point, da wohne ich. Es ist ein kleiner Ort, aber dir und Patrick wird es dort gefallen.«

Bridie blieb mitten auf dem Gehsteig stehen.

»Joe, du redest wirres Zeug. Erwartest du, dass ich nach so vielen Jahren alles stehen und liegen lasse und mit dir losziehe, um deine Geliebte zu werden? Es ist schön, dich zu sehen und zu hören, wie gut es dir geht, aber alles andere ist einfach unmöglich ...«

»Bridie, es liegt mir fern, dich zu meiner Geliebten zu machen. Ja, ich will dich in den Armen halten und küssen, so wie ich es mir vor langer Zeit auf dem Schiff erträumt habe. Meine Gefühle für dich haben sich nicht verändert. Aber ich will dich heiraten, du sollst zu meiner Familie gehören, in meinem Haus leben. Verstecken will ich dich ganz bestimmt nicht. Ich liebe dich heute noch genauso wie damals.« Dabei sah er Bridie in die Augen. Staunend erwiderte sie seinen Blick. »Du empfindest nicht dasselbe wie ich? Dann tut es mir leid, ich hätte dich nicht so überrumpeln dürfen«, fügte er kleinlaut hinzu.

»Joe, das geht alles zu schnell. Es ist dreizehn Jahre her, und ich muss erst einmal darüber nachdenken, was du da sagst.«

»Das verstehe ich. Ich verlange viel von dir. Aber bitte

lass wenigstens zu, dass ich dir und Patrick neue Kleider kaufe.«

Bridie lächelte und warf einen Blick auf ihren fadenscheinigen Mantel. »Die können wir auf jeden Fall gebrauchen, vor allem Patrick. Danke für dein Angebot.«

Drei Stunden später verließ Bridie das Kaufhaus in einem schlichten Kleid mit Jacke, sie trug Handschuhe, eine neue Handtasche und, zum ersten Mal seit langer Zeit, makellose Strümpfe und neue Schuhe. Im Friseursalon des Hauses waren ihre Locken zu einer Zopffrisur gebändigt worden. Eine Kosmetikerin hatte sich ihres Gesichts angenommen, und jetzt leuchtete ihre zarte Haut, die Sommersprossen waren unter feinem Puder verschwunden, sie trug Wimperntusche und einen hellrosa Lippenstift.

»Du siehst wunderbar aus«, fand Joe, der sich freute, dass sie jetzt entspannter und glücklicher wirkte.

»Du hast viel zu viel Geld für mich ausgegeben«, begann Bridie, aber sie konnte ihr Entzücken nicht verbergen.

Da die Schule bald aus sein würde, winkte Joe trotz Bridies Protest ein Taxi herbei, das sie zu ihrer Wohnung in Surry Hills bringen sollte.

»Joe, du wirfst das Geld zum Fenster hinaus. Wir können ohne weiteres zu Fuß gehen.«

Entsetzt sah Joe die verkommenen Häuser des Elendsviertels Surry Hills vorüberziehen. Die dichtgedrängten Gebäude führten direkt auf die Straße, und in der Gosse spielten Kinder, die vor Schmutz starrten.

»Du darfst hier nicht wohnen«, rief Joe. »Hier sieht es erbärmlich aus.«

»Bettler haben nicht viel Auswahl«, gab Bridie mit schneidender Stimme zurück. »Meine Nachbarn sind brave Leute. Wir helfen einander. Ohne ihre Unterstützung wäre ich viel schlechter dran.«

Das Taxi hielt vor einem der Häuser, und Joe folgte Bridie hinein.

»Ach, da bist du ja. Patrick ist bei mir«, rief eine Stimme.

»Danke, Ruby. Schick ihn rüber.«

Als Bridie die Tür zu ihrem Zimmer öffnete, kam ein kleiner Junge angerannt.

»Das ist mein Sohn Patrick.«

»Hallo, ich bin Joe. Wie geht's, Patrick?«

»Mr. d'Aquino und ich kennen uns schon ganz lange. Wir sind auf demselben Schiff nach Australien gekommen«, erklärte Bridie.

Scheu schüttelte Patrick Joe die Hand. »Guten Tag«, sagte er.

Joe folgte Bridie in ihr winziges Zimmer, in dem das Bett den meisten Raum einnahm. Außerdem gab es einen kleinen Tisch und einen Holzstuhl, auf dem Fußboden lag ein abgetretener Läufer. Joe ahnte, dass es hier im Winter kalt und im Sommer drückend heiß sein würde. Er war bestürzt. Seine schöne Bridie sollte nicht so leben müssen.

Es klopfte an der Tür. »Kann ich reinkommen?«

»Ja, natürlich. Joe, das ist meine Freundin Ruby. Sie passt immer mal wieder für mich auf Patrick auf.«

Joe fiel es schwer, Ruby nicht unhöflich anzustarren. Sie hatte weißblond gefärbtes Haar, rot lackierte Nägel und trug einen farbenfrohen Kimono. Irgendwie erinnerte sie ihn an jemanden, und dann fiel es ihm ein: Ruby war eine billige Ausgabe von Sophia, seiner ersten Freundin in Sydney.

Staunend betrachtete Ruby Bridies neue Kleider und

ihre Frisur, dann musterte sie Joe in seinem schicken Mantel und Hut und warf Bridie einen wissenden Blick zu.

»Ruby, das ist Joe, ein alter Freund, der heute Nachmittag sehr freundlich zu mir und Patrick war.«

»Freut mich, Sie kennenzulernen, Joe. Woher kennen Sie Bridie?«

»Wir sind auf demselben Schiff nach Australien gekommen. Bridie hat mir Englisch beigebracht.«

»Das hat sie offenbar gut gemacht. Sie klingen gar nicht wie ein Italiener. Bridie, Schatz, kann ich mir ein bisschen Zucker borgen? Ich wollte mir gerade ein Tässchen Tee machen, aber mein Zucker ist alle.«

»Bedien dich.«

»Wie viele Leute wohnen in diesem Haus, Bridie?«, wollte Joe wissen.

»Es gibt sechs Zimmer. Manche Leute müssen sich eines teilen, so wie Patrick und ich.«

»Das ist doch unzumutbar.«

»Wissen Sie was, Joe«, sagte Ruby, »ist es nicht besser, ein Dach über dem Kopf zu haben, selbst wenn in den Betten Wanzen hausen, als draußen zu schlafen?«

»Viele Leute finden, dass wir noch Glück haben«, bemerkte Bridie leise. »Manche Menschen müssen in Höhlen leben, und draußen in La Perouse gibt es eine ganze Kleinstadt mit Hütten, die aus Wellblech, Karton und Segeltuch gebaut sind.«

»Ja, und die Frau des Gouverneurs hat sich mal dorthin gewagt und behauptet, manche Hütten seien so hübsch, dass es ihr gar nichts ausmachen würde, da zu wohnen. Und dann ist sie wieder in ihre vornehme Regierungsvilla zurückgefahren.« Ruby lachte verächtlich.

»Das war gefühllos und arrogant«, pflichtete Joe ihr bei.

»Tja, war nett, Sie kennenzulernen, Joe. Bis bald, Bridie«, sagte Ruby und zwinkerte Bridie verstohlen zu.

»Nein, Ruby, es ist nicht so, wie du denkst«, wisperte Bridie, als sie die Tür hinter ihrer Freundin zuschob.

»Du bist so still, Patrick. Wie war's in der Schule?«, wollte sie wissen. »Du musst dir ansehen, was wir dir heute gekauft haben.«

»Mum, Father O'Malley ist heute in die Schule gekommen, und weißt du was? Wir mussten uns alle in einer Reihe aufstellen, und dann hat er jedem Kind in der Schule eine Orange gegeben. Und wir durften sie gleich essen. Mann, war das gut.«

Joe wurde schwer ums Herz. Er musste sich nie Gedanken darüber machen, was seine Jungs aßen, es kam immer genug auf den Tisch. Und hier war ein kleiner Junge, der sich maßlos über eine Orange freute.

Noch aufgeregter wurde Patrick, als Bridie ihm die Sachen zeigte, die Joe für ihn gekauft hatte.

»Bridie, es bricht mir das Herz«, sagte Joe schließlich. »Du kannst einen guten Jungen wie Patrick nicht in so einer Umgebung aufziehen. Er hat etwas Besseres verdient. Heute Vormittag hab ich dir überstürzt einen Heiratsantrag gemacht. Das tut mir leid. Mein Angebot, euch beide nach Whitby Point mitzunehmen, gilt aber weiterhin. Und diesmal sind keine Bedingungen daran geknüpft. Für Patrick wäre es schön, dort aufzuwachsen. In Whitby Point gibt es reichlich frische Luft, und alles ist sauber. Da wagen sich keine Wanzen aus ihren Schlupfwinkeln. Ich kenne dort eine ausgezeichnete Pension. Bitte nimm mein Angebot an. Wenn du es nicht für dich tun willst, dann denk an deinen Jungen. Und falls du nach, sagen wir, sechs Monaten wieder zurück nach Sydney willst, werde ich dich nicht daran hindern.«

Seite an Seite saßen sie im Zug, während Patrick aus dem Fenster schaute. Die Fahrt mit der Dampfeisenbahn war so aufregend für ihn, dass er kein Wort herausbrachte.

Joe erzählte Bridie von der Fischerei in Whitby Point und seinen Zukunftsträumen.

Bridie schüttelte den Kopf. »Von der Fischerei verstehe ich gar nichts. Aber es klingt interessant.«

»Es kann auch aufregend sein. Wart mal ab. Ich fahre mit dir und Patrick mal auf dem Kutter raus.«

Während der Zug südwärts ratterte, schaute Patrick schweigend aus dem Fenster, offenkundig wie gebannt von den Bildern, die sich boten, als die Vororte von Sydney allmählich der Buschlandschaft wichen, hinter der immer wieder eine eindrucksvolle Felswand aufragte.

Joe fiel auf, dass der kleine Junge die Hand in der Tasche hatte, als wolle er sichergehen, dass etwas Wichtiges dort gut verstaut war.

Joe lächelte ihn an. »Was hast du denn da? Einen Glücksstein? Ich habe immer eine Muschel in der Tasche.«

Zögernd zog Patrick die Hand aus der Tasche und zeigte Joe seinen Schatz. Verblüfft erkannte Joe den kleinen Holzelefanten, den er vor vielen Jahren für Bridie in Colombo gekauft hatte.

»Das ist wirklich etwas ganz Besonderes«, sagte er leise. »Ein Glückselefant. Pass gut auf ihn auf.« Er beobachtete, wie der Junge die Figur ganz behutsam zurück in die Tasche seiner kurzen Hose steckte.

Joe sah Bridie an. »Du hast ihn all die Jahre aufgehoben?«

»Es war ein Andenken an einen glücklichen Tag. So viele habe ich seitdem nicht mehr erlebt. Patrick hat sonst kein Spielzeug, aber den kleinen Elefanten liebt er.«

Joe schwieg, freute sich aber insgeheim, dass Bridie den Holzelefanten all die Jahre aufbewahrt hatte. Hieß das denn nicht, dass er mehr für sie war als nur ein Junge, dem sie mal Englisch beigebracht hatte?

Er beobachtete, wie Bridie leise mit Patrick sprach, betrachtete ihr wunderbares rotes Haar und dachte, was für ein Glückspilz er doch war, dass er sie wiedergefunden hatte. Mit Evalina war er immer zufrieden gewesen. Sie war eine sanftmütige, pflichtbewusste Ehefrau gewesen, aber im tiefsten Innern wusste Joe, dass er für Evalina nie so leidenschaftliche Gefühle gehegt hatte wie für Bridie – eine Leidenschaft, die seit ihrer ersten Begegnung im kleinen Aufenthaltsraum des Dampfers nie erloschen war.

Schließlich begann Bridie ihm Fragen zu stellen, über seine Familie, seine Söhne und Whitby Point. Vor allem interessierte sie die Schule.

»Leider weiß ich nicht so viel über die Schule, aber die Jungs sind dort anscheinend ganz glücklich. Sie haben dort lesen und schreiben gelernt. Das gilt wenigstens für Riccardo und Pietro, Carlo hat ja gerade erst angefangen.«

»Joe, wo werden Patrick und ich denn wohnen?«

»Ich schlage vor, dass du mit Patrick in die Pension von Mrs. Ambrose ziehst. Ich werde dich als eine alte, inzwischen verwitwete Freundin dort einführen«, sagte er. »Und dann sehen wir weiter. Du wirst Mrs. Ambrose mögen, sie ist eine gute Seele.«

Nach kurzem Schweigen fragte Bridie: »Wie wird deine Familie auf mich reagieren?«

»Bridie, du bist ein so liebenswerter Mensch! Alle werden dich mögen, wart nur ab.«

»Bei dir klingt alles so unkompliziert.« Bridie seufzte. »Mir ist, als würde ich träumen. Alles geht so schnell. Ich hoffe nur, dass kein bitteres Erwachen folgt.«

»Bridie, es ist unkompliziert. Vertrau mir.«

Aber natürlich war es das nicht.

Ein paar Tage nach ihrer Ankunft stellte Joe sie seiner Mutter und seinen Söhnen vor. Bridie und Patrick wohnten in der Pension von Mrs. Ambrose, wo Patrick zum ersten Mal im Leben ein eigenes Zimmer hatte, und er ging jetzt in Whitby Point zur Schule. Wenn Joe Bridie und ihren Sohn besuchte, hielten sie sich in der Wohnstube auf, damit es kein böswilliges Gerede gab. Joe stellte fest, dass es ihm und Bridie nicht an Gesprächsthemen mangelte und sie gern zusammen waren. Der kleine Patrick hingegen blieb ziemlich verschlossen.

Joe hatte den Eindruck, dass Patrick Sullivan ein Junge war, der mit seinen fünf Jahren schon zu viel Elend, Schmerz und Angst erlebt hatte. Dennoch hatte er sich eine Unschuld und Freundlichkeit bewahrt, als glaube er, die Welt sei doch ein besserer Ort, als es den Anschein hatte. Er war ein ruhiger, schweigsamer Junge, der sich stets gut benahm. Von seiner Mutter wurde er nicht verhätschelt, ganz anders als Joes Kinder, die von ihrer Großmutter regelrecht verwöhnt wurden. Häufig musste er seinen Nachwuchs sogar daran erinnern, dass es in einer italienischen Familie keine Widerrede gab, wenn der Vater etwas sagte.

Nach seiner Rückkehr aus Sydney setzte sich Joe zu seiner Mutter an den Küchentisch und erklärte ihr, dass er demnächst eine Frau mit nach Hause bringen würde, die er vor Jahren kennengelernt hatte, die aber inzwischen verwitwet war und einen Jungen in Carlos Alter hatte. Emilia musterte ihn prüfend.

»Wo kommt sie her? Aus was für einer Familie? Kennen wir sie?«

Joe hatte dieses Problem kommen sehen. »Mamma, sie ist keine Italienerin. Sie stammt aus einer guten irischen Familie. Sie ist lieb und freundlich, hat aber viel durchgemacht. Ihr Mann ist gestorben, und in Australien hat sie niemanden. Vor kurzem ist sie nach Whitby Point gezogen, und ich dachte, für ihren Jungen wäre es nett, meine Jungs kennenzulernen.«

Seine Mutter warf ihm einen forschenden Blick zu. »Warum ist sie nicht heim zu ihrer Familie gefahren?«

»In Irland herrschen harte Zeiten, genau wie daheim in Italien. Für so eine Reise ist kein Geld da.«

»Warum ist sie hier?«

»Weil Whitby Point ein besserer Ort zum Leben ist als ihr Viertel in Sydney, Mamma.«

»Spricht sie Italienisch?«

»Nur ein paar Worte. Aber sie hat mir Englisch beigebracht. Vielleicht könnte sie auch dir Englisch beibringen?« Joe lächelte.

Seiner Mutter sträubten sich die Nackenhaare. »Ich muss nicht *Inglese* können. Bring sie und das Kind her, wenn es sein muss. Ich hoffe, du weißt, was du tust.«

»Ich verhalte mich nur wie ein guter Freund.«

Bridies erster Besuch verlief wenig erfreulich. Emilia verhielt sich ihr gegenüber ziemlich abweisend. Die älteren Jungs waren einigermaßen höflich zu Bridie und Patrick, langweilten sich aber bald und fingen an herumzuhampeln, bis alle Kinder zum Spielen rausgeschickt wurden, während die Erwachsenen Kaffee tranken und Emilias selbstgemachte Crostoli aßen.

Höflich erkundigte sich Bridie nach dem Rezept für das Gebäck, und Joe übersetzte die Antwort. Aber ein Gespräch kam nicht in Gang.

Schließlich sah Emilia Joe an. »Wie lange muss ich hier noch sitzen und so tun, als wäre ich nett zu diesem Mädchen?«, fragte sie.

Auch wenn seine Mutter italienisch sprach, sah Bridie aus, als hätte sie jedes Wort verstanden.

»Mamma, könntest du bitte rausgehen und nach den Jungs schauen?«, schlug Joe stirnrunzelnd vor.

»Darum hast du mich noch nie gebeten«, erwiderte seine Mutter, folgte aber dem Wink mit dem Zaunpfahl.

»Meine Güte, sie hält gar nichts von mir«, seufzte Bridie.

»Unsinn, natürlich mag sie dich«, behauptete Joe mit Nachdruck.

In diesem Augenblick hörte man Riccardo schreien, und Carlo kam ins Haus gerannt, verschwand in einem Zimmer und knallte die Tür hinter sich zu.

Joe ging nach draußen. »Was ist hier los?«

»Es war Carlo«, rief Riccardo. »Er hat Patrick in den Holzschuppen eingesperrt. Er hat gesagt, dass er ihm die Beine mit der Axt abhackt! Aber er gibt nur an.«

Joe und Bridie liefen zu einem alten Schuppen, wo Emilia mit einem rostigen Riegel kämpfte.

»Patrick, ist alles in Ordnung?«, rief Bridie.

»Ja, Mum. Aber es ist so finster hier drin. Der Junge hat gesagt, da ist eine Schlange.« Patrick fing zu weinen an.

»Da ist keine Schlange, Patrick. Lass mich mal.« Joe schob den Riegel zurück. Dann trat er in den mit Spinnweben verhangenen dunklen Schuppen und trug Patrick hinaus.

Bridie schloss ihn in die Arme, aber ihr Sohn stieß sie zurück, wischte sich die Augen und schniefte. »Ich habe keine Angst.«

»Was ist passiert? Warum hat Carlo so etwas getan?«, wollte Joe wissen.

»Er hat gesagt, er hat gesagt ... dass Patrick lügt. Patrick hat gesagt, dass du ihn und seine Mutter besucht hast und dass du ihn sehr gern magst. Aber das stimmt nicht. Wir sind deine Jungs, nicht er«, berichtete Riccardo.

»So darfst du nicht reden. Natürlich seid ihr meine Jungs, aber Patrick ist neu in der Schule, und ich war vor langer Zeit mit seiner Mutter befreundet. Deshalb möchte ich, dass ihr seine Freunde seid. Er kennt hier niemanden und hat keine Brüder wie ihr. Ich erwarte, dass ihr nett zu ihm seid, verstanden?«, sagte Joe streng.

Die Jungs wussten, dass sie besser nicht widersprachen.

»Ich werde jetzt mit Carlo reden. Pietro, nimm Patrick mit zu den Hühnern deiner Nonna und schau, ob ihr ein paar Eier findet.«

Patrick warf seiner Mutter einen Blick zu und flüsterte: »Carlo mag mich nicht. Er ist gemein.«

»Wahrscheinlich ist er sehr nett, wenn du ihn erst einmal besser kennst«, sagte Bridie.

»Ich habe gar nichts gemacht«, beschwerte sich Patrick.

Aber Pietro nahm seine Hand und sagte: »Ich zeige dir die Hühner.«

Als Patrick an diesem Abend ins Bett gegangen war, saßen Joe und Bridie noch in der Wohnstube der Pension und unterhielten sich leise.

»Ich fühle mich schrecklich. Deine Mutter mag mich nicht. Vielleicht denkt sie, ich wäre hinter deinem Geld her. Und die Jungs sind auch nicht glücklich über uns.«

»Unsinn. Wenn Mamma Bedenken hat, dann deswegen, weil du kein sogenanntes nettes Mädchen aus unserem Dorf bist. Jede Frau, auf die diese Beschreibung nicht zutrifft, wird anfangs Probleme mit ihr haben. Das wird sich ändern, wenn sie dich besser kennt. Und die Jungs werden schon miteinander zurechtkommen. Carlo war eklig zu Patrick, aber du darfst nicht vergessen, dass er das Nesthäkchen ist, also steht er gern im Mittelpunkt. Riccardo und Pietro mögen Patrick. Da bin ich mir sicher.«

»Ich hoffe, du hast recht«, sagte Bridie.

Joe lud Bridie und Patrick noch einige Male zu sich nach Hause ein. Emilia kochte stets ein wunderbares Essen, und Bridie machte ihr Komplimente über ihre Kochkünste, doch weiter gedieh das Gespräch nicht. Die beiden älteren Jungs fanden, dass Patrick eigentlich zu klein war, um sich mit ihm abzugeben. Trotzdem spielten sie im Garten hinter dem Haus gern mit ihm Fußball und fanden sogar, dass er sich beim Klettern auf Bäume gar nicht dumm anstellte.

»Siehst du«, meinte Joe, »die Jungs sind schon auf unserer Seite.«

»Nur Riccardo und Pietro«, erwiderte Bridie. »Carlo lehnt Patrick immer noch ab.«

»Das wird schon. Gib ihm Zeit.«

Als sie ein paar Wochen später in der Wohnstube der Pension saßen, erklärte Bridie Joe, wie schwierig das Leben in Whitby Point für sie war. »Es ist sehr schön hier«, sagte sie, »aber so ruhig. Wenn Patrick in der Schule ist, gehe ich spazieren, aber ich finde keine Menschenseele, mit der ich mich unterhalten kann. Deine Mutter hat wohl ihre Freundinnen, aber mit mir sprechen sie nicht. Ich bin eben keine Italienerin.«

»Aber es gibt in Whitby Point doch eine Menge Leute, die nicht aus Italien kommen. Wie ist es in der Kirche? Findest du denn da niemanden zum Reden?«

»Vielleicht schon, aber die Leute hier sind ganz anders als in Surry Hills. Dort haben wir auf engstem Raum zusammengelebt. Es war ein Elendsviertel. Aber wenn man mit jemandem reden wollte, musste man nur die Tür aufmachen. Hier ist es anders. Da muss man zusehen, dass man überhaupt jemanden trifft.«

»Wart's ab. Natürlich ist es hier anders als in der Stadt, aber du wirst dich daran gewöhnen.«

»Wenigstens gefällt es Patrick in seiner neuen Schule. Er hat Freunde gefunden und lernt etwas. Und die Schule ist viel schöner. Er freut sich auch über den großen Spielplatz, auf dem die Kinder herumrennen können.«

»Es ist also nicht alles schlecht in Whitby Point?«

»Nein, Joe, natürlich nicht.«

Am diesem Abend sprach er unter vier Augen mit Mrs. Ambrose, und ein paar Tage später berichtete ihm Bridie, ihre Zimmerwirtin habe sie zu einem Treffen des Roten Kreuzes mitgenommen.

»Die leisten großartige Arbeit, Joe. An der Oberfläche

sieht Whitby Point so hübsch aus, aber bei diesem Treffen wurde mir klar, wie viel Arbeit nötig ist, um einige Familien hier in der Gegend mit Lebensmitteln zu versorgen. Ich dachte, Armut gibt es nur in der Stadt, aber das stimmt nicht. Hier unten ist es auch schlimm.«

»Ja, Whitby Point ist auch von dem betroffen, was im übrigen Land passiert«, erwiderte Joe. »Aber ich finde es schön, dass du helfen willst.«

»Mrs. Ambrose meint sogar, wenn ich wirklich mehr tun will, sollte ich auch dem Landfrauenverband beitreten. Die unternehmen viel, um die Not armer Landfrauen zu lindern. Joe, ich sehe jetzt, dass eine Menge getan werden muss, und möchte gerne dabei helfen, das Elend zu bekämpfen. Mrs. Ambrose sagt, sie könnten jede Unterstützung gebrauchen, also habe ich versprochen, dass ich mitmache.« Bridie strahlte. »Es ist so gut, wenn man etwas Sinnvolles tun kann.«

Joe lächelte in sich hinein. Es freute ihn, dass Bridie mit solcher Begeisterung Anteil am Leben in Whitby Point nahm. Sie braucht nur noch ein bisschen Zeit, dachte er. Dann wird sie sich mit der Vorstellung anfreunden, wieder zu heiraten.

An einem Samstagnachmittag einen Monat später beschlossen Joe und Bridie, mit den Jungs an den Strand zu gehen. Da Ebbe war, konnten sie Muscheln sammeln. Joe liebte die süßen kleinen Muscheln, die sich im Sand verbargen. Ihre Suche war erfolgreich, und Joe schleppte einen ganzen Eimer mit ihrer Ausbeute, als er mit Bridie auf die Landzunge zuging, während die Jungs vorausrannten, um die Felspools zu erkunden.

Plötzlich hörten sie angstvolle Rufe, und ein Junge schrie laut auf.

Joe ließ den Eimer mit den Muscheln fallen und rannte mit Bridie zu den Felsen.

Zuerst sah Joe nur Pietro und Carlo, die auf den Felsen standen. Pietro schrie, und Carlo schien zu weinen. Dann sah er, dass Patrick in einem Felspool strampelte und von einer reißenden Strömung Richtung Ozean gespült wurde, während Riccardo versuchte, schwimmend zu dem kleinen Jungen zu gelangen. Beide Kinder wurden aufs offene Meer hinausgetrieben.

Joe kletterte über die Felsen und sprang ins Wasser, wo die Strömung in den Ozean mündete, als Patrick auf ihn zutrieb. Im selben Augenblick brach eine Welle und schwemmte sie beide zu den Felsen zurück. Riccardo, dem es gelungen war, aus dem Pool zu klettern, packte Patricks Hand und zog ihn hoch, während ihn Joe auf einen Felsvorsprung hob. Dann hievte sich Joe aus dem Pool und blieb erschöpft neben dem Jungen auf dem Felsvorsprung liegen. Alle hatten Schürfwunden und bluteten an Armen und Beinen.

»Alles in Ordnung?«, fragte Joe seinen Ältesten.

»Ja, Papà, mir geht's gut.«

Joe sah seinen Sohn voller Stolz an. »Was du getan hast, war sehr mutig.«

»Ich glaube, dass Patrick nicht schwimmen kann«, erklärte Riccardo sachlich. »Wäre nicht schlecht, wenn wir es ihm beibringen.«

Patrick schwieg. Er klammerte sich an Joe und verbarg sein Gesicht an dessen Schulter. Und genau in dem Moment, als Bridie bei ihnen anlangte, schaute er zu Joe auf und sagte: »Hab dich lieb. Du hast mich gerettet.«

Joe lächelte nur, war aber von Patricks Worten gerührt.

Bridie schloss ihren Sohn in die Arme. »Warum bist du denn in den Felspool gesprungen, Patrick? Du hättest ertrinken können.«

»Wo ist Carlo?« Joe bemerkte plötzlich, dass sein Jüngster nicht mehr bei ihnen auf den Felsen war.

»Er ist da drüben, Papà«, sagte Pietro.

Carlo war vor dem anbrandenden Wasser bis an die Klippe zurückgewichen und beobachtete sie.

»Der Ärmste«, sagte Bridie. »Bestimmt hat er einen gehörigen Schreck gekriegt.«

»Ich glaube, dass Carlo Patrick etwas getan hat«, erklärte Riccardo. »Deshalb ist Patrick ins Wasser gesprungen.«

Joe sah, dass Patricks Hand einen kleinen Gegenstand umklammerte.

»Was hast du da?«, fragte. »Was ist das?«

Patrick öffnete die Hand und zeigte Joe seinen Holzelefanten. »Carlo hat ihn ins Wasser geworfen«, sagte er.

Joe befahl den anderen Jungs, bei Bridie zu bleiben, und marschierte hinüber zu Carlo.

»Was du getan hast, war richtig dumm, Carlo«, schrie er seinen Sohn an. »Warum hast du das gemacht?« Er gab ihm eine Ohrfeige. »Du hättest uns alle umbringen können.«

»Er ist ein Baby!«, protestierte Carlo. »Das ist ein blödes Spielzeug.«

»Du hast Patrick sein Lieblingsspielzeug weggenommen. Du weißt genau, wie viel es ihm wert ist.«

Carlo nickte widerwillig.

»Dieser kleine Elefant ist alles, was Patrick in seinem Leben besessen hat, bevor er nach Whitby Point kam. Und zufällig weiß ich, dass der Elefant davor seiner Mutter gehört hat und etwas ganz Besonderes für sie war, aber du hast ihn ihm weggenommen. Du wolltest Patrick weh tun. Warum, Carlo? Was hat er dir getan?«

Carlo warf seinem Vater einen zornigen Blick zu. »Du magst ihn doch lieber als mich!«, rief er.

»Mein Junge«, erwiderte Joe, »das ist nicht wahr. Ich hab dich genauso lieb wie schon immer. Jetzt möchte ich, dass du mitkommst und sagst, dass es dir leidtut.«

Widerstrebend ging Carlo auf Patrick zu und entschuldigte sich dafür, dass er den kleinen Elefanten ins Wasser geworfen, alle erschreckt und solchen Ärger gemacht hatte.

Seufzend zauste Joe ihm das Haar. »Braver Junge«, sagte er.

Auf dem Heimweg vom Strand waren die Jungen bedrückt. Bridie und Joe gingen ein paar Schritte hinter ihnen und sprachen leise über das, was passiert war.

»Bridie«, sagte Joe. »Ich weiß gar nicht, wie ich mich dafür entschuldigen soll, was Carlo getan hat.«

»Joe, das war nicht deine Schuld, und ich finde, du hast dich wunderbar verhalten. Du und Riccardo, ihr wart sehr mutig, und letztlich ist niemandem etwas passiert. Aber es hat mich nachdenklich gemacht. Wenn mein Sohn dir sagen kann, dass er dich lieb hat, kann ich das auch. Also, wenn dein Heiratsantrag noch gilt, dann würde ich dich gern beim Wort nehmen.«

Joe verschlug es die Sprache. Er ergriff Bridies Hand und ließ sie auf dem ganzen Weg nach Hause nicht mehr los.

Die Trauung fand in der kleinen Kirche St. Mary's Star of the Sea statt. Nach italienischen Maßstäben war es eine kleine Festgemeinde. Die Kinder und Emilia, die zur Feier des Tages ihr schwarzes Kleid mit einem Spitzenkragen versehen hatte, saßen in der ersten Reihe. Die Jungs trugen ordentliche weiße Hemden zu ihren Kniebundhosen. Joe hatte darauf bestanden, dass Bridie ihre Hochzeitsgarderobe in Sydney kaufte.

Sie hatte sich für ein beigefarbenes dreiviertellanges Seidenkleid mit schräg geschnittenem Saum entschieden, das mit Satinschleife und Tüll drapiert und schmal geschnitten war, so dass es ihre schlanke Figur betonte. Ein Hütchen mit Feder saß auf ihrem roten Haar, und unter einem cremefarbenen Netzschleier leuchteten ihre Augen vor Freude. In der Hand hielt sie einen schlichten Strauß aus weißen Rosen, als sie von ihrem stolzen Sohn den Mittelgang entlanggeführt wurde.

Joe in seinem dunklen Anzug mit Blume im Knopfloch fand, dass sie wie ein Hollywoodstar aussah.

Franco schien sich aufrichtig zu freuen, dass Joe sein Glück gefunden hatte. Als Bridie Franco kennenlernte, war ihr zunächst unbehaglich zumute gewesen, sollte sie doch den Platz seiner verstorbenen Tochter einnehmen. Aber Franco verstand es, ihr die Befangenheit zu nehmen, und erklärte, Joe sei ein echter Glückspilz, dass er so eine schöne Frau gefunden habe.

»Es ist nicht richtig, wenn ein Mann und seine kleinen Söhne ohne Frau leben.« Er schaute zu Joes Mutter hinüber. »Emilia ist eine rechtschaffene Person, aber altmodisch und in italienischen Traditionen verhaftet. Ich bin mir sicher, meine Tochter würde sich freuen zu wissen, dass eine Frau mit moderneren Vorstellungen ihre Söhne erzieht.«

Francos Sohn Silvio und dessen Frau freuten sich ebenfalls für Joe. Außerdem waren Freunde aus Wollongong und Whitby Point und die Besatzung von Joes Fischkuttern zur Hochzeit gekommen.

Für Flitterwochen blieb keine Zeit, doch Joe wusste ohnehin, dass Bridie nicht gern ohne Patrick verreist wäre. In ihrer Hochzeitsnacht griff Joe in die Tasche und streckte ihr die offene Hand hin. Auf seiner Handfläche lag der schmale goldene Ring mit dem Granat, das Geschenk seiner Großmutter, das Bridie aus dem Pfandhaus gerettet hatte.

»Er ist zu zerbrechlich, um ihn zu tragen, aber ich möchte ihn dir trotzdem schenken«, sagte Joe.

»Du hast den Ring deiner Großmutter all die Jahre aufbewahrt! Ich freue mich so …«, sagte Bridie und betrachtete mit verschleiertem Blick den abgenutzten kleinen Ring.

»Dank dir, mein Liebling, habe ich ihn zweimal geschenkt bekommen. Einmal von Nonna Celestina und einmal von dir. Und jetzt gebe ich ihn dir zurück. Der Kreis hat sich geschlossen.«

Joe und Bridie waren sehr glücklich. Die Beziehung zwischen Bridie und Emilia entwickelte sich zu einer Art Burgfrieden. In der Küche führte weiterhin Emilia das Regiment, aber Bridie eroberte sich eine Domäne auf der verglasten Veranda, wo sie die Hausaufgaben der Jungs überwachte und mit der Zeit wachsenden Einfluss auf ihre Erziehung gewann. Sie lernte sogar Italienisch. Joe brachte Bridie auch das Autofahren bei, das ihr großes Vergnügen bereitete. Emilia ging weiterhin gern hinunter ans Meer, um mit ihren italienischen Freundinnen zu plaudern, während Bridie sich beim Roten Kreuz und beim Landfrauenverband engagierte.

Alle waren mit ihrer Stellung in der Familie zufrieden – nur Carlo nicht. Denn während Riccardo und Pietro Patrick gern aufnahmen, konnte Carlo seinen Stiefbruder nicht ausstehen.

Aber immer wenn Bridie ihren Mann darauf ansprach, meinte Joe optimistisch: »Wart nur mal ab. Das wird sich schon geben.«

Bridie meinte, sie sei sich da nicht so sicher, aber sie würde nicht zulassen, dass der Zwist zwischen den Jungs ihr neugefundenes Glück mit Joe trübte.

9

Indischer Ozean, 1939

Joe zog noch einmal an seiner Zigarette, bevor er die Kippe über Bord schnippte und zu seiner Kabine zurückging. Als er die Tür öffnete, lächelte ihm Bridie zu, die vor dem Spiegel des Frisiertischs saß und ihre Lieblingsohrringe ansteckte. »Es ist windig draußen. Du wirst vielleicht deine Stola brauchen«, sagte er.

»Vielleicht ist es nach dem Essen auch zu kühl für einen Spaziergang an Deck. Und meine ganze Frisur wäre ruiniert.«

Joe setzte sich auf das Bett und betrachtete sie. Sie war noch immer so gertenschlank wie an dem Tag vor gut zwanzig Jahren, an dem sie sich kennengelernt hatten. »Du siehst bezaubernd aus. Wie immer.«

»Schön, dass du dich schick gemacht und deinen Smoking angezogen hast. Was habe ich doch für einen stattlichen Mann! Diese Reise ist jetzt schon großartig, dabei hat unser Urlaub gerade erst begonnen!«, schwärmte Bridie.

Joe beugte sich über sie und küsste sie zärtlich auf den Kopf. »Ich wünschte nur, wir hätten uns nicht getrennt, als wir in Australien ankamen.«

Bridie schenkte ihm ein flüchtiges Lächeln. »Sei einfach froh und freu dich, dass wir jetzt zusammen sind.«

»Als wir uns damals auf der *Ricconigi* kennengelernt haben, mochtest du mich da nur ein bisschen – oder mehr?«

»Natürlich mochte ich dich, wir waren ja Freunde.«

»Aber nachts, allein, hast du da von mir geträumt? Dir vorgestellt, was sein könnte, wenn …«

»Joe, Liebling, lass doch die Vergangenheit ruhen. Wir haben sechs wunderbare Jahre zusammen verbracht, und jedes war noch schöner als das vorige«, erwiderte sie leise. »Ja, insgeheim habe ich tatsächlich von dir geträumt und mich gefragt, was unter anderen Umständen vielleicht möglich gewesen wäre.«

»Ich habe nie aufgehört, dich zu lieben! Wenn ich an unsere Zeit auf diesem Frachter zurückdenke, könnte ich mir die Haare raufen, dass ich nicht ein bisschen hartnäckiger gewesen bin. Dann hättest du dir Ronan vielleicht aus dem Kopf geschlagen.«

»Alles geschieht zu seiner Zeit, Joe«, erwiderte Bridie. »Und jetzt ist unsere Zeit.«

»Da hast du recht.« Er nahm ihre Hand und küsste sie. »Wir haben lange genug auf unsere Flitterwochen warten müssen. Ich freue mich darauf, Italien wiederzusehen. Allerdings glaube ich nicht, dass sich in meiner Heimat viel verändert hat.«

»In Irland hat sich bestimmt auch nicht viel getan, aber es ist doch gut, sich selbst ein Bild davon zu machen.« Dann fügte sie hinzu: »Wir werden ziemlich lange fort sein. Ich hoffe bloß, dass Nonna und die Jungs miteinander zurechtkommen.«

»Sei ganz unbesorgt, Schatz. Riccardo ist sehr verantwortungsbewusst, und die anderen werden auch keinen Ärger machen. Aber jetzt wollen wir mal eine Weile nicht an sie denken und uns amüsieren. Wir haben diese Reise so lange geplant.«

»Ja, und du hast hart dafür gearbeitet. Du hast dir den Urlaub verdient.« Sie erhob sich in ihrem glänzenden Satinkleid und hielt Joe die Pelzstola hin, damit er sie ihr um die bloßen Schultern legte.

»Ich glaube, wir sitzen heute Abend am Tisch von Kapitän Jorgensen. Und morgen legen wir in Colombo an. Erinnerst du dich an den Tag, den wir dort verbracht haben?«

»Natürlich. Vielleicht gibt es ja noch diesen kleinen Laden, wo du mir den kleinen Elefanten gekauft hast?« Bridie lächelte ihren Gatten an. »Diese Fahrt ist überhaupt kein Vergleich zu der Passage mit der alten *Ricconigi*. Weißt du noch, wie abscheulich das Essen war?«

Joe schmunzelte. »Das verdränge ich lieber. Erster Klasse zu reisen ist eben etwas ganz anderes. Erinnerst du dich an meinen Freund Antonio? Es tut mir leid, dass wir uns aus den Augen verloren haben, nachdem ich Sydney so plötzlich verlassen musste. Hoffentlich ist er genauso glücklich und erfolgreich wie ich.«

»Das wäre schön.« Bridie blickte in Joes lächelnde Augen. »Wir haben beide schwere Zeiten durchgemacht, und jetzt leben wir in den guten Zeiten. Ich hoffe, unsere Jungs haben auch eine schöne Zukunft vor sich.« Plötzlich verdüsterte sich Bridies Miene. »Ach, Joe, es wird doch keinen Krieg geben, oder?«

»Still, Bridie. In unseren Flitterwochen wollen wir alle Sorgen hinter uns lassen.«

Als sie zum Speisesaal gingen, dachte Joe an die letzten Jahre zurück. Seine Mutter war enttäuscht gewesen, weil er keine Italienerin geheiratet hatte, und Bridie hatte es nicht immer leicht mit ihr gehabt. Aber Bridie hatte es geschafft, ihre Rolle als Ehefrau mit ihrer Rolle als Mutter in Einklang zu bringen und die Familie behutsam zu einem harmonischen Ganzen zusammenzuschweißen. Lächelnd dachte Joe daran zurück, wie er eines Abends von der Arbeit heimgekommen war und seine Mutter still beim Sockenstopfen vorfand, während Bridie Obst einweckte und die Jungs ihre Hausaufgaben machten. Der Tisch war bereits gedeckt, weil sie mit dem Abendessen nur auf ihn gewartet hatten. In diesem Augenblick war er überwältigt gewesen von all dem Glück, das ihm zuteil wurde. Als er dann später im Bett Bridie in seinen Armen hielt, dankte er ihr für die Freude, die sie in sein Haus und in sein Leben gebracht hatte.

Und schließlich hatte er darauf bestanden, dass sie ihre immer wieder aufgeschobenen Flitterwochen nachholten.

Beim Dinner am Kapitänstisch wandte sich das Gespräch bald den Ereignissen in Europa zu.

»Meinen Sie, es wird Krieg geben?«, fragte Mr. Whittaker, ein englischer Bankier, den Kapitän.

»Höchst unwahrscheinlich«, antwortete dieser. »Hitler hat in Europa alles bekommen, was er wollte. Damit wird er sich zufriedengeben. Deshalb hat er ja mit Mr. Chamberlain das Abkommen in München unterzeichnet.«

»Unsinn«, entgegnete ein anderer Engländer, offenbar ein Offizier. »Diesem Mann würde ich nicht über den Weg trauen. Er hat Chamberlain hinters Licht geführt, um Zeit zu gewinnen und die Aufrüstung Deutschlands weiter voranzutreiben. Und wenn er so weit ist, wird er uns allen seine Truppen auf den Hals hetzen. Churchill hat recht: Wenn wir nicht bald handeln, reißt sich Hitler ganz Europa unter den Nagel.«

»Aber sind die Franzosen und Engländer denn bereit, etwas gegen Hitler zu unternehmen?«, fragte Joe.

»Sie rüsten auf, doch ob ihre militärische Stärke ausreichen wird, vermag ich nicht sagen«, erwiderte der Offizier.

»Wird Italien mit Deutschland zusammengehen, wenn es Krieg gibt?«, fragte die Engländerin, die neben Joe saß.

Joe zuckte mit den Schultern. »Ich weiß es nicht. Nach dem, was ich gelesen habe, möchte Mussolini Italien zu neuer Größe führen. Er träumt von einem zweiten römischen Imperium. Aus diesem Grund ist er in Abessinien eingefallen.«

»Das war das reinste Gemetzel«, erklärte Mr. Whittaker. »Mit Maschinengewehren und Kampffliegern gegen schlecht bewaffnete Eingeborene vorzugehen! Und dass die Italiener Giftgas eingesetzt haben, war ungeheuerlich. Offenbar gab es Tausende von Toten, und nicht nur abessinische Soldaten. Der Sprühnebel aus den Flugzeugen hat die Seen und Flüsse vergiftet, ganz zu schweigen von Tieren und Feldfrüchten.«

»Daran hat sich gezeigt, dass der Völkerbund ein zahnloser Tiger ist«, bemerkte ein Franzose. »Alle seine Maßnahmen konnten die Invasion nicht verhindern. Und nachdem Italien aus dem Völkerbund ausgetreten ist, konnte der überhaupt nichts mehr für die Abessinier tun. Es war ein einziges Desaster.«

»Aber das war nur der erste Streich«, warf der britische Bankier ein. »Die Frage ist, wird Italien mitmachen, wenn Deutschland Krieg anfängt?«, wandte er sich an Joe.

»Ich glaube, das würde Mussolini nur tun, wenn er sich davon einen Vorteil für sein Land verspricht. Die Italiener lassen sich nicht gern in Kriege hineinziehen. Ich spreche da aus Erfahrung. Ich habe im letzten Krieg mitgekämpft.«

Als der Kapitän Joes Unbehagen bemerkte, wechselte er das Thema. »Mr. Aquino, wie lange waren Sie nicht mehr in Ihrem Heimatland?«

»Ich bin als junger Mann ausgewandert und lebe seit fast zwanzig Jahren in Australien. Das ist meine erste Reise zurück. Ich will meiner Frau die Insel zeigen, auf der ich geboren wurde.«

»Es ist unser erster gemeinsamer Urlaub überhaupt. Und bis jetzt war er wundervoll«, sagte Bridie strahlend.

Der Kapitän lächelte sie an. »Das freut mich zu hören, Mrs. Aquino. Wollen Sie auch Ihre alte Heimat besuchen?«

»Ja, das haben wir vor. Ich bin gespannt, was sich in Irland seit der Unabhängigkeit getan hat.«

»Die Irish Republican Army macht im Norden immer noch eine Menge Ärger«, bemerkte Mr. Whittaker.

Der Kapitän bedeutete dem Kellner nachzuschenken. »Es ist wahr, wir leben in schwierigen Zeiten. Aber nun wollen wir uns dem Vergnügen widmen, ja?«, meinte er.

Nachdem sie zur Musik der Schiffskapelle getanzt hatten, schlenderten Bridie und Joe Arm in Arm über das Deck zu ihrer Kabine. Es war ein windstiller Abend. Das Mondlicht warf seinen glitzernden Schein auf die unbewegte Wasseroberfläche. Joe und Bridie verharrten an der Reling, und sie lehnte den Kopf an seine Schulter.

»Wie friedlich ist es hier. Wirklich zauberhaft.« Mit einem Seufzer blickte Bridie zu ihm hoch. »All dieses Gerede über Kriege und Diktatoren fand ich ganz schrecklich, Joe«, erklärte sie.

»Tja, die Männer und ihre Kriege.« Joe legte den Arm

um sie und zog sie an sich. »Aber ihre Spekulationen sind nicht aus der Luft gegriffen. Es ist komisch, aber ich hege keine Gefühle mehr für Europa. Australien ist jetzt meine Heimat und die meiner Kinder, dort liegt unsere Zukunft. Geht es dir auch so?«

Bridie nickte. »O ja. Ich gebe es nicht gerne zu, aber mein Verhältnis zu Irland ist nicht mehr wie früher. Ich habe einen anderen Weg eingeschlagen. Vielleicht ist diese Reise ja ein Abschied von der Vergangenheit.«

In dieser Nacht liebten sie sich, und Bridie schlief an Joes Seite gekuschelt ein. Doch er fand noch keinen Schlaf. Er lag wach und spürte die starken Vibrationen der Schiffsmotoren tief unter ihnen. Je näher sie Italien kamen, desto mehr Erinnerungen und Bilder aus seiner Kindheit stiegen in ihm auf. Und wieder einmal staunte er darüber, wie sehr sich sein Leben verändert hatte, seit er als unerfahrener und mittelloser junger Mann von seiner Insel aufgebrochen war, mit nichts als Alfonsos abgewetztem Koffer, in dem sich ein paar Kleidungsstücke und die wertvolle *traffena* befunden hatten, und einer Menge Träume im Kopf. Was für ein Glück er doch gehabt hatte! Jetzt war er mit Bridie verheiratet und hatte dazu eine Familie mit lauter kräftigen Jungs. Er freute sich schon darauf, seinen Verwandten von seinem Glück zu erzählen.

Als er mit Bridie auf der Insel ankam, fand er seine Vermutung bestätigt, dass sich wenig verändert hatte. Er bedauerte, dass sein Vater und seine Großmutter Bridie nicht mehr kennenlernen konnten, doch seine Brüder und Schwestern, andere Verwandte und Freunde aus Kindertagen hatten sich in der kleinen Familienkate versammelt, in der jetzt sein ältester Bruder lebte. Sie alle brannten darauf, ihn zu sehen und zu erfahren, wie Giuseppe es in Australien zu Wohlstand gebracht hatte. Außerdem wollten sie natürlich seine hübsche rothaarige Frau kennenlernen.

Joe war begeistert von dem Wiedersehen, und er genoss es, Bridie mit allen bekannt zu machen. Doch nach der ungezwungenen Heiterkeit in Whitby Point empfand er die abgekapselte, traditionelle Inselgemeinschaft als beklemmend.

Als das Paar an dem kleinen Hafen spazieren ging, spürte Bridie die abschätzigen Blicke der alten, ganz in Schwarz gekleideten Frauen, die vor ihren Haustüren saßen und häkelten, energisch ihre Treppen kehrten oder an den Marktständen mit dem spärlichen Obst- und Gemüseangebot schwatzten.

»Ich glaube nicht, dass es den Leuten hier unter Mussolini bessergeht als vorher. Die Inselbewohner sind immer noch bettelarm«, meinte Joe zu Bridie, als sie die an den Amtsgebäuden aufgeklebten Plakate mit dem Bild des Diktators betrachteten.

Hand in Hand bummelten sie durch den kleinen Ort und zu einigen Plätzen außerhalb. Joe kannte sich dort immer noch gut aus und unterhielt Bridie mit Geschichten aus seiner Kindheit. Schon oft hatte er ihr von Angelica erzählt und betont, wie wichtig Alfonso in seinem Leben gewesen war. Zu seiner Freude erfuhr Joe von seinen Brüdern, dass Alfonso immer noch in seinem windgepeitschten Schäferhäuschen in den Bergen lebte. Für Joe war es der Höhepunkt der Inselreise, seinen betagten Freund wiederzusehen.

»Du hast es zu etwas gebracht, wie ich es von dir erwartet habe«, sagte Alfonso zu Joe, als sie bei einem Glas Grappa in der Küche saßen – eine Szene, die bei beiden zahllose Erinnerungen wachrief. Dann lächelte der alte Mann Bridie zu. »Und du hast eine reizende Frau, die sehr gut Italienisch spricht.«

»Danke«, erwiderte Bridie.

»Sie macht meine Mutter glücklich, indem sie sich mit ihr auf Italienisch unterhält«, meinte Joe. »Mamma hat sich in Australien gut eingelebt, auch wenn sie an den alten Traditionen festhält und sich weigert, Englisch zu lernen. Aber sie ist robust wie ein Olivenbaum und liebt unsere Jungs. Jetzt sag mal, Alfonso, was halten die Menschen hier wirklich von Mussolini und den Faschisten? Meine Brüder haben mir auf diese Frage immer nur ausweichend geantwortet.«

»Mussolini ist sehr populär, und seine Beliebtheit nimmt ständig zu, vor allem seit der Eroberung Abessiniens. Aber die meisten Menschen auf der Insel sind vom Faschismus enttäuscht. Für sie hat sich nichts verbessert, sie sind nach wie vor arm. Allerdings halten die Leute mit ihrer Meinung lieber hinter dem Berg. Sie fürchten, ins Visier der Polizei zu geraten, die so korrupt ist wie eh und je. Ich fürchte, auf dieser kleinen Insel wird sich nie etwas zum Besseren wenden. Aber es ist schön, dass du ein neues Leben begonnen hast und glücklich bist.«

»Es ist nur ein kleiner Ort, wo ich wohne, aber man kann dort unbeschwert leben, und meine Söhne haben eine Zukunft. Franco, der Vater meiner ersten Frau, redet mir nicht viel drein, ich bin also mein eigener Herr. Das Fischen liegt mir ja im Blut, Alfonso, und fischen kann man ganz hervorragend vor der Küste von Whitby Point.«

»Und Sie, Alfonso, haben Sie nie daran gedacht, von hier wegzugehen?«, fragte Bridie behutsam.

»Sie hat recht, Alfonso«, pflichtete Joe ihr rasch bei, »du bist hier doch bestimmt sehr einsam. Komm mit nach Australien. Wir kümmern uns um dich.«

»Danke, danke, aber einen alten Baum verpflanzt man nicht mehr. Ich weiß eure Freundlichkeit und Großzügigkeit zu schätzen, doch ich bin mit meinem einfachen Leben und meinen Büchern hier zufrieden. Abenteuer habe ich genug in meiner Jugend erlebt. Es freut mich, dass ich dich noch einmal gesehen habe, Giuseppe, und deine Frau kennenlernen durfte.«

Draußen umarmten sie sich alle, und Joes Augen waren feucht, als er Bridies Hand nahm und mit ihr zurück zu dem kleinen Hafen ging. Er drehte sich nicht um, als er dem altbekannten Pfad ins Dorf hinunter folgte und Alfonso zurückließ, der in seinen alten Mantel gehüllt am Hang stand und ihnen nachschaute. Alle wussten, dass dies ihre letzte Begegnung gewesen war.

Bridie hörte stets interessiert zu, wenn Joe sich für ein Weilchen auf die Kaimauer oder ans Deck eines Fischerboots setzte und mit den Männern plauderte, die er von Kindesbeinen an kannte. An diesem Abend meinte sie, dass es erstaunlich sei, wie viel die Männer über das Meer wüssten.

»Ich habe große Achtung vor den Kenntnissen und Fähigkeiten, die diese Fischer seit Generationen vom Vater an den Sohn weitergegeben haben«, erwiderte Joe. »Sie wissen um die Gezeiten und die Wanderungen der Fische, sie kennen jeden Fels an der Küste, die Beschaffenheit des Meeresbodens, die Wetterlagen, und sie können ihre Boote auch unter schwierigsten Bedingungen manövrieren.« Joe rieb sich das Kinn, als sei er zu einer überraschenden Erkenntnis gekommen. »Aber mir wird jetzt klar, dass sie entschlossen sind, an ihrem alten, gewohnten Leben festzuhalten.«

»Es ist eben nicht jeder dem Neuen gegenüber so aufgeschlossen wie du«, sagte Bridie.

Joe lächelte. »Sie haben keine Lust, sich zu verändern, zu wachsen, etwas anderes auszuprobieren«, meinte er.

Ein paar Tage später hieß es, Abschied von der Insel zu nehmen. Als sie die kleine Fähre nach Messina bestiegen, fragte Bridie ihren Mann, ob ihn die Abreise traurig stimme.

»Nein«, antwortete Joe. »Vielleicht habe ich eines Tages noch mal Gelegenheit herzukommen, aber ich möchte ganz bestimmt nicht mehr hier leben. Und jetzt wollen wir das übrige Italien erkunden!«, erklärte er.

Bei ihrer Ankunft in Neapel erzählte Joe von seinen Eindrücken, als er vor knapp zwanzig Jahren zum ersten Mal in die Stadt gekommen war. »Für mich war es der prachtvollste Ort auf der ganzen Welt. Und ich werde nie vergessen, wie köstlich die Pizza geschmeckt hat, die ich hier gegessen habe!«

»Und ich werde nie die wundervolle neapolitanische Musik vergessen«, meinte Bridie.

Also machten sie einen Stadtbummel und fanden eine romantische kleine Trattoria, in der sie Pizza und Rotwein bestellten und von einem Tenor mit einem Ständchen unterhalten wurden.

Während Bridie sich am nächsten Morgen im Hotelzimmer ankleidete, zog Joe allein los, um eine Morgenzeitung zu kaufen und vor dem Frühstück noch schnell einen Espresso zu trinken, denn seine Frau machte sich nichts aus dem starken italienischen Kaffee. Als er zurückkam, sah er blass aus und reichte Bridie die Zeitung.

»Joe, was ist los?«

»Deutschland hat Polen überfallen, und Großbritannien hat Deutschland ultimativ aufgefordert, seine Truppen zurückzuziehen. Wenn die Deutschen dem nicht nachkommen, wird es wohl Krieg geben. In ein paar Stunden wissen wir mehr.«

»Was wird aus uns, wenn es zum Krieg kommt? Müssen wir dann nach Hause?«

»Bridie, ich weiß es nicht. Aber es sieht ernst aus.«

Sie setzte sich auf den Bettrand. »Wie schrecklich! Meinst du, Italien tritt in den Krieg ein?«

Joe überflog die ersten Seiten. »Mussolini würde bestimmt gerne mit Deutschland gemeinsame Sache machen, aber Italiens Industrie steckt noch in den Kinderschuhen. Daher wird er sich vielleicht noch etwas Zeit lassen, bevor er sich entscheidet. Aber, Schatz, wenn es Krieg gibt, sollten wir vielleicht überlegen, unsere Reise abzubrechen.«

Sie frühstückten und schlenderten danach durch die Stadt. Die Gruppen von Männern, die in den Cafés diskutierten, und die Frauen, die mit besorgten Mienen an den Hauseingängen beieinanderstanden, waren nicht zu übersehen. Doch in anderen Ecken des uralten Seehafens ging das Leben weiter seinen gewohnten Gang: Unter dem stets gegenwärtigen Schatten des Vesuvs legten Schiffe ab, und allerlei Frachtgut, großes wie kleines, wurde verladen.

In einem kleinen Café aß das Paar zu Mittag, doch sie stocherten beide nur in ihrem Essen herum. Plötzlich stürzte ein Mann herein und rief einem Bekannten zu, er habe gerade im Radio gehört, dass Großbritannien Deutschland den Krieg erklärt habe.

»Das bedeutet vermutlich, dass sich Australien ebenfalls im Krieg befindet«, sagte Joe leise. »Wir sollten so bald wie möglich ein Schiff nach Hause nehmen.«

»Wird die Heimreise gefährlich werden?«

»Schon möglich. Je früher wir aufbrechen, desto besser.«

»Joe, ich habe solche Angst. Der letzte Krieg war furchtbar. Es hieß, nach diesem Krieg würde es nie wieder einen geben, aber das war wohl ein Irrtum. Ich bin nur froh, dass unsere Jungen weit weg von Europa sind. Und ja, ich will nach Hause.« Bridie streckte ihm über den Tisch die Hand entgegen, und er drückte sie fest.

Die Rückreise von Genua aus auf einem deutlich kleineren Schiff bot bei weitem nicht den Luxus, den Joe und Bridie auf der Hinfahrt genossen hatten. Doch sie waren einfach nur erleichtert, als sie sicher zu Hause ankamen. Bei der Passage über den Indischen Ozean ging die Angst vor U-Booten um, die angeblich schon seit den ersten Kriegstagen im Atlantik eingesetzt wurden. Doch Bridie und Joe sahen auf der Reise nur ein Kriegsschiff der Vereinigten Staaten, die sich nicht in den europäischen Konflikt einmischen wollten. Wie Bridie gegenüber Joe bekannte, empfand sie dessen Anblick als tröstlich, aber auch als beunruhigend.

Silvio empfing die beiden in Sydney am Kai und fuhr sie nach Whitby Point. Unterwegs berichtete er ihnen von den Meldungen und Gerüchten über den Krieg – das Thema Nummer eins in Radiosendungen, Zeitungen und öffentlichen Versammlungen.

»Wie geht's den Jungs? Und Nonna?«, fragte Bridie.

»Allen geht's prima. Die Jungs freuen sich schon auf euch.«

»Wahrscheinlich freuen sie sich bloß auf die Geschenke, die wir ihnen mitgebracht haben«, meinte Bridie scherzhaft.

Silvio lachte. »Nein, sie haben euch wirklich vermisst«, erwiderte er. Dann informierte er Joe über die neueren Entwicklungen im Geschäft.

Als Joe zum ersten Mal nach seiner Rückkehr wieder durch Whitby Point spazierte, stellte er fest, dass sich sämtliche Gespräche um den Krieg drehten. Überall standen die Menschen in Gruppen beisammen und unterhielten sich darüber. In den Pubs erging man sich in Spekulationen, was Premierminister Menzies in seiner nächsten Regierungserklärung verlauten lassen würde. Veteranen, die sich an den Ausbruch des letzten Krieges erinnerten, meinten, dass das Land diesmal weitaus besser vorbereitet sei.

»Aber diesmal werden die Burschen nicht so erpicht darauf sein, sich freiwillig zu melden«, meinte ein Überlebender von der Westfront. »Die Leute wissen jetzt, was auf sie zukommen kann. Die Schlacht an der Somme war eine bittere Lektion.«

»Ich frage mich, ob die Regierung plant, die Wehrpflicht wieder einzuführen. Sie sollten jedenfalls nicht zu viele unserer Jungs nach Europa schicken. Wir brauchen schließlich auch noch einige arbeitsfähige Männer zu Hause. Das kann man ja nicht alles den Frauen überlassen«, meinte der Wirt.

In den nächsten Monaten erfuhr man kaum Neues aus Europa, so dass die Leute bereits vom »Sitzkrieg« sprachen.

Doch Bridie sagte eines Abends nach dem Essen zu ihrem Mann: »Ich fürchte, dass bald die nächste Hiobsbotschaft kommt.«

Joe nickte. »Ich habe auch ein ungutes Gefühl bei dem, was man von dort drüben hört. Zum Glück sind unsere Söhne zu jung, um eingezogen zu werden.«

»Riccardo ist fast achtzehn. Im letzten Krieg haben Burschen seines Alters mitgekämpft, aber Gott sei Dank nehmen sie diesmal nur Männer über zwanzig. Ich bete inständig, dass alles vorbei ist, bis Riccardo das wehrfähige Alter erreicht hat«, seufzte Bridie.

»Ja, hoffentlich. Ich brauche ihn hier«, meinte Joe. »Er scheint ein gutes Gespür für das Fischereigeschäft zu haben, im Gegensatz zu Pietro, der sich überhaupt nicht dafür interessiert. Der meckert schon, wenn er nur mal mit auf ein Boot soll!«

»Joe, Schatz, Pietro hat eben andere Neigungen. Er liebt Film und Kunst. Wie du weißt, ist er auch in der Theatergruppe seiner Schule. Muss er denn unbedingt ins Fischereigeschäft gehen, wenn es ihm so gar nicht liegt?«

Ein wenig verwundert blickte Joe sie an. »Von dieser Warte aus habe ich es noch nie gesehen. Ich meine, bei uns Aquinos ist das eben so üblich. Jeder arbeitet im Familienbetrieb mit. Der Junge kann von Glück sagen, dass er diese Gelegenheit hat! Und was ist, wenn alle Männer eingezogen werden? Dann brauchen wir die Jüngeren wie Pietro und Carlo für die Arbeit auf den Booten.«

»Ich wünschte, es würde sich alles in Wohlgefallen auflösen«, meinte Bridie. »Und wir könnten einfach normal weiterleben, ohne dass alles von diesem Krieg überschattet wird.«

Die Jungen hingegen redeten während des Essens von nichts anderem.

»Ich könnte für einundzwanzig durchgehen«, sagte Riccardo. »Dann könnte ich zur Milizarmee, da müsste ich eine dreimonatige Grundausbildung machen. Vielleicht sollte ich mich aber auch bei der regulären Armee bewerben.«

»Rede keinen Unsinn«, entgegnete Joe. »Du bist noch keine achtzehn, und wir brauchen dich auf den Booten.«

»Ich könnte doch Riccardos Job auf den Booten übernehmen«, erbot sich Carlo. »Warum darf ich nicht fischen? Wieso muss ich weiter zur Schule gehen?«

Joe musterte seinen Jüngsten und erklärte freundlich, aber bestimmt: »Du bist für dein Alter recht kräftig, und ja, du bist auch ein guter Arbeiter. Aber Bildung ist wichtig. Je mehr du lernst, desto erfolgreicher wirst du später sein. Die Schule ist für dich das A und O. Für euch alle.«

Pietro stupste Carlo mit dem Ellbogen in die Rippen. »Wenn du ab und zu mal deine Hausaufgaben machen würdest, fändest du die Schule gar nicht so schlimm.«

»Du magst die Schule doch bloß wegen dem Kunstunterricht, du Waschlappen!«

»Er ist kein Waschlappen!«, protestierte Patrick.

»Halt die Klappe, Patrick!«, erwiderte Carlo und schubste seinen Stiefbruder.

»Carlo, jetzt reicht's!«, brüllte Joe.

»Ich habe doch angeboten, dir bei den Hausaufgaben zu helfen, Carlo«, meinte Bridie begütigend. »Und es ist nichts Verkehrtes daran, etwas Künstlerisches zu machen.«

Joe stand auf. »Jungs, geht jetzt raus. Riccardo, du bleibst da, ich muss mit dir reden.«

Während Bridie und Emilia die Teller stapelten und in die Küche trugen, verzogen sich die anderen drei Jungen auf ihre Zimmer.

Joe schenkte sich Rotwein nach und goss auch Riccardo einen Schluck in sein Glas.

»Mein Sohn, du bist jetzt fast achtzehn. Ich weiß, wie du dich fühlst – dass du in die Welt hinausziehen und das Leben kennenlernen willst. Aber dafür ist jetzt nicht der richtige Zeitpunkt. Wir wissen nicht, was auf uns zukommt, und ich brauche die Gewissheit, dass ich hier vor Ort auf dich zählen kann und du mir bei der Arbeit hilfst.«

Riccardo schien erfreut über diese Worte seines Vaters. Er hob sein Weinglas. »Ich werde immer bei dir bleiben. Wir haben hier ein gutes Leben. Und ich hoffe, dass sich das niemals ändert.«

»Der Krieg wird Veränderungen bringen. Ich habe gesehen, wie Menschen in Italien Tag für Tag um ihr Überleben ringen müssen. Du hast ja keine Ahnung, wie gut wir es in Australien haben. Hierherzukommen war das Beste, was ich je in meinem Leben getan habe.«

»Dann hängst du also nicht mehr an Italien?«, fragte Riccardo.

»Ich hänge an meinen Erinnerungen. Aber jetzt wieder auf der Insel zu leben würde mir keine Freude machen. Was ich vom Faschismus gesehen habe, hat mir nicht gefallen. Ich will mir nicht von einem Diktator vorschreiben lassen, was ich zu tun oder zu denken habe. Ich möchte meine eigenen Entscheidungen treffen.«

»Vielleicht verläuft dieser Sitzkrieg ja einfach im Sande«, meinte Riccardo hoffnungsvoll. »Vielleicht geht das alles spurlos an uns vorüber.«

Joe stand auf. »Da habe ich meine Zweifel. Wir können nur froh sein, dass wir so weit ab vom Schuss sind.«

Joe sollte recht behalten. Im Mai 1940 marschierten die Deutschen in den Niederlanden und in Frankreich ein; der »Sitzkrieg« ging in einen echten Krieg über.

Kurz darauf saß Bridie zu Hause in Joes kleinem Büro, sah Rechnungen und Belege durch und dachte gerade, wie angenehm es an kalten Wintertagen in diesem Büro war, weil so viel Sonne hereinschien. Da tauchte Joe an der Tür auf.

»Na, das ist ja eine freudige Überraschung. Was machst du denn schon so früh zu Hause?« Als sie dann aber Joes Miene sah, fragte sie: »Was ist los?«

»Soeben haben sie es im Radio bekanntgegeben: Mussolini hat den Alliierten den Krieg erklärt. Er stellt sich voll und ganz hinter Hitler.«

»Warum tut er so etwas, Joe?«

»Nachdem Mussolini gesehen hat, wie schnell die Deutschen Frankreich überrollten, glaubt er wohl, dass er jetzt handeln muss, weil sonst der Krieg vorbei ist und er leer ausgeht. Also hat er sich Hitler angeschlossen. Ich wette, viele Italiener haben gar keine Ahnung, warum und wofür sie eigentlich kämpfen«, antwortete Joe.

»Wird das Konsequenzen für die hiesige Italienergemeinde haben?«, überlegte Bridie.

»Wer weiß das schon? Was mich angeht, es würde mir nicht einmal im Traum einfallen, für einen Diktator zu kämpfen. Ich liebe dieses Land. Ich verdanke ihm so vieles – nicht zuletzt dich. Und unsere Söhne sind Australier. Vielleicht sollte ich mich zur Armee melden und für dieses Land kämpfen.«

»Sei nicht albern, Joe, du bist zu alt für einen Freiwilligen. Und du tust ohnehin schon so viel für unsere Gemeinde«, entgegnete Bridie, bemüht, sich ihre Bestürzung nicht anmerken zu lassen.

»Du hast recht. Ich bin ein bisschen zu alt, um zu kämpfen, und der Krieg ist weit weg von uns.«, pflichtete Joe ihr bei und gab ihr einen Kuss.

In Whitby Point ging das Leben weiter seinen gewohnten Gang, auch wenn viel darüber diskutiert wurde, ob man sich zum Militär melden sollte oder nicht.

»Ich weiß nicht recht, ob ich zur Armee gehen soll«, sagte der Bäcker zu Bridie. »Ich habe keine Lust, anderer Leute Söhne umzubringen.«

»Also, mein Sohn hat sich verpflichtet«, erklärte eine seiner Kundinnen. »Er findet, dass wir für England kämpfen sollten.«

Patrick, Carlo und Riccardo hingen ständig am Radio und tauschten sich mit Freunden über die Meldungen aus. Es wurde viel geprahlt, von Bomben, Kampffliegern und Zerstörern geredet und aufgerechnet, welche Seite der anderen mehr Verluste zugefügt hatte. Riccardo hatte in seinem Zimmer sogar eine Karte von Europa aufgehängt, auf der er mit Reißnägeln den Vormarsch der deutschen Truppen markierte. Dagegen erklärte Pietro, er mache jetzt bei der örtlichen Theatergruppe mit, um sich zu Hause nicht dauernd dieses Kriegsgeschwätz anhören zu müssen.

Bridie unterstützte Pietro darin, auch wenn Joe nicht sonderlich erfreut darüber war, dass sein Sohn auf der Bühne stehen wollte.

Als die Theatergruppe ein Stück aufführte, spielte auch Pietro mit und sang im Chor. Er bat Bridie, die Tanzschritte mit ihm einzuüben, und überredete seine Großmutter, ihm ein Kostüm zu nähen. Dabei ließ er Emilia sogar noch einige Besonderheiten hinzufügen, etwa eine Feder am Barett. Es solle nämlich ein extravagantes Kostüm sein, sagte er.

Bridie bestand darauf, dass sich die ganze Familie die Aufführung ansah. Riccardo und Patrick gefiel es, Carlo riss Witze darüber, Emilia empörte sich über die Unmengen von Schminke, die Pietro auf der Bühne trug, und Joe hielt sich bedeckt. Danach erzählte ihnen Pietro, noch nie habe ihm etwas so viel Spaß gemacht wie die Theaterarbeit, und er könne es kaum erwarten, erneut aufzutreten.

Ein paar Wochen später wollte Bridie in Sydney einen Zahnarzt aufsuchen. »Nach dem Termin habe ich noch ein paar Stunden Zeit bis zur Rückfahrt mit dem Zug, und da habe ich mir gedacht, ich könnte mit Pietro in die Nachmittagsvorstellung des Tivoli Theatre gehen. Dort wird ein Stück gegeben, das auf einem Märchen von Hans Christian Andersen basiert. Patrick, möchtest du auch mit? Carlo und Riccardo wird es wohl kaum interessieren.«

»Ich weiß nicht, Mum. Ich fahre gern mit dir in die Stadt, aber ein Theaterstück mit Gesang und Tanz ist nichts für mich.«

»Ist gut, Patrick«, meinte Bridie und nahm ihren Sohn in die Arme. »Weißt du was, wenn ich das nächste Mal nach Sydney muss, fahren nur wir beide hin und gehen zusammen in den Zoo.«

Als Joe kurz darauf über die Veranda ging, hörte er aus Patricks Zimmer Geschrei. »Was ist los?«, rief er.

»Patrick hat mich getreten«, wimmerte Carlo.

»Stimmt das?«, fragte Joe. »Warum hast du das getan?«

»Carlo hat gesagt, meine Mutter mag Pietro mehr als mich und deshalb nimmt sie ihn nach Sydney mit.«

»Das ist Quatsch. Was seid ihr doch für Kindsköpfe! Könnt ihr beide nicht mal aufhören zu streiten? Ständig kriegt ihr euch wegen jeder Kleinigkeit in die Haare und geht uns anderen damit auf die Nerven. Werdet mal erwachsen, ihr zwei!«

Als Joe davonstapfte, sah er aus dem Augenwinkel, wie Carlo wegrannte, um Emilia von dem Streit zu erzählen. Joe wusste, dass sie sich auf seine Seite schlagen würde.

Dabei hatte er gehofft, sie wären aus dem Alter heraus, in dem sie sich dauernd zankten. Aber da muss ich mich wohl noch gedulden, dachte er sich.

Als in der darauffolgenden Woche Bridie und Pietro von ihrem Ausflug nach Sydney zurückkamen, wollte Joe wissen, wie es ihnen im Theater gefallen habe.

»Es war wunderbar«, antwortete Pietro. »Ich war total begeistert.«

»Allerdings«, stimmte ihm Bridie lächelnd zu. »Er hat die ganze Zeit ganz still dagesessen und war völlig hingerissen.«

»Aber nicht nur wegen des Stücks, obwohl die Tanzdarbietungen und die Kulissen phantastisch waren. Damit können unsere armseligen Produktionen in Whitby Point nicht mithalten. Schon der Saal an sich ist grandios. Er hat samtbezogene Sitze, eine aufwendige Beleuchtung und diese geschnitzten Amoretten. Es war die reinste Magie. Und jetzt weiß ich, was ich machen will«, schwärmte Pietro.

»Singen? Tanzen?«, fragte Bridie.

»Egal was. Hauptsache, dabei sein.«

Als Joe ein paar Tage später von seinem Boot zurückkam, fand er eine blasse Emilia weinend in der Küche vor, während Bridie auf einen Polizisten einredete, der verlegen an der Vordertür stand.

»Mr. d'Aquino, die Regierung hat verfügt, dass alle Italiener für die Dauer des Krieges in Internierungslagern untergebracht werden, weil sie unter Umständen eine Gefahr für die Sicherheit Australiens darstellen«, verkündete der Beamte.

»Das ist lächerlich! Er ist doch längst Australier. Er lebt seit fast zwanzig Jahren hier und ist ein wertvolles Mitglied der Gesellschaft«, entgegnete Bridie wütend.

»Meinen Unterlagen zufolge ist Giuseppe d'Aquino kein australischer Staatsbürger«, erwiderte der Polizist.

Joe war fassungslos. Nie und nimmer hätte er damit gerechnet, dass ihm so etwas passieren würde. »Das ist absurd. Als würde ich diesem Land schaden wollen!«

»So lautet die gesetzliche Verfügung, Mr. d'Aquino. Sie müssen mitkommen«, beharrte der Polizist.

Bridie schaute ihren Mann an und sagte: »Joe, das kannst du nicht zulassen. Du musst dich wehren. Wie soll denn die Familie ohne dich zurechtkommen? Das ist doch ungerecht! Jeder weiß, wie sehr du dieses Land liebst. Kannst du nichts dagegen unternehmen?«

»Was kann ich gegen das Gesetz schon ausrichten? Und der Polizist ist ja nur das ausführende Organ. Ich bin mir sicher, dass die Behörden ihren Irrtum beizeiten einsehen werden und alles wieder gut wird«, meinte Joe ruhig. »Außerdem, Schatz, sollten wir hier im Haus keinen Aufstand machen. Ich will meiner Mutter unnötige Aufregung ersparen.«

Bridie nickte, dann fragte sie den Polizisten sarkastisch: »Und wohin bringen Sie all diese Italiener, die in Australien ihre Heimat haben, die hart arbeiten, ihre Familien ernähren und sich um das Gemeinwohl verdient machen?«

Der Mann schaute betreten drein und zuckte mit den Schultern. »Es herrscht nun mal Krieg. Die Regierung hat ein Gesetz erlassen, wonach feindliche Ausländer unter Überwachung zu stellen sind. Meine Aufgabe ist es, für den Vollzug dieses Gesetzes zu sorgen und Mr. d'Aquino nach Sydney ins Long-Bay-Gefängnis zu bringen. Dort werden Sie verhört, Mr. d'Aquino, und falls Sie danach weiter in Haft bleiben müssen, kommen Sie in ein Internierungslager. Vielleicht in Hay, es gibt aber auch welche an anderen Orten. Wenn Sie als vertrauenswürdig eingestuft werden, dürfen Sie tagsüber raus und auf nahegelegenen Farmen arbeiten.«

Dass die Italienergemeinde Sabotageakte begehen oder irgendeine Bedrohung für Australien darstellen könnte, schien Joe höchst unwahrscheinlich. Aber da sich Italien mit Deutschland verbündet hatte, wollten die Gesetzgeber in Canberra kein Risiko eingehen, mochte es auch noch so gering sein.

»Vielleicht gibt es tatsächlich ein paar Faschistenfreunde, die viel Tamtam machen und Italiens Kriegsanstrengungen mit Güterlieferungen unterstützen, aber jeder weiß, dass das eine Minderheit ist. Die machen doch allen nur Ärger«, sagte Joe zu dem Polizisten, merkte aber im selben Moment, dass es nutzlos war, mit ihm zu diskutieren.

»Wo Rauch ist, ist auch Feuer …«, begann der Polizist.

Da tauchte Emilia auf, und ein Schwall drängender Fragen sprudelte aus ihr heraus. Als Joe ihr erklärte, worum es ging, brach sie wieder in Tränen aus, und Bridie führte sie tröstend ins Haus zurück.

»Sie hat Angst, auch fortgebracht zu werden«, wandte sich Joe an den Polizisten.

»Nein, ich soll nur Sie mitnehmen. So lauten meine Anweisungen. Wollen Sie ein paar Sachen einpacken? Ich kann Ihnen fünfzehn Minuten geben.«

Joe überkam tiefe Verzweiflung. Wie lange würde er fort sein? Was würde aus seiner Familie und aus dem Fischereiunternehmen werden? Würden die Behörden einsehen, dass von ihm keinerlei Gefahr für die australischen Interessen ausging, und ihn freilassen?

Als Bridie wieder auf die Veranda trat, wirkte sie völlig gefasst. »Nonna und ich helfen dir packen, Joe. Von diesem Polizisten haben wir nichts zu erwarten, aber ich kann etwas unternehmen. Du bist in dieser Stadt beliebt und geachtet, und ich werde darum kämpfen, dich freizubekommen. Ich spreche mit dem Bürgermeister und den anderen einflussreichen Leuten in unserem Ort. Und ich starte eine Petition. Ja, ich werde einen solchen Wirbel machen, dass sie dich gehen lassen müssen. Joe, es tut mir leid, dass keiner von den Jungs da ist und sich von dir verabschieden kann, aber ich werde ihnen alles erklären und mich darum kümmern, dass das Geschäft weiterläuft, solange du weg bist. Doch du wirst bald wieder da sein, das verspreche ich dir. Vertrau mir. Ich liebe dich.«

Als Joe eine Woche später in dem Internierungslager im westlichen New South Wales ankam, stellte er entsetzt fest, dass es sich um ein eingezäuntes Gelände mit einem Trakt trister Holzbaracken mit nacktem Lehmboden und nur den allernotwendigsten sanitären Einrichtungen handelte.

Der Wachturm, die Posten, der Stacheldraht und die hohen Mauern bestätigten Joe in seiner Befürchtung, dass dieses Internierungslager nicht besser als ein gewöhnliches Gefängnis war, zumal die Wachleute den Insassen mit Misstrauen und Feindseligkeit begegneten. Italienisch zu sprechen war verboten, das Essen schmeckte abscheulich, und alle langweilten sich. Die Schlafsäle waren überfüllt. Die Männer schliefen auf Pritschen und strohgefüllten Säcken und hatten nur eine dünne Decke zum Schutz gegen die Kälte. Zusätzlich mussten Zelte aufgebaut werden, die bis zu sechs Männern Unterkunft boten. Zeitungen waren erlaubt, wenn auch nur in stark zensierter Form, ebenso gelegentliche Briefwechsel.

Nach seiner Verhaftung hatte man Joe im Long-Bay-Gefängnis in Sydney ausführlich über seine politischen Anschauungen und sein Leben in Italien befragt.

»Warum sind Sie letztes Jahr nach Italien zurückgefahren?«

»Sie haben in der italienischen Armee gekämpft. Haben Sie die Absicht, dies wieder zu tun?«

»Warum haben Sie nie die australische Staatsbürgerschaft angenommen?«

»Sind Ihre Angehörigen in Italien Anhänger Mussolinis? Was halten sie von dem Diktator?«

»Sind Sie Faschist?«

Joe fand diese Fragen lächerlich. Er versuchte den Beamten klarzumachen, dass er und seine Frau Italien im Rahmen ihrer verspäteten Flitterwochen besucht hatten und keinerlei politische Absichten damit verbunden gewesen waren. Er bedauere, dass er nicht die australische Staatsbürgerschaft angenommen hatte, aber er habe es einfach nicht für nötig gehalten, da er sich ohnehin als Australier fühle. Nein, er sei kein Faschist, er glaube an die Demokratie. Für Mussolini hege er keine Sympathien, und als er in der italienischen Armee gekämpft hatte, stand diese auf Seiten der Alliierten.

Doch seine Antworten überzeugten die Beamten nicht. Er möge sich zwar für einen vorbildlichen Bürger halten, sagten sie ihm, aber die australische Regierung könne sich nicht auf sein Wort verlassen. Daher werde er für die Dauer des Krieges interniert bleiben.

Während der ersten Wochen im Lager quälte ihn die Sorge um seine Familie und sein Geschäft. Er hatte noch nichts von Bridie gehört und fragte sich, wie weit sie mit ihren Bemühungen gekommen war, seine Freilassung zu erwirken. Deprimiert von seiner Lage, kam er zu dem Schluss, dass er von niemandem Hilfe zu erwarten hatte und deshalb lernen musste, das Beste aus der Situation zu machen, bis der Krieg zu Ende war.

Eines Tages hörte Joe, dass mehrere Italiener aus einem überfüllten Lager in Queensland zu ihnen verlegt wurden. Durch den Drahtzaun beobachtete er, wie die Männer nacheinander aus dem staubigen Bus stiegen, müde und gleichgültig gegenüber ihrer neuen Umgebung. Gerade als Joe sich abwenden wollte, fiel ihm einer der Neuankömmlinge ins Auge.

»Antonio! Tony!« Joe hüpfte auf und ab und versuchte, seinen alten Freund auf sich aufmerksam zu machen.

Tony blieb stehen und schaute sich um.

»Ich bin's, Joe! Giuseppe!«

Da entdeckte Tony ihn und winkte ihm zu.

Als sie sich dann gegenüberstanden, umarmten sie einander und strahlten vor Freude. Sie konnten es gar nicht fassen, dass es sie zufällig ins selbe Lager verschlagen hatte.

»Das ist das Beste, was mir seit langem passiert ist«, sagte Tony, der zwar gealtert wirkte, aber sonnengebräunt war und recht fit wirkte. »Willst du eine rauchen? Ich schätze, wir haben uns eine Menge zu erzählen.«

Als Joe ihm berichtete, dass er Bridie wiedergefunden und geheiratet hatte, klopfte sein Freund ihm erfreut auf den Rücken.

»Wie schön! Aber es ist traurig, dass du deine erste Frau verloren hast. Immerhin hat sie dir drei stramme Jungs geschenkt, da kannst du dich glücklich schätzen.«

Tony erzählte, er sei nie weiter nördlich als bis Innisfail gekommen und habe sich auf den Zuckerrohrplantagen bei Ayr hochgearbeitet.

»Auch ich habe Glück gehabt. Ich habe eine Australierin geheiratet, und mit vereinten Kräften haben wir uns eine eigene Zuckerplantage aufgebaut. Irgendwann mal habe ich versucht, dich ausfindig zu machen, aber auf den Zuckerrohrfeldern gibt es immer viel zu tun, und du warst ja im fernen New South Wales. Tja, ich habe also eine eigene Plantage und eine Frau und zwei Töchter«, erklärte er stolz. »Das Leben hat es gut mit mir gemeint, bis dieser Schlamassel hier angefangen hat.« Seine Miene verfinsterte sich. »Die Polizei hat sich von Cairns bis Brisbane die Küste hinuntergearbeitet und Italiener zusammengetrieben. Leute wie mich! Sie hat sie sogar inmitten entlegener Zuckerrohrfelder aufgespürt. Aber was das Schlimmste ist, Joe: Ich habe herausgefunden, dass manche unzufriedenen Burschen ihre Kollegen für Geld verraten oder angeschwärzt haben, um alte Rechnungen zu begleichen. Man kann heutzutage niemandem mehr trauen.«

Joe schüttelte den Kopf. »Was für eine himmelschreiende Ungerechtigkeit, wenn man an die armen Kerle denkt, die vor dem Faschismus in Italien geflohen sind und jetzt hier drinnen landen!«

»Für die Aufseher sind wir ja alle nur ›Itaker‹, aber offenbar ist das hier ein ziemlich gemischter Haufen.«

Joe nickte. »Tony, die Leute sind alle nur hier, weil sie Italiener sind, ungeachtet ihrer politischen Überzeugung – egal, ob Faschisten, Kommunisten oder Unpolitische. Sie kommen aus allen Gegenden Italiens und haben die unterschiedlichsten Berufe. Wir haben ein paar Ärzte, einen Apotheker, mehrere Ingenieure, einen Immobilienmakler, mindestens drei Buchhalter und etliche Geschäftsleute. Ich habe hier Taxifahrer, Köche, Schreiner und einen Schmied kennengelernt. Aber ich bin der einzige Fischer«, fügte er mit leisem Lächeln hinzu.

»Stell dir vor, ich bin mit einem Mann aus dem Piemont hergekommen, den sie eingesperrt haben, obwohl sein Sohn in der australischen Armee dient! Der reinste Irrsinn!«

»Für die Familien ist das besonders hart«, meinte Joe. »Bridie ist recht patent, aber eine Fischereiflotte zu führen ist kein Zuckerschlecken. Und meine Söhne sollten nicht ohne die feste Hand eines Vaters aufwachsen.«

»Die gleichen Sorgen mache ich mir wegen Marion und der Zuckerrohrplantage. Wir werden nach diesem Affentheater unsere liebe Mühe haben, die finanziellen Verluste wieder wettzumachen«, schimpfte Tony.

Joe hatte geglaubt, der Lohn für seinen Fleiß und seine

Redlichkeit bestünde in wirtschaftlicher Sicherheit und politischer Freiheit. Dass man ihn jetzt so behandelte, war eine bittere Pille für ihn. Überall im Lager hörte er Männer klagen, was für eine Ungerechtigkeit die Internierung sogenannter »feindlicher Ausländer« doch sei, und viele erzählten bereitwillig ihre Geschichte.

»Mein Sohn hat ein Einberufungsschreiben aus Italien bekommen, man drohte ihm Haft an, falls er seinen Militärdienst nicht antreten würde. Darauf hat er natürlich nicht reagiert, denn für ihn ist Australien seine Heimat. Er ist sogar zur australischen Armee gegangen. Aber kurz bevor seine Einheit nach Übersee verlegt werden sollte, erschien die Polizei und wollte von ihm wissen, wo er geboren sei. Als er Italien nannte, warf man ihm vor, ein Faschist zu sein, und internierte ihn.«

»Ich bin in der Arbeit abgeholt worden. Man hat mir nicht mal erlaubt, mich von meiner Familie zu verabschieden oder ein paar Klamotten einzupacken. Dabei habe ich den Polizisten erklärt, dass ich seit 1928 eingebürgert bin. Aber das hat sie überhaupt nicht interessiert!«, berichtete ein anderer Mann erbost.

Wieder andere erzählten, sie seien am Sonntag festgenommen worden, weil man wusste, dass sie dann zu Hause sein würden. Manchmal, erfuhr Joe, hatte es auch Hausdurchsuchungen gegeben, und wenn man Briefe aus Italien fand, wurden sie als belastendes Beweismaterial beschlagnahmt. Ein Mann berichtete, die Polizisten hätten sogar ein Spielzeug eines seiner Kinder konfisziert, weil sie es für ein Morse-Gerät gehalten hatten.

Nach einigen Wochen im Internierungslager erhielt Joe endlich einen Brief von Bridie. Man hatte das Schreiben zensiert. Der Name Whitby Point war geschwärzt worden, was Joe amüsierte. Glaubten die Behörden, er habe vergessen, wo er zu Hause war?

Liebster Joe,
wir vermissen Dich alle schrecklich, aber wir kommen einigermaßen zurecht. Das Geschäft läuft gut. Die Jungen sind mir eine große Hilfe. Riccardo ist wie ein Fels in der Brandung. Er kennt sich so gut im Geschäft aus, dass ich stets auf seinen Rat höre. Du kannst wirklich stolz auf ihn sein. Patrick und Carlo haben das Kriegsbeil begraben und kommen direkt nach der Schule zum Kai, um mitzuarbeiten. Sogar Pietro packt mit an, auch wenn er sich ständig über den Fischgestank beschwert. Und ich wüsste nicht, was ich ohne Deine Mutter täte. Seit sie den Schock wegen Deiner Verhaftung überstanden hat, erledigt sie die ganze Hausarbeit und hält mir den Rücken frei, damit ich mich ums Geschäft kümmern kann. Ich darf hier keinen Finger mehr rühren.
Franco und Silvio sind auch interniert worden, in Cowra. Soweit ich weiß, haben ihre Frauen alle Mühe, die Flotte in Wollongong am Laufen zu halten, weil viele ihrer Angestellten Italiener sind und ebenfalls in Lager gebracht wurden. Anscheinend versuchen sie jetzt, australische Fischer einzustellen, die schon im Ruhestand waren. Leider sehe ich mich ebenfalls dazu gezwungen, da auch wir viele Arbeitskräfte verloren haben, und zwar nicht nur die Italiener, die man interniert hat, sondern auch Australier, die sich zur Armee gemeldet haben. Immerhin ist es ein gutes Gefühl, Leuten wieder einen Job geben zu können, die wegen der Wirtschaftskrise jahrelang ar-

beitslos gewesen sind, wie das gerade bei zwei Männern der Fall war. Die beiden erweisen sich als gute Arbeiter und sagen mir immer wieder, wie dankbar sie für diese Anstellung sind, so dass es mir schon peinlich ist.
Joe, mein Liebster, die ganze Stadt war entsetzt darüber, dass man Dich verhaftet hat. Als ich anfing, Unterschriften für Deine Freilassung zu sammeln, dachte ich, es würde vielleicht schwierig werden, doch da habe ich mich völlig geirrt. Alle, die ich angesprochen habe, haben bereitwilligst unterschrieben. Meine Freundinnen vom Landfrauenverband haben die Unterschriftenliste sogar zu ihren Freunden auf die Farmen mitgenommen und dort weitergesammelt. Und als ich den Bürgermeister um Unterstützung bat, sagte er, es sei eine Schande, dass ein unbescholtener Bürger wie Du grundlos interniert worden sei. Er betrachte es als eine Ehre, die Petition zu unterschreiben, und wolle sich in dieser Sache auch an unseren hiesigen Parlamentsabgeordneten wenden.
Bitte gib auf Dich acht und lass den Kopf nicht hängen! Ich bin mir sicher, es ist nur eine Frage der Zeit, bis Du rauskommst und wieder bei uns sein kannst.
In Gedanken bin ich stets bei Dir, Tag und Nacht.
Alles Liebe,
Bridie

Aber die Tage vergingen, und Joe gelangte mehr und mehr zu der Überzeugung, dass Bridies Anstrengungen vergeblich waren. Doch da wurde er plötzlich und ohne jede Ankündigung aus dem Lager entlassen. Ja, man hatte damit solche Eile, dass er Tony nur noch kurz auf die Schulter tippen konnte, um ihn zu wecken und ihm mitzuteilen, er sei entlassen worden und werde sich so bald wie möglich mit Tonys Frau in Verbindung setzen.

Joe wurde am nächsten Bahnhof abgesetzt, wo man ihm eine Fahrkarte nach Sydney und ein paar Shilling für Essen in die Hand drückte. Es war eine lange und strapaziöse Reise. Da es im Zug nicht genug Sitzplätze gab, musste er die meiste Zeit stehen. Gern hätte er Bridie angerufen, um sich mit ihr in Sydney zu verabreden und dann gemeinsam nach Whitby Point zurückzufahren. Aber es erwies sich als ein Ding der Unmöglichkeit, ein Ferngespräch zu führen, erst recht mit so wenig Geld. Also tröstete er sich mit dem Gedanken, sie mit seiner Heimkehr zu überraschen.

Von Sydney aus marschierte er in Richtung Süden. Ein paarmal wurde er ein Stück mitgenommen, und einige Kilometer vor Whitby Point hielt ein Milchtransporter an und brachte ihn bis zur Abzweigung zum Ort.

Während Joe zu Fuß weiterging, genoss er den Geruch des Meeres, die frische Luft, den Blick auf die grünen Hügel und die friedliche Stimmung an dem schönen Küstenstreifen und im Städtchen. Hier in Whitby Point konnte man sich kaum vorstellen, dass irgendwo Krieg herrschte oder dass anständige Männer grundlos eingesperrt wurden. Die Morgensonne lachte vom Himmel. Nun merkte er, wie hungrig er war, und er freute sich auf ein Frühstück mit dem selbstgebackenen Brot seiner Mutter, mit Eiern und Tomaten aus dem eigenen Garten.

Neben ihm hielt ein Wagen an, und der ältliche Mann am Steuer öffnete Joe die Beifahrertür.

»He, Joe, wieder auf freiem Fuß?«

»Allerdings. Alles klar bei dir, Sam?«

»Alles bestens. Bin verdammt froh, dich zu sehen. Haben dich aus dem Lager entlassen, was? Dann hat die Petition doch was gebracht. Das Ganze war sowieso bescheuert. Kein Mensch in Whitby Point glaubt, dass du ein feindlicher Agent bist. Weiß deine Frau, dass du heimkommst?«

»Nein, ich möchte sie überraschen.«

»Da wird sie Augen machen! Schön, dich wieder hier zu haben, Joe. Das wird die ganze Stadt freuen.«

Sam setzte Joe vor seinem Haus ab.

»Vielen Dank, Sam«, sagte Joe, als er aus dem Auto sprang. »Bis bald.« Dann drehte er sich um, rannte die Stufen zur Veranda hinauf und rief nach Bridie.

Sie goss am anderen Ende der Veranda gerade Blumen, ließ die Kanne fallen und lief, gleichzeitig lachend und weinend, auf ihren Mann zu.

»Joe, ich kann gar nicht glauben, dass du es bist! Du hast mir so gefehlt!« Sie schlang die Arme um seinen Nacken und küsste ihn innig.

Kaum hatten alle mitbekommen, dass Joe heimgekehrt war, hallte das ganze Haus von den Rufen und Schreien der Jungen und dem Schluchzen seiner Mutter wider.

»Ich habe seit einer Ewigkeit nichts Ordentliches mehr gegessen und bin am Verhungern«, rief Joe über den Trubel hinweg.

Kurz darauf zog der Duft von Kaffee und Toast durchs Haus, und das Gelächter und die aufgeregte Unterhaltung waren bis zu den Booten zu hören, die in dem kleinen geschützten Hafen vor Anker lagen und sachte hin- und herschaukelten.

Nach Joes Heimkehr ging fast alles wieder seinen normalen Gang. Leider war seine Entlassung an Auflagen geknüpft. So musste er sich jeden Tag bei der Polizeiwache melden, aber daran gewöhnte er sich schnell. Außerdem war es ihm untersagt, auf dem großen Trawler hinauszufahren. Wenn er also überhaupt fischen wollte, musste er sich mit einem Kutter begnügen, und selbst dafür brauchte er jedes Mal eine Genehmigung. Überdies durfte er sich nur in einem Umkreis von dreißig Kilometern um Whitby Point aufhalten. Da Joe sich Sorgen um die Verwandten in Wollongong machte, telefonierte er häufig mit den Frauen von Franco und Silvio, besprach mit ihnen die geschäftlichen Probleme und beriet sie.

Eines Tages sagte er nach einem dieser Telefonate zu Bridie: »Die beiden Frauen, besonders die von Silvio, sind sehr kompetent. Die kennen sich im Geschäft aus. Aber geeignete Männer als Bootsbesatzung zu finden ist nach wie vor ein Problem. Viele sind bei der Armee, die Schwerindustrie in Port Kembla expandiert, und die Kohle bei Wollongong kann gar nicht schnell genug abgebaut werden. Ich bin froh, dass wir Riccardo haben. Er wird immer wichtiger für uns, und zum Glück ist der Krieg so weit weg, dass er sich nicht verpflichtet fühlt, zur Armee zu gehen.«

Doch knapp ein Jahr später rückte der Krieg durch die Bombardierung von Pearl Harbor und den verhängnisvollen Fall Singapurs sehr viel näher an Australien heran. Im Land machte sich Furcht vor einer japanischen Invasion breit.

»Glaubst du wirklich, die Japaner werden Australien angreifen?«, fragte Bridie eines Abends beim Essen.

»Unsere Küste ist unser Schwachpunkt. Wir können nicht jeden Meter davon bewachen«, meinte Joe. »Ich hoffe bloß, wir stoßen nicht auf ausländische U-Boote, wenn wir rausfahren.«

Nach dem Abendessen machte Joe eine Kontrollfahrt zu den Bootsschuppen und vergewisserte sich, dass Treibstoff und Ausrüstung sicher verschlossen waren. Da offenbar alles in Ordnung war, machte er sich wieder auf den Heimweg. Aus einer Laune heraus fuhr er ein Stück die Küstenstraße entlang, dann hielt er an, stieg aus und betrachtete den Strand. Zwar hatte man über seine ganze Länge einen Stacheldrahtzaun hochgezogen, doch nach Joes Gefühl bot er nur einen dürftigen Schutz vor Angriffen vom Meer. Als er so dastand, überkam ihn Sorge. Dieser riesige, isolierte Inselkontinent erschien ihm schrecklich verwundbar. Er liebte dieses Land und wollte, dass seine Jungen die gleichen Möglichkeiten und Freiheiten genießen konnten, wie er sie erfahren hatte.

Während er auf das sich verdunkelnde Meer hinausschaute, glaubte er plötzlich, etwas Langes, Schwarzes, Hai-Ähnliches zu sehen, das unter der Oberfläche durchs Wasser zog. Ihm fiel ein, dass er als Junge einen sechsten Sinn dafür hatte, was sich unter den Wellen befand. Jetzt versuchte er die typische weiße Gischtwelle auszumachen, die auf ein Schiff hingedeutet hätte, konnte aber nichts entdecken. Mit einem Schauder eilte er zum Wagen zurück und fuhr vorsichtig durch die verdunkelte Stadt nach Hause.

Bridie sah von ihrem Strickzeug auf, als er hereinkam. »Wir haben uns schon Sorgen um dich gemacht. Gerade kam im Radio, es sei möglicherweise ein U-Boot gesichtet worden, gleich nördlich von uns, bei Nowra.«

Joe schüttelte den Kopf. »Keine Bange. Das ist wahrscheinlich nur falscher Alarm. Außerdem sind wir darauf vorbereitet und wissen, was zu tun ist.«

In dieser Nacht hielt er Bridie eng umschlungen und betete, der Krieg möge bald vorbei sein. Doch zu seinem Entsetzen teilte Riccardo ihm wenige Tage darauf mit, dass er sich zur Marine gemeldet habe.

»Ich weiß, dass du hier meine Hilfe brauchst, Papà, doch ich finde, ich sollte mich an der Verteidigung meines Landes beteiligen. Ich werde auf See sein, da passiert mir nichts.«

Joe musterte seinen Sohn. In diesem Moment erfüllte ihn größter Stolz. Auch wenn es im Geschäft ohne Riccardo schwierig werden würde, wusste Joe doch, dass sein Sohn das Richtige tat. »Hast du es schon Bridie und Nonna gesagt?«

»Nein, die werden ein Mordstheater machen.«

»Riccardo, sie werden stolz auf deine Entscheidung sein. Genau wie ich.«

Nach einer kurzen Grundausbildung wurde Riccardo auf der *HMAS Arunta* stationiert, einem australischen Zerstörer, der Konvois nach Neuguinea vor japanischen Angriffen schützen sollte. Ein paar Wochen später beschlagnahmte die australische Regierung Joes Trawler für die Dauer des Krieges, um ihn ebenfalls für kriegswichtige Aufgaben einzusetzen.

»Meinen Trawler zu verlieren ist schlimm, aber komischerweise wiegt dadurch der Verlust Riccardos nicht mehr ganz so schwer. Bridie, meinst du, es wird jemals wieder so sein wie früher?«, fragte Joe, als sie auf der Veranda saßen.

»Joe, ich habe eine Idee, wie wir unseren Personalmangel ein bisschen lindern können. *Ich* könnte den Fisch nach Sydney bringen. Du darfst ja nicht hinfahren, und es ist doch Verschwendung, einen der Männer dafür abzustellen, den wir auf den Booten viel dringender brauchen.«

»Bridie, das kann ich nicht zulassen.«

»Warum denn nicht?«, gab Bridie prompt zurück. »Du hast mir das Autofahren beigebracht. So viel schwieriger kann das mit unserem Laster auch nicht sein. Joe, viele Frauen machen heutzutage Männerarbeit. In Fabriken, auf Bauernhöfen, überall. Schau dir nur die Frauen von Franco und Silvio an. Du hättest ihnen nie zugetraut, dass sie das Geschäft führen können, aber jetzt hast du selbst gesagt, dass sie es sogar recht gut machen. Ich möchte das Gefühl haben, auch meinen Beitrag zu unseren Kriegsanstrengungen zu leisten. Klar, meine Arbeit für das Rote Kreuz und den Landfrauenverband ist nicht unwichtig, aber in diesen Zeiten müssen wir alle zusammenhalten, deshalb will ich mehr tun. Nonna kocht für die Jungs und führt den Haushalt, wenn ich weg bin. Und ich muss es ja nicht immer machen. Nur solange es uns wirklich an Arbeitskräften fehlt.«

»Wahrscheinlich wirst du wegen der Benzinrationierungen sowieso nicht jeden Tag hinfahren können, aber wir wollen mal sehen.« Joe stieß einen Seufzer aus. »Nichts ist mehr so, wie es sein soll. Du möchtest einen Lastwagen fahren, und ich erlaube es dir auch noch. Die Welt ist aus den Fugen.«

Bridie machte es Spaß, mehrmals die Woche mit dem Lkw nach Sydney zu fahren. Wenn sie den Fisch auf den Märkten ablieferte, unterhielt sie sich gern mit den Händlern und erkundete die Lage in der Stadt. Durch das Eindringen japanischer Kleinst-U-Boote in den Hafen war Sydney nun auch direkt vom Krieg betroffen. Manche Leute, so erfuhr sie, waren aus der Stadt in sicherere Regionen geflohen. Außerdem habe sich Sydney durch den Zustrom amerikanischer Soldaten verändert, hörte sie. Anscheinend setzte man große Hoffnungen darauf, dass General MacArthur den Krieg rasch beendete, auch wenn allen klar war, dass es nicht leicht sein würde, die Japaner zu schlagen.

»Joe, durch die Amerikaner nimmt der Krieg im Pazifikraum eine neue Wende. Er kann nicht mehr ewig dauern. Eines Tages kehrt wieder Normalität ein, da bin ich mir sicher«, sagte Bridie eines Abends, nachdem sie aus Sydney zurückgekehrt war.

»Na, dann können wir hoffentlich das Geschäft wieder größer aufziehen«, meinte Joe. »Aber die Männer, die heimkehren … ich frage mich, wie es Riccardo geht …« Seine Stimme verlor sich.

Bridie setzte sich auf die Armlehne seines Sessels und schmiegte den Kopf an ihn. »Es geht ihm bestimmt gut. Er ist auf dem Meer, und wenn der Krieg aus ist, kommt er zu uns zurück und arbeitet wieder mit seinem Vater. Du weißt ja, etwas anderes wollte er nie.«

»Ja. Vielleicht liegt es daran, dass er der Älteste ist, aber mit seiner Leidenschaft fürs Fischen gerät er am meisten nach mir. Wenn Franco und Silvio wieder zu Hause sind und Carlo mit der Schule fertig ist, werde ich Carlo eine Zeitlang zum Arbeiten zu ihnen schicken. Patrick sagt, er ist zufrieden, aber hast du eine Ahnung, was er später mal machen möchte? Hat er mal mit dir darüber gesprochen?«

»Ich glaube ganz ehrlich, er findet es hier großartig – das Fischen, das Meer, die Leute. Es hat sein Leben verändert, und auch meines, dass wir hier bei dir sind …« Die Stimme versagte ihr, und hastig wischte sie eine Träne fort. »Ich liebe dich so, Joe.«

»Bridie, das alles hier wäre nichts ohne dich. Alle in der Stadt mögen und bewundern dich, und meine Familie denkt, ich bin der glücklichste Mensch auf Erden. Was auch stimmt.« Er nahm ihre Hand. »Du hast recht. Der Krieg wird zu Ende gehen, Riccardo wird heimkehren, Franco und Silvio werden freigelassen, und wir alle können uns wieder unserem Geschäft widmen und uns des Lebens freuen.«

»Ja«, erwiderte Bridie. »Und lieber früher als später.«

Bridies Einschätzung sollte sich bestätigen. Mit dem Kriegseintritt der Amerikaner gewannen die Alliierten bald die Oberhand in Nordafrika und im Pazifikraum, doch das Ende zog sich hin. Erst nach der Invasion der Alliierten in Italien und der Landung in der Normandie waren die Tage des Dritten Reichs gezählt. Anfang Mai 1945 kapitulierte Deutschland. Zwar freuten sich die Australier, dass der Krieg in Europa beendet war, doch alle wussten, dass der Krieg gegen Japan noch lange nicht ausgestanden war.

Als Joe und Bridie von einem ersten Dankgottesdienst in der Kirche zurück nach Hause spazierten, sprach Bridie aus, was ihnen beiden durch den Kopf ging. »So schön es ist, dass der Krieg in Europa vorbei ist, richtig glücklich werde ich erst sein, wenn Riccardo wieder nach Hause kommt. Das wird aber wohl erst der Fall sein, wenn die Japaner endgültig besiegt sind.«

»Ja, so rechte Freude über den Frieden in Europa will bei mir auch nicht aufkommen, solange mein eigener Sohn noch draußen auf dem Pazifik kämpft. Immerhin dürften Silvio und Franco jetzt bald wieder nach Hause kommen, und ein paar von den Männern, die früher für uns gearbeitet haben, werden nach Whitby Point zurückkehren. Also wollen wir uns wenigstens über das freuen, was uns der Sieg in Europa bringt.«

»Ich denke, ich werde jetzt nicht mehr so oft nach Sydney fahren. Da wird mir zwar etwas fehlen, aber es ist auch gut, wieder zu Hause zu sein und mich um alle meine Männer zu kümmern. Was meinst du, wie wollen wir den Sieg feiern?«

»Schau, was für ein prima Wetter wir haben, es ist ein wunderschöner Tag, günstige Gezeiten, wenig Wind, kaum Seegang. Wir könnten fischen gehen. Angeln. Die Küste hochfahren.«

»Wie? Aufs Meer raus?«

»Warum nicht? Nur zu zweit sind wir noch nie rausgefahren. Mit den Jungs schon, aber nie du und ich allein. Wir sind zwar schon ein bisschen spät dran, den halben Vormittag haben wir verpasst und die Fische wahrscheinlich auch, aber was soll's? Heute machen wir blau!«

Joe schien von der Idee so angetan zu sein, dass Bridie zustimmte: »Wie sollte ich einem solchen Angebot widerstehen können, Schatz.«

Der Maimorgen war noch kühl, als sie auf dem Kanal zum offenen Meer tuckerten. In ihre Jacke eingemummelt, saß Bridie neben Joe im Schutz der halboffenen Kajüte und sah zu, wie er die kleine Barkasse mit geübter Hand durch den Hafen steuerte. Hinter einer Schicht bauschiger Wolken kam die Sonne hervor, und das Wasser glitzerte, wo der Bug die seidige Oberfläche durchpflügte. Während das kleine Boot auf den Horizont zuhielt, entschwand das Land hinter ihnen allmählich in der Ferne.

Joe blickte geradeaus, und seine Stirn furchte sich ein wenig, als er den Ozean betrachtete. Plötzlich deutete er nach vorn und sagte triumphierend: »Vögel.«

Bridie schirmte die Augen gegen die Sonne ab und entdeckte schließlich ebenfalls die Schar Seevögel, die in einiger Entfernung über dem Meer schwebten und immer wieder herabstießen.

»Sie sind hinter Kleinfischen her. Ein gutes Zeichen. Dann sind die großen auch nicht weit.« Joe legte das Boot in Richtung der von den Vögeln aufgewühlten Wasserfläche und beschleunigte das Tempo.

Er fuhr im Halbkreis um die kreischenden Möwen herum, stellte den Motor ab und steckte rasch eine mit Köder bestückte Angelrute in die Halterung am Heck.

»Nimm die, ich hole noch die andere raus.«

Bridie schälte sich aus ihrer Jacke, doch noch ehe sie die paar Schritte bis zum Bootsheck zurückgelegt hatte, zuckte die Rute schon wild hin und her und bog sich zum Wasser hinunter, während die Schnur lief.

»Halt sie fest und fang an zu kurbeln«, rief Joe. »Wenn er zieht, lass ihn.« Kaum hatte er die zweite Angel ausgeworfen, schoss auch dort die Schnur weg. Grinsend packte Joe die Rute. »Das läuft ja bestens.«

Bridie spürte die Anstrengung in den Armen, als sie die Leine zurück auf die Rolle kurbelte und sich mit Knien und Oberschenkeln gegen das Boot stemmte, um das Gleichgewicht zu halten.

»Kämpf nicht gegen ihn, gib ihm Leine, jetzt zieh zurück und hoch, jetzt die Rute tiefer und kurbeln. Abwechselnd Schnur geben und heranpumpen«, erklärte Joe ihr aufmunternd.

»Das reinste Tauziehen«, keuchte Bridie, aber langsam brachte sie den Fisch näher heran.

Joe nickte, während er hektisch an seiner Rute kurbelte. »Ein Thun«, rief er, als er den wild herumzappelnden Fisch zu Gesicht bekam. Endlich brachte er ihn an Bord, tötete ihn rasch mit seinem Messer und ging zu Bridie hinüber.

»Ein schwerer Brocken – oder bin ich so schwach?«, fragte sie.

»Nein, du machst das prima. Er hat schon eine Menge Schnur gezogen. Kurbel einfach weiter.« Joe sah, wie sie sich vor Anstrengung auf die Lippe biss, während sich die Rute zum Wasser bog. »Soll ich dir helfen?«

Sie schüttelte den Kopf. »Nein, nein, ich bezwinge ihn, das spüre ich. Oh, da ist er!«

Im Wasser blitzte etwas Silbernes auf. Joe beugte sich mit seinem Gaff über die Bordwand, hakte den Fisch an den Kiemen ein und hievte ihn ins Boot, wo er zu ihren Füßen herumzappelte.

Joe hob den Fisch hoch, um den Haken aus seinem spitz zulaufenden Maul zu entfernen. »Der wiegt an die fünf Kilo«, sagte er. »Gut gemacht, mein Schatz! Wir lassen ihn von Mamma füllen und grillen ihn über dem Feuer. Versuchen wir es noch mal. Hier, probier es diesmal mit Tintenfisch.«

»Nach dieser Strapaze tun mir Arme und Beine weh. Aber egal. Es macht einfach einen Riesenspaß! Ich kann es gar nicht erwarten, wieder was zu fangen. Ach, Joe, das ist so ein erhebendes Gefühl. Ich spüre richtig das Adrenalin in den Adern.«

Unwillkürlich musste Joe über die Begeisterung seiner Frau grinsen.

Etwa fünf Minuten trieb die Barkasse dahin, dann ging ein solcher Ruck durch Bridies Rute, dass sie ihr fast aus der Hand gerissen wurde.

Mit deutlich mehr Selbstvertrauen als zuvor begann Bridie, den zuckenden, widerspenstigen Fisch einzuholen. Da stieß Joe einen Schrei aus, denn bei ihm hatte ebenfalls etwas angebissen.

Sie fingen noch drei weitere, ähnlich große Gelbflossen-Thunfische, dann wurde es mit einem Mal ruhig. Schweigend trieben sie dahin und suchten das Wasser ab, doch an ihren Angeln rührte sich nichts mehr.

»Die Fische sind weitergezogen. Hol deine Leine ein, dann ziehen wir auch weiter.«

Joe ließ den Motor an und tuckerte langsam Richtung Osten. Bridie beugte sich über die Bordwand.

»Wünschst du dir nicht auch manchmal, du hättest einen magischen Blick, mit dem du dort unten sehen könntest, wo die Fische sind und was sie machen?«, meinte sie.

»Hmm, weißt du, als Kind hatte ich immer das Gefühl, ich könnte das«, erwiderte Joe. »Ich spürte es, wenn sie in der Nähe waren. Einmal, als ein Sturm aufzog, sah ich einen Fisch in einer Welle. Ich war zusammen mit meinem Vater draußen, und dieser Fisch sah mich an. Es war, als würde er mich kennen.«

»War es so eine Art Meerjungfrau?«

»Nein, er sah eher aus wie Onkel Salvatore. Er hatte ein

hässliches Gesicht und hervortretende Augen und wulstige Lippen.«

»Gut, dass dein Onkel dich nicht so reden hört!«

»Er ist ertrunken, schon vor langer Zeit. Er war ein guter Mensch. Meiner damaligen Vorstellung nach verwandelte sich jemand, der im Meer ertrank, in einen Fisch.« Joe wandte den Blick ab. »Eine blühende Phantasie, was?« Er stellte den Motor ab. »Hier müsste es sein, denke ich.«

Joe spießte geschickt neue Köder auf die Angelhaken und ließ die Schnüre an der Seite des Boots hinab. Schweigend saßen die beiden da, beobachteten das Meer und versuchten durch das Blau in die Welt darunter zu spähen. Bridie hatte sich die Angelschnur um den Finger gewickelt, wie Joe es ihr gezeigt hatte, damit ihr auch nicht das kleinste Ziehen oder Knabbern am Köder entging.

»Glaubst du, Patrick versteht vom Fischen so viel wie du und deine Jungs?«, fragte sie plötzlich.

»Eindeutig. Jedenfalls mehr als Pietro, der sich überhaupt nicht für das Meer interessiert. Riccardo ist buchstäblich zum Fischer berufen, ich weiß, dass er das Geschäft übernehmen und seine Sache gut machen wird. Und Carlo gefällt die körperliche Seite der Arbeit. Patrick? Er ist verlässlich, ein guter Junge. Ich bin stolz, dass er zu meiner Familie gehört, Bridie. Dass er mein Sohn ist.« Er lächelte sie an.

Plötzlich zog es heftig an Bridies Schnur, und bevor sie ihren Fisch an die Oberfläche brachte, hatte auch Joe wieder einen Fisch an der Angel. Sie fingen noch weitere, kleinere Fische und waren vollauf damit beschäftigt, Köder aufzustecken, die Angeln auszuwerfen und noch mehr Fische herauszuholen, von denen sie manche behielten und andere wieder über Bord warfen.

Joe war stolz auf Bridie und überglücklich, dass sie diesen Ausflug mit ihm so genoss. Und dann waren die Fische wieder schlagartig verschwunden. Während das Boot ruhig vor sich hin dümpelte, verzehrten Joe und Bridie heiße Suppe aus der Thermoskanne, belegte Brote und harte Eier.

»Beim Angeln braucht man vor allem Geduld«, meinte Joe.

»Ich weiß. Normalerweise könnte ich nicht so still dasitzen und Däumchen drehen, wenn ringsum nichts passiert«, bekannte Bridie. »Aber irgendwie macht es mir jetzt nichts aus. Es ist so friedlich. Das war eine prima Idee von dir. Jetzt verstehe ich, warum du das Meer und seine Herausforderungen liebst. Danke, Joe, mein Schatz. Dieser Tag wird mir immer in Erinnerung bleiben.«

Joe, der nach Fisch und Köder und Salz und Meer roch, beugte sich zu ihr vor und küsste sie. »Mir auch.«

Zwei Tage später zog sich der Himmel zu, und der sonnige Tag auf dem Meer erschien wie eine ferne Erinnerung aus einer anderen Zeit. Der Wind pfiff, Regen peitschte. Überraschenderweise machte Joes Crew trotz der rauhen Witterung einen recht guten Fang. Ein anderes seiner Boote entdeckte Hummer unter einem Felsenriff, und da die Jungs aus Wollongong eine ordentliche Ausbeute an Garnelen gefangen hatten, schien eine Fahrt zu den Märkten von Sydney lohnenswert.

»Ich fahre hin«, sagte Joe.

»Joe, wahrscheinlich ist es inzwischen nicht mehr nötig, dass du dich täglich bei der Polizei meldest, aber offiziell gilt die Auflage noch. Mir wäre es lieber, du würdest das Risiko nicht auf dich nehmen. Wenn sie dich erwischen, gibt es womöglich Scherereien. Lass mich nach Sydney fahren. Ich kenne die Straße wirklich gut, und vielleicht habe ich ja jetzt letztmals Gelegenheit dazu.«

Das sah Joe ein. Er konnte sich keinen Ärger mit den Behörden leisten, wenngleich die Beschränkungen, die man ihm in den letzten Jahren auferlegt hatte, wohl in absehbarer Zeit aufgehoben werden würden.

»Du hast natürlich recht. Aber, Bridie, bitte fahr vorsichtig bei diesem Wetter, ja?«

»Mach dir keine Sorgen, ich passe schon auf.« Sie gab Joe einen flüchtigen Kuss, sprang in den Lkw und fuhr los.

An diesem Abend waren Patrick und Pietro in der Küche und halfen Nonna beim Zubereiten von Spaghetti bolognese und gebratenen, mit Tomaten und Käse überbackenen Auberginenscheiben. Gerade als Joe ihnen sagen wollte, wie lecker es hier nach Essen duftete, klopfte es an der Tür. Er fragte sich, wer um die Abendessenszeit vorbeikommen mochte.

Auf der Veranda stand Sergeant Anderson, der hiesige Polizist, und machte ein betroffenes Gesicht.

»Joe, können Sie rauskommen?«

Joe schloss die Tür hinter sich. »Ist es wegen Riccardo? Ist ihm was zugestoßen?«

Der Polizist drehte die Schirmmütze in den Händen, räusperte sich und schien um Worte verlegen.

Joes Blick wanderte in die regnerische Nacht, und plötzlich wusste er, dass seiner wundervollen Bridie etwas Schreckliches zugestoßen sein musste.

»Mrs. Aquino ... es gab einen Unfall«, brachte der Sergeant hervor.

»Wie schlimm? Wo ist sie?« Joe suchte Halt an der Tür.

»Es ist auf dem Bulli Pass passiert. Dort herrschte dichter Nebel, die Straße war rutschig. Sie konnte nichts dafür, ein Bus geriet außer Kontrolle …«

»Kommen Sie, sagen Sie schon, wie geht es ihr, Sergeant?« Joe wurde laut, offenbar ohne es zu merken. »Wo ist sie?«

»Jede Hilfe kam zu spät. Sie starb noch am Unfallort. Joe, Joe, es tut mir so leid, ich weiß nicht, was ich sagen soll. Man hat sie ins Wollongong Hospital gebracht. Ich kann Sie hinbringen, aber es ist schon spät.«

Joe machte eine fahrige Geste in Richtung des Streifenwagens, der vor dem Haus parkte. »Fahren wir, bringen Sie mich zu Bridie. Schnell!«

Der Polizist hielt inne und suchte nach Worten, um ihm zu verdeutlichen, dass es keinen Grund zur Eile mehr gab. »Die Jungen und Ihre Mutter … soll ich es ihnen sagen?«

Hinter Joe ging die Tür auf, und Patrick kam heraus.

»Papà Joe, was ist? Wir wollten doch essen, wenn Mum heimkommt.«

Der Sergeant stützte Joe, als er sich zu Bridies Sohn umdrehte.

»Patrick. Komm her.« Joes Stimme sagte alles.

Plötzlich schrie Patrick auf. »Nein, nein! Meine Mutter, es geht um meine Mutter, oder? Was ist passiert?« Er trommelte mit den Fäusten gegen Joes Brust, als dieser versuchte, den Jungen in die Arme zu schließen. Da Joe kein Wort über die Lippen brachte, fiel es Sergeant Anderson zu, dem jungen Mann mitzuteilen, dass seine geliebte Mutter tot war.

Patrick rannte zum Ende der Veranda und verschwand in der Dunkelheit, während Carlo und Pietro herbeieilten, um zu sehen, was los war.

Als Pietro es erfuhr, umarmte er Joe unter Tränen und ging wieder hinein. Einen Augenblick später zerriss Emilias Wehklagen die Nacht.

»Ich warte hier auf Sie, Joe. Gehen Sie rein zu Ihrer Mutter«, sagte der Polizist.

Es kam Joe vor, als hätte er ein Labyrinth des Leids betreten. Bridie war das Licht seines Lebens gewesen. Nie hatte er einen anderen Menschen so sehr geliebt wie sie. Er hatte keine Ahnung, wie das Leben ohne sie weitergehen sollte.

»Mamma«, hauchte er, als er vor seine Mutter trat, die von Schluchzern geschüttelt wurde. »Was soll ich tun? Wie soll ich ohne sie weiterleben?«

Aus ihren dunklen, tränenverschleierten Augen sah sie ihren Sohn an. »Ich werde dir helfen, Giuseppe. Ich bin für dich und deine Familie da.«

Tränen strömten über Joes Gesicht, als er sich vor sie kniete, den Kopf in ihren Schoß legte und weinte. Bedächtig strich sie ihm übers Haar, mit ihren Händen, die gekocht, geputzt, geflickt hatten, die in der Erde gegraben, Babys getröstet, Kinder beerdigt hatten. Sie summte eine alte Weise, die sie aus ihren Kindertagen kannte, denn es gab nichts, was sie ihrem Sohn hätte sagen können, um den schrecklichen Schmerz in seinem Herzen zu lindern. Nach einer Weile stand Joe wieder auf.

»Morgen muss ich nach Wollongong fahren und Bridie sehen. Ich nehme Patrick mit. Kannst du dich um die anderen kümmern?«

Seine Mutter nickte.

»Danke, Sergeant«, wandte sich Joe draußen an den Polizisten, der immer noch geduldig auf der Veranda wartete.

»Können Sie Patrick und mich morgen Vormittag nach Wollongong bringen? Danke, dass Sie so freundlich sind.«

Nachdem Sergeant Anderson gegangen war, entdeckte Joe Patrick im Hinterhof, wo er auf einem alten Stuhl im Dunkeln saß, umtost von Wind, Nebel und Sprühregen. Joe nahm sich einen der anderen Stühle und setzte sich neben ihn.

»Das ist nicht fair«, stieß Patrick hervor, und Zorn, Schmerz und Angst ließen seine Stimme beben. »Es war doch alles so schön.«

»Ja«, pflichtete Joe ihm bei, »es ist nicht fair.«

In bedrücktem Schweigen saßen sie eine Weile da. Dann fragte Patrick leise: »Meinst du, sie hat sehr gelitten? Der Bus hat sie doch nicht zerquetscht?«

»Ich weiß es nicht, mein Sohn. Aber ich bin mir ganz sicher, dass sie mit ihren letzten Gedanken bei dir war.«

»Was machen wir denn jetzt?« Es klang wie der Aufschrei eines kleinen Jungen.

»Wir machen so weiter, wie es deine Mutter gewollt hätte.«

Es entstand eine lange Pause.

»Ich habe nachgedacht. Vielleicht ist es für mich an der Zeit, von der Schule abzugehen und woanders hinzuziehen. Ich möchte dir und Nonna nicht zur Last fallen. Ich bin ja nicht dein echter Sohn.«

»So ein Unsinn«, gab Joe zurück. »Seit dem Tag, an dem ich deine Mutter geheiratet habe, bist du für mich genauso mein Sohn wie die anderen Jungs. Ich wollte immer, dass du den Namen Aquino annimmst, aber deine Mutter meinte, Ronan Sullivan sei ein guter Mann gewesen, und deshalb solltest du seinen Namen tragen. Aber für mich warst du immer einer der meinen. Und wenn du mit der Schule fertig bist, würde ich mich freuen, wenn du bei mir im Geschäft mitarbeitest, außer natürlich, du hast andere Pläne.«

Patrick schüttelte den Kopf. »Mir gefallen die Fischerei und das Meer. Ich habe viel von dir gelernt.«

»Du bist gescheit, Patrick, darum solltest du so lange wie möglich zur Schule gehen. Und denk immer daran, das hier ist dein Zuhause, wir sind deine Familie.« Er legte dem Jungen die Hand auf die Schulter. »Ich liebe deine Mutter, und ich werde sie jeden Tag vermissen, solange ich lebe. Und du auch, das weiß ich. Was auch immer du in Zukunft machst: Sorg dafür, dass sie stolz auf dich wäre. Morgen früh fahre ich nach Wollongong, um sie zu identifizieren. Möchtest du mitkommen? Ich hätte dich gern dabei.«

Patrick nickte, und langsam trotteten die beiden zum Haus zurück.

Es war eine der größten Beerdigungen, die Whitby Point seit langem gesehen hatte. Vor dem Trauergottesdienst in der Kirche, in der Joe und Bridie einst geheiratet hatten, nahmen Joe und Patrick still von ihr Abschied.

»Du hast sie wirklich sehr geliebt, nicht wahr, Papà Joe?«, meinte Patrick.

»Ja. Ich habe ihre Freundlichkeit, ihren Mut und ihre Lebensfreude geliebt. Sie hatte so vieles zu geben. Niemals werde ich vergessen, wie damals, als wir nach Australien kamen, ihr roter wippender Lockenkopf am Kai entschwand und ich dachte, ich würde sie nie wiedersehen. Ihre Gegenwart war so eine Bereicherung – nicht nur für mich, sondern für uns alle.«

»Sie hat gesagt, wir könnten dir deine Güte nie vergelten.«

»Du hast mir nichts zu vergelten, Patrick. Wir sind eine Familie«, erklärte Joe. Dann hielt er inne, sah Patrick an und fragte: »Was hast du denn da, mein Junge?«

Patrick hatte etwas aus seiner Tasche geholt und war im Begriff, es in den Sarg zu legen. Er öffnete die Hand und zeigte es Joe. Es war der kleine Holzelefant, gekauft vor so langer Zeit, an einem weit entfernten Ort.

»Den wollte ich ihr zurückgeben. Ich brauche ihn nicht mehr.«

Joe nickte und legte den Arm um Patricks Schulter, als sie zusammen weggingen.

An dem Gottesdienst für Bridie nahmen die Angehörigen und die Freunde und fast der ganze Ort teil. Franco und Silvio, gerade aus dem Lager entlassen, standen betrübt neben ihren Familien. So hatten sie sich ihre Heimkehr nicht vorgestellt. Riccardo hatte zwar die traurige Nachricht erhalten, doch es war ihm unmöglich gewesen, zur Beerdigung nach Hause zu kommen.

Pietro, Carlo, Patrick und Silvio, alle in schwarzen Anzügen, trugen Bridies Sarg aus der überfüllten Kirche.

Auf dem Friedhof, etwas erhöht über der Stadt und mit Blick aufs Meer gelegen, wurde Bridie beigesetzt.

Ein paar Tage später ging Joe allein die Anhöhe des Friedhofs hinauf. Als er vor ihrem Grab stand, blickte er auf den weiten blauen Ozean hinaus, der sich scheinbar bis ins Unendliche erstreckte. Dieses Meer hatten sie gemeinsam überquert, hatten Heimat, Familie und Armut hinter sich gelassen und waren mit wenigen Habseligkeiten, doch mit Hoffnungen und Träumen ins Unbekannte aufgebrochen. Und ihre Träume hatten sich wunderbar erfüllt. Es hatte sie Mühsal und Opfer gekostet, doch sie hatten ihre Familie gegründet und sich eine Zukunft geschaffen.

Auf der windgepeitschten Anhöhe gelobte Joe seiner Bridie, dafür zu sorgen, dass ihr Traum fortbestehen würde und ihre Jungen eine blühende Zukunft vor sich hatten. Als er sich abwandte und langsam den Hügel hinunterging, zurück zu dem Haus, in dem er mit Bridie so glücklich gewesen war, da sagte er leise zu sich selbst: »Ach, Bridie, meine Liebe, mein Leben, du fehlst mir so.«

10

Whitby Point, nach dem Zweiten Weltkrieg

Joe regte sich im Schlaf, wälzte sich auf die Seite und streckte die Hand nach Bridie aus. Das kühle, glatte, unbenutzte Laken erinnerte ihn ein weiteres Mal daran, dass er allein war.

Die Zeit heilte nicht alle Wunden, wie man ihm versichert hatte. Obwohl schon einige Jahre vergangen waren, vermisste er Bridie immer noch so schmerzlich wie am Tag ihres Todes. Was er tat, tat er für sie, daran änderte sich nichts – als würde sie ihm zusehen und als dürfte er sich keinen Fehler erlauben. Zwar war er dankbar für den Rückhalt, den ihm seine Freunde und seine Familie gaben, aber gegen sein körperliches Verlangen nach Bridie konnten sie nichts ausrichten. Wie hätten sie auch sein Bedürfnis lindern können, Bridie im Arm zu halten, mit ihr zu schlafen, ihr einfach nur zuzuschauen, während sie die Hausarbeit verrichtete, ihre bezaubernde Stimme zu hören, ein paar Worte, eine Berührung, ein Lächeln zu tauschen?

Joe stöhnte auf. Er schob den Schmerz ganz weit weg, in das Loch in seinem Herzen. Tatsächlich konnte niemand ermessen, wie tief sein Kummer reichte, denn Joe verbarg ihn hinter der Fassade seiner natürlichen Überschwenglichkeit. Seine Fröhlichkeit, sein stetes Lächeln und seine Scherze kaschierten die Trauer, mit der er lebte.

Er führte sich vor Augen, dass er trotz des Verlusts seiner Bridie für vieles dankbar sein konnte. Seiner Familie ging es gut, und das Geschäft florierte. Riccardo war wohlbehalten aus dem Krieg zurückgekehrt, seine Kriegserlebnisse schienen ihn zumindest nach außen hin nicht zu belasten. Er hatte Rosina geheiratet, ein nettes Mädchen italienischer Abstammung, das er in Wollongong kennengelernt hatte. Inzwischen hatten sie drei Kinder, den Sohn Raimondo und zwei jüngere Schwestern.

Auch Carlo war nun verheiratet, mit Gail, einer Australierin aus dem Ort, und sie hatten eine Tochter namens Greta. Hingegen waren sowohl Patrick als auch Pietro, der mittlerweile in Los Angeles lebte, noch Junggesellen, trotz Joes Andeutungen, dass er sich über weitere Enkelkinder freuen würde.

Zwei von Joes italienischen Neffen waren in Nordafrika in Gefangenschaft geraten und hatten den Rest des Krieges in einem Lager der Alliierten verbracht. Doch ansonsten hatten die Aquinos den Krieg relativ unbeschadet überstanden. Franco, dem es nicht mehr gelungen war, seine Neffen vor Kriegsbeginn aus Italien herauszuholen, erfuhr später, dass die beiden Brüder gefallen waren. Nach Kriegsende hörte er, dass einige italienische Immigranten in Wollongong Geld sparten, um in ihre Dörfer zurückzukehren und ein eigenes Geschäft aufzuziehen. Doch für diesen Plan hatte er nur Hohn und Verachtung übrig.

»Was für eine hirnverbrannte Idee«, sagte er zu Joe, der auf einen Kaffee in Wollongong vorbeigekommen war. »Drüben in Italien herrschen nach wie vor Armut und Elend, warum sollte man sich das antun? Wir haben es hier in Australien doch viel besser.«

»Ich kann das schon verstehen«, entgegnete Joe. »Viele

italienische Fischerfamilien an der Südküste haben während des Krieges ihre Existenzgrundlage verloren, weil ihre Boote beschlagnahmt und als Minenräumer oder Frachter eingesetzt wurden. Und als wäre das nicht schon schlimm genug, weiß ich von einigen Italienern, dass ihre australischen Nachbarn ihnen misstrauen, weil sie in Internierungslagern eingesperrt waren. Vielleicht haben sie guten Grund fortzugehen.«

Trotzdem war Australien für viele Italiener weiterhin das Land neuer Möglichkeiten, und in den 1950er Jahren nahm die Zahl der Einwanderer erheblich zu. Einige dieser Neuankömmlinge verschlug es auch an die Südküste von New South Wales und ins Fischereigewerbe.

Joe beobachtete, wie sich die neuen Zuwanderer auf je eigene Weise an die australische Lebensart anpassten. Für die alteingesessenen Australier waren sie alle einfach nur Italiener. Joe hingegen bemerkte feine Unterschiede in der Denkweise zwischen denen, die in den zwanziger Jahren angekommen waren, denen, die als Kinder italienischer Eltern in Australien geboren waren, und den späteren Einwanderern der Nachkriegszeit. Der Zustrom italienischer Fischer trug zwar dazu bei, dass das nach dem Krieg darniederliegende Fischereigewerbe in Whitby Point wieder einen Aufschwung erlebte, aber Joe befürchtete, dass es zu schnell wuchs.

»Die meisten von den Neuen sind Laien, die sich Fischer nennen. Sie haben keine Ahnung. Sie überfischen die Bestände, und am Ende haben alle das Nachsehen«, klagte er eines Abends Riccardo gegenüber, als ihre Boote nur einen dürftigen Fang nach Hause brachten. »Die Fischereibehörden verteilen die Lizenzen, als wären es Lutscher, und in den Fanggründen drängen sich immer mehr Boote. Alle sind hinter denselben Beständen her, aber wann sollen die sich dann noch erholen? Dass wir heute weniger Plattköpfe fangen als noch vor ein paar Jahren, ist unbestreitbar, und ehrlich gesagt wundert mich das nicht. Es gibt einfach zu viel Konkurrenz.«

»Aber, Papà, wenn das so ist, warum unternimmt die Regierung dann nichts dagegen?«, fragte Riccardo.

»Das ist eben Politik«, seufzte Joe. »Jeder Bundesstaat hat seine eigenen Regelungen. Und weder die Bundesstaaten noch die Bundesregierung wollen sich mit der Fischerei herumplagen. Das Thema steht ganz unten auf der Tagesordnung, weil es ihnen zu kompliziert ist, und keiner will Verantwortung dafür übernehmen.«

»Was kann man da schon machen? Wir können wohl nichts dran ändern«, versuchte Riccardo seinen Vater zu beruhigen.

»Ich werde es jedenfalls versuchen«, erwiderte Joe entschlossen. »Nehmen wir zum Beispiel die Maschenweite der Netze. Wenn die Maschen größer wären, könnten kleinere Fische durchschlüpfen und hätten die Chance zu wachsen, statt als Beifang aussortiert zu werden, weil sie zu klein sind. Was für eine Verschwendung! Und ich bin nicht der Einzige, der das so sieht. Unsere Behörde für wissenschaftliche und industrielle Forschung, die CSIRO, sorgt sich ebenfalls um die schrumpfenden Fischbestände. Sie hat ein Team von Fischereiinspekteuren gebildet, das prüfen soll, welche Auswirkungen es hat, wenn man Netze unterschiedlicher Maschenweite benutzt. Ich habe mich bereit erklärt, mit den Leuten rauszufahren und es ihnen zu zeigen. Willst du mitkommen?«

Ein paar Wochen später nahmen Joe und Riccardo drei Fischereiinspekteure auf einem ihrer Boote mit aufs Meer und fischten mit Netzen von unterschiedlicher Maschengröße. Aus dem Fangergebnis schloss Joe, dass die Maschen nicht enger als acht Zentimeter sein durften, um die Fischbestände auf einem vernünftigen Niveau zu erhalten. Diese Ansicht schienen die Inspekteure zu teilen, und er erhielt einen Dankesbrief von der CSIRO für seine Teilnahme an einem »Experiment von unschätzbarem Wert«.

Joe war in Hochstimmung. Endlich, glaubte er, würden Maßnahmen zugunsten einer nachhaltigeren Fischerei ergriffen werden. Als er dann aber erfuhr, dass die Regierung von New South Wales die Mindestmaschenweite auf nur sechs Zentimeter festlegen wollte, war er am Boden zerstört.

»Nutzlos, völlig nutzlos. Das bringt den Fischbeständen gar nichts«, ereiferte er sich im Gespräch mit Patrick.

»Ich verstehe nicht, wie die Regierung so eine Entscheidung treffen konnte«, wunderte sich Patrick. »Deine Ergebnisse waren doch überzeugend. Das haben alle gesagt. Warum hat man sich nicht daran gehalten?«

»Die Netzhersteller haben dagegen protestiert. Angeblich sei es zu schwierig und zu teuer, solche Korrekturen vorzunehmen. Natürlich wäre das für sie durchaus machbar. Aber sie glauben, wenn sie sich nur laut genug darüber beklagen, brauchen sie nichts zu ändern und können weiter einfach nur ihre Profite einstreichen.« Frustriert fuhr sich Joe mit den Fingern durch das ergrauende Haar.

»Also kannst du gar nichts mehr dagegen tun?«, fragte Patrick mitfühlend.

»Patrick, ich denke, ich habe nur eine Schlacht verloren, aber nicht den Krieg, und der wird sich noch lange hinziehen. Ich werde der Regierung Druck machen, und auch all diesen Stümpern, die nur schnelles Geld machen wollen und denen es völlig egal ist, ob sie dabei die ganze Fischerei ruinieren.«

Am Ende sah die Regierung von New South Wales dann doch ein, dass sich die Fischbestände in einem alarmierenden Tempo erschöpften. Insbesondere der Plattkopf, der bei den Verbrauchern beliebteste Fisch, war davon betroffen. Also ließ man sich etwas Neues einfallen. Man glaubte, man müsse nur die weniger gefragten Fischsorten umbenennen, um sie dem Verbraucher schmackhafter zu machen, die Nachfrage danach zu erhöhen und so den Druck auf die Plattköpfe zu verringern. Zur großen Erheiterung der Aquinos wurde der Nannygai jetzt Rotfisch genannt, und eine als Leatherjacket bekannte Stachelmakrelenart hieß fortan Butter Fish.

»Die Umbenennung der Fische wird die Stümper nicht bremsen. Dann überfischen sie die eben auch.« Joe schüttelte den Kopf über die Naivität der Regierung.

Was für ihn das Fass zum Überlaufen brachte, war der Erlass der Regierung von New South Wales, wonach Plattkopffische erst ab einer bestimmten Mindestgröße gefangen werden durften.

»Klar, das klingt erst mal nach einer guten Idee«, sagte Joe zu Riccardo, als er ihm nach getaner Arbeit ein Glas Wein einschenkte. »Aber jetzt stehen wir in einem unfairen Wettbewerb mit den Fischern aus Victoria im Süden, weil für die eine kleinere Mindestgröße gilt und sie nach wie vor mickrige Plattköpfe auf den Märkten von Sydney anbieten dürfen. So wie es aussieht, wollen uns alle in den Ruin treiben – die Stümper *und* die Regierung.«

»Was willst du dagegen tun, Papà? Hast du eine Idee?«, fragte Riccardo.

»Ich habe darüber nachgedacht, was für uns das Beste wäre. Erstens will ich hier in Whitby Point eine Fischereikooperative gründen, die ihre Fische selbst vermarktet. Dann sind wir unabhängiger von den Fischmärkten Sydneys. Zweitens finde ich, wir sollten uns verstärkt auf Thunfisch konzentrieren.«

»Die Idee mit der Kooperative klingt gut, aber die Saison für Thunfisch ist ziemlich kurz. Lohnt sich das denn?«, gab Riccardo zu bedenken.

»Ja, ich weiß, die Saison geht nur von Anfang Oktober bis Dezember, aber ich glaube, wir können unsere großen Trawler ohne großen Aufwand auf Thunfisch umrüsten. Die Fischkonservenhersteller, Pecks in Sydney und Greens in Eden, haben ihre Preise für Thunfisch erhöht. Das macht den Thun zu einer rentablen Einkommensquelle zusätzlich zu unserem normalen Fang.«

Im nächsten Frühjahr, als ruhiges Wetter herrschte und die Thunfischschwärme Richtung Norden zogen, setzte Joe seinen Plan in die Tat um. Er benutzte aus Japan importierte Angelruten und einen Köder, der wie Tintenfisch aussah und aus Amerika stammte. Einer seiner Fischer warf lebende Tintenfische ins Wasser, um die Thunfische seitlich an den Trawler zu locken. Jede der mit Köder versehenen Angelschnüre hing an zwei Ruten, da immer zwei Männer zusammenarbeiten mussten, um einen Fisch an Bord zu holen. Zudem konnte jeder Mann seine Rute in einem Geschirr am Körper abstützen, um das Gewicht gleichmäßiger zu verteilen, so dass der schwere Fisch schnell über die Reling hochgezogen und hinter den Männer aufs Deck geschleudert werden konnte. Wenn der Fisch auf dem Deck aufprallte, löste sich automatisch der Haken und ermöglichte es den Männern, schon nach kürzester Zeit den nächsten Fisch zu angeln. Joe schärfte seinen Männern ein, dass sie sich ins Zeug legen und rasch reagieren mussten, sobald der Schwarm neben dem Boot schwamm.

Als sich der Trawler eines Tages weit von der Küste entfernt hatte, erklärte Joe seinen Söhnen, was er von seinem Vater gelernt hatte: Sie sollten das Meer im Auge behalten und nach Anzeichen für wandernde Thunfischschwärme suchen. Solche Indizien konnten entweder Delphine sein, die oft mit den großen Fischen mitschwammen, oder Vögel, die nach der gleichen Nahrung tauchten, hinter der auch die Thunfische her waren.

Plötzlich rief Patrick, ein Stück weiter vorn kräusle sich die Wasseroberfläche und jetzt könne er auch tauchende Vögel erkennen. Als sie näher kamen, entdeckten sie einen riesigen Schwarm Fische, deren Rückenflossen ab und zu aus dem Wasser ragten.

Patrick deutete auf eine Stelle, wo kleine Vögel auf dem Wasser geradezu tanzten. »Das müssen die vordersten im Schwarm sein«, rief er über den Motorenlärm hinweg.

»Das weiß doch jeder«, erwiderte Carlo bissig, während das Boot auf die Fischmassen zuhielt. »Das ist ein Riesenschwarm. Ich schätze, sie nehmen eine größere Fläche ein als ein Tennisplatz.«

Joe ignorierte das Gezänk der beiden und ließ einen Eimer hinab, um die Wassertemperatur zu messen.

»Achtzehn Grad«, verkündete er. »Dann muss es Gelbflossen-Thun sein, der bevorzugt wärmere Strömungen. Ich würde sagen, wir probieren es dort.« Er wies nach vorn, wo sich Treibgut in einer Reihe angesammelt hatte. »An dieser Linie treffen die kalten Strömungen des südlichen Ozeans mit dem wärmeren Ostaustralstrom zusammen. Und jetzt schaut mal dorthin, wo das Wasser dunkelblau ist.«

Als ihre Blicke seinem Finger folgten, bemerkten sie einen bronzefarbenen Fleck. Darauf wimmelte es von dunkelblauen Körpern, die hin und her schossen und dabei silbern und golden aufblitzten. Joe befahl einem seiner Männer, die Thunfische mit Lebendköder anzulocken, und alle griffen nach ihren Ruten, um mit dem Fangen zu beginnen.

Doch keiner auf dem Trawler war auf den Ansturm der riesigen Fische gefasst, die sich auf die Köder stürzten. Zwei Ruten flogen über Bord. Einer der Männer verlor auf dem glitschigen Deck das Gleichgewicht, nahm aber sogleich wieder seinen Platz ein und warf ein ums andere Mal seine Angel in das aufgewühlte Wasser, wo sich die gefräßigen Fische drängten.

Die Männer arbeiteten schnell und ließen ihre künstlichen Köder nie aus den Augen. Kaum war einer in einem weit geöffneten Maul verschwunden, rissen sie ihre Ruten hoch, um den Fisch einzuhaken, gingen dann in die Knie und zogen die biegsamen Angeln nach oben, so dass der Fisch durch seinen eigenen Schwung ins Boot geschleudert wurde. Mit dieser Technik, die nach einem einfachen Handgriff aussah, holten die Männer die Fische schneller an Bord, als Joe zählen konnte. Thunfische von zehn oder fünfzehn Kilogramm Gewicht flogen buchstäblich durch die Luft, manchmal sogar über den Trawler hinaus. Diese Tiere landeten auf der anderen Seite wieder im Wasser, wo sie mit atemberaubender Geschwindigkeit davonflitzten. Joe dachte an seine Fischerjahre in Italien zurück, wo es schon ein großer Erfolg war, wenn man einen einzigen Thunfisch erwischte. Heute fingen sie sie dutzendweise.

Langsam umkreiste das Boot den Schwarm. Mittlerweile war das Deck von zappelnden Thunfischen regelrecht übersät. Sie schlugen unablässig mit ihren Schwänzen auf den Boden, schnappten mit aufgerissenen Mäulern nach Luft und weiteten ihre Kiemen so sehr, dass sie ein seltsam quiekendes Geräusch erzeugten. Joe meinte, wenn er die Ohren spitzte, könnte er die Todesschreie der Tiere verstehen, die ihn mit ihren großen schwarzen Augen ansahen.

Als die Crew mit ihrer riesigen Ausbeute in den Hafen einlief, waren alle in Feierstimmung.

»Das war einfach großartig«, sagte Riccardo. »Wenn wir jedes Mal so viel fangen würden, wären wir unsere Sorgen los.«

Aber der Frühling meinte es nicht gut mit ihnen. Bei den nächsten Fischzügen landeten sie deutlich weniger an, und oft herrschte so schlechtes Wetter, dass man gar nicht erst mit dem Trawler hinausfahren konnte. Joe saß stundenlang vor dem Radio und lauschte dem Wetterbericht oder tauschte sich mit Kollegen aus, die es riskiert hatten, weiter hinaus und die Küste hinunter zu fahren. Außerdem unterhielt er sich mit den Erkundungsfliegern.

Die meisten Fischer setzten Erkundungsflieger ein – Piloten, die das Meer abflogen und nach Fischschwärmen Ausschau hielten, insbesondere nach Thunfischen, wenn gerade Fangsaison war. Auch Joe hatte seinen Informanten, der ihn sofort benachrichtigte, wenn er bei seinen Flügen Hinweise auf Fischschwärme entdeckte. Zwar war Chris ein junger Pilot, doch er verstand sein Handwerk, und wann immer er nach Whitby Point kam, traf sich Joe gern mit ihm. Als ihm Chris dann eines Morgens per Funk mitteilte, er habe einen großen Schwarm ein paar Meilen vor einem bekannten Riff gesichtet, beschloss Joe, mit dem Trawler rauszufahren.

»Riccardo, schau, wo Carlo und Patrick stecken, und stell eine Crew zusammen. Chris hat mich gerade wegen eines großen Schwarms angefunkt. Er meint, es könnte Gelbflossen-Thun sein.«

»Was ist mit dem Wetter? Es sieht nicht gut aus. Wie ist die Vorhersage?«, fragte Riccardo.

»Riskant. Aber mein Gespür sagt mir, dass es aufklaren wird.«

»Okay, Papà, du wirst es wohl am besten wissen«, erwiderte Riccardo, klang dabei aber nicht so überzeugt wie sein Vater.

Im Nu hatte Riccardo Patrick und Carlo ausfindig gemacht und drei weitere Crewmitglieder verständigt. Sie prüften die Ausrüstung und brachen in aller Eile mit der *Egret* auf, einem von Joes kleineren Trawlern.

»Es wäre besser, mit einem größeren Schiff rauszufahren, aber es dauert zu lang, noch mehr Männer zusammenzutrommeln, und die Zeit drängt«, erklärte Riccardo.

»Das geht schon«, erwiderte Joe. »Die *Egret* ist ein gutes Schiff. Und jetzt Beeilung! Wenn wir nicht gleich ablegen, verbietet uns der Hafenmeister auszulaufen.«

Sie passierten den Hafen und hielten aufs offene Meer

zu, aber binnen zwanzig Minuten verschlechterte sich das Wetter, die See wurde rauher, aufgewühlt von einer steifen südöstlichen Brise. Joe schaute in den Himmel und wechselte einen Blick mit Riccardo.

»Bis zum Riff ist es noch ein ganzes Stück. Hoffentlich hält das Wetter. Chris hat mir die genauen Koordinaten gegeben und gemeint, es ist ein ziemlich großer Schwarm. Seine Bewegungsrichtung lässt sich anhand der vielen Vögel erkennen.«

Alle trugen nun ihr Ölzeug. Carlo und die anderen Männer saßen im Schutz des Cockpits, während die *Egret* durch den auffrischenden Wind und die Wellen pflügte. Dann sorgte auch noch eine Regenbö für verminderte Sicht.

Patrick hielt durch sein Fernglas Ausschau nach Vögeln oder anderen Hinweisen auf den Schwarm. »Bei diesem Regen sieht man so gut wie nichts.«

Riccardo nickte. »Die Nadel im Heuhaufen. Aber vielleicht haben wir Glück.«

»Mit Glück hat das nichts zu tun«, erklärte Joe gutgelaunt. Patrick und Riccardo sahen sich an und grinsten.

»Schön, dass du immer noch optimistisch bist«, meinte Patrick.

»Was ist das da an Steuerbord?«, rief Joe.

»Seevögel. Entweder kämpfen sie gegen den Wind oder sie tauchen nach etwas!«, antwortete Patrick.

»Es ist nicht weit von der Stelle, die Chris angegeben hat. Sie bewegen sich schnell. Müssen fette Brocken sein«, sagte Joe und drehte das Steuerrad.

Die Männer waren darauf vorbereitet, dass das Boot die Richtung wechselte, und wappneten sich gegen die Wellen, die jetzt breitseits auf die *Egret* zukamen. Joe steuerte den Trawler geradewegs auf den ziehenden Fischschwarm zu.

»Sie kommen vom Riff. Waren dort auf Nahrungssuche«, murmelte Joe vor sich hin.

»Da vorn sind sie!«, meldete Carlo vom Bug her. Seine aufgeregte Stimme übertönte das Tosen der Wellen.

»Na, dann an die Arbeit«, rief Joe, worauf die Männer ihre Plätze einnahmen und die Angeln bereithielten.

Das Schiff begann bei den immer höheren Seen zu stampfen. Trotzdem gelang es der Crew, mehrere große Thunfische zu fangen, ehe sich das Wetter weiter verschlechterte. Sie hielten auf das Riff zu, um von dort aus einen zweiten Anlauf zu starten. Doch mittlerweile war die Strömung tückisch geworden, und schwere Brecher klatschten aufs Deck.

»Noch ein letzter Versuch!« Bei dem Wind und dem Regen war Joe kaum zu verstehen.

»Papà, bist du sicher? Sollen wir nicht versuchen, zum Hafen zurückzukommen?«, schrie Riccardo.

Patrick holte die Rettungswesten heraus und verteilte sie an alle. Einen Moment zögerte Joe, dann befahl er Patrick, kurz das Steuer zu übernehmen. Hastig schlüpfte er in seine Weste, ehe er Patrick zu den anderen an die Reling zurückschickte. Sie alle standen jetzt knietief im Wasser und warfen ihre Angeln aus, obwohl man kaum sehen konnte, wo sich die Fische befanden.

Über das Rauschen und Tosen hinweg hörten sie Joe rufen: »Die Burschen sind immer noch da!«

Gleich darauf hatten sie einen riesigen Thun am Haken. Doch als die Männer den Fisch näher heranholten, wurde klar, dass es bei diesem Seegang kaum möglich war, das schwere Tier mit den Ruten an Bord zu hieven. Riccardo beugte sich mit dem Gaff über die Reling, weil er dem Fisch damit den tödlichen Schlag versetzen wollte. Unterdessen stand Carlo bereit, um den Thun an der Seite festzuzurren.

»Riccardo!«, schrie Joe, als er eine mächtige Welle auf das Schiff zurollen sah. »Nicht! Lass ihn!«

Aber seine Warnung kam zu spät. Die Welle fegte mit einer ungeheuren Wucht über das Schiff. Vom Ruderhaus her hörte man Glas und Holz splittern. Verzweifelt klammerte sich Joe ans Steuer, während die Wassermassen über ihn hereinbrachen. Die *Egret* war ein zäher alter Kahn, der sich selbst wieder aufrichtete, nachdem ihn diese furchtbare Welle voll getroffen hatte. Doch für Riccardo war es zu spät – der Brecher hatte ihn über Bord gespült.

»Den Rettungsring!«, schrie Patrick Carlo zu. Aber Carlo hatte den rot-weißen Ring schon von der Wand des Ruderhauses gerissen und warf ihn dort, wo sie Riccardo zuletzt gesehen hatten, ins brodelnde Meer.

Als Joe hastig das Steuer herumwarf und den Motor in den Leerlauf schaltete, ragte der Bug der *Egret* fast senkrecht empor. Patrick kroch auf die zerborstenen Reste des Ruderhausdaches, um nach Riccardo Ausschau zu halten.

Joes angstvolle Rufe gellten über Wind und Regen hinweg: »Sieht jemand Riccardo? Wir müssen ihn finden. Ich lasse ihn hier nicht zurück.«

Da drang durch den ohrenbetäubenden Lärm von Sturm und Wellen plötzlich ein vernehmliches Knistern aus dem beschädigten Ruderhaus, und Joe hörte die Stimme von Chris, dem Piloten, aus dem Funkgerät.

»*Egret*, ich sehe euch. Gibt es Probleme?«

Joe stürzte zum Mikrofon und rief: »Chris! Riccardo ist

über Bord gegangen. Er hat eine Rettungsweste an, aber wir können ihn nicht sehen. Die verdammten Wellen sind zu hoch. Siehst du ihn? Führ mich hin. Over.«

»Roger. Ich mach mich auf die Suche. Over.«

Über ihnen tauchte Chris' Flugzeug auf und ging dann tiefer, bis knapp über die Wasseroberfläche. Jetzt zog es methodisch Kreise um das Boot. Unterdessen verharrten die Männer an Bord wie in Schockstarre. Alles geschah in zeitlupenartiger Langsamkeit. Sogar das Tosen von Wind und Wellen schien in den Hintergrund gedrängt, so dass man nur noch Joes gequältes Stoßgebet hörte: »Lieber Gott, rette meinen Sohn. Lass ihn nicht ertrinken. Lieber Gott, rette meinen Sohn.«

Da knackte es wieder im Funkgerät.

»*Egret*, ich sehe ihn. Backbord, backbord …«

Sorge und angestrengte Konzentration malten sich auf Joes Gesicht, als er das Schiff wendete und in Richtung des niedrig kreisenden Flugzeugs steuerte.

Patrick stieß einen Schrei aus. »Da ist er! Werft den anderen Ring raus!«

Im einen Moment in Sichtweite, im nächsten hinter einem Wellenberg verschwunden, konnten sie Riccardo direkt vor sich ausmachen. Als Joe das Schiff möglichst nah an seinen Sohn heranmanövriert hatte, warf Carlo den zweiten Rettungsring.

Das Warten kam ihnen wie eine Ewigkeit vor, bis sich die am Rettungsring befestigte Leine straffte.

»Er hat ihn!«, meldete Chris mit erleichterter Stimme über Funk. »Jetzt zieht, Jungs.«

Joe bedeutete Patrick, das Steuer zu übernehmen, während er an die Längsseite des Bootes eilte, wo Carlo und die anderen Männer bereits mit aller Kraft an der Leine des Rettungsrings zogen. Da erspähten sie Riccardo endlich, mit einem Arm im Ring klammerte er sich buchstäblich ans Leben.

Joe war der Erste, der die schwere, klatschnasse Gestalt zu fassen bekam, dann hievten sie alle gemeinsam den erschöpften Mann an Bord. Riccardo brach auf dem Deck zusammen. Joe zog ihm die Rettungsweste aus und drehte ihn auf die Seite.

»Riccardo, mein Sohn, jetzt wird alles gut. Bringt eine Decke«, rief Joe, während ihm Tränen über die Wangen liefen.

Da begann Riccardo zu husten, würgte und spuckte das Wasser aus, das er geschluckt hatte. Er öffnete die Augen und lächelte schwach. »Mist«, brachte er heraus. »Habt ihr den Fisch geschnappt?«

Patrick schmunzelte. »Nein, wir haben gelost und stattdessen dich geholt.«

»Das ist nicht der Augenblick für Witze! Dein Bruder hätte umkommen können, und ich wäre schuld daran gewesen«, schimpfte Joe.

Riccardo schaute seinen Vater lächelnd an. »Na ja, ich lebe ja noch. Unkraut vergeht nicht. Aber wenn wir nur rumsitzen und quatschen, bringen wir unsere Fische nicht mehr auf den Markt und haben den ganzen Tag vertan.«

Damit war der Bann gebrochen. Patrick übernahm wieder das Steuer, wendete die *Egret* und nahm Kurs auf den Hafen. Unterdessen hielt Joe seinen Sohn immer noch in den Armen und schämte sich nicht seiner Tränen. Sein Leben lang war er zur See gefahren, und meistens war ihm das Glück treu geblieben, doch jetzt hätte er beinahe seinen geliebten ältesten Sohn verloren. Joe erinnerte sich, wie ihm sein Vater eingeschärft hatte, dass das Meer gnadenlos und gefährlich war, und wer dies vergaß, forderte das Schicksal heraus. Es war töricht gewesen, das Leben seiner Söhne und seiner Crew aufs Spiel zu setzen, nur um ein paar Thunfische zu fangen. Er schwor sich, so etwas nie wieder zu tun.

Erst als er einen Jubelschrei aus dem Funkgerät hörte, ließ Joe Riccardo los. »Gut gemacht!«, rief Chris. »Trinkt einen auf mein Wohl. Wir sehen uns. Over.«

»Danke für deine Hilfe«, sagte Joe über Funk. »Ich verdanke dir das Leben meines Sohnes.«

Die Männer winkten dem kleinen Flugzeug nach, als es noch einmal um die *Egret* kurvte und dann in den stürmischen Himmel entschwand.

In eine Decke gehüllt, in der Hand eine krumme Zigarette, saß Riccardo still neben seinem Vater in den Überresten des Ruderhauses, während das Boot gemächlich zum Hafen tuckerte.

Im Jahr darauf, 1957, flog Pietro mit einer Strato Clipper der Pan American nach Australien zurück, um in seiner Heimat Urlaub zu machen. Er war seit mehr als zehn Jahren nicht mehr zu Hause gewesen. Nicht nur Joe und seine Familie sahen seinem Besuch voller Vorfreude entgegen. Im ganzen Städtchen herrschte helle Aufregung, und sogar in Wollongong hatten die Lokalzeitungen ausgiebig über die Erfolge Pietros berichtet. Mit seinen Triumphen in Hollywood hatte er es zum lokalen Star gebracht.

Am ersten Sonntag nach seiner Rückkehr wollte die ganze Familie ein Picknick veranstalten.

»Wir haben zwar Juli«, sagte Joe, »aber heute ist so ein schöner Tag, da wollen wir doch nicht drinnen hocken. Wir müssen uns nur warm anziehen, dann geht es schon. Ich möchte Pietro ins Gedächtnis zurückrufen, wie schön Whitby Point ist.«

Emilia, die nicht mehr so rüstig war wie früher, achtete darauf, dass das Essen in saubere Fischkisten gepackt und mit Eis zugedeckt wurde, damit die Meeresfrüchte gekühlt blieben. Anfangs waren sie sich uneins, wo sie hingehen sollten: zum Strand am Pelican Point, zum Blue Crane Lake oder zum Leuchtturm? Schließlich einigte man sich auf eine Wiese neben den flachen Felsen unterhalb des Leuchtturms.

Als sie dort ankamen, warfen Carlo und Riccardo am Strand ihre Angeln aus, während die Frauen Goolwa-Muscheln suchten. Ihre Ausbeute kochten sie dann in einem rußgeschwärzten Kerosinblechbehälter, während Emilia das Braten des Fischs über dem offenen Feuer überwachte. Für den Fall, dass ihnen heute das Anglerglück versagt blieb, hatte Joe Krabben und Hummer von ihrem Fang vom Vortag mitgebracht.

Mit genießerischem Kopfschütteln meinte Pietro: »Ich glaube, es gibt nirgendwo auf der Welt bessere Meeresfrüchte als hier. Und der Fisch – exzellent!«

»Ist nichts Besonderes, kommt einfach nur vom Meer direkt in die Pfanne«, meinte Emilia.

Nach dem Essen gingen Rosina und Gail mit den Kindern am Strand spazieren, während Emilia in einem bequemen Liegestuhl ein Nickerchen machte. Die fünf Männer saßen ums Feuer, jeder mit einem Bier oder einem Glas Wein in der Hand, und unterhielten sich.

»Wann warst du zuletzt fischen?«, fragte Riccardo seinen Bruder.

»Nicht mehr, seit ich euch in den Schulferien habe helfen müssen«, antwortete Pietro lachend und streckte seine Beine aus, die in einer ziemlich teuer aussehenden Hose steckten. »Mir fehlt einfach dieses Aquino-Gen.«

»Mit der Fischerei ist unsere Familie seit Generationen gut gefahren«, stellte Joe fest. »Sie sorgt dafür, dass man redlich bleibt. Denn das Meer kannst du nicht austricksen. Da draußen weißt du einfach, wer der Chef ist.«

»Pietro, was genau machst du eigentlich? Unsere Arbeit ist ja ziemlich schlicht, wir sind eben Fischer. Aber was ist denn ein Artdirector?«, wollte Patrick wissen. »Das klingt nicht so, als hätte es was mit Schauspielerei zu tun.«

»Als du bei der Theatergruppe von Whitby Point aufgetreten bist, hast du einen richtig glücklichen Eindruck gemacht«, erinnerte sich Riccardo und legte liebevoll einen Arm um seinen Bruder.

»Ja, die Schauspielerei hat mir Spaß gemacht, als ich noch wenig darüber wusste«, sagte Pietro. »Aber als Bridie mich vor all den Jahren ins Theater nach Sydney mitgenommen hat, war es die Atmosphäre, die mich völlig in ihren Bann schlug. Nachdem ich zur Independent Theatre Company in North Sydney gegangen war, wusste ich, was ich wirklich machen wollte, nämlich diesen Rahmen, diese Atmosphäre erschaffen.«

»Wie geht das?«, fragte Joe.

»Für die Theaterbühne entwirft man Kulissen, man erzeugt damit die Atmosphäre für ein Stück. Und was ich beim Film mache, ist im Grunde nicht viel anders. Ein bisschen komplizierter zwar, aber dasselbe Prinzip.«

Joe nickte, verstand tatsächlich aber nichts von dem, was Pietro ihm erzählte. Das einzige Theaterstück, das er gesehen hatte, war die alberne Aufführung mit Pietro, zu der Bridie sie damals alle mitgeschleppt hatte.

»Ich nehme an, du warst bei deiner Theaterarbeit so gut, dass es dir nicht schwergefallen ist, beim Film unterzukommen«, meinte Carlo ein bisschen mürrisch.

»Nein, Brüderchen. Wie so oft im Leben muss man einfach Glück haben. Komm, schenk mir noch mal nach.«

Das Gespräch wurde unterbrochen, da sich alle noch etwas zu trinken holten und Joe auf Zehenspitzen zu Emilia schlich, um nach ihr zu sehen.

Als sie es sich danach wieder gemütlich gemacht hatten, erzählte Pietro weiter.

»Als ich in Hollywood ankam, ging ich erst einmal Klinken putzen. Schließlich schaffte ich es, in einem kleineren Studio einen Job bei einem Kulissenbauer zu bekommen, dann starb plötzlich der Artdirector bei einem Autounfall. Der Film war fast fertig, also machten sie mich in ihrer Not zu seinem Nachfolger. Und da sie mit meiner Arbeit zufrieden waren, engagierten sie mich auch für den nächsten Film. So habe ich im Lauf der letzten Jahre bei mehreren Filmen mitgewirkt, habe mit Filmarchitekten, Kulissenbauern, Bühnenbildnern und so weiter zusammengearbeitet. Bei manchen Filmen muss ich mich auch mit den Kostümbildnern absprechen, damit alle visuellen Details des Films aufeinander abgestimmt sind. Und ich muss dafür sorgen, dass die Kosten innerhalb des Budgets bleiben. Da wird es dann richtig schwierig.«

»Klingt ganz schön kompliziert«, meinte Riccardo.

»Ist es manchmal auch, aber wenn man wirklich Spaß an

seiner Arbeit hat, nimmt man das gern in Kauf«, erwiderte Pietro.

»Hast du berühmte Filmstars kennengelernt?«, fragte Patrick.

»Dutzende.«

»Wen magst du am liebsten?«, wollte Carlo wissen, denn die Arbeit seines Bruders hatte ihn nun doch neugierig gemacht.

»Von denen, die ich kenne, ist James Stewart wohl der Netteste. Bei *Das Fenster zum Hof* war ich zwar nicht Artdirector, aber ich habe am Set mitgeholfen, darum bin ich ihm ein paarmal begegnet.«

Die anderen Aquinos waren mächtig beeindruckt.

»Hast du auch Grace Kelly kennengelernt?«, fragte Carlo.

»O ja.«

»Wenn ich das Gail erzähle! Grace Kelly ist ihre Lieblingsschauspielerin«, sagte Carlo, der seine Aufregung jetzt nicht mehr verbergen konnte.

Die Männer fragten Pietro noch weiter über Hollywood aus. Dass einer aus ihrer Familie so ein extravagantes Leben führte, kam ihnen unglaublich vor.

»Mein Sohn, es klingt wunderbar, was du da machst. Ich bin sehr stolz auf dich«, erklärte Joe.

»Das freut mich, Papà«, erwiderte Pietro. »Eines wollte ich euch noch sagen, was ihr bestimmt richtig aufregend finden werdet. Im Filmstudio hat man mir mitgeteilt, wegen meiner guten Arbeit für den letzten Film würde ich voraussichtlich dieses Jahr für den Academy Award nominiert werden. Stellt euch vor, ein Aquino bekommt einen Oscar!«

»Das ist ja phantastisch«, rief Patrick aus. »Musst du noch irgendwas tun, um ihn zu gewinnen?«

»Nein, wenn die Jury der Academy meine Arbeit für gut genug befindet, werde ich nominiert, und dann werden hoffentlich meine Kollegen bei der Academy für mich stimmen. Einstweilen muss ich nur sauber bleiben.«

»Was meinst du mit ›sauber bleiben‹?«, fragte sein Vater.

»Weißt du, Papà, die Academy mag es nicht, wenn es Skandale gibt, die mit den Oscars in Verbindung gebracht werden könnten. Also muss ich in den nächsten Monaten ein ganz braver Junge sein. Doch ich habe ohnehin so viel Arbeit vor mir, dass ich gar keine Zeit für irgendwas anderes habe ... Aber genug von mir! Erzählt mal, was ihr so alles getrieben habt, außer Kinder in die Welt zu setzen.« Dabei zwinkerte Pietro seinem älteren Bruder zu.

Riccardo berichtete, dass die Aquinos ins Thunfischgeschäft eingestiegen waren, und meinte dann: »Wenn du schon mal da bist, könnten wir alle zusammen rausfahren und uns ein paar von den großen Burschen angeln. Wie in alten Zeiten. Komm doch mit, Pietro.«

Pietro hob abwehrend die Arme. »Nein, nein. Ich habe kein Verhältnis mehr zum Fischen. Wenn ich überhaupt je eins hatte.«

»Die Ausrüstung ist inzwischen viel besser«, meinte Carlo. »Du solltest sehen, wie das jetzt läuft. Oder hast du neuerdings Angst davor, dir die Hände schmutzig zu machen?« Er lächelte, doch in seinen Worten schwang ein provokanter Unterton mit.

»Ich werde es mir durch den Kopf gehen lassen«, meinte Pietro. Zu seiner Rettung tauchten in diesem Moment die Kinder auf, die von ihrem Spaziergang zurückgekehrt waren und jetzt mit ihrem Onkel aus Amerika spielen wollten.

Zu den Höhepunkten im gesellschaftlichen Leben von Whitby Point gehörte der alljährliche Wintersonnwend-Tanz, der immer in der Kunstschule stattfand. Mehr als alles andere stärkte dieses Fest das Gemeinschaftsgefühl der Bewohner, wobei Alter, Herkunft und Beruf keine Rolle spielten.

Unter den Bäumen an der Rückseite des Gemeindesaals hatte man einen Grill aufgebaut, während drinnen an einem Erfrischungsstand Frauen des Landfrauenverbandes Snacks und Punsch und andere Getränke anboten. Doch die Hauptattraktion waren die Musik und der Tanz. Eine vierköpfige Combo aus Wollongong – Saxophon, Schlagzeug, Akkordeon und Klavier – spielte mit viel Lust und Laune auf.

Die Aquinos belegten immer einen großen Tisch. Wie üblich saß auch in diesem Jahr Joe am Kopfende der Tafel, links und rechts flankiert von seinen vier Söhnen. Riccardo und Rosina hatten ihre Kinder mitgebracht, und Carlo und Gail waren mit Greta gekommen. Auch Franco und Silvio waren mit ihrer Großfamilie von Wollongong hergefahren und wollten später bei Joe und Riccardo übernachten.

Ständig kam jemand am Tisch der Aquinos vorbei, um zu plaudern, ein Glas Bier oder Wein mitzutrinken, eine Auster oder Garnele von den riesigen Platten mit Meeresfrüchten zu kosten oder selbstgebackenes Brot, eingemachtes Gemüse, Käse oder Emilias sagenhafte Salami zu probieren. Die meisten wollten jedoch von Pietro wissen, welche Filmstars er kenne und wie die denn in Wirklichkeit seien.

Die Combo hatte für jeden etwas zu bieten. Die Italiener sangen mit Inbrunst bei den neapolitanischen Liedern mit, die die Kapelle spielte. Die meisten wagten sich auch aufs Tanzparkett unter den rotierenden Lichtern, die mit rotem und orangefarbenem Zellophan abgedeckt waren. Bei Countrysongs oder dem traditionellen »Pride of Erin« war die Tanzfläche stets voll. Die Älteren taten sich mit Quickstepp und Foxtrott hervor, während die Jüngeren nach Rock ’n’ Roll verlangten, was gerade der neueste Schrei war. Als die Musiker dann tatsächlich einen schnellen Jive zum Besten gaben, hatten die Jugendlichen bei ihrer »Gymnastik«, wie Joe es nannte, die Tanzfläche für sich allein. Und die kleineren Kinder wirbelten und hopsten, egal zu welcher Musik, am Rand herum, wo die Erwachsenen ein Auge auf sie hatten.

Die Landfrauen mit den kräftigen Armen, windgeröteten Wangen, Hüftpölsterchen und praktischen Schuhen verlegten sich mehr aufs Zuschauen. Einige tanzten auch mal einen langsamen Walzer, aber das genügte ihnen dann auch schon. Stricknadeln klapperten, Häkelnadeln fuhren flink durch kunstvolle Spitzenkrägelchen und Zierdeckchen, während die Italienerinnen, allesamt in schlichtes Schwarz gekleidet, in der Sprache ihrer fernen Heimat schwatzten, ohne dabei ihre Schützlinge aus den Augen zu lassen.

Die Mädchen hatten sich wochenlang auf diesen Abend vorbereitet. Wenn Spätankömmlinge lachend den Saal betraten, richteten sich die Blicke aller auf sie. Sie waren von außerhalb angereist, und zwar stehend auf der Ladefläche von Pick-ups, damit ihre Röcke aus mehreren Stoffschichten und ihre steifen Petticoats nicht verknautscht wurden.

Kopftücher hatten ihre Beehive-Frisuren geschützt. Auch wenn Emilias Augen nicht mehr so gut waren, hatte sie mitgeholfen, die Ballkleider für die kleine Greta und Riccardos Mädchen zu nähen, die alle unbedingt steife Petticoats und Rüschensöckchen tragen wollten.

Rings um die Tanzfläche standen die überbehüteten italienischen Schönheiten und ihre Brüder, die mit nonchalanter Gewandtheit und im Wissen um ihre stattliche Erscheinung über die Tanzfläche stolzierten. Schüchterne australische Jungs warfen den jungen Italienerinnen schmachtende Blicke zu, die jedoch nicht erwidert wurden. Hingegen flirteten und scherzten die fröhlichen, hübschen australischen Mädchen ungeniert mit allen Jungs.

Joe und Franco hatten keinerlei Interesse am Tanzen, sondern saßen gemütlich beisammen und sprachen über alte Zeiten. Als sie Patrick an ihren Tisch kommen sahen, bat Joe ihn, ihnen noch etwas zu trinken zu holen.

»Wir sind vielleicht zu alt zum Tanzen, aber nicht für den *vino*, verstehst du?«, sagte er schmunzelnd zu Patrick. Als sein Sohn ging, nahmen die beiden ihr Gespräch wieder auf.

»Natürlich musste ich es nicht so lange wie du in diesem elenden Internierungslager aushalten, Franco, aber ich kann deinen Unmut schon verstehen.«

»Ich habe meine Familie so vermisst, Joe. Jahrelang konnte ich sie nicht sehen. Und warum das Ganze? Ich war doch kein gemeiner Verbrecher. Es war Unrecht.«

»Das stimmt. Wir waren keine Verbrecher, und trotzdem bin ich mir dort so vorgekommen, eingesperrt hinter Stacheldraht. Als hätte ich den Namen Aquino besudelt, obwohl ich überhaupt nichts angestellt habe. Manchmal denke ich heute noch, ich hätte Schande über die Familie gebracht, weil ich im Internierungslager war. Mit Schande zu leben ist schwer.«

Patrick stellte die Drinks für Joe und Franco auf den Tisch und klopfte Joe auf die Schulter. »Papà, du könntest niemals Schande über den Namen Aquino bringen. Wir sind alle sehr stolz auf dich.«

»Danke, Pat, nett, dass du das sagst.«

»Wer weiß, vielleicht wird euer Name sogar noch richtig berühmt, wenn Onkel Pietro den Oscar gewinnt«, meinte Patrick.

»Wer hätte gedacht, dass Pietro eine solche Karriere hinlegt? Er hat wirklich was aus sich gemacht«, pflichtete Franco bei.

Allmählich wurde es spät. Emilia, Rosina und Gail hatten die Kinder heimgebracht, aber die Männer hatten noch keine Lust, nach Hause zu gehen. Mittlerweile hatten die Jugendlichen die Tanzfläche in Beschlag genommen, und viele von den Älteren waren mit ihren Getränken nach draußen gegangen, um sich dort weiter zu unterhalten. Plötzlich stürmte einer der Männer in den Saal zurück und suchte nach Joe.

»Joe, komm schnell, draußen ist eine Rauferei! Zwischen deinen Söhnen!«

»Was?« Joe sprang auf und eilte hinaus, gefolgt von Riccardo.

Der Streit beschränkte sich offenbar nicht auf Beschimpfungen und Schubsereien. Patrick und Carlo hielten einander umklammert, keuchten und fluchten und schlugen ungehemmt aufeinander ein, wann immer sie eine Hand freibekamen.

»He, ihr zwei! Auseinander! Wer hat damit angefangen?« Joe und Riccardo gingen dazwischen und schafften es schließlich, die Kampfhähne zu trennen. Die beiden funkelten einander wütend an.

»Es ging um Football. Sie haben sich wegen dem Ergebnis des letzten Spiels gestritten«, erklärte einer der Zuschauer. »Aber dann ist es irgendwie aus dem Ruder gelaufen. Das sind vielleicht zwei Hitzköpfe!«

»Die streiten sich dauernd«, wusste ein anderer. »Kommt, Jungs, hört auf euren Vater, beruhigt euch. Es reicht.« Aber noch während der Mann redete, stürzte sich Carlo erneut auf seinen Bruder und schlug noch einmal zu. Patrick hob die Arme, um sein Gesicht zu schützen.

»Basta!«, brüllte Joe. »Jetzt ist Schluss!«

»Ihr verdammten Idioten, hört sofort auf«, schrie Riccardo. Er trat zwischen die beiden und fauchte sie an: »Ihr seid eine Schande für unsere Familie. Denkt doch mal an Papà. Pat, geh dich sauber machen. Und du, Carlo, kommst mit mir mit. Aber vorher gebt ihr euch die Hände.«

Patrick streckte Carlo die Hand entgegen, aber dieser machte auf den Hacken kehrt. »Ich gehe heim.«

»Carlo, sei kein Idiot. Komm her. So kannst du dich bei Gail nicht blicken lassen.«

Doch Carlo mit seinen aufgeschlagenen Fingerknöcheln und der verschrammten Wange verschwand in der Dunkelheit.

»Wie könnt ihr euch nur in aller Öffentlichkeit wegen eines Footballspiels prügeln? Ich hätte euch mehr Verstand zugetraut«, sagte Joe betrübt. »Was sollen denn jetzt die Leute über uns denken?«

»Es tut mir leid, Papà, aber manchmal geht mir Carlo so

was von auf die Nerven. Es war nicht wegen des blöden Spiels, Carlo treibt mich manchmal einfach zur Weißglut, und das war wohl so ein Moment. Aber du hast recht. Wir sind langsam zu alt für so ein Theater.«

»Allerdings. Ihr beide habt euch von Anfang an gegenseitig auf dem Kieker gehabt. Davon habe ich jetzt wirklich die Nase voll«, erklärte Riccardo, legte aber dann den Arm um Patrick, als sie zu dritt in den Saal zurückgingen. »Wenn du mich fragst, ich finde, das Leben ist zu kurz, um es mit Raufereien zu vergeuden. Such dir ein nettes Mädchen und fang an, solide zu werden.«

Das Leben ging wieder seinen gewohnten Gang. Franco und seine Familie kehrten nach Wollongong zurück, während Pietro einen Abstecher nach Sydney machen wollte, um dort Freunde zu besuchen. Danach blieben ihm nur noch wenige Tage im Kreis der Familie, ehe er nach Los Angeles zurückfliegen musste.

In diesen letzten Tagen versuchte Riccardo seinen Bruder zu überreden, mit ihnen allen zusammen fischen zu gehen. »Wir haben gutes Wetter, und da draußen sind jede Menge Fische. Wir fahren nur für ein paar Stunden raus. Komm schon, Pietro, das wird dir gefallen. Wir haben nicht oft Gelegenheit, nur so zum Spaß fischen zu gehen, und es wäre schön, wenn du mitkämst.«

Pietro lachte. »Nein, lieber nicht. Aber eins verspreche ich euch, wenn ihr was fangt, helfe ich euch beim Essen.«

»Wenn du nicht beim Fangen hilfst, warum sollten wir dir dann was vom Essen abgeben?«, entgegnete Carlo.

Joe zuckte die Achseln. »Drängt ihn nicht, Jungs, aber ihr könnt ja trotzdem rausfahren. Ich werde Franco und

Silvio in Wollongong besuchen. Wenn ich am Nachmittag zurückkomme, erwarte ich ein Festmahl!«

Am Morgen des nächsten Tages war der Himmel grau und das Meer spiegelglatt. Kein Lüftchen regte sich, als hielte die Welt den Atem an. Die Leute gingen ihren Geschäften nach, auch wenn zu dieser frühen Stunde auf den Straßen nicht viel los war. In Whitby Point spielte sich das Leben um diese Zeit in warmen Stuben und hinter geschlossenen Türen ab. Erst als Joe auf dem Weg nach Wollongong den Hafen passierte, sah er Männer in dicken warmen Pullovern und Mützen draußen in der Kälte arbeiten. Das Wasser im Hafen war so unbewegt, dass es an einen See erinnerte, die Boote schaukelten kaum. Ein paar Stunden später in Wollongong spürte Joe, dass das Wetter umschlug, noch bevor er aus dem Fenster schaute.

»Ich glaube, es zieht ein Unwetter herauf«, meinte auch Silvio.

Joe blickte in den Himmel, wo dunkle Wolken aufzogen. Von Francos Haus aus konnte er das Meer sehen, wo jetzt massive Wellen heranrollten, die nichts Gutes verhießen. Die kleineren Boote außerhalb des Hafens von Wollongong und vor der Mole steuerten das schützende Halbrund der Bucht an. Gischt bildete sich nun auf den Wellenkronen der sich hebenden und senkenden See. Hinter den Wolken, die sich in der Ferne zusammenbrauten, zuckten Blitze.

»Ich glaube, ich versuche noch nach Hause zu kommen, bevor es richtig losgeht«, meinte Joe.

»Du kannst jederzeit hier übernachten, wenn du nicht durch den Regen fahren willst«, bot Franco an.

»Nein, aber trotzdem danke. Ich möchte zu meiner

Mutter zurück. Ich lasse sie ungern länger allein. Und Pietro bleibt ja nur noch ein paar Nächte bei uns.«

»Ist klar«, sagte Silvio. »Fahr vorsichtig.«

Als Joe durch den Sturm nach Whitby Point zurückfuhr, musste er wie so häufig an den Abend denken, als Bridie ums Leben gekommen war.

Was für ein Schicksalsschlag für unsere Familie, dachte er traurig. Die alte Sehnsucht nach Bridie brannte noch immer in ihm.

Am späten Nachmittag erreichte er Whitby Point. Das Meer war aufgewühlt, der Sturm peitschte gegen die Boote und zerrte an ihren Vertäuungen. Erleichtert stellte Joe fest, dass die *Celestine*, das Boot, mit dem die Jungen hinausgefahren waren, am Kai sicher festgemacht war.

Die Jungs sind zurück. Um sie brauche ich mir schon mal keine Sorgen zu machen, dachte er.

Er betrat das Haus. Patrick war nicht da, und als er in Emilias Zimmer spähte, fand er sie auf dem Bett schlafend vor. Leise schlich er hinaus und schenkte sich etwas zu trinken ein. Doch ehe er mit seinem Glas ins Arbeitszimmer gehen konnte, wurde die Haustür aufgerissen, und Riccardo stürmte herein.

»Papà, wo bist du?«

»Hallo, mein Junge, ich bin hier.« Als er Riccardos aufgelöstes Gesicht sah, wusste er bereits, dass etwas nicht stimmte.

»Es ist was Schreckliches geschehen. Du musst mitkommen …« Riccardo atmete tief ein, dann platzte er heraus: »Es gab einen Unfall. Carlo ist tot. Es ist schrecklich, aber es war ein Unfall.«

»Tot …« Joe brachte das Wort kaum über die Lippen. Er

rang um Atem, als hätte ihm jemand einen Magenschwinger verpasst. »Was? Wie? Doch nicht auf dem Boot? Was ist passiert? Mein Sohn, was ist meinem Sohn zugestoßen? O mein Gott, Gail und die kleine Greta …«

»Papà, es war ein Unfall. Das Boot begann zu rollen, Carlo verlor das Gleichgewicht und fiel auf Patrick, der das Ködermesser in der Hand hielt, und da ist es einfach passiert.«

Einen Moment lang war Joe sprachlos. Er fühlte sich wie betäubt. Riccardos Worte zerrissen ihm das Herz. »Wo ist Carlo? Habt ihr es Gail schon gesagt? Habt ihr einen Arzt geholt? Habt ihr die Polizei gerufen?«

Riccardo schüttelte den Kopf. »Es war zu spät für einen Arzt. Gleich nachdem wir im Hafen wieder angelegt hatten, bin ich zu Gail gegangen. Inzwischen sind ihre Eltern bei ihr, und dann wollte ich hierherkommen und auf dich warten, aber du warst ja schon da. Patrick ist zur Polizei gegangen, um den Unfall zu melden. Aber wir konnten für Carlo nichts mehr tun, Papà.«

»Und Gail?«

»Sie ist am Boden zerstört. Sie meinte, ihr sei immer klar gewesen, dass die Fischerei nicht ungefährlich ist, aber sie hätte nie gedacht, dass Carlo etwas zustößt, wenn er nur mal zum Spaß angeln geht.«

In diesem Moment kam Emilia herein. Als sie erfuhr, was geschehen war, brach sie zusammen und begann zu wehklagen.

Carlo war immer ihr Liebling gewesen. Joe schloss sie in die Arme, doch gegen ihre Tränen, ihr Heulen und Jammern war er machtlos. Er fragte sich, ob sie diesen Schlag je verkraften würde.

Riccardo war noch immer kreidebleich, als es an der Haustür klopfte. »Das wird wohl die Polizei sein.«

Der Sergeant wirkte ebenso erschüttert wie alle anderen. Er sagte, Patrick habe ihm den Ablauf der Ereignisse auf dem Boot geschildert, aber er wolle auch Riccardos Version hören.

»Wie ich Papà schon gesagt habe, war es ein Unfall«, erklärte Riccardo. »Wir hatten einen guten Tag, haben etliche Fische geangelt, dann schlug das Wetter um, und wir fuhren zurück. Wir waren nicht mehr weit vom Hafen, als Patrick meinte, er wolle noch eine letzte Angel auswerfen. Er hob das Ködermesser auf, und da geschah es. Auf einmal begann das Boot zu rollen, Carlo verlor das Gleichgewicht und fiel irgendwie auf Patrick, und das Messer bohrte sich in ihn. Wir sind mit Volldampf in den Hafen zurückgefahren, aber Carlo war schon tot.«

»Ja«, sagte der Sergeant. »So hat Patrick es auch beschrieben. Ein entsetzlicher Unfall.«

Ein Gedanke durchzuckte Joe. »Pietro – wo ist er? Weiß er schon Bescheid?«

»Nein, ich glaube, er ist ins Kino gegangen, da läuft gerade ein Film, den er sich ansehen wollte«, antwortete Riccardo. »Soll ich ihn suchen gehen?«

»Er erfährt es früh genug, wenn er zurückkommt. Kein Grund zur Eile«, meinte Joe mit tonloser Stimme. Er schaute zu seiner Mutter hinüber, die in ihrem Lieblingssessel saß und leise vor sich hin schluchzte. »Diese Familie hat doch schon so viel durchgemacht. Das haben wir nicht verdient.«

»Mr. Aquino, ich möchte Ihren Kummer nicht noch vergrößern. Ich bezweifle nicht, dass es ein Unfall war, doch es ist davon auszugehen, dass weitergehende Ermittlungen angestellt werden. Wahrscheinlich werden meine Kollegen aus Wollongong noch einige Fragen haben, aber das ist reine Formsache, Sie verstehen?«

Noch während er sprach, kam Patrick mit bleichem Gesicht herein.

Joe sprang auf und umarmte ihn. »Mein armer Junge«, sagte er. »Wie schrecklich! Wo warst du?«

»Nachdem ich bei der Polizei gewesen bin, habe ich Gail aufgesucht. Sie ist jetzt mit ihrem Vater unterwegs, um Carlo noch einmal zu sehen. Ich kann es nicht fassen. Es ist ein Alptraum. Es tut mir so unendlich leid. Aber es war ein Unfall, ehrlich.«

»Ja, natürlich, aber der Sergeant hier sagt, dass euch die Polizei von Wollongong auch noch mal befragen wird.«

Wortlos nickte Patrick.

Joes Stimme zitterte, als er sagte: »Ich muss los und meinen Sohn noch einmal sehen. Diese Familie … was muss sie noch alles durchmachen?«

Als Joe und Pietro am späteren Abend zurückkamen, setzten sich die vier Männer an den Küchentisch und überlegten, was als Nächstes zu tun war.

»Wir müssen wieder einmal eine Beerdigung organisieren«, sagte Joe, das Gesicht in den Händen vergraben.

»Meinst du nicht, dass Gail und ihre Familie das machen wollen?«, wandte Pietro behutsam ein. »Aber ich bin mir sicher, sie würden sich freuen, wenn du ihnen Hilfe anbietest, Papà.«

»Ich vermute, wir werden ihn sowieso nicht bestatten können, bis die Autopsie abgeschlossen ist«, sagte Riccardo und rieb sich die geröteten Augen.

»Mir ist nicht klar, wieso noch weiter ermittelt werden soll, wenn die Polizei von einem Unfall ausgeht«, meinte Pietro.

»Ich weiß es auch nicht. Aber ich mache mir Sorgen um dich, Papà, und um Nonna und natürlich um Gail. Was für eine Katastrophe«, sagte Patrick verzweifelt.

Die tragische Nachricht von Carlos Tod erschütterte den ganzen Ort, und obwohl die Aquinos ein stilles Begräbnis bevorzugt hätten, erschien die ganze Gemeinde, und alle sprachen ihr Beileid aus. Unmittelbar nach der Beerdigung flog Pietro nach Kalifornien zurück, was Joes Traurigkeit noch verstärkte. Seine Familie zerfiel.

Die Polizisten aus Wollongong blieben bis nach der Beerdigung dezent im Hintergrund, aber gleich darauf begannen sie mit ihren Befragungen. Sie vernahmen nicht nur Patrick und Riccardo, die ihnen nicht mehr sagen konnten als beim ersten Verhör und noch einmal bekräftigten, es habe sich um einen tragischen Unfall gehandelt. Auch einige Einwohner des Ortes und Angestellte von Joe wurden befragt.

Zu Joes Verwunderung lud die Polizei Patrick dann noch zu einer weiteren Vernehmung vor. Beunruhigt schlug Joe vor, Patrick solle vielleicht den Anwalt der Familie mitnehmen.

»Ich weiß nicht, ob das notwendig ist, Papà, aber wenn dir wohler dabei ist, bitte ich Mr. Walker, mich zu begleiten.«

Am Tag der Vernehmung wuchs Joes Besorgnis immer mehr, denn Stunde um Stunde verstrich, ohne dass Patrick nach Hause kam. Als es an der Tür klopfte, wusste Joe, dass etwas nicht stimmte, denn Patrick brauchte nicht zu klopfen. Er öffnete die Tür, und vor ihm auf der Veranda stand Rodney Walker, der Rechtsanwalt, und machte einen äußerst betretenen Eindruck.

»Joe, sie haben Patrick festgenommen«, sagte er ohne Umschweife. »Sie werfen ihm Totschlag vor. Das Ganze ist hanebüchen, aber so sieht es jetzt aus.«

Joe starrte den Mann nur an. Im ersten Moment wusste er nicht, was er sagen sollte, und winkte den Anwalt nur herein. Dann brach es aus ihm heraus: »Wie kommen sie denn darauf?«

»Sie halten sowohl Riccardos als auch Patricks Aussage für unglaubwürdig. Offenbar haben sie viel in der Stadt herumgefragt und herausgefunden, dass Carlo und Pat noch nie gut miteinander ausgekommen sind. Dabei haben sie auch von der Rauferei an dem Tanzabend erfahren. Nun sind sie davon überzeugt, dass die beiden auf dem Boot einen Streit hatten, der zu Carlos Tod führte, und dass Riccardo mit seiner Aussage nur seinen Bruder decken will.«

Joe starrte den Anwalt an. »Wenn meine Söhne sagen, dass es ein Unfall war, dann war es auch so.«

»Das sehe ich genauso. Ich glaube nicht, dass die Polizei viel gegen Patrick in der Hand hat. Aber anscheinend denken sie, es reicht für eine Anklageerhebung.«

»Wie geht es jetzt weiter?«, fragte Joe.

»Fürs Erste habe ich Patrick auf Kaution freibekommen. Das war kein Problem, er ist jetzt nur noch schnell zu Riccardo gegangen, um ihm Bescheid zu sagen. Allerdings wird er zu einer Beweisverhandlung vorgeladen werden.«

»Muss er dann in Haft?«

»Nein, bei diesem Zwischenverfahren hört sich das Gericht erst einmal an, welche Indizien die Polizei gegen ihn hat, und entscheidet dann, ob der Fall weiterverfolgt wird. Ich glaube zwar nicht, dass die Beweislage ausreicht, aber für alle Fälle wäre es vielleicht nicht schlecht, wenn wir Patrick einen Strafverteidiger besorgen.«

»Können Sie jemanden empfehlen?«

»Ich werde sehen, ob Mr. Giles Bartholomew den Fall übernehmen kann. Er ist Kronanwalt und ziemlich teuer, aber einer der besten.«

»Die Kosten spielen keine Rolle. Mir ist nur wichtig, dass Patrick freigesprochen wird«, erklärte Joe mit Nachdruck. »Aber wenn dieser Mr. Bartholomew versagt, was passiert dann?«

»Dann wird der Fall vor dem Amtsgericht von Wollongong verhandelt werden.«

Joe und Riccardo begleiteten Patrick zum Gericht, wo die Anhörung stattfand. Joe war zuversichtlich, dass die Sache damit ausgestanden sein würde. Allerdings konnten die Ermittlungsbehörden mit einer ganzen Reihe von Zeugen aufwarten, die allesamt erklärten, Patrick und Carlo hätten sich nie verstanden und es sei kein Geheimnis, dass sie sich oft gestritten hätten. Das genügte dem Richter, um zu verfügen, dass Patrick sich wegen des Todes seines Stiefbruders vor Gericht verantworten müsse. Also würde der Fall nun vor einem Geschworenengericht in Wollongong verhandelt werden.

Während Patrick die Entscheidung des Richters gefasst zur Kenntnis nahm, war Joe außer sich.

»Das verstehe ich nicht, Rodney. Warum haben Sie diese Zeugen nicht befragt?«, wollte er von seinem Anwalt wissen.

»Papà, was hätte das denn gebracht?«, wandte Patrick ein. »Es stimmt doch, was sie gesagt haben. Carlo und ich haben uns oft gestritten.«

»Machen Sie sich keine Sorgen, Joe. Totschlag ist ein schweres Delikt. Mr. Bartholomew wird Patrick weiterhin vertreten, und er ist sich ziemlich sicher, dass die Anklage fallengelassen wird.«

Es vergingen noch einige Monate bis zum Prozessbeginn. Patrick blieb auf Kaution frei und arbeitete wie bisher mit Riccardo auf den Fischerbooten. Auch in ihrer Freizeit sah man die beiden oft zusammen. Joe vermisste Carlo und war oft bei Gail, half ihr, so gut er konnte, und spielte mit der kleinen Greta. Mit großer Sorge sah er der Verhandlung entgegen. An manchen Tagen war er sogar erleichtert, dass Bridie das nicht mehr miterleben musste. Emilia fiel es besonders schwer, die Tragödie zu verkraften. Zwar kümmerte sie sich wie eh und je um Joe und Patrick, doch sie wurde immer schweigsamer.

Am ersten Prozesstag fuhren die beiden Brüder und Joe gemeinsam nach Wollongong. Auch Gail fuhr mit ihrer Familie hin, während Emilia zu Hause blieb, da sie ohnehin kaum etwas von der Verhandlung verstanden hätte.

Kurz vor Wollongong sagte Joe: »Egal, was kommt, ich weiß, dass Carlo durch einen Unfall gestorben ist, weil ihr es mir gesagt habt. Ich gebe niemandem die Schuld daran. Gott ist unser Richter, und wir müssen unser Schicksal in seine Hände legen.«

Am Gerichtsgebäude angekommen, wurden sie bereits von Mr. Walker und Mr. Bartholomew erwartet.

»Also, Patrick«, begann Mr. Bartholomew, »wie ich

schon sagte, kann sich die Polizei nur auf eine Reihe von Indizien stützen. Diese können zwar für einiges Unbehagen bei den Zuhörern sorgen, reichen aber für sich genommen keinesfalls für einen Schuldspruch der Geschworenen aus. Unser Trumpf ist Ihr Bruder. Aufgrund von Riccardos Aussage werden Sie freigesprochen werden. Ganz gleich, wie sehr ihn der Staatsanwalt in die Mangel nimmt, er wird unbeirrt bei seiner Darstellung bleiben, da bin ich mir sicher.«

Joe entschuldigte sich und ging zur Toilette. Als er zurückkam, ertappte er Riccardo und Patrick dabei, wie sie auf dem Flur miteinander stritten.

»Was habt ihr denn zu diskutieren? Ich finde, das ist nicht der richtige Moment für so was. Wir müssen jetzt zusammenstehen.«

»Entschuldige, Papà«, sagte Riccardo. »Es war nichts weiter. Wir sind wohl beide nur nervös.«

»Dann kommt, gehen wir in den Gerichtssaal. Bringen wir es hinter uns«, meinte Joe.

»Joe, Sie und Riccardo müssen draußen vor dem Saal bleiben, weil Sie später als Zeugen aufgerufen werden«, erklärte Mr. Walker. »Ich halte Sie ständig auf dem Laufenden, und Sie können mit Pat reden, wenn die Verhandlung vertagt wird. Er ist ja immer noch auf Kaution frei.«

Bedrückt nahmen Joe und Riccardo auf einer der Bänke vor dem Saal Platz.

»Ich habe das Gefühl, das wird ein sehr langer Tag«, meinte Riccardo.

Mr. Walker hielt Wort und kam bei jeder Gelegenheit zu ihnen heraus, um ihnen über den Verlauf der Verhandlung zu berichten. »Der Gerichtsmediziner hat ausgesagt – es war so ziemlich das Gleiche wie das, was er schon beim Zwischenverfahren gesagt hat. Ein bisschen ärgerlich war die Sache mit Carlos Schrammen. Als der Gerichtsmediziner zu diesen Schrammen befragt wurde, erklärte er, sie rührten wahrscheinlich von dem Sturz im Boot her. Aber der Staatsanwalt hat ihn dann dazu gebracht, seine Aussage dahingehend zu revidieren, dass die Verletzungen auch von einem Kampf hätten stammen können. Zwar hat Mr. Bartholomew bei seinem Kreuzverhör erreicht, dass der Mediziner diese Aussage zurückgenommen hat. Aber für die Geschworenen hat sich trotzdem der Eindruck verfestigt, dass es zu einem Kampf gekommen sein könnte. Bedauerlich. Doch wir stehen ja erst am Anfang. Riccardo wird das mit seiner Aussage alles richtigstellen.«

Als dann die Sitzung am Abend vertagt wurde, fuhren sie alle zusammen zu Franco. Patrick war sehr still, und als Joe ihn fragte, wie es ihm ging, zuckte er nur mit den Schultern. Später bekam Joe mit, dass Patrick und Riccardo wieder heftig miteinander diskutierten.

Am nächsten Morgen hatten Joe und Riccardo gerade ihren Platz vor dem Gerichtssaal eingenommen, als Mr. Walker und Mr. Bartholomew herausstürmten.

»Was ist los?«, fragte Joe Rodney Walker.

»Schrecklich, ganz schrecklich. Kaum hat der Richter die Verhandlung eröffnet, erklärt Patrick, dass er jetzt auf schuldig plädiert!«

»Schuldig – aber wieso denn? Warum tut er das?« Joe starrte den Anwalt verständnislos an.

»Joe, Mr. Bartholomew hat ihm von diesem unbesonnenen Schritt abgeraten, aber Patrick sagt, er will nicht länger mit Lügen leben, und Riccardo soll seinetwegen keinen

Meineid schwören, indem er seine Lüge deckt. Er hat erklärt, er habe mit Carlo gekämpft, aber nie die Absicht gehabt, ihn zu verletzen. Es sei Notwehr gewesen.«

Joe konnte nicht fassen, was er da hörte. Also hatten sowohl Patrick als auch Riccardo gelogen, um den wahren Tathergang auf dem Boot zu vertuschen. »Hat Patrick gesagt, worüber sie gestritten haben?«

»Nein, aber das sollte er, wenn er auf irgendwelche mildernden Umstände hofft.«

»Kann ich zu Patrick?« Joes Gesicht war von Schmerz gezeichnet.

»Tut mir leid, Joe«, erwiderte Mr. Walker. »Er ist schon abgeführt worden.«

Bei der Anhörung vor der Urteilsverkündung gab Patrick lediglich zu Protokoll, dass es einen Streit gegeben habe. Carlo habe ihn angegriffen, und er habe sich mit dem Ködermesser verteidigt. Der Richter entgegnete, auch wenn Patrick sich nur habe verteidigen wollen, habe er trotzdem ein Messer gegen einen unbewaffneten Mann eingesetzt. Daher verurteilte er Patrick zu neun Jahren Haft bei einer Mindestverbüßungsdauer von sieben Jahren.

Joe war entsetzt über die Härte des Urteils. »Was können wir jetzt noch tun?«, wollte er von Mr. Walker wissen. Normalerweise, antwortete der Anwalt, würde man in Berufung gehen, aber Patrick habe das ausdrücklich abgelehnt.

»Patrick sagte mir, er wolle seine Strafe absitzen, und damit sei die Sache für ihn erledigt. Tut mir leid, Joe, das ist alles so eine schreckliche Katastrophe für Ihre Familie.«

Die Familie Aquino zog sich aus dem gesellschaftlichen Leben von Whitby Point zurück und konzentrierte sich darauf, den Fischereibetrieb weiterzuführen und einander zu unterstützen. Joe besuchte Patrick so oft wie möglich, aber wenn sie sich dann im Long-Bay-Gefängnis in Sydney gegenübersaßen, fühlten sich beide unbehaglich. Offenbar wollte Patrick nicht über die Familie sprechen, und so begnügte sich Joe mit einer knappen Zusammenfassung dessen, was es bei den Aquinos an Neuigkeiten gab, und brachte dann das Gespräch aufs Fischen.

Stolz erzählte er Patrick von den Echoloten, die sie neuerdings auf den Trawlern einsetzten und mit denen sich die Tiefen und Erhebungen auf dem Meeresboden besser vermessen und die Riffe kartographieren ließen. »Die anderen Fischer kriegen oft nicht mit, wo wir hinfahren. Sie haben nicht die Ausrüstung dafür. Neulich, sage ich dir, hatten wir einen Riesenspaß.« Joe machte eine Kunstpause, während Patrick ihm aufmunternd zunickte. »Wir hatten einen guten Fischgrund im Südosten entdeckt und einen fetten Fang angelandet, woraufhin einige Leute ziemlich neugierig wurden.« Joe grinste. »Also brachen wir beim nächsten Mal im Dunkeln auf, in aller Frühe, noch bevor sonst jemand unterwegs war. Wir waren etwa seit einer Stunde in südlicher Richtung unterwegs, als sich dein Bruder umschaute und etwas Rotes aufleuchten sah. Da wurde ihm klar, dass sich eine gerade angezündete Zigarette in einer Scheibe gespiegelt hatte! Die Kerle verfolgten uns – mit ausgeschalteten Lichtern!«

Patrick zog eine Augenbraue hoch, während Joe fortfuhr. »Es war immer noch dunkel, und sie blieben uns weiterhin auf den Fersen, aber wir wussten, dass vor uns das

Riff lag. Als es zu dämmern begann, taten wir so, als wollten wir das Netz auswerfen, und änderten die Richtung. Während das Boot hinter uns ebenfalls den Netzwurf vorbereitete, legten wir Tempo vor, als würden wir trawlen. Doch als uns die anderen folgen wollten, liefen sie auf das Riff auf. Da saßen sie nun fest, während wir Kurs auf unseren eigentlichen Fischgrund nahmen.«

»Was geschah, als die anderen zurückkamen?«, fragte Patrick.

»Der Skipper war ziemlich sauer auf uns. Wir haben gehört, dass er sich ruckzuck ein Echolot bestellt hat.«

»Aber, Papà, wenn jeder ein Echolot hat, haben die Fische überhaupt keine Chance mehr«, gab Patrick zu bedenken.

Joe nickte. »Das sage ich schon seit Jahren. Vermisst du es, Pat? Das Fischen? Echt hart, hier drin eingesperrt zu sein.« Joe ließ den Blick über die trostlose Umgebung schweifen und dachte dabei an frische Luft und offene See. Er hätte es nicht ertragen können, ohne die Weite des Meeres und des Himmels zu sein.

Patrick unterbrach ihn mit einer abwehrenden Geste. »Mir geht es gut, Papà. Und ich bin froh, dass bei euch alles in Ordnung ist.«

Als das erste Weihnachten ohne Carlo und Patrick nahte, versammelte sich das ganze Städtchen, um die Segnung der Flotte zu feiern. Alle Fischerfamilien hatten wochenlang an ihren Kostümen gearbeitet, Festzugswagen für die große Parade geschmückt und Essen für Picknicks vorbereitet. Auch die Aquinos fanden, dass es an der Zeit sei, wieder an den lokalen Festlichkeiten teilzunehmen. Also steuerten sie ein traditionelles sizilianisches Mittagsmahl bei und luden einige Freunde ein. Zwar hatte jede italienische Provinz ihren eigenen Schutzheiligen, doch angeführt wurde die Prozession stets vom heiligen Petrus, dem Schutzpatron der Fischer. Ein eigens aus Wollongong angereister Priester unterstützte den örtlichen Pfarrer bei der Segnung der Flotte am Kai, wo all die prächtig dekorierten Fischerboote festgemacht waren. An diesem Festtag wurde noch bis in den Abend hinein gegessen und gefeiert.

Während Joe dem Sängerwettstreit zweier Tenöre lauschte, erfüllte es ihn mit Traurigkeit, dass so viele Menschen, die er liebte, diesen Tag nicht mit ihm begehen konnten.

Riccardo fand es beunruhigend, dass immer mehr Italiener in die Gegend zogen, um zwischen Wollongong und Eden zu fischen. Der Konkurrenzdruck verschärfte sich dadurch noch mehr.

»Papà, ich denke, wir sollten noch mal mit den Fischmärkten in Sydney verhandeln, vor allem wenn wir hochwertigen Thun liefern können. Wegen der Konservenfabriken, die in South Australia Thunfisch verarbeiten, ist der Preis gefallen, aber ich weiß, dass die Japaner inzwischen Spitzenpreise für Fisch am Stück bezahlen. Wie wär's, wenn wir unseren Thun nach Sydney bringen und dort für den japanischen Markt verkaufen? Wir können ja selbst hinfahren, wie früher auch.«

»Vielleicht hast du recht. Das Fischgeschäft der Kooperative können wir ja weiterführen und dort unseren restlichen Fang losschlagen.«

»Außerdem, Papà, habe ich mir überlegt, dass ich vor der Küste von Sydney fischen gehen könnte. Nur vorübergehend. Hier gibt es zurzeit zu viele Fischer und zu wenig Fisch. In Sydney könnte es besser sein.«

»Würdest du mit deiner ganzen Familie hinziehen?«

»Ja, natürlich. Ich fische vor der Blackwattle Bay, und wir mieten uns in der Nähe von Balmain ein.«

Joe seufzte. Mit Balmain verband er viele Erinnerungen. Ihm war klar, dass er Riccardo sein Vorhaben nicht ausreden konnte, aber jetzt würde seine Familie noch weiter schrumpfen. Gott sei Dank hatte er die kleine Greta. Gail war oft mit Carlos Tochter bei Joe, und die drei standen einander sehr nahe.

Riccardo und seine Familie fühlten sich in Sydney wohl. In so einer Großstadt war natürlich viel mehr los als in Whitby Point. Joe besuchte sie oft übers Wochenende. Sobald ihm der Weg zu Riccardos Haus vertraut war, fuhr er lieber selbst die ganze Strecke, als in Wollongong in den Zug umzusteigen.

Bei seinen Besuchen machte Joe meist auch einen Abstecher zum Long-Bay-Gefängnis, um Patrick zu sehen. Doch als er Riccardo vorschlug mitzukommen, lehnte dieser ab.

»Nein, ich fahre lieber ein andermal hin. Auf diese Weise bekommt Patrick doppelt so oft Besuch.«

Für Joe hatte das Sydney der sechziger Jahre wenig gemein mit der Stadt, die er vor Jahrzehnten kennengelernt hatte. Manchmal spazierte er mit Riccardo an der Blackwattle Bay entlang, wo auf einem Schiffsfriedhof alte Frachtdampfer und ausrangierte Fischerboote neben Fähren, kleinen Außenbordern und Arbeitskähnen vor sich hin dümpelten. Joe erzählte seinem Sohn, wie stolz er auf sein erstes Boot gewesen war.

»Heute lasse ich sie nach meinen Vorgaben bauen. Aber dieses erste kleine Boot, das ich in Whitby Point hatte – mein eigenes Boot, ich konnte es gar nicht fassen! Natürlich gehörte es zur Hälfte auch deinem Großvater Franco, aber ich war immerhin mein eigener Herr.«

»Ich denke mir immer, Boote haben ihre eigene Persönlichkeit«, meinte Riccardo. »Stark und tapfer bringen sie uns unbeschadet durch turbulente See und riskante Unternehmungen, aber alle haben auch ihre besonderen Marotten, ihre speziellen Eigenheiten.«

Joe lachte. »Ich glaube, deshalb gibt man Booten auch Frauennamen. Sie haben ihre eigene Art, ihren eigenen Kopf.«

Als sie eines Tages zum Küstenvorland von Balmain wanderten, erzählte Joe Riccardo die Geschichte von Sophia. »Ich war ziemlich naiv. Mir war nicht klar, dass sie mit einem hiesigen Gangster verkehrte, aber am Ende hat sich alles bestens gefügt. Ich musste aus Sydney weg, und dadurch habe ich Franco kennengelernt und seine bezaubernde Tochter Evalina geheiratet, die mir drei wunderbare Söhne geschenkt hat.« Tränen traten ihm in die Augen, als würde ihm wieder einmal bewusst, dass er einen dieser Söhne verloren hatte.

Riccardo legte den Arm um ihn und sagte: »Papà, wir lieben dich alle sehr. Du warst und bist uns ein großartiger Vater, und du hast durch deine Zielstrebigkeit und deine Innovationen so viel im Fischereigeschäft erreicht. Du bist mit leeren Händen in dieses Land gekommen, und heute bist du eine tragende Säule der Gemeinde und hochgeschätzt in der Fischereibranche.«

Als Joe Patrick ein paar Monate später besuchte, hatte er eine traurige Nachricht zu überbringen: Franco war gestorben.

»Ich nehme an, das fühlt sich für dich wie das Ende einer Ära an, Papà.«

»Alles fühlt sich gerade wie das Ende einer Ära an. In der Fischerei wird die Konkurrenz immer erdrückender, und unsere Betriebskosten steigen – ich frage mich, wo wir in zehn Jahren stehen werden. Riccardo sieht es genauso. Ich glaube, er ist nicht sehr zufrieden mit der Fischerei vor Sydney. Es geht uns jetzt kaum besser als zuvor. Aber er musste offenbar diese Erfahrung machen.«

»Papà, ich habe viel über die Fischerei in South Australia gelesen. Informationen darüber zu bekommen war nicht leicht, aber ich habe an die CSIRO, die Behörde für wissenschaftliche und industrielle Forschung, geschrieben, und weil ich dein Stiefsohn bin, waren sie sehr zuvorkommend und haben mir eine Menge Material geschickt. Und weißt du, was ich glaube? Wenn du expandieren willst, solltest du nach Port Lincoln ziehen und auf Roten Thun gehen. Sashimi-tauglichen Thun lassen sich die Japaner einiges kosten, und auch die fischverarbeitende Industrie in South Australia ist für die Fischer recht einträglich.«

Joe schüttelte den Kopf »Das wäre ein Riesenumzug. Ich bin zu alt für so einen Neuanfang.«

»Papà, du bist doch erst in den Sechzigern und noch richtig fit. Selbstverständlich würdest du das schaffen«, beharrte Patrick.

»Danke für das Kompliment, aber ich will nicht aus Whitby Point wegziehen. Mich verbindet zu viel mit diesem Ort. Doch ich werde mal mit Riccardo darüber reden.«

Bei seinem nächsten Besuch berichtete Joe, dass er und Riccardo die Idee ausführlich besprochen hatten.

»Riccardo findet, dass du recht hast, Patrick. Die Fischerei im Spencer-Golf hat Zukunft. Er möchte für zwei oder drei Jahre dorthin ziehen und das Geschäft aufbauen. Ich bleibe in Whitby Point. Jetzt stellt sich also nur noch die Frage, wohin du gehst, wenn du hier rauskommst – Whitby Point oder South Australia?«, meinte Joe.

Patrick wandte den Blick ab. »Papà, ich glaube, das Fischen ist nichts mehr für mich. Den Aquinos liegt es im Blut, aber mir, glaube ich, nicht.«

»Ach, so ein Unsinn. Deine Begeisterung fürs Fischen kommt bestimmt zurück, wenn du nur erst mal wieder mit einem Boot rausgefahren bist. Dafür sind wir Aquinos doch geschaffen.« Dabei fasste er über den schmalen Tisch zwischen ihnen und nahm Patricks Hand.

»Papà, ich bin kein Aquino.«

»Für mich schon«, erwiderte Joe schlicht.

»Danke, Papà. Danke für alles. Du warst mir der beste Vater, den man sich wünschen kann.« In diesen Worten schwangen so viele Emotionen mit, dass es Joe einen Moment lang die Sprache verschlug. Da gab ihnen der Gefängniswärter zu verstehen, dass die Besuchszeit zu Ende war, worauf Patrick aufstand, Joe noch einmal zulächelte und ging. Es sollte ihre letzte Begegnung sein.

Zwei Wochen später wurde Patrick entlassen. Er kehrte nie nach Whitby Point zurück und ließ seinen Stiefvater darüber im Unklaren, wo er sich jetzt aufhielt.

Joe war am Boden zerstört.

»Warum tut er so was?«, fragte er Riccardo. »Warum hat er mir nicht gesagt, dass er aus dem Gefängnis freikommt? Ich begreife das nicht.«

»Vielleicht wollte er einfach ganz von vorn anfangen und irgendwo hingehen, wo keiner seine Vergangenheit kennt. Wäre er bei uns geblieben, wäre doch ständig getuschelt und getratscht worden«, meinte Riccardo.

Joe nickte. »Aber es ist traurig, wenn er es so sieht«, erwiderte er.

Jahre später saß Joe, von einer milden Nachmittagssonne beschienen, in seinem Lieblingssessel auf der Veranda und schaute aufs Meer hinaus. Seine knorrigen Hände ruhten auf seinem Gehstock. Mit Stolz und Bedauern blickte er auf all die Ereignisse in seinem Leben zurück. Er wusste jetzt, dass Patricks Entlassung aus dem Gefängnis eher das Ende eines Kapitels als ein Neuanfang gewesen war. Jedes Mal, wenn er an Patrick dachte, stimmte es ihn traurig, dass Bridies Sohn aus ihrer aller Leben verschwunden war. Er hoffte, dass er glücklich war, wo immer er sein mochte.

Carlos Tod war ein weiterer schwerer Verlust. Wie konnte man je über den Tod eines geliebten Sohnes hinwegkommen? Aber sogar das schien jetzt ganz lang zurückzuliegen. Carlo wäre stolz darauf gewesen, was aus seiner kleinen Greta geworden war. Ein bezauberndes Mädchen, inzwischen verheiratet und in Erwartung ihres ersten Babys. Das Leben geht weiter, sagte sich Joe.

Mit gänzlich ungetrübtem Stolz dachte er an seinen Ältesten, der sich und den Aquinos großen Wohlstand beschert hatte. Nach drei Jahren in South Australia, wo er ein erfolgreiches Thunfischgeschäft aufgezogen hatte, war

Riccardo nach Whitby Point zurückgekehrt, um sich wieder seiner Familie zu widmen. Diese wiederum stieg nun ebenfalls ins Geschäft ein. Joe fand, dass Riccardos Sohn Raimondo – von allen Ray genannt – ganz nach seinem Vater geriet und sich zu einem ebenso zuverlässigen Menschen entwickelte.

Pietro war in Hollywood geblieben und für seine Arbeit als Artdirector vielfach ausgezeichnet worden, unter anderem mit zwei Oscars. Im Lauf der Jahre hatte Pietro seinen Vater immer wieder gebeten, ihn doch mal zu besuchen, doch Joe hatte keine Lust auf Los Angeles. Bedrückt über die hartnäckige Weigerung des Vaters, hatte Pietro schließlich vorgeschlagen, sie könnten zusammen Urlaub in Italien machen. Dem hatte Joe zugestimmt, wenn auch nur, um Emilias letztem Wunsch nachzukommen und ihre Asche auf ihrer Insel beizusetzen.

Schließlich dachte er über seine beiden Ehefrauen nach. Evalina, die brave und pflichtbewusste Mutter seiner Söhne, die Tochter seines Geschäftspartners Franco. Er musste zugeben, dass er durch die Ehe mit ihr reifer geworden war, dennoch wusste er im tiefsten Inneren, dass seine Gefühle für sie ganz und gar nicht mit seiner Liebe zu Bridie vergleichbar waren.

Er hatte Bridie vergöttert, und das größte Wunder war, dass sie seine Liebe erwidert hatte. Vielleicht war es irgendwie Gottes Plan gewesen: zwei wunderbare Frauen, die mit ihm auf ganz unterschiedliche Weise das Leben geteilt hatten. Aber er haderte mit seinem Gott, weil er ihm Bridie zu früh genommen hatte.

Und manchmal, gerade wenn er am wenigsten damit rechnete, sah er immer noch ihren roten wippenden Lockenkopf vor sich, wie er in der Ferne entschwand. Joe schloss die Augen, ein leises Lächeln umspielte seine Züge, und aus den Tiefen der Erinnerung drang Bridies glockenhelle Stimme an sein Ohr, so wie sie geklungen hatte, als sie gemeinsam übers Meer nach Australien gereist waren.

11

Whitby Point, 2011

Allmählich trockneten die Tränen auf Cassies Wangen. Sie hatte in Bills Fell geweint, voller Kummer und Entsetzen darüber, dass ihr geliebter Vater Carlo Aquino, den Großvater von Michael, getötet haben sollte. Das Haarkleid des geduldigen Tieres war klebrig und nass von ihren Tränen. Cassie hatte keine Ahnung gehabt, dass ihr Vater die Aquinos kannte, doch jetzt hatte ihr Riccardo Aquino in seinem Testament ein kleines Vermögen hinterlassen. All das kam ihr unbegreiflich vor.

Als sie sich ausgeweint hatte, wusch sie sich das Gesicht, kochte sich einen starken Kaffee und rief die Handynummer ihrer Mutter an. Niemand meldete sich. Da fiel Cassie ein, dass Jenny an diesem Tag regelmäßig Bridge spielte und das Mobiltelefon immer abschaltete. Also würde sie wohl erst am frühen Abend wieder zu erreichen sein.

In kleinen Schlucken trank sie ihren Kaffee und überlegte, dass vermutlich auch Jenny nichts über die Beziehung ihres Mannes zu den Aquinos wusste. Hätte Jenny gewusst, was ihren Mann mit Whitby Point verband, hätte sie ihrer Tochter ganz bestimmt nicht dazu geraten, dort Urlaub zu machen oder sich niederzulassen. Als Jenny das Städtchen gesehen hatte, war sie ebenso begeistert davon gewesen wie Cassie.

Jetzt würde sie ihrer Mutter sagen müssen, dass der

Mann, den sie beide liebten, der sanftmütige, geduldige, freundliche Patrick, im Gefängnis gesessen hatte, weil er den Großvater des Mannes getötet hatte, in den ihre Tochter sich verliebt hatte.

Cassie ging mit ihrem Kaffee an den Computer und googelte den Namen ihres Vaters. Für Patrick Sullivan kamen eine Menge Treffer, sie scrollte sie durch, sah aber nach ein paar Minuten, dass sich keiner davon auf ihren Vater bezog. Sie versuchte weitere Suchoptionen, entdeckte aber nichts Brauchbares. Enttäuscht ging sie nach draußen und wanderte auf dem alten Steg auf und ab.

Frank war über die Summe, die ihr Riccardo vermacht hatte, offensichtlich ebenso geschockt wie Cassie. Beiden war es ein Rätsel, was ihn dazu veranlasst haben mochte, aber Frank war so wütend, dass sie von ihm wohl keine Antworten bekommen würde, selbst wenn er welche hatte. Und Michael? Wie würde er auf die Enthüllung reagieren? Franks zornige Worte hallten noch in ihren Ohren: *Dein Vater hat Michaels Großvater Carlo umgebracht.*

Vielleicht war es einfach ein schrecklicher, absurder Irrtum. Womöglich gab es noch einen anderen Patrick Sullivan. Doch Frank hatte gesagt, es sei eine Cassandra Sullivan, die in Riccardos Testament bedacht wurde. Gab es am Ende auch noch eine andere Cassandra Sullivan? Ihre Gedanken drehten sich im Kreis. Es war verrückt. Sie musste sich an den Gedanken gewöhnen, dass ihr Vater im Gefängnis gewesen war. Das wollte ihr nicht einleuchten. Sie hatte immer gedacht, Sträflinge müssten hart und brutal sein, aber ihr Vater war ein lieber Mensch gewesen, den jeder ehrte und achtete. Bestimmt gab es eine vernünftige Erklärung für all das. Sie musste sie nur finden. Natürlich würde sie nicht darum herumkommen, mit Michael zu sprechen, auch wenn ihr davor graute. Sie würde es nicht ertragen, wenn das, was Frank ihr erzählt hatte, zwischen sie und Michael trat. Cassie atmete tief durch und versuchte sich in Michael hineinzuversetzen. Würde er überhaupt noch etwas mit ihr zu tun haben wollen? Würde er glauben, sie hätte ihn nur benutzt, um mit Riccardo Kontakt aufzunehmen? Er nahm doch hoffentlich nicht an, sie sei hinter dem Geld der Familie her?

Cassie ging noch einmal bis zum Ende des Stegs und dann zurück zur Terrasse. Bill lag da, den Kopf auf die Pfoten gebettet, und beobachtete sie mit besorgtem Blick. Er spürte wohl, dass sie todunglücklich war, schien aber nicht recht zu wissen, wie er ihr helfen sollte. Als sie sich auf einen Stuhl sinken ließ, tapste er zu ihr und legte seinen Kopf auf ihren Schoß. Cassie saß da und streichelte den Hund, bis er den Kopf hob und die Ohren spitzte.

Sie hörte, wie eine Autotür zuschlug und jemand ihren Namen rief.

»Ich bin auf der Terrasse!«, antwortete sie.

»Hey, Cassie.« Trixie und Geoff kamen um das Haus herum und lächelten, als Bill schwanzwedelnd auf sie zulief.

»Hallo, Bill, du siehst ja gesund und munter aus«, sagte Geoff und kraulte Bill hinter den Ohren. »Hi, Cass. Ich hoffe, es stört dich nicht, dass wir hier reinplatzen. Heute Abend hast du ja geschlossen. Aber Trixie hat etwas Neues zusammengebraut, das du probieren solltest.«

»Hi, Geoff. Hi, Trixie. Das ist ja eine nette Überraschung. Möchtet ihr einen Tee oder vielleicht Kaffee?«

»Ein Tässchen Tee passt immer«, grinste Geoff. Dann

fragte er: »Hey, stimmt etwas nicht? Du siehst ein bisschen mitgenommen aus.«

»Das kann man wohl sagen.« Plötzlich liefen Cassie wieder die Tränen übers Gesicht.

Trixie eilte zu ihr und nahm sie in die Arme. »Cassie, Liebes, was ist denn los?«

Cassie richtete sich auf und wischte sich die Augen mit dem Handrücken. »Tut mir leid. Ich habe nur gerade ziemlich schlimme Neuigkeiten gehört, und die muss ich erst mal verdauen.«

»Möchtest du darüber reden?« Trixie zog sich einen Liegestuhl heran.

Cassie atmete tief durch. »Es hat mit meiner Familie zu tun, ich habe es gerade erst rausgefunden, und es ist kaum zu glauben ... ich bin einfach ...«

»Was ist passiert? Geht es deiner Mum gut?«

»Im Moment schon. Die Frage ist nur, wie sie sich fühlt, wenn ich ihr erzähle, was ich gerade erfahren habe.«

Geoff fragte beunruhigt: »Sag, können wir etwas für dich tun?«

Cassie schüttelte den Kopf. »Ich fühle mich schrecklich. Es betrifft mich und Mum und auch Michael. Gerade hat mir Frank Aquino einen Besuch abgestattet.«

»Und er hat etwas gesagt, das dich so verstört hat?«, fragte Trixie besorgt.

»Es klingt alles so grotesk, so unfassbar ...«, begann Cassie und erzählte Trixie und Geoff, was passiert war. »Ich hatte keine Ahnung, dass mein Vater die Aquinos kannte, ganz zu schweigen davon, dass er eine Haftstrafe verbüßt hat. Er würde niemals jemanden umbringen. So ein Mensch war er nicht«, fügte sie mit Nachdruck hinzu.

Die beiden Älteren wechselten einen Blick.

»Wir haben davon gehört, dass einer der Aquino-Brüder getötet wurde«, sagte Geoff bedächtig.

»Was? Was war das für eine Geschichte?«, fragte Cassie aufgeregt.

»Es ist passiert, lange bevor wir nach Whitby Point kamen. Aber es hieß, sie wären zum Fischen rausgefahren, da sei es zum Streit gekommen, und einer der Aquino-Brüder wurde erstochen. Offensichtlich legte der Täter ein Geständnis ab und wurde zu einer Haftstrafe verurteilt. Seinen Namen weiß ich nicht mehr. Wie hieß dein Vater?«, fragte Geoff.

»Patrick Sullivan«, flüsterte Cassie.

»Patrick, ja, Patrick Sullivan. Der Name kommt mir bekannt vor. Ja, so könnte er geheißen haben. Was meinst du, Geoff?«, fragte Trixie. Als ihr Mann zustimmend nickte, fuhr Trixie fort: »Sag mal, hab ich das richtig verstanden? Du hattest nie etwas davon gehört, bis Frank es dir erzählt hat?«

»Ich hatte nicht die leiseste Ahnung. Mum wusste von Dad, dass er einige Zeit hier in Whitby Point gelebt hat und dass es ein sehr schöner Ort sein soll, aber das war alles. Sonst hat er nicht darüber gesprochen, und er ist auch nie mit uns hier gewesen. Und die Aquinos hat er garantiert nie erwähnt.« Cassie wurde plötzlich nachdenklich. »Nicht dass Dad viel über seine Vergangenheit geredet hätte. Keine Ahnung, was ich Mum jetzt sagen soll. Es will einfach nicht in meinen Kopf. Dad war alles andere als ein gewalttätiger Mensch.«

»Was für ein Schock für dich, Cassie. Wann kannst du deine Mutter erreichen? Vielleicht weiß sie mehr und kann die Sache aufklären«, versuchte Trixie sie zu trösten.

Cassie schüttelte den Kopf. »Mum spielt Bridge und hat ihr Handy abgeschaltet. Ich warte, bis sie nach Hause kommt. Trixie, ich weiß einfach nicht, was ich Michael sagen soll.« In ihren Augen lag Verzweiflung. »Ich kann hier nicht bleiben! Wenn das alles stimmt …«

»Unsinn, Cassie. Wir lassen dich nicht gehen. Alle hier in Whitby Point mögen dich!«, entgegnete Geoff resolut.

»Vielleicht ändert sich das, wenn sie erfahren, dass mein Vater Patrick Sullivan hieß. Und was soll ich Michael sagen? Bestimmt hat seine Familie ihm inzwischen von dem Testament erzählt. Was ist, wenn er nichts mehr mit mir zu tun haben will, sobald er es erfährt?«

»Du solltest ihn nicht unterschätzen«, meinte Trixie. »Er hat seinen eigenen Kopf. Vergiss nicht, dass er Tierarzt geworden ist, statt wie die anderen Aquinos in die Fischerei einzusteigen. Er wird das Richtige tun, wart nur ab.«

»Aber was ist mit dem Geld, das sein Onkel Riccardo mir hinterlassen hat? Was wird er dazu sagen? Mir ist das völlig unbegreiflich!«, rief Cassie.

»Darf ich fragen, um welchen Betrag es geht?«, fragte Geoff.

»Eine Viertelmillion Dollar.«

Trixie und Geoff staunten.

»Das ist eine schöne Stange Geld«, meinte Geoff. »Und du weißt nicht, was es damit auf sich hat?«

»Keinen blassen Schimmer«, erwiderte Cassie unglücklich.

»Das gibt allerdings Rätsel auf«, meinte Trixie.

Als Cassie am Abend endlich ihre Mutter erreichte, war Jenny in Hochstimmung. Sie hatte ein hervorragendes

Blatt gehabt, und besser noch, sie hatte es gut gespielt. Aber als sie merkte, dass ihre Tochter nur sehr einsilbig reagierte, sagte sie: »Cassie, du scheinst dich gar nicht für mich zu freuen. Du wirkst sogar ziemlich bedrückt. Was ist los?«

»Mum, ich muss dir etwas Unerfreuliches sagen. Frank, einer der Aquinos – vielleicht erinnerst du dich an ihn, er liefert den Fisch für das Restaurant –, hat mich heute besucht. Er war ziemlich ungehalten und hat mir eine ungeheuerliche Geschichte erzählt, die uns betrifft. Es klingt geradezu haarsträubend, aber es geht um Dad. Wusstest du, dass er die Aquinos kannte? Gibt es irgendetwas, das du über ihn weißt und ich nicht?«

»Was sollte das sein, du meine Güte? Von den Aquinos hat er nie gesprochen. Dein Vater hat mir erzähle, er sei als Kind in Whitby Point gewesen. Ich dachte, er hätte da Urlaub gemacht. Vielleicht hat er ja damals die Aquinos kennengelernt.« Jenny schien das amüsant zu finden. »Jetzt sag bloß nicht, dass man dir irgendwelche alten Geschichten aufgetischt hat. Wirklich merkwürdig.«

Am Tonfall ihrer Mutter erkannte Cassie, dass sie von Patricks dunkler Vergangenheit nichts ahnte.

»Mum, das ist eine ernste Angelegenheit. Ich weiß jetzt, warum er nie mit uns nach Whitby Point in den Urlaub gefahren ist, obwohl er den Ort mochte. Er wollte nicht hierher zurückkehren.«

»Was hast du denn da für Klatschgeschichten gehört? Und spielt das heute denn noch eine Rolle? Es muss ja eine Ewigkeit her sein.«

»Das ist mir schon klar, Mum«, erwiderte Cassie bedrückt, »aber so einfach ist es nicht.«

»Schatz, worum geht's? Ist alles in Ordnung mit dir?

Was hat dir denn so einen Schrecken eingejagt?«, fragte Jenny besorgt.

»Frank ist heute Nachmittag ins Restaurant gestürmt. Es war nach der Essenszeit, da war zum Glück sonst niemand mehr hier. Er sagte mir, sein Großvater Riccardo hätte mich in seinem Testament bedacht.«

»Meine Güte, kein Wunder dass du so perplex bist. Ist das der reizende ältere Herr, der kürzlich verstorben ist?«

»Ja. Ich war auf seinem neunzigsten Geburtstag. Aber, Mum, das war das einzige Mal, dass ich ihn je gesehen habe. Michael hat mich ihm vorgestellt, und wir haben ein bisschen geplaudert. Und jetzt behauptet Frank, Riccardo hätte mir eine Viertelmillion vermacht. Wie ist er auf diese Idee gekommen?«

»Wie bitte? Cassie, das muss ja eine seltsame Plauderei gewesen sein. Was hast du ihm denn erzählt?«

»Mum, hör zu, das ist noch nicht alles. Frank war richtig wütend, nicht nur wegen des Geldes, sondern weil ich Patrick Sullivans Tochter bin.«

Jenny schnappte nach Luft. »Na und?«, fragte sie.

Cassie fing an zu weinen. Schluchzend erzählte sie, was Frank gesagt und was Trixie und Geoff gehört hatten.

»Nein!«, rief Jenny. »Niemals! Das ist nicht wahr! Nie im Leben hat Pat so etwas getan. Großer Gott, in was für einem Lügensumpf leben die da unten! Du weißt doch, was für ein Mensch dein Vater war. Bestimmt reden die von einem anderen Patrick Sullivan.«

»Ja, Mum, klar, genauso sehe ich das auch. Dad war ein ganz besonderer Mensch, aber … was ist, wenn … wenn doch etwas dran ist? Als er jung war? Ich meine, ich weiß nicht gerade viel über seine Vergangenheit, du etwa?«

»Eigentlich nicht«, gab Jenny zu. »Er hat nie viel über sein früheres Leben gesprochen. Stets hat er gesagt, wir sollten nach vorne schauen. Für seine Vergangenheit habe ich mich nie interessiert, weil sie ihn nicht interessiert hat. Vielleicht gehörte das zu den Dingen, die ich an ihm mochte, dass er nicht so viel Familienballast mit sich herumgeschleppt hat, der einen runterziehen kann. Er hat immer gesagt, wir drei gegen den Rest der Welt …« Sie brach in Tränen aus.

»Du hast recht, Mum. Es ist einfach nur absurd …«

»Was sagt denn Michael dazu?«

»Ich habe noch nicht mit ihm gesprochen, nur gesimst, dass er mich anrufen soll, aber er hat sich noch nicht gemeldet. Ich fühle mich so schrecklich. Keine Ahnung, wie er das alles aufnehmen wird. Ich meine, mein Vater … sein Großvater, was für ein grausamer Zufall. Ich begreife es einfach nicht. Ganz egal, wie ich es drehe und wende, es will mir nicht einleuchten.«

»Eins steht fest, wir müssen mehr herausfinden«, erklärte Jenny mit fester Stimme. »Ich komme in den nächsten Tagen zu dir.«

»Gut«, sagte Cassie. »Mum, bevor du losfährst, hast du vielleicht irgendwo im Haus noch alte Briefe von Dad, die uns irgendwelche Hinweise geben könnten?«

»Nein, nichts dergleichen. Du weißt doch, dass dein Vater es gehasst hat, alten Krempel aufzubewahren. Er meinte immer, das Leben sei viel einfacher, wenn man nichts Unnötiges ansammelt.«

»Ja, ich erinnere mich.«

»Dinge, die nicht uns beide betrafen, spielten für deinen Vater überhaupt keine Rolle. Er hat so hingebungsvoll für uns gesorgt, Cassie.«

»Das stimmt, Mum. Er war ein wunderbarer Vater. Immer für mich da. Umso weniger kann ich glauben, was Frank mir da erzählt hat.«

»Über die Herkunft deines Vaters weiß ich nur, dass seine Eltern aus Irland stammten und seine Mutter bei einem Verkehrsunfall starb. Ansonsten hat er seine Familie nie erwähnt, also nahm ich an, es gäbe keine anderen Angehörigen.«

»Mum, ich bin überzeugt, dass es sich um einen furchtbaren Irrtum handelt und sich dieser Wirrwarr irgendwie aufklären wird.«

»Versuch doch mal, den Anwalt zu kontaktieren, der Riccardos Testament aufgesetzt hat. Vielleicht kann er Licht in das Ganze bringen.«

»Gute Idee, Mum. Ich muss allerdings erst herausfinden, wer das ist. Aber jetzt halte ich dich nicht länger auf. Bis bald.«

Eine schlaflose Nacht lang grübelte Cassie darüber nach, was sie Michael sagen sollte. Am nächsten Morgen saß sie in der Sonne und sah zu, wie Bill die Möwen jagte, die im Sturzflug Jagd auf seinen Frühstückstoast machten.

Warum hatte ihr Riccardo nur so viel Geld vermacht? Sie erinnerte sich an die fünf Minuten, die sie mit ihm auf seinem Geburtstagsfest geplaudert hatte. Sie hatten nur über Belanglosigkeiten gesprochen.

Außerdem hatte Michael sie lediglich mit ihrem Vornamen vorgestellt, da war sie sich ziemlich sicher. Den Namen Holloway, geschweige denn Sullivan hatte er gar nicht erwähnt. Hatte Riccardo nach dieser kurzen Begegnung geahnt, dass sie Patrick Sullivans Tochter war? Eher unwahrscheinlich. Für ihn war sie einfach irgendein Gast gewesen.

Als sie mit dem Frühstück fertig war, griff sie nach dem Telefonbuch und stellte eine Liste der Anwälte vor Ort zusammen. Einer von ihnen musste Riccardos Testament aufgesetzt haben.

Steve erschien mit einem Notizblock, um mit ihr die Speisekarte zu besprechen. »Wie geht's, Chefin? Hast du für heute irgendwas Spezielles geplant?«

»Nicht wirklich. Holst du bei Frank Fisch?«, fragte Cassie.

»Ja. Hab mir überlegt, auch mal am Kai vorbeizuschauen. Vielleicht will ja jemand etwas unter der Hand verkaufen. Zurzeit sind einige Hobbyangler unterwegs, da gibt's sicher was zu holen.«

»Aber sei vorsichtig, wenn du das machst. Frank, unser Hauptlieferant, würde sich ärgern, wenn er mitbekommt, dass wir anderswo einkaufen«, meinte Cassie.

»Keine Sorge. Im Moment gibt es jede Menge Muscheln. Die sind immer beliebt.«

»Kann man die einfrieren? Lohnt es sich, einen Vorrat anzulegen?«, fragte Cassie.

»Warum sollten wir? Wir sind doch gerade stolz darauf, dass wir Essen frisch aus dem Meer anbieten.«

»Stimmt. Mein Fehler. Du darfst mich heute nicht ganz ernst nehmen, ich bin ein bisschen durcheinander. Ruf an, wenn du Fragen hast. Bis später.«

»Geht klar. Sieht dir gar nicht ähnlich, dass du dich nicht für die Details interessierst.« Er warf ihr einen verwunderten Blick zu.

Cassie lächelte ihm matt zu und schenkte sich noch eine

Tasse Kaffee ein. Da klingelte neben ihr auf dem Tisch das Handy. Sie schaute auf das Display. Es war Michael.

Sie atmete tief durch. »Hi.«

»Guten Morgen.« Es entstand eine Pause. »Cassie, die ganze Familie weiß über Riccardos Testament Bescheid. Können wir uns treffen?«

»O Gott, Michael … Ich hatte keine Ahnung davon, das schwöre ich. Ich bin selbst total überrascht … und kann das gar nicht glauben. Warum Riccardo mir so viel Geld hinterlassen hat, weiß ich nicht. Und dass mein Vater mit deiner Familie zu tun hatte, habe ich nicht geahnt. Du musst mir glauben, er war kein schlechter Mensch.« Cassie wurde bewusst, dass sie drauflosplapperte, aber sie konnte ihren Redefluss nicht stoppen.

Schließlich fiel ihr Michael ins Wort. »Kann ich rüberkommen?«

»Ja. Ja, bitte.«

Cassie legte auf und ließ sich das Gespräch noch einmal durch den Kopf gehen. Würde er sich auf Franks Seite schlagen und denken, sie hätte Riccardo das Geld irgendwie abgeschwatzt? Oder würde er ihr glauben, wenn sie beteuerte, dass sie keinen Schimmer davon hatte, was da vor sich ging? Michael hatte ruhig geklungen, aber vielleicht auch verdächtig ruhig? Möglicherweise distanziert?

Sie eilte nach oben, zog ihr altes T-Shirt aus und schlüpfte in ein sauberes blaues Seidentop, das sie über der Jeans trug. Dann strich sie ihr Haar glatt, legte ein bisschen Lippenstift und Mascara auf, und den Jasminduft, den Michael mochte. Sie wollte sich nicht zu sehr in Schale werfen, noch dazu am frühen Morgen, aber er sollte ihr auch nicht auf den ersten Blick ansehen, wie elend sie sich fühlte.

Michael klopfte an die Tür, statt ums Haus herum zur Terrasse zu gehen, wie er es sonst tat. Sein förmliches Verhalten beunruhigte Cassie, aber sie versuchte ungezwungen und normal zu reagieren.

»Hi, die Tür ist offen. Wir sind hinter dem Haus.«

Sie warf altes Brot über das Geländer der Terrasse und beobachtete die kleinen Barben, die nach den Krümeln schnappten, während Bill im Seichten herumplanschte und einen Fisch oder wenigstens ein Stückchen Brot zu ergattern versuchte.

»Hi.« Michael lächelte sie an, und beide zögerten kurz. Dann trat Cassie auf ihn zu und küsste ihn auf die Wange.

»Ich bin so froh, dass du da bist. Kaffee?«

»Gern.« Er wandte sich dem Hund zu. »Bill, da drüben ist Brot, vergiss den Fisch!«

Aber Bill hatte genug von der Jagd. Platschend sprang er aus dem Wasser und stürmte auf Michael zu, der ihn mit großem Hallo begrüßte.

Cassie brachte zwei Becher Kaffee, reichte Michael einen und setzte sich auf einen Liegestuhl neben ihm.

Michael nahm einen Schluck und musterte Cassie über den Tassenrand hinweg. »Wie geht es dir?«

»Grauenhaft! Mir ist schleierhaft, was da vor sich geht, und ich habe Angst, dass du mich wegen dieser ganzen Geschichte hasst.« Ihr war bewusst, dass ihre Stimme immer lauter wurde, aber sie stand kurz davor, in Tränen auszubrechen.

Michael sprang auf und schloss sie in die Arme. »Das ist wirklich ein Alptraum. Mein armer Liebling! Natürlich hasse ich dich nicht. Mein Großvater ist vor über fünfzig Jahren gestorben, lange bevor ich auf die Welt kam. Keiner von uns beiden kann für etwas verantwortlich gemacht werden, was so lange her ist. Es hat nichts mit uns zu tun. Ich hätte gestern Abend gleich vorbeikommen sollen, aber ich musste zu einer Kuh in den Wehen und konnte nicht mehr weg. Als ich hörte, dass Frank der ganzen Familie, einschließlich meiner Mutter und meinen Schwestern, erzählt hat, du müsstest Riccardo am Abend seines Geburtstagsfests irgendwas eingeflüstert haben, damit er dir so viel Geld vermacht, habe ich nur noch gestaunt. Schließlich war ich die ganze Zeit dabei, als du mit Onkel Riccardo gesprochen hast. Es war nur Smalltalk. Du hast nichts von Belang zu ihm gesagt, es sei denn, ihr hättet euch in einem Geheimcode unterhalten. Das habe ich meiner Familie klargemacht.«

Erleichtert, dass Michael zu ihr stand, lächelte Cassie ihn an. Trixie hatte recht, dieser Mann hatte seinen eigenen Kopf und ließ sich von der Meinung anderer nicht beeinflussen. Sie schlang die Arme um seinen Hals und küsste ihn.

»Michael, ich bin so froh, dass du mich nicht verurteilst«, erwiderte sie. »Sag mal, weiß jemand von deinen Angehörigen etwas über die Verbindung zwischen meinem Vater und deiner Familie? Hat er für sie gearbeitet? Den Namen Aquino hat er mir und meiner Mutter gegenüber nie erwähnt, aber es muss da irgendetwas geben – warum sonst sollte mir Onkel Riccardo so viel Geld vermachen?«

»Meine Mutter hat keine Ahnung. Sie war noch zu klein, um sich an den Tod ihres Vaters zu erinnern, und später hat in der Familie keiner mehr darüber sprechen wollen. Sie glaubt, der Grund sei gewesen, dass niemand meinen Urgroßvater Joe hatte beunruhigen wollen, den diese Angelegenheit damals ziemlich mitgenommen hatte. Und du bist dir sicher, dass auch deine Mutter nichts von dieser Sache weiß?«

»Absolut. Mum und ich haben uns das Hirn zermartert. Dad hat nie über seine Kindheit gesprochen, oder überhaupt über seine Vergangenheit. Jetzt wissen wir wohl, warum. Die Antwort muss bei deiner Familie zu finden sein.«

»Riccardos Testament hat sie genauso verblüfft wie dich. Aber mein Großonkel muss einen guten Grund gehabt haben, warum er dir so viel Geld vermacht. Und den müssen wir herausfinden. Schatz, leider kann ich nicht länger bleiben. Ich muss die Praxis öffnen, und du musst ein Restaurant führen. Nach der Arbeit komme ich wieder vorbei. Was mir noch eingefallen ist: Onkel Riccardos Anwalt heißt Bruce Walker, und er hat viele Jahre für ihn gearbeitet. Er könnte wissen, warum du im Testament bedacht wurdest.«

»Danke, Michael. Ich rufe ihn an und vereinbare einen Termin. Hoffentlich wird er mir sagen, dass ich die falsche Cassandra Sullivan bin und dies der Alptraum von jemand anderem ist.«

»Kopf hoch, Cass. Wir klären das. Und denk dran, ich bin auf deiner Seite«, sagte er und gab ihr einen zärtlichen Abschiedskuss.

Michael hatte recht, sie musste sich um ihr Lokal kümmern, und wie aufs Stichwort klingelte ihr Handy genau in dem Augenblick, als Michael wegfuhr.

»Hey, Cassie, hier ist Steve. Wir haben ein Problem.«

»Das klingt nicht gut. Worum geht's?«

»Kein Fisch. Aus irgendeinem Grund hat uns Frank Aquino von seiner Kundenliste gestrichen. Ich renne herum und versuche anderswo Fisch aufzutreiben, aber plötzlich fühle ich mich, als würde ich schlecht riechen. Niemand will mir etwas verkaufen. Hast du etwa deine Rechnungen nicht bezahlt?«

»Nein, nichts dergleichen. Aber weißt du, Steve, das kommt nicht ganz unerwartet, obwohl ich gehofft hatte, dass es sich vermeiden lässt. Da braut sich eine Familienfehde mit den Aquinos zusammen, und ich stehe in der Schusslinie. Kannst du irgendwo anders Fisch besorgen?«

»Ich könnte einen Kumpel anrufen, der vielleicht was für uns hat. Ist nicht gerade der nächste Weg, auf halber Strecke nach Nowra, aber was anderes bleibt uns wohl nicht übrig.«

Cassie fuhr sich mit der Hand durchs Haar. »Ruf an und frag ihn. Aber du hast nicht genug Zeit, um den Fisch selbst zu holen. Ich werde Geoff bitten. Steht die restliche Speisekarte?«

»Abgesehen von Fisch und Meeresfrüchten ist alles gebongt.«

Unmittelbar nach dem Gespräch mit Steve rief Cassie in Bruce Walkers Kanzlei an. Seine Empfangsdame erklärte, Mr. Walker sei gerade in einer Besprechung mit einem Klienten, aber sie würde ihm Bescheid sagen, damit er sie so schnell wie möglich zurückrufe.

Nachdem die Mittagsgäste fort waren, knöpfte Steve seine weiße Jacke auf und lehnte sich auf seinem Stuhl zurück. »Ein Glück, dass nicht viel los war. Die Meeresfrüchte wurden knapp. Und die Muscheln sind schon alle.«

»Steve, da gibt es ein Problem mit der Familie, in das ich dich einweihen sollte, bevor die Gerüchteküche zu brodeln beginnt.«

Steve hob die Hände. »Keine Sorge, Cass, auf dem Ohr bin ich taub. Gerüchte sind blind, aber schneller als der Wind, sage ich immer.«

»Trotzdem möchte ich es dir erzählen. Schon wegen der Situation mit dem Fisch. Frank Aquino hat mir gestern Nachmittag mitgeteilt, dass sein Großvater mir in seinem Testament eine Viertelmillion Dollar hinterlassen hat.«

Steve starrte sie an und stieß einen langen Pfiff aus. »Verstehe.«

»Nein, das verstehst du nicht.« Cassie berichtete ihm nun, was sie von Frank wusste. »Und jetzt scheint es, dass er seine Drohung wahr gemacht hat und es überall herumerzählt.«

Steve nickte bedächtig. »Also rächt sich Frank. Und wie steht es mit deiner Beziehung zu Michael?«

»Michael glaubt mir und ist genauso ratlos wie ich.«

»Klingt nach einem filmreifen Drehbuch«, meinte Steve.

»Allerdings. Steve, ich habe keine Ruhe mehr, bis ich der Sache auf den Grund gegangen bin. Entweder finde ich heraus, warum mir Riccardo so viel Geld vermacht hat, oder ich beweise, dass ich nicht die im Testament genannte Cassandra Sullivan bin.« Ihre Stimme klang entschlossener, als sie sich fühlte, und sie fügte unvermittelt hinzu: »Sag mal, glaubst du, im Restaurant war es heute so ruhig, weil Frank die Geschichte herumerzählt hat?«

»Werd nicht paranoid, Cassie«, meinte Steve. »Warten wir ab und sehen, wie sich alles entwickelt. Vielleicht ist diese ganze Affäre nur ein Sturm im Wasserglas. Die Aquinos beruhigen sich schon wieder.«

»Das glaube ich nicht«, erwiderte Cassie mit Blick auf den im Testament genannten Betrag. »Unsere Gäste werden jedenfalls nicht verhungern. Ich treibe schon auf, was wir brauchen.«

»Danke, Steve.« Sie lächelte gequält.

In diesem Augenblick klingelte das Telefon. Es war Bruce Walker.

»Ich bin der Anwalt, der Riccardo Aquinos Nachlass verwaltet«, erklärte er. »Tut mir leid, dass es mit dem Rückruf so lange gedauert hat, aber ich musste mich um einige dringende Angelegenheiten kümmern.«

»Freut mich, von Ihnen zu hören«, sagte Cassie. »Ich hoffe sehr, dass Sie das Chaos um Riccardo Aquinos Testament aufklären können.«

»Soweit ich sehe, gibt es da kein Chaos, aber wir können gern offene Fragen klären.«

»Mr. Walker, das war ein richtiger Schock für mich. Riccardo Aquino kann mir unmöglich eine Viertelmillion Dollar hinterlassen haben. Es muss sich um einen Irrtum handeln.«

»Das halte ich für unwahrscheinlich, aber wir können gern einen Termin für ein Gespräch vereinbaren.«

»Ginge es jetzt gleich?«, fragte Cassie.

»Wenn es Ihnen passt. Sagen wir in einer halben Stunde?«

Bruce Walker unterhielt nur ein bescheidenes Büro, weil er, wie seine Empfangsdame erklärte, meist in seiner Kanzlei in Nowra arbeitete und nur ein- bis zweimal die Woche nach Whitby Point kam. Er war ein großer Mann Ende fünfzig, mit einem gestutzten Bart und runden, rosigen Wangen.

»Guten Tag. Mrs. Holloway, nicht wahr?«

»Ja«, erwiderte Cassie. »Aber nicht mehr lange.«

»Tut mir leid, das wusste ich nicht. Bitte nehmen Sie Platz. Es ist meine Pflicht, Sie, Cassandra Holloway, geborene Sullivan, darüber in Kenntnis zu setzen, dass der verstorbene Riccardo Aquino Sie in seinem Testament mit einem Betrag von zweihundertfünfzigtausend Dollar bedacht hat«, erklärte er lächelnd.

»Mr. Walker, ich verstehe nicht, wie ich zu dieser Ehre komme. Sind Sie sicher, dass ich wirklich die im Testament erwähnte Cassandra Sullivan bin?«

»Bitte, nennen Sie mich Bruce, und ja, ich bin ganz sicher. Aber um mir Ihre Identität zu bestätigen, würden Sie mir bitte den Namen Ihrer Eltern, Ihre alte Adresse in Manly und Ihre derzeitige Adresse in Sydney nennen?«

Cassie erteilte die gewünschte Auskunft, und Bruce Walker nickte. »So steht es in unseren Unterlagen, woraus hervorgeht, dass Sie ebenjene Cassandra Sullivan sind, die in Riccardo Aquinos Testament bedacht wird«, erklärte er.

»Aber das ist absurd. Ich habe an seinem neunzigsten Geburtstag fünf Minuten mit dem alten Herrn gesprochen. Können Sie sich vorstellen, warum er mir einen so hohen Betrag vermacht hat?«

»Nein, das ist mir unbekannt. Ich wurde nur damit betraut, das Testament aufzusetzen, dann zu eruieren, ob Sie die fragliche Cassandra Sullivan sind, und daraufhin das Testament zu vollstrecken«, erwiderte Bruce. »Und ich kann Ihnen versichern, dass Sie die richtige Person sind.«

»Darf ich fragen, wann das Testament aufgesetzt wurde? War es in jüngster Zeit?«

»Nein, keineswegs. Mr. Aquinos Letzter Wille wurde schon vor etlichen Jahren aufgesetzt, und er hat nie etwas daran geändert. Aber warum Sie unter den Begünstigten sind, kann ich Ihnen nicht sagen.«

Ratlos sah Cassie den Anwalt an. Die ganze Sache war ihr nach wie vor unbegreiflich, aber wenigstens konnte man ihr nicht mehr vorwerfen, sie habe auf Onkel Riccardos Geburtstag heimtückische Absichten verfolgt.

»Bruce«, sagte Cassie, die nun beschlossen hatte, den Stier bei den Hörnern zu packen und die Frage zu stellen, deren Antwort sie am meisten fürchtete. »Ich hatte keine Ahnung, dass eine Verbindung zwischen meinem Vater und den Aquinos bestand, aber Frank Aquino behauptet, mein Vater hätte eine Haftstrafe verbüßt, weil er Carlo Aquino, den Großvater von Michael Phillips, getötet hätte. Weder meine Mutter noch ich haben je davon gehört. Können Sie mir sagen, ob das wahr ist?«

Der Anwalt lehnte sich auf seinem Drehstuhl zurück. »Ja, es ist wahr.«

Cassie stiegen die Tränen in die Augen. »Wissen Sie, wie es dazu gekommen ist?«

»Wie ich Frank kenne, hat er Ihnen das wohl nicht besonders feinfühlig nahegebracht. Und wenn Sie bisher nichts davon gewusst haben, muss es ein schrecklicher Schock gewesen sein.« Bruce Walker lächelte sie mitfühlend an. »Es geschah Ende der fünfziger Jahre. Ich glaube, dass mein Vater im folgenden Prozess Patrick Sullivans Rechtsbeistand war. Damals gab es keinen anderen Anwalt in Whitby Point.«

»Ist Ihr Vater noch am Leben? Ich würde ihn gern dazu befragen«, erwiderte Cassie.

Bruce Walker schüttelte den Kopf. »Nein, Dad ist schon vor Jahren gestorben.«

»Wissen Sie, welcher Art das Verhältnis zwischen meinem Vater und den Aquinos war?«

»Nein, darüber ist mir nichts bekannt. Vermutlich hat er als Fischer für sie gearbeitet. Anders kann ich es mir nicht erklären«, erwiderte Bruce Walker. »Leider sind die Unterlagen meines Vaters vor langer Zeit einem Brand zum Opfer gefallen.«

Cassie runzelte die Stirn. »Eine letzte Frage hätte ich noch, wenn Sie erlauben. Ich bin mir nicht sicher, ob ich das Recht habe, sie zu stellen, aber trotzdem. Glauben Sie, dass die Aquinos das Testament anfechten werden?«

»Das kann ich nicht sagen. Die Familie hat natürlich das Recht, es zu versuchen, aber ich denke, dass sie keine besonderen Erfolgsaussichten hätten. Die Angehörigen sind gut versorgt, und Sie wurden ja schon vor Jahren in das Testament aufgenommen. Also liegt es für mich auf der Hand, dass es Riccardo Aquinos Wille war, Ihnen diese Summe zu hinterlassen. Die Aquinos müssten schon eine Menge überzeugende Indizien vorlegen, wenn sie das Gegenteil beweisen wollten.«

»Vielen Dank, Bruce. Sie waren sehr freundlich«, sagte Cassie dankbar.

Am nächsten Morgen rief Michael in aller Frühe bei Cassie an. »Cass? Ich bin's. Ich habe nachgedacht …«

»Hi, Michael, ich auch.« Sie seufzte.

»Nein, nicht über das mysteriöse Testament und deinen Vater … ich habe über uns nachgedacht.«

Cassie stockte der Atem. »Und?«

»Ich finde, wir sollten mehr miteinander unternehmen. Zum Beispiel könnten wir mit meinem neuen Boot segeln gehen – es richtig taufen, denn bisher habe ich nur ein paar Probetörns damit gemacht. Wäre schön, wenn du mitkommst. Kann Trixie die Stellung halten?«

»Ja, ich denke schon. Das ist eine großartige Idee!« Cassie lachte überglücklich, ja geradezu erleichtert auf.

»Ist wahrscheinlich am besten, wenn wir Bill erst mal an Land lassen. Später können wir ihn dann mit rausnehmen, damit er seefest wird.«

»Was soll ich mitbringen?«

»Das Übliche – warme Jacke, Sonnenbrille, Sonnencreme, Hut. Ich habe Proviant und kalte Getränke, aber wenn von Trixies Desserts noch etwas übrig ist, sage ich nicht nein.«

»Geht klar. Wo treffen wir uns?«

»Mein Boot liegt unten am Hafen bei den Trawlern, es ist eine Cavalier. Ich hole dich am Kai ab, sagen wir in einer Stunde?«

»Super. Ich werde Geoff und Trixie fragen, ob sie auf Bill aufpassen.«

Cassie saß am Ende des alten Kais, und ihr Herz machte einen Sprung, als sie Michael erblickte. Er ruderte von der Jacht aus auf sie zu, wobei sich seine Muskeln unter seinem weißen T-Shirt abzeichneten.

Michael half ihr ins Beiboot, und nach wenigen Minuten waren sie bei der Jacht angelangt, die sanft an ihrem Liegeplatz schaukelte. Er kletterte auf das kleine, aber schnittige Segelboot, vertäute das Beiboot und half Cassie an Bord.

»Ist das schön! Kompakt, aber bequem. Das Holzdeck gefällt mir«, rief sie. Sie warf einen Blick in die Kajüte. »Zwei Kojen, eine Küchenzeile auf der einen, eine Essecke auf der anderen Seite, richtig kultiviert. Tolles Design!«

»Ein kleiner Gasherd ist auch da. Alles ist gut und platzsparend verstaut. Einen brauchbaren Hilfsmotor haben wir auch. Das Bongo, für euch Landratten die Toilette, ist da drin. Wir können über Nacht draußen bleiben, wenn die Fische beißen, oder einfach mal allem und allen den Rücken zukehren.«

»Im Sommer muss das phantastisch sein. Man sucht sich eine Bucht, wirft den Anker aus, schwimmt, picknickt, angelt oder erkundet die Gegend. Kennst du die Wasserstraßen gut?«

»Als Kind hatte ich eine Optimistenjolle. Ich bin auch schon in der Hafenbucht von Sydney gesegelt, aber da herrscht zeitweise ziemlich viel Trubel. Anders als hier. Bist du viel gesegelt?«

»Nicht wirklich. Du würdest es jedenfalls nicht als Segeln bezeichnen. Ausflüge rund um den Hafen von Sydney auf protzigen Kneipenschiffen.«

»Mit Hal und seinen Kumpeln?«

»Ja. Vor allem Kollegen. Ich konnte die Leute und das oberflächliche Gerede nicht ausstehen. Sie hätten genauso gut am Kai bleiben und dort feiern können.«

»So wird das heute nicht. Allein schon, weil ich gar nichts Alkoholisches dabeihabe. Wir fahren einfach aus dem Hafen raus – heute ist es ruhig genug, dass wir uns aufs Meer rauswagen können, und laut Wetterbericht soll es schön bleiben. Dann segeln wir Richtung Norden und legen in einem der Meeresarme an, dort kenne ich mich aus.«

Cassie hatte bald den Dreh raus, wie sie am Rand des Seitendecks hocken und die Fockleine halten musste, während die Cavalier durch die Wogen pflügte. Die steife Brise und die Gischt in ihrem Gesicht waren belebend.

»Vom Meer aus sieht die Küste ganz anders aus«, rief sie Michael zu.

Sie wendeten und hielten Kurs auf einen Kanal. Durch üppig wuchernde Marschen und vorbei an sumpfigem Küstenvorland führte sie der schmale Wasserweg zu mehreren miteinander verbundenen Seen. Hier flaute der Wind ein wenig ab, und sie glitten sanft und lautlos über einen unberührten See. In der Ferne sah Cassie Pelikane, die ruhig und gelassen auf dem Wasser schwammen. Hügel säumten das Seeufer, und Cassie fand nicht nur die friedliche Szenerie anrührend, sondern auch Michaels Nähe.

Er lächelte sie an, und Cassie ahnte, dass er womöglich dasselbe empfand.

»Da drüben ist eine Art Bucht. Wir könnten anlegen und etwas essen. Hast du Hunger?«, fragte er.

»Ja. Muss an der Meeresluft liegen.«

Das Segel flatterte wie ein nasses Laken, als Michael die Jacht in die Bucht manövrierte.

»Wir holen die Segel ein und gehen vor Anker. Das Essen holen wir aufs Deck. Wir können den Lukendeckel als Tisch benutzen.«

Es gab Baguette, gefüllt mit Lachs, Salat und Käse, dazu Essiggurken, Cherrytomaten, Oliven und grünen Salat sowie erfrischenden Eistee. Den krönenden Abschluss bildete eine von Trixies köstlichen Nachspeisen.

»Besser kann es nicht mehr werden. Das war eine tolle Idee von dir. Danke.«

Michael machte ein ernstes Gesicht. »Ich hatte das Gefühl, dass wir uns irgendwohin zurückziehen sollten, wo wir unsere Ruhe haben. Ich weiß, wie sehr dich die Ereignisse um Onkel Riccardos Testament mitgenommen haben.« Er holte tief Luft, und bevor Cassie etwas erwidern konnte, fuhr er fort: »Zweifellos ist es ein echter Schock für dich – und deine Mum. Für mich war es das ja auch. Aber du und ich, wir gehören jetzt zusammen, in guten wie in schlechten Zeiten. Ich will nicht, dass diese Probleme zwischen uns stehen.«

Cassie nickte. »Ich auch nicht, auf keinen Fall. Ich muss gestehen, ich war richtig erleichtert, als mir Bruce Walker gesagt hat, dass ich schon vor langer Zeit in Riccardos Testament bedacht worden bin. Wirklich schlimm finde ich, dass deine Familie meint, ich wäre hierhergekommen, um ihm Geld abzuluchsen.«

»Ausgerechnet du. Aber, Cassie, ich habe dich nicht hierher entführt, um mit dir darüber zu reden. Was ich dir sagen wollte, ist, dass ich mich wohl schon gleich in dem Augenblick, als du mit Bill in meine Praxis kamst, in dich verliebt habe. Dann wurde mir klar, dass du ein paar Probleme zu bewältigen hast. Es ist nicht leicht, mit einer Ehe abzuschließen – das weiß ich aus Erfahrung ...« Er verstummte und musterte sie. »Anfangs wollte ich es langsam angehen lassen, Cass, aus Rücksicht auf uns beide. Aber jetzt, nach all diesen Turbulenzen, ist meine größte Angst, dass sich diese Geschichte zwischen uns drängt. Ich weiß nicht, wie du das empfindest ... aber ich musste das loswerden.«

Cassie brachte kein Wort heraus. Ihr war, als würde sich ein Schleusentor öffnen. Die Flut der Gedanken und Gefühle, die ihre Vergangenheit und Zukunft und vor allem Michael betrafen, drohte sie zu überwältigen. Michael schien das zu verstehen, denn er griff nach ihrer Hand und hielt sie fest.

»Mir geht es genauso«, brachte sie schließlich heraus.

»Die Sache mit meinem Vater, dem Geld und allem anderen, was da passiert, hat mich sehr mitgenommen, aber am meisten hat mich die Angst geplagt, dass ich dich verlieren könnte. Ich liebe dich so sehr.« Sie lächelte verzagt. »Also, wie geht's jetzt weiter?«

Michael nahm sie behutsam in die Arme und küsste sie. »Kurs halten, Skipper. Solange wir das Gleiche füreinander empfinden, stehen wir diesen Sturm durch.«

Als sie den See hinter sich ließen und wieder aufs offene Meer segelten, fing Michael zu singen an. Cassie war überrascht über seine schöne Stimme, aber auch über das Lied.

»Mein Vater hat das immer gesungen«, rief sie. »Er sagte, es sei das einzige italienische Lied, das er kennt. Am Sonntagmorgen bin ich immer zu ihm und Mum ins Bett geklettert, und er hat es mir vorgesungen. Keine Ahnung, woher er es kennt. Wo hast du es gelernt, Michael?«

»Meine Mutter hat es mir beigebracht. Ihr Großvater hat es ihr vorgesungen, als sie ein kleines Mädchen war.«

»Ist das nicht erstaunlich? Jetzt haben wir noch etwas gemeinsam.« Und sie sangen das Lied ein zweites Mal im Chor.

Als sie zurück in den Hafen von Whitby Point segelten, schmiegte sich Cassie an Michael, während er die Pinne der robusten Jacht hielt. »Ich dachte schon, dass du es auf mich abgesehen hast, als du mit den Futterproben für Bill vorbeigekommen bist.«

Michael lachte. »Die Leckerbissen hatte er sich redlich verdient. Schließlich hat er uns beide zusammengebracht.« Er küsste sie zärtlich auf den Kopf.

Das Schicksal meint es gerade gut mit uns, dachte Cassie glücklich.

Aber ihr Optimismus war nicht von Dauer. Am nächsten Tag stellte sie fest, dass Leute, die früher gern mit ihr geplaudert hatten, ihr nun aus dem Weg gingen. Besonders verletzt war sie, als Ron, der Zeitungshändler, plötzlich sehr beschäftigt tat, als sie seinen Laden betrat.

Dann berichtete Steve, sein Kumpel bei Nowra habe ihm aus heiterem Himmel eröffnet, er habe nicht genug Fisch, um das Blue Boatshed weiter zu beliefern.

»Das ist totaler Quatsch«, rief Steve wütend. »Ich wette, Frank hat ihn unter Druck gesetzt. Ich hab es noch bei zwei anderen Leuten versucht, aber allmählich bleiben uns nicht mehr viele Alternativen. Ich will nicht alle paar Tage Fisch in Sydney besorgen, noch dazu, wenn es hier vor der Haustür bessere Ware gibt.«

»Tut mir leid, Steve. Mir ist schon klar, dass das deinen Job erheblich schwieriger macht. Aber wir können Fisch und Meeresfrüchte nicht einfach von der Karte streichen!«, entgegnete Cassie frustriert.

»Ein paar Trümpfe hab ich noch in der Hinterhand. Freie Fischer, die nicht durch Lieferverträge gebunden sind. Das heißt allerdings, dass wir noch weiter fahren müssten.«

»Wenn du das organisieren kannst, lassen wir Geoff den Fisch für uns holen. Frank wird mich jedenfalls nicht unterkriegen, zum Teufel noch mal«, erklärte Cassie.

»Ganz deiner Meinung.«

Aber der Tag wurde nicht besser.

Cassie bekam eine SMS von Mollie, Trixies Freundin, die im Restaurant seit der Eröffnung mitgeholfen hatte und ihr nun mitteilte, sie könne dort nicht mehr arbeiten.

Als Cassie Trixie anrief, meinte diese: »Lieber Himmel,

das ist ja schrecklich! Vielleicht liegt es daran, dass Mollies Mann auf Ray Aquinos Trawlern arbeitet. Kann sein, dass sie die Gerüchte gehört hat und fürchtet, er würde entlassen, wenn sie bei dir bleibt. Ich werde mal mit ihr reden, aber in der Zwischenzeit komme ich rüber und helfe euch aus.«

»Trixie, das wäre super. Du bist so eine gute Freundin.«

»Ich finde es schlimm, dass Mollie dich im Stich lässt, Cassie. Aber es wird sich schon noch alles zum Guten wenden, wart's ab. Lass den Kopf nicht hängen. In einer Stunde bin ich da«, versprach Trixie.

Cassie freute sich, Trixie zu sehen. Da es im Restaurant verhältnismäßig ruhig war, hatte sie Zeit, ihrer Freundin von dem Besuch beim Anwalt zu erzählen.

»Tja, Trixie, nach meinem Gespräch mit Bruce Walker neulich war ich auch nicht schlauer als zuvor. Ich frage mich, ob es noch jemanden gibt, der sich an die Ereignisse damals erinnert. Vielleicht bringt mich das Zeitungsarchiv weiter. Wie lange gibt es das Lokalblatt schon?«

»Die Zeitung gibt's schon ewig. Du hast recht. Da könntest du etwas rausfinden.«

»Schön, das ist also mein nächster Schritt«, erklärte Cassie aufgeregt.

Aber ehe Cassie Gelegenheit hatte, im Zeitungsarchiv der Stadt vorbeizuschauen, bekam sie Besuch. Kurz bevor sie das Restaurant für den Nachmittag schließen wollte, spazierte Hal herein, schenkte ihr ein schmieriges Lächeln und bat um einen Tisch. Bei seinem Anblick ließ Cassie fast die Teller fallen, die sie in der Hand hatte.

»Was machst du hier, Hal?«

»Bin auf der Durchreise. Ich wollte nur mal gucken, wie

sich das Blue Boatshed so macht. Es wurde in der Sonntagszeitung erwähnt. Ich muss sagen, für mein Gefühl ist es ein bisschen ruhig hier. Aber ich habe gehört, dass es in anderer Hinsicht ganz gut bei dir läuft.« Er zog eine Augenbraue hoch.

»Was soll das denn heißen?«

»Es gibt da jede Menge Gerüchte über eine gar nicht so kleine Erbschaft. Anscheinend hast du mit den Latin Lovers hier unten das große Los gezogen. Ich wusste gar nicht, dass man in der Fischerei so gut verdient!«

Cassie wurde wütend. Sie senkte die Stimme, damit die wenigen Gäste nicht hörten, was sie sagte. »Hal, was immer dir deine Zuträger erzählt haben, es geht dich einen Dreck an, und das Gleiche gilt für all die anderen. Ich habe zu tun, also bestell etwas zu essen oder verschwinde aus meinem Restaurant.«

»Cassie, Cassie, beruhige dich. Ich hab auch gehört, dass du wegen deinem Geldsegen gewissen Anfeindungen ausgesetzt bist, also bin ich hier, um dir meine Hilfe anzubieten. Du weißt, dass ich ein verdammt guter Anwalt bin.«

»Halt dich da raus, Hal. Wie du Geld witterst, ist einfach nur ekelhaft.« Sie drehte sich um und ging weg.

»Na schön, dann hole ich mir eben in der Stadt einen Hamburger.« Unter den verstohlenen Blicken anderer Restaurantgäste ging er hinaus.

Hals Besuch wühlte Cassie auf. Welche Motive er auch haben mochte, er war ein Unruhestifter, und sie wollte nichts mehr mit ihm zu tun haben. Und ganz sicher wollte sie sich von ihm nicht in ihre Beziehung mit Michael hineinpfuschen lassen. Sie hoffte, dass er den Wink mit dem Zaunpfahl verstanden hatte und direkt nach Sydney zurückfahren würde. Doch am späteren Nachmittag hörte sie abermals den Motor seines Porsches vor dem Restaurant.

»O nein, schon wieder Hal«, sagte sie zu Steve.

»Möchtest du, dass ich bleibe?«, fragte er.

»Nein danke, Steve. Du hast bestimmt Besseres zu tun. Er ist nervig, aber ich werde mit ihm fertig.«

»Wenn du meinst. Heute Abend fahre ich in den Süden runter. Ich hoffe, dass ich Fisch von einem Bekannten auf einem Trawler kriege, der bald reinkommt.«

»Wirklich? Haben wir mit den anderen Lieferanten auch schon Probleme?«

Steve schnitt eine Grimasse. »Leider ja. Ich wollte dich nicht beunruhigen, aber jemand verbreitet das Gerücht, du würdest deine Rechnungen nicht bezahlen.«

»Was? Wie können sie es wagen! Dieser verdammte Frank Aquino! Er versteht es wirklich, einem das Leben schwer zu machen. Wahrscheinlich müssen wir künftig unsere Lieferanten bar bezahlen, und das könnte ein ziemliches Loch in die Kasse reißen. Tut mir leid, Steve, danke für deinen Einsatz.«

»Kein Problem. Hey, wenn du den Laden dichtmachst, bin ich arbeitslos! Bis bald«, sagte er fröhlich. Als er zur Tür hinausging, knurrte Bill.

»Hal, warum bist du schon wieder da?«, fragte Cassie müde.

»Mensch, Cassie, du hättest mir wirklich die ganze Geschichte über diese unschöne Erbschaft erzählen sollen. Mein Gott!« Er schüttelte den Kopf.

»Hal, ich habe dir nichts erzählt, weil es dich nichts angeht. Ich brauche weder deine Hilfe noch deine Meinung, vielen Dank.«

»Wieso hast du mir eigentlich verschwiegen, dass dein Vater ein Knastbruder war? Meine Familie wird begeistert sein, wenn sie hört, dass der Vater ihrer Schwiegertochter eingesessen hat. Allmählich frage ich mich, was für ein Doppelleben du geführt hast, als wir zusammen waren. Und was du von deinem Vater wohl alles gelernt hast.«

»Wie kannst du so etwas Gemeines sagen! Mein Vater war ein wunderbarer Mensch, und er hätte mir nie etwas Unrechtes beigebracht. Willst du etwa andeuten, du hättest mich nicht geheiratet, wenn du über meinen Vater Bescheid gewusst hättest?«

»Ich hätte es mir, gelinde gesagt, zweimal überlegt«, erwiderte Hal arrogant.

»Hal, hau ab.«

»Erst einmal hätte ich noch ein paar weitere Fragen. Was hat es mit diesem Geld auf sich? Warum hat dieser alte Mann es dir hinterlassen? Und warum hast du es vor mir geheim gehalten? Wolltest du etwa vermeiden, dass es bei der Scheidung berücksichtigt wird?«

»Mach dich nicht lächerlich, Hal. Bis vor ein paar Tagen habe ich von dieser Erbschaft überhaupt nichts gewusst. Glaubst du im Ernst, bei alledem würde es bloß darum gehen, dich auszutricksen? Du denkst, es dreht sich immer alles nur um dich, Hal. Aber du bist nicht der Nabel der Welt.«

»Ich bin hergekommen, um dir zu helfen.«

»Blödsinn. Du bist hergekommen, weil du darauf spekulierst, dir einen Batzen Geld unter den Nagel zu reißen. Hör zu, Hal, ich möchte, dass du gehst. Ich versuche, mit diesem Alptraum klarzukommen, so gut es geht, und ich bin dir keine Rechenschaft mehr schuldig.« Cassie stand auf und rieb sich die Augen. Sie war den Tränen nahe. »Ich muss jetzt meine Mutter anrufen.«

»Werd erwachsen, Cassie! Heiliger Strohsack, du und deine Mutter. Kein Wunder, dass ich bei euch nie durchgeblickt habe.«

»Hal, ich streite nicht mit dir. Mir wäre sehr daran gelegen, wenn du dein Leben ohne mich auf die Reihe kriegst, und ich werde dasselbe tun.«

»Viel Glück mit dem Geld. Nach dem, was ich in der Stadt so höre, hast du nicht den Hauch einer Chance, dass dieses Restaurant jemals läuft.« Hal bedachte sie mit einem boshaften Grinsen und ging.

Cassie sah ihm nach, wie er zu seinem Auto schlenderte, und widerstand der Versuchung, ihm etwas nachzuwerfen. Mit wem er in der Stadt wohl geredet hatte? Zum Teufel mit ihm! Sie ließ sich auf einen Stuhl sinken.

Bill kam zu ihr, legte den Kopf auf ihren Schoß und sah sie tröstend an, ehe er ihr die Hände abzulecken begann.

»Was für ein Idiot«, rief Jenny, als Cassie von Hals Besuch berichtete. »Tut mir leid, dass ich nicht früher weggekommen bin, aber ich fahre gleich morgen früh los. Wie läuft es so? Mit Michael alles in Ordnung?«

»Michael ist super. Er hat mit seiner Mutter und seinen Schwestern gesprochen, und sie wissen jetzt, dass ich Riccardo nicht dazu gedrängt habe, mich in seinem Testament zu berücksichtigen. Allerdings sind sie genauso ratlos wie ich, warum er das getan haben könnte.«

»Es freut mich, dass Michael zu dir steht. Für ihn ist es ja auch nicht leicht.«

»Ich habe mir überlegt, mal bei Frank vorbeizuschauen

und ihm meine Meinung zu sagen. Und dass er mit dieser Vendetta gegen mich aufhören soll. Es ist einfach nur gemein«, ereiferte sich Cassie.

»Darüber würde ich erst mal schlafen. Oder besser noch, du fragst Michael, was er davon hält.«

»Du hast wahrscheinlich recht«, meinte Cassie. »Ich werde das Zeitungsarchiv durchforsten. Vielleicht finde ich ja etwas aus der fraglichen Zeit, was uns hilft, das Rätsel zu lösen.«

»Gute Idee.« Bedrückt fügte Jenny hinzu: »Über das Gerichtsverfahren ist bestimmt berichtet worden.«

Als am nächsten Tag ihre Mutter eintraf, ging es Cassie gleich viel besser. Jenny stieg aus dem Auto und schloss ihre Tochter in die Arme. Dann rauschte sie ins Restaurant, musterte alles mit professionellem Blick und setzte sich mit Cassie und Steve zusammen, der von dem Problem mit den Lieferanten berichtete.

»Einmal abgesehen von Fisch und Meeresfrüchten, hatten wir eine feste Liefervereinbarung mit der Frau, die uns biologisches Obst und Gemüse liefert. Wir haben unsere Bestellung bei ihr aufgegeben, und sie hat die Sachen vorbeigebracht. Jetzt sagt sie, sie hätte zu viele andere Verpflichtungen, um das weiterhin zu machen.«

Steve verdrehte die Augen, um anzudeuten, wie fadenscheinig er diese Ausrede fand.

»Die ganze Sache stinkt zum Himmel«, meinte Jenny. »Cassie hat mit diesem Familiengeheimnis doch gar nichts zu tun.«

»So läuft das nun mal in einer Kleinstadt. Und es ist ja auch eine Menge Geld, das der alte Riccardo Aquino Cassie hinterlassen hat.«

»Siehst du das auch so, Steve?«, erwiderte Jenny schroff.

Steve hob beschwichtigend die Hände. »Hey, ich gebe nur wieder, was andere Leute sagen. Ich weiß, dass Cassie sich ziemlich ins Zeug gelegt hat, um dieses Restaurant zum Laufen zu bringen, und was mich betrifft, hat das Lokal allererste Priorität. Aber wir können nicht leugnen, dass Riccardos Testament eine Menge Probleme mit sich bringt.«

»Da hast du recht. Entschuldige. Ich wollte nicht so aggressiv klingen. Ich habe nur das Gefühl, dass man hier jedem auf den Zahn fühlen muss.«

»Für euch beide ist das bestimmt total frustrierend.« Steve sah Jenny an. »Cassie hat mir von deinem Mann erzählt. Ich hab versucht, mir vorzustellen, wie es wäre, wenn jemand, den ich kenne und liebe, plötzlich als das genaue Gegenteil von dem erscheint, was ich immer geglaubt habe. Echt brutal.«

»Ja.« Jenny holte tief Luft. »Das war ein ziemlicher Schlag. Und ich will es noch immer nicht glauben. Wir waren so viele Jahre verheiratet, und ich habe Pat sehr geliebt. Ich kenne meinen Mann, und die ganze Geschichte leuchtet mir einfach nicht ein.« Sie hielt inne, und als sie weitersprach, zitterte ihre Stimme. »Ich will einfach nur die Wahrheit wissen. Fällt dir niemand ein, mit dem ich reden könnte? Einer von den Aquinos muss doch etwas wissen.«

Steve schob ihr eine Schachtel mit Papiertaschentüchern hin. »Ich würde es mal bei Ray Aquino versuchen, Franks Vater. Er ist ziemlich verschlossen, aber nach allem, was man hört, muss er ein anständiger Kerl sein. Vielleicht kann er euch etwas sagen.«

»Danke, Steve. Hoffentlich kann Ray mir weiterhelfen.« Jenny tupfte sich die Augen mit einem Taschentuch.

»Einen Versuch ist es wert, Mum«, meinte Cassie und umarmte ihre Mutter. »Kommst du allein klar? Ich muss mich ums Restaurant kümmern und die Sache mit unseren Lieferungen regeln. Das lässt sich nicht aufschieben.«

»Ich bleibe nicht lange weg«, sagte Jenny, griff resolut nach ihrem Autoschlüssel und ging zur Tür.

Ein paar Stunden später kam sie zurück. »Cassie, hast du gerade ein bisschen Zeit? Ich glaube, ich habe eine Spur, die zu einigen Antworten führen könnte.«

»Kein Problem. Es ist noch eine Weile hin, bis wir öffnen. Unsere Lieferungen stehen, und Trixie wird jeden Moment da sein«, erwiderte Cassie. »Wie war das Gespräch mit Ray Aquino?«

»Das erzähle ich dir auf der Fahrt.«

Cassie sagte nichts, bis sie beide in ihrem Wagen saßen.

»Okay, Mum. Wohin fahren wir?«

»Zum Friedhof.«

»Das verstehe ich nicht.«

»Ob ich es verstehe, weiß ich auch nicht so genau, aber ich glaube, dort erfahren wir mehr.« Jenny konnte ihre Erregung kaum verbergen.

»Willst du mir nicht erzählen, wie es bei Ray war?«, fragte Cassie, verwundert über die gute Laune ihrer Mutter.

»Ray war ganz reizend. Er ist wahrscheinlich ein paar Jahre jünger als ich, und er spielt Bridge.«

»Mum, wenn man dir zuhört, könnte man meinen, Bridge ist eine Geheimloge«, erwiderte Cassie ungeduldig.

»Es bedeutet, wir haben etwas gemeinsam. Ich habe ihm

erklärt, dass ich mit Patrick verheiratet war und von seiner Vergangenheit keine Ahnung hatte. Ray war sehr freundlich zu mir. Er sagte mir, die Familie sei entsetzt darüber gewesen, dass Riccardo einer wildfremden Person eine so große Summe hinterlassen hat. Das konnte ich schon nachvollziehen.«

»Ich auch«, bemerkte Cassie. »Hast du ihm das auch gesagt?«

»Ja, habe ich. Wir haben uns ganz ruhig und vernünftig unterhalten und beide sozusagen die Karten auf den Tisch gelegt. Und wenn du mich noch mal unterbrichst, wirst du nie erfahren, was er gesagt hat.«

»Tut mir leid, Mum.«

»Ich habe ihm erklärt, dass deine Lieferanten nicht mehr liefern wollen und Mollie gekündigt hat, wahrscheinlich, weil sie befürchtet, ihr Mann würde sonst seine Arbeit verlieren. Daraufhin hat mir Ray versprochen, mit ihrem Mann zu reden und ihm zu versichern, dass er keinesfalls gekündigt wird, wenn Mollie wieder zu uns kommt. Außerdem will er Frank klarmachen, dass ein persönlicher Rachefeldzug keine Probleme löst. Er sagt, Frank sei ein ziemlicher Dickkopf und würde wahrscheinlich weiter gegen dich hetzen, und manche im Ort würden nach wie vor für ihn Partei ergreifen. Aber immerhin ist es ein Anfang.«

»Mum, du bist genial. Bestimmt sind nicht alle gegen mich. Einige meiner Lieferanten werden mich gern wieder beliefern, besonders die von außerhalb.« Cassie war so glücklich wie seit Tagen nicht mehr.

»Diese Unterbrechung ignoriere ich jetzt mal und berichte weiter, was Ray mir erzählt hat«, erwiderte Jenny mit gespielter Strenge. »Ich habe ihn gefragt, ob er eine Ahnung hat, warum sein Vater dir so viel Geld vermacht hat, aber er kann sich genauso wenig einen Reim darauf machen wie alle anderen. An den Vorfall und den Prozess kann er sich im Einzelnen nicht erinnern – er war damals acht. Er weiß nur, dass ziemliche Unruhe in der Familie herrschte und die Kinder nichts erfahren sollten. Danach hat niemand im Haushalt der Aquinos jemals wieder ein Wort über Patrick Sullivan verloren. Es war, als wollten sie ihn aus der Familiengeschichte tilgen. Hat nicht auch Michaels Mutter so etwas angedeutet?«

»Mum, erinnert sich Ray überhaupt an Dad?«, fragte Cassie, als sie in die Straße bog, die hügelan zum Friedhof führte.

»Er weiß nur noch, dass er ihn gemocht und dein Vater mit ihm gespielt hat, als er klein war. Auf welche Weise Patrick mit der Familie Aquino in Verbindung stand, konnte er nicht sagen, aber er meinte, wir sollten uns mal die Grabsteine auf dem Friedhof ansehen. Und hier sind wir schon«, sagte Jenny, als Cassie den Wagen vor dem Friedhofstor abstellte.

»Wo fangen wir an?«, fragte Cassie.

»In der katholischen Abteilung, würde ich sagen. Suchen wir die Aquinos.«

Die beiden Frauen wanderten über den Friedhof. Er machte einen recht gepflegten Eindruck, der Rasen war gemäht, Unkraut gab es kaum. Auf manchen Gräbern standen Blumenvasen. Zwischen den Gräbern hatte man viel Abstand gelassen.

Weil hier oben so viel Platz ist, müssen die Gräber nicht so eng beieinanderliegen, dachte Cassie. Sie entfernte sich ein Stück von ihrer Mutter und suchte weiter, auch wenn sie immer noch nicht genau wusste, wonach.

»Von hier hat man einen schönen Blick«, rief ihr Jenny zu. »Da kann man es schon bis in alle Ewigkeit aushalten. Sieh mal! Hier wimmelt es von Aquinos.«

Cassie eilte zu ihr.

»Schau«, sagte ihre Mutter. »Da ist Carlos Grab. Und hier haben wir einen Giuseppe Aquino. Wer war das?«

»Ich glaube, das war Michaels Urgroßvater. Alle nannten ihn Joe. Was steht auf seinem Stein?«

»Liebender Ehemann von Evalina und Bridget. Geliebter Vater von Riccardo, Pietro und Carlo. Seltsam«, meinte Jenny. »Klingt ziemlich italienisch, aber woher kam Bridget? Das ist doch ein englischer Name. Hier ist Evalinas Grabstein. Sieh dir die Daten an. Sie ist ganz jung gestorben. Ihre Söhne müssen damals klein gewesen sein, Carlo war sogar noch ein Baby. Wie traurig! Wahrscheinlich hat Giuseppe deshalb Bridget geheiratet.«

»Kann sein. Suchen wir weiter.«

»Ich hab's.« Jennys Blick war auf einen weiteren Grabstein gerichtet, der etwas abseits von denen der anderen Aquinos stand. Durch den Wind und die salzige Meeresluft war die Inschrift schon halb verwittert, ließ sich aber noch entziffern. Jenny las sie ihrer Tochter vor. »Bridget Aquino, geboren im Februar 1901, gestorben im Mai 1945. Geliebte Ehefrau von Giuseppe Aquino. Liebende Mutter seiner Söhne Riccardo, Pietro und Carlo und innig geliebte Mutter von Patrick Sullivan.«

»Ich fasse es nicht.« Tränen schossen Jenny in die Augen.

Cassie stand eine ganze Weile vor dem Grabstein, ehe sie etwas sagte. »Mum, habe ich das richtig verstanden? Dad war Bridgets Sohn, sie ist demnach meine Großmutter. Sie hat Giuseppe Aquino geheiratet und wurde damit die Stiefmutter von Riccardo, Pietro und Carlo. Sind so die Zusammenhänge?«

»So interpretiere ich, was hier steht«, erwiderte Jenny, der es vor Rührung fast die Sprache verschlagen hatte.

»Und das bedeutet außerdem, dass Dad Giuseppe Aquinos Stiefsohn war, oder?«

Jenny nickte.

»Also hat Dad nicht für die Aquinos gearbeitet, sondern gehörte zur Familie. Und er hat nicht einfach einen Kollegen getötet, sondern seinen Stiefbruder Carlo.«

Jenny sah Cassie mit tränennassen Augen an. »Stimmt. Aber, Cassie, wenn er etwas so Grauenhaftes getan hat, warum dann jetzt das Geld? Kaum ist das eine Rätsel gelöst, stehen wir schon vor dem nächsten. Komm, lass uns zurückfahren, sonst fragt sich Steve, ob uns etwas zugestoßen ist.«

Später erzählte Cassie Michael, dass ihr Vater vermutlich der Stiefbruder der Aquino-Jungs gewesen war.

»Das ist unglaublich!«, rief Michael. »Ich wette, meine Mutter hat keine Ahnung davon. Wie ist Onkel Ray auf die Idee gekommen, euch zum Friedhof zu schicken?«

»Laut Mum, die jetzt seine beste Freundin ist, hat sein Großvater ihn oft mit zum Friedhof genommen, als er noch ein kleiner Junge war. Da standen sie dann lange vor Bridgets Grab, während sein Großvater etwas auf Italienisch vor sich hin murmelte. Deshalb wusste Ray, dass ihm der Ort wichtig war.«

»Das wird ja immer spannender! Was hast du als Nächstes vor?«

»Mum möchte auf dem Standesamt herausfinden, wann Bridget und Giuseppe geheiratet haben. Und ich suche im Zeitungsarchiv nach Berichten über Dad.«

Die *Whitby Point News* hatten seit 1925 ihren Sitz in einem kleinen Büro an der Hauptstraße. Im Wesentlichen war es ein Zweipersonenbetrieb. Die Herausgeberin Alison Chambers war die Enkelin des ursprünglichen Besitzers und wurde von ihrem eifrigen jungen Assistenten James Holden unterstützt.

»Guten Morgen, Mrs. Chambers. Ich bin Cassandra Holloway. Wir hatten am Telefon darüber gesprochen, dass ich auf der Suche nach alten Artikeln bin.«

»Aber ja. Ich habe in unserem Hinterzimmer einen Platz für sie frei geräumt. Leider sind nicht alle alten Ausgaben digital erfasst. Manche haben wir auf Mikrofiche, und manche befinden sich im Museum der historischen Gesellschaft. Ich habe Zeitungen aus der Mitte der fünfziger Jahre schon für Sie bereitgelegt.«

»Erinnern Sie sich an den Vorfall … bei dem Carlo Aquino …? Erinnern Sie sich an Patrick Sullivan?«

»Nein, bedaure. Da kann ich Ihnen nicht helfen. Damals war ich noch nicht auf der Welt«, erwiderte Alison. Sie öffnete den Riegel der Klöntür am Ende der Theke und bat Cassie herein. »Die alten Zeitungen sind zu Büchern gebunden. Sie liegen dort auf dem Tisch«, erklärte Alison.

»Vielen Dank.«

»Das Durchsehen macht eine Menge Arbeit. Möchten Sie vielleicht einen Kaffee?«

»Vielleicht später, danke.« Cassie beäugte den Stapel dicker Bücher, zu denen die vergilbten Zeitungsblätter gebunden waren.

Sie setzte sich an den Arbeitstisch und nahm sich als Erstes den Band mit der Aufschrift »1955« vor. Während sie langsam Seite für Seite umblätterte, bekam sie allmählich ein Gespür dafür, in was für einer Gemeinde ihr Vater gelebt hatte.

Sie las Artikel über die Fischerei und die Kooperative, die Joe Aquino gegründet hatte. Ein Foto zeigte Joe mit Riccardo vor dem Laden der Kooperative, und die beiden schienen sehr mit sich zufrieden zu sein. Auf einem anderen Bild sah man Joe mit dem Fischereiminister des Bundesstaats, der, wie es in der Bildunterschrift hieß, Whitby Point als einen der größten kommerziellen Fischereihäfen in Australien bezeichnete.

Es gab auch Fotos von den ersten Spatenstichen für einen Holzsteg und eine neue Gefrieranlage. Außerdem sah man Werkhallen und Eismaschinen. Cassie konnte sich vorstellen, wie Whitby Point damals geboomt hatte. Ob die Touristen, die heute den verschlafenen Ferienort besuchten, wohl etwas von der bewegten Geschichte der hiesigen Fischerei ahnten?

Sie arbeitete 1955 durch und war fast mit 1956 fertig, ohne einen direkten Hinweis auf ihren Vater zu entdecken. Dann entdeckte sie auf einer Titelseite unter der Überschrift »Erste Segnung der Flotte« ein Foto ihres Vaters. Es war auf den 28. Dezember 1956 datiert. Ein Bild zeigte Josi Greco, ein hübsches Mädchen, die Prinzessin der Flotte, und darunter sah sie ihren Vater. Die Bildunterschrift lautete: »Patrick Sullivan barg das Kreuz, das Pater Della Torre ins Wasser geworfen hatte.«

Cassie lächelte in sich hinein. Was für ein gutaussehender Mann du warst, Dad, und so gut gebaut. Ich wette, du hast den Mädchen gefallen.

Auf halbem Weg durch das Jahr 1957 stach ihr die Überschrift »Sohn prominenter Familie tot« ins Auge, und sie las die Bildunterschriften zu den Fotos: »Carlo Aquino starb bei einem tragischen Unfall auf einem Angelausflug durch die Hand seines Stiefbruders Patrick Sullivan.«

Cassie atmete tief durch, während sie das Foto betrachtete, das aus dem Artikel über die Segnung der Flotte vom Dezember des Vorjahres übernommen worden war – sein lächelndes Gesicht passte so gar nicht zu der ernsten Situation.

Langsam las sie den Bericht über die Ereignisse.

Riccardo, Carlo und Patrick hatten einen Angelausflug gemacht, als das Wetter plötzlich umschlug und sie wieder Kurs auf den Hafen nahmen. Patrick war im Begriff, ein letztes Mal die Angel auszuwerfen, und hielt das Ködermesser in der Hand, als ein Brecher Carlo umwarf und er in das Messer fiel, woraufhin er sofort tot war.

Aber wenn es sich so abgespielt hat, dann war es doch eher ein Unfall?, überlegte Cassie.

In diesem Moment kam Mrs. Chambers mit Kaffee, Milch, Zucker und einem Keks auf einem kleinen Tablett herein. »Ich dachte, den können Sie jetzt vertragen«, sagte sie.

»Danke.« Cassie richtete sich auf und rieb sich die Augen. »Seltsam, Fotos von meinem Vater als junger Mann zu sehen. Dass er hier einmal gelebt hat, wussten wir nicht.«

»Tatsächlich? Das zeigt wieder einmal, dass man niemandem trauen kann. Man weiß doch nie, was in einem Menschen vorgeht oder wozu er fähig ist, nicht wahr?«

Cassie goss Milch in ihren Kaffee und zog es vor, darauf nicht zu antworten.

»Dann lasse ich Sie mal weiterforschen«, meinte Mrs. Chambers.

Jetzt blätterte Cassie hastiger, suchte nach weiteren Nachrichten über ihren Vater. Sie stieß auf ein Foto von Carlos Beerdigung und betrachtete es genau. Anhand der vorherigen Zeitungsbilder konnte sie ihren Vater sowie Riccardo und Joe identifizieren. Sie sah auch eine kleine Italienerin in Schwarz, die so verzweifelt schien, dass sie von jemandem gestützt werden musste. Wer sie wohl sein mochte? Dann fand sie auf einer der hinteren Seiten einen kurzen Artikel, der sofort ihr Interesse weckte. Die Überschrift lautete: »Hollywood-Berühmtheit reist nach Familientragödie ab«.

Es folgte ein Bericht über Pietro Aquino, der mit allerlei Geschichten über sein glamouröses Leben als Artdirector und Filmarchitekt in Hollywood aufgewartet hatte. Sein Besuch bei der Familie wurde vom tragischen Tod seines Bruders überschattet. Zudem deutete der Verfasser des Artikels an, Pietro könne in jenem Jahr für den Oscar nominiert werden. Cassie lächelte, denn sie wusste, dass Pietro in der Folge sogar zwei Oscars erhalten hatte.

Sie suchte weiter und fand zwei Berichte über Patricks Beweisverhandlung. Einige Monate später folgte ein Artikel über den ersten Prozesstag. Und direkt in der nächsten Ausgabe titelte die Zeitung: »Junger Mann bekennt sich schuldig am Tod des Stiefbruders«.

Cassie schnappte nach Luft und fuhr so abrupt auf, dass sie den Kaffeebecher vom Tisch stieß. Wie konnte er nur so etwas Schreckliches tun?, dachte sie. Wie soll ich das Mum beibringen? Vielleicht war ihr Vater doch nicht der Mensch, für den sie ihn immer gehalten hatte. Minutenlang starrte sie die Schlagzeile an, ehe sie sich imstande fühlte, die Seite umzublättern.

Hier gab es eine Menge Fotos von allen Beteiligten, vor allem Joe und Riccardo Aquino, sowie von anderen Einheimischen, die in Wollongong vor dem Gericht warteten. In der Zeitung hieß es, Patricks plötzliches Geständnis habe großes Erstaunen ausgelöst. Dann wurden die Ausführungen des Richters zitiert, der eine harte Haftstrafe verhängt hatte, weil Patrick ein Messer gegen einen Unbewaffneten erhoben habe. Auf den Fotos war Joe und Riccardo das Entsetzen über die Entwicklung der Ereignisse deutlich anzusehen.

Armer, armer Dad, dachte Cassie, den Tränen nahe. Ich fasse es nicht, dass du für so lange Zeit ins Gefängnis geschickt wurdest. Und wir hatten keine Ahnung davon.

Cassie lehnte sich auf ihrem Stuhl zurück. Trotz all ihrer Recherchen war sie im Hinblick auf Riccardos Vermächtnis keinen Schritt weitergekommen. Wo sie jetzt noch suchen sollte, war ihr schleierhaft.

Gerade als sie zurück zum Restaurant fahren wollte, hatte sie einen Geistesblitz und suchte noch einmal den Bericht über Pietro heraus. Sie las ihn ein zweites Mal durch. Was ihre Aufmerksamkeit erregte, war nicht der Inhalt, sondern der Zeitpunkt von Pietros Besuch. War er in Whitby Point gewesen, als Carlo starb, oder war er nur zur Beerdigung aus Los Angeles angereist?

Rasch blätterte Cassie die alten Ausgaben durch, suchte aber diesmal keine Nachrichten über ihren Vater, sondern über Pietro. Sie stieß auf zwei Artikel, die zum Ausdruck brachten, wie stolz Whitby Point auf einen Sohn der Stadt war, der es in der glanzvollen Welt des Films weit gebracht hatte. Beide stammten aus der Zeit vor Carlos Tod. Anscheinend ist er hier gewesen, als Carlo starb, folgerte Cassie. Sie legte die schweren Wälzer beiseite und hing ihren Gedanken nach. Schließlich packte sie ihre Sachen zusammen und verabschiedete sich von Alison Chambers am Empfang.

»Ich bin fertig. Diese alten Zeitungen sind faszinierend. Vielen Dank für Ihre Hilfe.«

»Keine Ursache. Ich helfe gern, wenn ich kann. Ich bin nur froh, dass wir die alten Ausgaben archivieren konnten. Haben Sie gefunden, was Sie suchen?«

»Teilweise, danke. Es war sehr aufschlussreich, mehr über die fünfziger Jahre in Whitby Point zu erfahren. Damals hat der Ort ja richtig geboomt.«

»Ja. Unser Städtchen ist interessanter, als es auf den ersten Blick scheint. Haben Sie etwas über Ihren Vater herausgefunden? Übrigens waren mein Mann und ich sehr angetan von dem Essen im Blue Boatshed, wo wir vor einiger Zeit zum Lunch waren.«

Cassie lächelte freundlich. »Das höre ich gern. Ich hoffe, Sie beehren uns wieder. Jetzt, da es wärmer wird, haben wir auch abends mehr Gäste.«

Als Cassie ins Restaurant zurückkehrte, strahlte Steve sie an.

»Zu Mittag sind wir praktisch ausgebucht, und alle meine Lieferanten stehen wieder auf der Matte, sogar Frank. Liebenswürdig war er zwar nicht gerade, aber sein Vater muss ein Machtwort gesprochen haben, denn er hat mir ein paar schöne Sächelchen verkauft«, berichtete er.

Trixie rief ihr aus der Gaststube zu: »Mollie würde gern wiederkommen, wenn du sie noch haben willst.«

»Na klar will ich. Wann kann sie anfangen?«, sagte Cassie. »Mum, nach der Mittagszeit müssen wir uns unterhalten.«

»Ich habe auch interessante Neuigkeiten für dich«, erwiderte Jenny. »Aber die können warten. Bei dem Andrang können wir es uns nicht leisten, über Familienprobleme zu reden.«

Tatsächlich hatten sie alle Hände voll zu tun. Seit Franks Besuch war das Lokal nicht mehr so gut besucht gewesen. Dennoch fiel Cassie auf, dass die meisten Gäste Urlauber waren – Einheimische sah sie kaum. Egal, dachte sie, solange wir zuverlässige Lieferanten haben, werden die Gäste nicht ausbleiben, auch wenn die Einheimischen noch eine Weile brauchen, bis sie wieder zu uns finden.

Nach dem Aufräumen traf Steve Vorbereitungen für den Abend, während Cassie und Jenny sich mit einer Kanne Tee auf die Terrasse setzten.

Cassie berichtete von ihren Funden im Zeitungsarchiv.

»Auf das, was dieses Blatt schreibt, gebe ich gar nichts. Ich glaube einfach nicht, dass dein Vater jemandem etwas angetan hat«, verkündete Jenny.

»Mum, in der Zeitung steht eindeutig, er hätte ein Geständnis abgelegt«, erwiderte ihre Tochter behutsam.

»Ich kenne deinen Vater. Er hat niemanden umgebracht.« Jenny schüttelte energisch den Kopf.

Bill widmete sich hingebungsvoll dem Knochen, den Steve ihm unter der Bedingung überlassen hatte, dass er ihn auf dem Steg abnagte. Als Michael erschien, hob er zur Begrüßung kaum den Kopf.

»Darf ich mich dazusetzen, oder sind hier nur Mädchen erwünscht?«, fragte Michael.

Cassie sprang auf, umarmte ihn und gab ihm einen Kuss. »Sei nicht albern. Wir tauschen gerade unsere Informationen aus.« Dann erzählte sie ihm ebenfalls, was sie herausgefunden hatte.

»Das tut mir wirklich leid. Ihr bekommt gerade einen Tiefschlag nach dem anderen ab.«

»Tja«, meinte Jenny. »Ich wünschte nur, er hätte es mir erzählt. An unserer Beziehung hätte das nichts geändert, und für ihn wäre es wohl eine Erleichterung gewesen.«

»Noch was habe ich entdeckt, Michael, nämlich dass Pietro hier in Whitby Point war, als Carlo starb. Ist das nicht interessant?«, fügte Cassie hinzu.

»Das würde ich auch sagen«, meinte Jenny. »Glaubst du, er kann uns etwas darüber erzählen?«

»Wohl kaum, wenn er nicht auf dem Boot war«, sagte Cassie.

»Hast du auch Detektivarbeit geleistet, Jenny?«, fragte Michael.

»Allerdings. Auf dem Standesamt habe ich festgestellt, dass Bridget Sullivan im Jahre 1933 Giuseppe Aquino geheiratet hat. Patrick war damals fünf Jahre alt.«

»Und 1957 war er immer noch in Whitby Point? Dann hat er fast seine ganze Kindheit und Jugend hier verbracht. Also gehörte er tatsächlich zur Familie Aquino, das liegt auf der Hand. Allerdings blicke ich jetzt überhaupt nicht mehr durch«, stöhnte Cassie. »Warum hat mein Vater die Aquinos nie erwähnt, und warum wissen die Aquinos nichts von ihm? Wenn doch nur Riccardo noch am Leben wäre! Ich würde ihn gern so vieles fragen.«

Michael, der dem Gespräch schweigend gelauscht hatte, warf ein: »Pietro lebt noch. Ihn könnten wir doch fragen.«

»Ich habe ihn nur einmal gesehen. Wahrscheinlich will er auch nicht mit mir sprechen, vor allem, wenn er erfährt, dass sein Bruder mir so viel Geld vermacht hat. Ich habe das Gefühl, dieses Geld wird immer zwischen mir und den Aquinos stehen«, seufzte Cassie.

»Auf dich und mich hat es keinen Einfluss«, erklärte Michael fest. »Aber ich verstehe, was du meinst. Wir beide werden einen schweren Stand haben, wenn der Rest der Familie Onkel Riccardos Motive nicht versteht. Ich finde, wir sollten Onkel Pietro anrufen und ihm ein paar Fragen zu deinem Vater stellen. Schaden kann es nicht.«

»Rufst du ihn an? Wie spät ist es denn jetzt in Los Angeles?«

Auch am Abend herrschte Hochbetrieb. Jenny war ganz in ihrem Element; offensichtlich machte es ihr Spaß, wieder in einem Restaurant zu arbeiten.

»Ich möchte es nicht zur Gewohnheit werden lassen«, sagte sie zu Cassie, als alles aufgeräumt war. »Aber es ist schön, mal wieder voll im Einsatz zu sein. Und von den Gästen hat sich niemand beklagt. Alles, was wir aufgetischt haben, hat ihnen geschmeckt. Gratuliere, Cassie. Aber jetzt bin ich reif für mein bequemes Bett. Und du kommst wirklich mit dem Sofa aus?«

Am nächsten Tag konnte Cassie es kaum erwarten zu erfahren, was Michael ihr von dem Gespräch mit Pietro zu berichten hatte. Doch anstatt sie anzurufen, tauchte Michael persönlich im Blue Boatshed auf.

»Was ist passiert? Was hat er gesagt?«, fragte sie ungeduldig.

»Cassie, ich habe mit ihm gesprochen, aber er hat nur gemeint, es sei alles so lange her und man solle keine schlafenden Hunde wecken.«

Enttäuscht sah Cassie Michael an. »Was nun?«, fragte sie.

»Ich finde, wir beide sollten nach Los Angeles fliegen und Onkel Pietro zur Rede stellen.«

12

Los Angeles, 2011

Jenseits der Mauern des großzügigen Anwesens toste der Verkehr wie in weiter Ferne. Wie Cassie und Michael wussten, führte der Sunset Strip neben dem im Stil eines französischen Schlosses erbauten Chateau Marmont Hotel mitten hinein nach Hollywood.

»Das hier ist verrückt«, flüsterte Cassie. »Eine Mischung aus good old Europe und arabischem Suk. Wie aus einer Inszenierung von Baz Luhrmann! Whitby Point würde vor Neid erblassen!«

»Wir wollen Pietro besuchen, eine wahre Hollywood-Legende. Warum nicht nebenbei noch eine andere erleben? Ich finde, dass wir ein bisschen Vergnügen verdient haben, deshalb wollte ich dir dieses Hotel zeigen«, antwortete Michael, als sie unter gotischen Spitzbögen und Tiffany-Lampen an dickgepolsterten Samtsofas mit Fransen und tiefen Plüschsesseln mit golden Quastenkissen vorbei durch die Lobby schritten. Ein Kellner, der aussah wie ein Filmstar, servierte einen späten Nachmittagstee, ein anderer goss Champagner in ein Flötenglas aus Kristall. Die Pracht des mit Kandelabern und feinster Tischwäsche opulent ausgestatteten Café-Restaurants verschlug Cassie den Atem.

»Na, gibt dir das ein paar Anregungen für das Blue Boatshed?«, gluckste Michael.

»Ich glaube, die Brokattapete passt irgendwie nicht zu

unserem Ambiente. Das Essen hier muss astronomisch teuer sein! Speisen wir in diesen Hallen, oder holen wir uns einfach unten an der Straße einen Hamburger?«

»Lass uns hier essen und die anderen Leute beobachten, die auf der Gartenterrasse sitzen, um zu sehen und gesehen zu werden! Das macht bestimmt Spaß.«

»Du spinnst. Aber es gefällt mir«, lachte Cassie. »Vielleicht könnten wir uns hier mit Pietro treffen, auch wenn er bestimmt schon eine Million Mal hier war?«

»Eher nicht. Bei Onkel Riccardos Party hat er mir erzählt, dass er abends kaum noch ausgeht, lieber zum Brunch oder mittags. Wobei ich mir nicht sicher bin, ob er damit nicht dasselbe meint.«

»Er ist nicht übermäßig begeistert davon, sich mit uns zu treffen und über die Vergangenheit zu sprechen, hast du gesagt?«, fragte Cassie besorgt.

»Ja. Ich glaube, er fühlt sich ein bisschen überrumpelt, weil wir einfach in ein Flugzeug gestiegen und quasi vor seiner Haustür gelandet sind, um mit ihm zu reden.«

»Ich kann ja auch kaum glauben, dass ich tatsächlich hier bin. Du bist wahrhaft ein Mann der Tat, Michael. Allein wie schnell du es geschafft hast, eine Vertretung für deine Praxis aufzutreiben! Und weißt du was? Ich glaube, Mum freut sich wirklich, dass sie ein paar Tage das Restaurant führen und sich um Bill kümmern kann.«

»Also dürfen wir uns jetzt dem Vergnügen hingeben. Ich weiß, dass dieser Kurzurlaub emotional befrachtet ist und wir vielleicht gar nichts erfahren werden. Aber wenn wir nicht mit Pietro sprechen, werden wir niemals mehr wissen. Sobald er uns sieht und merkt, wie aufgewühlt du bist, wird er bestimmt gern helfen wollen.«

Cassie blieb ihm eine Antwort schuldig, denn in diesem Moment wurden sie auf die Gartenterrasse hinausgeführt. Zwischen blühenden Kletterpflanzen und kanarischen Dattelpalmen standen bequeme Korbsessel und Tische. Tiki-Fackeln flackerten vor dem grandiosen Hintergrund eines Sonnenuntergangs und den aufglimmenden Lichtern von Los Angeles.

Der Oberkellner bot Cassie einen Platz an. Sie widerstand der Versuchung, sich umzuschauen, obwohl sie wusste, dass überall in den dämmrigen Ecken des Gartens berühmte Leute sitzen mussten. Andächtig studierte sie die Speisekarte, während Michael einen guten kalifornischen Sekt für sie bestellte.

»Sieh mal, Michael, die Karte hat ein paar nette kalifornische Anklänge – Bellini mit frischem Pfirsich, mit Honig und Feigenpüree gefüllte sonnengereifte Datteln und Negroni.«

»Ich bestehe auf dem Damn Good Burger.« Er hob das Glas. »Auf uns, Cassie.« Sie stießen miteinander an.

»Danke, dass du mich hierher ausführst. Dieses Restaurant ist definitiv total übertrieben und bestimmt sündteuer, aber hinreißend.«

»Unser Hotel ist ja ganz schön, aber beileibe nicht so spektakulär wie das hier. Also dachte ich, es wäre jedes Geld der Welt wert, dieses Erlebnis mit dir zu teilen.« Michael lächelte. »Ich hatte schon sehr lange keinen Urlaub mehr. Mein Leben besteht nur noch aus Arbeit und ab und zu ein bisschen Surfen, wobei ich regelmäßig in dieses wirklich erstklassige kleine Restaurant gehe, das Blue Boatshed. Ich mag das Essen und die Atmosphäre dort, und ich liebe die Besitzerin mehr, als ich sagen kann.«

»Ach, Michael, das hast du schön gesagt«, meinte Cassie lächelnd. Dann huschte ein Schatten über ihr Gesicht. »Aber ich werde das unangenehme Gefühl nicht los, das ich wegen Riccardos Geld habe. Ich kann mit dem Erbe nicht glücklich werden, bevor ich nicht weiß, warum er mich in seinem Testament bedacht hat.«

»Cassie, es gehört dir. Egal, aus welchem Grund. Hör auf, dir Sorgen zu machen.«

Sie nickte. »Okay.« Aber sie sah immer noch unglücklich drein. Dann kam der Kellner, um mit ihnen die Speisefolge zu besprechen, und sie widmete ihm ihre ganze Aufmerksamkeit. Nach der Bestellung unterhielten sie und Michael sich über Kinofilme und Theateraufführungen, Museen und Reisen. Den Kaffee nach dem sehr erfreulichen Essen nahmen sie in der Lounge, wo sie die Trendsetter vorbeistolzieren sahen, die sich alle geradezu verbogen, um auch wirklich bemerkt zu werden.

»Möchtest du noch in einen Club? Nicht weit von hier ist eine gute Adresse für Blues und Jazz«, schlug Michael vor.

»Macht es dir etwas aus, wenn wir früh zu Bett gehen? Ich spüre noch den Jetlag und mache mir Sorgen wegen morgen.« Wieder krauste Cassie die Stirn. »In erster Linie habe ich Angst, dass Pietro mir überhaupt nichts erzählt. Aber was ist, wenn ich Dinge erfahre, die ich lieber gar nicht wissen will? Danach wünsche ich mir vielleicht, ich hätte nie gefragt.«

Michael nahm sie bei der Hand, und sie spazierten zum Haupteingang, wo sie den Portier baten, ihnen ein Taxi zu rufen. »Ich verstehe, dass du dir Sorgen machst«, sagte er voller Mitgefühl.

»Pietro ist der einzige Mensch, der noch lebt und meinen Vater kannte, als er jung war. Es gibt so viel, was ich ihn fragen möchte«, sagte Cassie, als das Taxi anfuhr.

»Cassie, Cassie«, seufzte Michael. »Du wirst sehen, alles wird gut.« Er nahm sie in die Arme und küsste sie. Sie erwiderte seinen Kuss, verlor sich in seinem inzwischen vertrauten Geruch und dem Geschmack seiner Lippen.

Am nächsten Morgen saßen Cassie und Michael, noch in ihre flauschigen Bademäntel gehüllt, auf ihrem kleinen Balkon und aßen Croissants und frisches Obst. Auf den fernen Boulevards sahen sie die Wipfel stattlicher alter Palmen, die aus dem Morgendunst ragten.

»Ich sehne mich nach dem blauen Himmel oder der frischen Luft daheim«, sagte Michael.

»Ich lass den Tee stehen – ein Teebeutel in lauwarmem Wasser! Gibst du mir bitte etwas von deinem Kaffee ab?«

»Klar doch. Und da ist auch frischer Orangensaft.« Er lächelte sie an. »Bereit für das nächste große Ereignis?«

»Ich muss mich nur noch anziehen, dann können wir los«, nickte Cassie. »Aber ich bin immer noch nervös«, setzte sie leise hinzu.

Das Taxi wand sich die steile, kurvenreiche Straße in die Hollywood Hills hinauf, wo hohe Bäume die Sicht auf die Villen verdeckten.

»Ist das nicht sagenhaft? Man glaubt, im nächsten Moment würden Cary Grant oder Ginger Rogers vor die Tür treten«, rief Cassie aus.

»Alles Art déco. In den zwanziger und dreißiger Jahren gebaut«, erwiderte Michael.

Der Fahrer nannte ihnen die Namen der Filmstars vergangener Tage, die in diesen abgelegenen Sträßchen gewohnt hatten. Schließlich bog er in die kreisförmige Auffahrt vor einem schlichten Bungalow ein.

»Was für ein tolles Haus«, sagte Cassie, als sie ausstiegen und über den Kiesweg stapften. Alte Bäume, die sich aneinanderlehnten, schienen das Gebäude zu beschützen. Eine Kletterrose rankte sich an einem Spalier eine grobverputzte Mauer hoch.

»Wie romantisch!«, schwärmte Cassie.

»Nicht alle Nachbarhäuser sind so gut in Schuss«, sagte Michael, der zwischen den Bäumen hindurch die Häuser der Umgebung betrachtete. »Etliche könnten ein bisschen liebevolle Zuwendung vertragen.«

Ein hochgewachsener, immer noch attraktiver älterer Herr mit dichtem weißem Haarschopf, perfektem Gebiss und gebräunter Haut öffnete ihnen die Tür. Die umgeschlagenen Manschetten seines himmelblauen Karohemds und der hochgestellte Kragen unterstrichen seine makellose Erscheinung noch.

»Hi, Michael«, sagte er mit leicht amerikanischem Akzent und schüttelte ihm die Hand.

»Wie geht's dir, George? Du siehst großartig aus«, begrüßte Michael ihn herzlich. »George, das ist Cassie.«

George lächelte Cassie an und bedeutete ihnen einzutreten. »Sehr erfreut, dich kennenzulernen, Cassie. Komm rein. Wir haben nicht oft Familienbesuch.«

Die überraschend kleinen Zimmer im Haus erinnerten an ein Cottage, eingerichtet in schäbigem Billig-Chic. Silbergerahmte Fotografien standen auf jeder erdenklichen Fläche, die Wände waren von oben bis unten mit Gemälden und Fotografien gepflastert. Eine Serie gerahmter Drucke von Szenenbildern zog Cassies Aufmerksamkeit auf sich.

George führte sie in ein sonniges Wohnzimmer, das auf eine kleine Terrasse mit Blick auf die Stadt hinausging. Steif erhob sich Pietro aus einem weißen Korbsessel, um sie zu begrüßen.

»Bitte bleib doch sitzen, Onkel Pietro.« Michael ging zu seinem Großonkel, um ihn zu umarmen.

Lächelnd streckte Pietro Cassie die Hand entgegen. »Guten Tag, schöne Frau. Ich erinnere mich an dich. Riccardos Geburtstag. Freut mich, dass ihr beide immer noch zusammen seid. Ist es was Ernstes?«

»Pietro, sei etwas diskreter«, ermahnte ihn George.

Pietro kicherte. »Möchtet ihr etwas trinken? Saft? Kaffee? Tee? Wir haben anständigen Tee«, setzte er hinzu.

»Ich hätte gern eine Tasse Tee, wenn es keine Umstände macht«, sagte Cassie.

»Für mich bitte auch«, ergänzte Michael.

»Inzwischen weiß George, wie man guten Tee kocht, aber ich habe Jahre gebraucht, um es ihm beizubringen. Ich hätte gern frisch gepressten Saft, George.« George verschwand in Richtung Küche, und Pietro fuhr fort: »Setzt euch, ihr zwei. Was habt ihr bisher so gemacht?«

»Gestern waren wir zum Abendessen im Chateau Marmont«, antwortete Michael rasch. »Es war ein echtes Erlebnis.«

Pietro verdrehte die Augen. »Das ist so ein Touristen-Mekka geworden. In seiner Blütezeit war dort mächtig was los. Jeder, der etwas darstellte, verkehrte dort, und manche haben sich auf spektakuläre Weise danebenbenommen. Aber George kann es nicht mehr ausstehen, also gehen wir nie hin. Wobei wir inzwischen sowieso nur noch selten ausgehen, doch wir haben gern alte Freunde bei uns zu Gast. Sofern sie noch leben«, setzte er mit Bedauern hinzu.

»Onkel Pietro und George sind schon seit sehr langer Zeit zusammen, Cassie«, erklärte Michael.

»Wir haben uns kennengelernt, kaum dass ich hier zu arbeiten begonnen habe. Er ist jünger als ich, aber nicht viel.« Pietros Augen funkelten.

»War George jemals in Australien?«, fragte Cassie.

»Nein. Er hasst es zu fliegen. Wenn man irgendwo nicht mit dem Auto hinkommt, fahren wir nicht hin. Und ich glaube auch, dass er sich in Whitby Point ziemlich langweilen würde.«

George kam mit einem Tablett herein, auf dem Tassen, eine Teekanne und ein Glas Orangensaft standen. »Einspruch«, sagte er und goss Tee ein. »Ich habe Fotos gesehen, und es scheint ein reizender Ort zu sein. Sehr pittoresk. Ich würde ihn gern malen.«

»George ist eine Art Künstler. Hier hängen ein paar seiner Bilder«, sagte Pietro und wies beiläufig auf einige Aquarelle von Blumen und Gärten. Trotz der scheinbaren Lässigkeit war der Stolz in seiner Stimme nicht zu überhören.

»Die sind wunderschön!«, rief Cassie. »Hattest du Ausstellungen? Und verkaufst du deine Arbeiten?«

»Ab und zu. Ich war derjenige, der im Studio Pietros Träume und Entwürfe auf Papier gebannt hat. Nach meinem Rückzug aus dem Berufsleben fing ich mit der Aquarellmalerei an. Eine Galerie in Santa Monica nimmt alles, was ich ihnen gebe, aber ich male nur noch, wenn mir danach ist.« Er reichte Cassie und Michael den Tee.

»Wir hoffen, dass ihr zum Lunch bleiben könnt«, fuhr Pietro fort. »Consuela – du erinnerst dich bestimmt noch von deinem letzten Besuch her an sie, Michael – hat ihr berühmtes Chili und Guacamole vorbereitet.«

»Danke, Onkel. Das klingt großartig. Vielleicht können wir uns ja im Lauf unseres Aufenthalts irgendwie revanchieren«, nahm Michael die Einladung an.

George bedachte Cassie und Michael mit einem Lächeln. »Das können wir ja spontan entscheiden. Ich bin sicher, wir sehen uns noch öfter.«

»Onkel, du weißt, warum wir hier sind? Ich habe es dir am Telefon gesagt.«

Pietro zuckte theatralisch die Achseln. »Du lieber Himmel! Wie gesagt, versuche ich mich aus Familiendramen herauszuhalten. Ich verstehe gar nicht, was diese ganze Aufregung soll.«

»Onkel, es geht nicht um mich, sondern um Cassie. Sie hat so viele Fragen, die sie dir gern stellen würde.«

Pietro lächelte Cassie an. »Ja, Michael hat mir am Telefon von deiner Verbindung zur Familie erzählt. Ich nehme an, du freust dich sehr über das Geld, das Riccardo dir hinterlassen hat?«

Doch Cassie erwiderte sein Lächeln nicht. »Seit ich von Riccardos Testament erfahren habe, ist in meinem Leben nichts mehr wie vorher. Meine Mutter und ich … wir wussten absolut nichts über meinen Vater und die Aquinos. Doch jetzt muss ich Klarheit bekommen.«

»Bist du sicher, dass du das willst? Es ist so lange her«, meinte Pietro.

»Onkel, ich habe Cassie hierhergebracht, weil du der einzige Mensch bist, der ihr etwas über Patrick, also ihren

Vater, erzählen kann. Und ich glaube, sie hat ein Recht darauf zu erfahren, was du weißt.«

Eine Weile schwieg Pietro, dann sagte er: »Pat war ein stiller Junge, freundlich und immer brav. Wir kamen wirklich gut miteinander aus. Es war eine prima Sache, als er und seine Mutter zu uns gekommen sind. Unsere Mutter starb kurz nach Carlos Geburt, und Riccardo und ich waren noch ziemlich klein.«

»Joe hat also meine Großmutter Bridget geheiratet. Stimmt das?«

»Bridie. Jeder nannte sie Bridie. Sie hat unser Leben verändert, wir alle vergötterten sie. Lieblich wie ein Vogel, genau so war sie. Sie hatte meinen Vater auf dem Schiff nach Australien kennengelernt, war aber mit einem anderen Mann verlobt. Papà hat gesagt, es hätte ihm das Herz gebrochen, als sie am Kai mit dem anderen fortging.«

»Sie hat dann also wohl meinen Großvater Sullivan geheiratet? Weißt du, was aus ihm wurde?«, fragte Cassie, die immer aufgeregter wurde, während Pietro sprach.

»Ich glaube, er ist während der Wirtschaftskrise gestorben. Von Bridie haben wir immer gehört, dass sie Pat allein großzog, was nicht leicht war, bis sie eines Tages in Sydney zufällig Papà wiederbegegnete. Er überredete sie, mit ihm nach Whitby Point zu fahren, und kurze Zeit später waren sie verheiratet.«

»Sie muss etwas Besonderes gewesen sein, dass ihr alle sie gemocht habt.«

»Oh, das war sie. So lebhaft und lustig, und immer nahm sie an allem Anteil, was wir taten. Ich liebte sie. Wenn Bridie nicht gewesen wäre, wäre ich wahrscheinlich in der Fischereibranche gelandet. Aber sie bestärkte mich in meinem Interesse am Theater. Als ich einmal in einer Produktion der örtlichen Theatergruppe mitspielte, bestand sie darauf, dass die ganze Familie in die Vorstellung ging. Es war eine grässliche Aufführung, aber Bridie gab mir das Gefühl, es sei wundervoll gewesen und ich der Bühnenstar. Dann nahm sie mich zu einer richtigen Theateraufführung in Sydney mit, die mir wirklich die Augen öffnete. Als ich danach sagte, ich wolle etwas machen, was mit Theater und Bühne zu tun hat, lachte sie nicht, sondern half mir, meinen Traum zu verwirklichen.«

»Das klingt, als sei sie sehr verständnisvoll gewesen«, sagte Cassie. »Schade, dass ich sie nicht mehr kennengelernt habe.«

»Sie war nicht nur verständnisvoll. Auch mutig und sehr loyal. Im Krieg war Papà als feindlicher Ausländer interniert. Wie eine Menge Italiener.« Pietro wandte sich an Michael. »Ich wette, davon wusstest du nichts, mein Junge. Papà hat sich immer so geschämt, dass die Regierung ihn wie einen gewöhnlichen Kriminellen behandelt hat. Jedenfalls war Bridie entschlossen, ihn nicht die ganze Zeit in einem Internierungslager schmoren zu lassen. Also initiierte sie eine Petition für seine Freilassung und sammelte Tausende Unterschriften. Sie hat den Bürgermeister, den Parlamentsabgeordneten, den Pfarrer und sogar den Landfrauenverband so lange bearbeitet, bis Papà schließlich freigelassen wurde.«

»Davon hatte ich keine Ahnung«, sagte Michael. »Sie muss eine bemerkenswerte Frau gewesen sein.«

»Während des Krieges fuhr sie den Fischtransporter nach Sydney. Denn Arbeitskräfte waren knapp, und so wollte sie mithelfen, indem sie den Laster fuhr. Damals war die Straße nach Sydney in einem schrecklichen Zustand, und kurz vor Kriegsende kam sie auf ihrem Heimweg bei einem schrecklichen Verkehrsunfall ums Leben.« Trotz all der Jahre, die seither vergangen waren, klang Pietros Stimme noch immer bedrückt, als er die Geschichte erzählte.

»Wie traurig«, sagte Cassie. »Es ist seltsam, von einer Großmutter zu hören, die man nie kennengelernt hat und die dir und eurer Familie so viel bedeutet hat.«

Plötzlich stand Pietro auf, als sei ihm etwas Wichtiges eingefallen. »Bitte entschuldige mich eine Minute. Ich habe etwas, das ich dir zeigen möchte.« Er ging aus dem Zimmer und ließ die anderen schweigend zurück. Kaum eine Minute später war er wieder da und reichte Cassie eine kleine Schachtel.

»Mach sie auf«, ermunterte er sie.

Cassie sah hinein und nahm einen schlichten Ring mit einem roten Stein heraus.

»Dieser Ring hat ursprünglich meinem Vater gehört«, erzählte Pietro. »Er hatte ihn von seiner Großmutter bekommen, als er Sizilien verließ. Sie hat ihm geraten, ihn zu verkaufen, wenn er Geld brauchte. Offenbar hat er den Ring versetzt, kaum dass er in Australien angekommen war, doch Bridie hat ihn ausgelöst und Papà zurückgegeben. Und dann hat er ihn ihr am Tag der Hochzeit geschenkt.«

»O nein!«, rief Cassie. »Wie wunderschön.«

»Er ist nicht wertvoll, versteht sich, aber als Papà starb, habe ich Riccardo gefragt, ob ich den Ring als Erinnerung an eine wunderbare Frau behalten dürfe. Niemandem sonst würde dieser Ring etwas bedeuten, aber da Bridie deine Großmutter war, möchte ich ihn dir geben.«

Cassies Augen füllten sich mit Tränen, und ihre Hand zitterte. »Danke, vielen Dank. Ich werde ihn immer in Ehren halten. Aber bist du sicher, dass du dich von ihm trennen kannst?«

»Ich habe zwei Oscars bekommen, weil deine Großmutter an mich geglaubt hat. Dafür kann ich ihrer Enkelin wenigstens ihren Ring zurückgeben.«

»Wo sind die Oscars?«, fragte Cassie. »Ich würde sie zu gern sehen.«

»Ach, irgendwo da hinten.« Pietro machte eine unentschiedene Geste. »Ich finde es irgendwie geschmacklos, sie zur Schau zu stellen.«

»Hat mein Vater in der Fischereibranche gearbeitet?« Cassie wurde allmählich klar, dass Pietro zwar gern über Bridie sprach, sich aber davor drückte, mehr über ihren Vater zu erzählen.

»Pat und Carlo arbeiteten für Papà, doch Riccardo als der Älteste sollte das Geschäft übernehmen.« Pietro rutschte unbehaglich auf seinem Sitz herum. »George, kannst du mir noch mal Saft oder Wasser bringen? Meine Kehle ist ganz trocken, weil ich so viel rede.«

»Ich hol dir Wasser«, bot Michael an.

»Danke. Nett von dir.«

Während Michael in Richtung Küche verschwand, bat Cassie: »Erzähl mir noch mehr von meinem Vater. War er gut in der Schule?«

»Er war ziemlich klug. Bridie bestärkte ihn darin, weiter zur Schule zu gehen. Wobei sie und Papà uns allen zuredeten, möglichst lange zu lernen. Ich erinnere mich, dass Carlo praktisch im erstmöglichen Augenblick die Schule schmiss, aber wir anderen blieben bis zum Schluss. Und ich glaube nicht, dass Patrick sich für irgendetwas außer Fischen und den Strand interessierte. Er liebte das Bodysurfen. Und er half unserer Nonna manchmal ganz gern in der Küche. Sie war die Mutter von Papà und nach dem Tod unserer Mutter nach Australien gekommen, um sich um uns zu kümmern. Sie war eine grandiose Köchin, und Patrick fragte sie oft, wie sie etwas zubereitete. Auch ich war mir nicht zu schade, Nonna zu helfen. Und noch heute, nach all diesen Jahren, koche ich manchmal nach einem Rezept von ihr.«

Cassie fiel auf, dass Pietro das Gespräch selbst dann auf ein anderes Familienmitglied lenkte, wenn sie direkt nach ihrem Vater fragte.

Als Michael mit Pietros frisch gefülltem Glas zurückkam, unternahm sie einen weiteren Vorstoß.

»Warst du noch oft in Whitby Point, nachdem du nach Amerika gezogen bist? Mir ist aufgefallen, dass du in deiner alten Heimat warst, als … nun, ähm, als dieser Unfall passiert ist. Ich habe dein Foto in der Lokalzeitung gesehen und mich gefragt, ob du vielleicht mehr darüber weißt, als in der Zeitung zu lesen stand.«

Pietro schüttelte den Kopf. »Das ist sehr lange her. Ich erinnere mich nicht mehr an alle Details«, antwortete er und blickte zur Seite.

Aus irgendeinem Grund, so schien es Cassie, war Carlos Tod ein Tabu.

Bisher hatte George still in der Zimmerecke gesessen und zugehört. Doch nun ergriff er das Wort. »Wie du ganz richtig sagst, Pietro, ist das alles schon sehr lange her, und ich glaube nicht, dass es heute noch irgendwie schaden kann, diesem Mädchen die Wahrheit über ihren Vater zu erzählen. Zumindest das bist du ihr schuldig, glaube ich. Du musst ihr berichten, was an dem Tag auf dem Boot geschehen ist, als dein Bruder starb.«

Cassie und Michael starrten George an und blickten dann zu Pietro, der immer noch von ihnen abgewandt auf die Stadt der Engel schaute, die sich unter ihnen ausbreitete. Zwar schwieg er, doch er kaute auf seinen Lippen.

Es schien eine kleine Ewigkeit vergangen zu sein, als er sich wieder seinen Gästen zudrehte und sie direkt ansah.

»George hat recht. Es ist an der Zeit, euch beiden zu erzählen, was sich auf der *Celestine,* das war das Boot, tatsächlich zugetragen hat.«

Er wandte sich erneut ab. Seine Augen starrten ins Leere, und als er wieder das Wort ergriff, merkte Cassie, dass der alte Mann in Gedanken zu jenem Wintertag 1957 in Whitby Point zurückgekehrt war.

»Pietro, sei nicht so zimperlich. Vielleicht hast du nie wieder Gelegenheit dazu«, versuchte Riccardo ihn zu überreden.

»Er hält sich für zu berühmt, als dass er mit einem alten Fischkutter rausfahren würde. Seit er mit all diesen Filmstars herumhängt, ist er halt was Besseres als wir«, meinte Carlo.

»Wir werden nicht lang draußen bleiben, und wenn du erst wieder in Hollywood bist, kannst du nicht mehr mit den besten Fischern Australiens zum Angeln fahren«, setzte Patrick noch eins drauf.

Pietro riss die Arme hoch. »Schon gut, okay! Ich komme mit. Lasst mich nur schnell Nonna Bescheid sagen, damit sie nicht anfängt, mich zu suchen.«

»Mach dir wegen ihr keine Sorgen. Ich glaube, sie schläft. Kommt jetzt, lasst uns keine Zeit verschwenden«, drängte Riccardo.

Sie eilten zum Kai, wo die *Celestine* festgemacht war, und sprangen an Bord.

»Hast du noch eine Jacke für mich?«, fragte Pietro.

»Im Cockpit liegt Ölzeug, aber das wirst du nicht brauchen. Das Wetter ist gut heute. Lasst uns endlich rausfahren. Carlo, Leinen los.« Riccardo ließ den Motor an und richtete dann den Bug aufs offene Meer.

»Ich helfe dir, eine Angel vorzubereiten, Pietro«, bot Patrick an.

Kaum hatten sie den Hafen hinter sich gelassen, wurde die See kabbelig. Patrick stellte sich breitbeinig hin und begann mit geübten Handgriffen, mehrere Handleinen fertig zu machen. Als Pietro sich an die Bordwand klammerte, lachte er.

»Schau dich an, Pietro! Du hast ja keine Seebeine mehr.«

»Du dagegen bist bestimmt mit Salzwasser in den Adern geboren worden«, erwiderte Pietro grimmig.

»Das bezweifle ich. Wahrscheinlich stamme ich aus einer Familie von Kartoffelbauern.«

»Wenn das stimmt, merkt man es dir zumindest nicht an, so wie du auf dem Meer zurechtkommst.«

»Danke. Allerdings schlage ich mich nicht halb so gut wie Papà. Er ist immer noch der große *capo* – der Big Boss!«, lachte Patrick. »Aber mir gefällt es hier draußen. Das Meer, der Wind, die Jagd. Nur hier hab ich das Gefühl, wirklich lebendig zu sein.«

»Du willst also in Whitby Point bleiben und weiter für die Familie arbeiten, Pat?«, fragte Pietro.

»Ich denke schon«, antwortete Patrick. »Wie gesagt, mir gefällt es hier. Ich hantiere gern mit Fischen und habe Spaß daran, mich mit den Käufern zu unterhalten, vor allem mit den Köchen aus den Restaurants. Die frage ich immer, was sie alles aus dem Fisch machen, den sie hier kaufen.«

»Und wenn du nicht mehr fischen willst, kannst du jederzeit als Koch anfangen«, neckte ihn Pietro.

»Das glaube ich nicht, aber wer weiß?« Patrick zuckte die Achseln und lächelte.

Sie waren noch keine Stunde draußen, als das Wetter umschlug. Dunkle Wolken wälzten sich grollend vom Horizont her auf sie zu, und die alte *Celestine* begann zu rollen und zu stampfen.

»Sollen wir nicht zurück in den Hafen?«, rief Pietro. »Kennst du die Wettervorhersage, Riccardo?«

»Soweit ich weiß, steht nichts Größeres an. Es könnte ein bisschen rauh werden, aber damit kommen wir klar. Ein kurzes Stück voraus ist ein gutes Riff. Lasst es uns dort versuchen«, antwortete Riccardo.

»Alles in Ordnung?«, fragte Patrick Pietro, der nicht allzu glücklich aussah.

»Mir ist ein bisschen flau. Wenn ich geahnt hätte, dass sich das Wetter so verschlechtert, hätte ich mich von euch nicht überreden lassen mitzukommen. Mir gefallen diese Wolken nicht.«

»Das ist nur ein Schauer. Ein bisschen Regen wird dir nicht schaden«, meinte Carlo. »Außer du hast dich wirklich zu sehr an das süße Leben in Hollywood gewöhnt.«

»Bisher hatten wir nicht viel Glück mit dem Fischen. Ich hoffe, dass es die Mühe überhaupt wert ist«, murmelte Pietro Patrick zu.

»Beschwer dich bloß nicht bei Riccardo. Der Skipper ist niemals schuld!«

Eine Stunde später hatte es sich noch weiter zugezogen, und sie beschlossen, ohne Beute zurückzufahren. Bei dem starken Seegang war der Fischfang zu anstrengend.

»Packen wir das Zeug wieder ein«, schlug Patrick vor.

»Ist mir sehr recht«, meinte Pietro eilfertig.

»Aber wir haben nichts gefangen. Dort drüben wäre es besser gewesen, aber du hast ja nicht auf mich gehört!«, beschwerte sich Carlo bei Riccardo.

»Willst du das Kommando übernehmen, kleiner Bruder?«, fuhr ihn Riccardo an.

»Lasst uns einfach zurückfahren«, bat Pietro und holte seine Leine ein. »Mir ist sterbenselend.«

Als Riccardo mit der *Celestine* auf die Küste zusteuerte, war die Stimmung der Brüder so düster wie das Wetter. Böen peitschten ihnen Regen ins Gesicht, Wellen spülten am Bug über Deck. In eine Öljacke gehüllt, kauerte Pietro an Lee im Cockpit. Carlo versuchte vergeblich, sich eine Zigarette anzuzünden. Patrick begann das Angelzeug wegzupacken.

»He, Pat«, rief Riccardo aus dem Ruderhaus, »lass ein paar Leinen und das Gaff draußen. Auf dem Rückweg gibt es noch eine Stelle, wo wir es versuchen können. Ich kann Pietro doch nicht nach Amerika zurückfahren lassen, ohne dass wir einen ordentlichen Fisch gefangen haben.«

»Mach dir wegen mir keine Umstände, Riccardo, lass uns einfach heimfahren«, rief Pietro zurück. »Das Wetter ist scheußlich.«

»Die Stellen, die du kennst, haben bisher alle nichts getaugt«, rief Carlo. »Fahr endlich zu der Stelle, von der ich dir erzählt habe. Warum hörst du nie auf mich, Riccardo?«

»Ich bin hier der Skipper«, erinnerte ihn Riccardo. »Und du hast die Weisheit auch nicht mit Löffeln gefressen, Carlo.«

»Die See ist zu rauh. Egal, wo wir hinfahren, bei diesem Wetter werden wir nichts fangen«, meinte Patrick.

»Wir kehren nicht mit leeren Händen zurück, nachdem wir so lange draußen waren«, rief Riccardo seinen Brüdern zu. »Ich werde Pietro nicht enttäuschen. Angeln raus, macht schon, legt ein paar Schleppleinen.«

»Wenn irgendwas anbeißt, wird es teuflisch schwer sein, den Fisch bei diesem Seegang reinzuholen«, sagte Patrick zu Pietro. »Aber er ist der Boss.«

Riccardo fuhr jetzt langsamer, legte das Boot in den Wind, warf seinen Lieblingsköder aus und rammte die Rute in eine Halterung, ehe er wieder ans Ruder ging. Patrick und Carlo legten ihre Leinen aus.

Pietro versuchte im Windschatten zu bleiben und weigerte sich zu fischen.

Carlo angelte gleich neben Riccardos Rute. Plötzlich bog sich diese mit schrillem Kreischen tief hinunter zum Wasser. Carlo packte sie, um die herauszischende Leine zu bremsen.

»Fass meine Rute nicht an! Ich komme!«, brüllte Riccardo und knallte den Leerlauf rein. Mit ein paar Sätzen war er an der Bootskante, stieß Carlo beiseite und nahm seine Rute aus der Halterung.

»Hau ab, Riccardo! Wer zuerst an der Rute ist, holt den Fisch.«

»Nun, jetzt bin ich hier, und ich hole ihn.«

Noch ehe der Streit eskalieren konnte, zischte unversehens auch Carlos Leine kreischend von der Rolle. Er griff nach seiner Rute und versuchte Halt auf dem rutschigen Deck zu finden, während er sich gegen das Gewicht des großen Fisches stemmte, der am Haken hing.

»Was ist es?«, rief Pietro zu Patrick hinüber, der seine Leine einholte, um Riccardo und Carlo zu helfen.

»Wahrscheinlich ein Gelbflossen-Thun.«

Riccardo und Carlo standen nebeneinander und versuchten mit aller Kraft, die Fische müde zu machen, die am Ende ihrer Leinen zappelten.

»Wir können nur einen ins Boot holen. Gib deinen frei«, keuchte Riccardo. »Oder ich schneide deine Leine durch.«

»Hau ab«, brüllte Carlo und kämpfte damit, die Ratsche an seiner Rolle einmal ganz herumzukurbeln. »Den hab ich jetzt, und ich lass ihn nicht frei, bloß weil du es sagst.«

Patrick nahm das Gaff und stellte sich hinter die beiden Männer, die sich mühten, ihre Fische hereinzuholen. »Keine Ahnung, wie ihr das schaffen wollt, nebeneinander zwei große, kräftige Fische ins Boot zu kriegen. Carlo, du könntest Platz machen und mit deiner Rute weiter nach achtern gehen.«

»Verschwinde, Pat. Schick doch Riccardo aus dem Weg.«

»Wir brauchen nur einen Fisch«, schrie Pietro.

Da niemand am Ruder stand, begann das Boot sich zu drehen und schlug quer.

»Pietro, geh ans Ruder, stell uns in den Wind«, rief Patrick. »Ich bleibe mit dem Gaff hier, damit wir wenigstens einen dieser Fische reinkriegen.«

Riccardo drehte sich um und warf einen Blick zum Bug der *Celestine*, weshalb er kurz von seiner Rute abgelenkt war. In diesen wenigen Sekunden riss die Leine mit einem lauten Knall, und er taumelte nach hinten.

Als Patrick vorsprang, um nach Riccardos Rute zu fassen, ließ er das Gaff über Bord fallen und fluchte über sein Missgeschick.

Riccardo fand das Gleichgewicht wieder und blickte sich nach Patrick um, der ihm seine Rute reichte und dann zu Carlo ging. Der stemmte sich gegen den Wind und den Seegang, und ganz langsam, Zentimeter für Zentimeter, holte er den Fisch ein.

»Riccardo, übernimm das Ruder von Pietro und wende das Boot. Pat, hilf mir und brate diesem Bastard eins über, sobald ich ihn längsseits habe«, rief Carlo.

»Wo ist der Kescher?« Patrick sah sich suchend um, als Pietro und Carlo einen Jubelruf ausstießen, denn der Fisch an Carlos Angel war aus der tosenden See aufgetaucht.

Es war ein großer Fisch, und Carlo kurbelte jetzt schnell. »Den will ich nicht verlieren! Hilf mir, ihn an Bord zu kriegen!«

»Pietro, übernimm wieder das Ruder. Steuer einfach geradeaus. Pat hat das Gaff verloren, also werde ich ihnen helfen, das Monster reinzuholen und ihm damit den Garaus machen«, sagte Riccardo und griff nach dem Ködermesser mit der langen Klinge.

In all dem Tumult konnte Patrick den Kescher nicht finden. Also stemmte er sich gegen das Dollbord, beugte sich über die Bordwand und machte sich bereit, Carlos Leine zu fassen, als der mächtige Fisch gegen den Rumpf knallte.

Riccardo schob sich an den Bootsrand, um beim Hereinholen des Fisches zu helfen, aber Carlo drängte ihn beiseite.

»Das ist meiner!«, brüllte er. »Lass ihn in Ruhe. Ich will ihn allein reinholen.«

In diesem Augenblick schienen Meer und Wind und die Bewegung des rollenden Bootes die Männer zu einem Ganzen zusammenzuschweißen. Carlo hievte die Rute zurück ins Boot, Patrick bekam eine Finne des Thuns zu fassen, und Riccardo fiel gegen Carlo. Alle drei gingen zu Boden, den mit der Flosse schlagenden, wild zuckenden Fisch unter sich.

Pietro kämpfte mit dem Ruder. Er hatte vergessen, wie schwer es war, das Boot im Wind zu halten. Hilfesuchend blickte er sich nach den anderen um. So sah er, wie Blut das Deck entlangfloss, während der Fisch weiter zappelte.

Patrick kam als Erster wieder auf die Beine und zog Riccardo von Carlo weg. »Himmel, was ist passiert? Mann, das ist vielleicht ein Brocken!«

Riccardo rappelte sich auf, das Ködermesser immer noch in der Hand. Beide wollten Carlo aufhelfen, als der Fisch in Richtung Heck schlitterte. Und da sahen sie, dass das Blut an Deck nicht von dem Fisch, sondern von einer Wunde in Carlos Bauch stammte.

»O Gott! Carlo!« Riccardo beugte sich über seinen Bruder, nahm ihn in die Arme und schaute mit schreckgeweiteten Augen von Carlo zu Patrick.

»Vollgas, Pietro. Schnell!«, schrie Patrick.

Die *Celestine* schoss vorwärts, ihr Rumpf pflügte die immer höher werdenden Wellenkämme hinauf, sauste in die Wellentäler hinunter, wobei die Männer das auf sie niederprasselnde Wasser nicht beachteten.

Riccardo hielt den schlaffen Körper seines Bruders in den Armen. Immer noch strömte Blut aus der tiefen Stichwunde unter Carlos Rippen. »Carlo. Carlo. Pat, hol den Verbandskasten.«

Patrick versuchte bereits mit einem Handtuch die Blutung zu stillen.

»Carlo, Carlo. Alles wird gut. Sprich mit mir, Carlo«, bat Riccardo.

So fest er konnte, presste Patrick das Tuch auf die Wunde. »Das sieht nicht gut aus, Riccardo.«

»Es war ein Unfall. Heilige Mutter Gottes! Schneller, Pietro!«, brüllte Riccardo.

»Schneller geht es nicht!«, rief Pietro zurück. »Könnt ihr die Blutung nicht stoppen?«

»Wir versuchen es.« Patrick sah Riccardo an. Sie beide wussten, dass es mit Carlo zu Ende ging. Das Handtuch war blutgetränkt, sein Atem ging flach, und er war totenbleich.

»Das kann doch nicht sein. O Gott, Papà, Papà, Papà, hilf uns.« Riccardo fing an zu beten, der Wind riss seine Worte mit sich fort.

»Da ist die Küste, wir haben bald das Schlimmste hinter uns«, sagte Patrick.

Doch da kippte Carlos Kopf zur Seite. Riccardo sank auf die Hacken zurück und schlug die Hände vors Gesicht. »Es ist zu spät«, stieß er hervor. »Er ist tot.«

Eine kräftige Bö und eine Wasserwand trafen auf die *Celestine*. Pietro kämpfte mit dem Ruder und spähte nach hinten, wo sich Riccardo und Patrick über Carlo beugten. Pietro kam Galle hoch. Da betrat Patrick das Ruderhaus.

»Soll ich einen Hilferuf funken, Pat?«, rief er. Doch als er Patricks Miene sah, legte er das Funkgerät wieder hin. Tränen strömten ihm über die Wangen, als er seinem Stiefbruder das Ruder übergab.

Schlitternd und taumelnd wegen der unruhigen Fahrt erreichte Pietro schließlich seine Brüder und fiel neben Carlo auf die Knie.

»Er ist tot«, sagte Riccardo mit gebrochener Stimme. »Ich bin schuld.«

»Es war ein Unfall, Riccardo. O mein Gott, Papà ... was für ein entsetzlicher Schlag für ihn«, sagte Pietro.

»O mein Gott! Es ist ein Alptraum!« Riccardo war beinahe hysterisch.

Mehrere Augenblicke starrten beide hilflos auf den Leichnam ihres Bruders und konnten nicht fassen, was geschehen war.

Da ließ der Wind kurz nach, und die beiden Brüder vernahmen Patricks ruhige und bemerkenswert beherrschte Stimme. »Riccardo, Pietro«, rief er. »Holt eine Decke und legt sie über Carlo. Wir müssen reden.« Und er verlangsamte die Fahrt.

Die Brüder ließen Carlo zurück und kauerten sich neben Patrick, der das Meer vor sich im Blick behielt und das Boot zwischen den Wellen hindurchsteuerte.

»Wir müssen uns ganz genau überlegen, was wir sagen«, erklärte Patrick.

»Wie meinst du das?«, fragte Riccardo. »Es war ein Unfall. Das Messer war für den Fisch gedacht.« Seine Augen weiteten sich. »Werden uns die Leute nicht glauben?«

»Ja, es *war* ein Unfall«, wiederholte Patrick mit fester Stimme. »Aber bedenkt einmal die Folgen, wenn wir den Behörden die Wahrheit sagen. Dann werden sie dich streng verhören, Riccardo. Doch du hast Familie. Was ist, wenn

Rosina und die Kinder mit hineingezogen werden? Und Papà ... wie wird er darauf reagieren, wenn er erfährt, dass einer seiner Söhne einen anderen getötet hat, ganz gleich, ob es ein Unfall war? Wird er darüber hinwegkommen?« Nacheinander sah er seine Brüder an. »Pietro, soll denn jedermann wissen, dass du auf dem Boot warst, als der Unfall passiert ist? Du willst in Kürze nach Hause fliegen, doch eine Ermittlung würde dich sicher eine Weile hier festhalten. Und was, wenn diese Academy-Leute in Hollywood erfahren, dass du in so etwas verwickelt bist? Der kleinste Skandal kann deine Hoffnung auf einen Oscar zunichtemachen.«

»Da hast du wohl recht«, antwortete Pietro zögernd. »Aber was schlägst du vor? Wir können Carlo doch nicht über Bord werfen.«

»Nein, natürlich nicht. Ich werde sagen, dass ich das Messer in der Hand hielt. Es wird eine Untersuchung geben. Riccardo wird meine Geschichte bestätigen und aussagen, dass es ein Unfall war, und das war's dann. Auch wenn ich zur Familie gehöre, heiße ich nicht Aquino. Wenn ich die Verantwortung für Carlos Tod übernehme, schadet es dem Familiennamen nicht, und Papà wird nicht bloßgestellt. Joe Aquino ist der einzige Vater, den ich je kannte, ich werde ihm diese Enttäuschung ersparen. Pietro, du kannst ja sagen, du wärst im Kino gewesen oder so etwas. Wenn wir niemandem verraten, dass du mit auf dem Boot warst, kann man dich mit keinem Skandal in Verbindung bringen.«

»Was für ein Unsinn! Ich werde nicht zulassen, dass du die Schuld auf dich nimmst, Pat«, erwiderte Riccardo heftig.

»Denk noch mal drüber nach, Riccardo. Patrick hat

nicht ganz unrecht«, meinte Pietro. »Wollen wir Papà wirklich damit konfrontieren, dass einer seiner eigenen Söhne für den Tod von Carlo verantwortlich ist, auch wenn es ein schrecklicher Unfall war? Nein, das sollten wir unserem Vater nicht antun. Und Patrick hat recht: Wenn du seine Geschichte bestätigst, wird es keine bösen Folgen für ihn haben.«

»Aber ich war derjenige, der mit Carlo gestritten hat. Wegen diesem verdammten Fisch …«

Riccardos Stimme brach, und plötzlich rannte er zum Heck, wo der Fisch zuckend nach Luft schnappte. Er griff nach dem Messer, stach auf den Fisch ein und rief wirres Zeug. Pietro und Patrick sahen ihm tatenlos zu. Dann hievte Riccardo den Fisch hoch und warf ihn über Bord.

Als er sich hinabbeugte, um noch das Messer aufzuheben, rief Patrick: »Nein, nicht, Riccardo! Wirf es nicht ins Wasser! Das verschlimmert die Lage nur!« Er übergab Pietro das Ruder und kämpfte sich nach hinten zum Heck, wo Riccardo mit dem blutigen Messer stand und lautlos weinte.

Sanft nahm Patrick ihm das Messer ab. »Riccardo, hör mir zu. Genau so müssen wir es machen. Ich werde sagen, dass ich es war. Das müssen wir Papà, Rosina und deinen Kindern zuliebe tun. Aber es muss bis an unser Lebensende unser Geheimnis bleiben, niemand außer uns dreien darf je davon erfahren. Verstehst du? Glaube mir, so ist es am besten.«

»Pat, wird das klappen? Und ist es wirklich am besten so? Ich bin ein Mann. Ich sollte dazu stehen und sagen, dass ich das Messer in der Hand hatte.«

»Und damit das Herz deines Vaters brechen? Nein, das darfst du nicht tun.«

Riccardo nickte. »Arme Nonna und armer Papà! Aber was ist mit Greta? Wer wird es ihr sagen?«

»Das musst du tun. Ich gehe sofort zur Polizei, sobald wir angelegt haben«, sagte Patrick. »Das Wetter ist jetzt so fürchterlich, dass wahrscheinlich niemand im Hafen ist und uns hereinkommen sieht. Pietro kann also unbemerkt an Land gehen. Komm schon, Riccardo, vertrau mir. So ist es für alle am besten. Und es wird keinerlei Folgen haben. Schließlich war es ein Unfall.«

Pietros Blick kehrte in die Gegenwart zurück, aber er schaute weiterhin aus dem Fenster, als wollte er vermeiden, in die schockierten Gesichter von Michael und Cassie zu blicken.

»Onkel Pietro«, sagte Michael langsam, »du erzählst uns hier, dass du und Onkel Riccardo einen Mann für etwas ins Gefängnis habt gehen lassen, das er nicht getan hat? Dass ich entsetzt bin, ist noch milde ausgedrückt. Wie geht's dir, Cassie? Alles in Ordnung?«

»Nein. Offenbar hat mein Vater eine ganze Menge Opfer gebracht – all diese vergeudeten Jahre im Gefängnis, dann der Start in ein neues Leben, ohne dass er seiner Frau oder seiner Tochter jemals erzählen konnte, was sich wirklich zugetragen hatte. Er hat stillschweigend gelitten, und wir konnten seinen Schmerz nicht mit ihm teilen, während es der Familie Aquino bestens ging«, stieß Cassie hervor. »Das scheint mir ganz und gar nicht fair zu sein.«

Michael musterte seinen Großonkel mit durchdringendem Blick. »Onkel Pietro, ich begreife nicht, warum du das zugelassen hast.«

In einer hilflosen Geste hob Pietro die Hände. »Weder

ich noch Riccardo wollten, dass sich die Dinge so entwickelten. Aber die Ereignisse gerieten außer Kontrolle. Zuerst glaubten ja alle, dass es ein Unfall gewesen war, doch dann übernahm ein Sergeant aus Wollongong die Ermittlungen. Offensichtlich glaubte er, dass eine Verurteilung ihm eine baldige Beförderung einbringen würde. Also fing er an, Fragen über deinen Vater zu stellen, und fand heraus, dass Carlo und dein Vater sich oft in die Haare geraten waren. Für ihn spielte es keine Rolle, dass Carlo sich mit jedem anlegte. Michael, ich weiß, dass er dein Großvater war, aber es lässt sich nun mal nicht leugnen, dass Carlo streitsüchtig war. Immer musste alles nach seinem Kopf gehen. Leider hatten sich Carlo und Pat kurz vor dem Unfall auf der *Celestine* bei einem Fest geprügelt, und die Polizei nahm das als Beweis, dass zwischen den beiden schon seit langem eine Feindschaft bestand.«

»Aber warum haben du oder Riccardo nicht die Wahrheit gesagt, als die Sache aus dem Ruder lief?«

Traurig schüttelte Pietro den Kopf. »Glaub bitte nicht, Michael, dass wir das nicht überlegt haben. Riccardo rief mich nach dem ersten Prozesstag an. Er war gar nicht glücklich darüber, wie sich die Sache entwickelte. Und er sagte zu Pat, dass er vor Gericht alles gestehen wolle. Aber Pat redete auf ihn ein, nicht so dumm zu sein. Die Geschworenen würden denken, dass er ihn damit nur decken wolle, es würde also keinem von ihnen beiden nützen. Laut Riccardo haben sie heftig deswegen gestritten, und er fragte mich um Rat, was er tun solle. Er war todunglücklich über Pats Lage, und ich sagte ihm, wenn es ihm wirklich ernst damit sei, dann sollte er die Wahrheit sagen.«

Gerade wollte Cassie fragen, was Riccardo daran gehindert hatte, als es ihr wie Schuppen von den Augen fiel. »Dad hat sich für schuldig erklärt, um zu verhindern, dass Riccardo irgendetwas sagt, stimmt's?«, flüsterte sie. »Er wollte nicht, dass sich Riccardo selbst belastet.«

Pietro nickte. »Ja, genau das hat er getan. Er dachte, wenn Riccardo für ihn aussagt, würde der Fall umso komplizierter werden. Leider kam Patricks plötzliches Schuldgeständnis bei dem Richter nicht gut an, so dass die Strafe noch härter ausfiel als üblich. Es tut mir so leid, Cassie. Das war bestimmt nicht das, was du wirklich hören wolltest.«

Pietro schwieg, und Cassie sah, dass ihm Tränen über die faltigen Wangen liefen. »Mein armer, armer Vater«, flüsterte sie. »Und er hat immer Wort gehalten und nie jemandem die Wahrheit erzählt.«

George mischte sich ein. »Genau deshalb ist es an der Zeit, dass die Wahrheit ans Licht kommt. Und zwar die ganze Wahrheit, Pietro.«

»Es gibt also noch mehr zu beichten?«, fragte Michael.

Bedächtig nickte Pietro. »George hat recht. Die Geschichte hat nicht damit geendet, dass Pat ins Gefängnis ging. Wie ihr euch vorstellen könnt, waren Riccardo und ich nach dem Urteil am Boden zerstört. Riccardo überredete unseren Vater, ihn mit seiner Familie zum Fischen nach Sydney ziehen zu lassen. Der wahre Grund war allerdings, dass er dort näher beim Long-Bay-Gefängnis war und Pat häufiger besuchen konnte. Doch die Fischerei dort war nicht sehr ergiebig, und Riccardo konnte es nicht rechtfertigen zu bleiben. Es war dann Patrick, der Riccardo vorschlug, in South Australia Thun zu jagen. Die beiden bearbeiteten Papà, der schließlich einwilligte, weil es ein vernünftiger Schritt zu sein schien. Und so zogen Riccardo und seine Familie für ein paar Jahre nach Port Lincoln. Pat sollte recht behalten. Es wurde für die Aquinos ein profitables Geschäft.«

»Und wie erging es meinem Vater nach seiner Entlassung?«, fragte Cassie.

»Dein Vater wollte nicht nach Whitby Point zurück, weil die ganze Stadt glaubte, er sei für Carlos Tod verantwortlich. Er habe keine Zukunft dort, meinte Patrick, und er wolle auch Papà nicht mehr ins Gesicht sehen müssen. Obwohl unser Vater ihn immer noch liebte und wollte, dass er weiterhin zur Familie gehörte, hatte er dessen Besuche im Gefängnis wohl nur schwer ertragen. Vielleicht kam es ihn einfach zu hart an, Papà die Wahrheit zu verschweigen. Und er wollte nicht ständig den Schmerz über Carlos Tod in Papàs Augen sehen. Daher beschloss Patrick fortzugehen, alles hinter sich zu lassen und ein neues Leben zu beginnen.«

Pietro blinzelte, musste sich dann aber doch übers Gesicht wischen, ehe er weiterreden konnte. »Doch Riccardo wollte nicht zulassen, dass Patrick einfach verschwand. Er versprach, Pat finanziell unter die Arme zu greifen, damit er ein Geschäft eröffnen konnte. Patrick akzeptierte das Angebot unter der Bedingung, dass Riccardo unserem Vater kein Wort davon erzählte. Dann eröffnete er in Manly einen Fish-'n'-Chips-Laden, womit er die beiden Dinge kombinierte, die er glänzend beherrschte: mit Fischen hantieren und kochen. Als Patrick dann später erwähnte, dass er aus seinem Laden gern ein richtiges Fischrestaurant machen wollte, half ihm Riccardo erneut mit Geld aus. Er hat sich im Lauf der Jahre oft mit deinem Vater in Sydney getroffen, sie haben über das Seven Seas gesprochen, und Pat hat Riccardo von dir und deiner Mutter erzählt. Riccardo hat sich immer über Pats Erfolg gefreut.«

»Ich habe gesagt, du sollst die ganze Wahrheit erzählen – und die lautet nicht, dass nur Riccardo bei der Finanzierung des Seven-Seas-Restaurants geholfen hat. Du warst auch beteiligt«, ergänzte George.

»Ihr beide habt meinem Vater Geld dafür gegeben, dass er anstelle von Riccardo ins Gefängnis gegangen ist? Um euch von eurer Schuld freizukaufen?«, fragte Cassie bitter.

»In gewisser Weise, ja. Wir haben wohl versucht, ihn mit Geld für all die verlorenen Jahre zu entschädigen. Aber Cassie, du darfst auch nicht vergessen, dass italienische Familien immer füreinander sorgen. Mein Vater hat sein ganzes Leben lang Geld an seine Familie nach Italien geschickt, also dachten wir, wir machen quasi dasselbe für Pat. Himmel, wir waren ihm eine Menge schuldig.« Pietro blickte zu Boden und beschattete mit der Hand die Augen. »Aber letztlich taten wir es, weil er zur Familie gehörte und wir ihn liebten«, fügte er leise hinzu.

»Habt ihr jemals bedauert, was geschehen ist?«, fragte Michael. Pietro hob den Kopf und sah Cassie ins Gesicht.

»Natürlich haben wir es bereut. Es war ein schrecklicher Fehler. Rückblickend sehe ich, dass wir schlicht in Panik geraten sind und dabei falsch eingeschätzt haben, was wirklich wichtig ist. Patrick glaubte, das Richtige zu tun, indem er Riccardo, Papà und mich schützte. Er dachte, weil er ein Sullivan und kein Aquino war, würde kein Schatten auf den Namen Aquino fallen. Aber die Wahrheit hätte Papà auch nicht mehr verletzt, er hat uns alle gleichermaßen geliebt«, erwiderte Pietro.

Leise fing Cassie zu weinen an. Michael nahm ihre Hand,

während Pietro fortfuhr: »Pats Plan und unsere Zustimmung dazu waren dumm. Damit haben wir Folgen losgetreten, die keiner von uns wollte. Vielleicht hat es Pats Leben nicht völlig ruiniert, aber es hat ihn zweifellos aus der Bahn geworfen. Und Papà brach es das Herz, als Pat aus seinem Leben verschwand. Riccardo und ich wiederum mussten seitdem mit unserer Schuld leben. Zwar habe ich zwei Oscars bekommen, aber ich glaube, der Preis dafür war zu hoch. Ich weiß, dass die Menschen immer die Zeit zurückdrehen wollen, aber wenn wir noch einmal in derselben Lage wären wie damals, diesmal mit besserem Urteilsvermögen – es hätte alles so anders kommen können.«

Cassie betrachtete den müden alten Mann. So entsetzlich und schockierend die Geschichte war, die er ihr erzählt hatte, er hatte damit ihren Vater rehabilitiert. »In gewisser Weise verstehe ich, was du sagen willst«, schluchzte sie. »Als meine Mutter und ich herausfanden, dass sich Dad für schuldig erklärt hatte, glaubte meine Mutter keine Sekunde lang an seine Schuld. Aber ich. Und ich schäme mich deshalb. Nun, wahrscheinlich treffen Menschen manchmal die falschen Entscheidungen.«

»Das Geld, das Riccardo Cassie hinterlassen hat – gehört das auch zur Wiedergutmachung?«, fragte Michael.

»Ja. Liebe Cassie, Riccardo hat dich in seinem Testament bedacht, um einen Teil seiner immerwährenden Schuld gegenüber deinem Vater abzutragen. Das Traurige ist, dass er keine Ahnung hatte, wer du bist, als er dich traf. Er hätte sich so gefreut, dich als Pats Tochter kennenzulernen und mit eigenen Augen zu sehen, was für eine reizende Person diese Cassie Sullivan ist.« Pietro blieb zwar sitzen, verneigte sich aber leicht vor ihr.

»Das war von Onkel Riccardo nett gedacht, bereitet mir aber Riesenprobleme, weil keiner der Aquinos versteht, warum er mir das Geld hinterlassen hat. Vielleicht sollte ich das Erbe lieber ausschlagen«, meinte Cassie.

George rutschte auf seinem Stuhl herum und wandte sich dann an Pietro. »Ich bin so froh, Liebster, dass du dieser entzückenden jungen Frau die Wahrheit erzählt hast. Aber ich glaube, Cassie braucht noch mehr von dir.«

»Wie meinst du das?«, fragte Pietro.

»Ich finde, wir sollten unseren Freund und Anwalt Maurie bitten, eine Erklärung aufzusetzen, die Cassie und Michael deiner Familie vorlegen können und die begründet, warum Riccardo ihr das Geld hinterlassen hat.«

»Was für eine glänzende Idee. Das bewahrt mich vor Nachfragen aus Australien, so dass ich die Geschichte nicht ständig wiederkäuen muss. Aber jetzt bin ich erschöpft und muss mich hinlegen. Ihr aber esst bitte zusammen mit George zu Mittag. Consuela wäre untröstlich, wenn ihr das Chili verschmähen würdet.« Wacklig stand Pietro auf und ging zur Tür, wo er sich noch einmal umdrehte und Cassie ansah: »Willkommen zurück in deiner Familie, Liebes.«

Whitby Point, ein Jahr später

Auf der Terrasse des Blue Boatshed verweilten die letzten Gäste in der milden Abendluft. Inzwischen waren die Kerzen heruntergebrannt, Gläser und Kaffeetassen leer.

»Was für ein phantastisches Essen zur Feier des Tages. Nochmals herzlichen Glückwunsch, Cassie«, sagte Trixie.

»Ohne euch alle hätte das Blue Boatshed nie diesen tollen Gourmetpreis gewonnen! Ich kann es gar nicht fassen, wie sehr sich mein Leben verändert hat, seit ich hierhergekommen bin.« Dabei lächelte Cassie Michael zu.

»Wir haben das Blue Boatshed berühmt gemacht!«, rief Steve. »Gestern waren Leute aus Canberra hier, die extra hergefahren sind, nachdem sie in ihrer Samstagszeitung die Gourmetkritik über uns gelesen haben.«

»Übertreibt es nur nicht, meine Lieben«, riet Geoff. »Wir wollen nicht, dass der Blue Crane Lake völlig überlaufen wird.«

»Wie ich dir die ganze Zeit schon sage, mein Schatz: Kandidiere für den Gemeinderat«, meinte Trixie. »Auf diese Weise könntest du positiv Einfluss auf die Entwicklung am See nehmen.«

»Was steht als Nächstes an, Cassie?«, fragte Steve. »Kaufst du ein zweites Restaurant?«

»Fürs Erste habe ich genug mit diesem zu tun. Ein Lokal zu besitzen ist allerdings schon ein sehr angenehmes Gefühl«, antwortete Cassie. »Und ich bin so froh, dass du und Melinda im Dachgeschoss wohnen. Zu wissen, dass du hier bist, beruhigt mich ungeheuer.«

Steve war mit seiner Freundin Melinda ins Bootshaus gezogen, als Cassie mit Bill kurz nach ihrer Rückkehr aus Los Angeles zu Michael in das Haus auf dem Hügel übergesiedelt war. Seither war Cassie allmorgendlich bei Meeresrauschen neben Michael wach geworden. Bill schlief am Fußende des Bettes, und Kater Toledo hielt anfangs Abstand und rollte sich auf einem Sessel auf der Veranda zusammen. Doch mit der Zeit schlossen die Tiere eine Art Burgfrieden, so dass man sie hin und wieder an einem sonnigen Plätzchen Seite an Seite liegen sah.

Cassie nahm ihre Mutter beiseite und sagte leise: »Mum, ich bin so glücklich!«

»Und ich bin froh, dass du mit Riccardos Geld dieses Haus gekauft hast. Dein Lokal ist eine wahre Goldgrube. Patrick wäre ungeheuer stolz auf dich. Und ich freue mich, dass du dich so gut mit Michael verstehst.«

»Bleibst du noch zur Eröffnung der Riccardo-Aquino-Marina, Mum?«, fragte Cassie.

»Die möchte ich um keinen Preis verpassen. Was für ein bemerkenswerter Mann dieser Riccardo Aquino doch war! Und ich bin begeistert, dass Ray das Werk seines Vaters fortführt, in diesem Gebiet eine nachhaltige kommerzielle Fischerei zu verankern«, antwortete Jenny.

Als die letzten Gäste gegangen waren, räumte Melinda die restlichen Gläser weg und öffnete Türen und Fenster des Blue Boatshed.

Cassie und Michael gingen mit den Brotresten ans Ende vom Steg, setzten sich und ließen die Füße baumeln, während sie die Fische fütterten. Bill drängte sich zwischen sie und spähte ins dunkle Wasser.

Als Michael den Arm um Cassies Schulter legte, lehnte sie sich an ihn. »Als bestes neues Speiselokal an der Südküste ausgezeichnet zu werden, das ist schon was«, meinte er. Und nach einer kurzen Pause fuhr er fort: »Ich möchte dich etwas wirklich Wichtiges fragen.«

»Ja?«

»Warum heiraten wir nicht? Würdest du mich nehmen, Cassandra Sullivan? Vielleicht bin ich im tiefsten Innern ja ein altmodischer Italiener. Jedenfalls möchte ich, dass du meine Frau wirst. Ich will mit dir eine Familie gründen und dich lieben bis ans Ende unserer Tage.«

Das traf Cassie unvermutet. Ihre Scheidung war vor einigen Monaten über die Bühne gegangen. Und sie und Michael waren glücklich miteinander und ergänzten sich bestens, doch ans Heiraten hatte sie bisher gar nicht gedacht. Aber dass er ihr jetzt einen Antrag machte, schien ihr völlig natürlich.

»Ja. Ja, ja! Ich liebe dich, Michael Phillips.«

Michael beugte sich vor, um Cassie zu küssen, doch durch ihren Tonfall aufgeschreckt, setzte Bill sich auf und schob seinen Kopf zwischen sie.

»Wer mich liebt, muss auch meinen Hund lieben«, lachte Cassie.

»Was ich tue«, erwiderte Michael und drückte Bill sanft hinunter, um Cassie an sich ziehen zu können.

Der Hund legte den Kopf auf die Pfoten und beobachtete, wie sich die silbrig aufblitzenden Fische über das vollgesogene Brot hermachten. Irgendwo rief eine Nachtigall, und hinter den Dünen schlugen leise die Wellen an den Strand. Der Blue Crane Lake lag da wie immer – eine stille Zuflucht, die Cassie jetzt ihr Zuhause nannte.

Dank

Mein Dank gilt …

meinem Partner Boris. In Liebe und Dankbarkeit für alles, was du für mich tust;

meinen wunderbaren Kindern Gabrielle und Nick, meinen hinreißenden Enkelinnen und Enkeln Sonoma, Everton, Bodhi und dem Baby, das noch unterwegs ist: Alles Liebe und danke! (Ich liebe dich, Mimi.);

meiner guten alten Freundin Liz Adams, die neue Maßstäbe für Lektoren gesetzt hat;

Ian Robertson, dem außergewöhnlichen Rechtsanwalt! Danke für alles, was du mir zuliebe getan hast;

meiner Familie bei Pan Macmillan: Ross Gibb, Roxarne Burns, Samantha Sainsbury, Jace Armstrong, Katie Crawford, dem ganzen Verkaufs- und Marketingteam, Tracey Cheetham und allen in der PR-Abteilung, Hayley Crandell, Rowena Lennox und Danielle Walker. Ich danke euch, dass ihr eine so tolle Truppe seid;

der Puglisi-Fischerdynastie: Lee, Josie und Mick. Danke, dass ihr Familienanekdoten, Fakten und Geschichten mit mir geteilt habt;

allen Fischern. Auf dass wir unsere wunderschönen Meere und all die Geschöpfe darin weiterhin nachhaltig genießen, schützen und bewahren.